渭水谣

时代出版传媒股份有限公司
安徽文艺出版社

胡传永，毕业于美术专业，40 岁开始文学创作。先后在《美文》《散文百家》《北京文学》等杂志和报纸副刊发表作品，其中《伤痛红绒花》、《这一生相厮守……》等作品被河南大学刘思谦教授选进大学生阅读课本，同时也被国学大师季羡林先生选编进《百年美文》集锦。多篇报告文学先后在《北京文学》头条刊发，皆被同年度《报告文学选刊》转载推介，其中《血泪打工妹》获《北京文学》第二届“读者最喜爱的一篇报告文学”大奖。长篇纪实散文《童谣》登载在大型文学刊物《江南》杂志 2010 年第 1 期。出版有长篇纪实散文《行走天路》和散文集《沉重的乡土》。

PI SHUI
YAO

淠水谣

胡传永 著

时代出版传媒股份有限公司
安 徽 文 艺 出 版 社

图书在版编目(CIP)数据

滘水谣/胡传永著. —合肥:安徽文艺出版社,2016.7
ISBN 978-7-5396-5559-8

Ⅰ. ①滘… Ⅱ. ①胡… Ⅲ. ①长篇小说-中国-当代
Ⅳ. ①I247.5

中国版本图书馆 CIP 数据核字(2015)第 242966 号

出 版 人:朱寒冬
责任编辑:周 康　　　　装帧设计:王 柯 张诚鑫

出版发行:时代出版传媒股份有限公司 www.press-mart.com
安徽文艺出版社 www.awpub.com
地 址:合肥市翡翠路 1118 号 邮政编码:230071
营 销 部:(0551)63533889
印 制:合肥星光印务有限责任公司 (0551)64235059

开本:710×1010 1/16 印张:28.5 字数:480 千字
版次:2016 年 7 月第 1 版 2016 年 7 月第 1 次印刷
定价:46.00 元

(如发现印装质量问题,影响阅读,请与出版社联系调换)

谨将此书献给

我苦难勤劳了一生的母亲

目　录

自　序

2008年盛夏。

为呼吁抢救濒临死亡的母亲河——淠河，作为发起人之一的我不顾一切地带着一帮同道先后分别从老淠河两主源头白马尖和佛顶寨沿着老淠河堤岸徒步走到淠河入淮口正阳关，目睹并感受一条老河的凄美与苦难，汗水与泪水随淠水流淌。

那天的天闷闷的，混沌着。

冥冥之中，像被什么牵引，当我站到正阳关一条古巷口，意外地看见一排快要倒塌的木结构老房子时，人就定住了。

我问身后的当地人——摄影师梦苇和作家赵阳：这排建筑原来是做什么用的？

他们告诉我：听老人说，好像是国民党部队的一所后方医院。

突然间，心就抽紧了，生疼，不由自主地往里走。

他们说：大姐，危险，这房子随时都会倒掉的。

透过房顶的罅缝，我看到了一缕并不灿烂的天光裹挟着被我们搅动的浮尘在我面前亮出一道翻飞飘闪着无数细灰微靡的光柱——这光柱如一条时光隧道，走过去，一定就能见到我苦难、慈祥的母亲正站在天光的那端……

低下头来，在长满青苔的石板地上，去寻找那双我再熟悉不过的脚印，而清晰在眼前的却是我自己一路过来沾了新鲜灰土的脚印……

想象并体味着70年前一个17岁怀了身孕的年轻媳妇如何背负屈辱与苦难卖身在此的情景……

身后的淮河水伴着隐隐作痛的童谣凝噎呜咽，化泪流过我的脸颊，再汩汩北去……

我哭倒在青石板上。

打听到一位老居民，理发匠，85岁了，还在固守着自己的传统手艺。到跟前，见他戴着老花镜，一只脚踏在雕花木椅上，用银制的耳扒为一个跟他一般年纪的老者掏耳朵。

看见我去，老人停了工作，然后向我扭过头来，摆摆手道："这里不理女发。"

我向他说明了来意，问他记不记得对面这座房子的过去？

老人忆旧是一种乐趣与自然，他很开心地向我介绍这所医院的当初——让我震惊不已的是，他提到了当年的那个小媳妇："她长得真好看，十六七的样子……她叫我小待诏……我叫她姐……"老人似乎又回到了儿时。

后来呢？

"后来她不见了……不晓得为什么，一下子就没了……就跟做梦样的，醒来就不见了……不怕你笑话，她没了后，我还偷偷地哭了好几场……当年我9岁，当学徒……我叫她姐的……她长得真好看……"

我告诉他，你不是做梦，那个好看的小媳妇就是我的母亲。

他扶了扶老花镜走到我跟前，仔细地瞧了瞧我，然后一个劲地摇头，笑着用他地道的寿县方言说："不像，不像，你诓我的，你怎么可能是她的囡，一毫毫也不像……"

也许就是自那一刻起，《淠水谣》的腹稿已在我的下意识里萌芽了——雁过留痕，人过留影，这些流动着的河水与时间，那些穿插在其中的历史与人物，不该被遗忘的。

当我打开文档开始写下文字的时候，母亲的身影却质化成雾、成云、成裂帛的童谣、成一条带着神性活力的河流，流水卷漩，众生熙攘。我亦被裹挟其中，无法靠岸。个体之我把握不了既定的选择，文字就按它自己的律动和轨迹行走去了——我不在岸上，也不在船上，我在流淌中不由自主。

是的，我和我的父母、我的祖辈们，都不在岸上，也不在船上，岸上和船上没有固定的风景与一成不变的什物，更何况客居于世、匆遽一生的人呢？而正是因了我们这些匆遽易逝却又连绵不绝的生命，成就了一条特别的河流，有温情绚丽的浪花，亦有悲壮惨烈的涡漩，自古至今，奔流不息。

感谢上帝，让我经历了所有我当经历的，而父辈们负载下来的那些生命之重传承给我的时候，谁说它们不是我的一笔财富呢？我要做的，就是在长河的流淌中抬一抬手，将它举过河面，使其成为一朵能透出鲜活生命之色彩的浪花来。

既然是浪花，转瞬即逝是它的宿命——没关系的，有过，来过，做过，表达过，这就够了。

引子

夜太黑了,稠嘟嘟的,小五子的梦给魇住了。

有嚓嚓啦啦的响动从家里出去,渐行渐远。倏忽之间,这声音又渐行渐近地回来,嚓嚓啦啦,嚓嚓啦啦……像要上床的样子,小五子动不了手脚。

梦是遮天盖地的流动着的红色,小五子自己却是一尾透明的小鱼儿,亮着白森森的鱼骨在红色的液体中滞滞地游,游着游着,手脚就僵掉了——鱼哪来的手脚——僵住的是小五子!

那嚓嚓啦啦的响声围绕着小五子竟有形有体地舞动起来,舞动在红色的液体上方,滑过之处,全是伤口——小五子庆幸:不疼!

当然不疼,因为是梦!

临兵斗者
皆阵列前行
常当密祝之
无所不辟

一颗流星在天幕上划出一道弧,窗外竟然亮了起来。真言诀语落音之后,一位蓄长发、着道袍、执云帚的白须老者飘然而至。

像是神话故事中的张果老或太白金星、成语里的仙风道骨。可那都是"四旧"里的东西,属"封、资、修"黑货的……

"你是谁?"小五子凶凶地问。

"我是你爷爷……"白须老者朗朗地答。

"我还是你奶奶哩!"小五子很恶毒,"我爷爷早死了!"

"人体内蓄含二物,一为骸,二为灵,有质者消融,无质者永存,于天地之间,行走无羁,你爷爷没有死……"

"什么乱七八糟的!我爷爷怎么可能没有死,他要是活着,都100多岁啦!要在早两年,你说这话,红卫兵们肯定要逮你去批斗了,说你是牛鬼蛇神,宣扬封建迷信……"

“呵呵,我已无质无形,也无始无终,超越在世人所能见的维度之上,有限之人,岂奈我何?”

“那你真像是故事里的老妖精了……”

“稚女不得无礼,家祖游方至此,是要领你看一些景致物什……”

“哎呀,我说,老头儿你能不能朴实一些,用白话文说话,别跟我之乎者也的,好不好?我听不懂你的文言文——我没念到什么书就停课闹革命了……哦,对了,刚刚你说,要领我看什么?”

“唉……跟我走吧……”

“你要带我去哪儿……”

老者没再回应,飘然转身,小五子不得不跟上白须老者,身不由己地随着老者飞升了起来,乘风而上,随风而去,耳边似有气流过往,发出呜呜呜的声音。人是悬浮在半空之中的,脚下的村庄、树林、岗洼、田陌……却也清晰可见,那刚刚还没在黑暗里的万物,已然跳出夜潭,亮堂堂的一片,触目如故。

小五很兴奋,一直渴望像小鸟一样飞翔的欲望,此时此刻竟如此奇妙地得以实现了!

白须老者将小五子带到大河之上,停了下来。

小五子问:“带我到这里来干什么?”

老者反问:“晓得这河的名字吗?”

小五子笑了,说:“这怎么能不晓得,天天在眼跟前淌着哩,它叫淠河——干吗,你问这样的问题不觉得很幼稚、很低龄吗?”

“绳绳兮不可名,复归于无物……”

“哎哟,看文言文又来了!”

老者笑了笑,将小五子又往上提了提,二人就在半空之上的半空里了,老者让小五子看脚下的河……

脚下的河床上,流着的不再是寻常的水,而是无数个挤压着、摞叠着而又不得不行走着的变了形体的人,就像卖糖人手中的那些糖丝儿,扯长了向前延伸着,丝丝地连拽着、牵扯着、流淌着……

小五子正要说话,却见从河上游涌来两朵浪花,如同两朵盛开的白芙蓉,雪白雪白的花瓣,晶莹剔透,奇美绝伦,定型不变地挑在浪头上,并排着缓缓地过来……就在小五子一眨眼的工夫里,浪花儿消失了,没进汩汩的水流里——或曰人流里……

小五子啊哟一声,惋惜至极。

老者感喟道:“天地尚不能久,而况于人乎……”

小五子烦了,说:“我说老爷爷,我求求你了,说点我能听懂的人话行不行?”

老者又是捻须一笑道:“听而非听,不懂为懂……世人终有明白的一天……等你老了的时候……”

“等我老成像你这个样子的时候吗?”

“生有时,死有时,兴有时,亡有时,起来有时,坐下有时,花开有时,花落有时……”

小五子接口:“做梦有时,醒来有时……”

老者呵呵一笑:“然也!”

突然间,有锣鼓唢呐声响起。

河面之上,过来两支送亲的队伍,花花绿绿,都是旧时的打扮。小五子从小人书里见过,这是封建社会里的情景。两乘轿子一大一小、一前一后地过来,前面的大轿子威风祥麟,八人大抬;后面的小轿子只两人抬,不胜寒酸,却也喜气萦绕。

小五子没待细看,轿子便逐流而去,不见了踪影。

“像是接新娘子的轿子,两乘轿里抬的都是谁?”

“夫物芸芸,各复归其根……”

小五子懒得再跟老者声明自己对文言文的厌恶,做哭笑不得状。

就在此时,小五子的眼前又突然出现一片空旷之地,一条比渭河更大的河流穿地而过。河面之上,一个怀着身孕的年轻女人溯流而上,上不巴天,下不着地,女人在艰难中踯躅踉跄……

小五子叫了起来:“呀,这人,像我姐!”

老者笑道:“非也,她是你的娘亲,你叫她大大的……”

“胡扯!我大大怎么会这样年轻,怎么会走在这里?她在这里干什么?”

“回家。”

“回家?”

“对,回家……”

小五子愈发糊涂了,正要发问,却又见一女人从远处走来,长袖曼妙,且歌且泪,且走且舞,近前,那鲜红的长袖竟化为刺目锥心的血练……

脚下的河水顿时变得汹涌澎湃,由清变稠,又由红变黑,又有两朵浪花儿促促地飘来,不再剔透,不再晶莹,跳过浪头,双双没进稠嘟嘟、黑幽幽的巨浪里。

刹那间,巨浪立起成壁,如墙垣一般,横在了小五子的面前。

小五子一下子惊醒了。

DI-YI BU

第一部

DI-YI BU

第一部

淠河清
淠水淌
水花子拍手打巴掌
鹞子翻跟头
扎猛子下大江
咕噜咕噜一
咕噜咕噜二
驮个篓
背个筐
打马坐轿接新娘
甩个水漂漂
大红盖头没得了

道士胡正生从朱砂顶上采得朱砂之后，下山来已是晌午。几十里的山路已将偏西的太阳撵近了傍晚，急于想在天黑前赶回青河道观的他，已经走得汗水淋漓了。

他穿山越岭与绕在山脚下的青河有分有合，时远时近的流水声让他心中总有一份踏实与清凉。

青河，是淠河的上游，从白马尖猪鬃岭还有天堂寨佛子峰上下来，曲曲弯弯，将大别山腹地里树木最茂密的坡地峰峦箍搂了半围儿，揽蓄了无数条大大小小的细溪支流，在悬剑崖下形成气势，缓缓地转了一个大大的弯儿，与小凉河、大凉河汇集成势，过望江台便成为淠河了。淠河先一直向东，至老鹰嘴，再向北，九曲回肠，浩浩荡荡，穿过六安全境，然后至正阳，入淮。《水经注》称淠河曰“沘水”或“白沙河”。这条以水势浩瀚、两岸水草茂盛而得名的河流，从古流到今，有她流不完的美丽，更有她带不走的哀伤。

胡正生从悬剑峰下过去，转过一片松林，隐约听到有妇人嘤嘤的哭声，他站住，将兼做挑杆的桃木棍从肩上拿下来，侧耳听了听，然后摇摇头，继续赶路。

一块新翻垦的地挡住了他的行走，他只好折身向南，必须绕道才能走上原路。

哭声越来越近。

胡正生继续赶路，发现一个年轻的妇人带着一男一女两个孩子在一座旧坟前哭得死去活来。

悲声凄怆。胡正生忍不住停下了脚步。

“无量天尊——请问大姐，既是旧坟，为何还如此伤心？故人已去，凡事还得往开处想想才是……”

妇人抬起头来，吃了一惊，透过泪水，她看到眼前的道士分明就是自己去世已经四年的男人！妇人一下子站起来，擦一把眼泪，用手指了指胡正生，却欲言又止，继而扑通一声伏到坟上，哭声更加凄厉。

两个孩子也拽着母亲撕心裂肺地哇哇大哭。

胡正生踌躇着，不知是走了的好，还是再上前劝劝……他犹豫着，看了看西沉的太阳，叹声气，将肩上的包袱往上耸了耸，决然转身，大踏步地走开了。

如果胡正生真的走开也就没了后来的故事。虽入道门，到底还是凡身肉体，七情六欲俱蓄，在人间烟火中行走，完全超越在浊气之上是不可能的。

在坟前哭得伤心伤肺的妇人知道胡正生不过是个游方的道士，但他的长相真的勾起了她无法抑压的悲恸，在他转过身子面向夕阳萧然走开时，她顿时肝肠寸断，一下子昏厥过去，哭声也就戛然而止。

突然间的失声，让耳畔一直响着哭声的胡正生不由自主地回了一下头。

他看见妇人倒在坟堆边，两个孩子吓得不知如何是好，呜咽着去拉扯母亲的手，见拉扯不动，又去抱摇母亲的头。

“和尚伯伯，和尚伯伯，求你……求求你……救救我大大（母亲）啊……”稍小一点的女孩子分不清楚和尚、道士，她大声对着迟疑不决的胡正生哭喊。

胡正生定了定神，此时他有点慌乱，作为出家之人，路遇妇孺都当尽量避离。然而此时凡心向善的他，已顾不得那许多了，折转回来，走到坟前，蹲下，点穴救醒了妇人，并将她轻轻地扶起来。

苏醒后的妇人情不自禁地将头依在胡正生的臂弯里，大放悲声。

从未与女人有过肌肤之亲的胡正生突然之间心就化了。

大一点的男孩告诉胡正生，因为给父亲治病，母亲从二叔处借下了重债，四年来二婶逼债没断，二叔无奈，劝母亲出嫁，以他们的三间房产抵押。母亲宁死不肯，二婶竟撺掇二叔把寡嫂卖给一个山里人家，绝望之际，母亲来到父亲坟前哭诉。

胡正生思忖了一下，想到这个女人绝境至此，如没人搭救，怕是只有一死了。同时他又想到这两个孩子的命运……

胡正生长长地叹息了一声，念道：“也罢，也罢，见死不救，岂不是妄自修行？三条性命，求天尊怜悯……”

在孩子们的带领下，胡正生去了上郢村，将行医得赏而来的铜钱碎银当着族长的面，给了孩子们的二叔——连本带利，还清了所有的债务。当孩子们的二叔拿了钱来告知聂氏她可以安心过日子的时候，聂氏碎步跑到已经向众人告别正准备离开的胡正生面前跪下了，大放悲声地拦住他，磕了三个响头。

两个懂事的孩子跑过来，一人抱了一条腿，疯喊："和尚伯伯不要走，留下来吧……留下来吧……"

族长与村邻们见了这情景，也都流了泪，就敦促孩子们的二叔放句话。二叔没来得及表态，二婶揣了银两后，颠颠地跑过来，向胡正生拜了一个万福说："道长留下吧，给孩子们栅个安稳的窝，也算是行善积德了……"

此时的胡正生方寸已乱，也没容多想，就搀起聂氏进了家门。

参拜了叔伯族长，胡正生娶了妇人聂氏，以入赘的名分住在了上郢村。

道士胡正生与寡妇聂氏成婚一年后生下一个女儿；三年后生下大儿子，取名胡开逸；相隔两年，又生下二儿子，取名胡开楚。

纺棉车子转悠悠
捻起一寸纱
穗子开了头
扯一扯
收一收
花布九尺九

李菜园是有姓名的，他叫李本元，但因他是大户卞姓人家管菜园的长工，东家就叫他李菜园子，上上下下主子佣仆年龄稍长一点的也都跟着这么叫他，有人图顺口，把姓也给去了，干脆叫他菜园子，年幼一点的不好这么没大没小，就都叫他菜大。李菜园也好，菜大也罢，反正李本元这个名字。也就在一年四季的长青菜里蔫化掉了。

李菜园子的女人娘家姓周，那时节小户人家的女子是很少有名字的，因此周氏也就代替了她的名字。周氏是专为卞家做甜点糖果的女佣，卞府上下，都叫她糖妈，也有半吊子的人叫她糖婆子的。

那天清晨，李菜园子拿了竹篮与镰刀要进园子。他的女人周氏半夜子时为他生了一个女儿，中年得女，也是喜事，三月香椿二月韭，为女人做一碗她平常最喜欢的韭菜蛋汤，此时是这个种菜男人唯一要紧的事，所以他赶早来到园子里想割些新鲜韭菜。

他发现菜园的木栅门竟然是开着的。李菜园子有点疑惑，是自己昨晚因女人告诉他可能要临盆了慌忙中忘记关栅门，还是夜里有人进园子取菜没按规带上园门？他环顾一下足有十亩方圆的菜地，眼光停在了韭菜畦子上。

韭菜畦子上有明显被翻挖过的痕迹。

刚从寒峭冻土里长出的二月韭苗，虽然鲜嫩，却还带有冬冷染下的透有青绿的暗红色。它们本是成行成排地长在韭菜畦里的，此时竟都呈杂乱无序状，错位堆压，透过土块交错的切口，他还看到了一种类似韭菜叶暗红又非韭菜叶本色的沾染物散掺在新翻的泥土里，他甚至还隐约闻到了一股令人寒战的血腥味。

地上的土虽被平整，韭菜地沟也被铲过，但所有的迹象都让李菜园感到好奇甚至害怕：这韭菜地的下面到底发生了什么？

正在踌躇着是赶紧割韭菜呢，还是刨开土看看究竟，圩子院门外壕沟的吊桥上传出喊声："菜园子——菜园子——"

是管厨房的邬妈在叫，李菜园子赶紧跑了过去。

邬妈告诉李菜园子，半夜子时，二老爷的太太给二老爷生了一位千金，二老爷高兴得合不拢嘴了。从今儿个起，他就要接扯着大宴宾客了，让李菜园子将厨房要用的各样时鲜蔬菜准备妥当。

当李菜园子听到邬妈说"半夜子时，二老爷的太太给二老爷生了一位千金"时，他忍不住哎呀了一声。

李菜园子惊叹的意思是：这位千金小姐的生辰竟与自己的女儿一样，而邬妈却以为李菜园是在为东家欢呼惊叹。

卞府兄弟三人，生的全是男孩。大老爷卞世詹有三个儿子，没有女儿，其房中的妻妾也早就停了生育。当家主事的二老爷跟结发妻子盛墨语感情甚好，因此一直没有纳妾。盛墨语先给他生了四个儿子，没有生下女儿。只有剩菜剩饭，没有剩儿剩女，儿子再多也不算多，但没有小姐对大户人家来说好像也是一种缺憾。几年前，二老爷就亲自督工在后花园和东花园之间向阳的位置上起了一座绣楼，挖了池子，建了亭子，扩展了花坛，单等太太给他生下千金小姐来。这一等就好几年过去了，其间太太又生了一个儿子，按排行算，他是老八，取名卞清源。二老爷曾和太太开玩笑说，再等两年，如果你仍然不肯生下小姐来，我就要纳妾娶小了。不管老爷这是真话还是笑谈，但就在两年期限将至之际，已经35岁的太太盛墨语竟然又怀了孕，生下了一位千金，这让二老爷喜不自胜。

邬妈听到李菜园的惊叹，笑道："是吧，都替二老爷高兴哩！马上庄户人家得了消息肯定都要来贺喜，二老爷肯定都要留饭，你快去拾掇吧，我们可不能怠慢了。今儿个中晌，十桌二十桌的肯定少不了，菜得预备停当才是——说不定啊，说不定二老爷一高兴，就要打发我们下人红包哩……”

李菜园生性木讷，此时听见让他预备大量的菜蔬，就有点慌乱，于是急不择言：“我……我……不是替二老爷高兴……不……我是替二老爷高兴……可我是说……我是说，半夜子时，周氏也给我生了一个丫头……”

邬妈没听懂李菜园的话：“你说什么？嘴像包烂桃子似的！”

“你……你才是烂嘴包桃子哪！我是说，周氏，半夜子时，也给我生了一个女孩儿……”

邬妈一下子愣住了：“你……你……好你个菜园子，我没听错吧？你说什么？周氏——难不成，周氏也在半夜子时生了一个女孩儿？糖婆子不是还有几天才足月的吗？怎么敢抢着生了？啊哟哟……菜园子，你们怎么敢……敢跟我们太太一样，也挑在半夜子时生女哪！你……你居然让你的丫头跟我们千金小姐同年同月同日出世？菜园子啊菜园子，你……你真是好糊涂啊……”

李菜园这才明白自己有可能惹上大事了，他嗫嚅着，不知说什么才好：“这……这……这也是没办法的事……我……我也不是故意的……当下人的……我哪敢哪……”

邬妈本来还想再抱怨几句，但看到李菜园可怜巴巴的样子，想想，摆了摆手道：“算了，算了，别讲了，赶紧预备新鲜的菜要紧！”她说着转身，走过吊桥，回院子去了。

李菜园却站着没动，心里七上八下的，不是个滋味。

李菜园来不及去割韭菜了，更顾不上去查看韭菜地下面的究竟了，他随手折了一把菜花头，回家拿摘菜的家伙来——家中坐月子的周氏到现在还没吃上早饭呢。

周氏怀中的女儿长得非常好看，白白胖胖的，肉嘟嘟的小脸上若隐若现的两个小酒窝儿，周氏忘记了产后的疲惫与虚弱，抱起女儿左右端详。

“你看，一头的乌发，就叫乌云吧。”周氏看着女儿对进门来的男人说。

李菜园让快嘴快舌的邬妈数落了一顿，中年得女的喜悦一扫而光，于是没好气地对坐在床上的女人说：“一个丫头家，起什么名字啊，还乌云、乌云的，好不吉利。一头的黑毛，就叫毛丫吧……”

生丫头　编笆斗
上南丘　摘豌豆
豌豆开花
丫头来家

豌豆结籽

丫头有喜

邬妈进院门的时候，正赶上卞世典卞二老爷笑嘻嘻地从厅屋里送接生婆出来。本来像这样婆子娘儿们的琐事，连卞家的总管卞顺也不会做的，而此时的卞世典因为高兴，视接生婆为贵客，领着卞顺、管家婆子袁妈等亲自送出厅屋了。

平常，用人特别是女佣们看见老爷们，特别是当家做主的二老爷，都要退到一边，侧身行礼，低头让道，今天邬妈看见二老爷高兴，行过礼后就喊了一声"二老爷"。

一向善待下人的二老爷点头朝邬妈笑了笑，还停了一下脚步。

邬妈胆子大了，上前一步说："二老爷大喜！恭喜二老爷！贺喜二老爷！喜得千金！不过……"

见邬妈欲言又止的样子，卞世典站住，笑着问道："不过什么？说来听听。"

"李菜园子的女人，糖婆子——后生们叫她糖妈的——就是做糖点的周氏，在半夜子时，也生了一个丫头，跟我们家小姐同年同月同日同时辰……"

卞世典先是愣怔了一下，继而开口大笑："哦唷！还有这样的好事、奇事?！跟我家小女一道来到卞家圩子——这是家生的丫鬟儿！那该有多贴心！好事！好事！这真是喜上加喜哩……"

卞世典说着转身对卞顺和袁妈说："你们赶紧给李菜园子的女人送些月子里要吃要用的东西过去……"

听到这里，邬妈开口大笑："啊唷唷……真没想到哩！老爷就是老爷，看人待事就是跟我们下人不一样！我刚还骂了菜园子，怪罪他生丫头敢跟我们玉叶千金挑在一个时辰里，把菜园子还吓得不轻，直说他不是故意的……"

邬妈的话把二老爷也逗笑了。

邬妈见二老爷高兴，越发地打不住话头了："还有，我们的小姐，她将来肯定出息了得，一下地，自个儿把贴身的丫鬟儿给带来了。二老爷，你可得多赏我一个红包才是哩……"

卞世典笑着点头道："好，好，赏，赏!"

卞家，在卞世典这一辈有兄弟三人。

老三卞世章早年在京求学，后来留在京城，很少回来。

老大卞世詹，是个不成器的人。年少时在京做过从九品太医院吏目，因不受重用,就破罐子破摔,吃喝嫖赌,最终被贬回老家。

回到卞家圩子的卞世詹已经染上毒瘾,失意颓废,脾气一上来,摔东西掼家当,闹得鸡犬不宁。大房夫人郁结在心,年纪轻轻就一病不起,离开了人世;两房姨太太不明不白地说是回趟娘家,结果就再没有回来。内室空了,他无意续娶,却又难禁欲火,专门拣幼小的丫鬟儿往屋里收,最大的不超过16岁,最小的只有11岁。除了明里纳在屋里的,随意玩弄的丫鬟儿不计其数。

可怜10多岁的女孩子们,哪里能经得起烟瘾过足之后的一个中年男人的摧残,经常在夜里听到卞家圩子的窗棂内传出女孩子撕人心肺的哭喊声。

老二就是卞世典,自幼聪明好学,在京也有过入仕为官的机会,但见老大、老三都嫌厌乡土,偌大一座庄园特别是家祠与祖坟都无人照料,就毅然回到卞家圩子,撑起了卞家的屋梁门户。

卞世典回到乡里还有一个内在的原因,就是他除读书之外,特别喜欢田园生活,喜欢看树木花草、庄稼菜蔬发芽拔节、开花结果的样子。作为一个偌大庄园的主人,雇用了数不清的长工短工,但他仍然坚持隔三岔五地下地与雇工们一道侍弄禾秧稼苗,而且要求少爷及府里相关男丁们在逢单的日子里都要花半天的时间亲近泥土,或入田除草,或下地间苗,劳作期间不分贵胄贫贱,一律都要像真正的农活把式一样卖力干活。他还要求他的儿子们在逢双的日子都要习武半天。所谓的习武,也就是让少爷们练练胳膊腿,会一点防身的技能罢了。

大哥卞世詹见老二如此行事,常摇头唾讽,两兄弟几同陌路。

对于大哥的恶行,卞世典也曾委婉规劝过,但仗着大哥的名分,卞世詹哪里听得进兄弟的意见,将二弟痛骂一顿之后,变本加厉地我行我素。后来卞世詹向卞世典提出他的单方口头协议:你当我们老卞家的家主,我作为老大,不争你的名分,但我在家想要做的,你也绝对不能干预。这让卞世典很是头疼,却也实在拿他大哥没有办法,只好妥协。

卞世詹一天到晚无所事事,除了抽鸦片,玩丫鬟,就是变着法子养生。什么人参鹿茸茶、灵芝燕窝羹,什么三月香椿二月韭、沾露的金银花芽后的藕、闷壳子鸡蛋成胎的狗……前面几种都好理解,最后面这一句就有点残忍了:将正生蛋的母鸡杀了,取出它准备生还没生下的蛋;将怀孕的狗杀了,取出它肚子里刚成形的狗胎。这还不算,他喜欢吃公鸡爪子,就将三个月左右的笋公鸡的爪子放到砧板上,把它的一对爪子用木槌活生生地砸扁。之所以用木槌子砸,是既要爪子自踝关节下面的骨头碎了,又不能伤其皮,然后将这只笋公鸡放进一只煨罐子里固定好,天天喂它食水,等它长到五个月大时,那塞在煨罐里的爪子几乎肿满了半个煨罐,将煨罐敲碎,趁笋公鸡活着将那已经算不得爪子的爪子剁下,让厨子们为他烹制……

从植物到动物,折腾着吃也就算了,可是至此还不能为止,他又苦思冥想出一个更令人切齿的方子:从山东购来上等的乐陵小枣,他亲自万里挑一,亲自焙干烘烤,将这完全脱了水分的枣子塞进从外面买进来的未满5岁的丫鬟儿阴户里,半个月后取出,放在茶壶里沏上开水饮用……

红公鸡,绿尾巴
飞上草堆不来家
抓把稻,喂喂它
拿把钢刀杀了它
家有馋嘴吃了它

卞府为庆贺千金小姐满月,大宴周邻与佃户。

胡正生和他的女人聂氏一人拉了一个儿子——4岁的胡开楚与6岁的胡开逸,也来到了卞家圩子。

尚未开席,用人们忙着搬桌子、摆椅子。

胡正生进了院子,见忙活的男男女女们穿梭往来,嫌吵,就撇开女人和孩子,一个人踱进侧院的小花园里,百无聊赖地看看花草,逗逗池里的金鱼儿。聂氏见别的佃户或乡邻家男人来了二话不说就帮着干活,而自己的男人却袖手赏花去了,心里就有点不过意,但也不好说什么,就让两个孩子自己去玩儿,她格外卖力地帮着家佣们摆放桌椅板凳、杯盘碗筷。

两个孩子看见父亲在花园里,就跑了过去。

胡开逸在一溜迎春花前站下,一只比米蛾子还要小的蝴蝶儿在盛开的花蕊上面翻飞翩跹,胡开逸的神情就变得有点迷离惝恍。6岁正是孩子喜欢幻想做梦的年纪,随着蝴蝶的飞舞,就想象自己也长了翅膀,逍遥痴醉,物我两忘……

胡开楚却喜欢上了花园池边的一块大石头,还有大石头上篆刻的"纤玉映月"四字,他的食指顺着笔画的凹槽描摹着,嘴里还嘟嘟噜噜地念着:起笔——撇——顿——提——收笔——撇——横——收笔——挺住,回一下——再起笔——竖——挺住!慢——挺住——收笔……

"大(方言,对父亲的称谓,单字,读dǎ;对母亲称谓则用叠字,读dàdà),你来看看,这四个字,我只认得一个'玉'字、一个'月'字,这两个呢?写,我肯定会写了,可你没教会我念……"

“哦，第一个字读‘纤’，纤的意思是卑弱细小，常用来形容女子的手指和……”胡正生回答，可话没说完，被小儿子打断了：“错了，错了，东家这样写，是错了！这样大的石头，怎么能说它卑弱细小呢？”

“呵呵……”传来陌生人的笑声，“好灵慧的小哥儿！识得篆书，还能生疑诘问，是块读书的料子……是块读书的料子……”

说话人是卞家学堂的教书先生，姓吴，卞府无论主仆长幼，都叫他吴先生。

吴先生与胡正生打过招呼，就交谈了起来，问两个孩子是怎么启蒙的，临帖了没有。

胡正生回道，谈不上启蒙，农闲季节教他们背背口诀，再随便教点手边上、眼里头的字。帖子倒是真的临了不少，因为自己曾是道士，绘扎灵楼、画符成影都少不了笔墨纸砚，或许是家传的缘故，俩孩子的悟性极好，工笔人物与工笔花卉已经可以脱帖写生创意了。

吴先生听说，就越发上心，笑嘻嘻地对胡正生说：“我正有意要物色一个书童，孩子虽然小了些，但招眼就是如此的超凡聪慧，料定是书边人，先来跟跟班儿，使个嘴儿。等我禀过了老爷，如行得，你就把大哥儿送到学堂里来，陪陪少爷们，也能给慵懒骄逸的他们有个带动与激励……”

胡正生笑道：“我们庄户人家的顽童稚子，哪能有这般造化！等他们长大了，来东家当个使牛搭耙的，忙忙粗活，让东家赏口饭吃就行了，岂敢进得卞府的学堂……”

胡开楚跑到吴先生跟前，仰头朗声接话：“先生，我愿意。我愿意当书童——这样子，我就能像少爷们一样，进学堂念书了……”

胡正生将小儿子拉到一边，呵斥道：“小孩子家，不懂规矩！大人讲话，是插不得话的。你如何能跟少爷们一样？还进学堂念书？简直是大逆不道了……”他转身向吴先生一鞠躬，“还望吴先生包涵……”

吴先生呵呵一笑，回礼道：“童言无忌，童言无忌。”

说着话，胡正生和吴先生不约而同地扭头去看站在草木之间的胡开逸。

6岁童子胡开逸，此时已把自己弄丢了，剩下的只有馨香的迎春花，还有就是流连忘返在迎春花丛里舞蕊采蜜的蝴蝶儿。

吴先生轻手轻脚地向胡开逸走去，到了跟前，站住，微笑着凝视童子半晌，然后忍不住说道：“大哥儿，到学堂来好不好？跟着我，使个嘴儿，听少爷们读圣贤……”

胡开逸听见吴先生说话，赶紧直起身来，站到父亲身边去，对吴先生说：“我不愿意来学堂使嘴儿。我自己读圣贤，用不着听少爷们读……”

胡正生虎起嗓子说儿子:“开逸,不可以这样跟吴先生说话……”

吴先生向胡正生摆了摆手:“童言无忌,童言无忌……”说着又笑着问胡开逸,“来府上跟着我,陪陪少爷们,有好吃的好住的,不是比待在家里要好玩得多吗?”

“好玩?那是小小孩子们的事,我已经长大了,我是要出家的……”

“出家”二字从胡开逸的嘴里出来,胡正生和吴先生的脸上同时都显出了诧异吃惊的表情来。有所不同的是,吴先生就是单纯的诧异吃惊而已,胡正生却是在诧异吃惊之余,渐显一种掺杂了说不上是纠结还是无奈抑或是担忧的神情来。

鸣琴汤汤
虙子之堂
清静无为
邑人以康

李菜园子扛了锹,过了篱笆,打开木栅门,进菜园,向韭菜地走去。到了韭菜地沟里,站下,扬手,起锹,想想,又放下了。

他拄着锹把儿愣神瞪眼地看着脚下的土地,心里有一种慌慌的感觉。

他离开韭菜地,往外走了几步,想想,又转回来,站到刚才站着的地方,将手中的锹插到土层里,脚在锹肩上向下一用力,紧接着,只消双手在锹把儿往后一扳,土块就会翻转过来,但就在此时,李菜园子又停下了,将锹从土层里抽出来,再用脚将锹痕儿踩了踩,然后顺手将锹往地上磕了一磕,扛起来,走开了。

周氏抱着刚满月的毛丫来到了菜园边,一边走一边哼唱着摇篮曲:

哦啊喔哟
萤火虫儿打灯照
乖乖要睡觉啰
蛐蛐虫儿哼小调
乖乖要睡觉啰

她一边摇着孩子,一边看着男人在韭菜地上犹豫徘徊的样子,感到好奇和不解,但她是个贤惠且有点懦弱的女人,多嘴多舌地打听男人的事,不是她的性格。

李菜园子往回走的时候看见了周氏:“当心受风着凉了,回去吧……”他知道女人心里有疑问,“我想看看韭菜根,要不要换茬子重新栽排……是哩,韭菜——九采，还没到九年哩。不过，勤些换换新土，晾晾根，发旺些，你讲对呗？”

周氏笑笑，又摇了摇怀里的女儿。毛丫醒来了，睁了睁黑豆儿般的小眼，竟然咧嘴笑了笑，两腮现出两粒浅浅的酒窝。

李菜园子凑到跟前看了看，脸上漾出温馨喜悦的神情。突然，这神情在他的脸上一下子凝住，他回头看了看他刚才来过的地方，然后用下巴向前指了指，示意周氏赶快回家。

回到家里，女人要把孩子递给男人，说她还有点针线活儿要做。

男人伸手正准备要接，突然又把手缩回去，说要洗一下再抱。

女人笑道：“有了毛丫真不一样了，学会讲究干净了。”

李菜园子洗过手，将孩子抱过去，然后坐下来，放到腿上，用手和肘托着孩子的后背，嘴里发出啧啧啧的哄逗声。毛丫已经会笑了，这让李花园子怎么看怎么开心。玩了一会儿，他对坐在对面做针线活儿的女人说：

“我想央东家一声，佃块田地来种，我不想种菜园子了——不想老是给人家打长工了，哪怕就是讨饭叫街，总比当人家的下人强。还有，毛丫来我们家投胎，命贱是贱了，可也是我们的心肝宝贝，大了，我不想让她进圩子里当丫鬟儿。在家跟在娘老子的身后，做点粗活，小命总归稳扎些。等长大了，好好找个婆家，不怕矮墙低檐，只要人心舒坦，平安过日子，比什么都强……”

周氏听着男人不着边际的话，扑哧一声笑了：“你看你，东一榔头西一棒的，瞎想什么呀？这些年来，东家也没亏待我们。毛丫是家生的丫鬟儿，你还想要怎样？当丫鬟儿怎么啦？丫鬟儿不是人当的？我们家毛丫要是能服侍上九小姐，那是我们家烧高香了。”

李菜园听女人说完，挠了挠头，又凝想了片刻，然后笑了：“是啊，是啊，我是多疑多心了，东家不会亏待我们的。”

卞家的这位千金小姐，二老爷亲自为之起名：清瀹；立字：婉妍；取号：凡子。

卞家只有一位千金小姐，二老爷却执意让人称这位掌上明珠为九小姐，不仅是因为她的前面有八个哥哥（包括大房的三个男孩、三房的一个男孩），也不是因为“九”字谓满，而是取“长长久久”之意。

一转眼，九小姐6岁了。

花园里，奶娘邹氏陪九小姐在凉亭里纳凉。

糖妈李周氏端了才出罐的果脯也来了花园，要九小姐尝新。

奶娘对林周氏说：“糖婆子，你看看你，把我们家九小姐的牙都吃黑了，还在送！

你的心思老爷太太不晓得，我可是看得清清楚楚，今儿个送果脯来，明儿个送切糕来，就是想来看看自个儿的丫头，喂她一个鲜呗……"

李周氏朝奶娘邹氏谦和地一笑，没有回嘴。

九小姐拿了象牙签儿从果盒挑了一枚糖渍李脯，自己没吃，只吸溜了一下口水，竟先递给了丫鬟翠画。

翠画就是毛丫，九小姐给她起的新名字。

翠画正要张口，李周氏却赶紧用手拦住："九小姐，这可行不得，你是主子，她只是一个贱命的下人……"

"不许叫她下人！我就是要给她先吃，怎么的？"九小姐说着，又用牙签儿挑了一块硬杏喂到翠画嘴里。

奶娘邹氏就在一边点着头冷笑。

李周氏上前在翠画的肩膀上不疼不痒地拍了一巴掌说："毛丫真不懂事！主子还没尝新哩，你怎么倒先吃起来了？"

打得虽然不疼，但母亲的话让翠画感到羞耻和委屈，就将嘴里的果脯儿吐了出来，眼里蓄满了泪。

九小姐生气了，从李周氏手中夺过果盒，举起来，一下子扣到了李周氏的身上，引得奶娘邹氏在一边哈哈哈地大笑。

翠画却赶紧走过去用手中的丝帕为母亲揩擦。

九小姐见翠画心疼李周氏，知道自己错了，但又很不服气，就一下子扑到奶娘邹氏怀里憋着小嘴呜呜地哭了。

邹氏一边拍哄着九小姐，一边对吓得不知所措的李周氏冷笑道："你怕是要吃不了兜着走了！你不把主子放在眼里也就算了，还攒私，护犊子，还打翻了果盒子……"

李周氏的眼泪都要下来了："邹姐姐……果盒子……可不是……不是我打翻的……"

"不是你打翻的？难不成是我打翻的？"

"也不是……"

"那你说，是哪个打翻的？"

李周氏只好说："是……是……是我打翻的……"

翠画听到这里，走到奶娘跟前，指着奶娘的鼻子说："你不要诬赖人好不好？我大大她没有攒私，没有护犊子，果盒也不是我大大打翻的……"

奶娘推开怀里还在哭着的九小姐，狠狠地打了翠画一个耳光。

翠画蹲到地上也呜呜地哭了。

九小姐见翠画哭，擦了泪水，走到翠画跟前，蹲下来，摇了摇翠画的肩，然后站起来，指了指糖妈李周氏，又指了指奶娘邹氏，大声地吼叫着：“你们——都给我走——走——我不要再看到你们了——”

这时，卞顺、袁妈，还有几个丫鬟儿，簇拥着二老爷和太太过来了。

糖妈李周氏和奶娘邹氏赶紧退到一边，跪下。

翠画也要跪，却被九小姐一把拉住：“别，你陪我站着！”

卞世典到了跟前，俯身看了看九小姐，冷着脸没有说话。

太太盛墨语在袁妈搬来的凳子上坐下来，柔声细语地问道：“听丫鬟们禀报了，说这边闹开了锅，又是哭又是喊的，有人惹气了，哪个在惹气啊？”

奶娘抢着说：“还能有哪个，是李周氏糖婆子呗……”

盛墨语没等奶娘把话说完，抬了抬手做制止状，转身对九小姐发话：“老爷惯着你，我可不惯你！你怎么能把果盒扣到糖妈的身上啊？她是翠画的娘，是长辈！我怎么教你的，一个女孩儿家，要识礼知仪，更要晓得尊老敬老……”

九小姐想哭又不敢，就嘟噜着分辩：“她明明……就是一个……下人嘛……”

盛墨语见女儿不仅不认错还跟她犟嘴，越发地来气，额头的汗珠儿都出来了，指着九小姐发火了：“哪个教的？什么下人不下人的！嗯？你说！”

九小姐看了看奶娘，奶娘赶紧朝她又是摇头又是使眼色。

这些动作盛墨语都看在眼里了，她抿了抿嘴道：“你看看你，你看看你，小小年纪，不学好，倒学会骄横刁蛮了！还不立马给我跪下！”

九小姐只好乖乖地跪下了。

翠画也跟着跪下了。

奶娘邹氏插话：“太太，怨不得我们小姐的，是糖婆子和她的没家教的野丫头惹动的……”

盛墨语更生气了，脸一下子红到了脖根：“住口！什么叫野丫头?！她是卞府的家生丫鬟儿，跟凡子是送子娘娘在一个时辰里送来的——凡子惹事，你做奶娘的还好意思在此胡扯八道！你不教她学好，你这是在害她，你晓得吗？还有，老爷和我都发过话的，小姐已经大了，不可再朝前面的花园里带，后花园够她玩的了，你们竟敢把她带到西花园来了，难道你不晓得西花园是少爷、先生和书童们常来的地儿吗……”

卞世典站起来说：“好了，好了……”说着去扶太太，“也没什么大不了的事，看把你气得，至于吗？小孩子家家的，以后让她们注意些就是了。”然后，他一手拉着九小姐，一手扶着太太，走开了。

翠画跟着主人跑了两步，想想又回来，将跪在地上的母亲搀起来，拍了拍她膝上的灰，再一转身，撵三赶四地向九小姐他们跑去。

桃树丫巴做符的
柳树丫巴做箩的
杨树丫巴长成鼓
檀树丫巴登王府
桑树丫巴你不管
只能做个虾网圈

卞世典拉着气呼呼的太太盛墨语往回走，一行人过花园、穿回廊的时候，碰巧就真的遇到吴先生带着几个少爷从西厢书房里出来，准备去园子里干活，11 岁的书童云景也就是胡开逸亦相随在后。

少爷们都是一身的短打，着粗布衣与草鞋，携锄头与大锹。长相清雅的云景却穿了一件旧长衫，一只手捧了吴先生的水烟壶，另一只手拎了一嘟噜子少爷们干活累了时可以席地而坐的通草蒲团。云景的穿着及携带有点特别而抢眼，瘦挑挑的个子、英气逼人的脸庞儿，更显出他的与众不同来。

卞顺眼尖，最先看见这群人，赶紧跑过去呵斥吴先生："回去！回去！你眼睛长到后脑勺子去了，没看见太太小姐在此吗？！"

吴先生的手里也拿了农具，但干活时他也忘不了教学生们识字背书，此时只顾摇头晃脑跟学生们"之乎者也"，哪里看见女眷们过来，听到呵斥，一下子站住，愣顿片时，马上摊开两臂，像赶小鸡似的拦少爷们回去。他一边赶，一边大念《弟子规》：

人不闲 勿事搅
人不安 勿话扰

进必趋 退必迟
问起对 视勿移

没等少年们转身，九小姐已经跑了过来，一把拽住最小的哥哥——八少爷卞清源，来到卞世典跟前："父亲，为什么不让我跟哥哥们一道读书、干活？让我一个人天天去念《千家诗》《千字文》《女儿经》，也不让我玩泥巴儿、种谷子……我怎么就不能读'四书五经'、《古文观止》？我为什么就不能玩泥巴儿、种谷子？"

卞世典呵呵地笑着："你才启蒙，不能跟哥哥们一样。你还读不了'四书五经'、《古文观止》，你是个女孩儿家，女孩儿家的手是捧书或绣花的，可不能玩泥巴儿、种谷子……"

九小姐听父亲说话时，眼睛向旁边一瞟，突然看见了书童云景，就像在修剪整齐的木栅边突然发现了一株自然随风的青青杨柳。6 岁的孩子尚不懂异性的究竟，但她却是在看惯了阔少哥哥们的脸蛋里看到了一张新鲜清亮的脸，这张俊朗脱俗的男孩子的脸，吸引了她。她打断了父亲的说话，指着云景问："他——是不是就是那个道士的儿子……"

太太赶紧向前走了两步，扭头轻轻地咳了一声。

卞世典笑着拉开女儿，一边向前走，一边对女儿说："是的，他是书童，才来的，名叫云景——你不可这样说他'是道士的儿子'，他父亲已经还俗了，是我们家的佃户。"

九小姐看见母亲已经向前走去，后面只剩下父亲、奶娘和翠画，胆子就大了，手从父亲的掌心里使劲地抽出来，一闪身逃开来，回走，穿过竹径，跑到云景的背后，恶作剧地嘿了一声。

奶娘用指关节在翠画的头上敲了一下："还不赶紧把九小姐给拉回来！"

翠画跟头流星地跑了过去。

听见声音，云景猛一回头，看见了九小姐，也看到了正往这边赶的翠画。

九小姐一脸灿烂地仰视着云景："你就是那个还俗道士、我们家佃户的儿子，名叫云景，我哥哥学堂里的书童？云景，你几岁了，你的个子怎么长得这样高……"

云景的脸一下子就红了，他不喜欢人家叫他书童，更不喜欢人家叫他云景，他喜欢自己原来带姓的名字。他也不习惯被一个小小的女孩儿这样直勾勾地盯着，他本想抢白她几句，想到临来时母亲曾交代过，到了卞家，要紧睁眼，慢开口，多做事，少讲话……母亲还特别提到卞家的这位千金小姐，说她金贵异常，招惹不得……想到这里，他就转身准备走开，却被赶忙跑过来的翠画撞了一下。

几乎是同时，云景与翠画都向对方道了一声："得罪……"然后又各自往后一退，翠画向云景行了万福礼，云景向翠画行了揖礼。

翠画因急着要拉九小姐回去，道礼之后就要走开，而云景却对这个长相甜美、乖巧懂事的丫鬟儿多看了一眼，并善意一笑。

九小姐见云景正眼也没看她一眼,却对丫鬟儿翠画友善有加,就生气了,说:"我是九小姐,名清瀹,字婉妍,号凡子——你没看见我吗?倒跟我的丫鬟儿翠画眉来眼去的……"

云景让九小姐说得啼笑皆非,转身走开了。

九小姐见云景走开,更生气了,撵着喊:"云景——道士的儿子——书童——书童——你还没回答我问话哪——你还没向我行礼哪——你好没规矩呀……"

九小姐气急败坏,又是跺脚,又是甩臂,又是喊叫,翠画劝,没用,奶娘哄,也没用。

已经走到前面去的太太听见九小姐大呼小叫的,气得脸都白了,咯噔一下站住,竟不知脚往哪儿迈才好。

卞世典知道女儿又闯祸了,就笑着向太太挥了挥手,示意她回去歇着,他来处理此事。

但太太没有走开,而是等卞世典到了跟前,轻声地对他说:"那个书童,什么时候来的?哪家的孩子?"

卞世典说是吴先生荐的,胡姓佃户家的孩子,刚来不久。

正说话的时候,九小姐叫喊"云景"的声音不断地传来。

太太已经喘息得难以自持了,让袁妈搀着倚到廊台的木凳上坐下来,静了片刻,对站在身后的袁妈道:"今儿个晚上,就吩咐奶娘为凡子收脚(指裹脚)吧。"

袁妈哎哎地答着。

奶娘好不容易将九小姐拉到老爷与太太的身边,她听说太太吩咐要给九小姐收脚,就心疼地看看犟在她身后的九小姐,又看看二老爷,然后转身一把将九小姐抱起来,连鞋带脚地向众人样了样:"看看,还小着哩,这点儿大就收了,往后要是个头儿往高处蹿,那日子就遭罪了。挨一年吧,长长再……7岁再收不迟……"

太太没等奶娘把话说完,转身走了。

卞世典知道太太要给女儿收脚的事是不容商量的了,就对奶娘说:"越是金贵,越不能惯着她,收早些也好,让她早些学会闺阁礼数。"说完紧走两步傍在太太的身边。

见老爷走近,太太竟然转过身来吃力地屈膝向老爷行了个大礼,卞世典赶忙上前扶住。太太说:"你看我这身子骨,自打凡子下地后,就没硬朗过,唉!这个孽女啊,当初我真不该生了她,让你老爷也跟着……跟着操心劳神……"太太说着眼圈儿红了,声音哽咽起来,"老爷……那个叫什么……云景的……书童,就辞掉他吧……"

卞世典心疼地看着脸色憔悴的太太，叹息了一声说："墨语，都依你的，只是……这个书童，等两天再辞吧，听说是个懂事达礼的后生，很得吴先生赏识……"

太太抬眼看了看二老爷谦和的脸色，合了合眼皮儿，没再说话。

廊子里只剩下奶娘、九小姐和翠画的时候，九小姐一下子扑到奶娘的怀里哭了起来："奶妈妈，我不要收脚，我不想收脚……我怕疼，我怕疼啊……我想跟丫鬟儿们一样，脚长得大大的，想跑就跑，想跳就跳……"

奶娘紧紧地抱着九小姐，生怕别人抢了去似的，一边流泪，一边拍哄着："小姐乖……小姐不哭……"奶娘看了一眼翠画，没好气地说，"丫鬟儿，大脚丫丫的，往后没人要哩！富贵的男人都喜欢三寸小金莲，哪个喜欢大脚丫丫的丫鬟儿……"

照照新娘头好
乌云盖倒
照照新娘腰好
杨柳飘飘
照照新娘脚好
三寸尖椒

奶娘听了吩咐，不敢怠慢，开始准备收脚用的细布、药草和缠裹时要用的东东西西。

九小姐看见奶娘在抓八杀五地拾掇，晓得那是为她预备的，但毕竟是小孩子，也不知道它对自己的伤害有多么重，就局限于瞧空儿捣乱，一会儿将细布弄乱了，一会儿又将药草弄洒了，甚至还将那些用来缝扎缠布用的针头线脑从绣楼的后窗口儿扔了出去……

奶娘让九小姐闹得做不了正事，就对翠画和翠屏说，你们先陪小姐到楼下的花园里玩一会儿，她马上就来。又喊了楼下正在做粗活的婆子，让她也跟上去照应一下。

下了楼，九小姐走在前面，直奔花园边靠近花格墙的秋千。

干粗活的婆子不知道那秋千平常是不准九小姐随便碰的，也就没有阻拦，只是跟头流星地在后面喊："九小姐，你慢点走，当心摔着了！"

两个丫鬟儿也都是孩子，九小姐喜欢的秋千，她们也都喜欢，见九小姐直奔秋千而去，也就嘻嘻哈哈地来到了跟前。

先是九小姐一人坐在秋千板上，翠画与翠屏站在两边保护，悠荡了几下，九小姐停下来，要站到秋千上，并要翠画也站上去。

随着秋千的上下悠荡，两个漂亮的女孩儿翻飞如燕，舞动如蝶，亦如随风盛开的两朵花儿，翩跹翱翔，伴上银铃般的笑声，看得婆子眼晕，也引起了远在西厢书院外正在行走的云景的注意。

云景是替吴先生给二老爷送少爷们月考登录信札的，此时被一阵清脆的稚音吸引，扭头看见后花园的格墙里晃动着的秋千上的两个女孩儿。本不想多看的，云景是个安静的少年，但那美景却在云景的眼里成了一幅美不胜收的画儿，眼神就由不了自个儿了——天是静的，云是动的；墙是静的，秋千是动的；花是静的，女孩儿是动的……动的线条在静的块面里划动着、流淌着、变幻着……童子云景情不自禁，随手从书袋里掏出炭煤芯儿，展开手里的信札，在它的背面，只略略几笔就勾画出了一幅曼妙的秋千图。

云景正要收笔转身走开时，被站在秋千上的九小姐发现了，顾不上婆子的拦阻和翠画、翠屏的拉扯，她径直穿过花园拱门，悄悄地跑到了云景身后，趁此不备，一把抢过他手上的信札。她展开来，见到了那幅白描，见她和翠画被画成两只长了翅膀的漂亮的蝴蝶。

见自己在云景的笔下变得这般好看，九小姐笑得咯咯叫，上去就拉云景的手。吓得云景顾不上要回信札，转身就跑，跑了几步，又回来，央九小姐还他的信札。

九小姐将信札藏到自己的背后，歪着头，笑嘻嘻的，看着云景："书童哥哥，你来抢吧……"

云景当然不敢去抢，打躬作揖地求要。

九小姐将信札从背后拿出，做递给云景状，云景果真去拿，九小姐却又猛一转身，虚晃了云景。

就在这时，奶娘过来了，见状，一拍巴掌，骂道："作死了，你这个小野种！怎敢跟我们小姐动手动脚的?!"

无论婆子与三个女孩儿如何明证求情，奶娘还是夺来了信札，不由分说地跑到太太那里告状去了。

悠秋，驾秋
黄毛丫头甩到寿州
寿州水大
淹到丫头尾巴
寿州水深

淹到丫头脚后跟

胡开逸神色淡定地进了家门。

正在做针线活儿的母亲抬头看见儿子回来,有点惊奇:“咦,不年不节的,你怎么回来了?”说着站起来,就要从儿子肩上取下行李卷儿。

胡开逸支开母亲的手,一声没吭地进了里屋。片刻时辰,又出来,肩上仍然还挎着刚才挎回来的行李,只是手中多了一把旧纸伞儿。

还没等聂氏缓过神来,胡开逸又一声没吭地走出了家门。

等儿子走出家门后,聂氏才想起来追出去,喊道:“逸儿,你这回了又走,唱的哪出子戏啊?等我做碗面汤,你喝了再走……”

胡开逸头也没回,径直走远了,最后消失在岔路口中间的黄连树后。

天晚了,胡正生一身汗一身泥地从田里收工回来,身后跟了手拿放鹅棍的9岁的小儿子胡开楚。

聂氏看见男人精疲力竭的样子,把本来想出口的话“你也该在塘里洗干净了腿脚再进家”的话咽了回去。她赶紧从厨屋里打了一盆水出来,倒到大木盆里,又拿来粗布巾搭在大板凳上,然后去弄晚饭了。

聂氏将晚饭摆到了桌子上,一窑盘泡豇豆、一窑碗大蒜炒菜苔、一盏子蚕豆酱、一盆绿豆稀饭和几节炩芋头。

四口人都坐下吃晚饭的时候,聂氏对一直闷头喝粥的男人说:“开逸挨晚时回来了,不年不节的,进里屋拿了一把伞,又回去了……”

胡正生放了碗筷,一下子站起来,大声地问:“他带行李了没?”

聂氏点头。

胡正生一下子坐到板凳上,将剩下的半碗剩稀饭倒到小儿子胡开楚的碗里,头低下来,深深地叹了一口气。

胡聂氏有点发蒙。自从胡正生还俗随她过日子以来,对她虽然也是百般的疼爱,拼命种好佃来的田地,养家糊口,也不失为一个好继父,将前夫的儿子娶了亲成了家并准他们另起了炉灶,女儿也出嫁了。但她看得出来,他的心还在云游,还在他的修行上。她经常在半夜里看到他披衣起床步出院门,向天地叩拜。她也经常偷偷地向家里供奉的菩萨祈祷:让这个男人的心能归于尘世,伴她一生。然而,每当看到这个善良的男人在日复一日的枯燥累乏的农活中挣扎着、蹉跎着的时候,她又在内心里自我对话:劝他离开吧,离开俗世,回到他的玄虚里……可是,这样好的一个男人要是放他走了,自己空落落的心又归置何处?留他在此,他该有多么的痛苦;可放他离开,自己又该有多么的痛苦。

胡聂氏挂在男人身上的心悠悠荡荡的,盼着与他生下的两个儿子、一个女儿快快地长大,通晓世事,让她这颗不踏实的心能多一分支撑。幸好孩子们都很争气,特别是两个男孩子,长相出众,聪明勤奋,大孩子胡开逸还被卞家学堂里的吴先生相中,得了二老爷的首肯,小小年纪就进了圩子当了书童。能挣几贯铜钱添补家用不说,最主要的是,一个佃户人家的孩子,能在东家做事,服侍少爷们读书,也算是得了一个靠山,也为寒门挣一份荣耀了。

当初决定谁进圩子时,小兄弟俩还发生了争执,11 岁的开逸不愿去,而 9 岁的开楚却摩拳擦掌争着要去。后来是胡正生发话,说开逸稳重知礼,他去学堂里服侍比较合适;而开楚虽然机灵聪慧,却玩心较重,容易惹祸,且年龄尚小,还是留在家里随父母做些农活或家务,等长大些再说。

聂氏慢慢地收拾桌子上的碗筷,尽管是慢慢地,但还是不小心碰翻了桌子上装蚕豆酱的盏子。她赶紧用抹布擦去桌子上的酱渍,掩面儿瞥了男人一眼。见男人没任何反应,她端着空碗准备去厨房,想想又折回来,像是自言自语,又像是在宽慰男人:

"兴许……他就是回来讨把撑杆子(伞)的……开逸……懂事、稳重……他不会惹事的……要不……你明儿个去圩子里看看他?"

胡正生扶在桌子上的手指稍许向上一抬,且无力地摇了摇说:"不用去看他了,他不在圩子里……"

一摞子碗从胡聂氏的手中掉到了地上,很响。

胡正生仍然没有抬头。

晴朗的星空下,卞家圩子的菜园被笼罩在一片神秘莫测的夜色里。星星点点的萤火虫在菜地的上面忽高忽低、长长短短地乱飞,菜棵下面的蛐蛐儿却兴奋地扯直沙哑的嗓门此起彼伏地歌唱。

位于菜地西北方位的兼作菜园棚的李菜园子的家传来了一阵阵女孩儿的哭闹声。

毛丫坐在床沿上,双脚浸泡在床沿下面的木盆里,木盆里装了半盆用艾草掺骨节草熬就的热腾腾的中药汤。

李周氏双手握住毛丫的双脚,使劲地搓揉,直到将双脚都搓揉得发红发紫了,将事先准备好的长长的白布条一端搭向毛丫的脚前掌,用左手的大拇指牢牢地捺住,右手便抄起长布条,果断地一绕,一裹——将毛丫的脚趾头儿极力地向下弯曲,直弯到能贴到脚掌心的地步。李周氏稍一使劲，毛丫就疼得直喊，同时拼命地收身缩腿，想从母亲的手里抽出自己的脚——哪里抽得出，铁钳儿一般地被死死地夹牢，抓紧，攥住。她只好咬着牙儿，一个劲地哭……当她的身子疼得打哆嗦时，李周氏的手还是停了下来，眼泪汪汪地看着女儿。

李菜园子坐在外间的板凳上一口接一口地吧嗒着水烟。

里间毛丫的哭声传出来："大大，我的脚好疼，大大，我求求你，不要收我的脚……人长脚……人长脚就是走路的，干吗要收它……哎呀……疼死我了……"

他拼命地吧嗒着已经吸尽了味的水烟，水烟壶里的水就咕嘟嘟咕嘟嘟直响，他想以此来遮盖那闹心的哭喊声，但是没用，毛丫的哭声仍然扎心。

"大大……求求你……好好的脚……好好的脚……你们干吗……干吗要收它啊……疼死我了……啊哟……大大……求求你……不要啊……"

哭喊声停了下来，李周氏从里间里出来，到李菜园子的旁边凑近他的耳边说："你看，毛丫她实在是疼得招不住哩！不照就算了吧，反正就是一个下人，当丫鬟儿的命，收脚有甚益处……"

李菜园狠狠地将手中的水烟壶掼在桌子上，抑着声儿却是口气生硬地说："妇道人家，真是短见识！你晓得甚?！我让毛丫收脚是为她好。也是你回来说的，九小姐在收脚了——人家千金小姐都能抗得住疼，我们一个下人家的丫头就娇惯得受不了了？收！往里收，越紧越好！"

"可是，丫鬟儿们是不让收脚的。俗话讲：大脚丫鬟儿，金莲儿小姐——人家小姐收脚是天经地义的，我们跟后掺和了起来，要是老爷太太们晓得了……"

"老爷太太不是还不晓得吗？趁毛丫还小，能搪得过去，再大些就难了。你讲得也没错，丫鬟儿们是不收脚的，可我……我就不信我们当下人一定得传代。要不是二老爷和太太点名道姓要毛丫贴身服侍九小姐，我是不会让毛丫进圩子的。"

"不是家生的吗？毛丫不进卞府，又能去哪儿？她总得跟着我们不是？再说，进了圩子又有什么不好？东家待我们不薄，也没拿我们当下人看，毛丫打小就跟九小姐玩在一起，小丫头家做不了任啥，可吃穿都由东家供着，我们可不能苛损了东家的好处……"

"我也不是傻子，这些我都晓得。我让毛丫收脚，跟东家待我们好不好是两码子事。毛丫长大了，一定要嫁个好人家，不收脚，怎么行？殷实人家的好儿郎总不能娶个大脚巴掌的进门当媳妇吧？"

李周氏一时失语。

李菜园子将水烟袋里的灰磕出来，又向烟袋锅里塞了些烟丝儿，拿起压在玉米棒蕊下的火媒子噗嘟噗嘟吹了两口，火媒子着了，赶紧凑到烟袋锅里点着，吸了一口，对李周氏说："还桩在这儿干什么？还不快去，趁热，眼一闭，心一狠，套上套子，缝实了，她哭让她哭去——哪有小丫头家收脚不哭不闹的？"

李周氏叹了一声气，也不好再说什么。

李菜园子在女人转身的当儿，又说："我已经替毛丫在袁婆子面前告了几天假，等日子过去，就让毛丫忍着点，装着点，不就是陪九小姐玩儿吗？九小姐也在收脚，她多半也是跑不起来的，小姐屋里有那些老妈子粗丫鬟们，也没多少出体力的事要我们毛丫去做。你在里面，有事没事多过去照应些，从早到晚，一天混下来，不难。"

"可这脚收成了，得要月把半载的光阴哩！"

"月把半载怕什么，跟一辈子比，牙一咬不就过去了。我跟你讲过多少遍了，要想毛丫脱掉当下人的命，往后能嫁个好人家，她眼下就得收脚。"

李周氏不再吭声，转身进屋了。

里屋的哭声却越发大了。

娶新娘，拿灯照
照照新娘脚大小
大的糯米粽
小的小尖椒
哎哟哟
新郎爱坏了

九小姐的闺房里，一群人闹哄哄地围着坐在藤靠椅上的九小姐，有哄她吃饭的，有哄她穿衣的，也有哄她不哭的。

李周氏一手拎了两包点心，一手拉了翠画进来，翠画穿了一双大得出奇的鞋子。

奶娘邹氏一看见周氏就没好气："你一个烧柴火的粗老婆子，怎么敢大摇大摆地来我们千金绣楼啊！还有你翠画，小姐收脚期间你当日日夜夜陪在小姐身边才是，竟敢在她最伤心的时候告了好几天的假，仗着袁妈偏心，仗着是家生的丫鬟儿，仗着有老爷太太们另眼相待，简直趁头上脸了！干么事要回那破棚子住了这几天？鬼才相信你是病了！懒猫扯呼，装眯盹！看看……看看……还带了一身的菜味……哟，你的脚怎么啦，站不稳的样子，还穿了这样大的鞋？你该不会跟小姐一样也在收脚吧？"

邹氏说翠画收脚是当笑话讲的,她无论如何不会想到丫鬟翠画会跟九小姐一样也在收脚。

李周氏知道奶娘不过是在取笑她们罢了,也就装着不在意的样子笑道:“看奶娘真能说笑！我们下人,粗使丫头一个,收什么脚。”

奶娘睨视一眼周氏与毛丫,鼻子里哼了一声:“量你也不敢!”

九小姐看见李周氏和翠画来,不哭了,抬眼看了看翠画的脸,并将手中的绢帕递给翠画,翠画以为是九小姐让她为其擦泪,就偎到九小姐旁边轻轻地为她擦拭。九小姐将头向旁边扭了一下,苦笑着对翠画说:“我是让你自个儿擦擦的,你看你的脸上,眼泪水还没干哪！你怎么也哭了,哪个欺侮你了?”

翠画使劲地忍着,忍着,可不争气的泪珠儿却一个劲地往下掉。

九小姐以为翠画是在心疼她,就一把抱住翠画,哇地大哭起来。一主一仆,两个同年同月同日生的女孩儿哭作了一团。

奶娘一见这情势,一把扯开翠画:“啊哟哟,翠画,死丫头子啊！你越发不像话了,太没家教了,怎么……怎么敢跟小姐抱到一块去了? 你一身的青菜味,离远点,离远点！别脏了我们家小姐好不好?!”

翠画本来脚疼就不大能站稳,让奶娘这么一扯,一下子跌坐到地上,呜呜地哭了。

九小姐见翠画跌倒,想站起来去拉翠画,结果脚也站不稳,与翠画跌到了一起,两人又搂抱到一块,不顾一切地号啕大哭。

所有的仆人们都慌作了一团。

奶娘邹氏恨恨的,想骂人,又怕吓到了小姐;袁妈转身要去禀报主人,想想又转了回来;周氏此时压根儿就成了一个呆人,桩在那儿动也不敢动。

倒是翠画先止住了哭,对母亲说:“大大,你走吧,我陪小姐哩,没事的……”

李周氏走了,九小姐也止了哭,对奶娘和袁妈及其他的丫鬟们说:“你们都走吧,我只要翠画一人在这儿就行啦。我不要你们都在这儿,跟苍蝇样的,跟蜜蜂样的,嗡嗡嗡的,烦死我啦。走！都给我出去！你们再不走……再不走……”

九小姐扯开嗓门儿发火,想撵开众人,一时想不到什么词儿更能吓倒她们,就用哭声代替,哇哇的。众人见小姐哭闹成这样,也都像掐了头的苍蝇和折了翅的蜜蜂,没了办法。

九小姐见她们还围站在她的旁边,越发生气了:“你们——怎么还不走开——还有,你们要是把这事禀报了我的娘亲,我就一头撞死给你们看……”

众人见九小姐如同撒泼般地发了从未有过的脾气,甚至以死相逼,只好悄悄地下了绣楼，悄悄地隐到楼梯后面的帘栊里，屏声静气地听着上面的动静。

上面的哭声渐渐地从大哭到呜咽到抽泣，最后什么声音也没有了。

奶娘气得咬牙切齿，不敢出声，就使劲地顿足。袁妈推了推奶娘，又向楼上噘了噘嘴，意思让奶娘当心，不能再惹九小姐生气了。

又过了一会儿，楼上传来压低嗓门说话的声音，只是听不清一个字儿。

楼下的袁妈到底还是有点不放心，在众人都安静下来后，她踮着脚小心翼翼地上了绣楼。

袁妈看见翠画与九小姐身挨身地坐在床前的踏板上，九小姐正在帮着翠画脱鞋子，九小姐好像是忘了自己的脚疼，认真仔细地抽解着系在翠画鞋子上的带子。

见袁妈上来，翠画吓得松了手，但鞋子已经脱下来，露出被缠裹的脚。

袁妈吃惊：这翠画还真的收脚了！一个丫鬟儿，在小姐收脚时她也收脚，这李菜园子和糖婆子的胆儿也太大了！袁妈虽是个管家婆子，协助卞顺管理卞家的女事，毕竟是个用人，宽厚仁惠的她在翠画告假时主动请求亲自来服侍九小姐，为的就是让主仆都能安心，没想到翠画告假竟然是为了收脚，瞒天过海的，东家要是晓得了，这还得了！

就在袁妈犹豫着不知如何是好时，奶娘上楼来了。

烧开的稀饭锅又加了一把干柴，这下好了，潽掉了……

奶娘不由分说地打了翠画一巴掌，然后转身就要下楼。

袁妈知道奶娘下楼要干什么，她急中生智地拦住了她：“这事还临不到你去禀报，有我在哩！你把小姐服侍好就得了，其他的，我来管吧。这你晓得的，我们都不能让九小姐有一点点的闪失，那可是吃不了兜着走的。”

袁妈说着看了一眼九小姐，然后转身走开了。

翠画被打，没有哭，只是用手捂着被打的半边脸。她不知道自己错在哪里，但她知道自己惹祸了。

九小姐见奶娘打了翠画，想站起来跟奶娘说话，但碍于脚疼，又坐下了，嘤嘤地哭。

翠画吸溜着气息，想将脱下的鞋子穿上，但怎么也穿不上去了。

奶娘坐在一边幸灾乐祸地看着，时不时在鼻子里哼一声。

袁妈笑嘻嘻地上来了。

袁妈对九小姐说：“恭喜九小姐，我刚禀报了太太，没想到深明大义的太太没责怪倒也罢了，还说九小姐打出生起就有翠画陪着，没想到受罪吃苦也都招呼到一块了，她巴不得有这样一个贴心贴肺的丫鬟儿连收脚都陪着九小姐哩！这下子好了，太太让翠画跟九小姐一起收脚。奶娘啊，还坐着生气啊？劳动你赶紧打理干净的收脚布，把翠画脚上的粗布换下来，要用圩子里头的给九小姐备下的细洋布才是……”

奶娘邹氏非常吃惊太太做出的决定，但既然太太已经吩咐了，就不得不站起来，鼻子里哼哼着：“一个死丫头片子，收了脚也还是下人，脚再小，还不照样要干粗活。真不明白太太是怎么想的，把一个下人都惯到头上了！”

奶娘给翠画换脚布，带着气，那手脚就特别地重，疼得翠画浑身发抖，却是再也不敢哭出声来，把个嘴唇都咬破了。

缠足是一种很可怕的摧残女性肉体的行为，就是将好端端的一双脚硬是从脚趾甚至是脚掌起向脚心处弯曲、收缠，生生地把女孩的脚骨给折断，皮肉像叠布似的粘贴过来，使脚形成尖尖的样子，像粽子或菱角或尖尖的辣椒状……过去女人一生中最大的痛苦不是生产，也可能不是病痛，而是小小年纪就不得不承受的缠足之苦，这种非人的折磨陡增了女孩儿家生命中难以理喻的苦难与不幸。

夜深了，斜靠在锦垫上的九小姐哭累了，歪了头浅浅地睡去，却将一双裹满了白洋布的双脚伸到绫帐外面，用力地抵在床后的墙面上，为的是沾一沾墙面的凉气，缓解一下双脚如同火烧火燎般的疼痛。

侧身卧在踏板上的翠画也把双脚伸在夹被的外面，时不时地颤抖一下，眉宇间打了一个幽幽的结，若隐若现的两朵酒窝此时也随着轻轻重重的鼻息声忽闪着。

奶娘轻手轻脚地吹灭了蜡烛，绣楼顿时暗在浓浓的夜色里。

剔菱角，摆菱角
菱角多，摆百图
百图南，百图北
北图大姐种荞麦
荞麦开花紫浪色
紫是紫，芥是芥
小士打马放过来
拎蹄子，蜷爪子
小脚丫头怎搞咋
蜷哪只，蜷这只
……

二老爷的书房里仍然亮着烛灯。

卞世典的对面坐着他的弟弟卞世章，弟兄俩已经聊了很久了，此时仍然谈兴正浓。

三弟从京城给二哥带来许多新鲜的消息，最多的是关于国事的。他们谈倭寇如何就山东问题向中国发出通牒；谈蒋介石如何得到孙中山的器重；谈靳云鹏辞职、张作霖赴京……卞世章兴奋异常地说着，卞世典兴致勃勃地听着，偶尔也打断一下，或询问，或插话，把话题引得越来越深、越来越远。

当他们谈到女子可以进北京大学读书的事，卞世典皱了皱眉头，继而又笑了，说："没想到京城现在新潮成这样了！少男少女的，混杂在一块读书，成天抬头不见低头见的，那成何体统了！要是我们家凡子在那样的学校里，我断乎不敢放下心来的，你二嫂，怕是魂都要愁丢掉的。说来好笑，前不久，学堂里的吴先生央我从佃户家里雇来了一个书童，名叫云景，那孩子确实长得眉清目秀的，甚是英俊，且才华出众，我们家凡子碰见了，就跟犯了花痴样的，跟前跟后去追喊人家。哈哈哈……"说到这里，卞世典开心地笑起来，接着又说，"你二嫂，就是因着凡子的稚傻，竟然没来由地将那个挑不出啥毛病的俊小哥儿给辞退了，让吴先生跌足抱憾跟我叽咕了好几次……"

卞世章听着听着，也跟着笑了起来说："6岁的孩子，能懂得什么?!二哥二嫂你们也真是的！不过哩，站在你们的角度想想，也可以理解，卞府里就这么一个千金闺秀，恨不能打罩儿罩了她。可是你们想过没有，凡子是要长大的，今后世道如何，谁也说不准，但在她的童年里，做父母的当让她开心健康才是，可不能无端地伤害她，摧残她！"

卞世章说着一下子站了起来，双手撑在二哥面前的桌子上，用逼视的眼光盯着二哥有点慌乱的眼神："我听讲，你，还有你的太太，正在用最残忍、最愚蠢、最荒唐无稽的方式强迫你的女儿裹足，是不是这样?"

卞世章几乎是咬牙切齿、一字一顿地问完了以上的话，然后把嘴紧紧地抿起来，眼光如同两道刺人的利剑，将对方一直躲闪不定的眼神剖穿得稀里哗啦。最后卞世典不得不搭下眼皮儿，低下了头。

卞世章却不依不饶："二哥，都什么年代了，禁止缠足恶习的公文早都颁布了，没想到你们还在家里枉法徇恶，还在用这样可怕的手段摧残自己的骨肉！那可是一双娇嫩幼小的孩子的脚啊！俗话说'十指连心'，一双好好的女孩儿家柔嫩的小脚，竟要活活地把它给折断了，弄残了，搞得奇形怪状的，你们这……这……这都安的是什么心！"

“可……可……”卞世典还在挣扎。

“‘可’什么？我晓得你想说什么，你的意思是为孩子将来好，因为男人喜欢小脚。二哥，我告诉你，在京城，很少再有男人喜欢小脚女人了。你再想想，为什么人称大脚为‘天足’？之所以称为‘天足’，因为它是天生的，天生的有什么不好？它是要驮着人的身子行走一辈子的，你把它给弄残废了，身子和脚都遭罪。二哥啊二哥，你也在京城待了那么多年……”

听到这里，卞世典一下子站起来，什么话也没说，拍了拍卞世章的肩膀：“不早了，都寅时尾卯时头了，三弟快歇着吧。我去叫醒泉玉，让他喊袁妈赶紧去凡子的绣楼……”

没等卞世典把话说完，卞世章便对着他抱拳、弯腰、作揖，然后开心地笑着，打开了二哥书房的门。

北角后院里传出了清脆激昂的公鸡叫声。

胡聂氏左手拎了满满一蒲包从地里才挖出的新鲜花生，右手挎了一篮子从水沟里才采下来的茭白和菱角，身后跟着小儿子胡开楚，顺着青河埂，气喘吁吁地来到了卞家圩子。

袁妈让邬妈收下这几样新鲜的土产，吩咐晌午就做出来给老爷太太们尝个新鲜，然后领着胡聂氏去找吴先生。

袁妈在领胡聂氏去学堂的路上，已经搞清楚胡聂氏此行的目的了，她是来找儿子云景的。袁妈因为忙，也怕沾上这个麻烦事儿，她晓得是因为那天九小姐的缘由，府上辞退了云景。而云景娘从家中又找到府上，这云景究竟去了哪儿，可不是一件随便能沾边的事儿。她急急慌慌地将胡聂氏引见给吴先生，又简短地把话儿递了过去，以手头上堆着的琐碎事太多为借口，就抽身走了。

胡开楚见到吴先生像是见了多年的熟人，行礼、问候、客套等都做得跟大人精似的，举手投足更是有模有样，惹得吴先生笑哈哈地合不拢嘴儿，一个劲地夸赞：“这小哥儿！这小哥儿！机灵劲儿怕是胜过他哥哥云景呢！”

胡聂氏却手脚无措地站在书房的廊下，有点发干的嘴唇还老是往牙齿上粘贴，话也就说得不大顺当：“吴先生，你看……我这……我这真是有点冒犯您哪！按理……我一个妇道人家……不该抛头露面的……来找……找你……可我当家的……他又不愿意来……你看……我大孩子胡开逸，你们叫他云景的……他……他到底……去了哪儿？给你们丢下什么话了没有？”

吴先生谦和地听着，待胡聂氏断断续续地说到这里，就拱了拱手道：“刚听得袁妈说，我才知晓，云景离开圩子没有回家。这就有点让人担心了——那他这是……去哪里了呢？”

胡聂氏告诉吴先生，开逸从圩子出来是回了家的，但拿了一把伞马上又走了，她以为他是回了圩子。

胡聂氏在叙说的过程中渐渐地自如了，因为着急，就直截了当地问吴先生：“吴先生，这么说来，孩子离开圩子不是他自己想要离开的？他在圩子里到底做了什么不当的事，惹东家气了？他是被撵走的，对吧？”

吴先生赶紧解释：“胡家弟妹，此话不当，此话不当！不是撵走的，是叫辞工。”

“辞工不就是撵走的吗？还有什么当不当的？”胡聂氏有点生气了。

“辞工与撵走怎么能一样呢？‘辞’字含有‘解’‘推’和‘告退’等诸多含义，而且有主客双方的意向；而‘撵’却带有‘赶’‘驱’‘逐’这些主方与客方交恶的意思了……”

胡聂氏让吴先生的字眼儿抠得发急，就打断了他的话：“吴先生，都怪我们家教不严，小儿莽撞愚拙，让先生见笑了。我急着想要找到儿子，豁牙漏风的，讲错了话，还望吴先生担待些……”

吴先生接话：“云景还是很懂事理的，说话做事都是很合度的，也很得老爷、少爷们喜欢，不过……”

“不过什么？”

“呵呵，你千万别误会，细情我也不太知晓。听说那天在回廊里，九小姐遇到了云景，是九小姐追着想跟云景闹着玩儿，都是小孩子嘛，可太太有点不高兴了——大家礼数嘛，很讲究的——卞家圩子就这一位千金……可这事是怪不得云景的。二老爷也没听从太太的话，只叫卞顺来告知一声，让云景以后行走中千万别再让九小姐碰上了。就在卞管家说过这话的第二天，云景说是要回家看看，后来就没来了。按说，这是云景自个儿辞了学馆的工，这事儿我也没敢禀报老爷，只跟卞管家禀报了一声。卞管家当时交代，说这样也好，免得那位任性的千金以后遇上云景再生出什么事来，大家都担待不起……”

胡聂氏叹了一口气说：“真是不好意思哩！吴先生，到底是我们家孩子不晓世事，自己走掉的。他这是去了哪里呢？”

“对啊，这小哥儿也太内敛锈口了，无论有什么委屈，无论去了哪儿，应当让家人晓得才是啊！这真叫不辞而别了……”

吴先生说到这里，被胡开楚清脆的笑声打断：“哈哈……我哥真是败兴哩，这点小事都担待不了……”

胡聂氏正心急火燎地听着，没想到小儿子竟插进这样的话来，顺手就给了小儿子一个耳光，然后坐到廊下的石阶上，捂着脸抽泣起来。

胡聂氏的这一巴掌就像是打在一块软木头上，胡开楚的眉头皱都没皱一下，脸上仍然喜形于色。但他见母亲坐下来哭了，便赶紧偎到母亲身边撩起自己的褂襟儿给母亲擦泪。

学堂的窗格里露出几张少年的脸来，吴先生回头示意他们回到书桌前，并对另外一位稍显年轻的先生耳语了几句，又回到胡聂氏的身边对她说："胡家弟妹，请你千万想开些，不要这样。这件事，这件事，叫我真的无能为力……"

"哪来的泼妇？竟敢在卞府学堂前哭闹撒泼！"

随着一声喝问，卞顺站在了胡聂氏的面前。

胡聂氏抬起头来，看见卞顺凶巴巴的脸，吓得就地跪下，诺诺连声，说不出子丑寅卯来。

吴先生赶紧打圆场："管家大人，你误会了，这是之前学堂书童云景的母亲，她来向我打听云景到底去了哪儿，无碍他事……"

卞顺口气缓和下来："云景不是回家了吗？怎么寻到这里来了？"

胡开楚将母亲从地上搀起来，拍了拍母亲膝盖上的灰尘，然后转过身来对卞顺行礼说："见过管家大伯，在下小儿问管家大伯安！我哥他是从你们圩子里走掉的，要是回家了，我娘就不会来找了……"

卞顺听出这小小的孩子出言不凡，礼数周到，反倒生出几分好感来："吴先生，你看哪，这小子比他兄弟倒显麻利机灵得多哪！"

吴先生连连点头称是，竭力夸赞。

胡开楚向吴先生躬身行过礼，又向卞顺一抱拳："管家大伯谬夸，晚辈不敢当。晚辈陪母亲来府上叨扰，还望官家大伯海涵……"

话没说完，卞顺扑哧一声笑了，对胡开楚说："你别跟我文屁冲天的，我没念几天书，听不懂之乎者也。"说着转身对吴先生说，"不过这小家伙看上去倒像个能成器的角儿……"

吴先生哈哈一笑，也向卞顺抱了抱拳："管家慧眼，他要是能来学堂服侍，那是再好不过的了……"

也不知今儿个卞顺哪来的高兴劲，当即就对吴先生还有胡开楚说："我来跟老爷禀报一下，你就留下来吧，当你兄长的值。"

胡聂氏不相信自己的耳朵，胡开楚也没反应过来究竟，母子俩都愣在那里。

吴先生拉了一把胡开楚："还不赶紧谢过大管家！谢过你的管家大伯！"

小板凳，落落
里面蹲个大哥
大哥出来买卖
里头蹲个奶奶
奶奶出来烧香
里头蹲个姑娘
姑娘出来磕头
里面蹲个马猴
马猴出来蹦蹦
啊呜啊呜咚咚

晚上。

胡聂氏的家。

女人坐在香油灯下纳着鞋底，麻线长长的，嗞啦嗞啦地抽着，抽到底了，再次下针，可满眼的泪水让她无法看清针脚，她从肋下的大襟绊子上拽出一块布帕，擦了擦眼睛，又塞回去，在鞋底上拔出针，再嗞啦嗞啦地抽……

男人坐在桌子的对面，侧过身子吸水烟。铜壶里的水呼噜噜呼噜噜地响着，壶嘴上的烟叶儿一明一暗的，吸一口，那燃着的烟叶儿就向窝锅里面塌陷一点，于是再撮了碎叶子按进窝锅里……

女人停了抽线，呆呆地看着侧影的男人问："你说，这开逸……他去哪儿了呢？"

男人一口一口地吸，一撮一撮地向窝锅里续烟叶，好像没听到女人说了什么。

女人放下手中的针线，伏到桌子边嘤嘤地哭起来。

男人将水烟壶放到桌子上，一边收拾碎烟叶，一边对女人说："别哭了，你当高兴才是，开楚让东家留下了，还是在学堂里服侍，这是好事！"

"可是……可是，开逸没了音信……"

"我晓得他去了哪里……明儿个我去找他回来就是了……"

"他去了哪儿，你原是晓得的，是吧？那你为什么不早些讲，不跟我挑明了，害得我妇道人家抛头露面地去人家屋檐下跌相伤脸，丢人现眼的……"

男人没再说话，收拾了烟具，伸了一个懒腰，进里屋去了。

女人也将鞋底与针线放进笆篮里，端着灯盏进了里屋。

卞世詹的烟室，灯光昏暗，拉严了窗帘的屋子显得有点阴森。

卞世詹斜靠在烟儿的卧榻上，长长的烟枪对着烟灯一口一口地吸，一个小厮站在他身旁伺候着，两个七八岁的丫鬟儿一边一个跪在卧榻正面的踏板上，轻轻地叩敲卞世詹的膝盖以及整个腿部，卞世詹的脸上显出很惬意也很诡异的神色。

卞顺站在一边，袖着手，笑嘻嘻地看着卞世詹过完了烟瘾。

卞世詹放下了烟枪，大幅度地伸了一个懒腰，推开捶腿的丫鬟，向卞顺招了招手："卞顺哪，这次你搞来的土不错，热乎乎麻酥酥地往骨头眼子里钻哪……"

卞顺倾身打了一躬，然后凑近卞世詹的耳边小声道："打道上买来的……可不是一般的价哩！"

"又是道上来的，什么'道上'？不就是土匪吗！这些人可不好招惹啊！"

"大老爷放心，小人知道轻重。"

卞世詹从袖袋里掏出一枚珠子："你看，这个够不够了？"

卞顺拿过来看也没看就装进了内袋里："哎呀，大老爷，您这是骂我哪！那土呢，是小人孝敬您的；这宝呢，是大老爷赏小人的，哪能计数它够与不够？我为大老爷行走，愿意肝脑涂地哩……"

卞世詹嘿嘿一笑："我还不晓得你肚子里的小九九？你不把我屋子里掏空你是不会善罢甘休的。不过哪，我也愿意。唉！人哪，一辈子几十年，一晃眼就过去了。'人生得意须尽欢，莫使金樽空对月。天生我材已无用，千金散尽还复来……'"

卞世詹的心情很好，摇头晃脑地改唱了李白的《将进酒》，又将卞顺招近些，咬着他的耳朵说："你猜猜，我现在心里最想要的是什么……"

卞顺谄媚一笑："小人明白，我明儿个就进城，给你挑两个最嫩生最好看的来……"

卞世詹蜷起食指在卞顺的脑门上嘣了一下："你这是故意撩我，对不？你看我……我能等到明天？哪个要你进城挑，家里不是有现成的吗？今儿个晌午，我瞧见了那个跟在凡子后面的丫头，叫翠画的……她陪凡子在花园里看老妈子们摘柿子，小脸白里透红的，听说是跟凡子同年同月同日生的，该有11岁了吧……"

卞顺吓得一下子跪到了地上，磕头如捣蒜："大老爷，您老就是想要天上的月亮，我都会请匠人打把长梯子，小人亲自爬到上头去，把月亮给你端下来。只是……只是请你千万别打那丫头的主意，她是九小姐的贴身丫鬟……"

卞世詹没容卞顺说完，拿起烟枪在卞顺的头上狠狠地砸了一下："亏你还晓得她是个丫鬟？"

"她可是九小姐的……"

“你少拿九小姐跟我叫板!”

卞顺又磕头如捣蒜:“小人哪敢哪！小人是替大老爷您着想哩。您老是卞家赫赫有名的大老爷！二老爷尊您为哥,这是大老爷您的福分！您老懒得操心家事,现是二老爷在主事儿,九小姐可是二老爷的掌上明珠,她的贴身丫鬟儿……俗话讲,打狗看主家,大老爷,小人斗胆劝你,收了这心思吧,我马上给你叫一个过来就是了……”

卞世詹听到这里,没再吱声,气哼哼地抬起腿在卞顺的屁股上猛地蹬了一脚。卞顺没防着,一下子被弄了个黑狗趴地。他吭哧吭哧爬起来,拍拍胸前的灰,嬉皮笑脸地对卞世詹一鞠躬:“大老爷,您老好大的腿劲哟,难怪你急马挺枪地要人过来。小人劝你,这劲别在小人屁股上溜滑了,还是留着点儿,待会再用……”

黄道日,黑猫叫
奶奶拿苕左右扫
呸呸呸,上锅灶
屙了巴巴又尿尿
介个日子真好笑

吴先生老是咳嗽,已有好几天起不得床了,学堂里的事就只好由另外两个年龄稍轻一点的先生照应着。但学生们提上来的一些高深复杂的字句释义,还是要带到吴先生的病床前才能解决。

因八少爷提问《进学解》的要义,两先生抬起杠来:一说贤人韩愈此文主要论进学教学生学而优则仕别无他意,一说韩愈此文除了教学子如何进取却还话外有话……争执着,来到了吴先生的卧室。

书童胡开楚服侍吴先生喝了药,扶他躺下,一转向碰上了两先生,就屈身行了个礼说:“周先生安！方先生安！吴先生刚刚喝过药,先让他稍事歇息会儿吧……”

吴先生眼睛闭着对胡开楚说:“竹青(吴先生为胡开楚取的书童名),让他们过来吧。”又转问二位,“有何惑突啊?”

两人陈述各自的见解。

吴先生想坐起来说话,却在欠动身子时又猛咳了起来。胡开楚赶紧上前,一手扶着吴先生的肩,一手在吴先生的后背轻轻地拍着,扭头看见两位先生还站在那儿等候答案,就脱口而出:“你们解得都对,互为补充,只是还有一点,文中显明已然,就是韩贤不得志,借进学而抒胸中郁怨……”

周、方两位先生目瞪口呆，吴先生却憋足了一口气，骂道：“竹青，你给我闭嘴！这里……哪有你信口雌黄的份……”

竹青自知失当，但觉没有失言，于是站在一边，抿嘴无语。

吴先生对周、方二人挥了挥手道：“竹青的话……是对的……”

待二人走后，吴先生喝了几口茶水，笑着对胡开楚说：“真没想到，你的学问竟超过了先生！我晓得你是识字的，可《古文观止》……我们……才开篇啊！你这些，都是从哪儿得来的？”

胡开楚向吴先生鞠了一躬：“先生，下人还不是跟着您学的，还有就是从文章中得来的啊。读熟了，反复琢磨，就是了。仆从也不晓得对与否，也不敢瞎问。刚才他们来烦扰您，怕您累着，我一急，就乱了礼数……”

吴先生又大咳起来，胡开楚赶紧在吴先生的茶壶里续点开水，端起来递上去。吴先生接过茶壶喝了一口，喘息之后，看了看竹青，断断续续地说：

“看我这……不堪的……身子骨儿……我一倒头……你还能不能留在学堂……难说……我跟卞管家……递过话，可我……信不过他……我这样子……又见不了老爷……说不上话儿……去求求老爷……兴许还能……”

胡开楚转到吴先生的背后，轻轻地替他捶着背：“先生，您不会倒头的，您一定寿比南山……”

“你来圩子已有五年了吧？”

“嗯，两头踩，六年了。”

“你比你哥哥活泛得多，上上下下的……应付过来……不容易，你哥他……来不到一年……就惹上了祸——按说也不能怪他，都是九小姐……九小姐，你见过……没有？”

“打过照面儿，没说过话。先生您交代过，家父、家母也叮嘱得紧，我晓得轻重。”

“那就好……我要是倒头了——哎哎，不讲‘倒头’……我要是……告病还乡了……你还能留下的话……往后……得更加小心谨守才是……眼见你们都长大了……”

“不会有事的，先生放心，我晓得大户人家的规矩，我只是一个下人。”

“可九小姐……她……她任性惯了……她不屑大户人家的……规矩……云景就是因为她……被撵走了……那时都还小……如今就更……更是得提防留意了……看我……真的是想多了……”

吴先生说完这话，就一直咳，一直咳，一口气呛住，再也没回过来。吴先生没有后嗣，二老爷念他饱学仁厚，从少爷到孙少爷的启蒙都从师于他，于是厚葬了他，顶棺、下坑、摔老盆的事儿本是儿孙们的事，只能由书童竹青担当了。

吴先生头七过了，卞顺给了胡开楚两元大洋："竹青，当初是吴先生督上了你，吴先生他现已回老家了，你也长大了，再当书童不合适了，粗糙活你一个细作惯了的书生秧子也做不了——我已买了一个小叫嘴的来替你——你就回家帮你父母搭手种田立户撑门头吧……"

胡开楚接下大洋，向卞顺行了个礼："谢过管家大伯，当初是您容留我的，小的才能留在圩子白吃了这些年的茶饭。然小的无能，难以回报，不过小的记着管家大伯的恩哩。万望管家大伯再容我几天，打理一下吴先生的交代，再走可否？"

卞顺瞪眼看了看胡开楚，拎起一边嘴角鄙夷地一笑："又跟我文屁冲天，'可否''可否'的，好吧，就再'可否'你两天，两天'可否'完了，又能怎样？就是再'可否'你两年，你也还是当下人的命，我要你走，你还得走……"

听了卞顺的话，胡开楚向卞顺一鞠躬："谢过管家大伯！"

萤火虫，亮亮飞
大大叫我逮乌龟
乌龟乌龟没长毛
大大叫我摘毛桃
毛桃毛桃没开花
大大叫我收冬瓜
冬瓜冬瓜没落蒂
大大叫我唱大戏
大戏大戏没搭台
大大叫我抹小牌
小牌小牌没赢钱
大大叫我犁板田
板田板田犁不动
打你狗日不中用

吴先生临终前给了胡开楚一个信札，交代让在他走后满了五七，这封信一定要由胡开楚设法亲自交到二老爷手上。胡开楚猜测着这封信的内容可能与自己有关，但因为先生新丧，心中戚然，没顾上揣量细究，打算等先生一个月的丧期过了，按先生的吩咐，把信札再当面呈给二老爷。但卞管家在先生刚过头七时就要辞他，这可是他没想到的。他也晓得这个卞管家是个无所顾忌的吸血蚂蟥，哪个在圩子里想谋一份差事都得给他一定的提成，而胡开楚打小就受儒、道二学熏染，加上生就一副执拗的个性，几年下来，他压根就不买卞顺那由提示到不满再到仇视的眼神。他也知道得罪了卞管家就等于在砸自己的饭碗，却仍旧奉行无为修身、顺其自然的家训，没将其事放在心上。此时卞顺趁机要撵他离开，虽感意外，倒也没觉有何不妥，因为自己确实已经大了，回到家中种田、立户、撑门头、侍奉双亲，也都是合宜应当的。

胡开楚收拾好自己行李，将吴先生的遗札拿上，去后厅屋侧室，向服侍二老爷的下人通报说有信札要面交二老爷。

正巧二老爷从厅屋出来过天井准备进书房，听了下人的禀报，就叫胡开楚递上信札来。

胡开楚屈身行礼，然后从怀里掏出信札，双手呈上。

卞世典接信札时问了一句："竹青哪，你怎么背了行李来见我？吴先生刚走，你就想要辞工？"

胡开楚正想说是管家的意思，却有下人过来向二老爷禀报，说太太的病情有点加重了，袁妈在厅屋外候着，想请二老爷去太太房间一趟。

卞世典本来也是准备拆札看信的，听说太太病情加重，什么也顾不上了，赶紧随手将信札向袖筒里一塞，跟着来禀报的下人就走出了天井院。

胡开楚走出了圩子，过吊桥时，回头看了看，最初见到吴先生的情景历历在目。

那年他4岁，早春与父母还有哥哥一道来圩子喝九小姐的满月喜酒，父亲带他们来到花园里赏看园景，不期遇到了吴先生。

"呵呵！好灵慧的童子！识得篆书，还能生疑诘问，是块读书的料子，是块读书的料子！"

当他与父亲一起诠解园中景石篆刻"纤玉印月"时，吴先生就是这么朗朗大笑的，那会儿，哥哥开逸也在园子里。转眼间，吴先生已经归天，哥哥离家也已经有6年了……

想到这里，站在肃寂寒风中的胡开楚竟觉悲凉骤至，不禁潸然泪下，然后深深地吸了一口气，走下了吊桥。

胡聂氏担了一担粪水到园子里去，小脚之人走起路来本就不稳，加上担子的重量,那步子碎碎颠颠的,直将桶里的粪水摇晃得向外一个劲地泼洒。她只好停下来,定了一会儿,再走时,还是如此……

突然一双大手从她的肩上挪走了重担。

胡聂氏一回头,见是小儿子胡开楚。

“回来啦。”

母亲以为儿子是常例省亲,被挪走重担的她一下子松泛了,语气里便带了一种释然与惬意。

“吴先生过背了……”儿子担着粪水一边走一边戚戚地说。

“这我们晓得。出棺那天,你大大本是要去的,正巧赶上你姐夫来报喜——你姐生了,是个小士!”沉浸在得了外孙子喜悦中的胡聂氏说到“小士”二字时,声音扬得很高,“哎呀,第一胎就生了个小士,你姐的肚子也真是争气哩!本想要去送送吴先生的,因为说好了马上就去吃喜面的,就捉摸着,喜事不能跟丧事对冲,就没去卞府了……”

“吴先生过背了,他们辞了我……”

“辞了?辞了就辞了吧,你也大了,老是做一个听使唤儿的书童,不算个事儿。回家来,跟你爸学种地。你爸也不是壮劳力,但你们两个抵人家一个还是行的。”

“大大,开楚不孝,暂不能为父母撑立门户,还让你们为我忧心,孩儿真是罪过。”胡开楚的语气里带了深深的失意与漠然。

胡聂氏的脸色渐渐地阴下来了,看着小儿子瘦长瘦长的背影,叹了一声气。

晚上,一家三口围坐在小方桌上吃饭。烧了旺旺炭火的红瓦炉子上坐了一只铜锅,锅里煮了青菜豆腐,炉子旁边是一碟蚕豆酱和一盘子干椒炒泡菜。

都是很下饭的菜,但胡开楚却怏怏的,吃不出味道来。

胡聂氏时不时地看一眼小儿子,咀嚼着心疼。

胡正生从火锅里夹出一块豆腐,在装酱的小碟子里沾了沾,递给胡开楚:“青菜豆腐保平安——平平安安的就好。反正是冬闲,明儿个我带你一道去青河道观看看你哥……”

胡聂氏夹菜的手一抖。

“你哥有种,出家不认家,比老子刚性。你大大提起他就哭,那天带你大大去看他,他竟跟我们又是‘施主’又是‘无量天尊’的,惹得你大大伤心巴肝的。唉!也好,也好,各自脚下一条路……也好……也好……”

胡聂氏扒着饭,连着眼泪水一起嚼进嘴里,咽进肚里。

看见母亲落泪,胡开楚放下饭碗说:“我不想去什么道观,明儿个娘陪我去姐家看看吧——我这都当舅舅了！”

胡聂氏转悲为喜，连连点点头：“外甥多像舅，那小东西长得可像你了……”

第二天清早，胡聂氏穿戴好了，一边将竹匾里的鸡蛋一个个往蒲包里拈，一边扭头喊侧屋里的小儿子：“开楚，起了吧？我们走啊。”

没有回应。

胡聂氏又喊了一遍，仍然没有回应。便停了手，放下蒲包，去推侧屋虚掩着的门：“开楚，还没起啊？天不早了……”

门由里向外打开了，胡开楚睡眼惺忪地走出来：“娘，我不想去了，哪儿都不想去……”

胡聂氏本想说儿子你怎么这样没定见，但看到他一脸的沮丧，就打住了话头，改口道：“不去就不去吧，才回来，在家歇歇也好……”

娘儿俩正说着话，就听到院门外有叫门的声音：“这是胡先生家吗？竹青在吗？”

没等聂胡氏反应过来，胡开楚就一头冲了出去，连声应答：“我在，我在。请进！请进！请问你是……”

“我是二老爷身边的泉玉啊！”

胡开楚这才想起来，这人是二老爷身边的人，那天他给二老爷送信札的时候，向老爷报告太太病情的就是他。

“啊哟，看我眼拙，寒舍跟前，一下子没敢相信，泉玉哥会光临敝所，有失远迎！”

来人进门，向聂胡氏一鞠躬，然后又笑着向胡开楚拱手道：“恭喜竹青，道贺竹青……”

胡开楚被泉玉的话弄得有点犯晕，愣在了那儿。

聂胡氏一边给来客沏茶端水，一边接过话茬道：“啊哟，贵客哪！”

泉玉接过茶盏，坐到大板凳上，对愣着的胡开楚和正忙着的胡聂氏说：“事情是这样的，吴先生临终之时不是给二老爷写了一封信么……”

胡开楚点头说是的，还是他送到二老爷手上的。

周先生接着说：“这封信是吴先生向二老爷极力举荐你竹青的信。当时你呈给二老爷的时候，正逢上太太屋里的丫鬟来报太太病情加重的事，我就去禀报二老爷，二老爷也就随手把信往袖口里一塞。直到晚上太太病情稳定了，老爷才打开信来看——吩咐我见天有下脚的亮就过来，请你赶紧回圩子去……”

胡聂氏给泉玉续水，笑道：“这么说，我家开楚又可以去卞府做事了？”

泉玉端起茶盏，嗯了一声。

“泉玉哥来得这样早，怕是早饭还没吃上哩，娘去烙点粑粑，我也饿了……”胡开楚对一脸笑容的母亲说。

泉玉赶紧拦住：“不了，二老爷等着我们回话哪！”

泉玉与胡开楚一道走过吊桥，进了圩子。

在大门口碰上卞顺。

卞顺一看是二老爷的贴身小厮领着竹青进来，就愣在那里，瞪眼看他们。

倒是竹青活络，快步走到卞顺跟前，打躬，作揖，问安。

“管家大伯安！竹青叨扰了！”

卞顺已经明白一二，于是赶紧顺水推舟，浅笑着答礼并扭头对泉玉说：“二老爷仔细，是我粗心，当时只想吴先生走了，竹青也大了……没想到，学堂里几位先生，二十多个少爷、小少爷念书，就一个书童到底是不够的，我还正在着急想再找一个小子哩，没想到二老爷亲自操心了。”转身又对胡开楚说，“二老爷亲自过问学堂书童的事，说明二老爷看学堂是极重的，你往后可得小心服侍，如有闪失，别怪我卞某不客气……”

泉玉与胡开楚都听出了卞管家的言外之意，但都没搭话，点点头，闪身走开。

卞顺像是突然间想起了什么，对着泉玉和竹青的背影叫起来：“哎——哎——你们这是……去哪儿？竹青你还不赶紧去学堂里忙乎去，干吗跟在泉玉屁股后头？难不成你还想去伺候二老爷啊！”

泉玉说：“是二老爷吩咐让先去他那儿的，二老爷有话要亲自对竹青说。”

卞顺发了一会儿呆，摇摇头，鼻子里哼了一声。

泉玉按二老爷的吩咐，将胡开楚带进了二老爷的书房。

卞世典从太师椅上站起来，向行大礼的胡开楚道：“竹青起来吧，别那么客气了！真没想到，这么小小的年纪，竟如此饱学，卞府有幸哪！”

胡开楚站起来对卞世典说：“蒙二老爷抬爱，赏竹青一碗闲饭，我会尽心尽意的。吴先生走了，蒙二老爷大恩，我也长大了，僮仆的差使不累，我还可搭手做些府上其他的活……”

“竹青哪，你真的是长大了，你有这样的学问，还做什么书童——我请你回来，是要让你当学堂先生的，伙着周、方两位先生，教我的儿孙们……”

胡开楚一下跪到了二老爷的面前：“二老爷，我竹青龄不过十六，知识尚在启蒙。承蒙二老爷宽厚，在吴先生跟前服侍，让竹青有幸亲近斯文，识得几个字儿，不过鸲鹆效言罢了，岂敢在圣贤之地张狂！二老爷，竹青能在府上当个僮仆就是您的大恩大惠了，断乎不能揽承如此大任，请二老爷您，收回成命……”

胡开楚急得头上冒汗了，还准备往下诺诺时，只听啪的一声，二老爷气得拍了桌子：“竹青，难道你还要我卞世典求你不成?！是吴先生写了荐书，我亦询问了我的儿孙们，他们都道你是配当的，我知道你还是个少年，破格用你，是因着你的才学。你……你……你……你如此推三阻四，有何道理?！”

看见二老爷气得咳嗽起来，泉玉在胡开楚的屁股上踢了一脚：“还不赶紧谢过老爷！我马上带你去学堂，让他们给你准备寝榻……”

胡开楚起身，再跪下，向卞世典又行过大礼，弯腰退出。

就在跨过书房门槛的当儿，天井院里传来一阵女孩儿的笑声，竹青抬头一看，见是九小姐与她的丫鬟翠画。九小姐正拿了一本册页儿，对翠画指指点点的，从书房外院的月亮拱门进到内厢的天井里。

竹青听出是九小姐在教翠画识字，他乘机退到一蓬箭竹旁，想避开碰面。然而，一边走着一边谈笑的主仆二人还是与竹青碰上了。

翠画一边云天雾地地听着九小姐卖弄她新写的小楷，一边还要帮她捧着刚写下的册页，同时还得为小姐撑伞遮阳照顾着她的行走，就在忙乱之中，眼神活络的她看见了闪在箭竹丛后的竹青。

翠画就用肘弯儿碰了碰九小姐，轻声说：“小姐，你看，竹青……”

九小姐站住，偏了头看看竹青，笑了，从翠画手中拿过册页去，走到竹青跟前。

“你就是竹青啊？长得真像云景！听说你饱读诗书，文采斐然，你的篆书、小楷很得老爷与先生们的赏识，那你能不能给我指点一二？”九小姐说着，向竹青递上她的册页。

竹青脸红了，不敢伸手接，与九小姐尴尬地相对着。

翠画见状，上前来拿过册页，翻开，平摊在竹青面前：“竹青哥，难不成还能叫小姐的话掉地上了？你就点拨点拨嘛……”

竹青只好看了看说：“小姐这临的是钟绍京的《灵飞经》吧？贱仆认为，还是王羲之的《曹娥碑》更适合你。另，小楷章法，较大楷与中楷，更显其难……”

“这个……吴先生曾教导过……”

“凡子——”

书房里传出卞世典带着轻轻呵斥意味的声音，吓得翠画一伸舌头，九小姐却做了一个翻白眼的鬼脸。

竹青低下头，后退着离开箭竹丛，然后，转身，撒腿就跑。

看见竹青逃跑的样子，翠画捂着嘴笑了起来。九小姐的视线随着竹青的背影在月亮拱门的消失收了回来,看了看捂嘴傻笑的翠画问:“你笑什么?好笑吗?你看他像不像云景……”

翠画忍了笑,用嘴呶了呶书房。

卞世典从书房里出来了。

翠画傍着九小姐赶紧走到二老爷跟前,九小姐向父亲请了早安,翠画也向二老爷行了屈膝礼。

九小姐指了指翠画手里的册页:“父亲你看,我学写的,想得赏哩!”

卞世典从翠画手里接过册页,翻看了一下,不置可否,就拿着进了书房。

九小姐跟在卞世典的身后,见他不哼不哈的,有点不高兴了:“父亲!我写得不好吗?”

卞世典坐下来,将册页再次打开,九小姐赶紧凑过去,候着父亲的赞许。

谁知父亲打开后又合上了,笑着看了看心爱的女儿:“凡子,听说你开始习读《四书》了?”

“嗯,已读完《孟子》了。”

“之前让吴先生单一给你启蒙讲学,现他走了……”

“那就让那个竹青给我讲呗……”

“万万不可!小女少男之间,岂可单独教学?”

“那就让我跟哥哥们一起念读……”

“那也不行。你的哥哥们,特别是你八哥清源,顽劣不羁,别把你教带坏了,你还是少跟他们来往才是。凡子,你是女孩儿家!一个女孩儿家读完《四书》也就差不多了,以后练练小楷,还有小篆,或可练练工笔花卉。凡子,你已经大了……”卞世典说到这里叹息了一声,“哦,对了,你母亲身子骨那么弱,还为你劳神哩,昨天差点一口气过去了,今天一大早,就吩咐袁妈为你请绣娘了……”

绣花娘,绣花娘
花针尖尖丝线长
一绣朵朵并蒂莲
二绣对对彩鸳鸯
再绣喜鹊登红梅
又绣百子戏春光
……

所谓的绣娘，就是专门给出嫁女刺绣陪嫁物件的手艺人。过去女孩出嫁，陪嫁物件中，绣品是少不了的。小户人家多半由出嫁女自己或家人刺绣，适可而止。而大户人家，就要聘请专门的手艺人了。要绣的东西太多，除了衣、被、鞋、单之外，还有门帘、窗帘、床披、几围、凳垫、茶托、汗巾、帐流苏、手炉罩等等，都要用针线一针针刺绣出来。送亲时，装陪嫁礼的车或担，上面全都覆盖绣品，到男家门口等候"育性子"的时间里，这些盖了绣品的礼车礼担按序排开，队伍越长，女家就越有面子。有特别讲究的大户人家，从女孩 3 岁起就开始为她请绣娘了。九小姐已经 11 岁了，像卞府这样的人家，才开始请绣娘，就算是很迟的了。

九小姐听了父亲的话，也没有太多的在意，好像请绣娘只是他们家事中的一项，跟她并无多少瓜葛，于是也就没接话茬儿。倒是翠画留了心，看见本想来讨夸赞却被岔开了话题的九小姐此时有点怏怏的，就轻轻地扯了一下九小姐的衣袖："小姐，老爷累了，让他歇着，我们去太太那里闹闹吧。兴许太太看见了小姐的字，会开心的……"

九小姐与翠画走进太太卧室的时候，太太已经起床，正坐在隔间垫了狗皮褥子的圈椅上喝红枣桂圆汤。

看见女儿进来，太太将羹匙放进盏子里，受过礼拜之后，轻轻地问："凡子，今儿个起迟了怎的？比往常……请早安过了半个多时辰哩！"

九小姐虽是卞府独一千金，但太太为了这个宝贝女儿能成人成器，在她面前就刻意淡化对她的娇宠。九小姐自小是跟着奶娘与老妈子们长大的，对不苟言笑的母亲总有几分害怕与生分，见母亲究问，便思忖着该如何回答。

这时翠画却抢答了过去："禀太太，是九小姐让老爷看字哩，多说了会儿话。亦想太太昨儿个身子骨有点不适，小姐本是想让您多睡一会儿……"

太太拉下脸："翠画哪，我是在……问凡子话哩……临不到你说话……你在小姐身边，要晓得，什么叫作慎言……"

翠画退到九小姐的身后，站下来小声嘟哝："我晓得'剩盐'的，厨娘们放在罐子里……"

九小姐扑哧一声笑了，指着翠画道："我叫你识些字读些书你就是不听，看看，你把'慎言'讲成'剩盐'了……"

九小姐笑得哈哈的，翠画也跟着笑了，当太太搞明白了她们的笑是怎么回事时，也忍不住笑了起来。

见太太开心，翠画把九小姐的册页展开递上。

太太有点气喘，接册页时勉强笑了笑说："练小楷啊！女孩儿家，你又不想去当师爷……”随手翻开，先点点头，歇了一会儿，再翻，又摇了摇头道，“不好，不太好，走笔力度不匀，太随意了……章法也不够平整，有点乱……”

九小姐脱口而出：“难怪刚才竹青那样说我哩……”

太太停止了翻看，眼睛看向九小姐，又看了看翠画，问：“是学堂里的……那个书童……竹青吗？你们……怎么碰上的？凡子……你一个大家闺秀，女孩儿家的……怎么去跟一个下人……小厮……谈书论字？！”

九小姐自知失言，听了母亲的数落，本想反驳，但看母亲如此虚弱，也就吞声忍气没再说话。

太太把册页递给翠画时说：“翠画，你在……小姐房里服侍……就得多长点眼神……遇上下人，就是避让不开……也要提醒小姐……晓得自身的尊贵……”

翠画明白太太的话不仅是冲她说的，也是借此教训小姐，于是跪下，揽错，直到太太叫她起来。

太太看着机灵乖巧的翠画，又看看心爱的女儿，心气也就平和下来，对身后的丫鬟指了指已经冷了的桂圆汤说：“去让厨房热一热……给凡子也盛一盏来。”说着用嘴努了努对面放有暖盆的坐桶对九小姐说，“要是冷……就去那儿……坐一坐。”

九小姐摇了摇头说不冷。

太太咳了两声。

翠画向九小姐使了个眼色，九小姐这才悻悻然走到暖桶边。

翠画随手拿了搭在暖桶边的一只绣花棉垫座儿，准备给九小姐铺上，不经意翻看了一下，扑哧一声笑了。

九小姐已经屈下的身子又直了起来，问翠画：“笑什么？”

翠画指了指绣垫上面的刺绣：一只白鹤站在一只青龟背上，背景是几簇松枝，她觉得这一龟一鹤的组合挺滑稽的，就说：“我从未见过鹤能站在乌龟背上，会打滑的……”

九小姐道：“这叫‘龟年鹤寿’，是祝语，愿寿长福绵的——非得你见过才是啊？”

翠画哦了一声，扶九小姐坐好，将丫鬟刚刚端上来的桂圆汤递上去。

太太喝了一口热汤，对翠画说：“我寻思着，明儿个凡子过门，你也跟过去吧，没有比你更贴心的了……”

九小姐刚刚因为说了竹青的事被太太说了一句，心里还堵着哩，听到“过门”二字，就连嗔带怨地说：“娘亲，你就一个女儿哎！我才11岁，你就寻思着要撵我出门？听父亲说，你都请了绣娘了，嫌我把卞府吃穷了是吧。翠画才不要跟着哩，翠画就留在圩子里，嫁给那个……那个……我想想……就嫁给那个竹青好了，对吧，翠画？你就嫁给那个竹青吧……”

翠画让九小姐的玩笑话说得满脸通红，没敢吱声，太太却把一口汤喝得咽住了。

“凡子！”太太打断了九小姐话，语气里带着责备，“你是……千金闺秀，不是……放牛……孩子……”太太说着又咳了起来。慌得太太房里的丫鬟还有翠画又是捶背又是递水，九小姐也从暖桶上站起来，搓着手儿，不知如何是好。

太太喝了水，喘息了一会儿，安静下来。

翠画对九小姐说：“小姐，我们扶太太上床歇着吧。”

九小姐没有动，翠画伙着丫鬟将太太搀起来，至床前时，翠画腾出手麻利地从被窝里拿出铜手炉放在枕头边，再掀开锦被，让太太坐进被窝，又将手炉塞进被窝里，搁到太太的手上。

太太坐稳了，舒了一口气：“哎呀，翠画啊，有你……在凡子身边……我就是死了……也放心哩……”

翠画扑通一声跪在了太太的踏板上：“太太，您吉人自有天相，您一定寿比南山，福如东海——就像刚才这垫子上绣的——那松鹤跟乌龟……”

翠画说到这里，一下子打住，却把九小姐惹得忍俊不禁。

太太缓过神来，一手指着翠画，一手捂着胸口，笑得吭哧吭哧的：“翠画你……你是……是……是咒我……千年王八万年鳖……哎呀！笑死我了……看样子……我还真得……把你许配给……竹青哪……一个文绉绉的……一个叉里叉吧的……哎哟，笑死我了……”

翠画抬起头，看见大家都在笑她，也跟着笑了起来。

太太笑过了，告诉九小姐，她已经将她与六安州富商盛家的大表哥合了八字。盛家是太太的娘家，九小姐与盛大公子是姑舅表兄妹。她说，这门婚事，二老爷也是非常满意的。

在母亲说话的时候，九小姐一直在翻看她带来的册页，低着头，好像在听，翠画从侧面看她的神情，又似乎根本没有在意母亲究竟在说什么。

花喜鹊，摇尾巴
一下飞到老李家
李家丫头讲婆家

刷大锅烧开茶
刷小锅炒芝麻
讲在哪个家
大嘴蛤蟆家
可会讲话
咕咕嘎嘎
可会走路
蹦蹦蹅蹅
多少礼银
四两砣拉
多少爆竹
扑哩扑嗒

过了二月二,天气是春天了,已经暖和了,但太太的病却越发重了,原来还能咳出痰来,现在只能干咳,偶尔呕出一点东西出来,竟带了红红的血丝。换了无数个中医,吃了无数个方子,仍不见效。卞世典与太太的感情一直很好,自打生下九小姐,有了病,他更是嘘寒问暖,悉心照顾,恨不能一把抓去爱妻的症候。然而,让他着急伤心的是,他只能眼睁睁地看着太太一天天消瘦,一天天憔悴下去。

在给三弟卞世章回信中提到嫂子的病,伤痛之情令人心碎。

三弟接到消息后,接连三封回信,要哥哥带嫂子北上进京为嫂子就医诊治。

接第一封信时,卞世典不置可否,想山高路长的,病人哪能经得起旅途的劳顿?来第二封信时,卞世典开始心动,正如三弟所说,妻子得的可是难治之痨,如果留于家中,肯定是必死无疑,倘若进京就医,或许还有希望。当他与太太商量时,却被太太一顿嗔责,说自己就是死也要留在圩子,死在卞府里。等到三弟的第三封信到时,卞世典不再犹疑,吩咐家人打点进京的物事,也不顾及太太不愿离家的伤心痛哭了。

但卞世典还是允了太太的哭求,在家里多住了三天。

三天里,太太让丫鬟、老妈子们扶着搀着,将圩子里的正房、厢房、前院、后院、东亭、西阁、四向花园、八面廊房,甚至壕沟外的侧屋、附厦都看了一遍。

太太虽然装作不经意的样子,但卞世典的心里却隐隐作痛,他知道太太喜欢这个家,舍不得这个家。

太太离开圩子时,天还没亮,但仆佣们都起来相送。

太太在轿子里半躺着，刚走出后厢房时，她就抬起了身子，让陪坐的丫鬟撩开轿帘，向四周贪婪地张望。眼光从楼台亭阁、水榭花坛上扫过，就扭转身子直向后厢九小姐的绣楼张望，看着看着，眼泪水就滴落在衣襟上。

因为天色尚早，绣楼在晨曦中安静着。

轿子快要出外院墙大门时，沿路相送的仆人已在身后，但透过晨光，太太看见大门后边竟然跪了一个女孩儿，近前来，见是翠画，哭得泪人儿一般。

太太心里一震，吩咐停轿，伸出头来问翠画："凡子哩？你怎么……不在她的身边……"

翠画边哭边说："小姐还睡着哩，我叫了她一声，见她睡得沉，也就没再喊了。我想这样也好，省得你们娘儿俩都舍不得。太太的病很快会好的，就要回来的……只是我，不忍见太太一大早就这么走了，过来送一送，给太太递个放心话儿……"

太太从头上拔下一支簪花儿，连同一块随手用的绢帕儿丢给翠画，勉强挣出一张笑脸来说："之前……也没想到……你会来送我……这两物件儿，你先拿着……等我病好了……就回来……回来……把你们……你们的终身大事……给订妥当了……翠画……有你在凡子身边……我放心……"

后面的轿子里，卞世典在催，太太的轿子只好走了。

轿帘儿合上了，可太太又自己撩开来，将头儿伸出轿帘外，对翠画轻轻地摇了一下手指，刚把"凡子"二字吐出来，一阵激烈的咳嗽将下面的话堵了回去。在翠画的泪眼汪汪中，轿子走出大门，走过吊桥，消失在春天的清雾里。

太太最舍不得的，还是她的宝贝女儿凡子。

翠画哭倒在大门边。

二老爷陪太太进京看病去了，当家做主的事自然就落在了大少爷的头上。虽然大少爷已近而立之年，但一直在父母手中过惯了闲日子的他，倒是很乐意将家里家外的简繁琐杂事都推给管家卞顺。

卞顺这两天却没落得好心情，家中 16 岁的儿子——大名卞有财、小名狗旺——仗着卞府的势子，横行乡里，将邻居家的独子打成重伤，三天后不治身亡。亡亲哭求族里，引起众怒，一呼百应，协力将凶顽抓到了祠堂里要行惩罚。卞顺妻子差人向卞府报信，卞顺花了重金才将儿子赎出。赎出后仍怕遭人报复，就趁着二老爷不在，将狗旺带进了圩子。

当地有民谣为证：

断了炊，空了灶
卞家圩子走一遭
包你吃不了
杀了人，放了火
卞家圩子躲一躲
包你享清福

卞顺本是卞府的一门远亲，祖辈们因为贫富悬殊，没有什么来往，到卞顺这一茬，就投靠来了，软缠硬磨进了卞府，左攀右附还爬到了管家的位子。卞顺本来不姓卞，姓孙，名字不叫卞顺，叫孙克柱。孙克柱来投靠卞府时，主动提出要改姓卞，二老爷也觉得他原来的名字有凶气，听着别扭，就给他改成两字名，叫卞顺了。

儿子狗旺5岁的时候，卞顺经二老爷同意把他带进了卞府想让他伴在少爷边上，学些文字。可不到半月，小小年纪的他，竟然抓伤了10岁的三少爷，弄瘸了8岁的五少爷，还摔坏了吴先生的水烟壶，偷走了袁妈的银发簪……最终是二老爷亲自发话让狗旺离开卞府并规定：不得允许，不准再来。

儿子成了卞顺的一块心病，现带来圩子，只是想暂时躲避乡里的报复，但他晓得，圩子里的危险似乎比家里更甚，因此就眼不敢远离狗旺，心也吊在儿子的两条腿上，生怕他惹出让自己吃不了也兜不走的祸来。

他晚上温了一点酒，叫狗旺陪他喝。

"狗旺……"

"别叫我狗旺，叫我卞有财。不，是孙有财！"

"好，叫你卞有财、孙有财！我叫你老子、叫你祖宗都照！今儿个算我求你了，别再给我惹祸了，好不好？你已经大了，哦，对了，狗旺……"

"你还叫我狗旺?!"狗旺说着将手中的酒盅儿一下子摔碎在地上，然后拿眼真真地瞪着卞顺。

卞顺受不了儿子那凶巴巴的眼神，吩咐伺酒的下人再拿一只酒盅放到狗旺面前，亲自拿起酒壶给儿子斟满了。

"狗……卞有财……孙有财……我的亲儿子！你就可怜可怜你老子，好不好……"卞顺说着说着竟呜呜咽咽地哭了，"我在卞府，说是管家，可我晓得，你也当晓得，我还是个下人，整天得悬心吊胆地提防着，生怕闪失了自个儿。想方设法从卞府里扒拉点私货，还不都是为了你。你这一架打得，我又得重新着手了。你已经大了，我打算在卞府里给你物色一个贤淑能干的丫鬟，明年就让你……”

“我才不要什么丫鬟哩，要娶，就娶卞家九小姐……”

卞顺将儿子越说声音越高的嘴一下子捂上了：“我的小祖宗！你咋能讲出这样作死的话来？九小姐是你能娶得的？就是她的丫鬟翠画也是你想也不能想的……”

“我怎么就不能娶？那大戏小戏里，家宰捣蛋、公子落难、小姐养汉，你要是用些心思，让我先把九小姐睡了，再怀上我的种，生米做成熟饭了，水到渠成的事……”

“我的小祖宗，上嘴皮往下嘴皮一搭，‘把九小姐睡了’，这样一个大家千金，娇惯得金枝玉叶似的，是什么人都能睡的吗？你这可真是癞蛤蟆想吃天鹅肉啊……”

“你……你……你什么鸡巴子管家！就一个窝囊废！”狗旺再一次摔了酒盅，站起来气冲冲地离开了桌子。

卞顺惊恐不安地看着儿子的背影，张着嘴，半天回不了神。

龙生龙，凤生凤
老鼠养儿会钻洞
好帮子好底做好鞋
好娘好老子养好孩
歪葫芦剖歪瓢
巴根攀墙还是草

卞世詹夜里睡了个好觉，早上起来，精气神儿挺好的，吃了早茶，就溜达出来。

出厢院门时，透过后花园的瓶形屏门，看见两个女孩儿在采摘带露的鲜花。一个丫鬟拿了剪刀在花丛里选取合适的株枝，选中了，就咔嚓一声剪断，轻轻地放进另一个丫鬟捧着的柳编篮里。

卞世詹知道这是九小姐房里的两个丫鬟，那个拿剪刀的就是翠画。

看着两个女孩儿轻盈清新的身形，卞世詹狠吸了一口季春里带着香甜与撩拨人心的空气，然后叫退了跟腿的下人，一个人径直走了过去。

“采花儿啊……”

猛地听到一个男人的声音，两个女孩子吓了一大跳。

待扭头看见是大老爷时，她们来不及放下手中的家什，就赶紧屈身行礼：“大老爷早安——”

“呵呵,早安,为凡子换插花哪！多采一点,多采一点,待会送我房里一些。”

“嗯哪,晓得了,待会给大老爷送去……”捧柳编篮的丫鬟翠屏接口答道。

翠画在月季丛中选中了一枝,手起刀落,剪下了花枝,放进柳编篮时对卞世詹说:“大老爷,隔枝不打鸟哩！你房里不是有下人的么？让他们为你采些吧。我们是归九小姐名下的,马上要服侍小姐起床、洗涮、吃早点……忙着哩!”

要按平常,卞世詹肯定发火了,这还了得,你一个丫鬟敢不听大老爷的支使,还顶嘴！此时他却忍住了,嘿嘿一笑:“那好,你们忙,你们忙……”

卞世詹回到厢院,让下人喊来卞顺。

卞顺因为儿子的事,胸口还堵着哩,听到大老爷叫,就带着脸色进了大厢院。

“遇上什么事了,跟我耷拉着脸?”

卞顺见问,才缓过神来,慌忙解释:“哦,大老爷,您有何吩咐？小的没事,就是夜里没睡好,头有点晕……”

“趁着老二不在府上,你回去把你老婆孩子接到圩子里来就是了,省得干旱不匀的,耽误瞌睡。哦,对了,是不是怕老婆孩子来了,耽误你玩丫鬟?”

“大老爷,您看您,尊贵的主子哪能跟我们下人开这样的荤口！不是我不接,也不是二老爷不让,是我那口子,她高低不愿来圩子。穷命,就好那茅屋笆栅田埂山路的,过不惯大户人家阔门阔院的日子。再说,我的那个魔王儿子,他要是来了……唉,不讲了,大老爷,您叫小的来,有何吩咐?”

“那就不勉强了吧。卞顺,是这样的,趁老二不在家,你……你把翠画给弄到我屋里来吧。”

卞顺见卞世詹又犯了浑,就气不打一处来,站在原地拗着脖子说:“大老爷,不是我说您,您老也是年近半百的人了,您弄碎了多少嫩嫩生生的花苞儿,卞府上下也没人敢说您一个‘不’字。只是这个翠画,我早就说过,您千万不能打她的主意……”

卞世詹瞪眼看着卞顺,一泡尿的工夫,又嘿嘿地笑了:“你为什么不让动翠画,是你自个儿想留着,还是要她做你的儿媳妇？我要翠画来我屋里,也没别的意思,就是想使唤几天,图养个眼,顺个意,过后再打发她回到凡子跟前。卞顺哪,平常我惯着你,塞饱了你的私囊,现时你倒学会趁头上脸了。老二刚走,你就把你那杀人魔王弄到圩子来了,你以为我不晓得……老二不在家,我就是家主,你一个下人还想反了不成?!”

“大老爷,小的确实得过您的恩惠,但小的也没少替您消灾啊——别的不讲了,记得那啃了韭菜根子的丫鬟小玉……”

卞世詹听卞顺提了这一档子，不由自主地打了一个激灵，但立马稳下神来："啃韭菜根子的小玉可都是你一手谋虑的，我不怕抖搂，大不了再赔上一抽盒子——对半对半，你就候着跟你儿子一样进官府抖搂去吧……"

卞顺本还想顶撞，权衡了一下，想我护着一个丫鬟，别拔出萝卜带出泥来，就夸张地叹了一声气，算是给自己下了一个台阶。

"那我去吩咐吧，先还得跟大少爷说一声……"

卞世詹哈哈哈地笑了："你就别再遮三盖四的了，你何时把大少爷放在眼里过。我说卞顺，你到底什么意思？支使一个丫鬟，有那么难吗？往常你都手到擒来，眼下老二不在家，你倒学会敬重主人了……"

卞顺转身时丢下一句话："大老爷，我可得申明一声，这事成了，不用您谢，不成，也别怪罪我。那个翠画，还有您的亲侄女儿——卞府的千金九小姐，可都不是好惹的角儿……"

红眼绿鼻子哟
四个毛蹄子哟
走路叭啦响哟
单咬哭孩子哟

青河道观里，道士们正在早课，诵念《清净经》。

胡开逸坐在前排第一蒲垫上，这个位置是道观知客执事的位子，说明他已经是道观监院的副手了。

在卞府里吴先生为他取名云景，没想到他来道观的第一天，监院带他去见住持，尚未来得及禀承详情，坐在一边的高功便脱口而出："此童儿可以留下。"紧跟着又道，"瞧这眉眼气象，高远修之，清明为之，定然成天道才秀，就取名云景吧。"

云景心里虽觉得奇巧，但也没显露丝丝受宠惶惑的神情来，他觉得这一切都不过是顺应了天意而已。

云景来道观后凭着他的聪慧与悟性，加上他的虔敬与勤奋，不仅受长者们的器识，也得平辈们的喜爱，很快从一个道童被提为迎来送往的知客执事。

为免打扰，早课时，经堂的门是关着的。

早课刚刚结束，虚掩着的门即被推开了，胡正生走了进来。

等父亲与所有的熟人一一打过招呼，云景才上前来施礼："无量天尊——"并扶着父亲，引他进了内室。

胡正生是受胡聂氏之哭托，想劝儿子还俗的。如若劝不转，就劝他娶妻，因为双何道观属于天师派，普通的道士是可以娶妻生子的。

听了父亲要他还俗的话，云景轻轻一笑："檀越——家父，您说，我既已出家，尘念已绝，还能回去得了吗？"

胡正生听见儿子如此决绝，内心五味杂陈，既有悲伤，亦有欣慰："开逸——云景……我的好儿子！父亲还能不体恤你的心曲？可是……可是，你亦当体谅你母亲的苦衷。我晓得她执意要你这样，一是因你是我们的长子，再一主要的因由是，她一直担心我终有一天会离开她。云景，我不后悔当初在坟场上的一念之举，毕竟你母亲替我生下你和你的弟弟开楚。可是，我对不起你母亲，我的心一直是分成两瓣的——睡梦里，常有道观的钟声将我惊醒……过去的日子里，我踏云采雾，俯仰异观……眼下那佃来的田地满足不了你父亲的心志……"后来的话变成了胡正生的自言自语，"我来劝儿子还俗娶妻，可谁来劝我，使我不再有二心而安心家舍呢……"

云景撩开长衫下摆，跪到了父亲面前，行过大礼，席地而坐，说："大——家父……您既是与孩儿同有一颗渴望出世的心，您劝说母亲不要执意凡尘，让孩儿无为无得无欲无著相虚清一生该有多好！父亲，请恕孩儿不孝，父母苦衷，唯有泣血相诉——不是孩儿不愿承继，也非孩儿看轻香火，只因云景打小起就已清淡了尘嚣，现龄已十八，意愿扶摇，只在天清宫上，无心再重陷沼泥。对不起，父亲大人，孩儿无意伤你苍凉之心，但孩儿断不能将已然出了苦海的身心重陷深渊……"

待儿子说到这里，胡正生再也忍不住，潸然泪下。

云景跪行至父亲前，父子二人相拥而泣。

糖妈李周氏听说毛丫被卞顺亲自带着去大老爷的屋里了，放下手中正翻炒着的糖丝，熄了灶下的柴火，来不及解下围裙就上了九小姐的绣楼。

九小姐正在写字，丫鬟翠屏磨墨，丫鬟翠烟在收拾房子。

李周氏爬上楼梯一步没挪就地跪下了："九小姐，九小姐，让翠画去大老爷的屋里服侍，这可万万行不得！你是主子，你要救救你可怜的翠画，她可是打小就跟了你，只有你……只有你才能救她……"

九小姐抬起来头来，将毛笔放到笔架上："糖妈，干吗慌成这样？管家让袁妈来，说是大伯这两天身子不适，屋里的人手不够，都道翠画心细，就去帮忙两天，这有什么大不了的？我的贴身丫鬟，哪个敢对她怎样？"

李周氏听了这话，心稍稍安下来。但回到糖坊灶间，仍安定不了神，就借给大老爷送切糕的由头(平常都是各屋里的下人来点领),亲自去了卞世詹的厢院。

有小厮迎来接过了切糕,李周氏装作不经意的样子问小厮:“听说大老爷身子不适?”

小厮没说话,只笑着点了点头。

李周氏从小厮笑着的脸上看出了一丝诡异和狡黠,小厮已经转身了,她还站在那儿向屋里张望。

小厮猛一回头,看见糖妈伸长脖子张望的样子,就呵斥道:“你这个糖婆子!带一身的生姜味来大老爷的宝地也就算了,还胆敢东张西望的!干吗?想顺手牵只羊?”

小厮的呵斥声让里面正忙活的翠画听见,出来,见是母亲,笑道:“大大,你怎么亲自送过来了?我正忙活哩,大老爷身子不适……”

李周氏长舒了一口气,悄声道:“哦,是真的身子不适啊。那就好!那就好!”回走了几步,又回来,向翠画招了招手,待女儿走近,附耳道,“多长几个心眼儿,记住,大老爷房子里的茶饭汤水一样都不要碰,我让厨屋里的大红儿定时给你送来。晚上,要回到小姐身边歇息,”

翠画若有所悟地点了点头。

果不出糖妈所料,在榻上装病的卞世詹起身了,向正在收拾茶具的翠画说:“翠画,不要再作弄那些了,歇会儿吧。来,过来,坐到我旁边来,给我捶捶腿……”

翠画答应着,但手仍在干擦洗的活上,扭头对站在卞世詹身后的小厮说:“你给大老爷捶捶吧,我得把这一片活儿忙完。”

卞世詹有点不耐烦,但强忍着笑道:“小士头子(指男孩),手糙脚重的,你来给我捶捶吧。”

翠画只好过去,为卞世詹捶腿。

卞世詹吩咐小厮:“把早上那燕窝汤端来,也让翠画尝尝——翠画可是我特意请来的贵客哩!这几天身子骨不适,俩丫鬟又都先后告假没能来,就只好劳动翠画姑娘大驾了。”

翠画笑道:“看大老爷说的,我是府上的丫头子,服侍主子是应当的。”

小厮将汤盏递给翠画,翠画接过来,放到茶几上:“我可不敢折寿哟,主子的汤,我一个丫头子,打死我,也断不敢糟蹋的。”

卞世詹喝完了自己盏中的汤,欠着身子将放在茶几上的盏子端起来递给翠画:“有什么不敢糟蹋的?你翠画在大爷的眼里,也尊贵着哩,何论糟蹋?喝吧!喝吧!”

翠画接过来："大老爷，您这是难为我哩。九小姐说过，年少人喝了燕窝汤会淌鼻血的……"

卞世詹哦了一声，没再勉强，任翠画将汤搁在了茶几上。

午饭时大红儿送饭过来，跟往常不一样的是，她将主子的饭菜摆好后，又从抽盒里端出一份属于仆人的饭菜，特地交代说是九小姐让送来的。

卞府备餐的规矩是在一个大厨房里除了大锅大灶外，还排了一溜儿小灶，每天由邬妈统筹协调，每一房主都有一个专门的厨子，据房主的口味烹制，然后送到各自主人的餐间里。所有的下人，就一大锅烩，烧好了，婆子们一大桌，小厮们一大桌，而各房的丫鬟儿要领到各房间里吃。

仆人要等主人用餐后才能吃饭。

翠画看着卞世詹狼吞虎咽的样子，就越发晓得这老东西的病是装出来的。

平常人家一日三餐，大户人家却远远不止三餐——早茶、早餐、打尖儿、中餐、下昼饭、晚餐，还有夜宵。

吃完了夜宵就要睡觉了，可卞世詹还要过大烟瘾。

这一天过来，翠画步步小心，她就以晚辈或九小姐丫鬟儿的由头凭着一个12岁女孩儿的机灵劲来推挡、化解与迂回，卞世詹也没敢过分。

夜宵后，翠画服侍卞世詹过足了大烟瘾，对他说："大老爷，我得回小姐屋里了！"说着就要走开。

卞世詹这时突然变了脸色，一扫白日里勉强装出的长者慈爱的样子，拉下脸对翠画说："难道我的病……夜里……就不要有人照顾了？"卞世詹从牙缝里发出来的声音冷飕飕地扎人，翠画吓得没敢吱声。

卞世詹吩咐小厮抱来垫褥单被，让铺到床前的踏板上，又让小厮睡到前厢去。

翠画怯生怯气地说："大老爷，九小姐让我陪惯了，她夜里少不了我的……"

卞世詹脸上现出复杂的笑容："翠画，我们家凡子有你这样的义仆，真是她的福分。她也是个孝顺的孩子，我明儿个跟她商议商议，把你收到我房里来吧，让你跟她一样，也是卞府的主子……"

翠画一下子跪到了卞世詹的面前："大老爷，翠画没有这福分，翠画是您的晚辈儿，翠画只想服侍九小姐……"翠画说着说着哭了起来。

卞世詹非常气恼，要发作，想想又忍了，大烟兴奋的后劲儿让他失去了耐心。

他开始一件件脱自己的衣服："你这个小丫头片子！我是卞家大老爷！大老爷想玩个丫鬟，还用得着这样费劲！你让我……你让我的心跟猫抓的一样……"

突然，有人敲门。

翠画赶紧跑过去开了门，门口站着九小姐，九小姐的身后站着李菜园子与糖妈李周氏。

九小姐呵斥翠画："跟你讲好了的，晚上回绣楼里陪我，怎么到这时辰还不回去？还要我主子亲自来接！你一个丫鬟，还晓得做下人的规矩么?!"

卞世詹恼羞成怒："凡子！你爹娘不在，看你野成什么样子了！一个女孩儿家，晚上穿厅过院，跑到长辈的屋里吆五喝六的，你作打了你……"

九小姐横眉竖目地看着大伯父："你打啊！你打啊！我亲娘老子还真没打过我哩！他们这一走，你竟把我的贴身丫鬟儿要来支使——还想要打我！你要是打了，我就撞死给你看……"

九小姐又拿出从小养就的娇蛮劲儿，跟她的伯父横了起来。

卞世詹气得咬牙切齿："看看，看看这……这哪儿还有一点点大户人家千金小姐的样了！看我不替你娘老子管教管教你，我对不起卞家祖宗！"卞世詹说着摸出大烟枪。

一直站在九小姐身后的李菜园子将手中的一碟红椒炒韭根放在了卞世詹的面前："大老爷，听说你病了，给您送点吃的来。您尝尝这韭根，新鲜着哩，看这红辣椒，血红血红的，配上韭根，就泛出荤菜的味道了……"

卞世詹看到了碟子里的韭菜根，一个愣怔，又听了李菜园的话，不由得打了一个战栗，从李菜园手里夺过装菜的碟子，一下子摔到地上，骂道："妈的！乱了反了！乱了反了！主不主仆不仆的！半夜三更，你们这是想干什么？"

李周氏弯腰收拾地上的东西，九小姐反问过去："大伯，这得要问您自个儿！半夜三更的，你想干什么？说好了的，翠画白天来服侍，晚上要回到绣楼上的，怎么就让羁住了？你还好意思提卞家的祖宗！卞家祖宗地下有灵，放不过你的！卞清瀹跟你一个姓，我都嫌丢脸……"

翠画一边哭着一边搀上九小姐，并招呼父母离开了卞世詹的厢房。

李菜园端来了韭菜根正是时候，他知道女儿被派到了卞世詹的屋里时，就寻思着挖了韭菜根备着。一天下来，什么事也无心去做，就在厢房的四周转悠，侧耳倾听屋里的动静。到了晚上，见女儿一时脱不了身，就晓得事儿不好了，让李周氏去央告九小姐，九小姐明白了厉害，就气冲冲地过来了，扼制了一场罪恶。

卞世詹火急火燎地被兜头泼了凉水，说不得，倒不出，一团乱麻似的堵在胸口上。

他睡不踏实，侧身歪在软榻上，一手握紧一柄羽毛扇儿，一手抓住蚊帐的流苏坠饰，恶梦把张人脸儿扭曲得赛如鬼魔，煞是怕人。

窗外正呜呜地刮风，还响出闷闷的雷鸣。

一个女孩子的哭声，由远而近，由呜咽到号啕，到了窗牖前，哭声却戛然而止。

魇住了，一人大小的黑影儿盖住了他，他感觉自我意识是清醒着的，人却是动不了。他知道贴身的小厮就睡在他床前的踏板上，后厢、外厢都睡着用人，但魇他的黑影儿就是不愿离开，让他在极度的恐惧与无奈中僵硬着。

12 年前的一幕又映现在眼前。

5 岁的小玉儿是卞顺从逃荒人手中用两贯铜钱买来的。

卞府里被卞世詹所糟蹋的女孩子不计其数，独数这个小玉儿出落得最水灵，性情也最刚烈，年龄稍大，好多次以死抗拒卞世詹的兽欲。

就像一叶无根的浮萍，小玉死不掉，也无处可逃。

那天晚上，小玉喝了一盏子温茶，就知道坏了，之前许多次喝了水汤之后出现的头晕、下身发烧的状况又出现了。她知道自己马上就会无力反抗将要向她扑来的男人，她将一只做鞋用的引锥儿藏握在衣袖里。

卞世詹跟往常一样，站在踏板上，伸出双臂让小玉为他脱衣解带。

当小玉为他褪内裤时，他抬起了一条腿，为保持平衡，一只手就扶在了小玉的背上。就在这时，小玉从袖子里倒出引锥儿，一把握住，使足了劲儿，猛地一下向他的下体扎去……

卞世詹疼得差一点咬断了自己的舌头，低头一看，他更是吓死了，长长的引锥儿就扎在他的胯丫上。他倒吸了一口冷气，幸好扎偏了，没有扎在命根子上！

他拔下引锥儿，顺势就在小玉的脸上喉咙上乱扎乱戳，后嫌不过瘾，又拿起床边的烟枪将小玉朝死里打。

小玉在被打的过程中，一声不吭，直到被活活地打死。卞世詹的房间到处都喷溅有小玉的鲜血。小玉咽气时，眼睛是睁着的，直直地瞪着卞世詹。

卞世詹叫来了卞顺，将装珠宝的抽屉打开来，让卞顺看着拿。

卞顺连夜将小玉埋进了菜园的韭菜地里。回禀时，卞顺对卞世詹说："记住了，往后，我们不要再吃韭菜，那韭根里有小玉的血。大老爷，我们可事先讲好了，这血债得记到你头上……"

后来那逃荒的卖主竟然又找了来，说现在家境好了，要赎回小玉。卞世詹和卞顺慌了神，只好撒谎说小玉得痨病死了，随便指了一座坟，并给了卖主好几十块大洋，这事才算抹平了。

而这一切，李菜园因翻地起了疑心，虽不敢往下揭底，但根据卞世詹平常的恶习，最主要的是突然间不见了小玉儿，他也猜得八九不离十了，知道那韭菜地下一定发生过怕人的与可怜小玉儿有关的故事。

12年来，卞世詹没少做下丧尽天良的事，正如卞顺说的那样："弄碎了多少嫩生生的花苞儿！"这回趁着老二不在家的空档，竟然铆上了自己侄女的贴身丫鬟！

狐狸没打着，惹了一身骚，噩梦又找上了他。

终于从深魇中醒来，他一骨碌坐起，喘息未定，却见窗外一道闪亮，一个炸雷，一张苍白的脸贴在窗户上，脸上流着黑色的血，两眼睁得大大的，直勾勾地瞪着卞世詹——那是小玉被他打死时瞪着的双眼！

卞世詹啊哟一声，吓得踏板上的小厮和外厢后厢的仆人们都跑了过来。卞世詹头上冒着豆大的汗珠儿，抖抖索索的手指着窗户："拉上！拉上！窗户帘——拉上——灯笼都给我点上……"

仆人们面面相觑。

茶挑菜，开黄花
燕子衔泥搭新家
茶挑菜，开白花
斑鸠点头纺棉纱
茶挑菜，落了花
苦儿苦儿喊亲妈
亲妈亲妈你在哪儿
苦儿可怜变苦儿

翠画回到了九小姐的身边，李菜园子起早摸黑种菜浇园，糖妈站在炒锅前熬她永远也熬不完的糖丝，学堂里书声琅琅……卞家圩子看上去又恢复了往常的平静。

天黑了，李菜园子带着粗力长工芋头浇完了最后一块地，收拾水桶水舀时，李菜园子递给芋头一包用荷叶包着的小麦脬（一种非常可口的黄红色的野果子），说天不早了，棚子里还有一些活儿要连夜做完，就不进圩子了，让芋头把果子交给糖妈就行了。

芋头问他能不能尝一点，李菜园子笑道："明儿个我再给你摘吧，这是带给九小姐的……"

芋头笑了："我就晓得只有九小姐和翠画才有这口福哩！"

李菜园子哈哈一乐："都喊你芋头，你一点也不傻——你跟周氏说一声，她把我带到府里缝的那件褂子要是缝好了,明天一早送过来,我要换穿……”

芋头有点嫌李菜园子啰唆了,就不耐烦地应道:“哎哟,菜大,就隔一条壕沟,你自个儿进去不就得了,让我讲这讲那的,我哪能记得那么多!”

芋头是这个世界上最后一个看到活着的李菜园子的人——当然,凶手除外。

李菜园子回到菜园棚子,也就是李菜园子的家了,随便弄了一点晚饭吃了,就着灯光开始收拾从菜地里收回的一些冬季作物的种子:菠菜、茼蒿、芫荽,还有大蒜、豌豆和各样的乌菜、白菜等。他将这些晒干了的种子筛干净,再分别装进一只只大小不一的布袋子里,怕搞混了,还在上面放一片当作记号的叶子……

半夜时分,活儿总算做完了,因为蹲得太久,他起身时竟半天直不起腰来。

他弓着腰打扫了掉在地上的碎小,就在这时,虚掩着门被推开了,进来两个蒙面的家伙,不讲不说就将李菜园扳倒在地。

“李菜园子,我们是替人消灾的,别怪罪我们,你去阴曹,请把这血债记在大老爷头上吧。没错,是他差我们来的,说你晓得的太多了……”

两个凶手,始终只有一个人说话,声音是陌生的,这人不是圩子里的。

李菜园子被吊死在屋梁上。

胡聂氏当初出嫁时娘家陪了一架织布机子,不常用,只在农闲时,纺了纱,挂上经,织块布,够上自家人穿的就行了。

隔壁新搬来一户人家,姓黄,是裁缝。到了村子,就挨户送些小礼小物的,又客请了一顿,名曰:和邻。

熟了,没事时就赶晚儿黑来串门。

胡正生递给他水烟壶,接了,呼呼噜噜地吸,吸完,竟从衫袋里摸出一支洋烟来递给胡正生,说是一个京城里的亲戚送给他的。

胡正生看了看手中的洋烟,又看了看黄裁缝,笑道:“稀罕。”

两个男人对谈过程中,胡聂氏一直在织布,哼嗒!哼嗒!哼嗒……

黄裁缝见胡正生眯眼享受洋烟的时候,就装作漫不经心的样子说:“胡大哥,我看你根本就不像个种田地的土包子,眉宇间有一股仙气哩。”

胡正生拿下嘴中的洋烟,愣怔着看黄裁缝,半晌才答:“我当过道士。”

“听你言语,看你身手,你一定是个能识字断文的人,你不应该把自个儿一辈子都埋在了庄稼地里。埋掉了,可惜!佃东家的田,收成好不好都得定例量出去……”

“东家待我们倒是不薄。就是……就是……一天到晚翻土渣、沤粪水、撒种苗芽、栽秧割稻，四季到头了，转过来又一遍。想人这一辈子，还剩下多少意思……”胡正生深深地叹了一声气。

织布机子上的咵嗒声一下子停了。

黄裁缝认真地倾听着，听到胡正生叹气，他笑了：“听我亲戚来讲，有一个新兴的队伍（声音渐渐小下去）……往后可能要坐江山的，叫（声音更小了）……”

当两个男人头完全挨到一起几乎是耳语了的时候，胡聂氏从机座上下来了，她端起桌子上的茶壶给黄裁缝续水，轻轻地咳了一声。

两个男人的头分开了，胡正生有点发愣，黄裁缝却自如地起身、端茶、客套：“呵呵，累嫂子的手！谢嫂子服侍！嫂子真是巧手贤淑！”转脸又对胡正生说，“大哥，今晚儿我来，一是想请你明儿个中晌去我家喝一盅，我从岭南那边沽来的小吊酒，醇着哩！二是来跟嫂子商量个事儿，我是做针线活儿的，想跟嫂子联手营生——就是你织布，我成衣，料子由我来备，卖得的钱我们二一添作五，均分——这样我们赚得的就能翻倍儿了。”

胡聂氏一听，这真是好主意，但一想到刚才他将自己的男人往野心里鼓捣，就有点戒备：“大兄弟，你真是活络着哩。我们小户人家，自个儿纺织，够自个儿穿戴的就行了，也没得富贵的心，也不稀罕什么赚不赚的，过平安的日子最好。”

黄裁缝走后，胡聂氏无心再织布，就对男人说：“我看这个黄裁缝不像个手艺人的样子……”

胡正生的思绪还滞闷在刚刚黄裁缝带来的消息上，听到女人议他，就随口问道：“不像手艺人，像什么？”

胡聂氏说不出像什么，就笑了笑，将油灯上的灯芯子向下压压：“我也说不上他像什么，反正不像是个厚道老实的善茬儿，我就晓得我们小户人家，过平安日子最好。”

胡正生又深深地叹了一声气。

按算，这应该是1927年的春季。

糖妈李周氏大清早回了菜园棚子，给男人送衣裳。

过吊桥时心里突然慌慌的。因为她昨天夜里要赶做一批点心，没能回家过夜，下半夜在厨间打盹时，竟做了一个噩梦，梦到一阵恶风刮来，男人被旋进了一黑洞里，渐行渐远的男人在黑洞的深处大喊：“周氏……周氏……你要带好毛丫……我可怜的毛丫……”

李周氏一个激灵醒来了，庆幸是梦，可是她再也睡不着了，等到天亮，门房放了吊桥，她就撵三赶四地往家跑。

糖妈李周氏的腿有点儿发飘。

还好，菜园棚的门是开着的，李周氏心想，如果男人还没睡醒或者已经干活了门都会关上的，只有他在棚子里忙乎的时候，门才这样开着。

抬腿进家，李周氏一下子跌坐到了门槛上。

翠画无论如何不能接受父亲就这样死了，她和母亲抱在一起，哭得死去活来。

卞顺亲自来到菜园棚子坐镇打理李菜园的丧事，发话："李菜园是卞府的老家人了，要比送吴先生还要厚实些才合理。"又摇头感喟，"这李大哥也真是的，啥事想不开，竟寻了短见哩。宁在世上挨，不在土里埋，我们都身为下人，我就想得开……"

袁妈一边给翠画缀蒙白色的孝鞋面布，一边劝李周氏别哭坏了身子，翠画才12岁，还指着娘亲把她带大成人哪；又劝翠画，人死不能复生，要好生孝顺母亲。说着，她也哭了起来，说："李家兄弟啊，你说你……巴来巴去的……翠画还没成人，你怎就舍得走了呢……"

负责装殓的芋头一边忙着给李菜园擦抹身子穿上尸衣，一边像个孩子一样大声地哭着，数叨着："大哥……大哥啊……大哥哟……我是芋头……都嫌我傻……可你不嫌我……待我好……我晓得……你不会自个儿寻短见的……你不会……你还答应……今儿个给我摘……摘小麦脬……你要嫂子送褂子……说要换穿……你根本就没打算死的……你……你肯定是让人给害死的……"

芋头数长调短的哭声让李周氏从极度的悲伤中清醒过来，同时也引起了卞顺的注意。

卞顺站起来走到芋头跟前："芋头，这话你可不兴乱讲的啊，得要有证据——你倒讲讲看，哪个害死了李菜园？谋财？一个穷帮工的，吃穿都靠东家；仇杀？老实巴交的一个人，早上种菜，晚上浇园，哪个会跟他过不去……"

李周氏想到了卞世詹。

想到了卞世詹，她哭得更伤心了。男人肯定不是自寻短见的，男人的死肯定与卞世詹有关，他为救女儿，搭上了自个儿的性命。可你没逮着证据，这偌大的一个卞府，他又是大老爷，谁又能拿他怎样？当家的二老爷与太太还在京城，她能向谁控诉冤情？

李周氏跪到菜园棚子的外面呼喊苍天："老天爷啊，你在天上看得见，我家菜园子是怎么死的！他一辈子走路都怕踩死了蚂蚁，三岁小孩都不曾得罪。为了毛丫，只得罪过一个人，只得罪过一个人哪！老天爷，求你开开法眼，求你为我们孤儿寡母申冤做主哇……”

卞顺让袁妈将李周氏拉回到棚子里，随后跟进去对李周氏说：“嫂子，我虽然承蒙老爷们垂顾，当个领班儿的，但我跟大哥一样，也都是下人，替主子当差的。大哥走了，我卞顺的心也不好受，可人死了不得复生，你还有翠画要照应，你还得要往开处想想。你刚说大哥为了毛丫得罪了一个人，这话可不能乱讲！毛丫自小就在圩子里养着，没迈出过卞家的地界儿，你说大哥为她得罪了人，难不成你还怀疑上卞家大院的哪位主子不成？我们都是圩子里养着的斑鸠鹌鹑儿，可不能相互间拔了人家的毛羽……”

卞顺的一番话软中带硬，话里有话，李周氏听着不是味儿，但跟众人一样，也挑不出他明显的纰漏来，就不得不咽下这口气，伤心欲绝地哀哭着，祈祷着。

卞顺看李周氏没再往下追及，反倒来了胆气，说：“菜园子大哥的死，我卞顺也很伤心，嫂子既然有了这份疑讶，说出来了，我卞顺也是搁不住猜忌的人——这样吧，我把圩子里能集合的人，都叫到一块儿，我带嫂子辨一辨各人的脸。刚杀过人的人，神色肯定是有异常的，你要是疑上了哪个，指出来，由我来报官……”

卞顺说着，真的吩咐门房拉起吊桥，说圩子里的一只麻雀儿也不让它飞走。

圩子里除了大老爷和九小姐，其余的无论是主子还是仆人，都站到前院里。

“出了这样大的事，为什么不叫我一声啊?!”卞世詹说着话气哼哼地让两个丫鬟搀着，来到了院子里，举起镶了玉石的葡萄藤木拐杖，指了指卞顺，然后划拉了一圈，说：“你们这些恶仆，好大的胆子，自己上吊寻了短见，竟讹起主人家来了，闹得卞府鸡犬不宁！卞顺，你给我听好了，赶紧发丧，此事不再追究，如哪个再敢惹事，送官府问罪去！”

卞顺诺诺着，赶散了众人。

李周氏与女儿相互搀扶着，回到了菜园棚子。

青菜苔，白菜花
奴仆有苦没有家
天有眼，地无门
哪个叫咱是穷人

发丧了死者，母女俩回到了菜园棚子他们的家，睹物伤情，一时谁也不想说话，那份化不开的悲痛，将二人僵在了一种难以名状的情愫中。

周氏想到女儿很小的时候男人曾经说过，不想让女儿也在卞府里当下人，于是狠了心让毛丫收脚，没承想女儿还未成人，他就让人断送了性命。他这一去最不能放下的，还是苦命的女儿，她在梦中收到了他的托梦：“周氏……周氏……你要带好毛丫……我可怜的毛丫……”

周氏抽出挂在衣大襟下的手绢儿，擦去毛丫脸上止不住的泪水，对女儿说：“我们不去圩子了，我们不去了……”

“那……九小姐怎么办……”

“她是卞府的千金小姐，锦衣玉食，奴仆成群，她……她离得了你……”

“那我们去哪儿？”

“是啊，我们去哪儿？就这菜园棚子……也是卞府的……”

“大大，我想到了一个地方——我小时候你带我去过的，昭庆寺，还有青河道观，都是行善的地方……”

“可那里……没有女子容身的地儿……”

“真不行，我带大大去讨饭吧……”

正说着话，屋外有叫门声。

翠画打开门一看，见四人站在门槛外，一丫鬟打着灯笼，一丫鬟扶着着男装的九小姐，袁妈站在身后。

翠画喊：“大大，九小姐来了！”

李周氏在翠画开门的时候就站起身来了，见到了九小姐，手脚无措地：“啊哟，九小姐啊！这大晚黑的，你怎么能……随便出圩子，看看看，到我们这……这菜园棚子里来了……你这叫我们……叫我们想不到……想不到……”周氏说着又哽咽起来。

九小姐叫了一声“糖妈”，然后转身拉了翠画的手，丫鬟赶紧将一块细软的篾垫子放到大板凳上，主仆二人坐下了。

“翠画，我体贴到你丧父的心情，我能体贴到。我一定要来看看你，白天，他们不会让我出圩子的，是袁妈帮我想的办法——我跟八哥长得像，就穿成他的样子，过吊桥也没人打听。我来看你和糖妈，是担心你们太难过，伤了身子……”

九小姐说着也落下泪来，翠画自是忍不住，也跟着哭了起来。

周氏没再顾忌主仆身份，她走过来一把抱住两个同年同月同日生的女孩儿，乖乖女儿地喊着，拍着、哄着，哭作了一团。

九小姐一边哭一边絮叨：“我父亲、娘亲要是都在圩子里就好了……也不晓得我娘亲的病怎么样了？前一阵子还来过家信，说母亲的病好些了，不久就能回来……可到现在也没回来得了……我总是觉得……觉得这有点不好了……要是我的娘亲……真的回不来了……我就后悔死了……打小我就冲撞她……怄她……临走……临走都……都没能送送她……都以为与娘亲能相处很久很久……一辈子的……可一转眼我们就分开了。分开我才晓得，娘那样待我，都是为我好啊！翠画，我要是真的见不到我娘亲了……我不敢往下想了……我对不起我的娘亲……”

李周氏看九小姐哭得上气不接下气的，不敢再伤心，赶紧起身打水整了一个手巾把子，递给翠画，让她替九小姐擦擦脸。

翠画接过手巾把子，抖开来，看了看，又放下了，对周氏说：“大大，九小姐擦洗用的，都是三老爷从京城寄来的巾子，毛茸茸的，柔和干爽，这粗布她用不得……”

九小姐自己伸手拿过粗布巾擦了擦脸说：“没得那么娇贵！都是父亲与娘亲惯的。对不起，糖妈，我来，本想劝劝你们的，没承想我反倒自个儿伤心起来了。给你们添了麻烦。”

翠画也擦了一把眼泪说：“九小姐，你这一伤心，真的是打了岔口儿哩。想想大户人家也好，小户人家也罢，都免不了七事八事的，高门楼招风，矮屋檐漏雨，怎么的都有难处哩！”

周氏叹息了一声，看看九小姐，又看看自己的女儿，眼泪滴落下来。

斑鸠叫，斑鸠吟
姐妹二人共盏灯
姐抽线，妹穿针
做双花鞋送母亲
母亲怀我十个月
月月都担心
白天担心到日落
夜里担心到五更
……

正如九小姐感觉的那样，她的娘亲没能挨过生命的最后关口，长睡在了京城的医院里。

幸好三弟卞世章夫妇全身心地看护并宽慰着二哥，卞世典才没跟相爱的人一道走了。

虽然已是深秋，天已转凉，但棺柩还得赶紧启程。

回到卞家圩子，已经是10天之后了。

这10天里，袁妈已交代翠画，无论如何不能让九小姐出后花园的门，因为前院在搭建太太的灵棚。

九小姐从翠画难禁忧伤的脸色里窥探出家中一定又发生了什么不祥的事情——很有可能就是她最担心的事情发生了。加上翠画把她的插花与额饰都换成了素色，她已经了然于心，懒得究问了。这10天里，她显得特别的安静，就像一下子长大了似的，根本用不着翠画及其他丫鬟们操心，静静地起床，轻轻地坐下，或看书，或练字，或发呆，甚至连绣楼都懒得下。倒是翠画几次撺掇她下楼去，让她到花园里走走，她却总是摇摇头，莫名其妙的，眼泪水就下来了。她伤心，翠画也跟着伤心，一个是在明里哭泣，一个是在暗里伤怀，一个是在哭自己的父亲，一个是在哭自己的母亲。

出殡的那天，不能再瞒了，袁妈和糖妈上楼来，刚喊了一声“九小姐”，九小姐便一下扑到一身孝妆的糖妈的怀里，号啕大哭。

什么都不用说了，袁妈和翠画为九小姐穿上了孝服和孝鞋。

九小姐来到灵棚的时候，卞世典再也难守庄重，一下子跌坐到圈椅上，大喊一声：“墨语啊——你最牵挂的凡子……凡子她来见你了……”卞世典的哭声划开了所有在场人的伤心，顿时灵棚内外，哭声一片。

九小姐此时却没有放声，只是眼泪哗哗地淌着，默默地在母亲的灵位前跪拜了，然后走到父亲面前，突然一下子揪住卞世典的衣襟，使劲地推搡着、扯拽着……

“都怪你！都怪你！怪你带走了我的娘亲！你干吗要带她去京城？她本是不想离开圩子的……她舍不得这个家……可你硬是把她带走了……急慌慌地，那么一大早就走了，让娘亲与我的招呼都没来得及打一声……就走了……眼下，你倒是把她带回了……可是她已经死了……她看不见我了……你干吗不早些带她回来……你让我没有娘亲了……”

卞世典任女儿拉扯着、推搡着，泪水涟涟。

翠画和袁妈过去，想要拉开九小姐，卞世典用手制止了她们：“就让她拼一拼吧！……这样，我们心里都会好受些……”

翠画一下子跪到了九小姐的跟前：“小姐，翠画求你了，你看看二老爷，都瘦成什么样了，你不能再这样怄他了！他心里也难受啊！他带太太去京城，是想她能得医治，能够好起来啊……”

九小姐这才松了手，趴在灵位前，哭得柔肠寸断。

众人左哄右劝，九小姐总算歇住了，转过身对父亲说：“你们不在家，翠画的父亲也殁了……”

“我听讲了,不知何事,竟自寻了短见。无论怎样,卞府对不起他……”

“不是,不是自寻短见的,是有人害死的……”

“凡子,这话可不兴乱讲……”

翠画过来,跪到二老爷跟前,哭得什么话也说不出来。九小姐弯腰拉起了翠画,两人一起跪到太太的灵位前,又是抱头痛哭。

公鸡头
母鸡头
不在这头在那头
青山头
黄山头
不在外头在里头

停柩期满,举行了隆重的出殡仪式。

一班和尚,一班道士。和尚打坐念经,道士念咒作法。

起棺时,道士引路,和尚断后,孝子紧跟棺木,侄辈相随,仆人相跟,除道士和尚外,全披麻戴孝。和尚后面是几十抬白色的轿子,太太、小姐、少奶奶和姨太太等女眷们是见不得生人的,她们穿了孝服坐在白色的轿子里,轿夫们也都一身皓白。一支白汪汪的送殡队伍,浩浩荡荡的,排了好几里路长。

道士的队伍里有知客云景,他是跟在经师后面的,经师的前面是高功,云景后面还有许多较年长的法师。18岁的他,年轻,英俊,高挑,挺拔,在这支队伍中非常显眼。按说他对卞家是不会有好感的,这个死去的太太生前也不会给他留下好的印象,但此时的他,低头诵经,神安气定,好像除道法之外,一切皆与其无关了。

坐在轿子里面的九小姐一直在流泪,她木木地坐着,身子持一种僵硬不变的姿势,随着轿子的颠晃而任其摇动着。但从她痛苦不堪的神色上可以看出,她在回忆,回忆从小到大与母亲在一起的点点滴滴。

母亲从地上抱她起来,在她胖嘟嘟的小脸上狠狠地亲了一口。

母亲拿过她的小手,看了看她腕儿上挂有小银铃铛的镯子,然后放在手心里轻轻亦亲亲地搓揉着。

母亲侧身卧在自己的病床上,看见她来,挣扎着起身,苦笑着拍了拍床沿想让宝贝女儿坐过去,可是她没有坐。

母亲流着泪喘息着跟她说话。

不同时辰、不同地点的影像重叠穿插聚焦为母亲一双慈怜忧伤的泪眼。

九小姐摇了摇头,用手绢儿擦了擦脸颊,又止不住泪水盈眶。

行走间,扶在轿杆另一边的丫鬟翠屏伸过头来对轿子这边的翠画做了一个手势,顺着她手指的方向,翠画看到了一个年轻人的背影,个子不高,肥肥壮壮的。

翠画小声地问:"这是哪个? 一大矬子……"

翠屏答:"我们家的姑父——盛家的小少爷……"

翠画咋舌:"哦哟,瞧我这烂嘴!"

丫鬟们尽管压低了嗓门,但还是被轿子里的九小姐听见了。

九小姐撩开了轿帘儿,全是白色的背影,她看不清她想要看的人。

后来回到绣楼,她问过翠画,那小少爷到底怎样,翠画说她也没看清,就一个胖墩墩的背影。

按规,像卞府太太这样身份的人,死后是不能一下子就入土的,先要将棺柩砌在地面之上的坵坧中,等三年后才能下坑安葬。所谓的坵坧,就是一种类似于灵柩用来罩护灵柩的小房子,青砖黛瓦,白灰勾缝,规格大小按棺主的地位,像太太这样的,坵坧就要砌得跟平常人家居住的房屋差不多大小了,而且两边还有厢间,供孝子守孝住用。

孝期是三年,三年中,可由一个孝子长守,儿孙多的,也可以轮流当值。

二老爷和太太生的第一个儿子按排行是卞府的三少爷,在他前面的大少爷与二少爷是大房卞世詹的。三少爷不愿吃这苦,后面的弟兄们也都效仿着推搪闪避,唯独八少爷卞清源主动要求过来守孝三年,卞世典却不能答应,因为八少爷的婚期在即。

棺木到了坟场,道士、和尚再绕坵坧做一圈法事,亲眷礼毕,就都可以离场了,留下举重的(即负责抬棺、移棺、安棺的人)打理后事。

坟场上的仪式很简单,要留下时间给举重的做料理,亲眷行礼都在匆匆间,女眷们下轿跪拜时,男人们都要回避。

就在众人都将离开,举重人开始移动棺柩的时候,突然从轿子里走下了九小姐,扶轿杆的翠画一把没拉住,竟和她扯拉着一起绊倒在地上。

九小姐顺势跪爬向前,一下子扑到棺柩上,撕心裂肺地大哭:"我的娘亲啊……我才 13 岁……你就不要我了……"

举重的看见这阵势,不知如何是好,赶紧退后避让。

亲眷们也都一时怔在了那儿,卞世典因极度虚弱,早就被仆人搀回去了。少奶奶和姨太太们包括九小姐的哥哥们平常都有点怯惧这位卞府千金,此时也都没了主意。

翠画深知九小姐的悲伤，但她更晓得九小姐此时此举是不当的，她拼了命去拉，去劝，却怎么也拧转不了一个失母之人那断肠之痛的一种过激表达。

整个坟场像是一下子都僵住了，只听见九小姐的哭喊声："我的娘亲，你这一走……我没有亲娘了！世人……世人……还有哪个像你那样来管我，疼我……娘亲，我的娘亲啊……你带走我吧……凡子不能没有娘亲啊……"

"檀越慈悲——"

一声道号入耳，九小姐止了哭，抬头看见一位年轻法师躬身站在自己的面前，举掌在胸，屈食指，拂尘云帚搭在手腕上，他的背景是一汪蓝天，在她的朦胧泪眼里，看到的是一幅神奇唯美的图画，而她也认出了画中的人，就是7年前她见过的云景。

"无量福生！请姑娘节哀顺变吧！老夫人已经归西，你若真心孝顺，就当让她驾鹤安去才是！如此的哭闹，泪湿夫人升天之程，这是大逆……"

九小姐闻得道人言辞，如听洪钟大吕，赶紧转身下拜。待她再起身抬头时，面前只剩下长舒了一口气的翠画，那幅神奇唯美的英俊之人不知了去向。

九小姐回不过神来，转身四周，茫然寻觅，像在梦中……

翠画要扶九小姐上轿，九小姐站住没动，问："刚才那小道长呢？他去了哪里？你们是否也都看见了？还是我仍在梦中？我分明见着，他就是云景——你们见着了没有？翠画你说，他到底是不是云景？"

翠画应道："兴许是吧。在灵堂里，就看着眼熟，像是云景，丫头家家的，我也没敢打听。刚才……刚才小姐你泼了性子闹，我们劝你不住，只好放了斗胆去央小道长来。我试着喊他云景，他竟也应着，可看那生分见外的样子，应该不会是他，如果是他，好歹是认得我们的。"

"既然如此，你当留心访问一声才是。"

"看小姐你……你都想哪儿去了？翠画虽是个下人，但翠画也是女孩儿家家，是你的贴身丫鬟，翠画怎么能随意与一位小道士过话搭腔、刨根问底地打听底细呢？"

九小姐不再哭泣了，却一只手扶了轿杆，对翠画说："我不回去了，哥哥们不愿守孝，我守，我对不起我的娘亲，我要为她守孝三年……"

翠画恨不能一把抱起九小姐硬把她塞进轿子里："小姐啊，我的姑奶奶，别闹了！哪有女儿家守孝的！不要说像卞府这样的大户人家了，就是寻常小民也不带这般的。这荒郊野外的，哪里是姑娘家能待的地儿——不说坏人歹徒了，就是野猫野狗猪獾豺狼啥的,女孩儿哪能消挡得了?回去吧,小姐,算是翠画求你了……”翠画说着跪了下来。九小姐这才松了手,哭着进了轿子。

巴根草,没毫高
砟巴头子打水漂
咕噜咕噜一
咕噜咕噜幺
打湿一双红绣鞋
打出一溜水泡泡
小姐在哭
丫鬟在笑

八少爷卞清源是和九小姐连胎的,比九小姐大5岁,兄妹俩长得也像。在几个哥哥中,九小姐最喜欢的就是八哥,九小姐刚会讲话时就喜欢跟前跟后地喊:“八哥,八哥……”有一天八哥突然想起妹妹正喊着的是鸟儿的名字,就用三叔给他的一串风铃儿换了九妹的改口,自此,“八哥”变成“小哥”了。

小哥也不小了,18岁了,三年前就定了亲,女方是邬家圩子的二小姐,名叫邬梅枝。

京城的三叔最喜欢这个小侄儿,自小经常把他接过去跟他的堂弟卞清泠玩儿。卞清源性格外向,在高院大墙的京城里总是过不了几天,就吵吵着要回家,要回家的理由是:九小姐想小哥了。后来小哥大了,京城也是常去的,三叔甚至还要为他在京城谋份差事,但他考虑再三,舍不得自己的家,舍不得九小姐,还有翠画,又回了卞府。

邬家圩子的二小姐比八少爷小一岁,听说相貌出众,女红诗文无不拿顶,但就是心高气傲,懒与一般人沟通,一天到晚很少说话,冷脸待人,要是遇上合宜的话题,她又会说得口舌生花、八面生风。八少爷听说了,心里就犯了嘀咕:跟这样的人过日子,后半辈子就别想舒坦了,于是就向父亲提出异议:

“门当户对的说法是不对的,又不是结邻居、做生意,男女婚事还是要看是否入眼、入心。要是投缘了,哪怕娶个丫鬟下人过来,亲亲热热地过日子,也是件快事;门户对了,可两个人脾气心性合不到一块儿,绑一起熬一辈子,岂不是找罪受?”

卞世典对儿女的婚事本就懒得怄心,听红媒说邬家的二小姐诸般的好,加上邬家圩子与卞家圩子也算是世交,就觉得这门亲事算是不错的。后常听小儿子在耳边嘀咕他对邬梅枝的不满，却又嘀咕不出什么正当理由来，老是说什么不入眼、不入心、不投缘，就有点烦，不料这次竟然说出要娶个丫鬟的话来，就赶紧断了小儿子的话头：

"清源，你什么意思？一直在叨叨邬家小姐的不是，你们连面都没见过，你怎么就晓得她诸般的不好？今儿个竟然叨叨出丫鬟下人来了，难不成你看上哪个丫鬟了？对了，一定是翠画！卞清源，你可是想都不要想的，你是卞府的八少爷，你的正房必须是名门望族的闺秀；而翠画是你妹子凡子所倚重的，也是卞府上下都不能轻慢的，她是不可以给人做妾的。"

八少爷瞪眼看着父亲，看了半晌，然后砸出一句重话来："为什么丫鬟就只能做妾？"

"难道说……你……你是真的……看上了翠画？"

"是，又怎么样？"

"你早点给我死了这条心！"

"那我就打一辈子的光棍，我谁也不娶！"

八少爷的脸上挨了狠狠的一巴掌："畜生！有你这样粗俗的逆子吗？这打光棍的话是卞府少爷可以出口的言语吗？啊?!"

八少爷没再对嘴，但转身走开时，脚步带出的愤怒似乎达到点火即燃的程度。

过了元宵节，天开始转暖。

卞世典的身子骨也硬朗一些了，但人消瘦得很。

九小姐来问早安的时候，见父亲站在廊台上，对着小院侧边一棵梢头开满蜡梅的老树发呆，九小姐知道父亲又在思念母亲了。这株蜡梅树是母亲生前最喜欢的，逢上没风的日子，她会站在梅花下，一朵一朵地闻它们的香气。仆人要为她剪下来插进房间的花瓶里，她却不让，说花儿一年四季熬着，不就是为了一个花季吗？剪了它，让人怡悦，可花儿离了枝子，就再也长不上了。

看见女儿来，卞世典脸上露出了微笑。

问过了早安，卞世典要女儿进屋里坐一会儿，他有话要跟她讲。

父女回到屋里，落座，丫鬟端上茶汤。

卞世典向站在九小姐身后的翠画努了努嘴说："你也坐吧——也有要跟你讲的。"

翠画行了一个屈膝礼，答道："仆女不能坐，二老爷，您有何事尽管吩咐。"

卞世典跟女儿寒暄了几句，说宝贝千金大了，长成大姑娘了，跟她娘亲初嫁卞府时几乎一模一样了。卞世典又告诉九小姐,关于她娘亲后事的事,他只想和她商量,因为母女连心,女儿最能知晓母亲的心意……

说到这里,父女二人加上翠画免不了又是一场唏嘘悲伤。

最后他说,想扎一座灵宅烧捎给太太。

九小姐说:“那是自然,人死了不都要烧捎灵宅的吗?有的小户人家,满了五七就烧捎了。娘亲的灵宅自是要好好打点的。”

卞世典对九小姐说:“你娘亲喜欢这个家,舍不得这个家。我想照卞府的样子、卞府的大小,扎这样一座灵宅烧捎给她……”

九小姐听了父亲的话,带着恍惚吃惊的神色扭头看了看站在她身侧的翠画,翠画却瞪大了眼睛在看卞世典。

九小姐试着问:“父亲,你……你该不会思念我娘亲……思念得疯癫了吧?我们卞府!偌大的卞府!用纸秸之类如何能扎得起?”

卞世典突然哽咽起来:“唯有这样,才能了却我心头的愧恨!我对不起你娘亲……那天你说得对……当初她是不愿离开这圩子的……是我硬逼她上路的……是我把她强行带走的……要知道她一去就没能回来……说什么……说什么我也不会让她魂落外乡的……让你们母女生离死别……”说到这里,卞世典抱着自己的头,哭得呜呜的。

九小姐站起来,跪到了卞世典面前,哭道:“父亲啊!原谅女儿,原谅女儿任性!你带娘亲去京城,是想给娘亲医治好的,是想她能好起来啊!是想你们能长相厮守,想让女儿能常有母爱。父亲你就不要再责备自个儿了,你再责备,就越发显得女儿不孝了。我已经没有了娘亲,我……我不能再没有父亲您了……”

翠画为了打断父女俩的悲伤,就大了胆子插话:“二老爷,翠画愚拙,破嘴漏风的,说错了,你别责怪,我想……那么老大老大的灵宅子,要扎多长时日啊?还有,得要多大的地盘子才能横排竖摆支撑得起来?这不是又跟起了一个圩子的阵势一样大小了吗?”

父女俩果然不再哭泣了,各自坐到位子上沉思起来。

过了一会儿,卞世典说:“这么大的活儿,一般的道士和扦匠是拿不下来的……”

“那可如何是好?总不能薄了娘亲的心愿吧?”九小姐问。

卞世典想了想说:“我让竹青写个招贴吧,看有没有民间高手能够接招。”

问早安的时候早就过了,九小姐站起来想告退,卞世典却舍不得让女儿离开,叫丫鬟给她续了水,让再坐一会儿。

喝茶时他对女儿说，她母亲在最后的日子里，整天叨咕的就是女儿凡子，她最放心不下的就是她的宝贝千金……他说，太太也提到了翠画，她希望这一对同年同月同日生的主仆二人能永相厮守，有个照应，有翠画在凡子身边，她就放心。

九小姐听父亲提到这个话题，心性一下子变坏了，她不喜欢父母给她讲的那个婆家，不喜欢那个盛家的小少爷，于是就没好气地问道："娘亲是什么意思啊？她明明晓得翠画是要嫁的，难不成，要叫翠画当一辈子老姑娘来伺候我……"

"你娘亲不是这个意思……"

"那是什么意思？哦，我晓得了，娘亲是想让翠画当我的随房丫鬟，去做盛家小少爷的一个妾……"

卞世典听到这里，啪地一拍桌子："凡子！你娘亲在的时候，你就这么怄她。她走了，你也知道后悔，可后悔有什么用？现又开始怄我，竟当着下人的面，说出这样没家教的话来……"

太太在世时就经常说，九小姐的任性都是她父亲惯下的。九小姐打小就不怎么惧怕父亲，因为母亲的去世，九小姐对父亲硬将母亲带到京城治病结果死在京城的事还窝在心里，所以当父亲讲出不合她心意的话儿来时，就故意冲撞。

"六安州的那个盛家小少爷，一大矬子，长得跟水桶样的，我可不想嫁给他。凭什么还要搭上翠画？我们卞家少他盛家的，还是欠他盛家的？他盛家有钱，我们卞家也不缺钱花。娘亲之前当我们面说过，要把翠画许配给竹青的。现在娘亲走了，你就假传圣旨……"

"你……你……大逆不道的东西，你气死我了！"

又是啪的一响，这是卞世典一巴掌打在九小姐脸上的声音。

这一巴掌打过，屋里的三个人都愣住了。

卞世典自女儿生下地，他就压根没舍得动过她一根手指头，打了这一巴掌，他感觉就像自己的内心一下子被拍碎了，他坐到椅子上，揪心痛哭。

翠画愣怔过后，吓得一下子跪到了地上，哭着哀求："二老爷、九小姐，都是翠画不好，秃嘴笨腮贱命薄福的，为人不周，惹你们生气了。我一个下人，卞家养大的丫鬟，担待不起老爷、小姐的厚爱呀！太太才离世尸骨未寒啊，你们不能这样……"

九小姐一只手抚着自己被打红了的脸颊，站起来，用另一只手指着父亲说："我就是不嫁那个肥猪，就是不嫁！要不……你就像抬我娘亲的棺柩一样，把我抬给盛家算了……"

小红鞋，绿线梭

大大妈妈养下我
不能瞧瞧我
不来看看我
我在婆家好受苦
人家吃饭我站开
人家刷碗我就来
开开大门亮堂堂
开开后门清衣裳
一对斑鸠在树上
公的点头母的叫
我的苦楚哪知道

遵嘱，竹青写好了关于聘约贤工巧匠为卞府扦扎灵宅的榜文，让仆人顺着淠河沿贴到周围50里内所有道观、寺庙以及街集行人往来密集的地方。

10天过去了，没有任何反馈的消息，卞世典有点着急了，向卞顺打听。

卞顺说不出所以然来，只安慰道："二老爷别急，时辰未到，会有人接活的，这样大的钱谁不想挣？我敢讲，所有看到榜文的扦匠，手都肯定痒痒的，在那揸着哩。"

又过了十来天，出现了不少揭榜的人，其中还有不少外地口音的，都自称为正宗的扦扎传承者。可卞世典与之对答后，却发现也就是寻常的扦匠，有两位自信满满的人进了正厅、外厢看过之后，却都底气丧尽而后垂头走开了。

卞世典差人叫来了竹青。

竹青行过问安礼，站在一边。

卞世典让他坐下，让小厮递茶。

"竹青——当称胡先生才是——你看，劳烦你写的招贴，到今天也没寻到合适的工匠……"

竹青站在起来，向卞世典作揖禀道："兴许是写得不够明白，文理欠妥，不行，卑足再拟一帖……"

卞世典让竹青坐下说："那倒不必了。不是榜文有差，而是没有能人可以成就我的心愿。这倒如何是好？我想听听你的看法。"

竹青又站了起来："二老爷，你高抬下人，竹青感激涕零。不过……不过……"

"不过什么？"

"恕卑足直言，因家父曾是道人，对于扦扎手艺，算是行家，他也看了招贴，几乎吓得目瞪口呆。按二老爷的意思,要照真实卞府的规模尺寸为上慈扦扎灵宅,真的是很有难度。二老爷您想过没有,那是多大的活儿!一个寻常的扦匠,就是艺再高,胆再大,他们也是连想也不敢去想的……"

卞世典打断了竹青的话:"是的,我要为凡子的娘亲烧捎一个跟真实卞府一模一样的灵宅,不仅是外形、规模要一致,且要求里面的摆设,包括内墙壁上的装饰以及绘景挂轴都要一模一样,不得有二。是的,我也知晓它有难度,但为抹却我心上的悔痛,也为墨语在那边过得不比这边差,我是决意要这样做了。天广地大,我就不信找不到一个这样的贤工巧匠。竹青,我找你来,因为你年少,俗话说:初生牛犊不怕虎,同时,也因为你饱学,请你帮忙想想办法吧……"

竹青沉思默想了一会儿,笑道:"二老爷,若您确乎执意此举,还得您躬亲前往哪座道观,看看能否寻得高贤。因为道长们一般都会扦扎的活儿,说不准里面就有高人,而这些高人平常是不在意民间招贴的。"

卞世典站起来,笑着左手背向右手心一搭,呵呵地笑道:"我就说,找你竹青来是会得一法的,之前,我压根就没想到这一块。"说着转身吩咐恭候在门侧的下人,让他们备轿、备礼,他要先去最近处的昭庆寺。

史志载,昭庆寺始建于唐贞观年间,系唐太宗李世民敕建的皇家四大昭庆之一,由唐朝的开国元勋尉迟敬德奉旨督造,三藏法师玄奘曾亲临说法。此寺坐落于江淮分水岭之脊,附近民风淳朴,景色宜人,依山傍水,周围茂林修竹,古木参天。

卞府自祖上起,就是昭庆寺最大的施主之一。每月的初一、十五日,家主都要领男性家小去庙里烧香拜佛。每年的正月初三日,女眷都要进寺参拜,这一天,寺庙除了卞府女眷,任何外人不得入内。

寺里的方丈甚至是主持,原都由朝廷钦点,因此,当地百姓称寺里的方丈为"御佛",称主持为"御师",因着特殊的身份与特殊的服饰,他们的法号反被淡出了寻常的称呼中。

老御佛和大御师接了禀报,笑吟吟地站在寺门外恭候卞府二老爷。

进了客堂,问明了来意,老御佛笑了起来:"阿弥陀佛!卞施主走错了地方了,寺庙是不做扦扎的呀!这活儿道士们做。要是一般的活儿,民间有的是阴阳先生,按卞府的这般规模,就是去道观里怕也是难得请到高手的。还有,原来青河道观有位游方道人,丹青妙笔,他的扦扎活儿也做得非同一般,算起来也算与老衲是旧相识了,只是这些年来我们断了联系,传说他已经还俗田居,娶妻生子了……"

卞世典起身急问:"请教他的高名大姓?"

“姓胡,名正生,一个聪慧绝顶的出家人,只可惜入了道观,难得修成正果。后来果然就落草为民,中断了修行,阿弥陀佛——”

卞世典听到这个名字后一下子蒙住了,耳熟,却想不起来他到底是谁。

卞顺在一旁提醒:“我们府上的竹青也是姓胡的……”

卞世典哈哈地笑了起来:“啊哟!想起来了,踏破铁鞋无觅处,得来全不费工夫——他就是竹青的父亲!”说着又坐下来,他记得竹青最近才跟他说过,他的父亲看榜后是“目瞪口呆”,这说明胡正生也是拿不下这大活儿的。

“御佛高僧,请恕我叨扰,俗人一直在佛前行走,岂能不知这等俗务当求向别处?只是张榜快有一月,竟无一人可以应承,急得我万般无奈,就来高僧前求助了。一来求佛保佑,二来想得些消息,愿御佛、御师赐教……”

主持朗声一笑,说去抽个签吧。

卞世典去了后殿,净手,执香,下拜,摇签,落下的是个下下签。侍签的沙弥眼疾手快,赶紧拈起袖藏了,让再摇。结果又是一个下下签,沙弥又想作弊,卞世典看在眼里了,说:“我不求功名利禄,不问福寿安康,只想得一指引——下下就下下吧,看它是个怎样的说法?”

小沙弥念道:“日落皇皇,半夜听得雨声响;风过悠悠,子时晓喻人心愁……”

卞世典虽事先有了预备,但听了后心里还是感到懵懵的,正蹙眉低头不知如何回应时,御佛过来,看了一下签文,然后抿嘴一笑:“我佛慈悲,已经给你指明了!”

“高僧何解?”

御佛笑而未答,主持拿过去,沉吟片刻,笑道:

“日落皇皇:是指西边,就是说贵府西方有你要寻的底细,那应该是青河道观啊!半夜听得雨声响,应该是‘随风潜入夜’的滋润与平安吧。至于后一句,依愚僧陋解,没有什么实质内容,只是让前一句有个韵脚罢了。所谓签卦,它以文字固止,若相生,签卦便生,若相空,签卦何足道哉?也就是说,无论签文乩语怎样,得看求签问卦者的心,它对应的是何事何物,皆为浮悬虚空之象罢了……”

主持的一番话让卞世典的心稍安,但也看出他们有遮盖推搪之意,既如此,不便久留,告辞了。

打秃头,骂秃头
和尚要我四两油
老天要是出日头
给你秃头一篓油

卞世典本想折转路程直接去青河道观，但想到路途太远，回卞府歇了一晚，第二天天还没亮，就准备启程。就在门房摇动滑轮升起吊桥时，坐在轿子里等候过桥的卞世典突然撩开轿帘对跟在身后的卞顺说："我们等一下，你赶紧去把竹青给我叫上。"

一行人到了青河道观，通报以后，接引请座的是云景。

19岁的知客云景，头系青色混元巾，身着青色道长衫，虽一身黯墨，但年轻英俊、超凡脱俗的相貌与神态，将道士的仙侠之气溢显无疑。

云景认出了卞顺和卞世典，更是认得弟弟竹青的，但他已将自己置身世俗外，无论是熟人还是生人，凡是来道观拜谒的，他都一视同仁，将来者都当作贵客，细心伺候，周到待承。

竹青也认出哥哥，但碍于二老爷在场，同时也见哥哥有拒近之意，也就矜持自守地闷坐在一边。

卞世典与卞顺却压根就没认出眼前的道人云景就是当年的书童云景。

卞世典谦恭地陈明了来意。

知客听后呵呵一笑："檀越想必也都晓得，本观以修炼为常，当然，也接受俗家扶正祛邪、清通道场之邀。扦扎之活皆因法具所需，自贫道入观以来，还从未接过扦扎灵宅之托，檀越所托之重之巨之宏伟，本观力微，岂能擅接乎……"

卞顺一听，人家有拒绝之意，就打断了道人的话头："你这小道长也真是的，之之之乎乎乎的，搞得我听起来要人亲命的费劲、费神，不是所有人都念过书的，见过孔夫子打嗝儿的……"卞顺说着环顾了一下四周，接着抱怨，"这个道观也真不像话，我们家二老爷都亲自上门了，竟支个年轻的后生儿跟我们掰扯之乎者也。你们方丈呢？主持呢？都缩头不见的，让一个半大孩子跟我们推三阻四、文屁冲天的，成何体统！你干脆就说，这活儿太大了，我们道观里没这能人，没这本事——拉倒，又是之又是乎又是也的……"

"卞顺，有你这样无礼的吗?!"卞世典呵斥道，"不懂规矩不要乱说话！这位小道长确实年轻，但他的身份是知客，与寺庙里的主持是差不多的，仅在观主与监院之下，他来接待我们已经是奉我们为贵客了……"

卞世典站起来转身向云景深深一揖："道长，卞某家教不严，得罪了，还望见谅！"

云景虽已忘记了俗世的琐碎，就是当初太太盛墨语让管家卞顺撵他出卞府的阴影，也在他心里早被拂尘弹尽，但对于卞顺刚刚这番有辱道观的话却很不受用，正要驳解，见卞世典如此赔礼，也就一笑作罢。

卞世典转身把竹青示给云景："道长，你看，他是我府上的诲喻先生竹青，虽然年轻，却是饱学之士。恕我不敬，他与道长的长相真真的如同孪胞哩！他的父亲曾经是贵观里的行走道人……"

知客云景笑了，起身，亲手为卞世典续水，再退后一步，深深一揖："就冲檀越如此纳贤举士，厚待稚弱，贫道再谢！至于扦扎的招呼，因工程太巨，敝观确实难以应承。不过，天下之大，高人自有，或许缘分没到罢了……"

竹青见哥哥的口气有回旋之意，就插话说："看在二老爷厚待竹青的分上，万望道长给予指点。二老爷为了此事，奔波劳顿好几个月了，已是疲惫不堪。的确，天下之大，自有高人，然遍寻下去，待至何时？"

云景看了看弟弟，见竹青的脸上带着焦急，亦满显诚恳，做哥哥的心软了。

"檀越尊公，这事非同小可，我得禀报监院与观主后才能定夺。不过，能否先容小道进一微言：尊公对夫人的厚意自有天知，想按贵府原貌扦扎灵宅烧掮也无可厚非，只是，阴阳两界，形质有异，有个意思也就行了，大可不必把规模尺寸僵固了。卞府可是有名的高院大宅，如能按比例缩小一些，既省了工时、工料，亦化了难度，岂不为美……"

卞世典听到此处，站起来，向知客抱拳揖谢："妙啊，高见！高人在哪儿，远在天边，近在眼前——我哪儿也不去了，就请贵观出手，几时答应，我几时离开……"

"呵呵！云景哪，看你通达人情，谙练事务，自任知客以来，满有功绩，这下子遇到棘手之难了吧？"

随着笑声，进来两位道长，一位鹤发童颜，一位精神矍铄，说话的是后者。

云景看见，赶紧起身下拜，口称"尊长""尊师"。

卞世典知是当家管事的来了，起身行礼，谦恭有加，屈身抱拳向两位禀呈了此行的目的。

被称为尊师的听后笑道："找人不如找庙，找庙不如找道，你们找对路子了。敝观对外虽没有招揽扦扎大活的先例，但你们眼前的羽士却是一个拿得起来放得下的少年能者，通晓草药，娴熟针灸，谙知扦扎序次里所有的工艺技巧，尤善丹青工笔……"

云景见监院有举荐自己的意思，他顾不上礼数，赶紧打断了监院的褒誉："尊长谬奖了！后生蒙法尊抬爱，在观里行走，已是诚惶诚恐。卞府此活，后生断不敢伸手……"

一直脸上带着微笑却一言未发的方丈，这时突然干咳了两声，打断了云景的推辞："施主远道而来，所求之事虽难从容，但本观广结善缘，出手相助，也是一种修行……"

"无量天尊！承蒙师尊抬爱，后生真的是战战兢兢，难以从命。我在卞府里待过，略知卞府的宏大排场……"

一句话使在场所有的人，除了竹青，都怔住了，不明白这个年轻的知客怎么会在卞府里待过。

最先反应过来的是卞顺："我就讲嘛，这个小道士，哦，打嘴！这位小道长该不会就是竹青的哥哥云景，当初被我们太太赶走了的小书童？不光看他长相跟竹青一个粑粑模子拓下的，还有这口齿、这眼神……就是个子长高了，囟门都朝外冒仙气哩……"

卞世典见卞顺言多有失，就重重地咳了一声，卞顺立马打住话头，眼神直在云景与竹青身上绕圈儿打转。

云景笑着先对两位尊长说："回禀尊长，云景当年在卞府当书童时，吴先生为我取的也是这个名字；后来投奔道观，最奇巧的莫过于尊长也脱口而出，叫我云景。自此，小辈坚信大道法则——'道可道，非常道。名可名，非常名……玄之又玄，众妙之门'。云景受尊长悉心呵护，加上家学渊源，会点扦扎，实属雕虫小技尔。现蒙卞府看重，尊长推及，晚辈断乎不能不识抬举。"他又转身对卞世典与卞顺说，"贵客远足到此，你们先在此歇息半晌，缓解疲乏，也容我细细琢磨琢磨，再予以回复，如何？"

云景算是勉强答应了，卞世典喜不自胜。

就这样七巧八赶的，当年被赶出卞府的书童云景，现时却受到了卞府如此盛情之邀！

胡正生一觉醒来，天还没亮，他蹑手蹑脚地披衣下床，站在床前，借着窗外照进的月光，看了看熟睡中的胡聂氏，然后光着脚走出内屋，从门后的鸡窝里摸出头天晚上就准备好了的简易行李，屏声敛气地去拔木门闩。尽管是轻轻地，但木门闩在离开母榫的一当儿，还是咯嗒地响了一声。

内屋传出胡聂氏带着睡意地问："他大……是你吗？"

胡正生赶紧答道："哦，是我，肚子作坠，上趟茅厕。"

"半夜三更的，别上了，在家解了，明儿一早倒掉……"

"那多臭！还不如去去就回……我去去……就回……"

声音已在门外了，胡聂氏翻个身，又睡着了。

有着早起习惯的胡聂氏这个早晨竟然睡冒了，睁开眼，太阳都照到床上了——这让胡聂氏吃惊不小。当她看到身边的被子和床下的鞋，她不仅是吃惊了，而是魂都掉了。男人半夜三更的不是去茅厕，而是离家出走了。她最担心的事——终于发生了！

此时的胡聂氏连大哭一场的心思都没了，她不声不响地穿好了衣裳，身子是木着的，心也是木着的，她机械地拖动着自己的脚步，不知去哪儿才好？厨房不用急着去了，男人不在，洗脸水用不着打出来，烧早饭给谁吃呢？扫院子，收拾家？那是抽闲时才做的活。去菜园？也该是晚半天的事……

她又折回身进了内屋，看见男人怕弄出脚步声而故意丢下没穿的鞋子，她站到了鞋子上，双脚狠命地踩！踩着，踩着，终于哭出了声……

哭过了，她想：我去找他！我为什么不能找他？他是我的男人，是把我从坟场上搀回来的男人，是让我给他生了两男一女的男人，是我拼心拼命喜欢着的男人，我为什么不能去找他?!

胡聂氏不顾一切地拿定了主意，就简单地收拾了一下，出门了。

走到青河道观，天已经擦黑了。

听说是云景知客的母亲，接待她的道长很客气："是老夫人啊！快歇着吧！走了这么远的路，家中出什么事了？你还不晓得？云景昨儿个一大早被卞府来轿子接去了，得三四年才能回哩……"

胡聂氏对于儿子去了卞府的事虽然感到吃惊，但她的心思重点却不在这上面，她走了一整天的路，是要来寻云景父亲的——她想当然，一直不甘心还俗的男人一定是又回到道观里来了。当她把自己的来意向道长陈明之后，感到吃惊的是接待她的道长了。

"没有来！老夫人，在年前来过一次，说是按你的意思劝云景还俗娶亲的，这一走，就没再来过。那他这是去了哪儿呢……"

旁边一个给胡聂氏和道长递茶的年轻道士插话："先辈原先就是以云游行医修炼的，他会不会直接云游去了？"

道长颔首称是："或许……有这个可能……"

说着话，已经摆了斋饭。虽然胡聂氏又累又饿，但此时的她却端着饭碗无法下咽，用筷子扒拉着饭菜，出乎礼貌，勉强往嘴里塞了一点，如同嚼蜡。

饭后，两位尊长来看望并予以安慰，胡聂氏和泪与诉，客主都甚感无可奈何。

在客寝里和衣而卧，胡聂氏先是幽幽啜泣，后来突然想到：会不会他知道儿子要回卞府，也凑热闹去了呢？想想也不对啊，去卞府干吗要在夜里呢？再想想，或许他真的是要上茅厕,然后回来,她睡着了,再然后,他起了个早,去卞府了。想到这里,胡聂氏竟然有了睡意。

第二天一早,胡聂氏谢绝了道长们的挽留,心平气和地往回走了。

云景被四人抬的轿子接到了卞府。

卞世典吩咐为他在自己的书房里收拾了寝室,但云景坚辞了。云景告诉卞世典,一来,这工程的工期会很长,没有三四年的时间是不可能完成的,不能因此而影响家主的正常起居;二来,围绕工程所要铺排的材料与物件等,没有一个旷阔的场地,难以伸开手脚;还有一点就是他需要一个特别安静不被打扰的环境。最后卞世典亲自安排让云景在西厢房住下,并将整个西花园都拦了竹栅,划为重地,闲人不得入内。

云景来卞府,虽然主客都未曾张扬,但这消息还是让卞府的上上下下的人都知道了。

翠画将从厨房拎来的晚饭摆到餐桌上,向楼上喊:"小姐,下来用晚餐啦!有新鲜事儿告诉你哪……"

九小姐环佩叮当地下了楼,笑着问道:"什么新鲜事儿?"

"你猜猜,老爷把哪个请来了?就是扦扎太太灵宅的人——他是哪个?"

"我哪里晓得他是哪个!能拿下这个大活儿的工匠,至少是位了不起的老翁吧。"

"错!才不是老翁哩!"

九小姐与翠画对答着,已经在餐桌边坐下。她拿起象牙筷子,在装小麻花的盘子上夹了一块放在手边的小瓷碟里,低头喝了一口红豆粥,语气有点戗人:"是不是老翁,用不着我操心!人死如灯灭,生前膝下一声笑,胜过死后坟头千炷香!娘已经死了,父亲为了自心得安慰,净倒腾那没用的……"

九小姐说着,放了手中的筷子,眼圈儿红了。

翠画赶紧坐到九小姐餐桌的对面,笑着说:"小姐猜不到吧?我一听讲,差点牙把舌头给咬了。这请来的高人是……"

九小姐抬起头,认真地看着翠画卖关子的嘴。

翠画也认真地回看九小姐为等候消息而紧抿着的嘴。

就这样望着,望着……突然,两个人竟然同时扑哧一声笑了。

"我晓得了,一定是你我都认得的一个人。"九小姐说。

翠画点头笑道:"真是什么事都瞒不过小姐哩!想不到——他是云景!"

尽管九小姐也有了意想不到的准备，但在听到“云景”二字时，还是一个激灵从座位上站起来，用筷子指着翠画，清亮透黑的杏仁眼瞪得大大的，半天没说出话来。

翠画咯咯一阵笑，给九小姐搛了一块她最喜欢吃的酱黄瓜说：“我的千金小姐，你把眼睛瞪这么大干什么？让鸽子抱窝来了？坐下来，吃饭吧。我也是没想到哟，这真是菟丝子缠了葛草藤，撕不开的缘分哩。”

九小姐机械地坐下来，搛起那块酱黄瓜，想想，又放下来，脸上带着惑然，小心翼翼地问：“我没听错吧？你是说……云景？你是说……我父亲请来的扦扎大师……是云景……”

“是啊，是云景。”

“你是说……那个……8年前被我娘赶走的……书童……云景？”

“是啊，正是那个书童云景，难为小姐还记得他哩！眼下他可是二老爷用四抬大轿从青河道观里请来的高人。”

“这么说，年前在我娘的坵坧场上，那个神仙般的年轻道长，莫非就是他，云景？”

“这我就不晓得是不是他了，那天的那人，真的是人世间难得一见的仙人……”

“不过，也不大可能！云景只比我大5岁，今年也才刚刚19，他能是什么高人？还四抬大轿抬来的？我父亲莫不是想我娘想得，染了痴魔的病……”

“看小姐说的，二老爷可仔细着哩！张榜没能招到合宜的，就去了寺庙，说是受老御佛点化，才去了青河道观的。听说云景是道观里的……什么……什么知了……知客，位分可不低哩！如果真的是他，年轻是年轻了些，可卞府也不会随意拿大轿抬个只会胀干饭的后生来。青河道观也是有名望的楼枒子，他们更不会黑一糊二地推个半吊子出来丢人现眼，坏了青河的名声不是？听下人们议论说，主持们见老爷恳诚相求，没说二话，举荐了云景，可见云景是真的有道行的。要不，小姐你去二老爷那儿问问看？”

九小姐听翠画把话说完，马上站起来，要走：“哎哟，还肉什么，走吧，到父亲那儿问个究竟。不然，打死我不能相信哩！”

翠画笑道：“小姐，再急，得把晚餐用完了……”

九小姐自觉有点失态，就红了脸，坐下来，喝了一口已经凉了的汤：“不就府上请来一个匠人么，我急什么！都是你，云景、云景的，还‘难为小姐你还记得他’！你能记得他，我怎么就不能记得他？就像云景是你家人似的……”

翠画遭了嗔怪，也没上心，笑着抢过九小姐的汤碗，放到暖煲里热着，替九小姐从点心盘子里挑了一块炸瓠卷儿:“小姐吃吃这个,肯定好吃。”

九小姐用筷子夹了,小小地咬一口,嚼了嚼,马上又大咬一口,点头道:“嗯,真的好吃!”说着又搛了一块,递给翠画,“来,你也吃一个……”

翠画摇摇头,屈了一下身子:“谢过小姐,翠画不能乱了主仆的规矩……”

九小姐站起来,一手搛着瓠卷儿,一手扳过翠画的肩头,咯咯地笑着,将整个瓠卷儿硬塞进了翠画的嘴里,看着翠画满嘴食物的样子,她笑弯了腰。

翠画从暖煲里端出汤来,九小姐猛喝了一口,烫!赶紧吐了出来,脸红,脖子也红了:“翠画,你——害我啊!”

翠画还沉浸在九小姐喂她瓠卷子的情意中,没想到九小姐这下子是真生气了,就笑着应答:“刚才汤凉了,怕吃坏了小姐的肚子,没承想又热过了头,这冷呀热的,总是掐巴不准……”

九小姐气得将筷子拍在桌子:“你这是存心……出我洋相……晓得我急着有事要赶紧走,你却把汤搞得这么烫,故意迁我性子是不?”说着,她站起来,转身上楼去了。

翠画这才晓得,自己得罪小姐了。可她不明白,就一口热汤,犯得着小姐这样翻脸无情吗?又不敢问,一时也没想到当如何向小姐解释,就慢慢地想到自己的命,想到父亲的死,一边收拾餐桌碗盏,一边悄悄地流下了眼泪。

九小姐只是一时生了气,这年岁段里的女孩儿,小性子拉拉的,罩不住自个儿,等上了楼,还没坐稳哩,气就消了,想到自己刚才对翠画的言语,就自责起来:“我这是怎么啦,为了一个云景,竟没来由地发翠画的邪火?应该说,翠画是没有错的,错在我,我干吗要明神生暗鬼的,没了担当呢?”但她也懒得马上就向翠画认错,于是迟疑着走到楼梯边,透过木楼梯的栏档向楼下偷看,她看到翠画一边在抹桌子,一边用袖口擦眼泪,有点慌神,一脚踏空,从楼梯上栽了下来。

说时迟,那时快,翠画听到响动,本能地跑到楼梯口,一把将踉跄下跌的九小姐抱住,翠画却仰后倒下,但抱着九小姐的手仍没有松。

好半天,二人都没缓过神来。

脸色吓得苍白的九小姐对翠画说:“快起来,看摔坏了没?”

被压在下面的翠画松了手:“小姐,你压在我身上哩,你不起来,我起不来啊。”

九小姐看了看翠画和自己的状况,歉意地笑了,翻身滚到地上,吭吭哧哧地站起来,马上弯腰去拉翠画。

翠画起来后,腿一时没站稳,踉跄了半步,九小姐一把扶住,并拉住她的胳膊,上下打量,翠画也前后左右地查看九小姐。

两人几乎同声发问对方："伤着哪儿了没有？"

九小姐站直了，蹦了蹦脚。

翠画这才松了一口气道："我的亲娘哟，你吓死我了！"

九小姐推了翠画一把："糖妈才是你亲娘哩！"

说完咯咯咯大笑。

翠画去备灯笼。

胡聂氏走了一天的路，天挨晚的时候，总算离家不远了。她踟蹰了一下，就着急于要找到男人的劲儿，顾不上回家，径直就去了下府。

准备过吊桥时，见仆人正在吊楼上点亮灯笼，就有点急不可待，怕天黑透了往回走有点不方便，于是隔着壕沟就对着仆人喊："那个小哥儿，我是云景，还有竹青的娘，问你个事儿，他们的老子，就是我家老头子，来你们府上了没有？"

仆人摇了摇头回道："我没在意，这天天从早到晚的，往来的多，零散的人一般我们不盘查，到了大门口，他们问得细致些。这样，我放下吊桥，你进来问问管事的吧。"

胡聂氏只好上桥过沟，到了门房，也没问出个头底，于是进了圩子。

也不知哪个是管事的，问了两个急匆匆行走的人，都说不晓得，就有点六神无主，站在前院里发愣。突然想到，我干吗要这样乱问呢，不是有现成的儿子吗？于是往西厢院的书房里赶去。

西厢院因为让栅成给云景扦扎灵宅的场地了，胡聂氏有点犯迷，折转身往相反方向走，天已经擦黑了。

她竟然转到后厢院去了。侧道上过来两个女孩儿，前面的打着灯笼，看穿着，后面的肯定是九小姐了。

胡聂氏闪身让道，两个女孩儿从身边走过时，她让这两张清灵秀丽的脸儿惊呆了——大家子就大家子，千金小姐出落得水葱儿一般貌美，连她的丫鬟也是如此的标致！

看到一个乡下婆子站在路边呆呆地看她们，九小姐抿嘴笑了笑，翠画停下脚步，问道："哪儿来的婶娘，站在这儿做甚，有事吗？"

胡聂氏见问，有点慌乱，答非所问："哦，天都黑了，小姐、姑娘你们要慢些。"

翠画应了一声，转身要走，九小姐却多了嘴："我们有灯笼哩，您老倒要慢些——是我们府上的？"见胡聂氏摇头，语气里就带了长长的疑问，"那你？"

胡聂氏在两个女孩儿面前不好说是找男人的，就说是来看儿子云景和竹青的。

听说是云景和竹青的母亲，九小姐和翠画都转动为静，站在原地，相互对视了一下，翠画对九小姐一笑，小声儿嘀咕："看看，真的是那个云景哩！"

九小姐不放心，追问道："婶娘，您刚才说，你是来找你儿子云景的，就是原来在我们府上服侍过的书童，现时是我父亲从青河道观请来的高人云景？"

胡聂氏却慌促急茬儿要走："是啊，是啊，是他……对不起，小姐、姑娘，老妈子冲撞了你们，我得赶紧去他们那里，打听个事儿……"

翠画对抬步要走的胡聂氏说："婶娘走反向了，您的儿子在西厢院哩。"

"我记得西厢院不是那个样子的。栅了围子，把我转混掉了。"

"栅围子就是给云景师傅做扦扎活儿隔场地的。"

九小姐知道云景来府上的事是确凿的了，就对翠画说："我们带她过去如何？"

翠画摇了摇头小声说："不妥帖的，你是主子，哪有主子给下人带路的——我来给她指指路，让她自个儿去好了。"

翠画说着将灯笼挂在九小姐身边的一个树枝上，转身领胡聂氏上了去西厢院的路，向前指了指，就赶紧转身回来。

灯笼还在那儿挂着，小姐却不见了。

翠画起先也没怎么着急，心想小姐是跟她躲猫猫玩哩。这是她们打小就爱玩的游戏，有时是翠画藏起来让小姐找，有时是小姐藏起来让翠画找。也不知为什么，翠画总是藏得浅，小姐一找就找着了；而小姐总是藏得深，翠画能找得着急上火甚至哭了，小姐才喵呜一声自己走出来，然后两人哈哈大笑。自从九小姐母亲去世后，九小姐像是一下子长大了，人也变得稳静了，这个游戏她们已有好长时间没再玩了。

此时，天已经完全黑了，翠画担心小姐躲进哪个暗角里别把自己给伤了，就压着声喊道："小姐，出来吧，我看到你了，那旮旯可能有蛇——"

翠画喊完，料定九小姐会一声惊呼自己跳出来，等了一会儿，却是没有，四周静悄悄的，只有渐行渐远的胡聂氏的脚步声与土地下蛐蛐儿的叫声。

翠画有点慌神，这里离花园池不远，小姐要是失足掉进池里，那就坏了！想想不会，掉进池里会有动静的，她几乎没有离开小姐，就几步路的光景，一转身，人却没了——她上哪儿去了呢？

翠画突然想起太太的死，想起父亲的死，想起埋在韭菜地下的小玉儿的死，看看灯笼之外影影绰绰的树影子，浑身的毛发都竖起来了，又不敢喊，也不敢走，更不敢哭。正在这时，来了三个人，前面的人打了灯笼，后面的人也打了灯笼。借着灯笼的光，翠画看见走在中间的是二老爷。

翠画不知道是退到路边的好，还是干脆躲开的好，正犹豫，走在前面的泉玉站下来，对二老爷说："老爷，看前头，像是小姐身边的翠画……"

还没到跟前，二老爷就开始发问："翠画，怎么你一个人站在这儿，凡子呢?"

翠画见问，一下子真不知如何回答二老爷的好，就行了屈膝礼，带着哭腔禀报："二老爷，对不住，翠画粗心大意，连个大活人也看不住，九小姐她……我一转身的工夫，九小姐她跟土遁样的，没了。我真是作打，该死哩……"

泉玉见翠画惶急得话语错乱，就打断了她的自责："翠画，不要急，慢慢讲，是怎么回事?"

翠画干咽了一口，说："是这样的，我跟小姐是要去向二老爷问安的，走到这儿，就这儿，遇上一个老妈子——就是云景师傅和竹青的母亲，她来问路，我领她到前面的岔道上，给她指了指路，也就一转身的工夫，回来时，站在这地儿的小姐就不见了。"

卞世典一听先有点吃惊，但想了想，笑了说："翠画别哭了，就一小刻工夫，凡子能去哪儿？跟你闹着玩儿哩！在自家的院子里，能有什么事？或忘了什么东西，回绣楼了也讲不定。"

翠画听了，心稍安，狐疑不决地拎着灯笼往回走。

胡聂氏按翠画的指引，进了西厢院，云景看见母亲大晚黑的来了，吃惊不小，支开为他打下手的卞府用人，按道家习惯，到母亲面前，施礼唱喏："无量天尊……"

胡聂氏本来想趁着天不太晚，到圩子里问一声就回家去，如时间有余，再顺道看看儿子。没承想，这圩子太大了，转来转去，七问八打听的，竟把天转黑了，心就有点发毛。见儿子跟她念"无量天尊"，更是来气——这个"无量天尊"，害得她悬心吊胆的，儿子被他给魔走了，男人也怕让他给唤回头了。想到这里，她上前将云景手中的图纸一把夺下来，扔到一边，话未出口，先哽咽了。

云景见母亲如此反常，更是惊诧，一下子跪下来，向母亲叩头道："娘亲，这大晚黑的，你来……家中出了什么事情？父亲他……"

"他死了!"胡聂氏愤愤地说。

云景就势坐到了地上，闭上眼睛，嘴里念念有词，眼泪水扑簌簌地流了下来。

胡聂氏见吓着了儿子，赶紧弯腰拉云景起来："哎呀！他没有死，看把你给吓得！我就是来找你老子的。前天，晚上还好好儿的，半夜说是去上茅厕，结果就没回来。昨儿个去了你们道观，不在，今儿个就寻过来了。看样子，他也没来这儿。"

云景舒了一口气，自己站起来，扶母亲坐下："父亲他闲云野鹤的惯了，在家闷得慌就出去散散心，说不定绕山湾儿转一圈，今天都回来了。”

胡聂氏听说，站下来，推开儿子递上的茶碗，拍拍裤脚边的灰说：“嗯，兴许……是这个样子的，看我狗颠子一样到处跑着找他，说不准，他眼下在家里的床上都翘脚丫子睡觉了。那这样……我就走了……”

云景上前拦住：“就在贫道——儿子这里住下来吧。天黑了，虽近，也有好几里的路哩。”

胡聂氏高低要走，云景只好将案子上的纸墨笔等收拾了一下，要送母亲。胡聂氏也没推辞，反而心里很得安慰，因为她发现，儿子在听她说父亲死了的时候，哭了，说明儿子的俗缘没断。这又怕母亲摸黑赶路，要送她回家，说明儿子的孝心还在。

趁儿子还在收拾的当儿，笑着说：“开逸，我刚来你这儿的路上，碰上这府上的九小姐和她的丫鬟了！啊哟，主仆二人都长得跟下凡的仙女儿一样，养眼得很哪。”

云景呵呵地应着，穿好了草鞋，拿过放在门侧的灯笼，揭开罩子，点了蜡烛，说：“大大，我们走吧。”

正要开门，听到外面二老爷卞世典呵斥人的声音：“凡子，你怎么一个人在这里站着，翠画找你，都急哭了！女孩儿家，太没规矩了！还不赶紧回去！泉玉、安平，劳驾你们给送一下。”紧接着，二老爷又改变了口令，“慢着，这大晚黑的，你们送她回绣楼不合适，先让她在这儿站一会儿，你们赶紧去把翠画喊来，接她回去。”

胡聂氏伸手准备开门，被云景拦住了，嘘了一声。胡聂氏明白了，赶紧随儿子退后两步，屏声静气地候在屋里。

外面的脚步声稍离，卞世典进来，随手将门在身后呼地关上。

卞世典的脸色明显难看，让女儿给气得铁青铁青的。见到胡聂氏，他收敛了一下情绪，抱拳问候：“云景师傅，这位……”

云景回礼：“这是贫道的母亲。”

胡聂氏马上行礼：“见过东家老爷！蒙你高恩，两个儿子都在府上沾光蒙恩，民妇嘴拙，说不好感激的话，只愿老天保佑东家老爷长寿平安，福乐无边。”

卞世典听了胡聂氏的话，转气为喜，问道：“难怪两位公子都如此聪慧有为，原来有这样一位贤淑明达的母亲。怎么，看这光景，莫不是要走？天都黑了，府上有的是客房，住下来就是了，明天再走，我马上让泉玉吩咐伙房做些吃的送来……”

云景向卞世典弓腰施礼说：“承情二老爷，让你费心。”他转身对母亲说，“二老爷来，定有事情要交代于我，娘亲就按二老爷吩咐，待明天再走吧。父亲就是回家去了反正也不会再走了；要是没回去，你回不回还不都是一样……”

胡聂氏正要拦下云景的话头，门外传来翠画跟泉玉道别的声音，胡聂氏来不及应答云景，也顾不上跟二老爷道谢，急马闪枪地一把将门打开，喊道："翠画姑娘，请你留一下步……"说着咚咚出去，到翠画与九小姐跟前，也不知嘀咕了些什么，一会儿回头，笑着对卞世典也是对云景说："我听二老爷的，今晚儿不走了，去跟翠画娘絮叨絮叨。开逸，你好生招呼老爷，大晚黑的，怎么能让主子下驾到你这儿呢？"

云景笑着听母亲责备，不得不打岔道："大大，你去吧，别让外面的等久了。"

"哦哟，看我，一心挂三头的，顾得了东顾不了西，那我走了啊。"

二老爷与云景相视笑了笑，看着胡聂氏喜颠颠地跟翠画她们走了。

胡正生光着脚从家中出来，并没有上茅厕，而是直接去了黄裁缝的家。黄裁缝的家里已经有了两个庄稼汉子，待胡正生赶到，黄裁缝就催促开步上路。

胡正生说："我还光着脚哩，这夜路可不是好走的。"

黄裁缝笑道："你平常下地干活，不都光着脚。再说，你一个道士，还怕走夜路！"

胡正生本就有点勉强跟上他，听他如此一说，心中就有点不快，于是说："那你们先走吧，我回家穿双鞋来，再撵你们……"

黄裁缝一听，赶紧找了一双自己的鞋子，撂到地下，让他穿上："看看，你已经开始享受供给了……兄弟，别再犹犹豫豫的了！"说完头前走，两个老实巴交的汉子紧随着，胡正生断后。

胡正生已经后悔了，有几次真想趁着前面的人不注意，悄悄地猫下来，然后转身往回走。就在他准备实施计划时，跟在黄裁缝后面的汉子突然发声："黄大哥，我还是有点不放心，怎么就能让我们不再穷忙穷累活了，也像东家一样有自个儿的田地了呢？田地得用钱买，哪来的钱呢？"

"是啊，没钱，谁能把田地给我们呢？"汉子后面的汉子也发出了疑问。

胡正生有点不耐烦了："哎呀，你们就知道'田地''园地'的，就不能把眼睛抬高些，看看田地上头的东西？"

前头的汉子说："田地上头的东西？田地上头就是庄稼呀……"

黄裁缝一直没搭腔，听到这里嘿嘿地笑了："胡兄弟，我没看错你——是的，田地上头不仅有庄稼，还有青山绿水蓝天白云，还有好日子，好奔头——往后，胡兄弟要多开导开导这俩兄弟……"

沿着青河一路走着，说着，天快亮的时候，他们爬上了一座岭头。这岭头胡正生叫不出它的名字，但他测了一下方位，晓得这里应该是青河西南源头，已近大别山腹地了。

岭头上有一个塌倒残败的寨子，这寨子应该是过去起义山民垒建的，夯实的墙垣足有一米多宽，是用糯米汁搅拌黄黏土垛就的，坚实得很。屋顶只剩下一些垂断朽烂的木椽大梁，靠近竹林边有几间屋顶上铺了新鲜的茅草。

胡正生从未涉足这里，但听说这个倒塌的寨子原名叫威风寨，明末清初就有了，是个有名的草寇窝，这个山头的名字应该叫蟒蛇岭。

黄裁缝说，到了，上前敲门、喊门，一个睡眼惺忪的人开了门，看了看黄裁缝，又看了看黄裁缝的身后，嘟噜一声："花舌子（土匪黑话，即负责策反联络的人）回来了。怎的，又有歪人（即落草为寇的人）？"也不待答，就回身进屋，踉跄着，瞌睡淹心的样子。

屋子里黑乎乎的，除了刚刚进屋倒头便睡的人的呼噜声，胡正生啥也没听见，啥也没看见。

黄裁缝将肩上的行李往呼噜着的响处一丢，问："大憨，人都哪儿去了？"

呼噜声停了，被叫作大憨的人翻了一个身，继而又呼噜声山响。

黄裁缝倒是不慌不急，摸着黑扯过一条长板凳来，让三人坐下，自己却在打呼噜的人的床头前，躺下了。

眼睛适应了黑暗，加上天色也渐渐显亮，胡正生坐下来，与同来的两人对视了一下，狐疑得紧——这是怎么回事啊，像做噩梦似的？他们糊里糊涂地就跟着黄裁缝离家出走了，这荒山野岭原本是土匪窝啊，怎么竟来了这里，想落草不成？

胡正生有点窝火，他黄裁缝怎么能这样呢？当初说得好好的：有一群兄弟，比家人还亲；住不定点，山水为茅庐；行的是天道，做的是善事；既能分得田地，亦能保家养身……身为男儿，要有担当，不经此道，白来世上一场……闲云野鹤惯了的胡正生哪里听得如此鼓捣，想跟出来见识见识也好。自从还俗耕稼以来，日复一日，一把泥土一把汗的，要不是害怕伤了胡聂氏的心，他早就回道观去了。碰到了黄裁缝，特别投缘，谈古论今，世道天道，人生真义。能把干鱼讲眨眼、死人讲翻身的黄裁缝几乎要把胡正生的魂勾去了——在他的嘴里，一幅世外桃源的美景、新天新地的美景，被描述得既神神秘秘，又活灵活现，胡正生被迷住了，比他崇尚的道家法则更让他着迷，而这个辉煌灿烂的东西并不难求，只消他胡正生抬抬腿跟着他黄裁缝脚步走就行了。走路，对于一个游方道士来说太寻常了，于是瞒下胡聂氏，跟着黄裁缝就进了山。

胡正生正七上八下的，突然听到外面有嘈杂的声音渐行渐近，到了跟前，门被咚的一声撞开，一群持大刀长矛家伙的人押解着几个人进来了。

被押解的人都是五花大绑的,头前的是个老人,后面的是一个年轻的女人,再后面竟然还有两个孩子,八九岁的样子。他们几乎没穿什么衣裳,都像是在睡觉的床上被捉来的。不知是因为冷还是因为害怕,他们个个都在发抖,两个孩子想哭又不敢哭的情形,实在有点可怜。

扯绳子的人像拉牲口一样将几人拉到屋子的中间,呵斥着让他们跪下。年轻的女人跪下了,两个孩子也跪下了,但那个老人高低不愿跪,犟犟地站着。

上来一个年轻人,抡起手里的扁担,在老人的腿弯处猛地扫过去,老人啊呀一声,仆倒在地,头磕在桌角上,顿时血流如注。

这打人的年轻人的面相,胡正生感觉好像在哪儿见过,影像转换了一遍,他想到了卞府的管家卞顺,于是在心里嘀咕:"这后生长得真像那个管家卞顺!"

见这个凶凶的年轻人竟如此能下得了毒手,胡正生被这阵势吓住了,正不知如何是好,门外又进来了好几个人。

领头的是个瘦削灰脸的人,看上去病怏怏的样子。他进来扫了一眼屋里,看了看趴在地上流血抽搐的老人说:"这是哪个干的? 又是你,孙有财? 我还指着他来钢哩——赶紧扶起来,让他坐下……"

哪里扶得起来,老人已经死了。

灰脸人上去用脚踢了踢嘟噜在板凳下的老人,然后头也没回,对身后站在大板凳前的三个人问:"你们三个?"

曾走南闯北的胡正生,此时竟鬼使神差地被眼前这个不明身份人的语气震慑住了,他哎哎地应答着,手足无措。

"花舌子人呢?"问话之人又环顾了一下四周,听见床上传来两道鼾声,笑吟吟地一转身,眨眼间从腰间里拔出一支短枪,对着屋顶,嗵嗵两声,然后转身出屋,什么话没说,脸上仍然带着笑色。

枪声将屋里的人都吓傻了,大气也不敢喘一声。大憨一下子滚下床,口里只喊:"扑溜子了! 扑溜子了(即:开火)!"被绑着的女人哇的一声哭了,俩孩子也跟着大哭。黄裁缝听见枪响,坐起来,看了看屋里情景,又躺下了。

胡正生身边的两个汉子在枪响之后站起来就向外跑,胡正生一把没拉住,眼见他们跑过一块空地,屋外又传来两声枪响,两个汉子先后仆倒在竹林边。

黄裁缝起来了,趿着鞋走到门口,向外张望了一下,然后走到开枪人面前,伸掌在他的背上拍了一下,就一下,那人灰脸立马成了死脸,僵了几秒钟,然后像树桩一样直直地嗵一声,倒地上,没气了。

"对不起了,杆头! 我给你带来了百里挑一的字匠,你却对我的并肩子(即朋友)如此不恭!”

胡正生摇了摇自己的头,料定自己是在做梦,在做一个长长的睡不醒的噩梦。他使劲地揪了一下自己的鼻子,再揪了一下,啊呀喂,疼!他明白这不是梦,是自己误入歧途了。他庆幸刚刚没有跟上两个汉子,否则现在他也是一具尸体了。

黄裁缝慢吞吞地走进来,众人给他让出一条道儿,他坐到屋子上席的桌子边,端过茶壶想喝,见是空的,就对站在一边发抖的大憨说:“快去烧些水来,我和胡兄弟——还有你们大伙儿,都还没吃早饭呢。”

众人也不敢答话,只见大憨急速转身,进了里屋。

黄裁缝端详了一下捆在地上的女人,说话了:“把这位老人抬到后山安葬了吧!给这女人和小孩子松绑,放侧房里好生供着,再送传票去他们家,催一下。”

一阵忙乱之后,众人安静下来,等着黄裁缝吩咐。

黄裁缝问哭作一团的妇人:“你是哪里的?刚才死掉的老人和这俩孩子都是你的什么人?你家里还有什么人?”

妇人扑通跪到了地上,磕头如捣蒜,哭道:“我是陈家冲陈圩子的,刚才死掉的是我祖公爷爷(哽咽)……这是我的俩犬子……”妇人哭着,上气不接下气,“老爷老总在上……求你大恩大德……放过……放过我这两个孩子……给我们陈家……留点根须……来生……我做牛做马……报答恩人……”

黄裁缝打断妇人:“怎说到‘留点根须’?他们去抄家灭门了?”

妇人道:“全家都……就留下我公公一人……让他筹凑五万大洋,来赎我们……陈家本是善门,家底浅薄,哪来的五万大洋……”妇人说到这里,哭得再也说不下去。

这时大憨出来,黄裁缝道:“给妇人和孩子打扫个房间出来。大伙散开,歇会儿,弄早饭吃吧。”

都走开了,胡正生没有走,他坐在板凳上,怔怔地,盯着黄裁缝看。

黄裁缝端过大憨递上的茶水,喝了一口说:“胡兄弟,让你见笑了!这个队伍有待调教,刚才被我打死的是收编来不久的土匪头子,他改不了横行霸道的习气,这样不好,我们打富济贫,只是想让贫苦人都能过上好日子,随便杀人,这就不对了嘛……”

胡正生心想,你不也是随便就拍死了一个?当然,那个人是该死的——这也太可怕了,怎么杀个人比摘个南瓜还要容易?胡正生那个后悔啊,跟谁说呢?想到妻子胡聂氏此时一定晓得自己的男人丢了,她该要着急去找,可她做梦也不会想到,他会来到这个可怕的地方,看样子,逃出去的希望很小……想到这里,胡正生深深地叹息了一声。

黄裁缝走过来，坐到胡正生的板凳上，拍了拍他的肩膀。胡正生歪过身子，对黄裁缝说："莫不是临到我了？"

黄裁缝哈哈说道："胡兄弟，你放心，我刚才拍他们用的是气掌，拍你用的是俗掌——你是我器重的人，我不会害你的。兄弟你有文化，有头脑，加入我们队伍，以后一定前途无量。哎，对了，你不是有一个儿子在卞家圩子当先生吗？那你对卞家圩子里面当是很熟的……"

此时，黄裁缝还不知道云景也进了卞府。胡正生听了黄裁缝的话，心里已经明白了七八分，骗他上山，不仅是想要一个字匠，更大的目的是在打卞家圩子的主意——可怜那两个邻里汉子，白白地搭了性命。

胡聂氏喜不自胜地跟着李周氏过了吊桥，出了圩子，进了菜园棚子，也就是李周氏的家。这两间草房，本是卞府为管理菜园人搭盖的，李菜园死后，园主易人，李周氏当搬出棚子才是，但管家婆子袁妈心善，知李周氏也没地方好去，就让她依旧住着，每月还支给她一百铜钱，算是夜值的工价。

李周氏烧了热水，给胡聂氏洗脸洗脚。洗过了，两人在床上一头一个坐着，女人之间的话题就像一把碎纱线，哪儿都能抽出一个头来，虽然长度有限，但她们有的是捻接工夫。

胡聂氏先开口："大妹子有福啊，生了一个仙女般的女儿，让人眼馋哩！"

李周氏回道："看姐姐你说的，再好看，也就是个丫头家，续不了香火。哪如你啊，生了两个这样争气的儿子！这都是你前世修得的福分……"

"哎呀，什么福分哟，揪心得慌啊！都这样大了，还没定上合宜的亲，搁在殷实人家，孙子都满地跑了，我这做娘的，无能哩！"

"这样英俊有本事的公子哥儿，还怕找不到媳妇，你怕是在挑精拣肥吧？"

两个妇人一来一往，平行着往前说，李周氏自是听得懂胡聂氏语意的，但她不能买这个账。这时胡聂氏有点把持不住了，身子向前倾了倾，用手拍了拍李周氏的膝盖，带着谦恭的笑道："大妹子，按礼，我当请来红媒向你求亲的，可姐姐我是个急性子的人，等不得了，也不想七拐八弯的，就大了胆子冲撞来了，还望大妹子不要见怪……"说完，只把谦和的笑脸对着李周氏，等她回应。

李周氏从胡聂氏嘴里听到"提亲"和"红媒"二词，已经知道胡聂氏的意思，只是按俗尚，男方不挑明，女家是不能接茬的，于是也把身子向前倾了倾，以同样的笑脸对胡聂氏说："姐姐你看你，什么话尽管讲好了，就当老姐们闲话家常，有什么冲撞不冲撞的！”

“哎呀，难得有大妹子这样和善贤淑的女子，我要是跟你能做成儿女亲家，那真是我前世修来的福分哩……”

李周氏听了这话，心里自是高兴，却不能显露出内心的“巴不得”来，沉吟了一下说：“一家养女百家求，姐姐要是看上了翠画，也是翠画的福分哩！按说翠画是卞府的家生丫鬟，又是小姐的贴身人，她的婚姻得由府上的当家太太定夺，就是让她作为小姐的陪嫁随房，我们也不能说出一个‘不’字来的。现如今，当家太太已经过世了，二老爷是个男主子，又那么仁慈心善，心思都在为太太扦扎灵宅的事上，哪里顾得了一个丫鬟的终身？眼见着，丫头也大了，跟她同年同月同日的九小姐早就定了婆家，也毛七毛八地听了一点口风，九小姐不大满意这个婆家，放出话来，免了翠画随房的事。所以我家的这个，还没定落，我也没顾得上张罗，现承蒙姐姐不嫌弃，翠画不会荒芜了……”

胡聂氏听了李周氏的话，心里有数了，喜不自胜，就说：“我的两个犬子，大的 19 了，小的 17，翠画今年 14 了吧，也不知他们哪两个的八字更合些……”

“大的——云景师傅不是……”李周氏说到这里顿住把话音儿拖了一拖，她的意思是想问：云景不是已经出家修道了吗？但觉着有点唐突，便没再朝下说，主要还是李周氏已经有了倾向性，认为把翠画许给竹青会更合适些。

但在胡聂氏的心里，更想让云景娶翠画，一来好拴住儿子不至于远走，二来云景为哥，理当先成家才是。于是赶紧接话儿：“哦，大妹子，你不晓得，修道不等于为僧，他从的法师的门下，是能够娶亲完聚的……”

“承蒙姐姐器重……我家小女年岁，正好卡在早一点也成，迟一些也成的当口上，她的龄齿倒是跟竹青更般配些……”

“大妹子的意思我明白。这婚姻般配不般配，跟龄齿多少……好像也没太大的关碍吧。云景比竹青也只大两岁……”

接下来，两人的话趟儿就有点隔栅了，一个视点在云景身上，一个话轴在竹青身上，像打太极似的推来挡去，平行线交叉后分头而走，难得投顺了。

夜已深，李周氏笑着对胡聂氏说：“姐姐，我们睡吧。都怪我没用，要是生了两个女儿就好了……”

李周氏本是一句调侃的话，但胡聂氏听着，就感觉人家有责怪她的意思，没再吱声，睡下了。又想到自己本来是出来找男人的，结果竟流落至此，让人家戗了，甚觉无趣，心里寡淡着，好长时间也没能入眠。

李周氏也好长时间没能睡着，听了胡聂氏的话，她的心思游离在云景和竹青身上，觉着这两个孩子都不错，云景虽然年龄大了一点，但他看上去更纯净一些，竹青的长相虽然比不上他哥，但他的聪慧像在他哥之上……后来，她竟然玩起了孩子们玩的那种择阄游戏：

公鸡头
母鸡头
不在这头在那头……

第一遍最后一个章节的点落在云景身上。她想，总不能一锤定音吧，得来个三拳两胜。结果第二遍还是落在云景身上，又想，如果第三遍还是在云景身上，那就这样定了，可是第三遍却落在了竹青身上。

李周氏有点恍惚，结果就在这恍惚中睡着了。

早上起来，胡聂氏向李周氏要翠画的生辰八字，李周氏这才开朗了：看看翠画跟哪个的八字更合，八字合了，就是好姻缘，于是爽快地把翠画的生日报给了胡聂氏。

云景用一天的时间察看并丈量了卞府的外围，又用两天时间按比例绘好了它的大致轮廓。卞世典看了草图，高兴得不知说什么才好，吩咐卞顺，让厨房精炒几个荤素菜，他要亲自陪云景喝酒。

云景拒酒，卞世典也不勉强，就让云景以茶代酒。把盏之间，云景极其郑重并谨慎地向卞世典提问，当如何再现室内之景状？

卞世典想也不想就答："云景大师，卞府请你，就是要仰仗你来了却我卞某的一桩心愿，府里的厅堂、厢院、屋隅、房宅……就是女眷们的内室，你都要按现成的样子摹写，哪怕就是墙壁上的挂画，也要与原物一模一样——墨语是个细心的人，要是有哪个地方捣饬错了，她会担心，甚至害怕的……特别是我的卧室和凡子的绣楼，那是一丁点儿也不能讹错的……"

云景听到这里，想插话，但被卞世典又堵了回去："我晓得你们道家的规矩，某些时候，比佛家还要讲究——关于女眷们的内室，在入内描绘之前，先打一声招呼，让她们回避一下，也就无妨了……"

第二天一早，云景让助手开始备料。大柱料全部用平直的上等松木，小柱料全部用淠河滩涂地上种出的上等的线麻秸秆，横担料除细松木与秸秆外，还要有大量的二道黄与细篾，穿扎缀连经纬的料子是圆竹或水竹的竹青以及各类粗细不同的麻绳、筋索、纱线，甚至还有绣花用的丝线等，各类扦扎用纸，所有的颜料……云景要用这些东西来再现一个气势恢宏的卞府，这工程之大，让人无法想象，难怪当初一直难以招募到能够勇于担当此任的人！

云景来了，成了整个卞府上下人等话题的中心，大家都在谈论、猜测。消息传到了圩子的外面，大家更是沸沸扬扬，到最后几乎将其神话了——卞府里来了一个名字叫作云景的年轻道士，简直就是白鹤仙子在世，甚至是太白金星下凡……

路人要是遇到卞府的人，总要打探一番，议论一番，不惜花销铜钱银两贿通门房来府内西厢院转一圈儿，想瞄一眼云景的真容。哪怕看不见云景的人，只看一眼他的住处和码放在住处外的料子，回去后也能炫耀一二："我可是真真切切地看到那个年轻的仙子亲手做的东西了，跟世上的俗物就是不一样……"

当李周氏听到这些讨论之后，本来已经落定的主意又开始晃移——翠画还是当胡家大嫂子的好！

就在此时，胡聂氏把翠画与两个儿子合成的八字带了过来，结果是：两个都比较合宜。

李周氏这下子有点着急了，虽然翠画年龄还没到待嫁的地步，人家男方的年龄却是到了该婚娶的时候了，胡聂氏亲自上门来求，这是翠画的造化，如果她当母亲的不抓紧时机敲定，错过了这两个优好的少年，翠画还能上哪儿找到这样好的婆家？这种事，要是莱园子在，哪还用得着我一个妇道人家这么操心！跟外人商议商议吧，这可不是随便好出口的事情。跟谁讨主意呢？跟翠画自个儿说说哩，她晓得什么呀！她总不能自个儿去讲"这个好，那个不好"吧。对了，事已至此，还没请她的主子示下哩。太太已经走了，二老爷也是不会管这种事的，就只有向九小姐禀报了。她虽然也还是个孩子，但她毕竟是翠画的主子……

天挨黑的时候，李周氏来到九小姐的绣楼下，让楼下的守门丫鬟通报后，一会儿，九小姐和翠画一道都下楼来了。

九小姐坐下后，李周氏对站在一边的翠画说："你忙你的去吧，我有话要单独跟九小姐禀报哩。"

九小姐一把拉住翠画笑着对李周氏道："糖妈也真是的，什么个事儿，跟我讲还要撇开翠画呀？她可是你的亲女儿耶！"

翠画的手被九小姐抓住，挣脱不得，只好站在九小姐的凳子后面，看着母亲的脸色。

李周氏沉吟了一下，从凳子上下来，向九小姐行了个礼，然后坐回去，对九小姐说："毛丫……翠画，今年 14 岁了……"

九小姐又笑:“我晓得,我还能把自个儿的年龄忘了——14岁了又怎么啦?”

“我……我是想讨小姐一个答应哩!毛丫……翠画,都14岁了,看我又迂了,如主子允许,我想给她说个婆家,定个亲……”

九小姐愣怔了一会儿,硬是漫不经意地问道:“我想晓得,他是哪家,是圩子外头的,还是里头的?”

“这……这还真不好回答。说是里头的吧,他家是府上的佃户,当在外头的……说是外头的吧,他人又是在里头做事……”

九小姐的喘气有点急促:“糖妈,我不喜欢人跟我卖关子,快讲,他是哪一个?”

这时,趁九小姐不注意,翠画抽身跑到楼上去了。

翠画跑到楼上去了,九小姐刚才拉翠画的手空了,但还伸在那儿做扯拉状,半晌,没有缓过神来。

李周氏见翠画走了,她想此时正好把对方的名字告诉她主子,于是站起来,走到九小姐身边,附耳道:“我就是想请小姐示下哩,胡家——就是云景和竹青的大大——胡聂氏上门求亲,他们的八字也合了,与翠画都是相宜的。我觉着是小的年龄相当些,可他们的娘亲,想让大的——就是云景先完婚。先我对云景不太满意,一来他是出家的道士,二来他的年龄也稍大了些,后来听人七传八说的,把云景传得跟神人一般,我就捉摸着,毛丫要是能嫁给这样一个后生,也是她的福分哩!只是,我一个做老妈子的,总不能撇开主子自作主张,就找小姐来了,求九小姐你给下人拿个主意……”

九小姐听到这里,没来由地,心里扯疼了。也不知打何时起,云景的影子在她心里由模糊到清晰,由游离到固化,赶不走抹不掉了,带着一分苦涩与伤痛,也带着一分甜蜜与温馨,伴在她沉思里,伴在她睡眠里,也伴在她饮食里……无数次的白日梦中,他是司马相如,她是卓文君;他是焦仲卿,她是刘兰芝;他是梁山伯,她是祝英台……这些都以悲剧而终结的故事中的女主角,却让她生出无比的羡慕来……

想到翠画虽是下人,却有着母亲为之操心,能找到一个合宜的归宿。而自己,虽然早早地有了婚约,那只是父母所看重的门户,那个且胖且愚且横的盛家少爷,在云景面前简直不值得一提。可她身为大户人家千金小姐,与一个佃户人家的孩子是不可能结成姻缘的,下场有可能比祝英台还要不幸……九小姐想到这里,一阵难过,泪水就扑簌簌地流了下来。

李周氏正在等着九小姐的应答,没想到倒把人家的眼泪水等下来了,她有点不知端倪,转念想可能是小姐舍不得丫鬟,就笑着圆场:“九小姐,你是千金之身,可不能这样。都是糖妈不好,惹你伤心了。毛丫才14岁,先定在那儿,出嫁还早着哩!”

九小姐突然就来了气:“既然出嫁还早,你干吗要早早地来叨咕啊?是想显摆翠画有娘亲疼着宠着挂虑着,是不是?是想笑话我的婆家不如意,是不是……”

李周氏见九小姐像小时一样又撒起泼来,也不知哪里得罪了她,一时不知所措,直愣愣地杵在那里。

翠画听到楼下的动静,赶紧下来,先对李周氏说:“大大,你也是的,我不是还小吗?你急慌甚呢?”说完给九小姐递了手绢儿,口气也有点冲,“小姐,你看,我大大来,不是想跟你商议着的吗?你是主子,你要是不答应,就讲不答应的话,干吗要伤自个儿的心呢?”

九小姐听出这话里的硬茬儿,就越发泼了起来:“我就是不答应了——你看怎么着?!我娘亲活着时,她提到要你陪嫁随房的,要你当通房丫鬟来着,那时,我还护着你,怕你跟我到了盛家受委屈。如今倒好,我没了娘亲,你们就急忙急慌地要另寻婆家了,急于要撇下我才称心哩……”说着,呜呜地哭。

“谁又要撇下你不管了呢?我这不还在小姐你身边前脚走后脚跟的吗?”翠画一着急,说话的语气越发带了生硬与戗味。

“可……可你要是……嫁了呢……”

“我等小姐你……嫁了……我再嫁……”

九小姐听到这里,伤心且绝望,一气之下,转身指着李周氏道:“李周氏,你不是来请我示下的么?那么好,本小姐今儿个就告诉你:翠画我要留在身边,让她陪嫁,让她随房,让她当通房丫鬟,给那个长得像水桶一样的盛家小少爷当小妾!”

九小姐声音越来越高,最后竟一下子晕厥了过去。

李周氏赶紧上来,一手托住九小姐的头,一手掐住她的人中,让翠画拿了凉手帕去擦她的太阳穴。

九小姐清醒了过来,看看李周氏,又看看翠画,然后扑倒在长凳上,捶胸顿足地大哭,一口一声地叫着:“我的娘亲啊……我的娘亲啊……”

翠画见九小姐如此哀恸,心疼了,就蹲下来扶着九小姐腿道:“小姐啊,你放心好了,我会跟你一辈子的,哪也不嫁,就在你身边。老了,死了,都不跟你分开。我晓得小姐是在讲气话,小姐啊,你没了娘亲,可你还有父亲啊!我虽有大大,可我没有父亲了……”说着也哽咽不已。

九小姐从凳子上起来,与翠画抱在一起,像小时候一样,哭作了一团。

李周氏也跟着伤心起来,揩眼泪时,狠狠地在自己的嘴巴上刮了一下:“哎哟,看我这嘴,张开来,就惹哭了两个……”

李周氏她哪里知道,这两个正处在青春期的女孩儿,敏感且易伤,特别是九小姐,面对自己无奈的处境,正愁无法释怀哩,你这老婆子岂不是正巧撞枪口上了吗?招了话语的扫射还挨了泪喷。

竹青自哥哥云景来卞府后,每到晚间批阅了学生们的习作后歇下来,就喜欢向隔壁的厢院里钻,看哥哥有条不紊地画图做模型,间或也搭手帮忙。云景的话不多,加上做工专心,兄弟俩也就没有多少心谈。

这天晚上,竹青又过来了,云景跟往常一样,对弟弟笑笑,再呵呵一声,就又埋头干活了。

竹青上去将哥哥手中的一个长纸条捋开来,分段糊了一点糨糊,再与哥哥配合着将纸条粘到一个框架上。

“哥,听讲,大大在为你我张罗定亲的事哩!”

云景头也没抬,又呵呵了一声,继续做活。

竹青就觉有点无趣,说:“哥,你忙吧,我回了……”

云景呵呵了一声后,立马停了手,愣怔了一会儿,直起腰来:“开楚,你等会儿……你是说……定亲?好啊,你也都17岁了,早该定亲了……”

“不光是我,还有你……”

“怎么还有我?”

“怎么不能有你?你是我的兄长,女方就是这个府上九小姐的贴身丫鬟——翠画。大大将你和我的八字都跟她合了……”

云景哈哈笑了:“大大做事也太不慎了,如何拿一个姑娘家这样来合八字?”

“听说是翠画娘愿意这样做的,这样合八字也没什么不好啊,有挑良择善的意思……”

“挑择当然没什么不好,但母亲把自家的两个儿子都拿出来跟人家合度,这就有失偏颇了。不过,翠画倒真是一个好姑娘,胡家要是能娶得来,也是天赐厚恩哩!”

“看哥的意思,你对翠画还挺满意的,听说我们的八字跟她都是合宜的,那就让她当我嫂子好啦。年岁小是小了点,可跟在九小姐身边,料她言行举止一定还能过得去的。”

云景又开始做活,然后轻轻淡淡地说了一句:“我已经出家了,已然无意于世间之姻缘了……”

“哥,你是道而不是僧……”

云景抬头看了看竹青,问道:“莫不是开楚不喜欢翠画?那么一个出众的姑娘家,你可莫错过了一段好姻缘!”

竹青低了一下头,然后抬起来,抿嘴合眼了一会儿,忽而笑道:“哥既有如此尺度,你何必要苦苦相劝于我呢?让翠画成为我的嫂嫂多好!”

“我是在问你,到底你喜欢不喜欢翠画?”

“因你是哥,你当先娶才是。”

“可我已经出家了……”

“出家了又怎么的?我说过了,你是道而不是僧……”

云景停了手里的活儿,轻轻地叹了一声气道:“我晓得,你是喜欢翠画的。你不要老是心里想着兄长,无论兄长是什么,我已在心里了却了尘缘,再无挂碍,这是你们俗家人难以参悟的修为之甘甜……”

竹青听云景说他是“俗家人”,也没生气,知是哥哥跟他的一个玩笑话儿而已,就附到哥哥的耳边悄声道:“哥,不瞒你说,我更喜欢凡子……”

云景茫然地问:“凡子是谁?”

竹青笑道:“哥,你真是出世之仙了——卞府千金,名卞清瀹,字婉妍,号凡子,昵称或尊称九小姐……”

“呵呵,一大串的名字!倒是‘婉妍’二字最美,也合得上她那清丽雅致的神韵……”

“哥,莫不是你也喜欢她?”

云景手中正拿了一节竹片儿,听竹青说这话,愣怔了半天,然后举起竹片儿在自己的手心里啪啪地敲打了几下,说:“开楚,当心!你可千万不能生出这样的心来!卞府千金,如同玉宫婵娟,你我兄弟以清目仰视为止,切不可再有其他奢念。翠画跟着九小姐一起长大,长相也不在她之下,居家过日子,还是翠画。开楚,你若能迎娶她进门,也算是你得了上等的福分……”

竹青拿过云景手中的竹片儿,也在自己的手心里敲打了几下,然后哈哈地笑了一气,认真地对云景说:“你是哥,既然八字都合宜,你就先定了吧……”

云景皱了皱眉,没再理睬竹青。竹青见云景的样子,于是转了话题:“哦,对了,也不知父亲回来了没有?真是让人心焦!他去哪儿了呢?”

云景又叹息了一声,没说话儿,却开始动手做活了。

竹青也叹息了一声,然后像是对云景说话,更像是自言自语:“他能去哪儿呢?八成又云游去了。真不明白,你们这些当道士的,既然有无为逍遥的心性,干吗又脚踩红尘,斩不断人间烟火呢?你们在无意间瓜葛了世上的柔弱,使人难过——眼下,大大为什么急于要为你、为我张罗婚事?那是她悬着的心想有一个可挂搭的实处……”

云景歇了活儿，抬头看着窗外的夜色。竹青不知道他在想什么，但竹青看到他的眼圈儿红了。

竹青告退时，云景送他到门外时说：“我的活儿套住了手，走不脱，你明天晚上回家看看大大。父亲即便没有消息，儿子也是她的一份安慰……”

竹青点头应了。

就像小时候一样，九小姐每当发了一次脾气后就要乖上好几天，这次也不例外。冷静下来，她想想，实在是自己的荒谬——人家糖妈来跟你商量儿女的婚事，说明人家把你当主子看，当大人待。何况，翠画是自己的丫鬟，一起来到这个世上，一起长大，前后左右地服侍，娘亲死了后，要不是她们娘儿俩偎着伴着，还不知自己会伤成什么样儿呢！今儿个糖妈来讨一个主意，你倒好，跟人家发飙撒泼起来，也只有贴心贴肺的翠画与糖妈才会这样宽着自己、厚着自己，换作谁也都会跟你隔肠隔胆的了……她思忖着，自责着，情绪就蔫巴巴的，后来竟然病了，时而低烧，时而出汗。

翠画看到九小姐气色不对，就用手抚了抚她的额头，又用自己的额头朝九小姐的额上贴了贴，说：“小姐，看你，烧得焦滚热烫的，我去找袁妈请郎中来……”

九小姐一把扯住翠画：“不碍事，过两天就会好的。请了郎中来，又得让我想起娘亲在世时喝药的样子……”

九小姐说着说着又呜呜地哭了。

翠画走又不是，坐又不是，劝又不知从哪儿下言，一着急，也陪着九小姐抹起眼泪来。

九小姐看见翠画流泪，就止了哭，站起来给翠画递了帕子，说：“真的用不着郎中，你陪我下楼去花园里走走吧……”

好多天没有出门，下了廊台，九小姐觉得有点目眩，翠画赶紧将预备在手的一块软缎儿绣花披肩披到了九小姐身上，并就势扶住了她。

九小姐回过头来，感激地看了看翠画，欲言又止。

翠画用心地扶着九小姐，过天井，到了回廊。

外面的新鲜空气让九小姐的精神好多了，她从翠画的手中抽出她一直抓握着的流苏花角，自己一手一只扯弄着，往前走了两步，突然回过身来，笑吟吟地对翠画说：“去西花园……好不好？”

翠画扑哧笑了一声，以为九小姐是开玩笑的，也就没说话。谁知九小姐真的转弯过岔道要往西花园去。翠画紧走两步，拦住了九小姐："小姐，别闹！那里……我们不可去的……"

"这是我的家，我哪里都可去……"九小姐娇嗔满面，像是故意在怄翠画。

翠画也像是看出了小姐的心思，故意激她："那好啊，我们去！然后，让老爷逮着，熊骂一顿，让管家和下人看见，来伸胳膊尥脚丫子戳指我们的脊梁骨……"

九小姐停下了脚步，抿嘴笑了一下，突然将食指放在嘴里哈了哈："那好，我先把你的脊梁骨给戳指了……"说着猛地戳向翠画的胳肢窝儿。

翠画躲不开，扭着身子，咯咯地笑作了一团。

九小姐跟翠画这么一闹，出了一点汗，觉得还是有点气虚，就停下来，将披肩的流苏花角在胸前挽了一个结，看看气喘吁吁的翠画，慢慢地转了身，落落寡合地往回走。

"翠画，你这么好，我真该把你带到盛家，与我相伴相随永不分离。可一想到那个矬子，我又于心不忍。要是让你嫁出去吧，我又舍不得你离开……"

"我都说过啦，陪你一辈子。"

"做盛家少爷的……或者，当一辈子老姑娘？"

"当一辈子老姑娘！"

"要是……要是我能不去盛家就好了。我跟你都……嫁到一家子去，做一世的妯娌……"

翠画哈哈地笑了："小姐真能说笑，我是一个下人，与你怎么能妯娌得了！小姐肯定是要嫁大户人家的，翠画只能是歪倒黄泥抠三把的贱命……"

九小姐扭头反问："要是我也跟你一道歪倒在黄泥里，舒心畅胆、恩爱不嫌地过日子，不成吗？"

"那怎么可能，你是卞府的千金小姐呀！"

听见小姐轻轻地叹息了一声，翠画就歇了言语。九小姐半天没再吱声，翠画又没话找话："俗话说，胳膊拧不过大腿，媒妁之言，父母之命，拗不过的！小姐，既是拗不过，就往开处想想，盛家孬好家大业大，往后，日子还是过得去的……"

九小姐听到这里，陡然间又生了气，加上身子骨儿到底还有点不适，额上的汗一下子下来了，顺着脸颊直往下淌，气短得说不出话来。

翠画没注意看小姐的变化，继续往下说："我大大常讲，丫头是菜籽命，撒到哪儿哪扎根，命摊上的，人是拗不过来的……"

一阵绝望向九小姐袭来，她一步没走稳，一下子歪倒在回廊的青砖路上。

翠画扭头看见，一把没扶住，慌得向前一栽，也跌到了地上，却又立马支身去抱九小姐。才 14 岁的她，力气实在抵不上，就只好趴下来，像嵌榫子一样将自己垫到九小姐的身下，然后拼死站起，这才让晕倒了的人儿竖了起来。

翠画让九小姐在回廊的斜靠上坐下，然后张望近处有没有可帮忙搭手的人，想把九小姐搀回绣楼，同时赶紧把郎中请来。

可除了远处有一个匆忙行走的端着簸箕的小丫鬟外，还有就是近处一个正在花园池里清淤的中年男人了，再没看到其他的人。

正着急，看见竹青从外院进来，过拱门，向西厢院走。翠画顾不上矜持了，赶紧喊了一声："胡先生，请你赶紧过来一下，行不？"

竹青听喊，站住，转身，看见了主仆二人，恨不能飞过来。

到跟前看见九小姐虚脱的样子，就吩咐翠画坐到九小姐身后，让她靠到她的身上，说声："不要动。"然后一转身就跑开了。

翠画云里雾里，不知所措，但按吩咐，没敢动，只把害怕与心疼的泪水一直地往下淌。

眨眼工夫，竹青领云景一起来了。

竹青说："我哥会点灸术，让他在穴位上扎一针吧？"

翠画惊怕得不知说啥子好了，腾出一只手拦住："你是说给九小姐扎针?！吓死人了！万万不可！万万不可！求先生赶紧去喊一下袁妈，让她立马派人来帮忙把小姐搀回绣楼，再叫人去请郎中来……"

此时，九小姐却有了反应，微微地动了一下胳膊，上气不接下气地对翠画说："就请……请云景……给我……给我扎针……"

云景倒也镇静，坐下来，为九小姐搭了脉，然后支平自己的腿，将九小姐的手妥搭到自己的膝盖上，再用左手固定了九小姐的手并她的腕儿，然后右手在九小姐手掌上方的内关穴上轻轻下针，捻转几次，九小姐的状况明显好转，脸色也渐渐红润起来。

翠画先是闭了眼不敢看针，只盯着九小姐的眉宇，后来见小姐的眉宇渐渐舒展，脸色也渐渐好转，这才大了胆子偷瞟了几眼，像是做梦，不能相信这细长的银针竟有如此神奇！不能相信这年轻的道士竟有如此神功！她的视线自然而然地从银针转到拿银针的手，再从腕到臂，到肩头和半侧着的那张英俊的脸……翠画有点儿心慌，但当她把视线再移到九小姐含泪的眼睫毛上时，像有一个无形的重物在她的心上头猛然砸了一下，同时九小姐刚刚所说的话渐显渐明："要是……要是我能不去盛家就好了。我跟你都……嫁到一家子去，当个妯娌……要是我也跟你一道歪倒在黄泥里，舒心畅胆、恩爱不嫌地过日子，不成吗？"

“妯娌……”

“妯娌……”

话音的余尾儿在翠画的心里回旋弹飞，她的脸腾地红了。

窥觑一眼竹青，竹青此时却心无二用，眼神全在九小姐的手上与脸上，抿着嘴，恨不能代替哥哥为九小姐针灸。

翠画见竹青如此用心专注，心里就生出愧痛来：翠画，你这是怎么啦？人家都有这份急切与看重，我倒好，在这里七邪八歪地想些儿女私情的荤事来，亏得你还是小姐的贴身丫鬟，羞不羞啊！

云景收了针，又为九小姐把了脉，站起来对翠画说：“让小姐稍歇会儿，就可以扶她回去了。不用看郎中，你只消叫厨房熬些丹参白果汤，当茶饮就行了；下饭的菜可配黄芪烧鳝骨。别惹气，静心闲适为重。”

云景说完，目不斜视地淡然而去，竹青却站在原地未动，问：“要不要搭帮手？”

翠画点头。

九小姐却摇头。

竹青识趣地走开。

九小姐缓缓地站起来，风吹杨柳的样子，眼儿却直直地看着云景走去的方向。

嘟咕咕，咕咕
斑鸠树上搭窝
咕嘟嘟，嘟嘟
鸳鸯水里吣噜
鲩一个大猛子
叫你看不着
……

胡正生一觉醒来，再也睡不着了，扳着指头算了一算，自己出来已快一年了。十多个月来，黄裁缝几乎没让他离开过，也很少让他下山，把他圈在破寨子里，除了整理账目做账本和写一些文札通牒之类，就是让他今天给这人看病，明天给那人疗伤，隔三岔五的“摸瓜”行动也没让他参加过。但每次行动结束后，他都能跟参加行动的人一样，分得一块甚至两块大洋。绑票和撕票的事经常发生，他不忍看一个个活生生的人被抓来后，或被刀砍，或被棒打，甚至被剖腹、零割而死……这让他每天都在一种极度的惊恐与愤慨中熬着日子。

他们将抓来的女人们集中在寨子后面的两间土屋里，让饥渴的男人们轮流奸玩。如有不从者，下场非常惨，或割乳，或裂阴，被活活折磨而死。

好几次，黄裁缝劝胡正生也去淬淬火，但胡正生一次也未曾涉足后屋，他不能接受这样的龌龊与不仁。他想，这些打家劫舍的土匪跟畜生又有什么两样？甚至还不如那些畜生哩！

“摸瓜”简直成了他们的家常便饭，方圆百里，很少有不受其害的。

有一天胡正生悄悄地问一个弟兄什么叫“摸瓜”？这弟兄告诉他，“摸瓜”就是暗杀，瞄准了一家财主，趁夜杀了他，掳了他们的钱财，带不走的，就放给当地的穷人……

这位兄弟还告诉他，给当地穷人放钱放粮时，是大张旗鼓的，打着锣，沿村吆喝，说是劫富济贫。但一开始穷人们高低不敢去拿，于是就一再鼓动，三番五次之后，就会发生哄抢——这就好了，哄抢之后，肯定有结怨的，穷人与穷人之间，穷人与富人之间。特别是这家被洗劫的富人，如有余下的血亲回来，就会倒算，然后穷人就肯定有投靠过来的，因为他们没了退路。

胡正生想，这做法看上去挺周密、挺讨巧的，但总归是一条不人道的凶途恶路。

在和这位弟兄过话不久，他就被裹进了一次“摸瓜”事件中。

当胡正生被通知参加当晚的“摸瓜”行动时，他找到黄裁缝，翻了脸跟他说话：“黄兄弟——我不该叫你兄弟，当叫你长官才是——我答应你留下来，只是做些账房里的活，可你今儿个竟要我出去做杀人放火绑架索命的事，我不会干的。要不，你就一掌拍死我，或一枪打死我吧……”

黄裁缝哈哈地笑了好一气，然后点头、摇头，说：“罢了，罢了，别去了吧。”

行动小组是晚饭前出行的。

晚饭后，黄裁缝拉上胡正生说是与他下山溜达溜达。

下了山，黄裁缝却没有停下脚步的意思。胡正生先还在糊里糊涂地跟着走，可越走越觉得不对劲，就坚持要转回。

此时已经到了一片岗地，天黑得伸手不见五指。黄裁缝说：“好吧，不走就不走了，我们坐坐歇歇再转回不迟。”

少顷，就听呼哧狼烟一阵杂乱的脚步声。近了，是行动小组的人。

黄裁缝迎上去，带着惊喜的口吻说：“摸到了！”

他们将一五花大绑的人推倒在地上，领队的说：“可是……摸错了，是他们家的大锹把子——长工……”

黄裁缝呵呵一笑：“真难为你们了，这觉悟，这眼神，真是太好了！”

“那……放了这人?”

“放了吧,让他回去通风报信……”

黄裁缝的话音刚落,就听见咔嚓、咕咚两声,胡正生的身上就有一股热乎乎的带着腥味的液体喷到他身上。他伸手一摸,知那是血,顿时一阵反胃,心里急唤“太上老君”“无量天圣”……才得以站稳自己。

打这以后,胡正生常在噩梦中醒来,也始终感觉被热血喷过的身上总有腥味。

后来,有一个被叫作“特派员”的来了两次,给他们讲了一些话,告诉他们颠倒乾坤的事、鲤鱼打挺的事、春秋大业的事、未来世界的事……他们一个个听得热血翻滚,豪气吞云,胡正生竟时有耳目一新、灵魂脱壳、超然象外的感觉。可接下来当他看到这些人又是绑票又是摸瓜甚至劫持良家妇女时,就又犯了糊涂——这不就是贼寇的套路吗?怎么能把话儿都抡圆了祭到大家的头顶上,搞得跟来了救星似的?这比他们道士作法还要花哨,可实际做的却又是这般令人齿寒心战……

想到妻子胡聂氏每天起早摸黑操持家务、帮衬稼穑又提心吊胆的样子,他把肠子都悔青了,真是一失足成千古恨!可怜的女人,她深知自己的男人有散漫的心性,就细心维护、百倍提防,生怕男人回了道观……没想到道观没回成,却受蛊惑来到了这么一个鬼狼出没的地儿。

两个儿子都已经长大了,尽管他也为大儿子开逸的婚事操持过,只因大儿子不愿意沾惹尘埃,做父亲的也就轻易放弃了——小儿子开楚17岁了,也到了该订婚的年岁了,但做父亲的竟把自己搞得没了根底……

也不知胡聂氏究竟怎样了,肯定是要出门找他的,找不到,她会着急,她会伤心,但她不会死的,她还要为两个儿子的婚事操心,儿子已经大了……

胡正生试着跟黄裁缝告假。

黄裁缝答应得朗朗的:“哦,一闪眼,都一年了啊!想嫂子了,是不?这容易,今天跟他们摸瓜一次,把你憋了这一年来的骚火劲儿,朝小姐、太太们的身上使一使……”

胡正生连忙摆手说:“使不得!使不得……”

黄裁缝哈哈地直把自己笑得大喊肚子疼:“哎哟,这个迂腐的胡道士……为什么使不得?上了她们,过过当大老爷、阔少爷的瘾,他们能使得,我们就更使得……”

胡正生脱口而出:“无量天尊——罪过!罪过!……”

到了晚上,他们又开始集合队伍。

胡正生早早地将自己关进小间里,点上蜡烛,拿出账本,将算盘珠儿故意拨打得滴滴答答地脆响,黄裁缝敲门喊他,他装作没听见。

等到外面的脚步声、说话声和大刀长矛、锄头大锹等家伙相互磕碰的声音渐渐远去时,胡正生吹了蜡烛,轻手轻脚地开门、探头、张望……他听了听,外面远处除了松涛声和近处的蛐蛐儿叫声外,整个大山都静得出奇。

胡正生想,此时不走,更待何时?

顾不上行李了,只将几十块大洋用汗巾儿裹缠了,扎围在腰间,外面再套上长衫,收拾妥当了,蹑手蹑脚地顺着寨垛子猫腰前行,找到了一豁口的段儿,翻身过垛。

突然传来两个巡守人的断喝:"哪一个?给我——站住!"

胡正生站住了。

垛堞转角处传来黄裁缝的声音:"是我的弟兄,下山会女人的,让他走!"

胡正生听了此话,站住了,他知道黄裁缝一直在防着他,正因为如此,他才没敢轻举妄动,才不得不敛足藏迹忍耐这么久。其中也不止一次做过逃离的尝试,后又放弃的原因皆是由于黄裁缝的窥见予以警示而告终。他不想像那两个初上山就吃了枪子儿的邻居汉子一样白白地送了性命,那样的死他觉得不值,也很窝囊。

"真是一条下口不出声的恶狗!"他站在那儿闭了眼睛,在心里骂道。

黄裁缝带了呵呵的笑声来到胡正生的身边,手上是提了枪的。到了胡正生的跟前,他把枪插到裤腰带上,将原本撩起扎系在腰间的大褂襟儿扯开来垂下去,笑吟吟地挽了胡正生的手,拉他向寨外的一片松林里走去。

"胡兄弟,你是我带到山上来的,我要对投奔到山寨上来的兄弟们负责,更要对你负责。我知道你想脱离我们并无他意,只是想再回到小农耕种里,过那没指望的日子。可是,你怎么还不明白,你还能回得去吗?你回去了,地方保长能放过你?你回去了,我们这里的驻扎还能安全?我知道你不会出卖我们——你能保证你的身后没人跟着盯梢吗?你能保证你的口能扎得那么紧吗?白天里扎紧了,你能保证你梦里不说梦话吗?是的,你曾是一个道士,过惯了闲云野鹤的散淡日子,我把你请到山上来,是因为我们这里太缺少像你这样有文化、有见地的人才了!最近我们探实了:你的两个儿子都在卞家圩子做事——我们放弃了对卞家的打劫,一是因为他们家大业大堡楼坚实不易攻取,还有就是因为想要留住你……"

黄裁缝见胡正生打了一个寒战,就抬起一只胳膊搂搭在胡正生的肩膀上,继续和声细语:"胡兄弟,你真的还想回去吗?当然,我也不想强留,因为留住你的人,却留不住你的心。这样吧,如你执意要回去,先把腰间的硬货解了,你不能带这么重的东西上路,那是很危险的。再一个,我实话告诉你,你如果回去了,就凭你在我们这里待过这一项，保不齐哪一天哪一路的杂货们，高兴劲上来了，找上门去，不单得了你的钱财，还顺带把你灭了，信不信？灭你，是为了灭口；灭门，是为了解气。你我兄弟一场，我就掏心扒肝地奉劝你一句：你胡正生想再回到你的农家小院、田头地埂，过儿女绕膝、妻贤夫爱的日子，想都不要想了——从当初你随我上山的那一刻起，那个日子对于你来说，就已经结束了。既是回不了家，你为何就不能脱下羊套子披上虎皮呢……"

胡正生听得出来，黄裁缝劝说的话里是带了腾腾的杀气的。他何尝不晓得这些人心毒手狠，一年来他没能逃脱的原因除了黄裁缝看得紧，还有一个更重要的原因，就是害怕这些杀人不眨眼的杂货们伤了他的妻儿。想自己只不过是一个能力有限的肉皮囊而已，如果殃及了亲人们，还不如自己烂了臭了瓦灰了算了。胡正生是熟读过《庄子·齐物论》的，人生如梦，风云沧桑，是蝶梦化庄周，还是庄周梦为蝶？他意识到自己的一生竟过得如此的零乱与荒唐。道士当得好好的，在哭坟的寡妇面前化蝶成蛹、躬耕南阳也没什么不好，偏又冀望破蛹乘风，受诱遁入野岭——入梦，出梦，直到梦碎成灰……山上一载，像是一道无法穿越的劫煞，越来越多的直逼良心的祸殃乱了他的冷静与理性。他不甘于束手待毙，也死不了那颗回到妻儿身边去的心，于是又一次做了出逃的努力。

他一声没吭，把腰间裹了银圆的汗巾儿解了，递给黄裁缝。黄裁缝接过，扔给了巡守的人，转身对胡正生说："见胡先生如此决绝，看样子我黄某是留不住你了。但我们毕竟兄弟一场，我就先送你一程吧！"说完就连着衣袖紧紧抓住胡正生的手，一起走下山去。

本来，山寨马上就要开始转移的。转移之前，要来一次大的行动——就是要拿下卞家圩子。这行动一直没有实施，并不像黄裁缝对胡正生说的那样，是为了留住他，而是考虑到，如果动了卞家圩子，据点就有可能暴露马脚，所以这个已经被收编的团队没敢轻举妄动。

黄裁缝当时引胡正生上山，真的是看中了他的才学与医术，队伍中奇缺这样的人才。黄裁缝以裁缝手艺为掩护，在山区各地张罗人才，当他察出胡正生有向往田桑之外的心性之后，就开始了策动。带他上得山来，用两条庄稼汉子的性命吓住了有可能随意离开的他，并用委以重任和赏赐重金来笼络这颗野鹤之心。然而，生性善良并以道义为重的胡正生始终不能苟同他们随意杀人的行为，伺机逃跑。黄裁缝也曾用他的"两个儿子在卞府里"的话来要挟他，但仍不能劝其留下。于是送他出山，这一段行走，黄裁缝软硬兼施，劝说感化，甚至以死亡或灭门的话相威逼，但都没能让胡正生要离开山寨回家见妻儿的决心改变。最后至黑松洼，黄裁缝不得不叹息一声,用胳膊儿揽过胡正生的头,对他说:“胡家弟兄,你才高八斗,学富五车,让我如何下得了这手……”

他说着抽开胳膊,闭上眼睛,说声:“弟兄走好!”推过掌去……

威风岭上的能写会算的才子账房胡正生消失了,是黄大把子送他下的山。众人没人敢打听他的去向,谁不知黄大把子的气掌胜过枪子儿!

然而,当天守夜的人说,黄大把子送人下山回来,脸色不像往常,或平和,或兴奋,而是煞白铁灰的。有人给他打水洗脸时,竟看见他的嘴角上有没擦干净的血迹,料他是因为气掌用力过猛,亏损了自己。可再给他宽衣解带时,又见他的手指头在流血,指甲似乎有撕痕,两条腿上、两只脚上也有血肉模糊的划伤……

这就有点奇怪了,他无论是用气掌还是短枪,都不至于将自己伤成这样?!

难不成,那个道士不仅会写会算,还会其他的一些什么本事?

事情过了好长时间,一次酒后,黄裁缝猛不丁地冒出这么一句:“真是遇到鬼了,我亲眼看见的,他隐到那棵古松树里面去了……”

不用问,他说的“他”指的是道士胡正生。

继后,巡夜的人说得更奇,说他们当夜看见黄大把子送胡账房下山后不久,就看到了他们走去的方向有白雾腾空,那白雾团儿起伏翻滚,就像是烧开了的稀饭锅,在山洼子深处的黑松林子上方,咕嘟翻卷了好半天,然后就看见一团云彩冉冉升起,云团之上,似有手拿云帚的白须老者站立其上,飘过山岭,飞过树丛,升至夜空,眨眼不见了……

这些话传来传去,就传到了山下,民间就有了威风岭上胡道士隐古松、乘白云随风升天的传奇。

再传来传去,使一直没忘记寻找男人的胡聂氏听了去,又免不了大哭一场。

胡聂氏无法相信自己那个连庄稼都种不好的男人会是这么一个高人,想他八成是被土匪害了,于是收拾了他存在家里的一些衣物,为他起了一个衣冠冢。

旧坟前又多了一座新坟。

满“五七”时,她化了冥钱,就坐在两坟的中间,想一些细碎的往事。这次她没有哭,她不想再哭了。

她想了很多往事,有的比较清晰,有的却模糊得很了,新的与旧的还会叠起来,让你撕不开,扯不清,有点乱。

但无论如何也抑不住的是那年那天她与他在坟场上初见时的情景。

他背了褡裢,手上拿了一根桃木棍,还夹了一把已经败色的红油纸伞,长衫的前后襟都掖扎在腰间,整个人儿是那样的精神与俊逸……

是的,她看见他时,真的惊呆了,他像极了4年前离她而去的男人,只是多出了儒雅与仙侠之气。当他蹲下来宽慰哭得死去活来的她时,身上散发出来的男人味让她更加的心痛,因为这位自天而降的神人只会加深她的伤悲,她丝毫也不敢有半点奢望他能留下来多陪她一时半会儿——结果,他真的留下来了,并且娶了她,她为他生了三个儿女。两个儿子继承了父亲所有的优点,无论是长相还是才学……

他们过上了真正意义上的男耕女织生活,她唯有知足。

因为太爱,就生出担心,生怕他会离她而去。结果是怕鬼有鬼,他真的去了。

坟场上的胡聂氏抖抖索索地从贴身的衣兜里摸出胡正生在家时常用的那支烟荷包:"死鬼啊死鬼,你到底还是撇下我们娘几个……走了!按讲,这荷包要给你带了去的……可我想想,还是留下了……它一直带在你的身上哩……我晓得……你把你的心意,还有你的味道……都装在里头了……我带着它……也就等于带着你了……"

她想起当初她递烟荷包给他的情景:一个由族长主持的短短的婚仪以后,客人都走了,两个懂事的孩子也早早地睡了,她含羞带喜地坐在床沿上。他走进了卧室,拿起秤杆儿就要挑她的盖头,她却举手递给了他这只彩绣的烟荷包。这是她在他们张罗婚事的两天时间里,连着两夜几乎没合眼赶着绣下的心爱之物——两只蝴蝶儿缠绵翩跹在名字叫作月月红的花儿上,那情意都绣在上面了……

他接过荷包儿看了又看,呵呵笑着:"好女子,你怎么就晓得我喜欢蝴蝶呢!我现在就要与你化蝶入梦了……"

他搂着她滚进了白纱帐里。

女儿出生了。

大儿子开逸出生了。

小儿子开楚出生了。

日子虽穷,却悠然香甜,不承想,隔壁来了一个黄裁缝……

天挨晚了,坟场外的林子里传来归巢鸟的叫声,胡聂氏如梦初醒,她扶着膝盖想站起来,腿却麻木了,半天直不起腰来。

突然有人上来搀她,她摇了一下上身,苦笑道:"死鬼啊死鬼,为啥子娶了我,又丢了我?瞧我这克夫的命……"

"大大,是我们……"

听到声音,胡聂氏抬起头来,却见是开逸和开楚。看见两个气宇不凡的儿子一边一个站在自己的身旁,她顿时释怀,欣慰之情溢于言表:"你们怎么来了?"

开逸说:"父亲的'五七',我们肯定要来上坟的,只是府上的活催得紧,开楚的学堂也才散掉，到这晚上了，才赶过来的……”

“什么‘五七’啊，也不晓得他是哪天过世的，这日期也就没个准了……”

“父亲到底是怎么死的？我们当报官查一查才是……”胡开楚捻开带来的冥钱，点着了火，一边化着，一边嘀咕。

胡开逸没有化纸，而是站在一边，合掌叨念，然后对母亲与弟弟说：“大大执意要为父亲起这衣冠冢，孩儿也不便执拗。父亲误入山野，最终如何，或入地，或升天，都是他当担待的修为，也不负他出家一场了。万望大大释怀保重才是……”

没等冥纸烧完，天已经黑了，胡聂氏拍了拍新坟的坟头，说：“睡吧，睡吧，我们回家去啦！走的走了，回不来了；留下来的，还得往前拱着过日子。只是今冬明春，我定要把你两个儿子的婚事给定落了。放心吧，死鬼，逍遥去吧，云游去吧，当你的什么野鹤去吧！这荷包儿，我带着哩……”

瓦屋上头猫猫叫
油灯下头绣荷包
绣对喜鹊登红梅
绣双鸳鸯戏水草
绣出花生攒莲子
绣出石榴咧嘴笑

云景开始绘制室内的景致，家什摆设不难，精细一点也好，粗粝一些也罢，用不着那么太讲究，出自巧匠们的手，能以假乱真也就行了，难的是临摹制作各厢房内里的横幅、立轴，按比例缩小，还原它们的原貌。你不仅要画它，还要裱它——而这些名家字画，风格迥异，有的还要做旧，这些活儿，一般的工匠是无法上手的，都得云景亲力亲为。

最令云景头疼的事是临摹那些挂在墙上的字画，这必须穿堂入室，客厅以及二老爷的卧室与书房都好说，云景自由出入也不觉得拘谨，头疼的是那些少奶奶、姨太太们的卧室，说是让她们回避，却都喜欢没事找事来偷看打搅，好多人看绘画是假，看绘画的人是真。卞家圩子的女眷们，几乎没有人不被云景的英俊雅慧所折服的，大家叽叽喳喳，嘻嘻哈哈，指指点点……要不是云景心如止水，早被搅成一锅辣糊汤了。最后云景想了一个办法，让装裱匠与木匠联手，将凡是可以取摘下来的挂轴与框装，测定了它的位置后，小心细致地拿下来，弄到西厢院里临摹，但有些无法取下来的，还必须到现场测定读记，然后回来默临。

到了来年的春天,室内的临绘已近尾声。在临绘的日子里,卞世典几乎每天晚上都要到西厢院看一下,对云景一天来的活儿啧啧称奇。当他看到他太太卧室里的梅、兰、竹、菊四个扇面被摹得跟原画几乎一模一样时,他坐不住了,站起来,拿着尺幅左右端详。

“云景大师,这么好的四个扇面,怎好一把火烧掉呢?”

云景笑笑:“只有烧了,那边的夫人才能得着啊!”

“那倒也是!我想墨语……她最挂念的除了这个家,还有就是我跟凡子了。所以,我和凡子室内的格局挂件,烦请云景大师格外费心劳力才是……”

听了卞世典的话,云景嗯了一声,欲言又止,脸上现出作难的神情。

卞世典看到了云景的脸色,做了一个提请的手势。

云景笑道:“所有的内室挂件都摹完了,现只剩下九小姐的绣楼了。袁妈也带了工匠进过绣楼尝试着想取下它们来,却是嵌固镶定在板墙上了。可那又是贵府千金的清雅绝尘之地,贫道多有不便,实在是不敢涉足……”

卞世典还没听完,哈哈地笑了起来:“云景哪云景!莫不是你还记着自小受墨语屈待的事?她都成隔世之人了,就别再记着这过节了。你看你,也修成道家高人了——心中本无台,还怕惹尘埃?凡子现也大了,懂事了,明儿个我让袁妈安顿一下,一时半会儿地,就让凡子暂且住到我的书房里回避一下就是了。”

“那好,我尽量测定读记得快当些。”

第二天接到袁妈的请离通报,九小姐笑了笑:“我不走,干吗要回避?难道云景能把我和翠画吃了不成?”

袁妈一脸的焦急:“小姐,我的姑奶奶,这是男女授受不亲的事!人家道士忌讳这个。也是老爷亲口跟我交代的,那边也替你把歇息的地儿都打扫停当了……”

翠画上来劝解:“小姐,就当是我们去给老爷请安便是了。我们两个大活人抵拄在这儿,两双眼睛像四只灯笼样亮在这里,人家云景大师总归是不好伸手缩脚的……”

九小姐想了想,对袁妈说:“那好,我们离一离,反正……不见那道士就是了!可我不想去父亲的书房,我们就在后花园里转一圈儿——要不就去楼下侧厢的绣坊里——对,就去绣房里翻翻那些的陪嫁物件。绣娘们请进门都好几年了,我至今还真没用心察看过她们的手艺哩……”

袁妈听九小姐主动说要进绣房看看自己的陪嫁绣品,甚觉蹊跷。府里凡是管点事的人,都晓得九小姐不满意自己的婚事,她从来不在意围绕出嫁的所有细碎,这倒也在合理之中。此时袁妈也来不及细想,因为云景和他的助手已经站在回廊上等候回话了,就答应了九小姐不去父亲书房而就近在绣房里回避一下的要求。想就一时半会儿的,在哪儿待一会儿不行?于是嘱咐翠画,让她好生伺候九小姐,切不可让那些进圩子已有好几年的绣娘们趁头上脸地冲撞了小姐。

翠画答应:“袁妈放心,小姐平常里懒得去看她的陪嫁绣品,我可是替小姐看了好几趟了。那些绣娘们,天天穿针引线,一个两个,就像是只会干活的闷头驴子、哑巴梭子,她们不会慢待小姐的……”

九小姐欢欢喜喜地随翠画下了楼,过一个小小的天井,就进了后侧厢的绣坊。

绣娘们平常只在小姐下楼走动时看过她的侧面与背影,此刻看见小姐走了进来,就都慌张失措地站起来,有一个还把自个儿的手指儿给扎破了,流了血,也没敢吱声,七前八后地,给小姐行屈膝的礼儿:“九小姐万福”“九小姐大安”“九小姐吉祥”……

九小姐超乎寻常地跟下人们客气,并谦和地回礼。

翠画进来,见绣坊里刺绣用的花架子、花绷子、各样的绸缎绢料和各色的丝线流苏花边等等跟往常一样,摆得到处都是,坊间里有点凌乱,就问身边的一个婆子:“妈妈,小姐来看看绣品,看从哪儿腾出块干净一些的地儿,让她坐一会儿?”

这个婆子看上去机灵鬼怪的样子,就笑着说:“啊哟!你看,我们这是干活的地方,慢待了小姐。不过……”停了一下,用嘴努了努靠近窗子边一扇关着的门,“那里头,倒是很干净的……”婆子说完,冲其他几个绣娘诡秘地一笑,然后又对门里边喊,“麻姑姑,开门啰,九小姐来啰……要进你那旮旯哩!”

门吱呀一声开了一道缝,缝里挤出一张麻脸来,瞄一眼九小姐和翠画,慌里慌张地又把门嘭地关了,尚未关严,又立马打开来,晃着麻脸儿:“这……这……我……我这儿……不方便的……”关门、开门,伸头、缩脑,不知如何是好了。

九小姐和翠画都觉得既好奇又好笑:这是干吗呢?径直走了进去。

麻姑姑想拦又不敢,只是挡在九小姐和翠画的前面,随手收拾刚刚放下的绣活儿,只拿碎料儿向绣活儿上摞搭,做掩盖状,嘴里还嘀咕着:“小姐……姑娘……这儿……我这儿……按规矩……按规矩你们是不好来的哩……”

翠画嗔怪:“照麻姑姑的意思,我跟九小姐是不懂规矩了?”

麻姑姑赶紧蹲腰行礼道:“翠画姑娘说的哪里话?我是讲……我做的活儿……你们姑娘家家的,是不便看的……”

“这就稀奇古怪了!你们绣的可是小姐的陪嫁,哪有自个儿的东西自个儿不可以看的?!”

外面传来几声细细的笑声。又听得刚才那个婆子故意在问另外一个人:“新郎的汗巾可要裁得长长的啊，那腰身，怕是一抱也抱不过来的……”

九小姐听到了，装作没听到。翠画也听到了，回头冲说话的婆子狠狠地瞪了一眼，然后见九小姐没什么反应，想多一事不如少一事，就领着九小姐进了单间，这才知道麻姑姑为什么不想让她们进了。

两个15岁的少女被眼前这些荷包、鞋垫、汗帕儿等物件上绣的春图给羞死了。她们虽然从未见过男女情事，但那用粉色、藕色及肉色丝线绣就的光屁股小人儿却是活灵活现地让她们看见了，这就是那男女之间的私密了。

她们不知道，出嫁时，新娘的母亲或最亲近的女性长辈会将这些绣品悄悄地放进陪嫁的箱底里，由喜婆妈子待拜堂之后，交代新人拿出来，或教新郎与新娘同看，或将男女分开来看，算是性启蒙或性教育了。大户人家的女孩子，出嫁之前，幽闭闺房，所有的性知识是知道得越少越好的。即便嫁了，这些花样如没人交代，真的会耽误事的。

离卞府不远的一个李家圩子，小姐出嫁的当天夜里，新房里发生了打架上吊的事。喝醉酒的喜婆子还没离开哩，听到动静，酒吓醒了，赶紧跑过去询问新郎。新郎一脸茫然，道：“我也不晓得为何，就是欲行大礼时，她一下子哭闹起来，骂我下流混账，就起来上吊了……”这时喜婆子才想起来因为醉酒，忘了大事了，没把压在箱底的春绣告知给小姐，自小严守闺阁的小姐不谙情事，就视新婚大礼为冒犯了。

负责刺绣春图的麻姑姑单间操作是有道理的，没承想让两个女孩儿撞进来，并且看见了。九小姐与翠画都心跳如鼓，脸儿绯红，神色慌乱，麻姑姑吓得跪下了。

翠画先反应过来，拉起麻姑姑：“这怨不得你！收拾一下吧，让小姐坐下歇歇。给我一个花绷子，我来献个丑……”

麻姑姑明白翠画的意思了，撵三赶四藏好了那些春图，拿出一个崭新的勒着紫缎料的绷子递给翠画。翠画从挂线架上挑了乳白色、鹅黄色与翠绿色的丝线，动作娴熟地用指尖儿披开来，穿针引线，又用指甲在花绷子上划了划，就开始刺绣了。

丫鬟会刺绣这是再正常不过的事了，她们服侍的小姐请得起绣娘，可她们自己的陪嫁绣品得娘家人或自己抽空来做了。但翠画有如此精到的手艺，九小姐却是第一次看见，就笑着打趣：“翠画你都成精了，用不着这么偷偷学艺的，我的绣品分一份给你，就够了……”

翠画抿嘴儿笑笑，只顾低头穿插，没有搭理九小姐的打趣。

待翠画用完了几根线儿又要开始穿针时，她抬了一下头，四周看看，慌掉了——九小姐不见了！

翠画问埋头在一边的麻姑姑有没有见到小姐哪去了，麻姑姑一抬头，四周看看,也慌了,说:“刚刚九小姐还坐在这凳子上的呢,怎么没听响动,她竟走了?”

翠画走到外间张望了一下,就回身对麻姑姑嘘了一声,意思是让她千万不要声张,她知道她去了哪儿。

藏猫猫,找猫猫
猫猫喵喵又喵喵
猫猫你别叫
让我好好找
看到了,看到了
老鼠在咬尾巴梢

翠画抽身回到了楼下,正要抬脚上楼时,又突然停下,因为她敢肯定,小姐就在楼上,道士云景也在楼上……

可楼上并没有一丝动静,翠画连自己的喘气声都听得清清楚楚。

她扶着楼梯的柱顶,不知是上去好,还是留在下面好,抑或是出去找找的好,正犹豫不决间,听到楼板咚地一响,是物坠于地的声音,与此同时伴有云景的惊叹之声,还有九小姐哧哧的笑声。

翠画更是不知所措,替小姐和云景担心,如果让人碰到,小姐的名声就完了,云景的安危也在一线之间。想到此,她准备咳嗽一声,算是打声招呼,然后上楼,隔开二人,就在此时,楼上传来了云景与九小姐的对话。

“小姐何时来到身后的?恕贫道不知之罪!贫道在做活儿,还望小姐回避才是……”

“这是我自个儿的寝房,为何让我回避?”

“小姐是大家千金,当晓得闺阁讳忌。我因令慈之事,受命测定摹临阁中画品,还望小姐体谅玉成……”

“你既晓得我是大家千金,我都不怕涉累,你怕什么?”

“小姐,算是贫道求你,我的工量是有期限的……”

“我只是悄悄站你身后,并未妨碍你做活儿……”

“可斗寸之间,多有不便!请……请小姐自重……”

云景出于无奈,后一句话就说得很重了,紧接着,就听见九小姐带着哽咽的声音传下楼来:“云景……云景……打我自小第一次见到你……我就把自己许配给你了……是的,那时我才6岁,稚齿懵懂择不得确非,只是喜欢罢了……但那种喜欢是由不得心意取舍的……我抢了你画有秋千图的信札,我是多么……多么希望你能跟我打闹一番……可是,你却受了我的连累,因此离开了卞府……那时我太小了,不懂事……后来你走了,我以为会渐渐忘掉……可是……可是我拼尽努力……却仍然忘不了……你的影像就这样推不走搡不去了……云景,你不该一次又一次地……来到我的面前……这一次来……我已经懂事了……还有那天,你为我扎针……云景,你不该再来的……我也不该……不该就这么……懂事了……”

小姐的呜咽声让翠画听得心都碎了,那样一个高傲任性的大家千金,在一个外来男子面前说出这样的话来,她要有多大的勇气和多么深的爱!

云景很无奈的声音:“九小姐……这是贫道的错……是我不该阴错阳差,造次搅扰,还望赦宥为是……”

九小姐抽泣声里夹带断断续续的话儿:“也怨不得你……这都是劫数……你是无意的……可是,云景……都是我……是我不好……我也晓得……你立志修为……风骨脱俗……淡了人间的烟火……可是……云景……卞清淪的魂儿……它回不来了……回不来了……”

“婉妍……九小姐……恕贫道……”

“等一下,云景,你刚刚叫我什么?”

“婉妍——记得当年吴先生说过的,是你的字……”

“云景,在百多人口的卞府里,唯有你云景这么叫我。我自个儿也特别喜欢这个字……可他们没有人挑了我的字称谓,就连父亲也不曾有过。云景……云景……婉妍此生……还有救么……”

翠画一边流泪一边上楼。

九小姐看见翠画上来,一下子扑进翠画的怀里,呜呜大哭。

翠画搀起九小姐,将她扶到椅子上坐下,拿帕子擦了擦她的脸颊,又在茶壶里倒了一盏儿茶水递上,然后转身对站在一边的云景说:“翠画拙嘴笨腮的,也不晓得怎么劝说。我只是可怜小姐。这当如何是好……”

云景一直站在一幅嵌镶壁板上的画儿前发愣,全然失却了往常那飘逸俊朗的模样,显得十分无奈而且有点慌乱,他抬眼看了一下翠画,脸儿竟然腾地红了,马上低头合目,不得不做忍耐等候状。

九小姐喝了一口水,抬头看了看为难的云景,泪水又止不住地流了下来:“云景……云景,你就不能……不能说句回应的话儿吗?”

云景低着头,轻轻决然地说:“请小姐体谅……贫道不能……贫道是出家之人,来贵府是做工的,贫道的工期也是有限的……”

九小姐绝望地闭了眼睛,泪水顺着脸颊簌簌而下。

翠画凑到九小姐的耳边悄悄说:“小姐,我们还是回避了才是,你既是喜欢人家,就当为人家着想,云景大师的工程是有期限的……我们帮不了什么忙,也不能给他添堵不是?再一个,要是有人碰上了,小姐的名声不说了,你让云景大师往后还怎么做人……”

九小姐睁开泪眼看了看翠画,稍息,一声没响地站起来,跟着翠画向楼下走去。到楼梯口时,又回头看了一眼云景,深深地叹息了一声。

湿漉漉的梅雨季节刚过,天就开始烤干柴了,热得紧。

大人孩子都在室外纳凉,九小姐和她丫鬟们也不例外。

不能走远,就在楼下的小天井院里,九小姐躺在凉榻上,周边燃了艾香,一是为驱蚊,二是为驱逐梅雨留下的潮气与浊气。两个小丫鬟翠屏和翠烟紧一下慢一下地给九小姐打着芭蕉扇儿。啪哒!啪哒!随着打更的梆子声,夏天闷嘟嘟的炎热被敲得实实的。

九小姐在凉榻上睡着了,两个打扇的丫鬟也打起了瞌睡。

翠画不在。李周氏突然闹肚子并伴有发烧,九小姐听说了,就让翠画告假回去照顾她娘亲了。

突然一声刺耳震心的声音划破卞家圩子的上空,卞府里的人都惊醒了。

等九小姐与丫鬟们搞清了是怎么回事时,那嘈杂的脚步声已经离绣楼很近了。

小姑娘们傻了眼,不知如何是好,等明白过来必须逃命时,反倒麻利起来,翠屏一头猫进了芭蕉丛中,翠烟像壁虎般地抱着假山藏在一丛石荷下面,留下九小姐一个愣乎乎地站在天井院的空处。

恍若梦中的九小姐并不怎么害怕,她的心思不在生死祸殃上,枪响之中,她一个激灵,竟然想到:匪徒们要是冲我来的,若云景救我,我们能死在一块儿,倒也不枉我对他痴情一场了;如他不管不问,让我命丧不测,死了也就死了,活着再也没意思……

正想着,有黑影已经开始翻墙了,咕咚咚,一共四个。进来的人也不说话,摸索着准备上楼,却被桩在天井中央的九小姐吓了一愣,大声喝问:“哪个?!”见九小姐没响也没动,再问:“是人是鬼?”九小姐失声笑了起来,那笑声要在平常,绝对是一个女孩儿清朗爽亮的笑声,可搁在这漆黑的深夜里,在枪响噼啪的罅缝里,在土匪逼近的时刻,就显得反常,带了十二分的诡异与巫性。

四个黑影人退了几步,几乎是同声轻呼:“鬼啊!”有一个小声道:“队长,我们的任务是要抓当家的，事儿可不能坏在女鬼身上。只要当家的逮住了，队长还怕得不到九小姐……”另两个也发出附和的声音，说：“特派员也讲了，这次行动很重要，要万无一失……”那个被叫作队长的骂了一句：“妈的，算我孙有财倒霉，半夜里遇鬼！总有一天，这圩子和圩子里的宝贝儿……”说完一跃身，上了院墙，咕咚咚咚几声落地，脚步声立马消失了。

他们走了，两个躲起来的丫鬟紧张过后软了腿，一下子瘫倒在原地半天爬不起来，而九小姐却漠漠然若有所失，心里编织的惊险而又艳美的曲折故事，竟让自己被误认为女鬼而掐断了。

来人是抓当家的，二老爷卞世典危险了。

倒也不一定。

队长孙有财凭着对卞府环境的稔熟，主动接受领队攻打卞家圩子的任务。按既定战略：正面攻打堡楼的同时，一干惯于偷袭的人直插当家人的寝室，挟持人质，攻取仓房。

可孙有财却对九小姐垂涎已久，进了圩子，忍不住先去了绣楼。本就心虚着的他竟把真人当成了女鬼，放过了九小姐，不得不带着一干人马，转去了大老爷卞世詹的厢院——他们以为：当家的肯定是大老爷，孙有财在卞府的时候，也见父亲最巴结的是大老爷。

砍杀了两个把门的小厮，当卞世詹被孙有财从床上拎起来的时候，尿都吓撒了。

卞世詹被掼到地下，立即五花大绑起来。

两个为之打扇并陪睡的小丫鬟儿的身子光光的，蜷缩到了床里边。

孙有财抽了自己的裤腰带准备先办了事再说，想想，又把带子系上了，过去将两个女孩子踢到了一边，押着卞世詹往外走。

卞世詹抖抖索索地问：“你……你……你们这是要……要干什么？你……你这是要带……带……带我去哪儿……有事……你们去找……找……找我家老……老二……”

孙有财手扯着卞世詹的衣领使劲往上一拎，把自己的脸凑给卞世詹：“大老爷，您说说看，我们要干什么。来，再让你看看我，我是谁……”

卞世詹两眼发花，没认出是谁，浑身抖得像筛糠。

慌忙赶过来的卞顺拦住了孙有财的去路：“你个狗日的东西！竟然是你?！我以为你死到哪块儿了，没想到你竟投了匪！兔子还不吃窝边草哪！你这样子，让老子我今后怎么在卞府里混？还不把大老爷给我放下！”

有人上来扇了卞顺两耳巴子:“你这个狗奴才,还敢跟我们逞凶!”

孙有财本来也想扇过去,想想,算了,嘻嘻地笑着将胳膊肘儿搭在卞顺的肩膀上:“你骂我什么?狗日的?对极,我就是狗日的——你是个狗奴才,不就是卞府里的一条狗吗?父亲大人,你连自己的姓氏都丢了,给卞家当狗,你这个狗奴才!让开,别坏了老子——孙队长我的好事……”说着用力一推,将卞顺搡得直打趔趄。

或许是作为一个狗奴才考虑到自身以后的下场,或许是老子遭了儿子的痛骂冲动了血气,卞顺在孙有财押着卞世詹转身要走的时候,他一下子扑了上去,一把抱住孙有财,想一起撞向门柱。可孙有财年轻力大,只失脚踉跄了两步,马上站稳了,腾出手来,狠狠地打了卞顺一个耳光。

卞顺红着脸也红着眼再一次扑向儿子,两人扭打成一团。

外面的枪声再次密集地响起。

有人喊,队长,快撤,团保们来了,再不走,县里出警就更麻烦了。

孙有财临走时抖着手对卞世詹和卞顺各开了一枪,然后飞一般地离开了。

无论是流寇土匪也好,还是被组织起来的正规兵团也好,一直没敢轻易动卞家圩子,不仅是因为分布在庄园四周的堡楼,枪支充足,有深且宽的壕沟,最主要的还是卞家跟地方团保的关系密不可分,一有响动就会出兵,加上卞府里的家丁训练有素,卞府里的少爷们也都个个习过武受过操练,遇事了肯定也不含糊,怀不轨之心的人一般都会望而生怯。当然,由孙有财带路的这支队伍也没有低估卞家的实力,做了充分的准备与完善的部署,但问题出在带路人身上——他们以孙有财平常不凡的身手与敢于杀人的狠劲,加上他曾在卞府里生活过的经历,以及他迫切要求担纲领队的表现,便委以重任,结果出事了,黄狼子没打着,惹了一身骚。卞府里死伤家丁及小厮 4 人,而他们却死伤 20 多人,剩下的不得不仓皇逃离,损失惨重。

卞家圩子躲过了一劫。翠画在菜园棚子里当然也听到了枪响,知道圩子出事了,她马上就要回去照应小姐,被母亲一把拉住,说枪子儿是不认人的,何况小姐身边还翠屏等人。李周氏拖着虚弱的身子堵到了棚子的门口,断了翠画冒险护主的念头。

也幸好那天翠画不在九小姐身边,因为若在,她绝不会让九小姐像木桩一样站在天井院里,让孙有财误认为是鬼。她会不顾一切地护住小姐,迎上去拼个你死我活,后果将不堪设想。

再坏的人也有做好事的时候,关键时刻,卞顺竟然以他的“大义”救了卞家圩子!大老爷卞世詹伤在腿上,命无碍,却成了个瘸子,卞顺只受了一点擦伤……

圩子里深夜里的响动对西厢院没有多大的影响,几个还在院子里乘凉的先生听到枪声，想土匪们不会对空空的学堂有兴趣的，就随便躲了一下，贴到门后，侧耳倾听外面的动静。

竹青有点按捺不住，总感觉九小姐与翠画那边可能有事，就猫着腰来到哥哥云景的住处，敲他的门，半天没响应。又不敢用力敲，也不敢喊出声，于是用手指捅开了窗户纸，里面黑咕隆咚的，什么也看不见。但在枪响的间歇里，却听到里面传来一声绵长而又响亮的呼噜声。要不是害怕，竹青几乎要笑出声来了——哥哥真不愧为出家的高人，这个时辰，他竟然能安然酣睡！

竹青自愧弗如，悄悄回到书院，学着哥哥的样子睡下，听着外面枪响停下，一夜无眠。

第二天一早，竹青去看云景。

云景的帮手开始按图纸在经梁纬柱上进行凿榫的工序了，而云景还在整理绘制内部饰品。俩弟兄虽然都在一个圩子里甚至还近在一个西厢院里，但因为各忙各的事，很少往来。

看见哥哥正忙，竹青站了一会儿，转身想走，被刚好抬头的云景看见，就直起腰来，笑等弟弟过去说话。

竹青本来有一肚子的话，此时放在脑子里烩了一下，竟又觉得寡淡无味不值一提了，于是向云景摆了摆手就要离开。

云景喊住了他："开楚，你大清早地过来，一定有事！"说着放下手中的活，走向竹青。

竹青淡淡地："也没什么……就是夜里……土匪进了圩子……"

云景笑道："早起我听说了，是土匪，打死人了。来了又走了——他们打家劫舍、越货敛财，不会冲我们来的……"

竹青见哥哥事不关己的样子，突然间有点生气了，对哥哥抱怨说："都道和尚狠，道士私，世人掉进粪水池，一点没错！和尚不狠，戒不掉七情六欲；道士只顾自行修为，根本不顾及他人短缺困窘！夜里出了那么大事儿，你竟然呼呼大睡，刚刚竟然还讲出'不会冲我们来的'话来！难为母亲还在为你我张罗与翠画的婚事，她的安危，你就一点没往心里去？'私'字，真的就是你们道士头上的混元巾……"

云景见竹青向他发火，先还勉强笑听，当听到"道士头上的混元巾"这话，赶紧举手闭目，轻呼："无量天尊！"

竹青却不放过："我是一个世人，是掉粪水池里的，配不上你的'无量'，但凡遇事，你的'天尊'就是这样教你寡情无义的吗？"

只听啪的一响，竹青的脸上挨了云景不轻不重一巴掌："开楚，你有亵圣尊，孽怨之深重，就不怕遭天谴吗？不错，夜间我是打了呼噜，那是专打给你听的！告诉你，我夜里起来得比你早，竖着耳朵听外面的动静，不为别的，就是要准备拦下莽撞的你有可能要去做的英雄救美之壮举——我想象不出你一个文弱书生在一群杀人不眨眼的土匪面前能救得了谁，怕是不连带人家就算是好的了。你来到我的窗前，捅我的窗户纸并侧耳窃听里面的动静，这些我都晓得。你是我的弟弟，一母所生，要说我还有未了的俗缘，那唯一让我有牵挂担心的除了母亲那就是你了。开楚，事情已经过去了，你也应当明白，有些事，真的是与他人无干——与人无干，一切都是天数。人在天数面前，又能既定什么、成全什么？”

竹青的头低下来。

云景继续说：“开楚，翠画是个好姑娘，如母亲执意要在近期为你定亲，还望莫负母恩……”

竹青抢过话头：“你是兄长，翠画做我的嫂子岂不更美、更善！何况……”

云景赶紧打断竹青：“何况？何况什么？开楚，那句话你千万不要说出口，就是放在心里也是万万不可的……”

竹青口气变了，带着生冷与讥诮：“我也卯七卯八听了一些闲话，是不是你的心里也有了她了？而她也确实看上你了……所以就硬劝我与翠画定亲？”

云景苦笑了一下：“开楚，我比刚才更想揍你一顿，可觉得再打，就没意思了。开楚，你是聪慧绝顶的人，从今儿起，除了府上的事，你什么都不要做，余下来的时光，你就将你说的那个‘她’与我之间，或与你之间，使劲儿地想它的可能性，然后再往前想它的过程，想它的结果，然后你就会明白，兄长是为你好……”

“我已经想过好多遍了，好多个设若，我也知晓……那不可能……”

“既然‘那不可能’，你为什么要放着那么好的翠画，不上心？兄有句话可能武断了些，但是实话，就你我兄弟眼下的状况来看，若要娶亲，没有比翠画更好的女孩子了。开楚，你已经18岁了，父亲死于非命，母亲已经老了，我云景不孝，遁入道场，还望弟弟代哥哥尽孝……”

云景说着动容，竟泪湿眼眶。竹青看了看云景，低低地叹息一声，然后抿紧嘴巴，仰面望天。须臾，他走近哥哥，什么话没说，像小时候一样，笑着在他的身上猛推了一把，然后一甩手，转身走开。

青萝卜，红萝卜
兔子担水烙馍馍
烙一个，吃一个

嗯啊嗯啊真好吃

烙一个，吃一个

还有一个给哥哥

中秋节的晚上，天晴得无可挑剔。

卞府有赏月的常俗，长辈们一圈，少爷们一圈，孙辈们一圈，少奶奶、姨太太们一圈，管家、先生们一圈，小厮、丫鬟们穿梭往来忙于服侍，稍闲时也能站下来吃些瓜果，这样的晚上家规就淡了许多。

孙辈们没圈多久，就散开来，玩"好大月亮好卖狗"的游戏。买方老羊奶奶，端坐椅上，等待开市；卖方一人，领一群小花狗，小花狗们手拉前面人的后襟，成一长串，合着节拍，边走边唱：

好大月亮好卖狗

卖个铜钱打烧酒

走一步，喝一口

问声老羊奶奶可要小花狗

卞世典剥了一只鲜红脆生的菱角儿正要吃，却于抬头间看见已升至白果树梢的月亮，于是放下雪白青嫩的菱米儿，叹息一声，站了起来。

坐在隔壁桌儿边的卞顺塞了一满口月饼，听见二老爷叹息并离座，就一口吞了嘴里的杂碎，欠起身子问："二老爷，要不要进园子里转转？我陪你？"

卞世典摆了摆手说："不用，你们尽兴，有泉玉跟着我就行了。"

泉玉明白，此时二老爷一定是触景生情，想起太太来了，于是对犹豫不决一时不知去哪儿才好的卞世典说："二老爷，云景师傅不愿受邀来赏月，八成是为了赶活儿哩，要不要去他那儿看看？"

卞世典点头道："呵呵，这个我晓得，他是在赶活儿，不去打扰他了……"

泉玉一时找不到合适的话说，就挠了挠头，看着老爷，等他发话。

卞世典举头望月，咏道："……人有悲欢离合，月有阴晴圆缺，此事古难全。但愿人长久，千里共婵娟……"

泉玉也是识得几个字的，知道老爷是借苏轼的《水调歌头》来消解自己的相思，就屏声静气地站在一边，不敢多话。

卞世典顿了一会儿，伤感地摇了摇头，对泉玉说："泉玉，还真不如你们小户人家，过节了，也用不着避讳什么，一家人男女老少，亲亲热热的，都围一圈儿，信口开河，无拘无束……"

泉玉哎哎了两声，想想又加上一句："小户人家更有小户人家的难处……"

卞世典笑了笑，说："你去换袁妈和珠兰来，让她们陪我去凡子那儿看看吧……"

袁妈和丫鬟儿珠兰过来，行了礼，就跟在老爷身后沿着回廊向后厢院九小姐的绣楼走。

月光如水，清澈透心。

卞世典与女眷们很少说话，走着回廊，只把月色敲打得零零碎碎，响出闷闷的脚步声。

袁妈突然打破了沉寂："二老爷可记得九小姐小时候，每到仲秋赏月的时候，她总是坐在你的身边，总爱往你嘴里填塞月饼，有一年，听说还真把你的肚子都吃坏了……"

卞世典听到这里，呵呵地笑了："记得，记得。她就坐在我和她娘亲的中间，向我嘴里塞月饼，向她妈嘴里塞带壳儿的花生。她自小就嫌她娘亲管她管得太严，不大喜欢她娘亲，就跟我一个人黏。这一转眼，就大了，15 岁了……"

见二老爷把话儿打住，袁妈一时找不到合适的言语来化解，就跟着叹了一声："是啊，日子过得可真是快哩！"

卞世典径直地走着，继续往下说："盛家前几日送来了订婚喜帖，还捎带了盛家老太太的口信，意思是明年腊八想要娶走凡子了……"

卞世典说着说着，嗓子有点沙哑，于是打住了话头。

袁妈赶紧接过来："二老爷，这事你当高兴才是啊！小姐嫁进了城里，成了豪门媳妇，这是大好的事啊！"

卞世典深深地叹息了一声："可凡子不喜欢这门亲事，我想再往后推推，多留她在身边一年半载……"

花喜鹊，摇尾巴
一下摇到老李家
给你丫头讲婆家
讲在哪家
大嘴蛤蟆家
可会走路

嘣嘣嚓嚓
可会讲话
咕咕嘎嘎
多少礼银
四两砣碴
多少炮仗
噼里噼啪

九小姐绣楼的后厢院里也聚了不少人，除了翠画、翠屏，还有好几个丫鬟，李周氏也在。她们先在天井里围坐着，可天井就那巴掌大的一块天，赏不了月，翠画提议将茶几搬到楼上的廊台上，就着晚风，赏月吃茶。

坐在藤椅上的九小姐看着天上的月亮，自言自语道："后羿啊后羿，你能射落九枚太阳，难道就不能让广寒宫的嫦娥回到你的身边？是你不忍，还是你不愿？英雄入彀，唯嫦娥逃腾，虽两心长久不在朝暮，可女儿若弱水，载不动翼羽，更负不起广寒的寂寥啊……"

翠画见九小姐痴痴缠缠文乎文乎的，知道小姐又在相思伤感了，正想拿话岔开，听到楼下袁妈在喊门。

两个小丫鬟一起急忙下楼开门，李周氏也随后下去。

一会儿听到楼下李周氏的问安声，九小姐知是父亲来了，就领着翠画等下楼迎见。

待翠画和小丫鬟们摆好茶水果点，李周氏准备告退："二老爷，老仆要告辞了，我要去看一看糕点间的台案收拾干净了没有……"

卞世典知道这是老佣识趣想要离开的托词，就笑着指了指对面的一只凳子说："糖妈不用避让，留下来，我们一起闲话闲话。都人老大半辈子了，我们在一起还能过多少个像这样的中秋。唉！你的翠画，我的凡子，都15岁了……"

李周氏欠着屁股坐在凳子上，双手也不知放哪儿好，就相叠握抱成一拳疙瘩儿，汗津津地放在两膝之间。她听二老爷提到女儿，心稍安，连连称是。

"是哩，是哩，都15岁了……"

翠画替母亲着急，九小姐为父亲刚才的话难过，又都找不到合适的词句儿往上凑。

卞世典端起装芡实切糕的小果碟儿对翠画说："叫你大大吃这个——这是她亲手做的，我估计，她自个儿都没舍得吃过——墨语在世时，最喜欢吃这道点心……"

李周氏慌忙站起来，推开翠画递过来的果碟儿，对卞世典说："承蒙二老爷盛情，老仆真的吃不得这个，吃不得的。这是太太在世时，专为调她的胃口，我寻思着做的——从壳儿里取出仁儿来太难了，半夜的工夫，只能取得这么一小把把……"李周氏说着用手样了样。

卞世典从翠画手里的碟子里拿了一块放嘴里道："因此，这糕在府里除了墨语就只有凡子吃得了？看我腿长，冲这切糕就跑过来了……"说完朗朗地一笑。

众人都笑。

卞世典见了女儿的笑脸，就让袁妈带其他人走开，只留下九小姐、翠画娘儿俩。

九小姐笑着说父亲："把她们都撵走了，是怕她们分吃切糕啊？"说完咯咯大笑。

卞世典没有笑，用银牙签儿挑起一块月饼递给九小姐："还记得小时候逼我吃月饼的事儿吗？"

九小姐笑着接过月饼，小小地咬了一口，放下来道："我已经吃了很多了。父亲，今儿个能不能不提小时候的事……"

卞世典的脸色突然变得庄重起来，对李周氏道："按说，这事不能当着孩子的面说——不过翠画懂事，这些年来跟着凡子昼夜服侍，跟亲人没什么两样……胡聂氏让云景找我，让我当个红媒，想让翠画与竹青结亲……"

九小姐听到云景的名字从父亲嘴里出来，霎时间心跳都停了，但听到竹青跟翠画时，一下子开心起来，但也没敢打断父亲的话头。

卞世典接着说："按说……按说我不该说这样的话，因为，我和墨语都舍不得翠画离开凡子。可墨语在最后的日子又改变了主意，说既然翠画是这么好的一个女孩子，就不该耽误了她的终身，她还说她临离开圩子时曾给了翠画一方绢帕和一枚簪花儿——翠画，有这事吗？"

翠画已在啜泣，听到这里，流着泪点了点头。

九小姐也哽咽起来："翠画，你也真能搁得住话儿，我娘亲她什么时候给了你绢帕和簪花儿，你也不跟我说一声……"

翠画赶紧跪到了九小姐面前："小姐千万不要误会！你可记得，太太走后的第二天，我就给了你？簪花儿是用帕子包着的，我说这是太太用过的东西，让你好生留着。你收下了帕子，簪花儿却塞回给我了……"

九小姐愣怔了一下，拉翠画起来，点头道："有过，我只当是娘亲给我的，我收了绢帕，说帕子里有我娘亲的眼泪，有娘亲的味道，就放在了绣囊里。簪花儿我塞给了翠画，翠画也一直没舍得戴，我也就忘记了。我真的不晓得那原是娘亲给翠画的，翠画也没跟我透个底儿。这到底是怎么回事啊？"

翠画回道:“那天,太太走得早,小姐睡得又沉,叫了几声没叫醒,翠画愚拙,就笨想,让小姐避开这剥离的情势也好,免得太太挂牵,小姐也难过。我就自个儿去了,想送送太太,我是小姐身边的人,我去了,也好让太太放心。太太丢给我一块绢帕儿和一支簪花儿,说等她病好了……回来,就……”

翠画说到这里已经泣不成声,再也没往下说。

卞世典咳嗽了一声道:“墨语是个心思缜密的人,她给翠画绢帕和簪花时是怎么想的,我不晓得,但她以后跟我说到翠画亲事时,就提了这两样小物件,以此为证的意思。她也算是代糖妈为翠画立了媒妁之约……”

翠画听到这里,扑通一声跪下,向卞世典磕头,边哭边说:“谢过老爷……谢过太太……”

李周氏也起身向卞世典行礼。

卞世典呵呵地笑了:“本来我还想问问翠画愿不愿意哩,这就不用问了,想必翠画是满意这门亲事的……”

只听椅子倒地一响,九小姐站起来,什么话没说,抽身一个人上楼去了。

翠画随后跟上。

李周氏手足无措地站在原地,不知如何是好。

卞世典指了指椅子,让李周氏坐下,李周氏只好又欠着屁股坐下了。

卞世典深深地叹了一口气,好半晌,才声音低沉地说话:“是我的错,我不该当着孩子的面说这事。凡子不满意她自已的这门婚事,但这是她妈在世时就订下的,是她娘家亲侄儿,自小就订下的,众亲皆知的事是不可更改的。再说,盛家家大业大,又在州府城里,凡子嫁过去,有享不完的荣华富贵。我来是想趁着说翠画的婚事,借此让你们帮着我来劝劝凡子,没想到……她……她还像小时候一样任性,远不如翠画懂事……”

李周氏正要说话,九小姐却噔噔噔地下楼来了,翠画跟在后面想扶却没扶上。

凡子一腿踏下楼梯,就地跪下,哭着求道:“父亲,我也晓得,婚姻大事,父母之命,媒妁之言,做女儿的不该存异。可是……可是这门亲事,女儿打小就……就不愿意,求父亲为女儿做主,退了这门亲事,让女儿跟哥哥们一样,陪在你身边。”说完,趴在地上伤心伤肺地哭。

卞世典看着心疼,示意翠画将九小姐拉起来,可九小姐趴在地上哭着,就是不愿起来。翠画也只好跪在了九小姐的身边。

“凡子,哪有……哪有女儿家不嫁的。”卞世典有点无可奈何。

“那就嫁给一个情投意合的人。哪怕就是一小户人家……卞家的佃户……有什么不好？凡子就能天天侍奉在父亲的身边了……”九小姐还在哀求。

“瞎扯，卞府小姐岂能嫁给佃户的！”卞世典斩钉截铁地说完这话，深深地叹息一声，又道，“凡子，这门亲事是你娘亲在世时订下的。现今你都15岁了，行过了订婚礼，婚期吉日也就要择下了。儿女大事，岂可随意悔约——这是无论如何也说不过去的。你也是读过《女儿经》《二十四孝》和《烈女传》的，你看《烈女传》里的《贞顺》与《节义》二篇，那些烈女子是如何做人的！凡子，你是父亲眼巴巴盼来的千金宝贝，父亲岂不希望你今后的日子过得富足舒坦？父亲也不是让你去效法烈女，我和你娘亲让你嫁到州府豪门，这是多美的婚事！你却凭着小女儿的性情，挑三拣四——父亲什么事都能允你，唯独这事不可……”

“父亲，凡子什么事都可以放下，唯独这事要求父亲为女儿网开一面。凡子为什么不可以嫁给佃户？为什么要依着你们的意思嫁到一个我不喜欢的人家？以后父亲就不要再假八实七地说疼爱凡子了，既是疼爱，为何要逼凡子去她不想去的地儿？是你卞世典欠了盛家的，还是……”

“九小姐，你不能这样顶撞二老爷！”李周氏见九小姐敞口说出自己父亲的名讳，扑通一声跪下，以大礼阻遏不敬。

卞世典向李周氏摆了摆手：“让她撒撒泼也好！这场闹，是免不了的……”

李周氏跪在地上对九小姐道：“九小姐，身为女孩儿家，早晚都得要嫁的。盛家是你娘亲的娘家，知根知底，你嫁过去，他们也会知冷知热。方圆百里，卞、盛两家也算最是门当户对的了。嫁入豪门，是一个女孩儿家前生修来的福分，这也是你父母的一片苦心……”

九小姐从地上坐了起来，看着李周氏道：“糖妈，我和父亲理论，你凭什么说三道四的，要不是看在翠画的分上，我又要说出不敬的话来了。你晓得为翠画物色了竹青，给女儿寻了可意的婆家，反过来劝我，你这叫讨了便宜又卖乖……”

李周氏让九小姐一句话戗着，半天缓不过神来，张嘴看着卞世典。

卞世典站起来，指着九小姐骂道：“不分高低上下的东西！你看你哪有一点像大家闺秀的样子！今儿个我撂句话给你：本来在你婚期上我还想再推一年半载的，现在不推了！明年腊八，就是你的吉日！打今儿个起，你就给我待在楼上！翠画，你给我看好你的九小姐，如果有了差池，我连你一起责罚！卞清瀹，你给我听好了，年后就叫仪娘进门，教习你各样的礼数——这样不懂规矩的女儿家，嫁出去，娘老子都要挨戳脊梁骨的……”

九小姐一下子哭昏过去。

背背驮驮
送给婆婆
婆家不要
朝大河一撂
大河没水
遇上乌龟
乌龟点头
驮回了绣楼

因为是下世典亲自做主拍板了翠画与竹青的婚约,竹青心里虽有不甘,但细想一下,也就没好说出什么。胡聂氏却是高兴得像是打枣子打下了两百钱、挖地挖出了金元宝似的,恨不能逢人就显摆一下。于是她来找两个儿子商量如何热热闹闹地办一场订婚仪式,想在府里请几桌喜酒,一是给翠画壮壮面子,二是答谢二老爷的成人之美。

云景听母亲说完打算,沉吟片刻道:"大大听我一劝,这场热闹是千万行不得的。翠画是个安静的姑娘,她不会稀罕婆家给的这个面子;二老爷的人情也不当以这种形式来还;最主要的,要考虑九小姐的感受——她不满意自个儿的婚事,我们就不能再惹动她生气伤心了……"

竹青哈哈地笑着打断了云景的话:"哥哥你身为道士,自恃脱俗超凡之仙人,怎么又一下子跌入尘杂,学会揣度女孩儿的心性,怜香惜玉了?竟然晓得翠画是个爱静的姑娘,九小姐的心思你也都可着心儿揣度了……"

胡聂氏一巴掌拍在竹青的脑门上:"不许用毒舌欺你哥!他就是比你稳重,想得比我们周密。还真亏他心细提醒,不然我们肯定是好心办坏事了。"胡聂氏接着又说,"我昨儿个去见翠画娘,她跟我说,中秋节晚上,九小姐跟二老爷大闹了一场,就是为婆家的事。九小姐高低要父亲退掉这门亲事,她要陪在父亲身边,还提到要嫁给佃户。这惹得二老爷发了火,交代过了年就让仪娘进来教习她礼数,明年腊八嫁出去,不容商量的。可怜的九小姐,一下子哭死过去,亏得翠画娘在场,掐了醒穴才叫回了她。哎哟,我的老天爷,小家有小家的难处,大家也有大家的烦忧……"

竹青冷笑了一声:"云景大师,九小姐跟她父亲闹成这样,你就不觉得心里有愧?"

胡聂氏愣愣地看看云景,又看看竹青,最后将诘问的眼神落在云景身上。

云景一直在忙手里的活儿,听了竹青的话,答道:"开楚,你这话跟哥偶尔开开玩笑倒也无妨,只是你已经讲过不止一遍两遍了。那我就要问问你:我干吗要心里有愧?我何尝对任何女子动过凡心?何况是卞府的千金……"

"卞府的千金又怎样?论诗文才学,小户人家也不差分毫——牛郎织女、山伯英台、《聊斋》中的传奇艳谈,还有《西厢记》中的张君瑞与崔莺莺、《大唐演义》中的薛平贵与王宝钏……不都是穷才子与贵佳人终结良缘传为美谈的?为什么胡氏儿郎就不能与卞府千金比翼连枝……"

"开楚,你真的成了书呆子了!我们本分做人,容不得胡思乱想的,你我都已经成人,不是懵懂小儿了……"

竹青冷笑一声道:"哥,何谓'本分做人'?招呼也不打一声就撇下父母离家出走,当了道士的人,也配说这样的话?是的,我们都在圩子里做事,包括马上就要成为胡家媳妇的翠画,还有翠画的娘,我们仰人鼻息讨口饭吃,当然要守本分。而你,云景大师,是卞府用四抬大轿请过来的高人,你可以逍遥展翅、解数使尽,让卞府千金神魂颠倒。不错,我爱慕九小姐,打小我就喜欢她的聪慧,喜欢她的富贵,喜欢她的丽质……但一直以来,我按捺自个儿,从没失过分寸,她也从未为自个儿的婚事与家人吵闹过。你倒好,来了没几天,这位千金小姐就开始失态,就开始违迕闺阁之礼,趁黑偷觑西院,后又发生大闹中秋夜的事……"

胡聂氏听两个儿子说话,先还云里雾里没听明白,后来听着听着,发现事儿大了,哥俩杠起来了,又插不得嘴,就一边抹起了眼泪。

云景见母亲伤心,本想反驳的话到了嘴边又咽了回去:"好了,开楚,我们不要当着大大的面这么吵吵了。你与翠画订婚是件喜事,我们不要再让母亲额外操心了——至于九小姐的事,哥只能这样对你说:我自出家起就已然了断了尘缘……"

竹青也自知刚才有点冲动,错怪了兄长,但下台阶的脚儿放不下来,拎在腿弯儿装作要上的样子:"谓之'了断尘缘',实则是想推掉自己与卑粗丫鬟翠画的婚事罢了……"

云景看了看弟弟,咽下一口气,想想,还是忍不住发了火:"开楚,你越说越不像话了!你岂能如此轻看翠画?!我说的'了断尘缘'就是心无挂碍,真的是断了儿女之情念了。你是我的亲兄弟,你和大大是我在这个人世间最不能放下来的人,我冀望你有一桩好姻缘,大大有一房好儿媳,这样我就真的能做到逍遥世外了。如果……如果我尚存一丝人世间的欲望,能如世愿荫妻生子,尽孝在父母堂前,一定是非翠画莫娶——多好的一个女孩儿家,无论是长相、人品,我敢说,她没有一点在九小姐之下,只可惜她出身寒门。能许你为妻,是上苍赐给你的福分。今后,你要是慢待了她,当心天谴!"

竹青被哥哥的一番道理以及严厉的口气镇住了，半天没敢吱声，低下了头，做默认状。

胡聂氏趁此站起来："是啊，是啊，开逸说得是啊！翠画，多好的一个姑娘家，能嫁给胡家，真是老天爷赏的哩！好了，你们兄弟都别杠了，就按开逸讲的，不行订婚礼了。天不早了，我也该回家了——不过，刚刚我也听了一些铆窍，开楚的非分之想先让我害怕，后来想想，倒是开逸的麻烦可能更大。我早就听说，那个卞府千金，她是什么祸都敢闯的啊！但我相信开逸能把持得住，往后，你们哥俩都提醒着才是，在卞府里行走，不可有半点的大意啊……"

枇杷树，两桠巴
桠巴上头开青花
青花落了结枇杷
枇杷黄了摘来家
来家捧给老大大
大大没牙吃个啥

倒春寒，天彻骨地冷。

翠画将起好了的炭火盆端到九小姐的脚下，在火盆上罩了一个铜丝罩儿，又在罩子上搭了一块帕子，再将九小姐的暖壶递到她手上。

九小姐突然就伤心起来："翠画，像你这样细心周到的人，我怕是今生今世再也碰不上第二个了！也不晓得，明年的今天，你在哪儿？我又在哪儿？"

翠画停了手里的活儿，轻轻地叹息了一声："小姐，别伤心，这正月还没过完，离腊八还早着哩……"

听翠画提到"腊八"，九小姐猛地打了一个寒战，她使劲地将头颈往领子里缩了一下，吸了一口凉气道："看我俩从小到大，就一眨眼的工夫，几个月的光阴怎经得起流星刀的切割砍剁。翠画，一想到我就要离开你，离开卞府，去跟那个盛家少爷耳鬓厮磨，相守白头，真的恨不能……恨不能一下子死掉算了……"

翠画一把将小姐的嘴捂上了："呸呸呸，大清早的，乌鸦嘴！对不起，小姐，恕我慌不择言大不敬，这大清早的，可不兴说这死啊活啊的话儿。说实话，小姐，我也舍不得你哩！一下子生生地拆开来，去各过各的日子，想想心就跳得咚咚的。真不行，跟二老爷说一声，我还是陪你去盛家算了，当一辈子老姑娘，也算是修行了……"

“我父亲他巴不得有你陪我哩！可母亲在世时有过交代，最要紧的是，我不忍心再搭上你。何况，还有竹青。哎，翠画，你说，我们要是能成为妯娌该有多好！”

翠画想到年前九小姐曾说过的话，那时她完全不明白九小姐的意思，这时，再糊涂的人也不会不清楚了——可这又如何能成全得了？翠画心疼地看着九小姐，半天竟想不到一句合适的话儿来宽慰她。

九小姐见翠画为难的样子，沉吟片刻，换了语气：“好了，翠画，我们不说这些了。你把果盒拿来，我们吃点儿零食吧。”

九小姐从果盒里拿出一块酥脆递给翠画，翠画摇头，九小姐也没勉强，自己吃了，端起茶盏儿喝了一口水：“翠画你说，竹青他喜欢你么？”

翠画脸儿红了，摇了摇头说：“这我哪里晓得！”

九小姐紧接着问：“翠画你说，云景他喜欢我么？”

翠画也答说不晓得，但又想了想道：“这个……我想……他……他不能喜欢。”

“为何？”

“他是一个道士……”

“道士是可以娶亲的！”

“这我晓得，可你是卞家的千金小姐，而他却是卞府名下的一个佃户的儿子，还进了道观，你跟他，就像……就像天鹅跟癞蛤蟆……”

九小姐差一点没让翠画的比喻给弄笑了，就问：“依你的意思，我跟云景，哪个是癞蛤蟆呢？若说云景是，这明明是在讥笑我没眼力，把个癞蛤蟆儿搁在心里念念切切地想着，何况云景又是那般的英俊清雅，比成天鹅还差不多；若说我是癞蛤蟆，翠画，你……你总不至于把我比成那个浑身长满癞疙瘩儿的丑东西吧。”

翠画知道自己的比喻不当，但又一时转化不开，就红了脸，嗫嚅道：“你们……两个都是天鹅，我是……那个癞蛤蟆……”

要搁往常，当翠画这样自贬自嘲的时候，九小姐一定会发笑的，但这个时候九小姐不想笑，不仅不想笑，还想恣意地大哭一场。她看了看翠画的脸，红红的，往外溢着满足的笑意——自从翠画与竹青定亲的事确定以后，翠画一直是很开心的。九小姐让翠画脸上透出的喜气灼痛了……

就听得叭嗵一响，九小姐将手中的茶盏重重地摔在地上，粉碎。

翠画吓了一跳，愣怔之后，红着脸儿慢慢地蹲到地上收拾满地的零碎，她晓得那一声碎，是九小姐的心碎声，眼泪悄然而落。

割韭菜，挑荠菜

DI-YI BU

第一部

金银花儿翻过来

金一朵，银一朵

芯里藏了露珠珠

蜂子喝呛了

丫头心伤了

因为天冷，卞世典午饭时喝了一点家酿的黄酒，饭后有点醺然，就斜身躺在书房的卧榻上睡着了。突然太太默语凄怆如风地来到床前，不声不响地在他的床沿边坐下了，还用手轻轻地抚了一下他的脸颊。他一把抓住了太太白皙纤细的手，不松，想翻身起来，却因酒力动弹不得，就只好躺在那儿贪婪地看着太太娇美异常的脸。突然，太太哭了，眼泪滴落到他的脸上，流进他的嘴里，咸咸的……卞世典想伸手为心爱的女人拭去那溪水般的眼泪，可还是因为酒力，手抬不起来。

"我的墨语，你不晓得，世典的这份相思……"

"我晓得……我晓得的……世典，老爷，听我一句劝，你的寝枕不能就这么一直空着……"

"没有空着啊，你不是在的吗？白昼也好，黑夜也罢，墨语你，何曾离开过我啊！"

"世典，你这个样子，叫我如何放心得下？还有凡子……我最放不下来的，还是凡子……"

"凡子大了，放心，她都16岁了，就要出嫁了。"

"当初，我真的……不该……生了她……害了你，也害了她……"

"墨语……墨语……你千万不要说这样的话，凡子来到这个世上，了却了你我的心愿。她……她不是你我的心肝宝贝吗？"

"什么'心肝宝贝'！有把心肝宝贝随手丢给人家的吗?! 把我嫁给那样一个长得跟猪一样的少爷，你就忍心吗？你们只看重人的家业，怎么就不想想，我是要跟人过一辈子，还是要跟家业过一辈子……"

卞世典从梦中醒来，心爱的妻子如烟化去，却见女儿凡子站在书房的门口，一脸的怨怼，拿眼瞪着睡在榻上的父亲。

卞世典坐起来，从凄婉缠绵的虚幻里一下子跌进冷峭轧骨的现实里，一时难以转换。又见女儿如此不讲规矩，随便进入父亲的内寝也就算了，是他打她从小就惯下的毛病，这大了大了，竟敢无端地打上门来，搅了父亲的梦不说，还出言不逊恶语顶撞了，卞世典真的有点生气了。

“凡子！卞清瀹！你也太不像话了！你简直……简直就像一个粗陋不堪、没有家教的乡野丫头！”

九小姐从小到大从未见父亲这样对她凶过，何况今天她是带着气来的，于是就顶上了：“我怎么不像话了？我怎么就粗陋不堪了？我哪里做错了？”

“还顶嘴！”

“我要是死了，就顶不了嘴了……”

“死就死吧，你还跟我以死相胁了！有你这样的女儿，这是我前世作的孽！”

卞世典气得浑身发抖。

九小姐果真从袖子里抽出一把长长的剪刀，扬起手就要向自己的脖子上扎。

就在此时，一双手紧紧地抱住了九小姐的腕儿。

是翠画。

“九小姐，你这是何苦啊?！宁在世上崴，不在土里埋，狗还盼三生，猪还望转世哩！好死不如赖活着，命就一大条，丢掉了，就找不回来了……”

翠画夺下了九小姐手上的剪刀，扑通跪到了地上，向卞世典叩头：“二老爷，都怪我，怪仆人无能，心粗，一步没跟上，差点惹祸了！二老爷，惊扰您了，您责罚我吧！”

见卞世典没有理她，翠画就又转向九小姐，一边哭一边劝说，“小姐，小姐，求求你了，求你往宽处想想。话是开心锁，你跟二老爷好好讲讲，求二老爷开恩，可不能寻死觅活的，你要是死了，二老爷他怎么办？太太已经不在了，你要是也不在了，你让他百年后如何向太太交代……”

翠画不知如何往下说了，就趴在地上一边叩头，一边呜呜咽咽地哭。

卞世典听了翠画的话，又想到刚才梦中的一幕，突然悲从心来，不能自抑，嗷的一声哭了出来：“墨语啊墨语，我的苦楚……我的苦楚你不晓得啊？凡子的婚事还能改变吗？不能更改了！我卞世典无能，对不起你，也对不起凡子，我对不起我最疼爱的女儿呀……”

男人的哭声本就悲壮，卞世典又是一位一向稳重矜持、刚性儒雅的人，再大的事都能稳妥地扛下来，在女儿面前却如此大哭，这让九小姐和翠画都怔住了。

九小姐未曾见过父亲如此悲恸过，到底还是父女连心吧，九小姐的心软了，呜咽着跪到了地上，俯下身子，将万般委屈与悲伤都化为泪水洒在父亲的脚前。

卞世典已将男人最柔弱的一面暴露在最疼爱的女儿面前，他索性将对亡妻的思念，对女儿的揪心，对家庭的烦忧……都哭了出来。

父女俩相扶而泣，翠画也呜呜咽咽，伤心不已。

卞世典哭累了,感觉轻松了些,就对仍然哭着的九小姐和翠画说:“你们回去吧,我要歇一会儿了……”

竹叶黄,蓼叶青
一把糯米磨成粉
做成粘粑粑
小孩上牙啃
啊哟歪
粘得紧
你跟我二人
打断骨头连着筋

立冬了,云景来到卞府转眼已经3年了,他的活儿也临近完工。

卞顺带一班人马开始整理场地。

卞世典的心思全用在了为亡妻烧灵宅的事情上,或许也是在下意识地要避开一些相关的烦恼。女儿的婚事他能不问尽量不问,甚至想以对灵宅这事的格外关注来分散自己内心深处的那份忧愁,打发他不敢面对又不能回避的焦虑。

袁妈体谅二老爷,属于琐碎小事的就没去禀报,但叠起来的事多了,就免不了要集中一下去叨唠一次。

卞世典听了袁妈的禀报,这才哦了一声,脸上显出焦躁的样子:“腊八还有几天,先把这事办了。凡子的事你只管做主好了,按规矩礼节行事,亦可去找她的哥嫂们商量……”

袁妈不能完全理解二老爷对亡妻的深厚情感和对女儿婚事的烦忧,就把心里的怨怪说了出来:“二老爷,恕老仆直言,讲错了,您掌嘴——您这是……真的忙颠倒了。您总不能只顾走了的,不管眼前的,您女儿九小姐的事才是大事啊!她一直对这门婚事不大上心,眼见到了节骨眼上,小姐的那个性子,可别出什么意外……”

卞世典这才一下子愣住:“啊呀,袁妈提醒得极是!那就有劳袁妈随我一道去后厢看看她。”

楼下的丫鬟禀报二老爷来了,翠画转告九小姐,九小姐说:“听到了,下去吧。”那口气平静得如鹅毛落水。

翠画不免又是一阵心痛。16年来,她习惯了九小姐带着随意的任性,带着嬉笑的刁蛮,带着善良的挑衅,习惯了一场不深不浅的拌嘴之后继之而来的两人间的更加亲密,习惯了她与她之间除了友谊还有着一道不是亲情却胜于亲情的带着信任与理解的眷顾……然而,自从春上主仆二人那次关于喜欢谁不喜欢谁的讨论,最后九小姐摔了茶盏,特别是去她父亲书房寻死觅活了一场之后,这种习惯也似乎随着茶盏的破碎而破碎了,像是人没死掉心却死掉了一样,九小姐的脸上不再有开朗的笑容,言谈举止都在这个界标后变得循规蹈矩,更像个大家闺秀而非以往的九小姐了。翠画自省,是否自己的实话太实,将一直浮在彩虹之上的小姐一下子拉跌下来,透透地伤了她?还是因为她的实话让九小姐真的明白了作为卞府千金她只能认命,因此安于现状了?抑或是一个经历了生死抉择的人忽然感悟出:宁在世上崴,不在土里埋,我既然连死都不怕了,我还有什么难关不可过的?于是豁达了。然而,从九小姐深夜梦里的哭声与白日里的叹息声里,她感觉事儿并不像她所想象的那般简单,所以就提心吊胆地服侍着小姐,也担心着每一天的日子。

卞世典自头一年的中秋晚来过女儿的绣楼之后,就再没有踏进过这里,不仅仅是因为忙于他事,还有就是按礼数应当女大避父,卞府更不例外,特别是女儿跟他以死相逼的事发生之后,他下意识里尽量回避着她。听了袁妈的提醒,卞世典无论如何不敢再耽搁,赶紧领袁妈来看看心爱的女儿。

九小姐的脚步虽然有点沉重但还算稳实地下了楼梯,她的脸上甚至还带了一种看上去很安和的笑容,先向父亲行了屈膝礼,后竟然还向袁妈行了个万福。

卞世典看见女儿突然变得懂事知礼、心平气和的样子,很得安慰,问跟在她身后的翠画:"天转冷了,凡子她饭量怎样?"

没等翠画应答,九小姐抢着说了:"父亲放心,我吃得香,睡得眠。您不是说过吗,'稻茬烂,好吃饭,立冬时节换大碗……'我这在攒食哩。我就要走了,女孩儿家是菜籽命,嫁出去的闺女泼出去的水,往后你们卞府的饭我怕是很难吃得这么顺畅了哩……"

卞世典让九小姐的话给逗乐了,哈哈地笑道:"瞧凡子把这些俗话用得!瞧'你们卞府'这话讲的?这是你的娘家,卞府也是你的……"

九小姐坐下来,接过翠画递上的茶盏儿,啜了一小口,又道:"我不是要离开的嘛,我总不能把卞府背着带走吧。"

卞世典端起茶盏儿喝茶,轻轻地吹拂茶汤上的茶叶,见女儿如此坦然轻松,茶香味就越发的可人可意。

九小姐放下茶盏儿,凝神看了看父亲头上的白发,屏着气轻轻地叹息了一声说:"父亲,您年纪大了,日常里要当心伤风受凉。母亲不在了,女儿又要走了,往后……往后父亲要学会蓄护自个儿的身子骨,别人总是靠不住的。或许……或许在母亲的后事了了，您当在意一下续弦的事——我相信，这也是母亲愿意的——记得小时候奶娘跟人闲聊时曾说过：满堂儿女，抵不上半路夫妻……”

坐在藤椅上的卞世典听着，伤感与高兴夹杂，至此，突然哈哈地笑了起来：“凡子，看样子‘女大当嫁’的古训是极对的，这还没嫁哩，就已经如此晓以大义了——劝我续弦！哈哈！我已经有你母亲了，还有了你，我还续什么弦啊！哈哈……”

而站在九小姐身后的翠画听着，不仅高兴不起来，心里还越发地戚戚然，不经意，竟轻轻地叹息了一声。

卞世典没有在意翠画的叹息，站在一边的袁妈却听进了心里。

作为仆人，在主人之间说话时，是不能插话的，但作为当年行走在当家太太盛墨语跟前且极受赏识的老仆人、女管家，心里又一直装着卞府女眷特别是九小姐是否安好的担当，此时就忍不住接过了九小姐的话头：“凡子小姐啊，你这样的孝顺懂事，老仆当高兴才是哩！也不晓得怎搞的，老婆子……老婆子我……心里跟刀扎样的疼，舍不得你呀九小姐，只要你好好的，就都好。你要是……要是不开心了，卞家上上下下，就没得好的了。特别是你父亲，你是他的心肝宝贝，也是他的半条命啊，小姐……”

袁妈说着，眼泪珠就个个地往下落，怕老爷与小姐看见，就赶紧将头偏到一边，用肩头蹭了一下腮帮子。

九小姐喝了一口翠画递上来的茶，轻轻地笑了一声说：“袁妈看您，好好的，为何莫名落泪？你看，我这不是好好的吗？”又转对卞世典，“父亲，我走了后，翠画也当嫁了，万望卞家要厚待翠画，厚待胡氏兄弟。这样，我也就安了……”

卞世典听到这里，马上答应：“凡子放心，我已经准了，待你的喜事办完，就办竹青与翠画的婚事。本来依我的意思，想把你们的婚事放在同一天的，你们是同年同月同日生的，一天里婚嫁岂不更好？可胡、李两家都不同意，翠画更是反对，说你是主子，要等你嫁出后她才嫁。凡子，我还差点忘了告诉你：我跟盛家已经说好，待竹青与翠画完婚后，就从你婆家商铺的旁边辟一扇小门面，让竹青进城做个小生意，翠画早晚也能照顾到你……”

翠画听了，几乎不能相信自己的耳朵，一直揪着的心一下子松开了，扑通一声跪下，向卞世典叩了几个响头：“二老爷，大恩大德，翠画无以为报，唯有当牛做马陪伴小姐……”

袁妈也高兴得跪下了，向卞世典行了大礼。

九小姐却仍然不紧不慢地喝着茶，一口一口，品尝着茶水中的苦涩，好像这样的大好消息竟然与她没一点关联似的。几口茶过后，她又突然问道：“刚才父亲的话里,好像提也没提及云景,这是为何?"

卞世典抬起头来,愣怔了一下,问袁妈也问女儿:"为何……为何要提云景?他的工程完了,劳酬付清,用八抬大轿送他回青河道观……"

九小姐站起来,亲自给父亲续了水,然后坐下来问道:"他来时,听说是四抬大轿抬进府的,回去改八抬大轿,父亲说话可得算数!"

"这有什么不能算数的,不就是八抬大轿吗?3 年来,他在府上为了你娘亲灵宅的事,用尽了心血,无论如何,我都会用八抬大轿送他回道观的……"

"父亲,无论发生了什么事,您说过的话,都能算数?"

"算数,毋庸置疑——只是,方才凡子你说'无论发生了什么事',能有什么事?"

九小姐轻轻地叹了一口气,然后没再说话。

卞世典等了一会儿没有等到九小姐的回应,有点遗憾,但想了想,还算放心地离开了女儿的绣楼。

到底是隔代人,况且是父亲,不能从细微处体贴女儿,注意女儿。卞世典此时应当从这看上去正常平和的现象里觉察到它的非正常。一向任性而又一直反感自己婚姻的女儿,怎么可能在出嫁前一下子变得如此乖巧、听话、安静了呢?而且,她的话语里已然透出了临别交代的口风。

云景与助手们已将所有的零件做出,大块小块地都摞摆在棚子里,等着组装。

摆放及燃烧灵宅的场地也清理出来了,足足有 50 亩地的面积。

云景的助手按图纸开始在场地里埋设用毛竹或粗麻秸捆扎的柱子。

九小姐在绣楼的廊台上装作不经意的样子看着远处的柱子一根根竖起来,她手里拿了一本书,进进出出的,一行字也没看进眼里,却饶有兴致地数着那柱子增加着的数量。早上还七零八落的几根,到了中午就已成林立状了。天黑了,那柱子就多得再也数不清了,森森的、黑乎乎的一大片,从外围形状看,跟卞府的外廓基本上差不多了。

工地的周遭都挂了灯笼,看样子是要连夜做了。

翠画见九小姐一天的眼神都晃荡在那片场子上,知道她的心思,没有打搅或挑破她,吃饭时请她吃饭,喝水时请她喝水,休息时请她休息,任她或站或走地去看那老是没见翻篇的书。

九小姐也乖,翠画让她做什么,她就做什么,虽然胃口看上去很差,但她一点也没比往常少吃。午休时似乎也没睡着,但她躺在床上连个身儿也没翻。

天黑了，九小姐的手上还捧了那书，要去外面廊台。翠画忍不住说了声："九小姐，天黑了，你把书放下来吧，我陪你去廊台上站站……"

九小姐这才笑笑，放了手中的书："哦，天都黑了，不出去了。"

翠画服侍九小姐上了床，吹灭了四屋角的灯笼，再去吹九小姐床头柜上的灯笼时，九小姐拦下了："别吹，我还想坐一会儿……"

翠画将被子抱到九小姐床前的踏板上，开始铺床。本来按规矩，服侍主人的贴身丫鬟都是睡在主人床前的踏板上的，翠画也不例外。但九小姐自懂事起，高低不让翠画这样睡在她的下面，吩咐在她的床尾处横放了一张小床，这样，她们就可以坐在床上聊天了。有时兴致所至，九小姐还会把枕头一抱，头朝床尾而睡，好和翠画靠近了说话。她甚至不止一次把枕头抱到翠画床上，或软硬兼施让翠画把枕头抱到她的床上，两人并排儿一躺，像亲姊妹一样安然入眠。

自从九小姐跟她父亲闹过之后，特别是后来父亲来看她时，她说出那番话后，翠画提着心吊着胆地紧随在小姐的左右，以"小姐就要嫁了，我想在你脚下尽尽心意"为名，又搬到了踏板上。睡踏板的主要目的，就是防守。

九小姐坐了好长时间，总算脱衣睡了。

翠画哪里敢睡踏实，半睡半醒的，突然，她看见九小姐撩开帐帘儿下了床，先以为她是小解，就没动，眯了眼等候小姐完事。但九小姐并没有小解，而是开始拿挂在衣架上的披风。

翠画坐了起来问："小姐，你这是……"

九小姐拿了披风正准备要披，见翠画醒了，就把披风又放下了，说："睡不着，起来走走，窗外有灯哩，还人声喳喳的……"

翠画帮九小姐披好了披风并系了带子，自己也快速地穿好了外衣，就说："嗯哪，是他们连夜在摆放灵宅哩……"

主仆二人走到了廊台上，翠画冷得真打寒战，见九小姐神情木木愣愣的，身子却在一个劲地发抖，就赶紧回屋拿了厚絮披风出来搭在九小姐身上。

"小姐，这已经是冬天了，夜里外面太寒，我们还是回屋去吧。"

"翠画你说，这得要几天搭成？烧起来就快了，一把火，轰隆一阵子——就什么都没有了……"

"小姐，这外面实在是太冷，我们别冻出伤风来了，回屋去吧……"

"三年的光景，眼一眨就过去了。翠画你说，明儿个一天，他们能不能搭好？"

"小姐，外面冷，我们进去吧……"

"翠画我跟你说过了，给母亲捎去的她生前用过的零物箱子，我要亲手打理……”

“这事，我跟二老爷还有袁妈都说过了，他们答应让你亲手打理的。小姐，这夜跟冰碴样的扎骨，我们进屋去吧……”

“哦，那就好……我们进屋去吧……”

鼓打三更黑
丫头睡不着
灶上锅巴汤
灶马正在喝
哧溜溜下床
叭叽一跤跌
……

天刚蒙蒙亮，九小姐就起来了，梳洗完毕，吃了早饭，就让翠画陪她一道去了母亲的房间。

按风俗，烧灵宅时，要把死人生前手边用过的零头杂脑装进一只木箱子里，随同灵宅一并烧给亡灵，说是亡灵会凭着这只箱子里的东西来认领属于自己的房子。所以收拾打点这只箱子是有讲究的，箱子里面的东西必须是死人生前用过的、所熟悉的。

九小姐要亲自整理这只箱子，也在礼数之中，但一向不太看重礼数的九小姐主动要来负责这只箱子的整理事宜是否还有其他用意，这又是另外一回事了。

母亲生前与父亲住在一套内室里，这内室中间是一大卧室，靠东连着隔墙的一间是父亲卞世典的小书房兼起坐间，靠西连着隔墙的一间是母亲盛墨语的起坐间。自从盛墨语去世之后，卞世典再也没睡过中间的大卧室，就在东边的起坐间里铺了一张床，把那里当作了卧室。中间的大卧室与西边的起坐间用一把锁锁上了，除用人们初一、十五进来打扫卫生外，再没人进来过。

九小姐与翠画进了大卧室，虽是冬天，但也明显闻到一股闷闷的味道。翠画赶紧去推朝外的雕木窗子，九小姐伸手拦下了。

“不要打开。翠画，你也出去吧，我想一个人在这里，静一些，好回想回想母亲生前的事情。”

翠画明明不想同意九小姐的这个提议，但一时也没找到合适的推辞来，就站在那儿忧心忡忡地看着九小姐。

九小姐笑着用双手去推翠画，等她出了门口，一反手就把门闩儿闩上了。

翠画哪里敢离开一步，就站在窗外候着。

室内的九小姐看见翠画晃动着的身影，也没在意，从屋角里拖出一只大木箱子，打开来，端详了半天，又弯腰凑近箱子闻了闻，将箱盖慢慢地合上了。

她转了一圈，又打开箱子，看了看，又合上了。然后她在母亲的梳妆台前坐下来，直愣愣地看着镜子。

镜子里似乎出现了母亲的脸庞，九小姐一点也不慌张。

"娘亲，是您吗？"

"是我。"

"您在世时，女儿不孝，故意怄你，冲撞您……"

"那都是你老子惯的，娘亲不怪你……"

"您走了，我才晓得，有娘亲的日子真好，凡事都有仰仗、有依靠、有担待。可那样的好日子都叫我给糟蹋了，我压根就没想到，有一天，娘亲会离开女儿。我只看到娘亲管教严厉，没想到那都是娘亲对女儿的在意，打心眼里对女儿好。我任着性子戗反娘亲，悖逆娘亲，让娘亲为女儿多劳了多少神，多操了多少心，对不起，娘亲……"

"凡子，别再说那些了，都已经过去了。我的孩子，娘亲知道你想要干啥，万万不可啊！我的宝贝女儿，你才16岁！你父亲已经失去了我，他不能再没有你了……"

"可是……可是娘亲，你们不该将女儿许配给盛家。我不喜欢盛维炯，不喜欢那个盛家的少爷……"

"凡子，你让娘亲说你什么好呢？我问你，如果没有云景，你会这样伤心吗？"

"让我想想……可能……可能不会吧……"

"对啊。盛家，也是你的姥姥家，在六安城是数一数二的豪门，嫁去了，有你享不完的清福，这又有什么不好呢？盛维炯是我的小侄儿，也就是你的亲表哥，你的公公婆婆也就是你的亲舅舅亲舅妈，你的婆奶奶也是你的亲姥姥，亲上加亲，这又有什么不好呢？娘亲晓得你的心事——你和云景是万万不可能的事情，他家是卞府的佃户，门不当户不对不说了，他也已经出家了。如果……如果如你所愿，嫁给了云景，十里八乡的，他们会怎么看你们？看卞家？俗话说，雁过留音，人过留名，人活世上，名声是坏不得的。再说，我们如果悔亲，盛家也不会放过你和你的父亲，这都是铁板约定的事了。再说云景，你对他有意，他对你未必就有心，他应允过你吗？没有啊！我的女儿，为了一个心门都不曾向你打开过的人，害这样的单相思，你不是很傻吗?我可怜的凡子啊,你就死了这条心吧……"

"我要是死不了这条心呢?"

镜子里的母亲流泪了,声音哽咽:"那就把这颗死不了的心,忍着疼,揣起来,留到来生……"

"为什么要留到来生? 我有今生还不够吗?"

"可是……今生今世,你们是不可能的了……"

"可是娘亲,来生……即使我有来生……我来生的路途上,还会有云景吗? 我和他……还能再碰面吗……"

"凡子,我的乖乖! 你跟你老子一样,执拗倔强,认准了一个人,就放不下来。你老子他认上我,我都离开阳世了,他仍然不肯看上别人。尽管他很苦,但在世人眼里,他没有错。可是,凡子,你却是错了,你认错了对象——你和云景是不可能的事情,谁也帮不了你……"

"我不晓得,云景他心里到底有没有我,如果有,我就不用任何人来帮,我自个儿就够了……"

镜子里的盛墨语渐渐地隐去,只留下九小姐流泪不止、痛苦不堪的脸。

九小姐拿起胭脂盒使劲砸向镜子,哗啦一响,镜子碎了,九小姐哭跌在梳妆台前:"为什么……为什么要……留到来生? 又为什么……要在今生……让我碰到……碰到这个让我心碎的他……"

翠画听到响动,推门,门从里面闩住了,急抠了窗户纸,压着嗓音对里面喊着:"九小姐! 九小姐! 九小姐……"

"翠画啊!"卞世典的声音,"这一大早的,你在这儿做什么? 凡子呢?"

因为起架灵宅的工程到了最后阶段,卞世典操心,天没亮就起来去了工地,转一圈回来准备回屋再睡一会回笼觉,看见翠画扒着窗户在喊话,就狐疑着走到跟前。翠画站过来,将刚抠开的窗户纸洞让给二老爷瞅一眼。

这时,里面的九小姐听到外面父亲的声音,已经擦了眼泪,从梳妆台上站起来,过来开门了。

"父亲,我是来打点娘亲生前的零用箱子……"

卞世典看了看九小姐身后的大木箱,如释重负:"哦,难得凡子如此孝顺——不过这事让翠画或袁妈来做就成了,用不着你亲自动手的。"

"这事哪能让外人做,娘亲在那边收到东西时,能闻到女儿手摸过的味道哩……"

卞世典听了,轻轻地吐了一口气说:"凡子啊,你果真懂事了,你娘亲要是晓得,真的开心死了……”

“娘亲她已经死了，不能再死了，再死就是来生了……”

卞世典笑着转身说要回屋歇一会儿，看到了地上的碎玻璃，正要问，九小姐马上解释说：“我不小心打碎的。”

七天的时间，整个灵宅基本安装完毕。灵宅完全照着卞府样式，规模缩小了一点比例，占地50多亩，几乎跟实物一样的恢宏壮观。四乡八邻的人都赶来了，甚至百里之外的人也都骑马坐轿地赶来，对这样难得一见的奇景进行围观，也有部分人经过特许进到了灵宅的里面，饱览了室内的摆设与墙面上各样的挂件，如不是比例见小，观赏者真的会在灵宅中搞错了方位，以为这里就是实体的卞府。当他们知道这样一座宏伟的灵宅竟然出自一个年少的道士之手，无不啧啧称奇，感慨万端。

云景来到了现场，众人都想近前来看得真切一些，以一睹仙家奇人的风采，拥挤着，差一点挤坏了才立妥当的灵宅。个子大一点的和骑在马上的人看到了云景，没有不发出惊叹赞美声的：

“哎哟，难怪！这不是一个凡人！”

“这是哪家的儿郎？长得如此清雅脱俗！”

“看他的头上，冒仙气哩！”

“这简直就是太白金星转世的童子！”

“总算见到真的潘安了！”

……

由云景的助手指挥着，仆人们开始在灵宅的四周围上稻草与干柴等易燃物品。

云景悠腿纵身骑到了一匹黑色的俊马背上，白衣黑马，绝配，又引来一阵喝彩声。

随后，泉玉也骑到了一匹白马背上。

“他们这是要干什么？”众人发出疑问。

“清场子。这是清场子，外围的柴草围好了，就要点火烧了……”

“怎么清场子不让其他的下人去，而是让云景大师和泉玉两人亲自去？”

“不光是清场，也是最后一遍检测验证，不是随便什么人都可以担当得了的……”

就在此时，云景一抖缰绳，黑马扬蹄钻进了纸扎的卞府内院，白马紧随其后。从内院到内室，一黑一白两匹马儿进进出出，穿梭来往，内院与内室里所有滞留的人都随黑白二马的后尘陆陆续续地跑了出来。

双马在清场子的同时,灵宅主人的那只镇宅箱子被抬来了。

两个年壮的男仆抬着箱子,很沉重的样子,每过之处,众人都要闪开,因为这只箱子非同寻常,它是整个灵宅的核心。

仆役将箱子慢慢地放在属于盛墨语卧室的地方,直起腰来。其中一人嘀咕了一声:"真沉啊! 太太的零用,怎么这般压人!"另一人答:"是啊,我一直在心里祈求太太不要这样子哩——急性子的太太怕是已经附到箱子上来了,不然,哪能有这样沉甸甸的!"

二人说着话,将箱子放到了事先指定好的地点,就离开了。

云景和泉玉打了回头马,经过箱子时,云景的马儿突然扬起前蹄,头儿向上,一阵嘶鸣,云景差一点儿从马上摔下来。

泉玉在后面慌着问:"怎么啦?"

云景感觉有点恍惚,想可能是自己这些天来太累的缘故,也就没往心里去,于是勒了一下马缰,打马站稳,领着泉玉离开了。

最后的检验结束了,场子也清出来了,外围的燃料也都放好了,下面是灵宅主人的亲属(主要是晚辈),人手一把扫帚和一根系了灵幡的竹枝,由兄长带头,围绕灵宅转一圈——这叫跑灵。小户人家女眷也是要跟着跑的,大户人家小一点的女孩儿可以跟着跑,稍大一点的女孩儿就不允许她们尥蹄子撒欢儿了,只能在灵位前拜一拜就行了。

青河道观的道士们也被请来了,昭庆寺的和尚们也被请来了,分成两个方阵,都在远远的地方各诵各的经。

正月十五开了春
惊蛰前头玩花灯
木鱼灯,莲花灯
光头和尚在念经
风子灯,月亮灯
纶巾道士在念经

大冷的天,翠画急得一头大汗,她顾不得女孩儿家的矜持了,在乱哄哄的人群中寻找九小姐。她也不敢大声喊,喊也没用,人声如此嘈杂鼎沸,她的声音传不出去。

九小姐的妆是她帮着化的,九小姐今儿个看上去非常高兴,说是给母亲尽最后一点孝心,高低要化副浓妆。翠画在镜子前跟九小姐一边斗嘴儿,一边把妆往淡处减,最后反倒恰到好处地将九小姐打扮成了一个举世无双的美人儿。

化好了妆,九小姐又以异常的任性去绣房里拿了她的嫁衣穿上。翠画几乎要跟她吵起来了,不让她这么瞎搞,但九小姐软硬兼施地说服了翠画,说是自己马上就要嫁了,隔世的母亲却看不见自己唯一的女儿穿上嫁衣是什么样子,她想趁这送灵宅的机会,穿上嫁衣让母亲看一看,等拜完了灵,马上就回来脱下,现在可以先在嫁衣外面罩上白色的披风。她说,只要你翠画不说,除了母亲之外,谁也不会知道……到最后,九小姐竟然单膝向翠画跪下了,翠画这才不得不答应让九小姐穿上了大红彩绣的嫁衣,嫁衣的外面罩上了白缎绣花披风。

虽然场地就在壕沟外不远的地方,其他的女眷全是步行过去,却是单单给九小姐派了轿子。九小姐坐在轿子里,翠画就一步不落地扶着轿杆,进了灵场。

等轿子落肩,亲属们开始按辈分和年龄拜灵,先是平辈的行礼,因为是弟媳妇儿,大伯子可以不到场,于是卞世詹推说身体不适,就没来了;小叔子卞世章应该到场的,但因为学校学期快结束时教务缠身也没能回乡;于是卞世典领着十多个堂、表兄弟在灵位前行了大礼。接下来是平辈的姐妹、妯娌以及表亲姐妹们行礼。再是晚辈,儿子、侄儿与儿媳、侄媳,还有孙辈等行礼……

该女儿和表侄女们行礼了,翠画掀开了轿帘,半天却没见九小姐出来。

翠画想可能九小姐经不住这样的场合,一定窝在轿子里哭泣,但仪式在进行着,九小姐必须出来,卞府里平辈中就九小姐一个女孩儿,与她一起行礼的只有少数几个表姐妹,她们已经跪下在磕头了,可九小姐还没出轿。

人多,总有点乱哄哄的,表侄女们行完了礼,站起来散开了,也没人注意或在意九小姐到场了没有,更不要说卞世典和袁妈他们了。大家都在瞎忙着,根本就没想到会丢了九小姐。

翠画掀开轿帘看了看,魂掉了——九小姐不在轿子里!

一时不敢声张,就以轿子为圆心四处张望——是时,她也没往太坏处想,只是侥幸地以为:九小姐是因为在等候众人行礼时,嫌轿子里太闷了,就出来走走,带看看热闹,结果走迷了,一时没找到原地点儿罢了。

四周没有九小姐的影子,翠画开始着急。此时,她最坏的想法是:这个任性的疯姑奶奶,一定是趁乱去看云景了。她要是在这样的场合里,在众人面前,做出或说出什么不得体的事儿和话儿,让外人笑话了去可如何是好?再让老爷知道了,岂不又要有一场大气生!自己岂不又是里外都难做人,因为没服侍好小姐……

亲属们开始绕灵,绕完灵就要点火了。

翠画跑起来,开始哭了,在心里祷告:“老天爷啊,你可怜可怜我这当丫鬟的翠画吧!九小姐要是闹出了什么乱子,下人翠画可是担待不起的呀!老天爷啊!求你可怜可怜下人翠画吧!可怜可怜九小姐吧!她……她……她该不会……该不会……”

想到这里,翠画一下子站住了,不是站住了,而是瘫软得蹲了下来,并就势跪到了地上:“老天爷啊!求你可怜可怜我的九小姐啊!可不能让她有什么意外。她是不愿嫁的,却又穿了嫁衣,她的心已经死了,我的老天爷啊……”

绕灵已经结束,云景手执云帚向天念诵:

> 奉天尊无量福祈,为亡灵送灵宅一群,内设俱全,托入阴司,如遇关渡,莫请冥郡大帝以道咒为号,放行移送……贺亡灵盛墨语受豪宅新禧,极乐安泰……

云景念到这里,已算是结束了,按序他此时当扬起手中的云帚,让鼓乐响起,炮仗响起,呼号“送……”字,他的“送”字若一出口,站在灵宅外围的8个拿了松明子的点火手们就从8个火点一起燃火。

然而,当云景的“送”字还没喊出时,几个点火手在人声嘈杂的远处,听不清云景的声音,只看见了他扬起的云帚,竟然以为他已经喊了出来,就超前将柴草燃着了,而近处的人见远处的燃着了,也就跟后点了火。

云景之所以扬起云帚而没有喊出“送”字,是因为他在举首间,突然从天幕上看到了一个异象:九小姐穿了红色的嫁衣微笑着向他款款走来,而着一身白纱的盛墨语越过九小姐向他喊道:“云景,云景,求你赶紧……赶紧救救我的凡子……我可怜的女儿……她要以死相祭……求你快去……快去救她……”

母女俩的身影纠缠穿叠,红色的嫁衣与白色的丧纱如缕烟袅绕,惊得云景目瞪口呆。

四周的火已经点燃……

云景突然想到他在跨马清场时,马儿遇到那只大箱子时仰天嘶鸣的情景。

于是他放了手中的法事,跑到拴马的地方,劈手拉过那匹黑马,翻身上马,一头扎进了就要燃旺的火中……

卞世典看见了云景突然向大火里冲去,他先还以为这是青河道观道士送灵法事中的一项,心惊肉跳地想:这也太凶险了!

云景策马的动作是那样的干练,手一拽缰绳,腿一夹马肚,嗖的一声就冲了进去……

竹青也看到哥哥冲进了火海，见哥哥俯身马背急切忘我的样子，他一下子想到：只有救人，哥哥才会如此急切，救谁？火里能有谁？九小姐！对了，一定是她！因为在亲属拜灵围灵的整个过程中，他一再地用眼光巡视九小姐的身影而未见——这个任性刚烈的女子，她寻死觅活来了！他本也想跟着哥哥一起冲进去，但看到火势已经起来了，就犹疑了一下，滞住了，没动，头脑近乎空白地屏气凝神地等待着一种他不敢想象的结果……

众人也都看见云景冲进大火刹那间的身影，仍然是白衣黑马，却是一改儒雅倜傥的姿态，俨然一位为化解危难而冲向死地的侠士豪杰。

翠画也看见云景冲进了火海，当翠画一眼看见云景策马奔向大火的时候，她就知道，他这是为了谁……在翠画的眼里，此时的云景已化作了天上的使者，恍然之中，感觉他已在五彩祥云上扶摇驭风，大火成了他的坐骑，蓝天成了他的冠冕……云景，一定是一位来这个世上走一遭的天神……

翠画哭着跪了下来。

因为熟悉，云景很快就到达了那只大箱子面前，内里虽然还没完全燃着，但热浪与烟雾已经把通道堵死了，云景下马，打开了箱子，见穿着新嫁娘盛装的九小姐已经昏迷，他来不及顾忌，抱着九小姐跃上马，就向外围冲去。

不时有烟团儿向他们扑来，马儿因为受呛，扬首嘶鸣了一声，云景赶紧抱紧九小姐，勒住缰绳，驭马向浓烟里冲去。

火舌燎着了云景的头发和衣服，九小姐的衣服也燃着了，云景无法腾出手来，竟用肘部去压抹九小姐身上的火苗，马尾和马鬃也都燃着了，云景的衣服也烧着了……

九小姐已经醒了，当她扭头看见抱她的人竟然是云景时，她环过手臂，搂住了云景。看见云景为了救他，自己被燃成了一个火人时，九小姐强忍泪水，伸出手来去扑打云景燃着了的头发和衣服。

九小姐突然大喊："云景，别出去，带我升天……"

云景回应："冲出去，我就娶你……"

九小姐哭了："原来……你心里……有我……"

"是的，有你，早就有你——只是，婉妍，你死不得，你当活着……"

"既是这样……那你……为什么……不早些说……"

云景顾不上再说话，策马狂奔。

总算冲到了火海的边缘，马儿却一声长嘶，倒下了。云景翻身下马，手中仍然紧紧地抱着九小姐，眼见灵宅外围的框架就要倒塌，说时迟，那时快，云景使足力气像抛草捆一样将九小姐抛离了大火，而他却被倒下来的燃着熊熊火焰的竹木框架砸倒在地。

有人看见，两团白色烟雾突然从燃烧着的大火中腾到了半空，苍天之下，化为两个衣带飘飘、长发飘飘、云帚飘飘的道人，分明是云景与他的父亲……

天上有星
大白金星
金星下凡
坐地打禅

卞世典百感交集，躲在书房里不愿见人，但发出话来，要以卞府至亲的规格置办云景的丧事。

胡聂氏没有领情，她坚持要将儿子尸体弄回家去，用小户人家的方式来安葬自己的儿子，同时给李周氏送了婚娶吉日的帖子，要在腊月初六迎娶翠画。

青河道观的监院亲自拜见了胡聂氏，晓之以理，请求将云景尸体运到青河道观，他们要做一个月法事来为云景超度。

胡聂氏自然感激不尽，与小儿子胡开楚商量之后，拱手相托了。

九小姐的烧伤不是太重，因为在突围时，云景用身子护住了她。然而九小姐心里的伤却是无法愈合了，她觉得自己的灵魂已随云景而去，这个世上活着的只是她的躯壳。多少天了，她不愿脱下已经烧毁的嫁衣，穿着它，不时用手去摩挲衣服的边边角角，成天嘴里喃喃着同一个名字：云景……云景……云景……竟然没有哭过，没有流下一滴泪水，不想见任何人，将自己关进内室，连翠画也不让靠近。

众人都道九小姐得了失心疯，好不了了，但翠画并不这么认为。

因为九小姐犯下的大错致使云景丧命，同时翠画自己也受了牵连——包括母亲李周氏在内的卞府上上下下许多人的责怪，让她实在感到委屈，对九小姐也免不了有点芥蒂。九小姐不让她靠近，她亦正好落个清闲，借此时间赶制自己的嫁妆。然而，主仆二人毕竟打小一起长大，虽常有磕磕碰碰，但情同手足般的亲情从未有过真正的缝隙，这一次仍不例外。翠画表面上装作懒得睬她的样子，心思却还是绕在九小姐身上。她深知此时的九小姐，一般的安慰是无济于事的，倒不如让她一个人沉湎到最深处，然后再一点点打捞她，拉她出来——就像人身上生的毒疮，已经溃脓了，你用膏药在肤层上敷那是不管用的，只有挑开了脓包，剜出腐肉，挤尽脓毒,再上药,才能愈合。

趁着天气晴好,翠画软硬兼施将九小姐劝到了楼下,沿着回廊走到了她们第一次见到云景的地方。

翠画还没说话,九小姐想起来了,说:“10年前,我们6岁,那天……我们第一次在这儿见到……”

翠画接口道:“那时你依着性子找云景说话,追着他喊,叫‘他道士的儿子’。”

往前走,到了秋千架下,翠画用手摇动了一下吊绳。

九小姐幽幽叹道:“那一年,我们被云景画成了两只蝴蝶……”

“你跟他闹,急得他恨不能给你跪了。结果害得你娘亲一生气,把蒙在鼓里的云景赶走了。想来这都是缘分,那时,你就喜欢上了他……”

九小姐沉浸在10年前与云景相遇时的情景,那时的云景还是个孩子,11岁,她更小,才6岁。但她一眼看见他,就再也忘不了了。他那稚气未脱的脸庞与高挑清雅的身形,此刻在九小姐的眼前变得如此的清晰。

如果说10年前她见他时,是人世间一幅美景的话,那么4年前她在母亲坟场再见他时,已然成为仙境的传说了。18岁的云景那种清风朗月的样子,从里到外地掳掠了她,淹没了她,甚至融化了她。

翠画知道九小姐在回忆中不能自拔,没有打断她,又领她来到现已闲置尚未拆除的西厢院云景工作过的地方。

翠画透过被风吹破的窗格子纸,看到里面一片狼藉,她让出位置给九小姐观看。而九小姐看到的却是两年前她看到的情景:云景正弯腰在案板后面,一边工作,一边和助手们说话,脸上始终是平静的,举手投足,尽显男儿的阳刚与少年的英俊。

她们折回身又来到了回廊的转弯处,翠画拍了拍一个位置,神情恍惚的九小姐坐下了。

翠画将九小姐肩上松下来的披风往上系了系,双手握住九小姐的一只手,哭了。

九小姐没有哭,而是一下子站起来道:“就是在这个地儿,他给我扎针来着……他给我扎针来着……他给我扎针……他给我……”

九小姐说着说着,晕了过去。

翠画也不慌张,将九小姐抱在怀里,往有太阳的地方挪挪,一边流泪,一边用拇指掐住九小姐的人中,等着她醒来。

果不出所料,只一会儿,九小姐醒来了,醒了后看了看翠画,开始慢慢地啜泣,继而便呜呜咽咽地哭了起来："那天……那天……是他……是他给我扎针来着……是他……是我的云景……给我扎针来着……"

九小姐返身搂着翠画，撕心裂肺地号啕大哭。

翠画将披风的帽儿严严地罩了九小姐的头，然后搀她起来，使劲地拖她回绣楼。

回到了卧室，九小姐哭得累了，想躺下歇歇，翠画却没有饶她，扶她坐在床沿上，给她递了一盏热茶，说："小姐可曾记得，云景来这里摹画的情景？"

九小姐坐直了身子，将茶盏儿递给翠画说："怎么不记得，我就站在那块儿，跟他说话，他是面对着墙跟我说话的。那天，我总算把要说的话儿都说了，可是他……却闷嘴葫芦儿一般，无视我的存在，我真的以为……以为他心无尘埃，超然自逸，不再有儿女之情。不承想……直到最后他才答应冲出去了，就娶我。他亲切地叫我'婉妍'，是的，他叫我'婉妍'，而不是称我九小姐，也不像父亲一样叫我凡子。他说：'是的，有你，早就有你——婉妍，你死不得，你当活着……'我也晓得，他以此来阻止我的反抗，好顺顺利利地救我出去，但我明明地感觉到，他搂我的胳膊和在我耳边说话的气息，他是爱我的，只是他之前把这份爱深压在心底，为了我，也为了翠画你，还有他的弟弟竹青——为了成全我们，他将自己隔出象外，苦在不堪言语的境地里……"

九小姐气喘吁吁的，说到这里停下来，痛哭了一阵，又接着说："我是出来了……我一个人……出来了……可出来了有什么用……他却留在了里面……我干吗要出来……我一个人出来……有什么用……云景啊……你是我给活活……害死的……是我害了你……我对不起你……云景啊云景……此生此世，除了你，我心里不再有他人了……"

九小姐大放悲声，翠画也跟着痛哭流涕，主仆二人直哭得天昏地暗。其他的丫鬟婆子们听见，知九小姐开始像正常人一样哭泣了，就都舒了一口气。

翠画趁机告诉九小姐，她的婚期也择下了，竹青的母亲当时因云景的死一气之下想把日子定在腊月初六，后来又改变了主意，定在了腊月初十。等送走了小姐，她也要去婆家陪婆婆了。

把心里的伤疼疙瘩儿哭开了的九小姐，听到这个消息，虽然难过，但能够接受了，点了点头，说："这叫好人有好报。你跟竹青，往后好好过日子吧！我有空回来看你们，你们有空了——没空也要抽出空来，去城里看看我。我在那里，肯定是生不如死哩……"

九小姐说着，眼泪又流了下来，翠画赶紧接话："小姐放心，二老爷不也打算过吗，待不长日子，我们可能又要在一起了。但望小姐万事想开些——你的命，是云景舍了命救下的，他不是也说了吗，说他心中早就有你，叫你'婉妍'，并说你死不得，当活着。这是他对你最后的交代，你不好好活着，最对不起的，还是云景……”

“翠画，你这话说到我心坎里了。我就是这么想的，才没了断自个儿。我的命是云景舍给我的，怎么的，我也要活下去！”

祭送灵宅的事儿，盛家是来了人的，九小姐的几个舅舅，其中包括九小姐未来的公公，她的未婚夫盛维炯也来了，而且都看见是云景将穿了嫁衣的卞府千金扔出了火海。

盛家也想到过毁婚，但九小姐的姥姥，也就是盛家少爷的奶奶发话了：“这是老亲作亲，好歹也是墨语留下的一块肉，是我的外孙女儿，他们卞家没有挑明，我们盛家就不能说什么。何况，这日期也如此近了，还是娶进来吧！只是也不能太委屈了我的小孙子，赶在大婚之前，先纳两个年轻貌美的妾放到偏房里。”

九小姐的新嫁衣是连天搭夜赶做出来的，翠画也跟着熬夜，临嫁的九小姐心平气和的，有时还伸手帮帮翠画的忙，给翠画递递针头线脑什么的。但翠画感觉到，九小姐太缠她了，哪怕就是睡觉，也把脸朝向她，不容翠画离开一步——她知道这是九小姐珍惜两人相处的时间，她又何尝舍得即将来到的分离呢？但九小姐也太聒噪了，翻过来覆过去的，话题总是围绕云景展开，加上一些九小姐自己重三遍倒五遍的感叹。翠画把劝慰的话也重三遍倒五遍地说了，能讲的该讲的也都讲了，最后让她迂急了，就只好停下手中的活，看着九小姐絮絮叨叨的嘴，叹气。

已经是腊月初三了，早上起来，九小姐还没有梳洗，就又开始絮叨了。

翠画一下子将手中端着的九小姐一直用来喝茶的茶盏掉到了地上，哐当一声碎了，吓了九小姐一跳。

翠画将碎片儿一块块地拾起来，试图要拼凑成一个完好的茶盏，甚至还用上了糨糊，却是怎么也做不到。

九小姐先是傻傻地看着，看着看着哈哈地笑了：“翠画，你怎么了？不是跟我一样，也得了失心疯？都碎成那样了，你还想让它们粘到一起？换一只新的不就行了！”

翠画罢了手，拿扫帚打扫了地上的碎片儿，洗过手，从茶盘子里拿出一只新茶盏来，倒上茶，递给了九小姐。

“小姐，你说得是哩！我真是装了一肚子的夹生糨糊，揳了一个榆木疙瘩儿的整心，想把打得稀巴儿碎的茶盏拼起来，怎么可能呢?！碎了就碎了，再也拼不起来了。就是心里巴不得还能粘到一块儿,可它就跟豆腐渣贴门对样的,想归想,铁定地,是凑不到一块了。既是铁定不成的,过去的就只能让它过去了,已经碎了的盏儿老是搁在心里,那碎片儿它扎心哪!小姐,既是晓得念想没用,还扎心伤肝的,我们就不去念想了吧。"

九小姐接过新茶盏,盯着看了看,呆呆地愣了一会儿,浅浅地啜了一口,又浅浅地一笑:"翠画,难为你了,我明白了……往后……我们好自为之吧……"

九小姐的婚事,卞、盛两家都是照章办理的,用了最高的规格。

陪嫁的马车队与挑夫队足足排了5里路长,除了大量的物品之外,还带上翠屏与翠烟两个原来的随身丫鬟,又将原来太太在世时辞掉的奶妈也请了回来,也陪到九小姐的婆家去照应小姐婚后一段日常生活。另外还带了一个绣娘,以备小姐婚后起居杂事不便之需。

按规矩,九小姐穿嫁衣与梳喜头时,翠画就当避开了,因为此时新嫁娘的身边应该都是"六全"之人,即父母、儿女和夫妻都是完整的才好,翠画只是独女而且没有了父亲,有碍吉利。但卞世典特别关照了袁妈,让翠画一定要一直陪着小姐,直到她上轿为止。

九小姐应该由卞家大少爷从嫁床上脚不沾地背上轿,但大少爷因是堂哥,自己的亲哥排行老三,三哥懒散嫌烦劳,就往下推,大家心里都清楚,这个九小姐在哥哥们的心目中是不受待见的。

最后八少爷清源主动站了出来,要求充当妹妹的背嫁,他背了九小姐,下楼,出门。门口放了一只斗,斗里装满了米。新嫁娘要用绣花鞋的鞋尖儿从斗里勾出些许米来,说法是:看勾出的米多少和撒在地上的块面儿,可以测出新嫁娘往后日子如何。八少爷在装米的斗前站下来,九小姐却蜷了腿脚高低没有勾米的意思。喜婆就随机应变地喊道:"粒米不掉——吉祥大好——小姐上轿——"

唢呐响起时,翠画忍住了哭,轿子离地时,翠画咬着牙儿没让眼泪下来,但她的心像被刀割一样疼了起来。

众人都闹哄哄的,没有在意九小姐的反常,她不仅没有勾下斗里的米,甚至也没有哭嫁。按常规无论是大家闺秀还是小家碧玉,出嫁时都要哭嫁的,不管你是真哭还是假哭,都要嘤嘤咽咽地做做样子的。

为九小姐梳洗之前,奶娘曾哄劝,让她哭一哭,说女孩儿出嫁不哭是不合礼仪的。再一个,马上就要离开自己的娘家了,怎么说,也会有些伤心不舍的,哭一哭也才合人之常情。可是九小姐就是不哭。

九小姐出嫁不哭嫁,多多少少给卞家这本就有点膈应的喜事又添了一层不安,使卞府嫁女的欢喜节奏有点乱序。

翠画明白，九小姐的不哭，比她大放悲声还要难过，她是在心里流着血痛哭，她强忍着悲伤，是害怕一开口，一流泪，就会血尽而亡。她答应过翠画，为了云景，她要好好地活下去，无论在什么样的境地里，她都要好好地活下去，因为她的命是云景给的……

轿子过吊桥时停了一下，九小姐突然掀开轿帘，伸出头来，向跟在后面的翠画招了招手。翠画赶紧过去，九小姐什么话没有说，只将手中的一块绢帕儿递给了翠画。

翠画一下子想到3年前太太盛墨语给她递绢帕儿的情景。

她打了一个寒战，愣怔了一下，当轿子起行时，她回过神来，赶紧撵上去，扶着轿杆，将自己正用着的绢帕儿塞进了轿内，同时还送上一句悄悄话："小姐，好好的，我们等你3天回门……"

轿内的声音："放心吧，我会好好的……"

翠画似乎还听到了轿内九小姐一声轻轻松松的笑，翠画放心了。

呜里哇啦
锣鼓唢呐
新娘子上轿
还要放炮
抢了喜糖
还要上床

新嫁娘三天回门亦是婚嫁程序中很重要的一环，娘家人可得要隆重对待，娘家哥哥要赶早去婆家接新，就是接姑娘回门，接新女婿回拜。九小姐的3个堂哥和5个亲哥，除大少爷懒得去，六少爷在京城三叔身边做事没能赶回来外，其余的都乐意去做接新的哥哥，也多是想借此机会进城快快活活地玩一玩。

卞顺第二天就开始备马，因为第三天少爷们要起早进城。

马儿已经备好。

快吃下昼饭的时候，让卞府所有人都甚感羞耻与愤慨的事发生了，九小姐的奶娘与丫鬟翠烟哭丧着脸气喘吁吁地回了卞府。

翠烟一个劲地哭，什么话也不说。

奶娘接过袁妈递上的茶碗，一口气喝干了，倒头不着脑地说开了："难怪我们小姐不想嫁给这样的人家,这盛家简直就……不能说狠了,毕竟是太太的娘家……

“可怜的小姐,拜了堂,入了洞房,那狗日的……

“不能这么骂,他毕竟是太太的侄儿。那新姑爷竟然跑到偏房里去了。可怜的小姐干巴巴地坐在那儿,也没人给她挑盖头儿。我气不过,要去禀报盛家老太太,可九小姐不让,说这样还好些,她喜欢一个人静静的,劝我不要一来就跟人家结仇,让我去安歇。我能歇得下吗?小姐不让找老太太,我就去找新姑爷……

“我去了偏房,先是轻轻地喊,劝新姑爷要晓得好歹,这是九小姐的新婚夜。谁知我不喊便罢,喊了后,哎呀,气死我了!那一对狗男女——对,就是一对狗男女,就是太太在世,当她面我也要这样骂!气死我了!那一对狗男女竟然在房子里弄出呼哧狼烟的响动来,男的叫,女的也叫,淫声浪语的,故意响给我听……

“我忍着气,拍门,哭着求新姑爷,要他顾及顾及我们小姐的面子。好半天,里面的声音没有了,听到趿鞋的声音,门闩儿拔开了,那狗少爷出来,没想到他……他当脸就给了我一巴掌……

“我挨打也就算了,想你只要进了新房,给了九小姐面子,老仆受多少委屈也都算了。可是……可是那狗东西竟然又进了另一个偏房……

“我气得跑过去,去踢那偏房的门。翠屏和翠烟不放心,也从客房里跑来看看,正好遇上我在踢门,翠烟就也跟着踢了。

“第二天一早,我跟翠烟就被老太太撵走了,幸好二老爷临走时给了我压腰的钱,我就雇了车子跟翠烟回来了。

“可怜我的九小姐啊,往后她的在盛家的日子该怎么过啊……”

奶娘哽哽咽咽地哭,说要去禀报二老爷,袁妈没让,说:“奶娘,不是我说你,这也有你的不是哩,他们城里的大户豪门,有些事不是我们乡下人能看得惯的。你说你这么一闹,还去踢人家的门,这不丢了卞家的脸吗?让九小姐往后怎么在盛家做人?你们回来就回来吧,先到厨间跟糖妈搭手做活,等过一阵子,再回盛家去。这事就先搁这儿埋着,什么口风都别透出去,其余的事我来打点好了……”

袁妈到底是袁妈,针对这样的突发事,她赶紧找了卞顺,按她的方式跟卞顺商量,说接小姐回门的事不能让少爷们都去了,让人家城里人看着,成阵搭行的,跟打狼样的,不要因此而瞧不起我们乡下人——她和卞顺一道,带上性情柔和些的七少爷清涳就行了。卞顺觉得也有道理,就跟二老爷这样禀报了,一匹马、一乘轿子,去接新了。

不出袁妈所料,去了盛家,新姑爷盛维炯高低不愿回拜,说再也不想见到那天九小姐滚出火海的地方。九小姐看上去没有他们想象的那样难过,平平静静的,跟翠屏待在一起,事不关己的样子,竟然对袁妈说,她不愿回门。

七少爷见新姑爷说三道四的,忍不住想发火,被袁妈和卞顺一起劝住了。

袁妈心想,幸好没让另外那几个“闯王”来,特别是八少爷清源,要是他们都来了,这祸就闯大了。

卞世典虽然表面上相信了袁妈的话,说城里人现在不讲究老规矩了,天冷,也快过年了,盛家怕新媳妇路上受凉,想等到过年时一并回来拜年算了。但他心里明白,这种说法是不能掩盖有违常礼之事的,就在心里凄凉戚然,更加思念亡妻,也担心爱女,在长吁短叹中过着身心交瘁的日子。

哀莫大于心死,此时的九小姐已经对这个世上的任何人、任何事都不是太在意了。新郎的冷落甚至是挑衅都没让她特别的难过,是因为她压根就不爱他,无爱不生恨,也就是这个理吧。人就是这样,对自己特别在意的东西,别人碰一下,都会担心被抢,因此护着,妒着;但对自己不喜欢的东西,别人抢去了,反倒合了心意。

竹青与翠画的婚期也到了,二老爷吩咐泉玉,让通知卞顺备一份礼送给竹青,这礼里,含有卞世典对云景的补偿,也带有对竹青的祝福。

竹青收礼时,神性木木的,只是苦笑了一声,甚至连个“谢”字也没说。

卞顺回到二老爷跟前:“二老爷,小家佃户的人,墨水喝得再多,也是瘪肠空腔没心肺的贱货。这个竹青,我把你的赏礼银给他时,他搞得就像是我们卞家借他米还他糠似的,跩得跟大爷样的,一句承情的话都不晓得讲……”

卞世典近日心烦意乱,听得这个消息时,却也吃惊地哦了一声。想了想,叹一声气说:“唉!想必是跟我一样,想到了过世的亲人。眼下,大伙儿都没情没趣的,就别去计较怪罪什么了。我们卞家,毕竟亏欠了人家。”

卞顺没领到二老爷满意的答复,也就有点窝气,嘀咕道:“我看那小子,花花肠子多着哩,像是对二老爷促就的这门婚事不大满意……”

卞顺的这句话可让卞世典吃惊不小,竹青竟然会对翠画不满意?!论人品,论长相,翠画可是卞府丫鬟中挑尖儿的;论门户,翠画虽然是下人,跟你竹青也是般配的呀!如果不是门户,他就会遂了自己小儿子卞清源心愿的,多好的一个姑娘家啊!自小跟在卞府独一无二的千金小姐身边,如果不是因为她人太好,让主子都敬她三分,害怕委屈了她,也不会不让她随嫁到盛家的。凡子也好,凡子的娘亲也罢,我们也是熟虑之后的善举啊,把翠画许给他竹青为妻,不仅是为翠画着想,也是他竹青难得的福分啊。

想到这里,卞世典问:“确实么,你这话?竹青对翠画不满意?没道理的呀?!”

卞顺沉吟了一下，挠挠头，笑道："我也不能确定，但看得出来，这小子的心野着哩，他不大喜欢翠画，这是肯定的。要不然，二老爷亲自过问的亲事，娶的又是二老爷掌上明珠的贴身丫鬟——那样一个标致的女孩子，二老爷还赏了礼银，按正常，他不是高兴疯了才是啊！可我……这几天我在瞟着他，自九小姐嫁出以后，就把脸挂丧着，跟霜打了样的，连我跟他讲话，他也是带睬不搭的，像掉了魂似的……"

听到这里，卞世典吩咐："你去把竹青叫来，问问他是怎么回事儿。"

正如卞顺讲的那样，竹青来到卞世典跟前，只按礼节请了安，脸上确实显出蔫巴巴的情形，见礼之后，就垂手站在一边，不说话，听命于人的样子。

卞世典："提个早，先恭贺一下新禧。"

竹青作揖，口气清淡："谢过二老爷！"

"我让卞管家捎给你的薄礼，收到了吧？"

"哦，收到了，谢过二老爷！"

接下来，几乎没话可说了。卞世典看了看面前这个少年俊才，虽然与云景长得很像，但在他的身上却看不出云景的那份清雅与洒脱。本来心情不佳的卞世典连府内分内的家事都懒得多问，何况是这等额外的闲事！此时，他竟生出十分的好奇来，笑着让竹青坐下，问道：

"胡先生喜期即日，为何阴云布脸，难不成你对这门婚事不大满意？"

竹青一个愣怔半天没反应过来，等回味明白了，就有点语无伦次："哦，哪里……不敢……卑下岂敢不满意！这是二老爷玉成的……谢过二老爷……"

竹青一边说一边打躬作揖。

卞世典笑道："竹青，你来卞府也有十来个年头了，卞某器重你出众的才华，没把你当外人看，在卞某的心里，你的分量在少爷们之上哩！"

"这个，在下心里明白，感戴厚恩，谢过二老爷！"

"既如此，请你跟我不用隔阂，掏心窝子说，你为什么不满意翠画？"

竹青一下子跪到了地上，正要叩头，被卞世典拦住了，他就双膝着地，低了头回禀："在下真的不敢，在下感恩戴德唯恐不及，断乎不能轻看二老爷的抬举与器重……"

卞世典听到这里，有点沉不住气了，道："竹青，我问你，不许推诿搪塞，直截了当地说，翠画这丫头，到底合不合你的意？"

"合意，合意，只是……"竹青说到这里，把话儿顿住，大冷的天，头上竟然隐隐冒出汗来。

"只是什么？"卞世典追问。

"没……没有什么……"

"只是什么？说吧。"

竹青抬起头来，向卞世典说道："二老爷在上，在下如有说错，请您责罚。正因翠画是九小姐身边的人，就难以不将二人做一比较，高贵与低庸是显而易见的，胸无点墨的粗浅之人相形于秀外慧中的大家闺秀，差度之大，无以复加……"

卞世典先被竹青的话绕得有点晕，但不难解其中之意，于是生了气，一拍桌子，火焓焓地骂道："姓胡的小子，你好大的胆子！卞府的千金也是你能论断其斤两的，拿来跟下人指三比四的……"卞世典把个"你"字说得很重。

竹青倒也不慌不忙："二老爷，刚刚在下是不愿说的，是您让我……实言相告，在下讲错了，请你责罚！但我得如实禀告。是的，我对翠画确有轻视之意，除了以上原因之外，还有我兄长云景的死，她也是要担责的……"

"越说越不像话了，云景是为救凡子葬身火海的，怎么能怨得上翠画？"

"二老爷容禀，九小姐心仪云景的事，应该不是一日两日了，应该早就有显露的，料定她也不会瞒下翠画的。既然翠画知道内情，就当劝阻或禀报上来，让二老爷早有应对……"

"卞门不幸……见笑了不是?！你怎么知晓翠画就没有劝阻？这跟云景的死又有何关碍?"

"烧送灵寝时，如不是翠画的疏忽大意，断不会造成九小姐藏匿箱中而使愚兄遭难的事，何谓贴身丫鬟？就当寸步不离跟在小姐的身边……"

卞世典听到这里，已经没有什么耐心了，打断了竹青的话头："好了，竹青！你这是欲加之罪……我真没想到，你会如此看待翠画！实话告诉你，凡子喜欢上云景的事我早就知晓了，是凡子自已跟我说的，翠画不会去做告密她主子的事的，这就是义仆。我知晓了又怎么样呢？仍然没能制止她寻死觅活。凡子是主子，翠画是仆人，说是贴身丫鬟，她又如何能做到紧贴其身而防其不意呢？要说你兄长的死要有人担责的话，凡子是推诿不了的。但事已至此，总不能让凡子偿命吧，何况，凡子是为了殉情……"

卞世典说到这里，已经是气喘吁吁了。

竹青听着，渐渐垂下头去，不再言语。

卞世典向竹青摆了摆手道："你退下吧，我累了……"想想，又对已经退到门口的竹青招了一下手，说，"收心，留意，好生跟翠画过日子，可别辜负了那么一个好姑娘家！"

竹青哈腰称是。

看着竹青的脚后跟消失在门廊转角处时，卞世典叹了一声气："瞧我卞某人，做人也够恓惶的，为女儿订的婚姻不受女儿待见，都闹出了人命。好心好意为两个最般配的下人撮合姻缘，竟然也不如他人意……"

翠画是从菜园棚子里嫁出去的。

之前，卞世典曾关照过袁妈，要让翠画从圩子里嫁出去，但胡聂氏向李周氏提出：他们只是小户人家，小户人家就按小户人家的礼数来办，中间若是架了个圩子，搞得跟巴结高攀似的，反而不随和了，他们胡家也不好打点。李周氏也有这个意思，翠画毕竟是出生在菜园棚子里的，从这里嫁出去名正言顺，也正如胡聂氏说的，从圩子里嫁出去，作为娘亲的她如何伸得开手脚呢？

两人抬的轿子，也装扮得花里胡哨挺喜庆的。袁妈和邬妈算作男女双方的红媒，6个接新的女人，还有两个男孩儿。一个男孩负责抱着"子孙桶"，即一只崭新的马桶，里面装了煮熟了的鸡蛋与红糖；另一个抱着一个包裹儿，包裹里面装了男家送给新娘子的头面。这头面在大户人家是要珍珠翠玉等贵重材料穿缀而成，就像京戏里小姐贵人头上戴的顶冠额饰那样，雍容华贵，富丽堂皇；而小户人家就只能仿其形状，用上好的薏米籽儿和染上色的麻秸秆儿芯，拿丝线穿缀而成，在薏米籽儿与麻秸芯儿的中间，点缀上一些玻璃珠儿和自制的绒花绢花甚至还有真正的鲜花，穷人家的新嫁娘的头面实际上比富贵人家出嫁女的头面要好看得多，新鲜得多，生动得多。

翠画在床上躺了一天，也哭了一天，梳洗好了，袁妈为她戴上了头面，再盖上盖头。

这时应该有娘家的哥哥背新人上轿，新人脚不着地的说法是：不能带走娘家的地气，但翠画是独女，连个堂哥也没有，就只能照之前翠画跟她娘亲说的那样："我自己走着上轿，带点卞府的地气走，富的是婆家……"

于是邬妈和袁妈两个媒人，搀起了嘤嘤啜泣的新娘翠画。

抱子孙桶的男童开始唱了起来：

新娘子，陈娘子
屁股挂个铃铛子
走一走，摇一摇
一下跌成两瓣瓢

众人笑。

邬妈叱责男童:“这还没上轿哩,算不得新娘子陈娘子的,不兴你们男家人骚闹胡唱!”

吓得男童一缩脖子,举起马桶儿遮了嘴,哧哧地笑。

正要抬步走时,吊桥那边有喊声:“八少爷来了!”

俩媒人搀了翠画赶紧回走,退到了床边站下来候着。

八少爷带着泉玉气喘吁吁地跑来,泉玉说:“是二老爷叫的,闺女出嫁要由哥哥背上轿,翠画没有哥哥,让我来背翠画上轿,八少爷听说了,也特来看看……”

李周氏喜欢得不得了,说:“哎哟,我正心里想着哩,翠画没有哥哥,连个堂哥、表哥都没有,只能自个儿走着上轿了——没想到二老爷心这么细致,让泉玉大哥来背嫁,这是多大的面子啊!”

八少爷从袖子里摸出一个红包儿递到翠画手上,说:“是父亲,还有二哥、三哥、七哥的一点心意……”

翠画要行大礼,被八少爷一把扶住:“翠画,你顶着盖头呢!去了婆家,跟竹青好好过日子。得闲时,回到圩子里来,小哥……小哥万望你日子能过得好……”

隔着盖头,翠画屈身应答:“谢过八少爷!”

“早就跟你讲过,别叫我少爷,跟凡子一样,喊我小哥……”

“哪能哪,你是少爷!”

“少爷又能怎的?我卞清源还不如人家竹青哩……”

八少爷说着,嗓子里竟然有点哽咽。

泉玉听见,赶紧催促:“八少爷,我们可不能耽搁人家的吉时。”转身对李周氏说,“起轿吧。”

泉玉走到新娘跟前,半蹲下来,做要背驮状。

八少爷却过来将泉玉扯起来,央着他说:“泉玉,让我来吧,我是凡子最亲的小哥,也是翠画的小哥,让我来背她上轿吧……”

翠画隔着盖头说:“八少爷,哪能哩!你是主子……”

“翠画,叫小哥吧……”

“八少爷……”

“求求你,叫小哥好不好?”

泉玉看了看八少爷的脸,稍缓对翠画说:“翠画姑娘,八少爷有这个心意,也是主子的恩泽,你就谢了吧,让八少爷多沾些喜气,也算是我们当下人的一份回报了……”

翠画说:“谢过八少爷!”算是答应了。

八少爷背起了翠画,站起来,顺势儿将翠画往上起了起,开步走——就几步路,八少爷却在心里翻江倒海像是走了一生……

希望这路能绵远久长……

希望这路的尽头是他与翠画的新房……

希望这路能通往没有门户之见、门头高低的桃花源地……

他背着她,中途竟然停了下来,他想对她说句话儿,又终没能说得出来,只轻轻地叹息了一声,一步一步地将她送到了花轿跟前。

没有锣鼓,只有一只唢呐,吹得脆脆生生的,加上抢喜糖的孩子们高声大嗓门的叫喊、女人们肆无忌惮的笑声,圩子壕沟外菜园棚子里的小户人家的喜事也办得异常的热闹欢腾。

当轿子抬起来的一刹那,八少爷的眼眶红了。

当轿子抬起来的一刹那,翠画也伤心地哭了,她的哭并不是因为八少爷,而是突然间感觉自己离开了地面,离开了娘家,离开了这个圩子……16 年来的时时刻刻、零零碎碎都在一个无声无息的瞬间里戛然而断,就像枝与根的突然断离。也就是在这个断离的一瞬间里,一丝说不出的茫然的情绪揪紧了她,她甚至还隐隐地觉得:竹青对她的情感远不如云景对于九小姐,想到这里,内心就生出隐隐的担忧甚至于害怕,她捂了捂胸口,觉得很疼……

轿子外面抱马桶的男孩又在唱:

淠河清
清水淌
水花子拍手打巴掌
鸥子翻跟头
扎猛子下大江
咕噜咕噜一
咕噜咕噜二
驮个篓
背个筐
打马坐轿接新娘
甩个水漂漂
大红盖头没得了

……

轿外的童谣嫩生生地唱着，轿内的翠画随着轿子的颠簸，心也晃悠悠的。她想到了母亲的劝嫁词：女儿家，菜籽命，撒在哪儿哪扎根……翠画深深地叹息了一声。

轿子走在草田埂上，突然顿了一下，前面的轿夫喊道："脚前一朵花——"

后面马上接口："晓得不踩它——"

走了一程，前面的轿夫又喊："财运开口来——"

后面的问："多大？"

答："两尺外——"

翠画纠结的心被岔散开了，她知道外面抬轿人说的这些，都是因为小路上遇到要注意的障碍却不能直说而用的暗语——"脚前一朵花"，指的是一坨牛屎；"财运开口来"指的是田缺口……牛屎和缺口，在大喜的日子里照直说出来总有不吉利的意思，于是变着法儿提醒后面让轿子遮了视线的人，如何注意避开。

想着轿夫们的聪明，翠画抿嘴笑了，心情也稍微好些，把身子欠了一下，感觉该到了。

轿子停下了，袁妈撩开轿帘儿，让草子和另外一个女孩儿将翠画搀扶出来。跨了火盆，站在门外候了一会儿，名曰育性子。

胡聂氏哈哈笑着跑出来，大着声儿道："还育什么育？翠画这样的好性子，再育就蔫巴了。来来来，别老是搁外面了，当心受凉！"

于是翠画被搀着进屋，司仪唱起了喜句：

新娘进门来——好
婆家发大财——好
新娘进了堂——好
婆家人丁旺——好
……

待新娘子进了里屋，喜婆子抓了染了色的花生、白果与大枣撒到床上，司仪跟着唱：

大枣花生撒得开——好
今年早早生——好

明年早早怀——好

五男并二女——好

传宗又接代——好

……

拜过了天地，新郎将新娘引进了房。这时天已经黑了，新房里的灯亮着，但司仪还是端了蜡烛一边从头到脚地照着新娘一边又唱：

照照新娘头好——好

乌云盖倒——好

照照新娘腰好——好

骑马佩刀——好

照照新娘脚好——好

……

下面一句应当是："三寸尖椒"，女人以小脚为美，这是约定俗成的喜词，可翠画与九小姐一样，都是放了缠的大脚，又名"天足"，这位司仪用蜡烛照了照大红绣花鞋的尺寸，笑着来了一句调侃：

好大的元宝！

众人和"好"之后，都忍不住大笑起来。

把脸儿藏在盖头里的翠画也忍俊不禁。

众人散去，化不开的黑夜很快就吞噬了刚刚的热闹与喜庆，从胡聂氏家门窗里透出的灯光一灭，整个上郢村就像是做过了一场欢天喜地的梦。冬夜的寒冷也将喜酒的熏染凝成了霜花儿，染在了枯草的叶梢上，这梦也就在不知不觉中冷却进更深的复梦里了……

DI-ER BU

第二部

DI-ER BU
第二部

渭河清

清水淌

水花子拍手打巴掌

鹞子翻跟头

扎猛子下大江

咕噜咕噜一

咕噜咕噜二

驮个篓

背个筐

打马坐轿接新娘

甩个水漂漂

大红盖头没得了

已近年坎了，学堂里是放了假的，加上又在喜期里，按说胡开楚是不用急着回卞府上工的，却就回去了。借着送李氏回门的道儿，说是有学生习作要批改装册，就撇下李氏一人回娘家再回婆家，他却连菜园棚子的门也没迈入，就直接过吊桥进了圩子。

翠画是喜欢竹青的，嫁了，成了胡李氏，巴不得赶紧地成全一个贤淑的名声，为胡开楚再挣得几分光彩。所以即便是受了冷落，牙缝儿也不龇一下，何况家中还有疼爱她的婆婆，和成天从早到晚脚撵脚、趟赶趟儿忙不完的家事——她喜欢这样的家事，她很为自己成了胡家的小媳妇感到欣慰与开心，扛着少年才俊竹青女人的名头，她满足了，打心眼儿里如意。

胡开楚回到圩子，学堂的先生和少爷们向他道喜，他却木愣愣地回道："有何喜可贺？不就是遵命成亲，走了一个过场、行了一个大礼罢了……"这样寡淡乏趣的话，使众人索然无味。孙少爷们叫他新郎官儿，跟他要喜糖、喜果子吃，他便不胜其扰地呵斥："去，去，去，回屋向丫鬟婆子要去，找你娘亲要去！"

晚上踱步，不经意间，就踱到了西厢院外靠北的花墙边，看着后厢院那黑咕隆咚的绣楼，在寒风中凄凉萧然的样子，神情就黯然恍惚了。他抬头看了一下满天的寒星，再回望绣楼时，竟仿佛看见九小姐从灯火通明的绣楼上走下来，正捧了刚写就的册页，轻轻盈盈地出了后厢院，过小径，转竹圃，笑嘻嘻地向他走来了……

"九小姐大安……"

身后边突然传来八少爷的笑声："哈哈……胡先生，溜达哩？怎么来了这里？"

竹青回头，见是八少爷，虽是主子，年龄相仿，但竹青当过他的先生，也就不太讲究尊卑了，收敛心神，答道：“八少爷不也是来了这里？”

八少爷又哈哈一笑：“胡先生，刚才我看到你一直在冲绣楼出神哩。绣楼里的婵娟娇娥不是已经被你娶到家中了吗？还在这里空望何物？”

竹青让八少爷点了穴位，有点恼火，但毕竟人家是主子，也就不好发作，就勉强地笑了笑，却口齿尖硬地回道：“八少爷把一个丫鬟下人说成是婵娟娇娥，莫不是带有戏弄的意思？”

八少爷卞清源是个刚直的人，虽没想得那么多，但是在意翠画的心正在不得不淡化的时候，于下意识里对竹青多了一分关注。他见竹青才新婚三天就回到了卞府，就已心生了芥蒂，现见他踱步至此，对绣楼出神，这让八少爷有点摸不着边际，他根本想不到竹青会有其他的奢想，只是不解竹青为何看不上翠画。此时，竹青的话让他很是反感，于是说道：“竹青，看你这话说的——在我眼里，翠画的人品身价，绝对不在我小妹凡子之下——我又怎么会去戏弄翠画哩？”

竹青故作放浪哈哈苦笑一声：“八少爷啊八少爷，你这真的是在戏弄了，一个听使唤的下人，如何能跟使唤人的主子相比？更何况，这个主子是赫赫卞府一花独秀的千金！她们俩的身价岂不是天壤悬隔?!”

“竹青，你的话我越发不爱听了，身价尺度是依凭身份、地位、门户定的吗？不妨做一个假设，如果让你娶了我小妹凡子……”

竹青听到这里，不知八少爷话蓄何意，吓得一个支棱转过身子，赶紧摆手说：“八少爷，这个假设要不得，作为主子，你戏弄一二也就算了，可不能再开这样的玩笑。如果让二老爷知晓了去，我可担待不起！”

八少爷见竹青紧张不已的样子，心中的疑惑就越发地大了，就说：“既是假设，就无碍其他。接刚刚的话茬儿，我问你，如果让你娶了凡子……”

“我不可能娶得了……”

“假设，这是假设，请你不妨畅意一下，假若让你娶了凡子……”

“那我就奉命随了你的假设，若是这样——九小姐是那般地让人赏心悦目，娶她的人，当如沐春风，如赏明月，如饮甘露……”

“可是，盛家的小少爷盛维炯却一点儿也不喜欢她，这是为何？”

“那是盛公子有眼不识金镶玉……”

“不是有眼不识，而是无缘消受——就像你，娶了翠画，却不知足，一个长相那般娇好的女子，性情又是如此的温柔，对你可谓是百依百顺、知冷知热的，床头灶前，甘于服侍，这不正是你胡开楚该娶的女人吗？云中月虽美，它能为你宽衣解带吗？枝头花虽香，它能为你烧锅做饭吗？九小姐虽然可疼，但她喜欢的是云景，你不在她的眼中，她的心里只有云景，再没他人了，更何况……”

“八少爷……不用说了……”

“竹青，你听我说完——翠画能嫁给你，这不是家父的好心，也不是凡子的美意，而是苍天的恩典，是翠画前世今生欠你的。翠画是一个不可多见的好女子——跟你说实话吧，如果……如果不是家父抱残守缺有门户之禁，翠画哪里会让你娶了去……”

八少爷说到这里，自知失言，赶紧打住话头，叹息了一声。

竹青已经听得明白，想了想，一时寻不到合适的应对，就躬身作揖道：“八少爷，竹青谢过，天寒，我们往回走吧……”

八少爷也没搭话，径直向前走去，至西厢院岔路时，站下来，拍了拍竹青的肩膀说：“竹青，你当过我的先生，我一直敬着你，但因年纪相仿，我也没跟你见外，所以说了想说的话。老八卞清源还要奉劝你一句，已近年坎，学堂里的事可开过年来再做，回家去吧，厚待翠画，好好生生地过日子……”

不知是因为娶儿媳办喜事累的，还是被男人和儿子相继离世这些接二连三的事故怄的，等过了喜期，生活安顿下来后，胡聂氏一下病倒了，高烧不退。

胡开楚受了八少爷的奚落，窝着气回到家里来，却见母亲病成这样，二话不说，就拿胡李氏出气：“我临走是怎么交代你的？嫁过来了，就要好好过日子，第一要孝顺，你要是能把服侍九小姐的心用到我大大身上，她就不会得病……”

胡李氏有口难辩，按出嫁前在娘家的闺训，她也不能回嘴，便低着头默默地忍受新婚男人无端的数落，将委屈的泪水吞进肚里。

请来了郎中，号了脉，说是虚火，不碍事，开了方子，抓了药，胡开楚就又抬腿走了。

为婆婆熬药，端茶送水，胡李氏夜里就和衣睡在婆婆床前的踏板上。

烧总算退掉了。

窗外的晨曦从窗棂里照进来，看见翠画蜷缩一团躺在自己的床下，胡聂氏顾不得头痛欲裂，挣扎着起来，将床上的被子抽下一床盖到了小儿媳的身上。

胡李氏醒了。看见婆婆坐起来，在为自己盖被子，既吃惊又高兴，就一骨碌爬起来，不知如何是好。

婆婆告诉儿媳，她的烧退了，想喝口稀的，让她去煮点白米粥。

胡聂氏在对儿媳说话时，奇怪自己的声音怎么会离她那样远，细弱得像是蚊子的嗡嗡声，转想可能是自己烧了这么多天，耳朵闭气了，等下床活动活动就会好的。

胡聂氏忍着头痛，坚持到室外晒了一小会儿太阳，咬着牙喝了几口粥汤。太阳偏西时她又觉得身上发寒，于是上床躺下了，天还没黑，就又烧起来了。

胡李氏踌躇着是否要把婆婆病情反复的事告诉男人，如果告诉了，一准又会招来他的数落，而且他刚走，又要让他回来，不好开口。可又想到，如果不告诉，婆婆的病要是加重了，要是有个三长两短……想到这里，她打了一个寒战，赶紧起身准备央人去圩子里捎话。

烧得迷迷糊糊的胡聂氏看见小儿媳想要出门的样子，就抬起胳膊向她招了招手："翠画……别叫开楚回来……我没事的……端人碗，服人管……三天两头往家里赶是行不得的……"

胡李氏听说，犹疑了一下。

胡聂氏强颜笑道："你要是……想他了……就再等……两天……"

胡李氏羞得满脸通红，只好作罢。

尽管药照样吃，但胡聂氏的烧就是不退，最后胡李氏不敢再迟疑，托人捎信让胡开楚回家。

看见母亲躺在床上半死不活的样子，胡开楚一下子跪到了母亲的床前，大哭。哭过了，他站起来，跑到厨房质问正在炖中药的新婚妻子："胡李氏，你是安的什么心啊？大大病成了这样，你跟没事人样的！中间她不都好些了吗，怎么又反复了？肯定是你伺候不周。既是反复了，就更要当心才是，得赶紧把我叫回来才是，你倒好，自作主张，让娘亲这么熬病在床，你好大的胆子！"

胡开楚说着，揪住李氏的头发，扫手就是一耳刮子。

李氏被打得脸上一下子麻木了，心里也没疼，就觉得自己整个儿人没了，魂被打走了。

胡开楚见女人怔怔地桩在那儿，正熬着的药汤从罐口四边漫出来，就更气不打一处来，抬起脚，将药罐连同柴炉一下子踢倒了，满地的白雾。

胡开楚做完这一切，又去母亲的床前跪了下来，一边哭，一边忏悔："儿子不孝，没娶到贤妻，都是儿子不好……"

胡聂氏昏昏沉沉地睡着，时醒时迷，他看见小儿子跪在床前说话，可就是听不清他说些什么，她张了张嘴想告诉儿子："翠画真是个好儿媳，更到更，夜到夜，从未懈怠对我的照顾。可怜一个新嫁娘，甜蜜的日子没过上，摊了一个病婆婆，拼了命伺候……"可是嗓子发不出来声了，浑身上下扯不出一丝丝力气来，只好又软软地睡去。

李氏收拾好了厨房，又在大灶上新熬了药，端了过来。此时的她已经冷静下来，先将药碗儿放在桌子上，拿起婆婆的外衣，要扶婆婆起来。

胡开楚没再发作，将身子向旁边挪了挪，给李氏让出一人的位置来。

李氏轻手轻脚将婆婆扶起来，再伸手去端桌子上的药汤，男人看见，赶紧起身端起药碗递给了女人，女人感激地回望他一眼。

勉强靠坐起来的胡聂氏睁眼看见翠画脸上的手指红印，心疼地抬起手，摸了摸她的脸颊，用责怪的眼神挖了小儿子一眼。小儿子站起来，低着头退出母亲的卧室。

不到一个时辰，小儿子又进来了，一只手端了汤碗，另一只手插在袍襟里，样子有点怪怪的。

李氏给婆婆喂好了药，正拿热手巾在为婆婆擦洗，一遍又一遍，是按郎中的交代，热敷降温。

李氏不解地看着男人。

胡开楚蹙着眉说："看我干什么？赶紧趁热喂大大喝了！"

女人不敢多问，就将刚放躺下的婆婆又扶起来，说："大大，你儿子亲手给你烧的汤，起来喝了吧。"

虚弱不堪的胡聂氏只好狠了劲儿喝下了那汤。

等母亲喝完了，躺下来，男人向女人招了招手，到厨房时，他向她讲了"二十四孝"中"割股疗亲"的故事。吓得女人吸了一口凉气，半天也没缓过神来。

问男人："疼不？"

答："不疼，我割的是臂……"

"割哪里也一样啊，手指戳了根刺还要疼半天哪，胳膊上挖了一块肉，哪能不疼的?!"

"现在真的疼了，钻心！刚割的时候，真的一点没觉着疼。"

"那是你的孝心遮去了你的疼。"

说也奇怪，胡聂氏喝了汤之后，睡到床上，捂了一身汗，醒来时，感觉烧退了。儿子、儿媳都用自己的额头贴上去试了试，真的是退烧了。

烧是退了，但被扶坐起来后的胡聂氏清清楚楚地感觉到，自己的耳朵聋了，什么声音也听不见了。她看见儿子、儿媳因她的退烧高兴开心，也就不想捅破真相，装作什么事也没有的样子，指了指儿子吊起的左臂，问是怎么一回事。

儿媳正要说话，儿子打了岔，他们究竟讲了些什么，她听不见，也懒得去问，因为问了也是听不到答案的，结巴话多，聋子瞎嘴，就是这个缘由。

细心的李氏很快就知道婆婆耳朵聋了，她偷偷地伤心抹泪，却在男人面前为此事打掩护：一是为体谅婆婆，二是为免得大年下的让男人难过。

过了年，胡开楚急马闪枪地又回了卞家圩子，提前上工了。李氏在家托人请了郎中，又自己上山采药，能做的都做了，但都无济于事，胡聂氏的耳朵一点也没有好转的迹象。

婆婆劝她："翠画——看我老是改不了叫你这个名字，我该叫你李氏、李丫头才是，李丫头，不要忙乎了，没用的。聋了就聋了，还落了个耳根清净，没有耳朵，总比没有眼睛好多了。你尽心尽力为我操劳，我眼睛没瞎哩，都看见了，能娶到像你这样的好儿媳，是老天爷开恩哩！有你这样的好儿媳，比我长100双耳朵都好……"

瞎老鸹，黑不溜
雏儿衔肉嗉里头
羽翼晓得报娘恩
为人哪能忘娘亲

随着卞府竹青先生割股疗亲的孝行传开，胡家娶了卞府小姐贴身丫鬟翠画得了卞府丰盛的陪嫁也被传开了。

卞府丰盛的陪嫁！这让胡家如何担当得起？

不错，二老爷确实让卞顺给竹青送了一些礼银，翠画在临上轿之前，泉玉也遵嘱去了一趟翠画家，八少爷知道了，相跟了去，给了一些贺礼，跟丰盛的陪嫁一说是挨不上的。但捕风捉影的事只要开了边儿，也就没界了，人嘴两片皮，你拦不住的。

这话传着传着就到了蟒蛇岭。

蟒蛇岭上有个威风寨，胡正生就是在这个寨子前面的黑松林子里失踪的。

此时这个寨子暂时被闲置了，因为那年攻打卞府失败，充当内梁先锋的孙有财受到了较严厉的处分——踢招门（土匪黑话，即踢屁股）、打盘子（打耳光），还罚了20大洋，要不是黄裁缝保了一下，枪子儿可能都吃上了。他一气之下，甩手走人，投奔了离蟒蛇岭不远的另外一个名字叫作鼠龙窝的营盘。这个营盘人数不多，地地道道的山里土匪，小打小闹的，比较散漫。威风寨曾派黄裁缝出面去劝教招呼过他们，要求碰杆、合棚（即联合的意思），但被拒绝了。不甘心，再去，再被拒绝。也试着去打了几次炮头（即围攻之战），都没整出任啥结果。因为这些人都是山精，聚散自如，来去无踪，威风寨拿鼠龙窝没法。鼠龙窝也曾偷袭过威风寨，最后除了死伤一些勇者傻蛋外，什么实惠也没捞到，后来也就相安无事各走各路了。

DI-ER BU

第二部

在孙有财劈腿之后，加上地方保安因卞家圩子的原因曾扬言要上山剿匪，同时应本部整编归队的指示，总头目吩咐吆舵子（即撤退转移）归了大队，威风寨成了空空的招风寨，鼠龙窝的人常来打尖歇脚，这里也就成了鼠龙们的第二个洞穴。

得知上郢村新娶了卞家圩子里的一个丫鬟，而且是九小姐的贴身丫鬟，当家的二老爷的跟班儿泉玉与八少爷还上门送亲，甚至还背了上轿，陪嫁丰盛自是不消说的了。于是鼠龙们摩拳擦掌，说弟兄们打卞家圩子是连想也不敢想的，但去上郢村拈点硬货是不费吹灰之力的。

鼠龙窝原来的老规矩是：只越货，不伤人。可自孙有财来了后，他在大当家的跟前一再捣鼓，自己还先斩后奏地干了几把绑肉票、撕条子（即绑架、杀人）。他一再坚持：越货是为了敛财，伤人也是为了敛财，顺手而为，反正身已为匪，还讲究什么额外的规矩，不伤白不伤。后来鼠龙窝就也开始像威风寨一样，绑票、撕票、摸瓜、拿梁子……

时值民国十九年，农历庚午马年，一把星星之火，华夏已被燎燃，民国时政疲软，内乱四起，土匪猖獗。

李氏服侍婆婆上了床，自己也睡了，正迷迷糊糊之际，突然听到一声枪响，吓醒了，不知哪来的响动，就趿了鞋赶紧跑去婆婆的房间。

婆婆耳聋，没有听见枪声，但老人瞌睡小，凭感觉也醒来了，披着衣服摸黑在找踏脚板上的鞋子。

李氏点了油灯，婆婆上前噗地一口吹灭了。她对着儿媳耳朵说："你赶紧藏起来！"

惊恐失色的李氏不明白婆婆话里的意思，愣顿着不知如何是好，婆婆一把拉了她，摸着黑，将其塞进她床头前为搁放便桶而挂隔的粗布帘里，交代儿媳："你要是真孝心，对胡家好，对开楚好，不管外头出了啥事，都不能出来！"

枪声又起，已经在门跟前了，连失聪的婆婆也听到了，她将马桶拎出来，理顺了布帘，将床上的被子抽下来披到自己的背上，然后褪了内裤，坐到马桶上。

木板门很快被撞破，几个戴着嘛捂头帽子的人进了屋，随着一阵哗啦啦啦瓶罐破碎的声响，一个声音喊进来："要想活命，就赶紧出来，让我们好收拾了走路！"

布帘动了一下，坐在马桶上的婆婆伸手向后轻轻地拧了一把，示意别动，自己却是怎么也忍不住地上牙磕下牙，两腿也在瑟瑟发抖。

没听到回应，土匪们进来了，看见老奶奶坐在马桶上拉屎，就隔着嘛捂头帽子捂了捂鼻子叫道："臭死啦！你的儿子和儿媳妇呢？细软跟硬货都搁哪儿了？"

胡聂氏指了指自个儿的耳朵，说："耳背，不晓得老总说什么，儿子在圩子里没回，儿媳回她娘家了……”

“胡扯！她的被窝子还热着的，她藏哪去了？”

胡聂氏接着说自己的话：“儿媳回娘家了，房子里有点细软啥的，我不放心，晚上就睡儿子床上了。闹肚子，怕把儿子的新房搞臭了，就跑过来屙了……”

话没落音，土匪们转身进了新房，在那儿翻箱倒柜了半天，然后出来，又进了胡聂氏的卧室，将胡聂氏披在背上的被子一把夺走了。

等到外边的脚步声渐行渐远完全消失在黑夜里的时候，李氏听到自己心跳的咚咚声与婆婆上牙磕下牙的嗒嗒声竟盖过了村外的狗吠声。她隔着布帘就抱住了婆婆，要扶她上床。婆婆不愿起身，慢吞吞地嘀咕了一声：“我的屁股还没揩呐！”

突然，婆媳二人不约而同地笑了起来。

李氏笑着笑着突然停了下来，看着婆婆一边笑着，一边想在马桶上站起来，却是刚一欠身，又一下子嘟噜了下去。

李氏也觉得浑身发软，但还是赶紧上前扶住婆婆，见婆婆的身子还在瑟瑟发抖的样了，她伤心地哭了。

婆婆坐到了床上，没有被子。李氏赶紧回自己的房间想抱床被子，却发现整个一间卧室被翻得底儿朝天，所有的柜子门都打开了，抽屉扣到了地上，地上凌乱不堪，床上哪里还有被子，连被单都被卷走了。

头蒙了，但想到婆婆还单寥寥地坐在她自己的床上，李氏折转身回了婆婆的房间。婆婆正在将垫被往上翻，看见儿媳来，自己先把腿伸进垫被下面，然后拍了拍床沿，让李氏也上床睡。垫被下面铺的是稻草，把垫被当被子也是可以暖身的。

婆媳二人躺下，无眠至天亮。

听说家里遭了土匪，正写字的胡开楚将笔悬在手上，问捎信的人：“人呢？”

答说：“人都在，就是家中值钱的东西都让掳走了。”

胡开楚将笔一下了戳到纸上，再问：“我是问你——人是否都安好？”

捎信人再答：“人都好好的呀！我刚从你家来，没看到婆媳俩有哪里不好……”

胡开楚将笔杆握在手里，一下子攥成了两段，然后说：“我晓得了，你回去吧。”

胡开楚向二老爷告了假，脚跟脚地回到了上郢。

一进门，看到女人正在收拾凌乱的家，母亲也在一边帮忙，就喊了一声“大大”，然后重重地咳嗽了一声。

李氏明白，这是男人让她进屋里说话。

“土匪进家时，你在哪里？”

"我在家里啊。"

李氏不明白男人看到家被抢成这样,什么也没问就先来打听她在哪里,就带着疑惑的口吻回话。

"我晓得你在家里,你不在家里还在野地啊!我是问你,土匪进家时,他们对你怎么样了?"

"没有怎么样啊。"

"怎么可能!土匪都是些什么玩意儿,一个二个都是发了情的公畜生,他们看见这样年轻貌美的新娘子能轻易地放过?"

李氏正要说话,胡聂氏进来了:"开楚啊,你吃饭了没?李丫头去厨房看看有什么能吃的,给你男人做些来……"

或许是知道母亲耳聋听不见啥,或许是正在气头上理智有点乱,孝子胡开楚竟然对着母亲叫了起来:"你不要打岔!我要问个明白!"

胡聂氏听不清儿子究竟说了什么,但从儿子的神色里已经看出了端倪,于是走过去,拉儿媳坐到床沿上,自己也坐下来,对儿子说:"开楚,那天可真幸亏你老娘我了,也幸好你的女人孝顺,听到响动,就撵三赶四地跑过来看我,我就顺势把她藏到隔帘里了。我坐到马桶上……哎哟!他们闻到臭,就放过我们人,把东西都抢走了。你看你,回来了,也没好好哄哄你女人,得想想办法,急着要置办的置办一下……"

胡本开楚听到这里,心安了,但脸上还在挂着,然后干咳了两下,转身对女人说:"家里要是有面,给我做碗疙瘩汤去。"

女人被男人这一阵审问,蒙了半天,等婆婆把话说完,看到男人的口气转变,她这才明白在男人的心里,什么才是最重要的了,于是没好气地对他说:"还疙瘩汤哪,我跟大大吃了一天的煮白菜了,家里的粮食就差老鼠洞里的没让刮走了……"

胡开楚听见女人竟敢用这样的口吻对他说话,正要发火,但当他看到女人正用一种哀怨、责备,甚至是像受伤母狼意欲反扑似的眼神看着他时,他顿住了,停息片刻,转身坐到房桌边的椅子上,叹了一声气。

天挨黑时,李氏见胡开楚要留下来过夜的样子,就说:"你还是回圩子里去吧。"

男人狐疑地看了看女人:"你……这是……什么意思?"

女人红了脸,笑道:"你要是留下来,可没有被子盖……"

"那你呢?"

"我跟大大合盖一床垫被。要不,这样,我把我们的棉衣缀起来,拢一拢。"

"哎哟,那我还是回圩子吧。"

胡聂氏像是听见了儿子和儿媳商议的事情,站在门外喊道:“开楚啊,你出来一下,把棉被絮给抱过去,我从你婶子家借的。让翠画赶紧把隔帘布扯下来钉成被子,下面只能是稻草了,滚床草,也能睡大觉,先就乎一晚吧,别的事明儿个再说……”

李氏铺好了床,又给开楚打了洗脚水,将干爽的擦脚布轻轻地搭到他的膝头上,然后退到一边看着男人洗脚。

男人抬起头来,看了看女人,女人的脸上泛出羞涩鲜艳的微笑,如同盛开的月季花儿,两枚时隐时现的酒窝儿装满了女孩儿家的生动。

男人一身汗水地从女人身上下来后,突然吭哧吭哧地笑了。

女人问:“是翠画让你见笑了?”

男人道:“哪里,我是笑,没想到,滚床草竟也有如此的情趣……”

女人也跟着笑了。

男人说:“念过《女儿经》吧?可得好好做胡家的媳妇儿……”

女人答应:“嗯哪!太太在世时,逼九小姐念过的,小姐不上心,我也就懒得学了,意思是晓得的。放心,翠画会尽心尽力的。”

“不要再翠画、翠画的了,也不要在我的面前提九小姐了。你不再是卞府的丫鬟了,你是胡家的媳妇,你现在叫胡李氏……”

“晓得了,竹青……哦,不,开楚,你一回来就大惊失色地查问我人怎么样了?是不是你很在意我啊?”

“《春秋易传》有言:女人贞,吉,从一而终也——想你是明白的……”

女人听男人如此说,甚觉寡味,就故意撩话:“那……要是……要是昨儿晚,土匪真的把我上了……”

男人没让女人说完,挥手抽了她一个嘴巴儿。

女人蒙了,捂着嘴问:“你又打我?!”

男人说:“是的,我打的就是你!这样的粗话,你也敢出得了口!还‘要是’‘要是’!你要是那样了,就是个肮脏的贱人了,你懂不懂?”

男人的巴掌打得并不重,却将女人打得头晕目眩,继而柔肠寸断,一肚子的话也懒得说了。她翻身朝里,左思右想,希望男人消了气,会来哄哄她。

可是没一会儿,男人就打起了呼噜,沉沉地睡去,她就在男人的呼噜声里憋屈了一夜。

胡聂氏将已经尘封的织布机又收拾了出来,她要教儿媳学织布,家里也实在要添补衣被床单等。好在还有一包棉絮，摊到桌上，用苇秆搓成了棉条。

纺棉车是家家都有的，一年四季，带纱穗儿的铁钎子安在车上，一有空了，搓一束棉条，剪几段苦荬的杆儿，插到铁钎子上，叶片轱辘儿一转，纱就抽出来了。

李氏虽然自小在九小姐身边长大，但纺纱是会的。卞府里的女孩子，除了九小姐自己高低不愿干，各样针线活儿包括纺纱刺绣都是肯定要拿得起来的。丫鬟们隔三岔五纺些纱，送到织坊里，织些花色粗布，用于各主子需要的布品。不是为了省钱，而是卞世典的一种刻意，就像他要求儿子们必须隔三岔五下田干些粗活脏活一样。他说，无论什么身家，都不能把人该会的该做的事荒芜遗弃了，人有百艺好防身，这是他的治家教人理念。

婆媳俩，两辆纺棉车，转起来，一天可以纺七八个纱穗子，三十个纱穗子就可以织一匹布了。不到3天，胡聂氏穿好了经纬，绕好了梭子，就开始上机子了。

织布不仅要讲究左右手的配合，更要注重心与眼的默契，全神贯注，灵活应变，用力均匀，收放适度，抽纱的左手松松地捏着棉条，摇轱辘儿的右手一动，左手就得抽线，左右两手的快慢与力度要完全一致，稍有差错，就会断线。能让一个纱穗的纱没有一个接头，而且劲道适中，织布的人就会被夸赞“真是把好手”！

李氏心灵手巧，她纺出的纱穗几乎都是一根纱到头。

婆婆坐在织布机上，眼睛看着穿插的梭子，笑着大声说：“李丫头啊，你真是一把好手！看这纱纺得，好使得很哩！”

李氏很快就学会了织布。

期间，李周氏给女儿家送来了一些衣物被子床单之类，说都是袁妈吩咐下的，陪李周氏来的是圩子里的一个挑夫。

看见母亲来，李氏一下子哭了，胡聂氏也眼泪哗哗的。

李周氏打发挑夫先回，坐下来也陪着婆媳俩难过了一阵子，然后抓起亲家母的一只手，扭过头来劝女儿：“留得青山在，不怕没柴烧。只要人好好生生的，丢了些家什怕什么？大不了重砌炉灶重淘菜，还怕烧不出糊口的汤水来？毛丫儿，你婆婆这些年来，丧夫失子，耳也背了，不容易，你可要像孝顺我一样照顾好她，遇事要学会扛起来，不能淌眼抹泪地惹你婆婆伤心。为娘我无能，自小就让你当了下人，想把你嫁给胡家，总能过个安泰日子，哪想到又遭了土匪。上郢村这四周围，往常可是很少有土匪的，怎么就让你给赶上了？”

李周氏说着说着，哽咽起来。

胡聂氏听不见亲家母在说些什么，但看到她流泪，就晓得母女俩说到伤心事了，就握了握李周氏的手道：“亲家母，真是对不住哪，让李丫头受委屈了……”

李氏赶紧向婆婆指了指织布机,用开心的口气对母亲说:“大大你来看看,我会织布了!婆婆教的。”说着坐到机子上,理了一下挂好在机子上的经纬,双脚轮换着轻轻一踏,右手将手柄儿往下一拉,再向上一松,梭子就笔直地穿插了过去,左手再将经纱拉杆向面前一拽一压,一条纬线就平展在布面上了。重复往返,只见梭子活泼地舞动在四肢的巧妙配合里,布面就一分一毫地宽了……

两位老人看着看着,开心地笑了。

小松鼠,两头忙
尾巴拖老长
钻到东
钻到西
小孩有了花衣裳

每年的三月三,下府有吃茅头蒿粑粑的习俗。

茅头蒿是淠河沿岸山地上下很常见的蒿子,它跟普通的蒿草不大一样,呈碧绿色,叶片儿齐刷刷地簇成一朵一朵的,像绿色的花儿。它的香味很清纯,却又带着沁人肺腑的淳厚与爽意,用开水焯了后,更是香气四溢,让人垂涎欲滴。掺上烫熟的米面或玉米面儿,再加上油、盐、葱、椒、蒜泥和腊肉丁儿,清蒸或油煎,都是让人大开胃口的。

大清早,李周氏就忙开了,拣择蒿叶,烫、焯、切、剁、蒸面、拌料……虽然做蒿子粑粑并不是糖妈的本职,但她乐意与厨子们一道将下府里的蒿子粑粑做得喷香异常。

早饭吃过没一会儿,有人报信说九小姐回来了。

李周氏拎着粘满米面粉的手出去打探了一下,看见了停在院子中的轿子,果然是九小姐回来了。而且她只去父亲的书房问了声安,就冲着厨房来了。

尽管九小姐的妆化得很精致,但还是遮不住脸上的憔悴与瘦削。此时,她尽可能地挣出满脸的笑容来,装成很开心的样子,对迎上来的下人们说:“看我都让你们的蒿子香味给引来了……”九小姐说完,拉了拉站在一边对她笑着的李周氏糊满面粉的手,“把翠画——哦,当叫她胡李氏了,把她也赶紧接回来吧,我好想她……”

李周氏点头答应着,抬腿就要出门,想想又跑回,在装水的盆子里洗了洗手,待回身想跟九小姐道声谢时,却见九小姐已经走出厨房了。她心笑:“蒿子粑粑只是个由头啊,想的还是翠画……”

李周氏顾不上蒿子粑粑了，就摘下围裙，出圩子，进菜园，回家换了一身衣裳。

锁上门，转身，却看见九小姐笑吟吟地站在她的面前，一身村姑的打扮，手里却拿了一把乡下人很少见到的洋布伞。

“我又改变主意了，我想跟你一道去翠画的家看看……”

“啊哟，我的小姑奶奶，可不兴这样的！你是卞府千金，六安州豪门大户盛府的少奶奶，那个上郢子，毛丫的家，就土窝木栅，哪能惊得动九小姐您尊贵之体？行不得，行不得呀！我这就赶紧地，去把她给你接回来，让你们好好叙叙旧……”

“糖妈，我高低要去看看翠画的家……”九小姐说着，就挽了李周氏的胳膊，拽着就要上路。

李周氏打了一个趔趄，站稳了，见这位已经出嫁的小姑奶奶还跟过去爱耍小性子的九小姐一样，没办法，只好笑着禀求道：“可……可……九小姐，你得……坐轿子去啊……还有，得带一个丫鬟儿才是……”

九小姐没有停下脚步，拽着李周氏，一边走一边说：“我才不要坐轿子哪，天没亮就坐轿子了，腰都坐酸了，现就想到乡下走走。也不带丫鬟了，我到翠画家，还怕没人服侍我？”

李周氏小心翼翼地领九小姐走上了草田埂，几乎一路上都在不踏实地啧嘴叹喟着，害怕九小姐一脚没放稳绊了跤子，又害怕到下人家委屈了主子九小姐，又担心女儿家没有预备，到时候贵客临门，手脚会乱……

一个不停地嘀咕着，一个有一句没一句地答应着。说着，上郢村快到了。

村边的水田里有两个男人一前一后赶着水牛在翻犁水田。扭头看见田埂上走着两个女人，一老一少，尽管九小姐打扮成了村姑，但她走路的姿势以及肤色、气质都不同于寻常农家女子，特别是手中撑起的洋伞格外招眼，其中一个男人开始唱起了《慢赶牛》：

瞌睡阴来瞌睡沉
瞌睡下来打坏人
路边走过小亲亲
汉子我一下子来了精神
细皮白肉杨柳腰身
小葱豆腐爱坏人
……

《慢赶牛》是大别山山区民歌，可谓是皖西长调，跟蒙古长调不一样的是，它没有那么高亢、激越，却是贴着淠河汩汩不息的流水，顺着大别山连绵起伏的山脉，蓄音含调地表达唱歌人的闲情野趣或悲愁垂叹，就像农夫赶牛在田埂时一样，慢慢地、缓缓地、实实在在地，从不经意处起声，然后再不慌不忙地吐词升调，重山复水后，像河里的竹排一样，顺势荡开来，逐浪随波，一往无前，曲儿特别的悠扬婉妙、低缓抒情。寻常的乡人村夫一般都会唱它，但自小在深闺中长大的九小姐，却很少听到像这种带着野性和土腥味的歌唱，觉得挺好听的，也没注意歌词，就止了步子，侧耳听了听。

走在前面的李周氏听到歌唱，就朝男人呸了一口，并回转去，与九小姐调了一下位置，让九小姐在前面走，小声说："我们赶紧走，别睬他们……"

九小姐不明就里，扭头问身后的李周氏："糖妈，怎么啦？这曲儿挺上耳好听的……"

李周氏小声说："请小姐把耳朵闭一闭，这荤曲儿，你听不得的！"

九小姐这才注意了田里男人歌声里的歌词，甚是淫浪，而且是冲她来的，于是将洋伞往下罩了罩，低头向前走去。

这时田里男人又开始唱了：

天昏昏来地沉沉
昏昏沉沉走了神
一把扯了小洋伞
汉子我一下子脱了光身
按下双兔儿我拼了命
蛟龙入水骚扑腾
……

九小姐听清了歌词，脸一下子红了。李周氏心里慌慌的，生怕有什么闪失，就有失分寸地直催九小姐："慢吞吞地干什么？还不赶紧走！"

九小姐本来就走不惯这草田埂，又被那男人的歌唱搅乱了平静，加上李周氏一个劲地催，结果一绊脚，一下子摔倒了，幸好没有掉进田里。

两个犁田的男人看见，笑得前仰后合。

李周氏扶起九小姐，对着使牛人骂了起来："有你们这样子荤口脏牙的吗？你们家没有姐没有妹子娘亲女儿的吗？我倒要问问，你们是哪家子的佃户，问你主东家一个不教之罪,看你主子不扒了你的皮……"

使牛人嘿嘿一笑,隔着水田把话儿甩过来:"我们是卞家圩子的佃户,你问罪去!不说你见到卞家人了,怕是你连吊桥也过不去的……"

李周氏一拍巴掌,指着田里的人问:"你敢说出你的姓名吗?你晓得你们调戏的是哪一个吗?真是皮作痒了!"

使牛人知道田埂上的两人有点来头,就喝叫了一声:"哇——着!"是使牛的口令,意思叫牛稍息。等牛停下来之后,一个年纪大一点的笑着解释:"我们就是逗个笑儿哩,老人家不要生气……"

临到九小姐劝阻李周氏了:"糖妈,我们走吧,跟个耕夫费那么多口舌干吗?"

李周氏拍了拍九小姐身上的草灰,越想越气,对田里人喊说:"我讲出来,吓死你!她就是卞府的千金,想必你们也是晓得的,卞府的九小姐……"

话没说完,吓得使牛人一前一后扑通两声就在水田里跪下了,连连说:"恕小人不知之罪,我们的荤话算在我自家妹子的头上,算在我娘亲的头上,算在我姑奶奶的头上……"

看到两个人跪在水里的样子,九小姐忍不住捂嘴笑了,李周氏也觉得解气了,放过了他们,继续走路。

到了。

李氏的头上插了一把梳子,从厨房往堂屋餐桌上端菜,听见邻居家狗叫,端着菜向外伸了一下头,看见了母亲,也看见母亲身后还有一个人——是哪个呢?一晃眼,没看清是谁,更没想到会是九小姐。

她赶紧放下菜碗,出门迎接母亲,当定眼看到母亲身后的人是九小姐时,李氏一下子愣住了。

她顾不上接过母亲手中提拎着并递上来的蒲包,越过母亲,走到九小姐跟前,本想一下子扑过去抱住这个曾与她朝夕相处一起长大的比亲人还要亲的人,但马上明白过来,不能乱了礼节,于是,屈膝,跪下,行了主仆大礼。

九小姐看见李氏走出家门时,眼泪就已经止不住地簌簌而下,她也是恨不能一下子扑过去抱住翠画痛哭一场的。看到翠画向她行如此大礼,就赶忙蹲下来,与翠画拥到了一起,顺势坐到了地上,哽咽难禁。

李周氏看着两个初嫁的女孩儿相见时如此伤心,也忍不住流了泪,蹲下来,一个劲地拉拽她们起来,却不知说什么才好。

看见儿媳把饭菜放到桌上马上转身出了门,胡聂氏知道外面有了情况,就放下手中的碗筷,走了出来。

胡聂氏看见三个人在一起,两个在哭,一个在拉,就皱了一下眉头:“哎呀,是亲家母来了。哦,还有……这是……这是……”胡聂氏吃了一惊——这不是卞府的九小姐吗？她怎么来啦?！这可不是小事情,这样尊贵的人如何会来到这乡野茅舍小户人家？对了,是因为李氏,这两个不寻常的一主一仆哟！让我们这样的稻草棚子如何经受得起？经受不起也要经受,已经来了。想到这她就迎了上去,打躬作揖:“这该不是我们恩东家的女主子九小姐吧？您怎么……怎么……屈尊大驾,来了我们穷窝棚子啊？这太让我们长脸面啦！李丫头啊,你看,来贵客了,还不赶紧拉进屋里,怎么搁在外面淌眼抹泪呢?”

李氏这才想起来自己不仅失礼而且是有点失态了,赶紧随母亲站起来,一起去拉九小姐。

九小姐看见李氏头上插着的梳子和蓬乱的头发,差一点笑了,指着李氏的头问:“你这是做的什么?”

李氏摸了一把头上,笑道:“哦,早上插上去的,想赶个空儿把头梳了,可转个身儿就又忘了……”

李周氏就责怪道:“毛丫呀,出嫁前我怎么交代你的？媳妇儿不梳头是不能出房屋门的,不洗脸是不能进厨房的。你看你,头打伞、脚打板的……”

胡聂氏听不清她们在说什么,但通过她们的眼神和李氏摸梳子等动作,知道她们在议论什么了,于是搭话:“你们就不要笑话可怜的李丫头了,晓得她有多忙吗?家里的细碎就不说了,又赶上三月天,田里地里菜园子里都得安种哩……”

李氏脸红了红说:“也都怪我没用,自小只会粗手笨脚地服侍小姐,眼下这些农家活儿都得学着做,正应了那句俗话哩——按下葫芦又起瓢,潽了稀饭倒了灶,顾东不顾西的,就把自个儿梳头的事给忘了……”

李周氏心疼地看着女儿,将搭在李氏脸上的一缕头发给抹上去,又顺手将她插在发际间的梳子给拿了下来。

胡聂氏要儿媳捉一只母鸡杀了,给贵客炖鸡汤,被九小姐拦下了,说已经饿得很了,炖鸡汤肯定等不及了。她看了看桌子上的菜:一碟子炒菜头,一碗新韭炒地衣皮,一窑盘干蒸小虾,一盏子蚕豆辣酱,就吸溜了一下口水说:“我真有口福,遇上这样下饭的时菜,这比鸡汤好吃多了。”

饭还没吃罢,门口来了两个望嘴的孩子。邻居家小孩望嘴,这是乡下很正常的事,这两个孩子站在门外,倚着门框,一边一个,眼巴巴地瞅着饭桌和坐在饭桌边吃饭的人。

九小姐觉得有趣,就停了筷子,看着孩子。

李氏笑了笑，夹了两箸菜，喂进两个挂着鼻涕虫的孩子的嘴里，对孩子说："出去玩吧。"孩子走了，李氏转身对九小姐说，"我才过门时也看不惯，后来也就见怪不怪了。小孩子望嘴，也不见得就是饿、就是馋，这是庄户人家小孩子的一种好奇，是习惯……"

李氏还没坐稳，那两个望嘴的孩子又咚咚地跑了回来，李氏问："怎么又回了？再望就跌你家大人的相了晓得不？"

两孩子也顾不上说话，瞪着黑豆儿般的眼睛，直指院外。

李氏出门，看见是卞府的一个伙计，挑着两只箩筐来了，伙计的后面跟着袁妈，还有一乘两人抬的轿子。

众人都迎了出来。

袁妈看见李周氏就抱怨说："糖妈你看你，几十大岁了，还这么不稳当！怎么能把九小姐往茅庵乡洼里带呢？二老爷听讲了，让赶紧送点随礼来，让我接九小姐回去了"

李周氏有口难辩，九小姐接过话头："怨不得糖妈，是我自个儿硬要来的。"

袁妈叹息了一声："我也晓得小姐自小的性子，糖妈哪能拗得过！只是……这也太那个了……"说完笑笑，与胡聂氏行了礼。

进屋。

吃完了饭，袁妈好劝歹劝让九小姐回卞府，九小姐高低不干，非得要住一晚，跟翠画谈谈心。袁妈实在没法，就打发伙计回去，给二老爷通报一下，她自个儿留下来陪小姐。

九小姐与翠画一屋，三个老太太只好挤一床了，幸好卞府又带了两床被子，三月天，不甚冷，也好就乎。

李氏听着九小姐的哭诉，心疼如剜。九小姐告诉她，自自己成亲以来，盛家小少爷盛维炯几乎就没在他们的婚床上睡过。继婚前的两个妾之外，先后又娶了两个进来，夜夜在妾们之间轮流转地折腾，正眼也不拿九小姐看一下，自个儿的姥姥一点儿也不念骨肉之情，她在盛家完全就成了一个多余的人。

九小姐伤心欲绝，说这苦水她能跟谁倒呢，除了亲娘，还有就是翠画了。

两人面对面坐在床上，像小时候一样，手拉着手，对哭。

哭着哭着，李氏突然感到恶心想呕，九小姐扶着李氏的双肩问是怎么了。

李氏顿了半晌，欲言又止，经不住九小姐一再追问，只好告诉她：自己可能是有喜了。

九小姐突然兴奋起来，问竹青晓得不晓得，婆婆晓得不晓得。

李氏摇了摇头说:“没对他们讲——怕是不一定哩……”

“怎么能不一定呢?我奶娘跟我说过,要是有喜了,月例就停了——月例来没来,你能不晓得?”

“当然晓得,也就才过了十多天,算不得准头的!”

“不管怎样讲,竹青他没有荒芜你……”

李氏害羞地笑了一下说:“看九小姐你……说的什么话……”

九小姐欲言又止,沉默一会儿,眼泪水又汪满了眼眶。

村外的狗突然大叫,紧接着一声枪响。

棉柴火
火太大
一把玉芦花
叭叭叭
小孩别害怕

要是玉芦花倒好了,这是土匪的枪声!

李氏晓得,这土匪肯定是冲她家来的——这可怎么办?这么多的人,往哪里藏啊?!

想到厨房后面披厦里的稻栈子,就扯着九小姐往厨房里跑。

过锅灶前,也来不及细想,只是急难时的应变,伸手在锅底摸了一把黑灰,揉到九小姐的脸上,又在自己的脸上抹了抹——想先把自个儿跟九小姐的脸上弄得难看了再说,然后连推带搡将九小姐弄进了稻栈。正要回头去喊三个老太太,她们已经到了跟前,胡聂氏几乎同时与儿媳想到了这里。

胡聂氏撵三赶四催促着李氏母女和袁妈进了稻栈,她却一转身走了出去,随手关上了披厦的门。

李氏探出身子喊婆婆,想到她听不见,就抬了腿要下来拉她进去。这时婆婆却在外面对卧在锅台上睡觉的懒猫说话:“猫不动啊!可不能动啊!狼是冲羊来的,老树桩子他们不稀罕……”李氏只好又蹲下了。

院门和房门很快就被砸开了,不像上次他们先砸打家什翻找值钱的东西,这回一进屋就冲人而来。

胡聂氏在堂屋上沿香案的香炉里燃了香,然后闭了眼睛坐到香案下面的板凳上,口里直念“无量天尊”,土匪们进来,她动也没动。

土匪们仍然是原来的打扮，头上都戴了嘛捂头帽子，露出黑洞洞的两眼，看不见人脸。在所有的房间里翻了一遍，然后回到堂屋。

“人哪？都藏哪儿了？”一个土匪冲胡聂氏问话。

另一个过来，弯下腰对胡聂氏说：“有人看见了，你家来了贵客，再藏，我们可要放亮子（即：烧房子）了！”

胡聂氏听不见他们说的什么，但她心里明白，他们是在要人，要谁，肯定是九小姐，还有她的儿媳妇。她拼命镇住自己，念了几遍道号，顺着自个儿的意思往下说：

“老总们晓得，老婆子我耳聋了，听不见任啥。儿媳妇随她的主子九小姐去下府了，家里也没值钱的东西好孝敬老总们了……”

一土匪有点不耐烦了，说：“吹了她的灯笼（挖眼），让她‘耳聪目明’了去！”

另一个说：“就是拿了她的梁子（即砍头）也没用，杆头要的是花票（即绑架女人）……”

正说着，又进来了几个人，装束几乎一样，有一个像是领队的，尖细着娘娘腔，骂骂咧咧地：“踩盘子（即探子）信准，两小地鳖子（小孩子）亲眼看见的，假不了，掘地三尺，这花票也要绑了！”

于是众土匪开始翻找。

进了厨房，锅台拆了，水缸打了，柴火堆子挑开了，没找到任啥。其中一人喊了“吆舵子”准备撤退时，有人突然一扭头，看到了那扇小门！

八少爷找尽各种借口将自己的婚事一拖再拖，直到二老爷忍无可忍了，硬是择了日子，将邬家的二小姐娶进了下府。

邬小姐只比八少爷小一岁，已经虚二十了，当时这么大的姑娘未嫁，按现在的话说，算是“剩女”了，对于娘家来说，是有失颜面的。邬小姐本就是个心气高傲、惜言如金的冷脸子人，见卞家推三阻四将自己拖到了二十的坎子，早就在心里积了捂不住的怨气，但思前想后也不便翻脸，只好咬牙等候。

总算等到了卞家的迎娶，一拜天地，齐刷刷地拜了，二拜高堂，也没出岔子，可到夫妻对拜时，八少爷竟然失足摔跤，跌了个仰八叉，众人都笑，二老爷却咬着牙，低声呵斥这个促狭鬼小儿子：“清源！你给我庄重些？！”

八少爷不知听到了没有，新娘子八少奶奶却是听得真切，就越发地气不打一处来。

拜完了堂，新郎吊儿郎当地牵了大红丝带，将新娘子领进了新房，一转身，又出去了。客人都闹哄哄的，也没有在意八少爷有什么大的越轨行为，大家的心思多在新娘身上，新郎只是一个配角。

少奶奶、姨太太、孙少爷们，还有一些有头有面的管事的下人们，都哄哄着要闹房，却都被卞顺和袁妈阻止了，说是二老爷吩咐的，八少奶奶娇贵，别累着她，闹房的事就免了。事实上二老爷知道自己小儿子的脾性，也对邬家二小姐有所了解，害怕因不慎闹出什么事儿来，就提前打了招呼，这也正合了八少爷和邬二小姐的心意。

鼓打三更的时候，自己把自己灌得烂醉的八少爷被司仪和傧相推搡着，踉踉跄跄地进了新房。

外面的人在外面关了新房的门。

八少爷隔着门对外说话："晓得……你们都在外面……偷听……我在里面……也在偷听……听你们对着门缝吹……吹气儿哩……"

外面就有了轻轻离开的脚步声，然后，渐渐地远去……

在新郎进房之前，喜娘已经把压在箱底里的春绣一件件拿给新娘子看了，并教习了她的闺阁之礼。邬二小姐羞答答地看了，听了，只把一颗火辣辣的心儿跳得咚咚的。

八少爷进房了，邬二小姐隔着盖头闻到了年轻男人的体味，也闻到了新郎官的酒气。按仪，她不能动，也不能说话，一切都得由对方主动，她只消顺从就行了。

可是八少爷一进新房，就听到他返身扒在门上的声音，然后对着门外说酒话——这没关系，邬二小姐在娘家也听说过，卞家的八少爷是个有点放浪形骸、不拘小节的公子哥儿，这一点虽不合大家礼数，但在邬二小姐的内心里，还是蛮认可的，男人嘛，洒脱些，或许比那循规蹈矩的窝囊废更有意思些……

她听得真切，门外的脚步声远了，新房四周也安静下来，她用感觉在测量八少爷的位置——他应该离开房门了，但他的体味和酒气并没有向她靠近，而是在新房的下首，也就是在房子里离她最远的地方，两点一线地回来游移。

总算近了，近了……

八少爷没有按仪用秤杆儿去挑新娘子的盖头，而是嬉皮笑脸地拎了盖头的一个角儿，一把扯了下来，又随手一丢，那绣了金丝银线的盖头儿竟不偏不倚地落在了床头边的马桶盖上。这马桶是邬家陪过来的子孙桶，里面装了鸡蛋、花生、白果……等新郎挑了新娘的盖头，让新娘坐进纱帏后，再由喜娘拿起交给丫鬟送到厨间煮好了，让新人吃下去，然后由喜娘吹灯拔蜡，挑着灯笼儿边离开边祝祈：

新人听好，礼数尽到，早生贵子，吉星高照……

邬小姐见八少爷竟是如此的混账,冷艳的脸蛋儿立马变色,横眉怒目地看着卞清源,站起来,一脚踢了子孙桶,桶里的子孙蛋子孙果子等杂碎就都滚了出来。邬二小姐又顺手从床头柜的烛座上拔出一支燃着的蜡烛,打开马桶盖,点燃了那盖头,然后将蜡烛折断,一齐扔进了马桶里。

喜娘跟头流星地跑进来,盖头已经烧成了灰,子孙桶变得黑乎乎的了。

喜娘甩着让火灼疼了的手,叫着:"啊哟哟,这可怎么搞?这可是八房的子孙啊!这是八房的子孙啊!"

邬二小姐也幡然醒悟过来,因一时之气,坏了大事了!就站在婚床的踏板上,无措地发愣。

八少爷却摇了摇自己的头,定眼看看发愣的邬二小姐,然后哈哈大笑:"烧了好!烧了好!烧了好……"走出了房间。

花喜鹊,摇尾巴
摇到高庄老李家
娶个新娘会吵架
唧唧喳,唧唧喳
抖了一身毛
新郎拔腿跑
……

土匪们押着花票登架子(即上山),一路上没有人讲话,大气不出一声地赶路。

跟头流星的李氏已经筋疲力尽了,加上恐惧,两条腿好像不是她自己的了,夜间的山路哪能算得上是路啊!尽管这样,她的心思却全拴在了九小姐身上,心疼她,剜心割胆地心疼她,想她那娇贵之体,如何经得住这样的祸害,还不知土匪要拿她们怎样……

想到这里,李氏反而将极度的紧张松开了,求生的知觉渐显,在一步踉跄中,她顺势扑倒在地上,嘴虽然被堵上了,但她从嗓子里发出了喊叫的声音。

土匪当然不允许停顿,更不允许喊叫,马上有人上来用脚踢她,还甩了她一个耳光,却被人立即阻止了,说这花票是总揽把子的,我们可不能冲围子,在这混天子风紧,要是遇上碰营的让他们扯了,短利子、吹灯笼、抹尖子事小,拿了梁子就完蛋了。

土匪们讲的都是黑话，但从语气中李氏听出：她们现在没有生命危险，他们暂时也不会拿她们怎么样。

李氏趴在地上，高低不愿起来，她多么希望在她闹响动时，能引出岔子来，出现奇迹，使她与九小姐能够得救……

九小姐好像已经昏死过去了，她被两个土匪架着走，却是一声没吭。

“拐拐（即歇歇）吧。”土匪们就地坐了下来。

歇了一会儿，继续赶路。此时，李氏和九小姐的眼睛却被蒙了起来。

九小姐实在走不动了，有人竟将她扛到肩头上，连背带架地往前走。

到了鼠龙窝，天还没亮。

当蒙在李氏和九小姐眼睛上的黑布被人解开时，侧着身子躺在坐榻上的总揽把子突然哈哈大笑了：“你们这些小毛鼠，给我带来了两个灶奶奶啊！看这小脸蛋，怎么黑成了这个样子！啊哈哈——啊哈哈——跟花狗屁股样的……”

这时有人就近前向总揽把子耳语了一声，他稍停了一下，又继续大笑：“太逗人了！啊哈哈……凡是把自个儿脸上抹上灰脏的，七八成都是有色有味的！啊哈哈……”笑着朝外招了招手，“二把子进来吧。”

是孙有财。

“并肩子干得好啊！威风寨没能攻下卞家圩子，你没费吹灰之力就把卞家圩子的心肝宝贝给掏来了。放心吧，这花票子我先拖条了（即睡了），换来多少杵子（即钱）归你一半……”

孙有财仍然站在那儿。

“怎么，要砸砸浆（即讨价还价）？那好，杵子都归你！”

孙有财没吭声，仍然站在那儿没动。

总揽把子不耐烦了，一拍桌子，转手去摸腰里的枪。

不待总揽把子把枪掏出，孙有财的枪已经指向了九小姐的头，并马上开口：“大哥，兄弟与你合棚，为的就是这张票子。大哥要是给了兄弟，其余的我可以什么也不要；要是大哥不允，我也没法，那我就先撕了这张票（杀了她），大家伙儿谁也别想得半根毛……”

总揽把子想了想，把手里的枪又插回了枪套，向孙有财挥了挥手。

马上就有两个婆子过来，搀走了九小姐。

总揽把子一下子萎靡起来，连打了几个哈欠，大烟瘾上来了。

娘娘腔问：“爷，你是先拖条还是先……”

总揽把子摆了摆手，说：“让二把子这一瓢凉水兜头一泼，没兴致了，先围着吧，等我抽两锅再讲。”

李氏被带到一个草棚子里，与另外几个都被捆了手脚的年轻女人关在了一处。还有三个小孩子，都是男孩，六七岁的样子，孩子们的手脚没有捆绑，用一根绳拴了三人的胳膊并串在了一起。

草棚子与灶房之间是一个大大的院子，草棚子的门被销得铁紧，但正对着灶房的窗口却敞开着。每天这些被关着的花票们，一睁眼就不得不看灶房里进进出出的人，看他们杀猪宰羊，也看他们杀人。如不想看，你也得听，听外面牲口的惨叫，也听外面人的哭喊与求饶，有时也能听到被杀之人的破口大骂。

等外面的嘈杂稍停的时候，一个被捆绑的女人挣扎着不能自主的四肢，挪到三个吓得窝缩在角落里的孩子们面前，悄声地告诉他们：“待会，他们会让你们吃鱼。记住，要在鱼头上，特别是鱼眼睛的四周围，下筷子……”

一个胆子稍大的孩子小声问：“为什么要吃鱼眼睛啊？我喜欢吃鱼肚子的……”

女人嘘了一声，等外面的声音过去，她又将刚刚的话对孩子们重复了一遍，最后加上一句：“要是记不住，不听话，他们就会杀了你们……”

三个孩子想哭，却又不敢，撇着嘴，眼泪水蓄在眼眶里，那个可怜的样子让李氏心碎。

被关进棚子里的李氏因为极度紧张害怕，不敢吭声，但听到那女人交代孩子如何吃鱼的事时，就暂时忘记了紧张与害怕，生出一分好奇来，但又不好发问，就用疑讶的眼神看着那个女人。女人扭头时看见了李氏的眼神，就向李氏点了点头。李氏挪过身子去。

女人说：“他们拉童子票，就是为了钱，黑一糊二的，有时也会把长工、佃户人家的孩子错抱了来，讹不出名堂，就会杀了。怎么分晓呢？就让他们吃鱼，宝贵人家的孩子是喜欢吃活肉的，而穷人家的孩子是肉就都吃的……”

李氏思忖了一下，还真是的，九小姐就从来不吃鱼脊肉和鸡鸭鹅胸脯子上的肉，好像太太——九小姐的娘亲，也是这样的，而自己却不挑，只要是肉，都喜欢吃的。

就在李氏的心思在七想八岔的时候，有两个人被五花大绑地推了进来，几乎还没让这两人站稳，就有两人挥起大砍刀，拿了他们的梁子。人头骨碌碌地滚到了一边，身子倒在了地上。又有两人过来，用尖刀挑开他们的胸口，剜出热气腾腾的心肝……

有两个女人尖叫一声，吓得昏死了过去。

李氏的心一个劲地打战,几近失魄,一下子闭了眼睛,两腿发软,嘟噜了下去,尿湿了裤子。

九小姐被两个婆妈子架到一个房间里,将她洗干净了,连劝带逼让她喝了点汤水,又将她拖到了床上。她像一个木头人儿般被人随意搬弄着,一点儿反抗的表示也没有,不知是紧张恐惧使之失却了反抗的力气与意识,还是出于求生而不得不接受除死亡之外所有的遭际?但是从九小姐一贯倨傲倔强的性格来看,这两种情况似乎都不是,因为她是一个并不怎么怕死的人。

孙有财进屋后,两个婆子很快就转身走开了。

"嘿嘿……得罪了,九小姐。"孙有财一边扯脱自己的衣服,一边对仰身躺在床上的九小姐淫笑,"没想到,你这位高贵漂亮的卞府千金,我孙有财以这样的法子来得到你。恕我不恭了……"

孙有财扑上来的时候,九小姐清清楚楚地看见,他的胸口上方有一块胎记,胎记上还长了一簇黑黑的绒毛,这让她感到有点恶心。但随着一刹那的疼痛和疼痛之后异样的感觉,她叫了一声,孙有财一边用力一边扭过头想把放在床头边的灯吹灭了,却是没能做到,就让灯亮着。

孙有财做梦也没想到,九小姐竟然还是处女之身,在破红的过程里,他被这样的事实搞得有点慌乱,继而,不受理性控制的男人的兴奋一下子膨胀起来,他吹灭了灯,像疯了一样在九小姐的身上狂欢起来……

九小姐先也因为疼痛咬着牙在嗓眼里叫了一声,接着便极力舍下身子想僵掉自己,然而由不得内心控制的肉体却随着孙有财大幅度的颠覆与冲撞,竟然开始兴奋抽搐,痉挛起高潮来,她一下子哭了。

趁孙有财再一次忘乎所以要行第二轮快意之时,她一口咬住孙有财的舌头,紧接着又伸手抓住了他的命根子。

孙有财一下子呆住了,动也没敢动。

九小姐吐出孙有财的舌头,斩钉截铁地说:"卞府的千金闺女没想到会破红在一个土匪的手上,你要是还有一点点人的良心,请你答应我……"

孙有财指了指九小姐的手。

九小姐没有松手,说:"你要答应我,把翠画——也就是跟我一起被拉上山来的李氏——马上给我放了,对,就是马上,一刻也耽误不得!她跟我不一样,你们不能糟蹋了她,那样她会死的……"

"你松了手,我答应你。"

“你先答应了，我才松手！你赶紧吩咐人把李氏完好无损地给我送回去……”

“可我的上头还有总揽把子……”

“我看出来了，总揽把子更看重的是钱……”

“可……”

“可什么？！”九小姐一用劲，孙有财叫了起来：“哎哟哟，你松手，疼死我了！我答应你……”

这里九小姐刚一松手，孙有财就又迫不及待地要行事。

九小姐一边阻挡一边对孙有财说：“如果你答应并做到了，李氏的赎金由我来付。如你不践约，我马上咬舌自尽，让你人财两空，你在总揽把子跟前是交不了差的……”说着，九小姐的嘴角已经流出血来。

孙有财赶紧说：“好好好，我的小姑奶奶！那你也要答应我，在你得赎之前，好好生生地陪着我，让我尽情尽性地快活一场……”

“我……答应你。”

李氏被毫发无损地送了回去，九小姐却留在了山上，任孙有财作弄。

袁妈连夜回卞府报信，八少爷召集了所有家丁就要上山，让卞世典给拦下了。七少爷建议报信给六安城盛家，也被卞世典拦下了，他让儿子们分头报官报警、集结民团，又叫卞顺准备现钞赶紧派人上山。

这时卞府上下还不知道翠画已经被救，九小姐已经失身。按规，即便是拉了花票，在没有得到相关信息之前，土匪们也是不能动票的，如若动了，会在江湖上落下话柄不说，赎金也就难以保全了，因此在卞府人的心中，九小姐与翠画她们暂时是不会有事的。

糖妈李周氏哭得死去活来，只能在二老爷和少爷们面前磕头如捣蒜。

八少爷卞清源跑到学馆，告知竹青，说翠画与清瀹都被土匪拉了花票。

竹青一听，头蒙了，看着八少爷，好半天眼珠子没转一下。

“看我干什么啊？我的妹子、你的女人，让土匪抓走了，我们得赶紧救人！”

“啊！抓走了？真的……抓走了……”

“真的抓走了，土匪丢下的口信是‘花票’。”

“什么……时辰……抓走的？”

“什么时辰有那么重要吗？现已派了舌子上山了。那些没人性、不守信用的东西，得对他们做两手准备，钱不管用，就得跟他们动武了——拼命也要救出她们……”

“我问什么时辰……我……我是想……晓得……她……她们是否……已经……已经失身了……”

八少爷见这个酸溜溜的曾经当过他先生的竹青变得越来越迂腐,就气不打一处来,用话冲他:“失身总比失命好些吧?你什么意思?”

“八少爷,说句实话,要是失身了,还不如失命哪!”

八少爷火冒三丈,用手指着竹青,脸憋得通红,说不出一句话来。

竹青转身进了里屋,八少爷大步流星地走开,想想又转回去,准备骂竹青两句或生拉硬拽拱竹青与他一道上山。

推开竹青的房门,却发现竹青已经把自己吊在了屋梁上,脚下的板凳刚刚踢倒。

八少爷看着竹青在屋梁上打着悠悠,四肢划拉挣扎,就有意让他受一会罪再说。

看看差不多了,八少爷拿起桌子上的一把裁纸刀,一扬手,绳子断了。

竹青咕咚一声掉了下来,半死不活的样子。

门外趴了好几个孙少爷在看稀奇。

八少爷喝退了侄儿们,然后用脚踢了一下躺在地上的竹青,啐了一口:“呸!可怜的翠画,怎么嫁给了你这样一个没气象的窝囊废!”

卞府派的舌子到达鼠龙窝,天已经大亮了。李氏已被送了回来,九小姐还在山上。

总揽把子看了看舌子呈上来的数目,点了点头,差人喊二把子孙有财过来。

等了好一会儿,孙有财才睡眼惺忪地到了跟前,打着哈欠给总揽把子请安。

总揽把子在钱财面前心情很好,没有怪孙有财来迟,却嘿嘿嘿地跟他开玩笑:“看你这样子,过瘾尽兴了吧?嫩生生的皮肉,让你给独吞了。现在人家来赎了,丢手吧。”

孙有财一下子来了精神:“说好的,杵子归你,票子归我。”

“放屁!你这人臭子点(好色的人),这是什么话?人家送来杵子,就是要换回票子,哪有你这样行事的?!”

孙有财见总揽把子发火,想了想凑近总揽把子小声道:“大哥,你骂,你尽管骂!不瞒你说,那票子还是个尖斗(黄花闺女),嘿嘿,想不到吧,我可不能轻易就丢手了……”

总揽把子听说还是个尖斗,也来了精神,对卞府的舌子说:“回去告诉府上,你们也太不懂事了，这点钱就想赎人？还有，票子自己承允的，她的丫鬟李氏的赎金也要卞府一起付上。再给两天期限，要不，我们就要撕票了！”

舌子只好回府禀报。

总揽把子不相信已经出嫁了的卞府小姐还是个处女之身，孙有财却得意忘形地向总揽把子描述起他跟她破红时的细节。

总揽把子听着听着，一巴掌甩过去，打了孙有财一个耳光：“去你娘的，这便宜都让你占尽了，好大的胆子，竟敢趁我过仙时把那丫鬟给我放了，你活得不耐烦了怎的？看在你对鼠龙窝有功的分上，我让你当了二把子，凡事都敬你三分，你倒好，骑我头上了！你放了人，这连杵带票你给我赔上……”

孙有财挨了打还能忍受，听到还要赔上钱与人，也就横了起来：“大不了挂溜子、打炮头，谁怕谁哪！”

两人的枪就对上了。

有梁子上来劝架，竟然当了两人的活靶子，让枪子穿了两个对通。

孙有财先放下了手，嘿嘿一笑：“大哥，你还真的忍心为了一个女人跟我翻脸啊？这样吧，今儿个晚上，我把票子洗干净了给你送过去。那个，卞府再送来的添头归我……”

“放你娘的一脸屁！还要等到晚上？白天干啥用？让我干耗着，你去找零收荒？老子等不及了，你马上给我送过来！”

孙有财啥话没说，一转身走开。

总揽把子脚跟脚出去，在孙有财的背后朝他的腿上开了一枪。

随着这声枪响，山腰上也响起了枪声。

是的，卞府的八少爷带人剿山来了。

蟒蛇岭上原有两个大匪窝，威风寨恶名昭彰，鼠龙窝小打小闹。自从威风寨撤走之后，鼠龙窝里多了个孙有财，他们开始大肆扰民害人，武力也日渐壮大，周遭百姓苦不堪言。地方民团、县警大队轻易不敢招惹他们，卞府也只有提防的份。这次他们拉了九小姐和翠画的花票，八少爷年轻气盛，撺掇心痛如剜的父亲亲自求告县警，拉上民团，火速上山。鼠龙窝却因内讧失算，孙有财受伤，总揽把子又按原来的惯例：不跟政府武力交火，赶紧避让，散开队伍，等风头过去再聚。

九小姐被带了回来。

胡开楚收拾了行李，去向卞世典辞馆。

无论二老爷怎么询问原因，他都不愿说出真话来。他的真话是：因为自己上吊的事被几个孙少爷看见了，觉得再面对他们，就难以保全自己的师道尊严了。于是只推说卞府的孙辈们几乎都上了城里的、京里的洋学堂，家中所剩几个小少爷有周、方二先生足够了，家母年高体弱，他得回去在母亲身边伺候。

卞世典见他如此执拗，也就允了，让泉玉带他去卞顺那儿结了账，亲自送他过了吊桥，出了圩子。

胡开楚回到家中就病了，不想见人，一个人睡在小棚子里，绝不让李氏靠近他一步。

李氏为他熬药炖汤，也只能由婆婆端着送到跟前。要是李氏去送，他会一巴掌打翻汤碗，然后翻身朝里，再不愿转来。

郎中请了一个又一个，家中的碎钱也花得差不多了。

胡聂氏以为儿子是真的生病了，因为生了病才辞去卞府差事的。而李氏却非常明白男人的病根生在哪里——他无论如何也不能相信，她被抓到山上过了半宿还能囫囵儿回来。她已经跟他说了，她毫发未伤，是九小姐救了她。但越是这样说，他越是坚定不移地相信：自己的女人已经脏掉了。李氏无奈，只好咽下窝囊，咽下委屈，甚至是咽下耻辱，带着害喜的身子，小心亦伤心地侍候着男人。

半月之后，男人总算起床了，晃悠悠地在院子里走了几个来回，像得了疯症一样，嘀嘀咕咕地自说自话，然后又回到棚子里睡了几天。有一天起来，二话没说，竟一甩手出门了。

晚上来家，手里拎了一个蒲包。

母亲胡聂氏伸手去接蒲包，胡开楚不让，将蒲包向身后藏了藏。

胡聂氏看看儿子的脸色，然后果断地一把夺过蒲包，拎进里屋的一个角落里。

蒲包里用荷叶包了一包胡聂氏最喜欢吃的卤肺头，几块豆腐干子，一块蓝底粉花的洋布，还有一方手帕儿，手帕里包着一支镀银的簪花。

胡聂氏一件件地从蒲包里把东西拎出来，放到台子上，然后又一件一件地放回去。

她愣怔了一会儿，出来对儿媳李氏说："李丫头去菜园里挑些菠菜，顺带再拔把香葱回来。"

李氏答应了一声，拿了小铲子和竹篮出去了。

胡聂氏来到儿子跟前问："开楚，你这是要干什么呀？你哪来的钱买了这些东西？你是要休了李氏，撵她出门了？不错，她是被土匪拉了花票，可她很快就让送回来了。这怨不得她呀，你为什么要这样绝情?!"

胡开楚知道母亲耳聋，跟她说啥也听不见，就没好气地说："我不是休她，我是要卖了她!”

说也奇怪,胡聂氏不知是看了口型,还是这周遭买卖女人成为常事的原因,她竟然听出了儿子的意思:“什么,你卖了她?作孽啊!你……你……你这是作孽啊……”

胡聂氏说完,坐到凳子上呜呜地哭了。

胡开楚跪到了地上,向母亲磕了一个头,然后站起来转身走开了。

胡聂氏知道儿子已经铁了心了,再说也没用了。她想到自己当初也差一点被二小叔子卖掉的情景,于是擦干了眼水,站起来,进了厨房,将儿子买回来的卤菜放进窑盘里,又将豆腐干切成块儿配了佐料,打了几个鸡蛋在大碗里搅好,又去儿媳的房间收拾了一番,然后进厨房淘米下锅,坐到灶台下,一边烧火一边等儿媳从菜园里回来。

李氏看见男人起床,还上集买了东西,心里已经得了安慰,虽然她没看到男人买了些什么,但她相信孝顺的男人一定没少给婆婆买吃的。婆婆让她进菜园弄菜,说明晚上一家人要坐在一起好好吃一顿饭了,心想,这些天来男人可能由怀疑到释疑,已经不再生她的气了。她心里的窃喜透出来,脸上就花儿般柔美了。她想趁今儿个晚上吃饭时,无论如何要把自己已经怀孕的事告诉男人,也告诉婆婆——再一想,可不能当着婆婆的面说出这样的事来,羞死人了,还是晚上进屋时在男人的耳朵边悄悄地说吧。

婆婆在灶下烧火,李氏手脚轻盈地在灶上忙来忙去,将葱花儿撒进搅好的鸡蛋糊里,加上油盐兑上水放进小灶里蒸上,然后炒豆腐干子和菠菜。烧菜时那油烟蹿上来,李氏有两次心里犯呕,忍住了,幸好婆婆没发现。

菜都端上了桌子,胡聂氏先坐到上席去。趁李氏还在一碗一碗给他们盛饭时,胡聂氏说话了:“今儿个吃饭就吃饭,哪个也不许给我嚼舌头根子,什么事得等饭后再讲……”

胡开楚晓得母亲意思,闷下头,什么话也没说。

于是吃饭。

害喜的李氏好多天来一闻到饭菜味就想呕,今天却奇怪,无论是饭还是菜,闻着香,吃着也香,特别是她最喜欢吃的蒸鸡蛋,进了口,滑溜一下子就下肚了。婆婆知道她喜欢吃这个,就一勺一勺朝她碗里舀。她忍不住笑出了声,说这么吃,肚子都撑成板鼓了。

李氏说“撑成板鼓”时,心一动,想到了肚子里可能已经成胎的孩子,就偷眼看了一下男人。

男人一直在低着头吃饭,压根就没看见他抬起头来过,甚至连搛菜也是盲目地拖一箸进自己的碗里,然后连饭带菜直往嘴里塞,紧一口慢一口地咀嚼,大一口小一口地生吞。

李氏心想是男人这么多天来病得虚弱的缘故,也没往心里去。可是吃着吃着,男人碗里的饭菜还没吃完,却突然一骨碌站起来,什么话没说,走开了。

李氏放下饭碗也站起来,心里慌慌的,看了看男人的背影,又看了看婆婆。

胡聂氏坐着没动,用筷子指了指板凳对李氏说:“你给我吃饱,吃得饱饱的!”

李氏拍了拍肚子对婆婆说已经吃饱了。

胡聂氏赶紧放了碗,对着李氏的耳边说:“你赶紧走吧,你男人要卖了你!”

李氏愣了神,她不相信婆婆的话,以为是听错了。

胡聂氏又说了一遍:“你男人要卖了你,你赶紧走吧!”

李氏涨红了脸,她摇着头,直向婆婆比画:“这不是真的……这不是真的……”

婆婆看着惊慌失措的儿媳说:“赶紧走吧,先到哪儿躲一躲再说。婆婆老了,儿大不由娘。婆婆……真是对不起你……当初暖心热胆地把你娶进来……多好的儿媳妇呀!没想到,婆婆却害了你……”

李氏这才相信,自己一直心爱着的男人,真的把她当牲口一样卖了。她整个人,从头到脚,一下子没了一丝丝的热气,全凉透了。

婆婆顾不上多说了,拿出她事先准备好的包袱递给成了木头人般的儿媳,推着她出门:“趁你男人在后棚里没出来,你赶紧走,走得远远的,不要回娘家。你当晓得的,‘卖’比‘休’更让你娘伤心……”

李氏恍惚着让婆婆推出了院门,当婆婆的叹息与哽咽被关在门里的时候,季春的凉风让李氏打了一个寒战。

天已经完全黑了,没有月亮。

是的,她不能回娘家,她知道此地的恶习,女人是可以由男人自由买卖的,如果成交了,娘家是护不得的,还会招来更大的麻烦与羞辱。

好在恶习中也捎带了一丁点人性的味儿,买卖要在天黑以后进行,说是多少给女方留一点面子。

可是天黑了,她不能回娘家,一个孤身女子,又怀了喜,能去哪儿呢?

下府?

要是九小姐在就好了,她既然不在,我还能投靠谁呢?何况,娘亲就在府上做事。

李氏站在门口，不知往哪个方向下脚，突然听到村口传来一阵陌生人的声音，借着星光，还看到了一顶小轿。

她赶紧躲到门前的冬青树棵里，看见一行人果然径直地冲她家走来。

一个抬轿的人说："慢人有慢人福，老憨子只花了两块银圆，就买到这样一个上好的女人……"

另一个说："是啊，人家可是从卞府里出来的，大家闺秀的贴身丫鬟，长得水灵不算，听说还贤惠能干得很……"

又有一个说："我还听说，卞府里长得最英俊的八少爷喜欢她，想要娶她，要不是二老爷嫌弃门户高低不允，这女人差一点就成了八少奶奶了。这家主子也真他妈地犯混，怎么舍得的？"

先前那个嘘了一声，压低嗓门说："我们到了，当心人家听见。说是让土匪绑过花票的，嫌弃了……"

来人开始拍门，藏在树棵后面的李氏动弹不得，只等他们叫开了门，人都进去了，她才心跳如鼓地猫着身，向屋后的竹林子里跑去。

他们很快就发现李氏不在家中了，躲在竹园里的李氏听到了有人摔掼家什的声音，也听到了婆婆的哭声和乱七八糟男人的说话声。

听不清他们说了些什么，但从语气里听出了有抱怨、斥责，还有骂骂咧咧的声音。

突然院门打开了，灯笼与油灯亮了出来。

竹园并不大，李氏知道，如果搜到跟前，她是藏不住的。趁着还在暗处，她轻轻地向竹园边沿的壕沟里挪动，尽管是轻轻地，但还是碰响了沙沙的竹叶。

有人说了一句："竹园里有响动，会不会躲进了竹园里？"

于是灯笼就向竹园这边快速地移来。

九小姐被救下山来，二老爷心痛如焚，几次放声长哭，但九小姐似乎像没事人一样，就好像她只是去看了一场社戏，逛了一次集市，或者是喝醉了一次，有点累了，歇了两天，自己主动提出要回婆家了。

卞世典最担心的是她婆家人晓得了，让心腹泉玉带了一些土产，装成去孝敬岳母的样子，顺带替女儿向婆家报个平安，以此探一探究竟。泉玉回来报告说，盛家男人都一心一意在生意上，女人对九小姐在娘家的事似乎一点也没放在心上，应该是什么事也不知晓的。泉玉还说，他在进盛府之后还特地去茶馆里坐了一坐，转着弯儿提到了大山里的土匪与鼠龙窝，有不少人搭话，但谁也没提及卞府小姐被拉花票的事,按常规,如果城里人知道了此事,不津津乐道才怪哩!

乱世之中,土匪猖獗,四下着火,八方冒烟,大家对此事都司空见惯了,有了一点响动,也就没了传送的兴致了。

于是卞世典放心了。

就在九小姐准备回婆家的头一天晚上,八少爷的房里又一次发生了激烈的吵闹。对于他们的争吵,卞府上下把它当作了家常便饭都不足为怪了。

九小姐因为第二天要走,想去跟她最亲的八哥话个别,叙叙话儿,走到他们的厢房跟前才听到两口子又在吵架——准确地说是八哥在咆哮:“你为什么要这样?有什么事你跟我发泄好了,干吗要糟扯清瀹,她哪里惹你了?啊?!她让土匪抓去,见你笑了!你这个恶毒的女人……”

咆哮声的罅缝里,夹有邬梅枝恶毒地、咬牙切齿地咒骂:“就是见我笑了,怎么的?一个当了少奶奶的女人,竟然让拉了花票,让土匪给上了,一天两夜,还觍着脸来家,跟没事人一样,要是我,早一头撞死算了。你们老卞家的人,都不是什么好东西……”

九小姐止了脚步,进也不好,退也不是,就站在那儿为难。

房子里传来一声打耳光的声音。

紧接着又传来邬梅枝边哭边骂的声音:“你侮辱我,让我守着活寡,听说你看上了你妹子的丫鬟翠画,多有气象的卞府少爷啊!连个贱婢的下人也舍得用情……”

九小姐听着,心就气得颤抖起来——哪能这样糟践人的!

突然听到屋里响起铁器的声音,搬凳子的声音,然后是邬梅枝冷笑的声音:“你想干什么?你这是……干什么?我邬家的姑娘是吃饭长大的,可不是让人给吓大的,不像你们卞家的女人,土匪都不怕,给人骑了一天两夜,还……还……”

突然邬梅枝的吵骂声一下子变成了尖叫:“啊——”

这叫声让人毛骨悚然。

九小姐顾不了许多,一下子冲了进去。

她不能相信自己的眼睛,她看到八哥清源光着下身蹲在地上,地上都是血,身旁有一把雪亮的尖刀……

九小姐差一点晕了过去,但她立即想到救人要紧,赶紧转身对着门外大喊:“快来人啦……救命啊……”

正巧那天大老爷卞世詹因为痔脱严重,家里请了西医,还有府内的郎中也没外出,听见喊,就脚跟脚来到了八少爷的厢房,见刚烈的八少爷竟然行起了自宫!不知是刀子不快还是剧痛使他手软,那话儿还在。医生、郎中赶紧止血、清创,西药中药齐下，八少爷的命保住了，命根子却伤得不轻。

九小姐推迟了归期，留了下来，不仅是对八哥放心不下，还有就是对父亲的担忧。在八少爷出事后的好几天里，二老爷始终没有出过他的厢房院子，整天躲在自己的书房与卧室里发呆。

九小姐去看父亲，劝慰他不要凡事都压在心上。

不劝还好，一劝，父亲更加伤心，竟老泪纵横，哽咽不已。

九小姐知道父亲思虑揪心的不只是八哥的事，还有她的事。

她沉吟再三，趁父亲再一次开始发呆时，突然告诉父亲：她虽然受到了土匪的凌辱，却平了她在盛家所受到的空置之恨。她毫不避讳地告诉父亲：她虽然成亲3个多月了，夫婿盛维炯竟然碰也没有碰过她一下……

卞世典听到这里，一下子站起来，睁大了眼睛，看着他钟爱的唯一的女儿，半天没缓过神来。继而，举起巴掌在自己的脸上狠狠地扇了两下，然后伸手在九小姐的头上轻轻地抚了一抚："我可怜的凡子……可怜的凡子，可这是两回事啊……"

九小姐将父亲按回到座椅上，将手绢儿递给父亲，脸上竟然露出一丝淡淡的笑来："是的，土匪糟蹋了我，土匪当千刀万剐，可是……那盛家呢？我一个出过嫁的女孩儿，卞府的小姐，竟然遭受到了这样的嫌弃！我一个女孩儿家，我能拿不想碰我的男人怎么办？女儿说不出口来的羞辱，不是跟遭受了土匪的欺凌一样地让人难过吗？也可以这样说吧，之前我对盛家的怨恨，现反倒被土匪给扯平了……"

父亲推开女儿拿手绢的手，从自己的袖口抽出一方手帕擦了擦眼睛，长长地叹了声气说："我们去看看清源吧。"

进了八少爷的厢房，邬梅枝躲在内室没有出来，八少爷平躺在床上，很释然的样子，看见父亲亲自来，抬了抬头，还拎起嘴角儿笑了笑。

卞世典开门见山："清源哪，为父我也不追究你不孝之罪了！既然这样，你就写了休书，让邬氏回她娘家去也行，为何要拿自个儿身子不当回事呢？你让为父怎么说你才好啊……"

九小姐看见八哥就忍不住想哭，见父亲说这样责备的话来，就赶紧打岔说："父亲，过去的事了就让它过去吧，什么话都等小哥病好了再讲吧……"

就在此时，邬梅枝寒着脸儿走了出来，倚着门框上不紧不慢地问："凭什么要休了我？我犯了七出中的哪一款、哪一条？我不孝了吗？我邬家姑娘倒是想孝，可我巴结不上啊！是的，我是无子，你卞清源晓得，我为何无子！我偷盗了吗？我有恶疾吗？我口舌不慎了吗？我嫉妒了吗？我淫了吗？我勾引小道士了吗？我进过土匪窝了吗？……"

八少爷抓起茶几上的一只紫砂茶壶想砸向邬梅枝,却因为挣疼了伤口,手软了下来,脸上露出愤激无奈的表情。

卞世典气得站起来,又坐下,又站起来,走了出去。

九小姐却冷静地看着父亲走出厢院的门,然后不愠不火地从茶几的果盘上拣出一颗麦杏,要喂小哥吃,见八少爷摇头,就放进了自己的嘴里,一边吃一边说话:"八嫂子,你也不必出口伤人,其实我们都是一样的人,王八不笑鳖,都在泥中歇。你也是个可怜之人,怨谁呢?外人帮不上你呀。你不想离开卞家也行,得好好跟我小哥过日子。不过,这女人七出的条款,你也别推辞了,你是哪一条哪一款都是铆顶铆儿够格的……"

八少爷打断了九小姐的话:"清瀹啊,你得回城了,不能老是住在娘家……"

邬梅枝冷笑了一声:"还有脸回去……"

九小姐一骨碌站起来对八少爷说:"小哥,我马上叫卞顺给我备轿,我回城了,回婆家了……"说着把脸转向邬梅枝,"我为什么没有脸回去?那是我的婆家,也是我的姥姥家,怎么着?我想走就走,想回去就回去,谁管得着?"跨过门槛时又回头对八少爷道,"小哥啊,你好好养着,端午节你去城里,接我回来过节……"

八少爷将头扭向床里,泪水顺着腮颊唰唰地淌了下来。

扯风箱,闹风箱
风箱里头钻刀螂
咳当当,咳当当
两头受闲气
闷在肚里响

李氏见灯笼烛火向竹园这里过来,除了壕沟,她已没有别的逃路,只好趴下来,从竹丛中轻手轻脚地哧溜到壕沟边上,顺着沟沿,下到水里,藏在一蓬苇丛里。

她透过苇叶的缝隙,看到被灯光照亮移闪着的竹竿,也看到了那群人的腿。她害怕从这些迈动着的人腿中看到她熟悉的那两条,她顾不上害怕,去仔细地寻找那两条腿。还好,没有,为此她竟然还轻轻地舒了一口气,想自己的男人还没坏到让她绝望的程度。

事实上,胡开楚在卖妻文书上摁下自己指印的时候,他就已经后悔了,但一个男人的偏执再加上所谓的尊严让他拼命地硬了心肠,他揣上文书的副本,顾不上接过老憨子递上的银圆扭头就走。

老憨子在后面喊:“你的大洋——”

他仍然低了头向前走。

老憨子追上来,硬将两块银圆塞进了他的衣兜里。

他摸了一下衣兜里的硬货,像是让烧着的炭给烫着了,手一下子缩回来,还甩了一甩,他感觉自己的衣兜已经脏了。他非常想跟小时候一样,能坐到地上放声大哭,但忍住了,刚刚摸了银圆的手却不由自主地在衣襟上蹭了又蹭。

他拖着无力的双腿去周记卤菜里切了一点娘喜欢吃的肺头,买了几块白干子,又去荣福布店扯了一件褂料,剩下几个角儿他扔给了担着货担子正行走的货郎,让望着给一点儿女人喜欢的东西。货郎掂了一下,递给他一支镀银的簪花儿,见买主拿了簪花儿竟站在原地发呆,就又给了他一方洋布手帕,见他还在那儿发呆,货郎就收拾了挑子要走,想想又递给他一朵粉红色的绒花儿说:“这位小哥,我可是照本抄了,一个子儿也没赚到你的,你可……”

胡开楚这才回过神来,对货郎苦笑一下,将红绒花儿还给了货郎,叹了一声,走开。货郎从身后喊过一句话来:“这位小哥,想开些,要是她心里另有他人了,汉子爷,做人硬朗些,就放手吧,给东西是换不回女人心的——是你的打不走,不是你的莫强留,不就是个女人嘛……”

货郎误解了,但货郎的话却给了胡开楚的心理支撑——对,不就是个女人吗!何况这女人已经脏掉了,让自己蒙受了奇耻大辱。想到这里,他稍得安慰,回到家里,本想能得到母亲的理解,没想到母亲却是极力地反对,以孝出名的他也只好将错就错以一种反常的强硬来面对母亲,好让已然不可更改的错误决定能得以妥当实施。

当他看到李氏以那样喜悦的状态跑上跑下准备晚餐并服侍他和母亲吃饭时,他虽心如刀剜般地刺痛,却又一再地告诫自己:撑着,要撑着,这事已经回不去了……

他低了头吃饭,不敢抬起头来看一下李氏,那饭菜嚼在嘴里像是在嚼自己的心肝五脏。

天黑了下来,躲在后棚里不敢出来的他,心里开始一阵阵颤抖,听到外面的拍门叫门声响起时,他终于绷不住了,一下子躺到了床上,脑袋一片空白。

来接人的人不见了李氏,开始发火,开始抱怨。

瞬间里,他一直揪紧着的心在下意识里突然松开了,甚至在心底下感喟了一句:“太好了! 逃走了——到底是翠画!”

接着他又听到了外面的责骂声、摔掼家什声和母亲的哭声,他不得不强撑着起来，淌着虚汗，向来人作揖打躬。

胡聂氏看到儿子这样，虽然心疼，却也气不过，挥起巴掌，在儿子淌满虚汗的脸上狠狠地打了两巴掌，然后又坐到地上大哭。

胡开楚一下子虚脱了。

来人见状，也拿他们没法，只好打了灯笼又端了桌子上的油灯，家里家外地找，最后找到竹园里。

藏在竹园下面壕沟里的李氏没看到她熟悉的双腿，心里的恨与伤痛也就消解了些许，等到灯光与人影移开竹园的时候，她想爬上岸，却又听到那群人在离开时丢下了一句话："等老憨子打上门来吧，两块大洋哪！哪有这样做事做人的！"

已经入夜了，壕沟里的水变得冰凉。

李氏爬到壕沟的另一边，她的衣裤全湿透了。

她抬头看了看天上，那条平常不是太在意的天河，此时像有水在流淌，她甚至听到了哗啦啦的响声，奇怪，那两个最醒目的星座——牛郎与织女，今晚都上哪儿去了？她有点目眩。

她抚了一下自己的尚未鼓出的肚子，咬着牙对自己说："翠画不哭，留得青山在，不怕没柴烧，人不死，就没有过不去的坎儿……"

按规，小媳妇回娘家省亲，到期婆家是要来人接的，大户人家带了轿子、用人来接，小户人家多是男人徒步来接，有时还会不止一趟，这样才显得女家有面子。

九小姐知道她的婆家不可能来人接她，也不往心上放，吩咐了轿子，就自己回去了。

婆家对她曾被土匪绑票的事并不知情，没人在她面前询问提及，跟往常一样，少奶奶的吃穿住行都由用人服侍着，妯娌间很少来往搭话，婆媳之间也就在每天早上请安时见上一面，有时两人都懒得抬眼看对方一下。婆奶奶也就是九小姐的姥姥因为年纪大了，加上压根就不喜欢这个外孙女儿，干脆让孙媳妇请安的事也免了。这样，九小姐在盛家，几乎就成了一个可有可无的影子，连个能跟她说话谈心的人儿也没有。初嫁时，刚刚离开卞府，离开了翠画，她有好一阵子着急上火几乎要疯了，好几次拿出出嫁前从大伯父那里顺来的大烟膏，甚至把灯都点着了，但一想到云景，想到自己的命并不完全属于自己时，就断了吸食大烟的念头，咬牙打发着无聊，也打发着无奈与委屈。再后来整个儿人变得麻木了，一切的一切，也就都无所谓了。

这次回来，她莫名地感到解恨，心情平和得如春花映水。有一天听到妯娌们打麻将三缺一,她还主动凑上去为她们壮局。尽管婆婆与婆奶奶并不喜欢她去请安,她却装成没肝没肺的样子越发地跑得勤快了,除了早晚的例,有空还让翠屏、翠烟送点她从卞府糖妈跟前要来的卞家小吃,自己随后也跟着过去问候一两声。

一来二往,婆婆与婆奶奶看她的眼神也由冰冷变得有点暖和了,妯娌间见了面也点头寒暄了,甚至还向她发出"有空过去嗑嗑瓜子叙叙话"的邀请。

这样子过了十多天,她吃饭时突然觉得有点恶心,先也没怎么在意,一次去婆奶奶房间请安时,姥姥让女佣递给外孙女一道点心吃,结果这一吃,差点把九小姐的胃子给翻过来了。

婆奶奶见状,就开心起来说:"赶紧地,去把陈郎中给我请过来!"

一会儿陈郎中到了,刚搭上脉,他就叫了起来:"恭喜老夫人、老太太,恭喜小少奶奶,你这是有喜了,虽然着胎很浅,但我陈某的脉经是错不了的——着胎这么浅就让母亲有了反应,这可能是一个带着把子的小士哩!"

陈郎中话没说完,婆奶奶笑得合不拢嘴,旁边的丫鬟、用人全都跪下行大礼向老夫人道喜。

九小姐却呆住了!

姥姥看见外孙女的神色有点不对,就以为是年轻女孩子第一次有喜时的心慌,于是赶紧吩咐用人将发愣的小少奶奶扶到她坐着的软榻儿上来。

九小姐没有动,以一种僵硬的身姿拒绝了用人的搀扶。

婆奶奶也没勉强,就让翠屏与翠烟扶她回自己的厢房歇着,还叫来管家婆子让给小少奶奶的屋里添加一个老成一点的女佣。

谁知第二天晚上,九小姐已经上床了,翠屏为她拉下帐帘的时候,突然门被踢开,盛维炯凶神恶煞般地进来,从床上抓下九小姐二话没说就拳打脚踢。

九小姐明白事儿出来了,也就蜷起身子咬着牙不出声地任他毒打,她越是护着自己的肚子,施暴者就专朝她的肚子上踢。

九小姐突然一下子叫了起来:"盛维炯,你给我住手!"

听到九小姐断喝,盛维炯果然停了毒打,顿了会儿,却开始破口大骂:"淫妇!婊子!你的杂种到底……是从哪儿得来的?那个小道士已经死了,难不成……难不成你又勾引了哪个伙夫、园丁、贱人?淫妇,你老实招来,这野种从哪儿来的?!"

九小姐索性爬起来,擦了一下从鼻子和嘴里流出的血,指着盛维炯说:"我肚子里的孽种,不是从你那儿来,还能从哪儿来的?"

"哈哈哈哈……我呸呸呸……我连你的毛都没碰过,我还能是打飞子儿种了进去……你犯了七出中的三款,别以为我给了你休书就万事大吉了,我偏不,我就要让你守活寡，守一辈子的活寡，老死在我家中。没想到，你倒学会偷了……”

九小姐在地上坐直，扭头对盛维炯冷笑一声道：“就算我是犯了七出中的三款，可是你哩？我倒要问问你，是哪个让我不孝的？又是哪个让我无子的？你为何娶了我，打从新婚之夜起，就一直让我守空房至今？我们告官评理去，我非把你老盛家的德行家风抖搂得底儿朝上。如不嫌多，我也把我们老卞家的家底儿也翻弄翻弄。我反正是不想活了，我更不嫌丢脸，你看着办吧……”

这时两个女佣扶着老太太走了进来。

进来后，她摆手让女佣们离开，然后关了门，坐下来，用手中的拐杖点了一下九小姐的头：“你给我住口，你想干什么？要抖搂老盛家的德行家风？翻弄老卞家的家底儿？出息了！盛墨语养下的孽女出息了！盛卞氏，你要是再敢这样撒泼，我就让他们活活打死你，你信不信？”

九小姐抬头想回嘴的当儿看了一眼婆奶奶的脸色，她相信他们是能做得到的，于是不再吭声。

“盛卞氏，你毕竟是我女儿盛默语身上掉下的一块肉，不然，早就拉你去祠堂装竹笼子沉了九墩塘了。是我主张给维炯纳妾在室的，本想育育你的性子，让你变成一个贤良慧德的孙媳妇儿，没想到你竟然干出偷汉子的事来，让我的小孙子戴了绿帽子。你说，我们当怎样处置你？你自己说！”

“休掉我吧……”

“随便休妻，那是小户人家干的事，我们盛、卞两家都丢不起那脸！”

“让我死掉！”

“不行，那样，我对不起已经死去的我的女儿……”

“那你们看着办吧……”

老太太向门口招了一下手，门开了，老女佣双手端着一碗药汤进来，随后两个男佣进来，一人扳头，一个捏嘴，老女佣准备将堕胎药汤灌进九小姐的嘴里。

九小姐拼命挣扎，用膝盖抵翻了老女佣手中的碗，汤水泼了。两男佣手忙脚乱，有点慌神，松了拉扯，端碗的老女佣更是不知所措。

九小姐趁机翻坐起来，镇定了一下，咬咬牙，突然拿出了在娘家当小姐时的口气，呵斥身边的用人们：“大胆的奴才，你们想要干什么？都给我出去！”

奴才们相互看看，又看看老太太的脸色，就后退着出去了。

九小姐跪了下来，挪动膝盖至婆奶奶跟前说：“姥姥……姥姥啊，您真是老糊涂了！您为什么单单相信自个儿孙子的话，对自个儿的外孙女却如此狠心哪?！亏您还说我是你女儿身上掉下的肉！不错，盛维炯不喜欢我，也是因为您给他纳了那么多的妾，让我独守空房。我向姥姥您担保，我没有偷人，没有给盛家丢脸，这孩子就是您孙子的，是盛维炯的种，是您的重孙子……”

老太太听了九小姐的话，真的糊涂了起来，脸上的表情从愤怒到生气再到无奈，然后盯着九小姐的脸看，看着看着，老奶奶哭了：

“凡子啊凡子，你让我想到了……想到了你娘亲，我的宝贝女儿。默语当初犟着要嫁给……嫁给你那乡巴佬老子卞世典时，她也就是这样……像你这样的眼神看着我……看着我哭，我的心让她给哭化了，就只好允了这门亲事。没承想，嫁到卞家，两口子也倒是恩爱，可到底还是短了命，早早地离开了娘亲，让我白发人送黑发人的终……”

老太太一把鼻涕一把眼泪地哭，九小姐赶紧跪到她跟前，用自己的帕子给姥姥擦泪，一边擦一边哭诉：“姥姥啊！我可是你女儿身上掉下的肉啊……”

老太太拦了拦外孙女儿的手说：“可是……可是维炯跟我讲，他没有碰过你啊！作孽哟！这到底是怎么回事啊？我都土埋脖子的人了，还要为你们这些不肖子孙……劳神伤心……”

“是的，没错，他是没有碰过我，可我……我……碰过他呀……是他酒醉了的时候……他不晓得……”

“胡扯！根本没有的事——满嘴胡言！”盛维炯在一旁叫道。

九小姐也不示弱：“盛维炯，我问你，什么叫‘根本没有的事’？你一个月只有6天在我的房里过夜……”

老太太没等孙媳妇话说完，接口道：“是的，这6天——至少是6天，是我定下的铁规矩——他得进你的屋，不然我会赶走他所有的小老婆……”

九小姐趁此哭了：“姥姥，你年纪大了，没得到孙媳妇儿的孝顺，还要为凡子操心劳神。凡子年轻不懂事，但凡子也是肉身凡胎，凡子也有七情六欲，只要他酒醉了的日子！我就……我就上了他……”

“好啦！不要再讲了！丫头家，怎么能讲出这样的话来？不害臊！”老太太喝断了九小姐，看了看孙子又看了看孙媳妇儿，突然站起来，拿拐杖在孙子的屁股上打了起来，盛维炯也没躲，奶奶却累得气喘吁吁。

九小姐从地上站起来，用胳膊替盛维炯挡了婆奶奶的拐杖：“奶奶，你不要再打了，累坏了您老的身子，就是孙子、孙媳妇的罪过了……”

随着九小姐一声娇喊，老太太收了手，将拐杖扔下，颤巍巍的、站立不稳的样子：“作孽啊！我前生前世作了什么孽，摊上你们这些不孝的子孙来怄我气我羞辱我……”

九小姐上前扶住老太太，盛维炯也爬起来搀拉，然后二人将老太太扶到椅子上坐下来。

门开了，九小姐的婆婆来了，紧接着用人们也跟了进来。

婆婆进来后，对着九小姐冷笑了一声："怀上啦？我这就要当奶奶了！"

盛家的家务一直由老太太做主把持，包括儿孙们的婚事，儿媳也就是盛维炯的母亲懒得惹气，落得心闲。但在儿媳有可能怀上别人的孩子这事上，她有点挂不住了，听了贴身女佣跟她咬了耳朵边后，就赶紧跑了过来。

老太太见儿媳带着用人不请自来，心里就有点不悦，见她不阴不阳的样子，有点来气："是啊，你要当奶奶了，我可是要当太太了！一辈子又一辈子撵哩！"

后面这一句明显是气话了，但儿媳不识相，竟然还接着往下说："怀上了，这是好事啊，老太太当高兴才是啊，怎么都耷拉着脸跟受了气样的？"

屋子里一下子静下来。

老太太从椅子上站起来，用拐杖在地上跺了几下，用人赶紧上来搀着她往外走，走到门口时，回头对儿媳说："王氏，你到我房里来一下，我有话跟你讲……"

王氏，也就是盛维炯的母亲，一脸的不愿意，但迫于老太太的威严，又不得不转身跟了出去，走到门口时，回头对九小姐又冷笑了一声。盛维炯见家人都走了，也跟了出去，到门口时回头朝九小姐啐了一口。

九小姐看了看一下子空了的房子，突然哈哈地笑了起来，笑着，那眼泪就止不住地往下流，然后变成了号啕大哭。

李氏拖着湿淋淋的身子，不知该往哪儿走。

打开婆婆为她准备的包袱，见还有两件干爽一点的衣服，借着天黑，就躲到一簇树棵后，将湿衣换下了。

虽然婆婆交代过，让她不要回娘家，但无论如何还是要回娘家看看母亲再说——她还有什么地方可去呢？

这条小路她是熟悉的，但晚上走起来，还是深一脚浅一脚的，特别是过两个山岗时，借着星光看到了几座新坟，憷憷的，腿就有点打飘。倒也好，此时的害怕代替了她的伤心，一时间里，她几乎忘记了自己所遭遇的不幸，只顾赶路。

最害怕的不是路两边各样由高矮树林等映出的黑影怪像，却是那在她脚前猛不丁地窜出的飞鸟、昆虫与小野物之类，李氏的神经绷紧了。

好在就几里的路，一会儿也就到了。

走到自家门前，木栅门上了锁。李氏摸了摸锁，锁是冰凉的，她将冰凉的锁握在手里,拼命地攥了又攥,哭了。

她知道母亲今晚又住进圩子里了,为卞府的主子们赶夜班儿做天亮起来吃的点心。

她看了看还亮着灯光的圩子,想象着母亲忙在厨灶间的样子,再看看已经熄了灯笼的吊桥桥堡,叹了一口气,转身离开了。

她知道那条通往六安州的大路,虽然没有走过,但听八少爷曾经说过,说这条大路是从安庆那边过来的,从卞家圩子起步,沿着淠河走,左拐弯就能上大路了,大路的那一端就是六安州。

走在淠河岸边的李氏,想到了自己出嫁时的情景:

淠河清
淠水淌
水花子拍手打巴掌
鹞子翻跟头
扎猛子下大江
大江驮篓又背筐
打马坐轿接新娘
甩个水漂漂
大红盖头没得了
……

当时孩子们疯唱的时候,她就觉得后两句有点不大吉利,但因初嫁时的心情复杂,她喜欢竹青,羞涩里带了窃喜,慌乱里也有欣慰,就没往坏处里想。此时想起来,心里就平添了万般的酸楚与感慨——这是命!

淠河的两边长满了宿苇,宿苇的花还挑在直立着的苇梢上,摇啊摇的,新发的嫩叶偎在老苇的根下,黑黢黢的,使黑夜中的淠河变得有点诡异。

李氏此时并不怎么害怕了,她不止一次地对自己说:“大不了就是个死呗!只要活着,就没有过不了的坎儿!”

前面有一座木桥,她平常是有点恐高的,过再矮再短的木桥,她都有点心慌,这又是在黑夜里——没办法,只能走过去。

颤巍巍的,总算到桥头了,一步跨到土路上,心跳咚咚的。她站下来,低头定了一下神,再抬腿往前走,可是挡在前面的,又是一座木桥!

咬咬牙，过去。

撵三赶四地，又一步跨到了桥头的土路上，感觉心跳得像捂不住的兔子似的，跳着蹦着已经蹿到嗓子眼来了……

咽了一口吐沫，喘了一气，继续走路——不对，怎么又是一座木桥，而且这座木桥的样子跟第一次刚过来的木桥没有两样？

她真的害怕起来了！难道真有传说中的鬼设障、鬼打墙？自己这是让迷上了？

她蹲到地上，捂着狂跳不已的心口，感觉从未有过的紧张与害怕，她听老人们说过，遇到这样的情况，千万不能急，要蹲下来，让头脑清醒过来才能走。哪怕就是就地躺下也比在原地打转儿好，因为转着转着，最后就累得不行了，一晕乎，就掉到河里去了。

卞家圩子已在远远的身后了，但她还是听到了打更的声音，梆，梆，梆，三响，三更了。

随着打更声音的传来，她感觉自己的头脑渐渐明白清醒过来。

李氏眨了眨眼睛，空荡荡的黑夜里，非常安静，她好像也不害怕了，于是继续赶路。

走上了大路后，她仍然不清楚自己为什么要走上这条道，或许在她的潜意识里已然认知了她与九小姐的命运是生死相连的，因此在她的理性尚未明确何去何从的时候，而双脚却听从了她的内心，向嫁在六安州的九小姐走去。

李氏走到六安州时，太阳已经老高了。第一次从乡下来到城市，她没想到城市有这么多的房子，铺天盖地，全是房子！她不知道该如何找到盛府，听城里人讲话的口音也跟乡下人不大一样，她不敢开口向人打听。

到了一个茶馆门口，她壮着胆子向里面张望了一下。有两个穿了绸缎套衫的公子哥儿立马先后走出来拦住了她，这一个跟另一个说：“你看这女人，一身灰土的样子，可脸蛋儿长得真不赖……”另一个二话不说上前就要拉李氏：“进来吧，爷我请你吃早点……”

李氏猛地一甩手要走。

拉扯的人就嘿嘿地笑了一声道：“哎哟，这手劲好大！我就喜欢这样有劲的女人……”

另一人一边笑着一边过来帮着拉扯。

李氏腾出手来，劈脸给了扯拉的人一大耳刮子。

被打的人火了，捋袖子伸胳膊地就要动粗。一位戴了瓜皮帽的老人走出来，将手中的拐杖朝地上一杵，鼻子里哼了一声道：“三猫子、大癞子，都给我放手！”两个拉扯的人果然就放了手,悻悻然地走回进茶馆里,没再露头。

大爷问李氏:"你是赶夜路进城来的吧?不像是赶集市来的……"见李氏想点头又摇头不知如何回答的样子,又道,"这姑娘,看你这一身的露水,加上浑身泥巴灰淌的,肯定是遭了什么事……"

李氏忍不住哭出了声说:"大爷,你是老神仙,你什么都算到了,我是来投奔我的九小姐的——她嫁到了盛氏商行。我是第一次进城,我不晓得怎样才能找到她……"

老人用拐杖叩了叩地面,点头说:"哦,你是说盛家,好找,是六安城的名门望族,他家就在鼓楼街上,离这不远,往西走,过黄大街,向北一拐就到了。你是从哪儿来的?"

老人听李氏说她是从卞家圩子那儿过来的,就向里面招了一下手,让小二端来了几块点心,让李氏趁热吃了。

李氏真的很饿了,但也没好意思当着众人的面就吃了那点心,大爷见她踌躇不决的样子,就顺手扯了一块放在案板上的油皮纸,将点心包了,递给李氏。李氏拿了点心,千恩万谢地告别了大爷,按大爷所指的方向走了。

鼓楼街当是六安城最繁华的地带了,街上的人太多。李氏先低了眉眼往前走,但她要寻找盛家府邸,得向人打听,闪眼看到一位挎了一竹篮衣服向街西方向拐的大娘,就撵三赶四地凑上去喊了一声"大妈",问她盛家商行在哪儿。大娘用嘴向侧面努了一下,李氏看见迎街的一座门楼,门楼上方四个大字:盛氏商行。门楼两边全是铺子,铺板之上都挑了"盛"字檐幌。李氏是识得"盛"字的,当初九小姐教了她一些字,但刚才因为不敢东张西望,就没看出自己已经站在九小姐婆家的地盘上了。

听说是九小姐娘家的丫鬟,门房说什么也不让进,也不说为什么,就讲是老太太吩咐下来的,他们可不敢擅放生人入内。

李氏想哭,然后就真的哭了。

门房的大爷看见李氏哭了,有点烦,就大声呵斥道:"你这个乡下土鳖子真是难缠,你不就是一个服侍过小少奶奶的下人吗?难不成到了我们盛府,还充了大头铳子不成!识相的,就不该来,还不赶紧走……"

就在李氏绝望之余准备离开之际,里面一声"慢着"让她又站了下来。

出来的竟然是九小姐陪嫁过来的翠屏。

要不是翠屏眉心处的那点红砂印记和笑起来左嘴角边露出的虎牙,李氏几乎没认出她来。她穿了粗使婆子的衣裳，系了宽大的围裙，胳膊上戴了护袖，伸在护袖外面的手粗糙干裂，跟农妇的手没有两样。

翠屏从肋下的衣襟里抠了半天，没抠出任啥，她想贿赂门房，但苦于身无分文，一脸无奈地看了看门外的李氏，又看了看横在门闸中间的门房，干皴的脸颊红了，紧接着稀稀溜溜地流下泪来。

李氏没想到会是这样，走投无路的她更是哽咽难禁。

门房看见门里门外两个哭着的人儿，一时不知所措，翠屏趁机跪到了门房面前："大伯行行好！人在难中帮一把，胜过千里朝九华。你让我翠画姐进来一下和我们的小姐见见面，老太太即便晓得了，也不会怪罪的……"

门房烦不胜烦，就挥了挥手，让李氏进了院门。

进了院门，翠屏让李氏等她一下，她得把车子上的马桶卸下来晾到院墙下透风。

李氏透过前院的侧门，惊愕地看着翠屏熟练地将停在西侧院门后边的架子车推走，她清楚地看见架子车上码的都是大大小小的马桶。难道，九小姐的陪嫁丫鬟竟然成了盛家刷马桶的粗使下人？这是怎么啦？

李氏未来得及细究，翠屏已经回来了。

翠屏告诉翠画："九小姐怀孕了。"

这可是天大的喜讯，李氏一下子站住，但从翠屏的脸上并未看出一丝丝喜色来。

翠屏又说："也不晓得怎么回事，按说，我们家小姐怀上了，老太太、太太她们应当高兴才是。可自从听说她怀孕后，她们竟然把九小姐关到了后厢院里，成天大门不准出，二门不准迈，倒像做班房样的，把小姐给栅住了。还把我和翠烟从小姐身边支走，弄了一个又凶又丑的老婆子服侍她……"

说着话，二人到了后厢院，院门是反锁着的，翠屏喊了好几声，才有一个婆子过来，翠屏说就是这个婆子现在在服侍九小姐。婆子询问了好半天，翠屏把央求的话也说了好半天，婆子才迟迟疑疑地开了锁，将翠屏与翠画放进来，自己却走出去，将门又反锁上了。

所谓的院子，就一个天井，湿漉漉的，天井中间有一个花台，台子里长着两株半死不活的鸡冠花，杂草丛生。

院子四周有三套厢房，门都关着。

李氏感觉到似乎有几声轻微的呻吟声传来，但侧耳细听时，又好像是幻觉。

翠屏跨上台阶，走到了一扇木格子门前，轻轻地敲了敲，里面没有回应，再敲，仍然如此。翠屏有点着急，敲门声自然就大了起来。

不是幻觉，李氏这时清清楚楚地听到了呻吟声，是从房子里传出来的。

翠屏向里面喊："小姐，开一下门，你猜猜哪个来了？是翠画——翠画来看你了！"

就听得啊了一声，随着踢踢踏踏的趿鞋声走近，门呀的一声开了一道缝，一个蓬头垢面的女人从里向外探出半张脸来。

这半张脸太丑陋了！眼水麻花，鼻涕邋遢——但是，再怎么难看，李氏也认得出来，这是九小姐的脸！曾经娇艳无比、美丽异常的脸，短短的几十天里，怎么变成了这样？

李氏像做梦似的随着翠屏的脚步走进了屋子。

九小姐的头发披散着，上衣襟的扣子也没扣，脸上糊满了眼睛鼻子上的污物，看见翠画进来，一下子扑过来，将她抱在怀里。

李氏心疼如剜，号啕大哭，一边哭一边问："小姐，你……你怎么……变成了……这样……"

九小姐突然一把推开了李氏，直着眼发问："翠画方便吗？你把……把……给我一点，我实……实……实在受不了了……"

李氏不明白九小姐在说什么，她的手上还拿着刚刚在茶馆时那位大爷给她的点心。

九小姐一把扯了包点心的油皮纸，拿了一个糍糕咬了一口，然后随手丢到了地上，突然她打了一个激灵，又一把抓住翠画，颤抖地吸溜着鼻子道："带……带……带钱了没？借我下……借我……我……我受不了了……"

翠屏哭着告诉李氏："九小姐……抽了大烟……"

李氏愣住了。

房子里凌乱不堪，到处是衣服，鞋子，桌子上有打翻、打碎的茶盏、食具之类。

李氏肩上的行李还没卸下，就随手开始收拾房子里的凌乱，翠屏也帮着收拾。翠屏一边收拾，一边点名道姓地骂那个老佣："这个头顶生疮脚底冒脓的汪老婆子，这个不得好死的汪老婆子……"

正骂着，婆子一脚跨了进来，婆子的手里拎了一只竹篓，放下竹篓就指着翠屏问："骂哪个哪？骂哪个哪！你个死丫头，你不想好了……"婆子说着，上来抓住翠屏就打，翠屏狠劲地推了一把婆子。婆子跌坐到地上，呜哇哇地哭了起来，一边哭，一边数落："我都这把年纪了……你们以为……我想来服侍一个大烟鬼子……服侍小少奶奶啊？我够了……想死的心都有了……听讲是小少奶奶娘家的丫鬟来，我好心去禀报了老太太……还给你们要来了一块洋钱……”

听到一个“钱”字，九小姐一下子来精神，扳过婆子的胳膊，硬是从她的手心里抠出银圆，一转身，人已经没影儿了。

婆子一骨碌翻身站起，跟后就撵，哪里撵得上，好半天跑回来，气喘吁吁地骂翠屏：“都怨你，惹了这祸！我又忘了锁门，让她给跑了，也不晓得上哪儿抽去了……老太太要是晓得，你我都不想好了！”

面对此情此景，李氏有点慌乱，不知如何是好，就怯怯地问：“小姐不是怀上了么？怎么又抽起了大烟？”

婆子叹了一声气，答道：“是啊，怀上了，可她一点也不晓得惜护自个儿，也不晓得她从哪儿弄来的烟膏子，抽上了。老太太晓得了，搜了她，又换了我来，就是要让我看紧着，让她戒掉这瘾。想我一个老婆子，怎么能看得住，一犯瘾就乱摔乱掼。你们也看见了，我没法子收拾。服侍她，太累了……”婆子说着说着又呜呜地伤心起来。

翠画就开始收拾零乱的房间，还打扫了脏兮兮的院子。

一个时辰过后，门吱呀一响，九小姐回来了。她笑吟吟的，头发挽成了一个髻儿，扣子也扣好了，进来将手里的一吊子钱递给婆子说：“这余下的，够切点卤菜什么的吧？麻烦汪妈给预备一下，好好留翠画吃顿饭……”

汪妈拿了钱出去，翠屏也一步三回头地走了。九小姐拿茶壶要给翠画沏茶，李氏赶紧接了茶壶。

九小姐坐下来问：“翠画，看我，老是改不了口，我当叫你胡太太的，你……怎么……来了？看你这样子……出什么事了？”

李氏见问，心就猛地一抽，那疼是说不出来的。她在来六安的路上，不止千遍万遍地想象着见到九小姐时的情景，但每一种情景里，都有她一下子扑进九小姐的怀里放声痛哭一场的桥段。然而，此时，她忍住了，她不能再在九小姐的伤口上撒盐，也不能往自己的悲伤里再拉进一个人来。她知道，目前的她们，是谁也帮不了谁的。

“哦，小姐，没出什么事，我就是想你了。对，是想你了，来看看你。”不会撒谎的李氏嗫嚅着回复九小姐的问话。

九小姐狐疑地看看翠画，顿了顿笑道：“翠画，我俩一起长大，我晓得你是不会撒谎的，可是……可是，你今儿个的谎撒得太假了。你想我了，怎么可能连夜进城。我看出了，你的脚，是走了夜路的……”九小姐说到这里，哇的一声哭了出来，“你还怀着身孕……”

李氏强忍着自己，站起来为九小姐拿了一块帕子："小姐，你想多了。我真的是想你了，来看看你。看看你，我马上就要回去，开楚——竹青，还在家候我……"

"好啦！够啦！翠画，不要再编啦！你老实告诉我，你跟竹青之间到底发生了什么?！你要是再敢胡扯，我就再也不认你啦！"

李氏一下子哭倒在九小姐的面前。

小红鞋，绿线梳
大大妈妈养下我
不来瞧瞧我
不来看看我
我在婆家好凄苦
开开大门亮堂堂
开开后门清衣裳
一对斑鸠在树上
公的点头母的叫
我的苦楚哪知道
……

老太太的身体越来越差了，腿脚僵硬也就算了，还闹起了头疼的毛病，中药吃了无数，把胃又吃坏了。儿子们要带她去看看西医，差点没把她气死，说西药简直就是逗猴，打针更像是杀鸡，无奈，只好继续吃中药。

九小姐早上起来，认真地将自个儿梳洗收拾得利利索索的，跟在汪婆子后面去给老太太请安。老太太看见不待见的人来，头就疼得越发重了，将喝了一半的中药汤放下，问汪婆子："哪个叫你带小少奶奶随便出门的?"

汪婆子跪下："回老太太，这是我的主意。小少奶奶不是怀了您老的重孙吗?让这个四代小人儿来给您请安祈福，让老太太康健寿高……"

"好啦！好啦！老几十岁的，倒学会讨巧卖乖了。"老太太没好气地说，"带她回去，好好歇着，要是敢再随便走动，动了胎气，叫你吃不了兜着走！"

九小姐见老太太下了逐客令，就一下子跪了下来："姥姥……"话没出口，声音哽咽了。

一屋子人包括老太太听见九小姐突然叫老太太为"姥姥"，都愣住了，汪老婆子更是吓了一跳。

谁知老太太今儿个奇怪，听到外孙女儿这声带着哽咽的“姥姥”喊出，脑子里一下子浮出爱女盛墨语小时候的样子，眼泪汪上了眼眶。

九小姐喊过之后，跪着的双膝向老太太跟前轻轻地挪了挪：“姥姥，那个跟我同年同月同日生的丫头儿翠画，她找我来了。她让她的男人给卖了，她连夜逃了出来。姥姥啊！我娘生前可是最喜欢她的，她简直……简直就是我的另一半……”

“听讲官衙早就昭告，不给买卖女人了。怎的这个翠画的男人还……”老太太说着话，头一下子疼紧了，一阵目眩，身子摇晃了一下。

众人看见了，可跪在地下的九小姐没有觉察，就继续求告：“求求姥姥看在我娘的分上，留下翠画，给她一条生路……”

用人已将老太太扶离了椅子。

汪老婆子用脚碰了碰九小姐的腿，九小姐知道再说什么也没用了，让她措手不及的是，她的烟瘾上来了，她冲着老太太的侧面磕了一个头，站起来，二话没敢多说，就离开了。

她抖抖索索地来到了自己的房间，问汪老婆子昨天的钱还剩了没有，汪婆子说一个角子儿也没剩下。她叹了一声气，躲到自己的床上，想想又翻身起来，看了看站在一边不知如何是好的李氏，然后大哭，捶胸顿足，像疯了一样。

李氏走到跟前，抓过她发冷僵硬的手：“小姐，我晓得你难受，可我……我又帮不了你，你……你能不能试着……跟肚子里的孩子说说话儿……”

九小姐咬着牙，点了点头，然后翻身向里，双手扣住床框，发出吱吱的响声。

李氏走到天井，将昨天洗晾在竹竿上的两件衣裳收进来，叠好了，打开自己的包裹，将衣裳放进去，想想又拿出来，再在包裹里面仔细地翻看，突然在一块帕子中间，当地掉下一根银簪。这是太太那年离开卞府时送给她的，她一直当作最宝贝的物件收藏着，想这是婆婆为她打点的，就止不住眼泪水又淌了下来。

她拿了簪子出房门，想想又退回来问正在照顾九小姐的汪老婆子：“汪妈，晓得当铺在哪儿吗?”

汪老婆子向她使眼色，她晓得那是阻止的意思，就点了点头，然后又用疑问加乞怜的眼神看着婆子，婆子只好向出门的左边努了努嘴。

李氏很容易就找到了当铺，将簪子当了，把钱揣回来，背着九小姐交给了汪婆子。交钱时，她跪下了，说这钱绝不能让九小姐晓得了，求她给九小姐买些安神补胎的吃物，她说：“我把小姐娘儿俩的命就托到汪妈的手上了，愿老天爷保佑你们……”

汪婆子接钱时也哭了：“可怜的孩子，你放心，我亏人亏心可不敢亏了老天爷。

我怕雷劈啊！那你……往后……该怎么办啊？”

李氏拎起包袱，什么话也没说，进卧室看了看好像睡着了的九小姐，一步三回头地走了出去。

李氏拎着包袱出了盛府，一脚踏上鼓楼街，茫然不知所措了——我能去哪儿呢？我还有地儿可去吗？老天爷，难道我李氏真的只有死路一条了吗？

除了死，还能去哪儿呢？

她后悔当初没在屋后的壕沟里了结了自己，现在只能投淠河了。

她打听了一下，离河沿最近的，是鼓楼向西的鱼市街。

进鱼市街得左转弯向西门去的，可迷了向的李氏却向右转进了棚场巷。

棚场里闹哄哄的，她以为就是鱼市了，近前一看，发现是买卖使唤牲口的地方，牛、马、驴等都画了圈儿，圈儿与圈儿之间，栅有栏杆，卖者在高声大嗓地吆喝，买者在精细冷静地挑选，讨价还价声不绝于耳。

李氏突然眼睛一亮，在紧靠卖牲口的旁边，站着、坐着一大片人，也在讨价还价，与牲口不同的是，这里的卖者多是自卖，是能开口讲话的。

卖方中多是女人和孩子，也有女人带着孩子的；男人都是卖劳力的，有年轻力壮的，也有白发老人。女人身份的判定是根据她的发式，如果是梳着独辫子的，说明是未出阁的闺女，如果梳的是髻，土话叫巴巴转儿，就说明她已婚了。

梳着巴巴转儿的李氏看了看这些人，想：“我已经被卖了，那就再卖一次吧。”李氏这么想着，就在心里苦苦酸酸地笑了一声。

她找了个位置蹲下来，不敢看人，只把自个儿的身子尽量往小里缩，抱着双腿，将头埋在两膝中间，恨不能有地缝钻进去。

一个细细的声音，好像是在喊她，她抬了一下眼睛向两边看了看，见是一个正在奶孩子的妇人向她点头。她躬着腰挪到妇人旁边。妇人说：“你不能老是把头埋起来，人家以为你是病了，这样，你守多少天都不会有人来招买的……”

李氏感激地向妇人笑了笑，问她是不是也来自卖自身的。

妇人说，不是，她是来卖孩子。

李氏叹了一声气，想了半天也没想出该说些啥来安慰这个要卖亲骨肉的妇人。

有人走过来了，用一根手指挑着李氏的下巴看了看她的脸，然后对身后的人说：“这个行，年轻，长得也好看。”又转问李氏，“有奶吗？”

李氏一下子脸红了，把身子扭过去，想站起来走开。

买方中有个年纪稍大的女人解释道：“姑娘不要怕，我们是在给我们家小少爷雇奶妈,我们管家是问你能不能当奶妈。”

李氏这才稳下神来,摇了摇头。

脚跟脚又过来了三个人,一个婆子,一个中年男人,还有一个穿得花里胡哨的年轻女人。走到跟前,男人用脚踢了踢李氏:“你是长价还是短价啊?”

李氏不明白他说的长价与短价是什么意思,就抿了嘴没敢答。

花哨女人尖声细气地接问:“就是说,你是论年还是论月? 也有的囫囵个儿寻个一生的主子,你是哪一种?”没等李氏回答,女人又问,“你生养过吗?”

李氏摇了摇头。

男人与女人就要走开,婆子却蹲下来再问:“我看你这么年轻,怕是还没开过怀吧? 什么时候出嫁的? 你为什么要自卖自身?”

正问到她的伤心处,李氏的眼泪水就忍不住地往下掉。

她告诉婆子,自己正怀着身孕。

婆子一听,也没问一声所以然,就巴掌一拍,向已经走到一边去的两人招手大喊:“过来——过来——太好了! 这是一个最合宜的!”

一男一女小碎步儿跑过来,问是什么价?

李氏想了想,说是三块大洋。

男人从背着的褡裢里就要掏钱,并对守在一边的等候交易成功收税子的人说:“契书拿来吧。”

这么快就把自己卖掉了,这让李氏感到唐突,慌乱中她问了一句:“你们买我,是要我去做什么?”

男人对婆子看了看,花哨女人看了看李氏,眉眼往上一挑,咯咯咯地笑了一气:“做什么? 做什么不一样啊? 我要是对你讲做什么,怕是你乐得屁颠屁颠走不了路,我还得背上你哪! 进了我们杨家,你就跟我一样了,吃香的,喝辣的,穿花的,再不会像现时这样灰头灰脸、走投无路了……”

李氏抬眼认真地看了看这个女人,低了头说声:“我不去。”

女人急了:“嗷哟,这还有了性子呢! 你都急拙成这样了,遇上了我们家老爷、我们这样的好人家,还犟什么犟啊! 要不是大太太还有一大帮子姐妹们的肚子都不争气,这上等的福,哪临到你来享……”

李氏听出来了,这家是要买一个能生孩子的妾,她一下子站起来,转身就要走,女人和婆子上前扯拉,男人一把抓住李氏的胳膊就要硬拖,花哨女人一边拉一边往上加价:“先给你三块大洋,一年后生了孩子,再翻倍……翻倍……”

李氏拼命想将胳膊从男人的手里挣出,无奈男人力大,怎么也挣脱不了,就将身子向下一嘟噜坐到了地上。男人仍然不肯松手,开始拖拉……

旁边卖孩子的妇人将孩子放到地上,来劝说买家不要这样。花哨女人上前狠狠地推了她一把,她就顺势揪了李氏的袖子,给那些人跪下了,说:“求你们高抬贵手,强扭的瓜儿不甜,人家不愿意,你们干吗要勉强人家……”

花哨女人就向妇人啐了一口道:“关你什么事?我们又没勉强你!你这屄样子,送人也没人要。识相些,滚一边去,不然,别怪我不客气了!”

妇人扭头看了看正用感恩的眼神看着她的李氏,捂着嘴哭了起来,松了自己的手。

收税子的人递上来一纸契文,男人拿起李氏的手蘸了印泥就要往上面捺。

李氏死死地把双手的手指都攥在手心里,并喊叫了起来。

“慢着!”一个女人的声音,“怎么能强买强卖?!”

说话的人是个中年妇女,留着短发,穿着洋装,她的身后还跟了一个穿着白大褂的年轻女人和一个着制服、腰间挎了枪的年轻士兵。

三个强买的人看了看三个上来阻止的人,立马松了手,那花哨女人往婆子后面躲,婆子又往男人身后躲,男人躲不开了,就壮着胆子问:“你们是什么人?想……想要干什么?”

中年女人皱着眉头,没有理睬这个男人,而是定神看着歪倒在地上的李氏。她身后穿白大褂的女子替她回答:“我们是来雇人的。”

男人放松下来,对中年女人说:“哦,跟我们一样的,想抢生意是吧?”

挎枪的青年踱到男人面前,用鼻子重重地嗯了一声,男人见状,一跺脚说:“算了,算了,我们拱手了,让你们强买吧。”说着带着两个女人走开了。

中年女人弯下腰,拉了李氏的手,让她站起来。

中年女人从衣袋里掏出一方雪白的手帕儿,为李氏拍打身上的灰土。李氏在被拍打的过程中,恍然觉得那是母亲的手,她哭了……

中年妇女没有劝说李氏,而是站在李氏的身旁耐心地候着她安静下来。

李氏扑通一声跪倒在中年妇女面前:“东家……婶子……承蒙你搭救……”

中年妇女笑道:“哎哟,别叫东家,我怎么成东家了呢?听起来,好别扭;也别叫婶子,把我都给叫老了,你就叫我‘郭意思’吧……”

李氏心里嘀咕:“到底是世面上的女人,有一个自己的名字——‘郭意思’!这名字起得也真有意思……”此时的李氏因着一个奇怪的名字,竟然在心里开了小差。

妇人又说话了:“姑娘,你告诉我,你到底是怎么回事?怎么年纪轻轻的,只身来到这个混杂之地自卖自身?”

李氏抬头看了看穿白大褂的女人和那个挎枪的人,欲言又止。

郭医师努了努嘴,两人走开了,李氏看了看面前这张慈祥和善的脸,她想到了母亲,也想到了婆婆,还想到了卞府的当家太太盛墨语,又止不住呜咽起来……

淠河水,打漩涡
苦姐苦水多
满了大江水
淹了湾里老鸹(乌鸦)窝

郭医师将李氏带到了一个茶楼包厢里,叫上点心茶水,倾听了李氏的哭诉——李氏也没把实底儿完全倒了,她不想让人家贬看了竹青,误会了自己,就囫囵着说是男人病了,穷得绝了活路,她才不得已自卖自身的,接受那群要买她生孩子的人的教训,怀孩子的事她也只字未提。

郭医师好生安慰了李氏一番,然后告诉她说,自己是一个军医,她的医院设在正阳关,她这次来六安州,一是为了进药,二是想顺带从交易所里看看是否能够雇到一个合适的保姆。

李氏听出来了,她把“买”字说成了“雇”,这让她满感安慰。

郭医师问李氏是否愿意跟她一道去正阳关。

李氏犹疑了一下,她知道正阳关是淮河的咽喉,也是淠河的婆家,而自己的家上郢村却属于淠河的姥姥家了,淠河的姥姥家跟淠河的婆家,隔着山,隔着水,隔着几百里路程,她从未出过这样的远门,害怕没了着落。有关正阳关的乡谚很多:条条大河归正阳,淮水帆飞过关口;有小孩子家尿床,就说“夜里撑船到正阳,边洲渔会西城柳”;民谣里也有唱:“正阳关,百渡口,随波逐流天尽头”……

想到这里,李氏准备摇头婉谢,但抬头看见郭医师那双如母亲般的慈目时,竟鬼使神差地点了点头。

郭医师开心地笑了,站起来,要跟李氏握手,李氏不懂这礼节,就站起来向郭医师一个劲地鞠躬。郭医师上前双手扶住李氏的双肩,笑着说:“既是雇了,我想我们还是要去签一下契约——不是我要,而是为你考虑……”

李氏听懂了郭医师的意思,就说:“不用签了,我相信您!只是,还求您把工钱先预支给我,我急等钱用。”

“那好,按年算吧,要多少?”

李氏本来是想把自己囫囵儿卖了，谁知对方要按年算，她高兴得有点语无伦次了："本来……我是想要两块……三块……三块的，你这一按年算……我就不好讲了……"

郭医师哈哈哈地笑了，说："怎么，你该不会把自己一生押上，只要三块钱吧?!哎哟，小姑娘，你让我心疼死了!"说着转身对身后人说，"年工钱，三块银圆，先预支给她。"

穿白衣的女人过来，递给李氏三块大洋。

这时年轻军人向郭医师报告说，货船已经装好了，泊在上龙爪边，就等着过去起锚了。

李氏惊喜自己遇上了好东家，拿了钱，对郭医师说："婶子……东家……哦，'郭意思'，我还得去一下盛府和棚场，马上就回来……"

年轻军人阻止说，来不及了，船在等着哩。

郭医师向年轻人摆了摆手说："那就再等一会儿吧，让姑娘把要办的事办了。"

李氏将三块大洋揣进贴身衣兜里，先去了棚场，看到那个卖孩子的妇人还在，就蹲到她的面前，压低声音对妇人说："姐，这一块大洋给你，算我求你，不要再卖自个儿的孩子了，他是你身上掉下的骨肉啊!"

妇人不敢相信自己的耳朵眼睛，看到李氏含泪的神色是那么诚恳与戚忧，于是接过大洋，趴到地上向李氏磕着响头："这可如何是好？我们萍水相逢，你刚刚还在自卖自身，这可如何是好……"

李氏挽了她起来，说："你是姐，万不可折煞妹子的。"

妇人说："你是我孩子的救命恩人，我代他给你祈福了……"说着，千恩万谢。

李氏顾不上多说话，连三赶四又去了盛府，找到了翠屏，把两块大洋给了她，说："我把自己卖了，给一个姓郭的女医生去当用人。我们姐妹一场，这钱你要想方设法赶紧送到竹青的手上，让他还了卖我的债。这债还了，我就还是竹青的女人，这个名分我要保住，我是他的结发——我生是他的人，死也是他的鬼！我就要远去了，求你告知竹青，我是干净的，老天作证！还有，我有喜了，已有两个多月了。翠屏……"话没说完，她已呜咽不止，愣了片刻，似有千万嘱托，却又一时说不出一个字来，于是一转身，头也不回地走了。

翠屏也似有万千交代，也是半天无从开口，见李氏转身走开了，才冲着李氏的背影破口大骂："你个死没刚性的尿女人，烂泥糊不上墙的尿女人！那样一个畜生都不如的男人，也配你翠画拼了身家地为他遭罪。这罪遭得也太窝囊了！啊哟，我呸！一个畜生都不如的男人，你个天打雷劈的竹青，你哪辈子积的德，娶了翠画这样一个十全十美的女人,竟翻精弄怪地要卖了她!你看看,你看看,你看看她自卖自身,来为你还债!瞎了眼的狗东西,我见了你非扇你十八个大耳光子不可……八十个大耳光子!我扇死你!你个狼心狗肺的东西!你个遭雷劈的东西!我翠屏再也不嫁男人了,男人都不是个好东西!老天爷啊,老天爷,求你可怜可怜翠画,也可怜可怜我们的九小姐吧……"

说完,她跪到了地上,哭着向天一个劲磕头:"老天爷啊,老天爷,求您开开眼呢,开开眼吧!保佑我可怜的翠画姐,此去一路平安,母子都平安……"

翠屏站起后才想到:忘记问翠画把自个儿卖到什么地方了,她撵出门去,哪里有翠画的影子!就近找了一遍,又怕让主人和管家的撞上,就赶紧回来,气得一跺脚,狠狠地打了自己好几个脆生生的嘴巴:"这个没用的!只晓得骂人出气,怎就不晓得问个头底呢?!"

正阳关,百渡口
随波逐流天尽头
大水滔滔下大江
离乡的人儿泪悠悠
泪悠悠
乡思愁
风儿吹破老沙丘
……

郭医师乘坐的是一个撑篙的木帆船,不是很大,却收拾得干净利索。她笑嘻嘻地对李氏说:"我有一点点洁癖,希望姑娘理解包涵。"

李氏点头:"那是,我晓得的,郎中都爱干净……"

郭医师又仰头大笑:"哎哟,我又成郎中了。好,郎中,我就是郎中……"

李氏让郭医师的笑也带笑了。

他们上了船,船老大喊道:嗨哟哟——顺起嘞——

众船手们拔锚的拔锚,拿篙的拿篙,升帆的升帆,木船上路了,号子声响了起来:

六安州啰,好啰嗨
是大船啰,好啰嗨

上下龙爪，好啰嗨
定底盘啰，好啰嗨
北门椎啰，好啰嗨
南门椎啰，好啰嗨
大船两头，好啰嗨
插桅杆啰，好啰嗨
大船顺当过险滩啰
好啰嗨啰好啰嗨
这一关，那一关
关关都拜平安庙
关关都谒如意庵
好啰嗨啰好啰嗨
……

船顺着城西河湾的垂柳青苇缓缓地驶离了六安城，撑船与坐船的，在激昂高亢的号子声里都显得有点亢奋。

郭医师也脸带笑容地观赏淠河两岸的美丽风光，不时与坐在身边的军人和穿白大褂的女子说笑一两句。

她扭头看了看坐在身侧后的李氏。

李氏在眼巴巴地回望。

郭医师的脸上现出慈悲悯恤的表情。

李氏在回望，她回望的眼神是迷茫的、无目标的，甚至还带有极度的不安与惊慌。她的下意识里，一点儿也不知道自己的视线该放在哪儿才好，只能随着这第一次坐船时的紧张心情，把眼光一寸寸地扯紧了，粘贴在她走过来的地方。她恨不能将自己的眼光变成一根扯不断的丝线，另一端死死地拴在六安城的鼓楼上——至少，那鼓楼的下面，还有九小姐，还有翠屏，还有她回上郢村的路……

船过了下龙爪，转弯向北，再向东，又向北了……

看不见六安城了！

李氏觉得那根扯紧的丝线咔嗒一声断了！

她看了看船两边的水流，心便随着浪花的翻卷打着滚儿颠来倒去地难受，一根残苇的碎叶片子在水花上打了一个旋儿，又打了一个旋儿，由不得自身地被旋转在漩涡里，一眨眼的工夫，就不见了……

李氏止不住落下泪来。

郭医师一边跟别人说话，一边没忘记看一眼李氏，她看见李氏开船时在频频回望，就没有打搅，她体恤此时李氏的心情；接着又看见李氏低了头看水，知道她看的不是水，而是自己的命运；后来见李氏哭了，眼泪落在水花儿上，郭医师就伸过手去，在李氏的肩上抚了抚，并微笑着向她点了点头。

李氏含着泪带着歉意向郭医师笑了笑，坐直了身子，眼睛向前方看去。

李氏开始晕船，扒心扒肝地难受，她先以为是害喜严重了，就忍着，没当一回事，但过了一会儿，她不得不呕吐起来。

郭医生从一个小箱子里拿了一粒丸药儿让李氏吞下去。

李氏摇了摇头。

郭医师也没勉强，就为她从蒲草编就的暖煲里拿了壶为她倒了一碗茶水让她漱口。

李氏漱了口，朝郭医师不好意思地笑了笑："看我这人，反过来了，倒让东家您来服侍我了。"

郭医师也笑了笑："看看，又叫我'东家'了！我让你喊我'郭医师'是因为我已经把你当成我们医院的职员了，你要是不习惯叫我郭医师，那就喊我'郭姨'吧……"

李氏忍着难受向郭医师笑了笑说："是'医师'啊，我一直当成是'意思'了呢。"

郭医师愣了一愣，突然哈哈大笑："哎哟，哪有取'意思'当名字的？姑娘啊姑娘，你真是太可爱了！"

郭医师笑着说完，停了一会儿问道："哦，我还没来得及问你，昨天你只告诉我你婆家姓胡，你太年轻了，我叫你胡太太也觉不习惯——你自己姓什么？就是你娘家，你的父亲姓什么？"

李氏告诉了她。

"那我以后就叫你小李子吧。"郭医师亲切地说。

李氏也没往心里去，随便你了，人都难受到这个份上了，叫什么不一样？

天渐渐黑了下来，越来越宽的河面起了白茫茫的雾气，船行其中，犹如飞在半空中的鸟儿。只是这只鸟儿此时此地却无枝可攀，无窝可栖，孤零零地穿行在看不见前程的迷雾中。

船上的人都累了，没有人出声，船两边的水声就越发地喧嚣，让李氏本就闹腾的心更加不安了。她总是觉得那船会一个悠儿就翻过来了——如果真的是这样，也倒好了，一了百了，省得这没完没了地难受了。只是可怜腹中的胎儿，才两个多月,怕是还没成形哩,就没进了异乡深水里。

李氏又开始呕吐。

郭医师问船老大:“离隐贤还有多远?”

船老大说已经到了,问是继续赶路还是泊下来。

郭医师说:“泊下来吧,小李子晕得厉害,我也正好想逛逛隐贤的夜市……”

李氏不想下船去逛什么夜市,无奈郭医师拖着,只好上了码头。

郭医师有意要挽了李氏的胳膊走路,李氏受惊般地抽了自己的手,退到郭医师的身后。不挽就不挽吧,郭医师慢了脚步要跟李氏平身并排,李氏干脆站了下来,高低将自己落到后面去,这都在卞府里习惯了。

郭医师笑着摇了摇头,由她去了,嘴里哼哼着一支曲子:哈利路亚……哈利路亚……李氏听不懂什么意思,但觉得音调非常好听。

六安北乡的口音与东乡的口音完全不一样了,这里应当被称作“侉”的,他们的发音非常粗重,干脆生硬,与李氏听惯了的、说惯了的那种拖声拉语带着长长尾音的话语差别大了。一种异乡之人的孤独感当顶灌下,两条腿轻轻飘飘地一任已然麻木的双脚带动着,晕晕乎乎地跟在郭医师的身后。

码头灯火通明,各样的小吃、水果及当地的土产干货一溜条儿摆在沿河岸边。最醒目的是无数只写了“春”字或“怡”字的粉红色的灯笼,挑在拾阶而上的小路口边,是那般的招摇! 不时看到三三两两的女人穿得妖里妖气地进进出出。

郭医师见李氏在注目这些灯笼和人,就笑了说:“可怜,这些女人也是在做生意,是专为那些常年在船上回不了家的男人们预备的……”

李氏听懂了郭医师的意思,脸儿羞红了,低下头来,突然就想到了竹青——自己这一走,也不知前面的时日,年纪轻轻的他能熬得下来吗? 翠屏的钱应该捎回去了,他在拿到这两块大洋时,心里是怎么想的? 向翠屏说了些什么? 他会不会后悔自己做了那样的错事? 会不会挂念为他怀上孩子的女人? 哦,对了,翠屏有没有把我怀孕的事儿告诉他们? 他们晓得了,该是什么样子……

“来,小李子,送你一个小挂件!”郭医师的话打断了李氏的沉思,她见郭医师向她递过来一只绣花香包,葫芦样的,非常漂亮。

李氏拿过香包,看了看上面的针线图案,香包上一面绣的是并蒂的荷花,荷花下面是一对鸳鸯,很精巧,一公一母,依偎在一起;另一面绣了一个福娃,胖生生的,围了花肚兜。李氏的心情好了起来。

她们走到一个热气熏天的摊位跟前,郭医师吸了一下鼻子对李氏说:“好香,我们来吃一点吧。”

李氏真的有点饿了，就随着郭医师坐到了马扎上。

摊主端来了两碗牛肉粉丝汤，放在只有凳子般高矮的桌子上，随口招呼："客家慢用！"

郭医师喝了一口汤，正要吃粉丝时突然夹出来一块血盃，就皱了一下眉头对李氏说："这个血盃，我不爱吃的，你也别吃了吧，我们换一家。"

李氏已经狼吞虎咽了好几口，听说郭医师不爱吃血盃，心想她是有洁癖的，怕血盃脏，我可舍不得将已经开吃的东西糟蹋了，就对郭医师说："还是吃了吧。您要是……要是不喜爱吃这，我来撑了它，免得糟蹋了……"

郭医师愣顿了片刻，想想，笑了，说："那你吃吧……"

李氏说着话，已经吃完了一碗，然后不好意思地朝郭医师笑笑，把第二碗挪到面前，一会儿就稀里呼啦地碗底朝天了。

好多天来，李氏第一次吃得这么饱，舱铺虽然窄小，李氏一会儿就晕乎着进了梦乡。

"大大，你起来一下下……大大，看父亲来了……"头顶上剃了寿桃的福娃将李氏推醒，拽着开楚赶到李氏跟前，"大大，起来，带我们玩儿吧……"

李氏问："你是哪家的宝宝啊？"

福娃咯咯地大笑："我是福娃啊，是你肚肚里的宝宝啊！"

开楚冲李氏笑道："真没想到，翠画，你是这样一个烈女子。承蒙你，为我生了个胖儿子……"

开楚说着，就俯下身子来拉李氏的手，李氏有点害羞，但喜欢开楚这很少有的举动，她甚至想甩开自己一贯的矜持与羞怯，主动来迎合开楚带给她的这份幸福，但是开楚的手与她的手就是拉不到一起，似乎那一寸长的距离凝固在了不可抵达的两个时空里，她想支起身子来，可是身子像是粘在铺板上，怎么努力都无济于事，而开楚的身影却渐渐地淡去，她一着急，失声大喊："竹青——"

李氏从梦中醒来，一身虚汗。

身旁的郭医师还没睡，很奇怪地跪在舱室的角落里，低了头在嘀咕。听到李氏在梦中呼唤竹青，她的嘀咕也没中断，直到说了"阿门"之后，才起身回到舱铺上，看到李氏翻身，小声地说："小李子睡着了？刚刚说梦话哩！"接着又问，"竹青是……是谁呀？"

幸好在黑暗中，看不见李氏羞红了的脸，见问，李氏不得不锈了口儿咕哝出两个字："是他……"

郭医师哦了一声，脱衣躺下了。

李氏不想再睡了，她一遍又一遍细细地回味刚才的梦境，觉得很甜蜜。但一想到了那只是梦，而世人又都认为梦往往跟现实是相反的，李氏又开始伤心起来。她不敢出声，也不敢随便翻身，就任着自己僵僵地躺在舱铺上，等着天亮。

天却老是不亮。

天亮了，李氏怕吐，没敢吃早饭，郭医师左哄又劝，她总算吃了一点点，觉得心里闹滔滔的，难受得很。

船离开隐贤码头，继续赶路。

李氏晕得更厉害了，开船后就吐得没歇。

郭医师怕她脱水，就拿了一根又粗又长的玻璃针管，要给她推点葡萄糖水，先李氏高低不让，后来实在受不了了，就让人蒙上她的眼睛，伸出胳膊来，任她们将冰凉的针和针里面的水推进自己的血管里。

她心里好受些了。

河面豁然开阔了——到了淠河的入淮口。

船老大一下子站上甲板，扯着嗓门唱了起来：

淠河幺幺啰下大江
顺风顺水啰过淮上
淮上人家啰胭脂香
唇红齿白啰小娇娘
哥呀么哥呀么哥相思啰
小妹妹撩开罗纱帐
哥呀么哥呀么哥相思啰
小妹妹撩开罗纱帐
亲呀么亲呀么亲不够啰
热腾腾贴在胸口上
亲呀么亲呀么亲不够啰
热腾腾贴在胸口上
……

船老大越唱越荤，李氏听得面红耳赤，郭医师好像见惯不惊，也没阻拦，看到李氏尴尬无奈的样子，就重重地咳了几下。船老大听到咳嗽，知道是在制止，就嘿嘿嘿地干笑了几声，不唱了。

河面越来越宽，走在前后的船越来越多了。

那么大的帆船，李氏第一次看见，竟然像楼房一样分了上下两层！竹排和竹筏也多了起来，长长的，用毛竹扎成的竹排和木筏，前面不见头，后面不见尾，真不知道当河道转弯时，那毛竹和木材是如何顺得下来的？也有小得跟一个窝棚一样大小的木船，木船上只一个乌棚，男人撑着篙，女人摇着橹，一个或几个小屁孩儿在船板和棚子之间爬上爬下，大人和孩子的脸上似乎都带着生活的顺意。看样子，他们是不晕船的，李氏想。

船还在不紧不慢地开着。

河面宽得已经与天空连成一体了，刚刚在小木船上看着，几乎忘记了晕船，但看到那宽得没了边际的河面，李氏又晕了起来。

“晓得这样，还不如死掉算了。如果想死，早死掉了，没能死掉，还不是因为肚里和家里的冤家。晓得晕船这样厉害，还不如走着过来哩！”李氏无可奈何地、断断续续地瞎想。她认为，船这么慢吞吞地走着，要是人走起来，肯定比它行得快，而且走路是不会晕的。她从上郢连夜走到六安城，60 里路，累是累，但比晕要好受得多。

船越来越多，在河面上有拥挤的样子了。为了避让，船一会儿转弯，一会儿掉头，把个李氏晕得差点就要死过去了。

就在李氏眼睛发花，面部发冷发麻的时候，郭医师从座位上站起来，伸了一个懒腰，扭头对李氏说：“小李子，你看，总算到了……”

到了？

到了！

李氏舒了一口气，向船前方看去，果然是一个热闹非凡的码头，码头的前面是一个比六安鼓楼街还要繁华的街市.

这就是正阳关？

这就是正阳关！

正阳关，古称颍尾、阳石、羊市、羊石城等，是一座历史悠久的古镇，早在东周中期已具雏形。《左传》鲁昭公十二年就有“楚子狩于州来，次于颍尾”的记载，已有 2530 多年的历史。明代在此设立收钞大关，直属户部管理，“正阳关”即因此得名。按现在的地理位置，正阳离六安也就 200 多里路，但当时对于没出过家门把自己卖到这样一个陌生环境里的李氏来说，这里几乎就是她的天涯海角，她的另一个世界。

DI-ER BU
第二部

天之涯

地之角

知交半零落

当翠屏将两块大洋递到李周氏面前并告诉她翠画如何自卖自身已经离开了时，李周氏没有去接大洋，却一下子晕厥了过去，吓得翠屏大声哭喊，惊动了下府里的人。

八少爷闻听了，赶过来问明了情况，二话没说，转身就走，想想，又回来，让已经醒来正哽咽难禁的糖妈陪他一道去上郢，又要翠屏也随着去。

翠屏说她只告了一天的假，还是九小姐左右说情才被允了的。

八少爷犟上了说："不怕，明儿个我送你回盛府，正好想去看看九妹——有任何事，我来担着……"

八少爷趁机问了一下九小姐的近况。

翠屏又唏嘘起来："自从翠画去了又走了，九小姐哭了好几场，然后一下子明白了，发狠戒毒，自个儿去了医院，遭罪啊……"

八少爷追问戒了没有。

翠屏慌乱地答："我也不晓得。我看她遭罪的样子，哎哟！可怜死了！这 7 天过去了，她还在挺着，应该没事了……"

袁妈请卞顺为八少爷备马或备轿，八少爷没让，说就几里路，抬腿就到了，正好路上他还要问问九小姐和翠画的一些情况。

三人进村时，胡聂氏挎着篮子正要出门，迎上了。胡聂氏见到了亲家母，八少爷也是认得的，她有点不知所措，因为她的儿子做了那样的错事，她甚感没脸见亲家母，更不要说是八少爷了，就迟疑了脚步，后悔自己刚刚没岔到另外一条小路去。

抵上面了，她只好向八少爷请安，尴尬地打招呼："啊哟，你们来了！我正要去园子里掀菜哩……"

李周氏知道亲家母的为人，儿女的事怨不得她，她怕是心疼还来不及哩，于是搭话："来了，开楚在家吗？"

胡聂氏耳聋，听不见对方说了什么——还用问吗？肯定是为儿媳被卖的事来的，是冲他儿子来的。知道来者不善，儿子在家哩，躲是躲不掉的了，只好唯唯诺诺地，退到三人后面，双腿打绊地跟着，进了院门。

胡开楚坐在廊檐的石条上笨拙地搓着草绳，看见院门推开，抬了一下头，以为是刚出门的母亲又回来了，一见是四个人，就不由自主地站了起来。等看清了谁跟谁后，脸和脖子就一下子红了，头垂了下去，不敢看八少爷和李周氏的脸。

八少爷不讲不说，走到开楚面前，扫手就是两个耳刮子，打得身子本就虚弱的竹青向前直栽，倒是翠屏眼疾手快，上前一把扶住了他，扶住后，她也在开楚的脸上打了两巴掌。

见儿子被打，胡聂氏自是心疼，但碍着八少爷的面子，没敢吱声，见丫鬟儿翠屏竟然也斗胆打人，就上去一把推开了翠屏说："你个丫头皮儿的，凭什么巴掌上我儿子的头？你凭什么……"

八少爷打过了，咬牙切齿地站到了一边，指着开楚，气得说不出一句完整的话来："要不是……要不是看在……看在你当过我……我先生的分上……今天我拍碎了你……你信不信……"

李周氏一个劲地落泪。

翠屏被胡聂氏推开，也就顺着劲儿站过来，然后从怀里掏出用手绢儿包着的两块大洋，捧给竹青："竹青，你看看，你睁开你的狗眼、猪眼看看，这是什么？两块大洋！是你卖翠画的身价。你怎么能忍心啊！那样好的一个女人……"

翠屏说着放声大哭。

李周氏哭了。

胡聂氏也哭了。

胡开楚头上出汗了，豆粒大的汗珠一滴滴地往下掉。

翠屏一边哭着一边数落："这是翠画自卖自身所得的两块大洋，让我转交给你。她把自己给卖了，两块大洋。她让我转告你，她是清白的，老天爷为她作证。她怀了你的孩子，已经有两个多月的身孕了……"

胡开楚听到这里，一下子扑在廊柱上，抱着廊柱像狼嚎一样大哭起来："我当时……当时就后悔了……后悔了……我犯浑！我该死！翠画啊！我对不起你……"胡开楚哭着说着，突然一转身问翠屏，"翠屏姑娘，请你赶紧告诉我，翠画她现在去了哪儿？她去哪儿了？我要赶紧……找她回来……"

翠屏听问，又哇地哭了起来："我该死啊！当时忘了问，眼睁睁地看她走了……我忘了问……她去了哪里……我该死啊……"

胡聂氏听不见他们说些什么，但从各人的表情和口型来看，他们所说的事的大概，而且翠屏是可能的知情人。见儿子大哭，翠屏大哭，晓得事情没那么简单，她就说："都不要急慌，让翠屏丫头想想看，李丫头留下什么话没有……"

翠屏想了想说："当时她急忙忙地，就说她把自个儿卖了，还说……还说，让我把这两块大洋捎给竹青,说她生是竹青的人,死是竹青的鬼。还说,她要保住竹青结发妻子这个名分……”

开楚又放声大哭起来,走到八少爷跟前,请求八少爷揍他一顿:“八少爷,我不是人,求你狠狠地打!求你了,打我一顿,让我的心好受些。我不是人……”

八少爷鄙视地看了开楚眼,离开了两步说:“呸!我怕脏了我的手!”

李周氏催促翠屏:“再想想看,她还讲了些什么?”

翠屏止了哭,想了又想,说:“哦,对了,她好像说到了……医院,对,她说了医院,一个女医师,给女医师去当用人的。说她就要远去了,应该不是本地……”

“远在哪里?”众人几乎同声发问。

翠屏使劲地想了又想,然后摇了摇头,一下子蹲到了地上,呜呜地哭了起来。

李氏就这样在亲人们所知范围里消失了。李周氏就这么一个独生女儿,她当时的心情难过到了什么程度是可想而知的了,而始作俑者的胡开楚心里又该是多么的懊恼和愧疚也是可想而知的了。

时值1931年,大纪事上有“第二次反围剿”的记载,带着身孕、才17岁的李氏赶在这个时候进了国军部队设在后方的医院,一个懵懂无知的乡下年轻女人就这样蹊跷地被裹进纷乱蹉跎的国家命运里。

安顿下来,郭医师问李氏:“小李子,你会做面食吗?我喜欢吃各样的面食,在西洋留学时,我爱吃他们各样的面制品,回国了,南京以大米为主食,我不习惯,正巧赶上正阳关开设后方医院,我就要求来这里了。我喜欢淮北的麦面做出的馒头、包子和煎饼,筋道,我最喜欢的还是这里的鏊子馍,你会做吗?”

李氏让郭医师的一通话说得目瞪口呆,郭医师操的是标准国语,她虽然听得懂,但毕竟口音不对,她说的那些食物除了国外的就都是淮河以北的主食,而对于生长在江淮之间的只会做米饭和一些简单杂粮饭的李氏来说,这些信息太多太零乱而且陌生,她不知如何回答才好。

郭医师看出了李氏的尴尬,但不晓得她纠结在哪个点上,就笑了笑又说:“我现在有两样工作可以提供,一是保姆,主要工作是当厨娘,就是做饭的——小灶,不是做医院的大锅饭——我雇你来,最希望的是你能当起小灶娘;当然,我也备有另外一项工作供你挑选,就是当护工,现在医护人手紧张得很,你得帮助护士们做一些病房里的事情,这两份工作……你挑一个吧。”

李氏想也没想,就说:“那我就做护工吧。”

于是李氏被带到了病房里。

打扫卫生有点让李氏犯恶心，因为她打小就有点晕血的毛病。那些从伤员身上剪下、揭下的染血的或结脓的衣服与敷料的气味实在难闻，但咬咬牙还能过得去，她在心里安慰自己：按郭姨的话说，我这是在“工作”，我是拿了人家三块大洋的。再者，这个晕要比晕船好多了……

然而，最让她受不了的是，每当一个伤员被抬进来时，她只要一看到从那残肢断臂上缠裹着的白色绷带上渗出的鲜血时，心就止不住跳得咚咚的，帮着医生和护士为伤员脱下那浸满鲜血的军装，她就感觉是自己在痛。一个个军人，特别是那些年纪轻轻的军人，有的康复出院，也有的成了终生残疾，还有的就死在了手术台上……她不能看他们的脸，一张张稚气未脱的或者是饱经沧桑的脸，他们都是父母生下的儿郎、是父母的心头肉啊，为什么要打仗呢？为什么要杀人或被人杀呢？

李氏每天都要在这样触目惊心、百思不得其解的煎熬里度日如年。

有一天，一个被炸断了双腿的年轻军人被抬下了军车，浑身上下几乎都缠上了绷带。年轻人的脸没有一丝丝的血色，苍白如纸，但他咬着牙不吭一声，嘴唇是干裂的……

李氏帮忙把他从担架上移往手术台，在托他腰部的时候，她竟然感到他还用唯一露在绷带外面的一只胳膊支了一下自己的身子，好让李氏把手能伸进他的腰下。这样一个微小的动作让李氏的心一下子碎了，这是怎样的一个军人！这是怎样的一个男人！这是怎样的一个好兄弟！她忍不住哭了起来。

就在此时，年轻军人竟然抬起手来，想试着擦去李氏挂在腮边的泪水，终因无力将胳膊垂了下来，然后断断续续地说了一句话：“就冲姐姐……你的……泪水……这仗……我们打得……值……”

“打的什么仗啊？干吗要打这仗啊？”李氏一边流泪一边抱怨。

“是……是剿……剿……剿匪……土匪……”

提到土匪，李氏更是心疼，就是因为土匪，她才落得这样的境地。这个战士是为了打土匪才受了这样的伤，她几乎要把他当作自己的亲人了。

穿了白衣、戴了白帽的郭医师快步地走了过来，她是主刀手，手术开始了，护工得走开。

李氏看了看年轻军人的脸，他冲她笑了笑，李氏又是一阵心酸。

按平常，李氏做完了这些，得赶到别处去做当做的杂事，但此时她不想离开，她守在手术室的门外，屏声静气地听着里面的动静。她听得见里面剪、刀、钳子甚至是钢锯的声音，却没有听见人的声音。

“是要打麻醉的。”李氏揣想里面的情况，“他已经睡着了，不晓得疼了……”

手术室的门突然开了，出来一个护士，跑着出来，跑着过去，像射箭一样，容不得她打听什么。

一忽儿，护士跑着回来，怀里抱了血袋，又像射箭一样从李氏身边跑了过去。

李氏晓得，这军人要输血——情况不妙！

她的心跳得厉害，她恨不能像郭医师经常做的那样，跪下来为这个兄弟祷告。她没有这么做，她只能在心里默默地向她所认知的老菩萨哭求。

不知等到了什么时候，郭医师走了出来，她低着头从李氏身边走过去，李氏看见郭医师脸上的表情不像她平常那样喜乐和开心、刚毅与坚韧，而是一脸的悲伤——她也流泪了……

李氏晓得，那个几乎成了她亲人的年轻军人，永远地离开了这个世界。

她蹲到了地上，捂着脸哭了。

晚上，李氏趁给郭医师收拾卧室时对她说："郭姨，我……我不想做护工了……我还是来学……学做鏊子馍吧……"

郭医师放下手中正看着的医书，抬起头来，没看李氏，而将眼神看向了窗外，然后深深地叹了一声气："我就知道……你受不了这个。我也受不了……可是……"

郭医师说到这里停住了，示意李氏为她倒杯茶水。李氏倒了，递上去，她浅浅地呷了一口，放下茶杯，站起来，走到李氏刚刚从外面拎进来的八哥笼子前说："王大爷心好，送它给我，是想让我放松放松。他只晓得我喜欢小鸟，却不知道我最讨厌这样的笼养。小李子，明天放了它吧……"

李氏答应了一声，心想郭医师怎么不回答她的请求呢？

郭医师又踱回到茶几前，端起茶杯，喝了两口，坐到椅子上，用端茶杯的手连同茶杯向茶几对面的凳子样了样，意思让李氏坐下来。

李氏走到凳子跟前，站着，对郭医师说："郭姨，我听着哩！"

"小李子，自从六安回来，我一直在忙，没顾上跟你好好聊聊。你才 17 岁，我像你这么大的时候还是个学生，在国外念书。你那天告诉我，你是为了重病没有活路的男人出来的，可你……你几乎还是个孩子，今天，你又一次看见，一个年轻的生命没了……我们天天都要面对我们不想听也不想见的苦难，然而，我们自己往往又不得不深陷其中而无可奈何。作为医生，我没办法留住所有伤员的生命，作为一个做过母亲的人，看到伤员们死去，你知道我的心有多痛吗？小李子，你不知道，你还没有做过母亲，我只能在心里祈祷……"

她只想在郭医师高深的话题里听到一句让她不用再当护工去当厨娘的话来，而郭医师好像压根忘记了她的提请。她深吸了一口气，拿过暖壶给郭医师的茶杯里续了一点水。

郭医师向李氏笑了笑说:“小李子……你懂我说的话吗?”

李氏点了点头,紧接着又摇了摇头。

郭医师叹息了一声说:“是的,一下子,你没法懂。那你,明天就去厨间上工吧。面食不面食的,无所谓,我没有那么挑食,吃什么都无所谓的。”

李氏得到应允,见卧室里的事也忙完了,就对郭医师说:“郭姨,您歇着,我走了。”

郭医师抬手做了一个往下按压的动作,意思是要李氏留下,她还有话要说。

李氏只得回身站立。

郭医师走到李氏跟前,用双手抚着李氏的肩膀,看着李氏的眼睛问:“小李子,我知道你还有事瞒着我。譬如,你男人果真是病成那样了吗?你自卖自身,仅仅是因为家穷吗?我是医生,我治疗人的身体上的伤,也要了解人的内伤,只有内外兼顾,才能使病人早些康复。我看出来了,你的家事,没有那么简单。当然,这是你的隐私,你不愿说,我是绝不会再打探的……”

李氏站在原地,抿嘴低头,两只脚尖儿相互搓蹭着,双手攥起褂襟角儿,绞成绳子绕在手指上,绕紧了,又松开,松开来,再绕紧……然后抬起头来,已经泪流满面了。

她告诉郭医师,事实上自己是被男人两块大洋卖掉的,她逃出来,自卖自身,就是想要赎回自己的名分 ……

郭医师一把抱住李氏:“哦,天啊!你看,我的孩子!我的孩子!”她像母亲抱着孩子那样摇着,拍着……

李氏也像受了委屈的孩子在母亲的怀抱里获得安慰一样,恣意大哭。

九小姐在医院戒毒时,一位护士每天跟她谈心,她好听的话语让九小姐满受安慰,出乎医生的意料,她很快就戒掉了毒瘾。出院后半个月过去了,她的毒瘾竟然一次没犯,身子骨虽然还羸弱得很,但精神日渐好起来,每天除了散步、看书,还会跟一个会下围棋的小姑子下下围棋。

在她一再地请求下,翠屏又回到了九小姐的身边。有翠屏陪着,她每天的起居都很妥帖。

她的梳妆台上放着一只檀香木的小盒子,打开盒子,是一层绢帕,绢帕里包着的是李氏当掉的银簪。这银簪是她戒毒后知道了情况,从当铺里赎回来的。每天早晨起来梳妆的时候,她都要打开小盒子,闻一闻绢帕的香味,再拿起银簪,在手心里摩挲一会儿，然后说一声："翠画，愿我们在新的一天里，都能母子平安！"

八少爷去看她。

翠屏向九小姐通报："小姐，你猜猜，哪个看你来了？"

九小姐看了看翠屏的脸，翠屏的脸上充满喜色，于是笑道："莫不是我小哥来了！"

翠屏说："是哩，真是兄妹连心！"

坐到小天井里，九小姐端出自己最喜欢吃的五香瓜子要小哥嗑，八少爷没要，她又递上切糖，八少爷也没要，却拈了两颗炒花生慢慢地剥着，褪了衣，将白白的花生仁儿放在果盘边，抬眼看了看九小姐："凡子，你变了——漂亮了，懂事了，像个女孩子了……"

九小姐故作生气的样子："我原来怎么就不像女孩了？怎么就不漂亮了？怎么就不懂事了？"

八少爷哈哈哈地笑了起来，将刚刚放在盘子边的花生仁儿拈起来嘎嘣香地吃了。

说了几句闲话，九小姐突然站起来，进里屋将那个檀香木的小盒子捧了出来，托在手心里，给小哥看。

八少爷打开小木盒，揭开叠得服服帖帖的绢帕，拿起簪子仔细地看了看，放回到绢帕儿上，然后问："给我看女孩儿的钗饰？这簪子……是怎么回事？"

九小姐使劲地擦了擦簪子，说："这是可怜的翠画丢下来的。她来的时候，我正犯瘾，那时盛家把我当牢囚管着，她本是来投奔我的，结果……结果我没能帮上她，还让她为我当了这簪子，要汪妈给我买点吃的……"九小姐说到这里，哭得泣不成声，"后来我把这簪子……这簪子赎了回来，放在母亲留给我的帕子里，珍藏起来。这簪子……也是母亲当年去京城之前送给翠画的……"

八少爷听着，从果盘里拈起一只花生，吧嗒一响，捏得稀碎。

九小姐接过翠屏递上来的手帕擦了擦泪，然后叹息道："都是因为门户，你没能娶翠画——这样一个好女子！我也没能嫁云景——那样一个好男子……"

八少爷低下头，抿嘴沉思了一会儿，说："也不晓得翠画到底去了哪儿，现在怎么样了？"

九小姐叹息一声，没有说话。

吃过了饭，八少爷临别时告诉小妹，他要去当兵，他是偷偷跑出来的，家里人要是晓得了，谁也不会同意的。他说，都道"好铁不打钉，好男不当兵"，岂不知，钉子就得用好铁才管用。他相信小妹会理解他，他说他之所以涉足行伍，不仅是因为厌烦了内室争吵，主要是他认为：好男儿就当以国事为重，国家需要栋梁，而他卞清源却非蓬蒿之辈，他来世上一遭，就当轰轰烈烈地活一场。

九小姐让八哥的豪言壮语逗笑了，说："我要不是怀着孩子，保不准也要跟你一道走了。"说到这里，停了一下，又道，"我听说，眼下军队天天都在打仗哩，枪子儿是不长眼睛的，小哥，你这一走，让凡子我又多了一份牵挂……"九小姐说着说着，忍不住眼圈儿又红了。

"凡子，你就没想过……你留下这孩子……"八少爷欲言又止。

九小姐抬眼看着她最喜欢最信赖的同胞哥哥，她注意到他的眼神落在自己腹部，她明白他想说什么了，于是笑了笑答："想到过，怎么能没想到？可是小哥，这也是我的孩子，是一条生命。就是因为这孩子，我才拼了命戒掉了大烟。如若不然，我也许早就不在人世了。说真的，我还得感谢腹中的这个孩儿哩，我们相依着往前过，真好……"九小姐说着说着笑了起来，"小哥，要是……要是这孩子是个小士，保不准像你哩！外甥多像舅嘛！长大让他跟你打仗去……"

"等他长大，你小哥就老了，打不动仗了。再说，等他长大了，国家还在打仗？太可怕了，不可能再打了。"

"唉，我要是能跟你小哥一样，该有多好……"

"好啦，好啦，不要再说啦，跟我一样有什么好的?!"八少爷制止了妹妹，"你不可能跟我一样——你是女孩子家，我是男人！是中华民国的男人！"

九小姐本来还有更重要的话想对小哥说的，可惜小哥已经转身走了……

骑大马，扛大枪
呜哇流星一大行
小士去打仗
丫头坐绣房
抛了一个红绣球
打到一个大马猴

郭医师的小灶间已经有了一个厨艺很好的王姓大爷，李氏过去时，王大爷冲她笑笑说："李姑娘，你就帮着择择菜、洗洗碗就行了，烧煮的事不用你做了。"

李氏觉得大爷的话里有嫌她多余的意思，想这一点点的活儿，手一伸的工夫，哪能专门闲着一个人哩？她甚觉不安。

王大爷见李氏无所适从的样子，就递给她几颗大蒜头让她剥。

李氏拿了大蒜头，笑了笑，问王大爷："这些料子都用得上吗？"

王大爷随意地嗯了一声。

李氏便走到砧板跟前，将蒜头儿放上去，抄起一把菜刀，平端了，使劲地拍下去，蒜头就都碎裂了，拈了蒜皮，砧板上剩下的都是蒜泥了。

王大爷见李氏的麻利劲儿，呵呵地笑了："我是找点活儿让你占着手，没想到李丫头的厨活做得真不赖！"

李氏收拾完了蒜皮儿，又顺手将蒜泥儿用刀铲起来放进一只窑盘里，做了这些，感觉自如多了，就开始择菜。

王大爷有一搭没一搭地跟李氏说话，问她的家世，问她的父母，最后叹息道："哎呀，李丫头啊，你跟我王老头子一样啊，都是穷苦人哩！"

李氏说："是哩，穷也好，苦也好，这都是命……"

王大爷道："话不能这么讲，合该穷苦人就当祖祖辈辈都受苦受难？这世事啊，不怕它不平，就怕我们穷苦人啊，只晓得认命……"

李氏问："不认命又能怎样呢？"

王大爷又道："李丫头，你既然来了这里，也算我们的缘分不是？我们穷苦，可不是命摊的，是我们没能找到保佑我们的……"

"什么会保佑我们穷人呢？"

王大爷笑了笑道："马上要做饭了，哪天有空，大爷我好好跟你讲讲这个理。看你李丫头聪明伶俐的样子，埋头当一辈子穷人，可惜了……"

李氏见王大爷就此打住了，也没多大兴趣去追想其他，想：谁想当一辈子穷人呢？可这是命，哪能说不想当就不当了？王大爷这是老了，迂道瞎说的，往后还是少跟他啰嗦的好……

李氏将择好的菜放进竹篮里，又将要洗的锅碗瓢勺和抹布单放在漏盆里，要去河里洗。

医院是临河而建的，厨间的后门口就正对着河面，打开后门，就有一长长的石跳伸到河面上，蹲在石跳上，可临水洗涮。

很快就洗好了，时间还早，她就把东西放在石跳的一端，站直了身子，看着河水缓缓地从西南方流来，又急匆匆地向东方流去……

看了一会儿，她又蹲下来，把手伸进水里。初夏的水不再凉了，她想着卞家圩子吊桥下的小河，想着上郢村她婆家屋后的小沟，想到了青河，想到了淠河……

这连成一片的水，是从那些小沟小河里流下来的吗？这么远，那小沟小河的水流得过来吗？应该是能流得过来的，不然，哪来这么多的水？只是不晓得，这一眼望不到边的大水，哪一点哪一滴是那屋后小沟里的水，哪一滴是卞家圩子吊桥下的水？青河里的水，到了淠河，扯拉拉地来到了这里，跟淮河的水掺一块了。可青河的水、淠河的水，都是那么滴溜溜地清，再深，也是一眼能望到底的，河底的鹅蛋石和彩色的细沙子，都能看得清清楚楚的。而眼下这水，一块瓦砾撂下去，眨眼就没了，清着的水是能看见瓦砾随着水势儿向下漂着，沉着，然后慢慢地躺到河底的。这里瓦砾刚一入水，就看不见了，这里的水不清了，是浑的。

淠河清
淠水淌
水花子拍手打巴掌
鸥子翻跟头
扎猛子下大江
大江驮篓又背筐
打马坐轿接新娘
甩个水漂漂
大红盖头没得了
……

她想到了初嫁，想到了母亲，想到了竹青，眼眶就湿了。

她突然感觉自己的肚子里动了一下，很快，只轻轻地一下，但动感却非常明显。难道，这是胎儿在动？4个多月了，长成了啥样？这动的，是他（她）的小手吗？不对，应该是他（她）的小脚——娘亲蹲得时间长了，他（她）难受了，就用小脚踹了娘亲一下。

李氏站起来，用手抚了一下肚子，手上有水，衣襟湿了，不管，湿就湿吧——宝贝，你再动一下，再动一下给娘亲看看……真的又动了一下！这一下应该是孩子的头，他（她）真的很用力哩！李氏恨不能弯下腰来亲吻隔着肚皮的孩子。

把淘洗好的东西放在了厨间后，李氏在伙房的小院子里转了一圈，想到郭医师曾让她放了笼子里的八哥的事，于是去开鸟笼小门的木闩儿。当李氏的手刚伸到笼门的时候，八哥突然喊了一声："小李子！"声音像极了郭医师。

李氏将已经抽开的木闩又插上了。

八哥偏头看了看李氏，从架子上跳下来，又跳上去，又清清脆脆地喊了一声："小李子！"

她给它的盏子里加了炒米和水，八哥欢快地吃了两口，又对李氏叫了一声："小李子！"

李氏压低声音对它说："别叫我小李子！叫我胡李氏！胡李氏！叫胡、李、氏！"

八哥又叫了一声："小李子！"

李氏拿了一根小草茎儿捅了一下八哥："那好，你不叫我胡李氏，那你就叫我翠画！翠、画……翠、画！"

八哥低下头吃食，不再理她。她转身离开时，八哥却又抬头叫了一声："小李子！"

李氏回头瞪了一眼八哥，走开了。

晚上，李氏收拾好了郭医师的卧室，又搭了凳子用抹布去擦木格窗棂。郭医师端了茶在喝，见李氏爬高上低的，就说："小李子，下来，明天白天再抹不迟，这大晚黑的，看不见，一脚踏空，栽下来可不是小事！"

李氏就下来了，手里拎着抹布，站在凳子下，没有要走的意思。

郭医师看了看她问："小李子有话要对我讲？"她顺手拖了一只凳子示意李氏坐着说话。

李氏嗫嚅了一下说："我不坐……我是想讲……我花了你的大洋……这成天的没什么事好做……我……我竟成个吃闲饭的了……"

郭医师笑了："啊哟，什么大洋不大洋的，你还真以为把自个儿卖了！我今天真有点累了，7 个人的手术，幸好今儿个送到这里来的大多都不是特别重伤的伤员。哦，对了，今天这些伤员，都是从威风岭战役抬下来的，那里的土匪多，仗也就打得硬……"

听到"威风岭"和"土匪"的话，李氏的心就咯噔紧了一下。

幸好郭医师没再往下说其他的，她打了一个哈欠，对李氏笑了笑道："我想早些睡了。你也去歇着吧。"

李氏嗯了一声，接着刚才的话题道："我不能成个吃闲饭的，明儿个，我捎带着也去病房里忙忙吧……"

郭医师笑着点头："那好，正缺人手哩！"

李氏正要转身走，郭医师又在后面加了一句："我就晓得，小李子的心眼儿好，眼力也是顶尖儿的！"

李氏出了门，看抹布还在手上，苦笑了一声，径直去了伙房的后门，走上石跳，蹲下来涮抹布。

没有月亮，天空像麻饼一样，星星撒得并不均匀，有打簇儿、结团儿的，也有一大块是光板儿的。天河成了麻饼中间的一道裂痕,这天河一端拄在西南,一端拄在东北,李氏不知道这正是她现在所处的位置与上郢村、卞家圩子所在的位置线上,她实在是搞不明白:走了这么远的路,怎么自己头顶上方的牛郎、织女站着的地方,还跟在家时所看到的一样?

她把手又伸进了河里,河水仍然在不紧不慢地流动,漫天的星星都被水流拉扯成了闪闪发亮、变幻不定的线条与块面,从石跳前面淌过去,波光粼粼地将夜晚的河面铺上一层迷幻,也夹带了一层打不到深浅的巫性。李氏很想在水里找到一颗完整的星星,但是没有,都在不停在抖动着,怨不得星星,是水在淌,星星们没有办法使自己固定下来。

"小李子,这大黑的天,你蹲在这里干什么?"

李氏让郭医师的话吓了一跳,赶紧站起来。

郭医师也走到了石跳上:"我睡不着,起来溜达,看见后院门开着,就晓得你在这里了。怎么,想家了?"

"不……不想……"

"这水……大多都是从大别山,也就是你们那儿,流过来的……"

"能流得过来吗?"

"能的,如果没有淠河的水,这淮河水就没这么大了。那样美丽的大山,那山里的女人们又都是这样的漂亮、善良、能干,可偏偏就出了那么多的土匪呢?"

郭医师这一问,把李氏问进去了,她在心里也这么想:好好的大山、好好的人家,怎么就出了那么多的土匪呢?由土匪她想到了那些个因打土匪受伤被抬到这里的大兵们,想到了这个医院,想到了为伤员们开刀治病的郭医师……郭医师的男人呢?李氏的心思一下子岔到对郭医师身世的好奇上来了——她说她做过母亲,那么她的孩子呢?她是哪里的人?家在哪里?17岁的人,好奇心是很重的。

郭医师好像能参透李氏心思似的,笑着扭过头来对她说:"你很想知道我为什么就一个人,是吗?事实上我跟你的命运差不多,我也是不得不靠自己活下来的人。我的男人他不爱我了,他坚持要娶姨太太,我不能接受一夫二妻甚至一夫多妻这样的婚姻制度,就带着女儿离家出走了。我把女儿送到了国外念书,跟我一样,也是学医。没想到正当我在想女儿的时候,你出现了——你长得真像我女儿啊!只是她留的是短发,你却梳了一下坠髻儿,也就是你们说的巴巴转儿。"郭医师说到这里,笑了一下,看看李氏,又道,"我真的希望你也能把我当成自己的母亲。就留在我身边吧,我会教你医术或者护理方面的本事,等我女儿学成归来,你们两个就是我的左膀右臂。这个伤痕累累的民族,太需要医生了!我很痛心,他们男人打打杀杀的，让多少女人失去了儿子和丈夫，女人不仅要为他们惹的祸负责，还要为他们所造成的各样的灾难承受最深最重的伤痛……”

李氏不能完全领会郭医师对于国事的痛心，但她能感受到这是一个有着大爱的人。但当她意识到“就留在我身边”的话她不可能接受的时候，她吓得一下子站了起来，其他的话她压根就没入耳了。她想，我是有娘亲的，我留在了你的身边，谁为我的娘亲养老送终呢？

李氏想到了母亲，想象着在自己离开家后，母亲将是怎样的伤心和担心，一下子心酸了。她忍着不哭，把刚刚看远处星星的眼神慢慢地挪低了，去瞅石跳下面的流水，她闻得出来，那流水里有故乡的味道。

郭医师看到李氏垂下头的样子，就抿了嘴不再说话，深深地叹息了一声，然后抬头看了看满天的星星和那划在夜幕上的银河，突然，她哭了，泣不成声。

李氏做梦也没想到，郭医师也会哭！她可是一个比男人还要能干、还要刚性的医生，她一直都是乐呵呵的，很少见她发愁过，怎么哭起来跟女人一样，跟她的娘亲一样，也是这么伤心伤肺的？李氏一骨碌在石跳上站起来，往前走了一步，想想又退回到原地，诧异地问：“郭姨，你怎么……也……哭了？”

郭医师用手绢醒了一下鼻子，沉默片刻后淡淡地说：“孩子，你不懂……”

“我懂的，他娶姨太太了……就像盛维炯一样，九小姐当然伤心了……”

“我已经不再为他伤心了，他在我的情感世界里已经死掉了。怎么跟你说呢，孩子，你看我成天在病房和手术台上忙，当我不得不用钢锯截下一个又一个被枪弹炸伤的肢体时，跟锯我自己的肢体有什么区别呢？他们的妈妈在生下他们时，希望他们一生都能平平安安、健健康康地活着，然而，国事却让他们一个个走上战场，去打另外的母亲生下的儿女们。我在锯他们的肢体时，我的心也被锯碎了。我在收拾他们被打烂了的肚腹，我的心肝也被扒得稀烂了。当我眼睁睁看着他们在抢救过程中，或还没来得及抢救，就永远地闭上那年轻的双眼时，我感觉自己的气息也随他们去了。我每天都要面对这些母亲的孩子，哦，我是医生，但我也是女人，也是母亲啊……”

郭医师放声大哭。

李氏听明白了，她知道眼前这个看上去安静、喜乐而又坚强的医生，原来她心里的痛比自己更甚，她心里的柔弱比自己更甚。她突然觉得，她比自己更需要安慰，因为她扛得比自己更多，她心里所装的爱是自己不能比的。

于是李氏去扶郭医师，对她说：“郭姨，我扶你回屋去，歇着吧。天不早了，你不要想得那么多。想多了，累……”

李氏很为自己的嘴笨难过,尽管此时她非常想说一些让郭姨释怀的话,但想了半天也没找到合适的言语,直把眼泪急了下来。

“郭姨,我晓得,您的伤心跟我们不一样。您是……您是大伤心!您的心都碎了,不能再装那么多了,装不下那么多的,好多伤员都指着你救命哪!你得好好的啊!”

李氏说着说着哽咽起来,郭医师一把抱住她,轻轻地用手拍着她的后背,嘴里喃喃的:“孩子……我的孩子……”

靠近厨间的病房里住了两个病人,一老一小,老的应该有50岁的样子,右臂断了,说是在部队撤退时,他舍不得那行军锅,回头去取,结果让打断了胳膊。

年轻人大约在30岁左右,他的四肢是完好的,伤在肚子上,做过两次手术了,但肚子还一直在疼,成天躺在床上,蔫巴巴的样子。郭医师建议他转院,否则就要再做一次手术,但他却什么话也不说,只把脸儿朝向床里。

医院对街有一个理发店,那时称理发的人叫“待诏”,店里有一个小学徒,师傅叫他狗子,外人多叫他“小待诏”。小待诏没事时喜欢钻到医院里玩,尤其喜欢找这个老炊事员下跳子棋,也时不时地溜到李氏工作的地方,嘴里甜甜地叫她一声“姐姐”。王大爷也喜欢这个小待诏,老是拿锅巴饭团儿哄他去厨房里,跟他絮叨一些人穷不是命的道理,但小待诏似乎只在意病房里的一老一小两个伤员。

李氏去病房里收拾,看见小待诏又来和老炊事员下棋,为了一个棋子,两人竟然争得面红耳赤,就差没打起来了。

李氏知道病人是怕吵的,于是对那孩子说:“狗子小兄弟,你能不能不要这样吵?那边……”她指了指隔壁床上的年轻伤员,“他的肚子疼哩!你这一吵,他会更疼的……”

谁知年轻的伤员将脸转过来,对李氏说:“谢谢妹子!不怕哩,他们吵,正好给我打打岔儿,忘记一会儿是一会儿……”

李氏笑道:“说也是的,你成天这样躺着,是铁也生锈了。都道树挪死、人挪活,你老是这样把自个儿跟贴粑粑样地贴在床上,不活动,那肠肚就变得懒了,瘫下来怄你哩。下床来走走吧,让小待诏扶扶你……”

小待诏只顾下棋,听要他扶人,就直着脖子叫起来:“我才不扶哪,我是待诏,姐姐你是护士,扶伤员是护士的事——我只管学剃头的。”

一句话把老炊事员说笑了,年轻伤员也笑了,李氏也忍不住笑了起来,说:“扶就扶。”她上前去搀年轻伤员。

伤员先愣了一愣，但看到李氏的手都伸过来了，就很快地下了床，手搭在李氏的肩上，开始慢慢地挪步。

就在年轻伤员一移步一用力的时候，李氏通过肩上的感知，一下子想起来，自己是个女人，那只搭在自己肩上的，是一只男人的手——男女授受不亲啊！她的脸腾地红了，浑身不自在，突然就停下了脚步。

伤员没防着，一个踉跄，幸好李氏眼疾手快一把拉住，免了一摔，可能因为虚弱和疼痛，他头上的汗都出来了。他不好意思地对李氏说："还是让我回床躺着吧。谢谢姐姐……"

趴在一边下棋的小待诏突然哈哈哈地笑了起来："张连副，你真不害骚，人家李姐姐才17岁，你都快老了，还叫人家姐姐！哈哈哈……装小不小，装嫩不嫩，有姐姐比弟弟小这么多的吗？"

老炊事员点下一个棋子，用手势催小待诏赶紧走棋，并说："狗子瞎掰什么，谁说张连副老了？人家还不到30岁……"

小待诏落了一个子儿后回道："30岁还不算老啊！比我大20岁哩！"

"30岁怎么能算老呢？正年轻着哩！看我，都50多了，还不想认老哩。人家张连副还没娶亲成家哩……"

李氏听着两人的对话，心里想，哦，这人叫张连副，其他的话也没过心，就将张连副扶到床上，让他躺下，替他盖好了褥子，转身走了。

身后传来小待诏的笑话："张连副，你要是娶了李姐姐就好了，让李姐姐做你老婆真好，多漂亮的姐姐！"

李氏站下来，在心里发火："这个熊狗子待诏，人小心大的，口无遮拦，竟胡龇瞎讲出这样的话来！"

紧接着就听见张连副的声音在呵斥小待诏："不要乱讲！你没看见姐姐梳的是巴巴转儿，她已经嫁过人家了……"

"嫁过了，怕是又死了，要是活着，哪个舍得让这样漂亮的媳妇出来帮工？有好几次，我看到她蹲在后门口的石跳上哭哩，不是哭她的男人还能哭哪个？"

身后再没声音了，李氏心情零乱地离开，想，此后这个房间少进了。还有，要叫这个小待诏不能随嘴悠了……

自从李氏要张连副下床走走后，张连副先从每天一两次，到只要有空就下来晃晃。有一天郭医师查房时，说他的化验指标都接近正常了，张连副也注意到自己肚子有好几天没疼了。

郭医师为张连副开始康复不用再做手术高兴，连问他是怎么做到的。

张连副脸红了红说："真得感谢小李子，是她……她让我下床走走，这一走，还真管用……"

郭医师哦了一声，笑着拍拍张连副的后脑勺儿："真好！听说你也是六安南山人，娶媳妇了吗？"

"还……还没哪……"

"好好养伤，赶明儿个痊愈了，好好找一个。"

旁边的老炊事员呵呵地笑起来："要是小李子的男人真的死了，他们俩还真般配……"

郭医师脸上的笑容没了，叹了一声气，一边写医嘱一边说："要真是死了，倒好了哩！"

老炊事员和张连副都把眼睛看向郭医师。

郭医师撕下医嘱递给助手，摇了摇头走开了。

小喜鹊，摇尾巴
摇到后庄老李家
要给丫头讲婆家
讲在哪家
大嘴蛤蟆家
……

天开始热了，胡聂氏把冬天穿过的棉衣晒好了，准备收起来放进柜子里。

叠到李氏的棉坎肩时，她看了一下绣在坎肩面襟上的两朵石榴花儿，花儿的后面是一个裂开了嘴儿露出紫色榴籽的石榴，绿色的叶子衬在后面，将黑粗布衬得鲜鲜亮亮的。

胡聂氏的心抽紧了疼。

"多巧的手……"她喃喃着又从鞋柜子里拿出她和李氏的两双绣花鞋来，一大一小，大的是李氏自己的，小的胡聂氏的。拉开抽屉，一大沓绣了花的鞋垫子，男人的，都绣了白果花；婆婆的，都绣了松鹤和万年青；她自己的，都绣了石榴和鸳鸯……

"都是她一针一线绣出来的，我亲眼看着她……绣出来的。多孝顺的孩子！"胡聂氏止不住哭出了声。

胡开楚进来，大声地说："大大，看你，我讲过多少遍了，不要再把她搁心里压着了……”

胡聂氏听不清儿子说的什么，但从他的表情上知道他是在阻止她，她擦了一把眼泪，又继续收拾。

过了一会儿，她以为儿子说完话就走了，又对着柜子自言自语：“可怜的孩子，也不晓得去了哪儿，是生还是死，孤苦伶仃的一个女孩儿家，身无分文，没家没店的，在外……在外……能有个好吗……”

一转身看到儿子还站在身后，吓了一跳。正要生气抱怨，却见儿子眼眶红着，泪水挂在腮边。

她停了手，向儿子跟前走了一步：“今儿个中晌，隔壁二大娘来，要给你说门亲事，是她娘家的亲侄女儿，说是人长得好看，也是心灵手巧的……”

胡聂氏的耳朵恢复了一些听觉，胡开楚走近母亲，指了指翠画的女红，对着母亲的耳朵，大声喊说：“您不是还在想翠画吗？怎么又要给我说亲事？”

胡聂氏也大声说：“翠画不是让你给卖了吗？她已经不是你女人了……”

“她还是——她永远是——”

“她不是了——你已经卖了她了——”

“我已经把大洋还给人家了”

“还了又怎样！李氏她……她恨死你了！这多长的时日了，还不见回来，她不回来了，心死了……”

胡聂氏说着说着，一屁股坐到凳子上，大哭：“你把她的心伤透了，伤死了，她不会回来了……”

胡开楚一下子跪到母亲跟前，也哭得哇哇的：“儿子不孝！当初……当初儿子一时糊涂，大大，开楚求求您，不要再提此事了，好不好？”

“那二大娘的提亲……”

“大大，儿子即便背了不孝的罪，也断然不能答应。我要等着翠画……”

“要是等不来呢？你哥云景已经不在了，你大就你们两个儿子，你总不能……”

“大大，要是真的……真的等不来，那也是我的命，我会一直等下去的。即便她不在了，我也不会再娶的。”

李氏正坐在灯下绣一只婴孩儿的红肚兜，看见窗外人影儿一闪，知道是郭医师来了，就赶紧藏起了手中的活儿。

郭医师进来看见李氏慌乱不定的样子，笑了：“干吗呢，小李子？坐在这鬼鬼祟祟的，跟郭姨还这样啊。”

因为郭医师谦和随意,从不把用人当下人看,两个多月下来,李氏在她面前也就没了拘束,但自己怀孕的事,还是能不说就不说吧,瞒过一天是一天。此时见问,她就赶紧站起来,主动岔了话题:“郭姨,您还没睡啊?找我有事吗?”

“没事我就不能到你房间来?闲溜达溜达呗。”

“郭姨哪里有闲啊!”

“我也真是没得闲的时候。今天我是受一个人的托——就是那个老炊事员——他高低让我来的……”

“他让你来……找我?”

“是的,他想认你当干女儿哩!这个老家伙,抢我的生意——我说我已经认下了,他说我只能当干娘,他可是要当干老子的。这个老东西,想占我便宜哩!哈哈哈……”

郭医师说着,笑得前仰后合,李氏也让她带得忍不住大笑起来。

郭医师笑着笑着,脸色渐渐沉下来,坐到李氏的床上,拉站在一边的李氏也坐下来,然后口气沉静地说:“老炊事员明天出院了,他坚持还要再去前线。对于每一个从这里康复出院的人,我都不希望再见到他,又怕再也见不到他,小李子,你懂我的意思吗?”

李氏是明白的,心里戚戚的,点了点头。

“老炊事员今天托我跟你说,他想认你做干女儿,因为他在服役,土匪就烧了他的家,家里的人,老婆孩子,还有老母亲,全让土匪灭门了。他恨土匪,他说他的老命一定要摔在剿匪上,哪怕就是变成了鬼,也要跟土匪撕到阴曹地府里。明天他就要走了,最大的心愿是想认你做干女儿……”

李氏眼泪又下来了,站起来说:“郭姨,麻烦你带我,去向干爹磕个头吧……”

郭医师拉李氏坐下,说:“磕头急什么哟!我还有话没说完哩,他老人家还有一个心愿……”

“还有一个心愿?这个时候……不管他是什么心愿,我都会……答应他。”

“就是希望……希望你能嫁给张连副……”

李氏一下子愣住了!

郭医师留意到李氏发愣,却把话接着说下去:“你和你的男人已经不存在什么关系了,也就是说,你与他的婚约由于他单方面的强行中止,已经不存在了,你是一个不在夫权之下的自由人了。而张连副还是个童男子,他喜欢你,因为你的一句话,他坚持锻炼,竟然发生了奇迹,再有几天,他也可以出院了……”

李氏不能再让郭医师说下去了,这太荒唐了!她想,怎么可能,自己已经是胡开楚的女人了，怎么可能又嫁给其他的男人？这简直是在打她的脸！她生气了，真的很生气，就差没发火了。但转而想到跟自己说话的人是东家，是救过她的恩人郭姨，于是压了压心里的愤怨，但眼泪却不争气地下来了。

郭医师看见李氏流泪，以为是这个突然的消息一下子让她感喟或者是害羞，同时也有可能——她对将要与之了断的那个卖她的男人以及那个家，还有丝丝的留恋……

想到这里，郭医师朗声地问道："小李子，这是好事啊，你哭什么？"

李氏嗫嚅了半天，低着头说了一句："郭姨……这哪能啊！"

"有什么不能的？你才17岁，你总不能就这样守一辈子，一辈子都不嫁了吧？"

"嗯哪……不嫁了……"

"小李子，这不是你的真心话吧？你还这么年轻，你不可能不嫁的……"

"郭姨，对不起，好马不佩双鞍，好女不嫁二夫，我已经是胡家的媳妇了，生是胡家的人，死也是胡家的鬼……"

"开什么玩笑！他都把你卖了，对不起，我一不小心又提了这戳心的事。但事实就是这样，他卖了你，把你当作牲口一样，当作没生命的货物一样——卖了你！这不仅仅是恩断义绝的事，是他根本就没把你当人看待！没把你当成一个活生生的、有感情的，而且还这么漂亮、这么能干、这么善良贤惠的人看待！他娶了你，就当对你一辈子负责，就当爱你、呵护你、心疼你……可是，他没有，相反，他却卖了你！卖了两块大洋——把一个嫁了他，有了婚约，也就是拜了天地的妻子，卖了两块大洋！对于这样的人，你干吗要为他这么守着，这很荒唐，这很不合情理，你晓得吗？"

这么多天来，李氏还没看见郭医师像这样生气过，被她的话吓着了，也为她说的话都在理上而伤心，她捂着脸嘤嘤地哭了。

郭医师说话时就已经流泪了，看见李氏哭，她安静了一会儿，然后走过去，一只手将李氏揽在怀里，另一只手在她的肩上轻轻地拍着："求上帝饶恕我！我没能忍耐得住，犯了论断人的罪。小李子，郭姨是为你好，心疼你，为你气不过……"

李氏点点头，嗯了一声，从肋下的衣襟里拿出刚刚揣进去的红肚兜，递给了郭医师。

郭医师展开来一看，脸上的泪还没干，又哈哈地笑了起来："啊哟，你怀孕啦?！真好玩，这小肚兜，让我想起了我女儿小时候……"

郭医师说着说着，打住了话头，盯着李氏的眼睛问："这么说，你男人卖你的时候，你就已经怀了孕的，是吗?"

李氏点了点头。

“当时他知道你怀孕了,还要卖掉你?”

李氏摇了摇头说:“他不晓得的……”

郭医师仰起头,将红肚兜一下子捂到脸上:“哦,天哪! 怎么会是这样? 怎么会是这样!”

李氏站起来去揭郭医师脸上的红肚兜:“郭姨,当心有针,戳着……”

红肚兜让李氏揭走了,郭医师的脸还在仰着,看着天花板,喃喃自语:“我只是一个外科医生……这深处的病……我没法治……小李子……小李子……叫我说什么好呢……”

郭医师的脸低下来时,李氏看见她的泪成串儿往下淌。

李氏坚持要去给老炊事员磕头认干爹。

磕头时,张连副也要来一起跪下,被郭医师劝阻了。

第二天,郭医师告知了张连副实情,张连副听了后,闷了一刻,然后便高低要求提前出院,好与老炊事员一道回部队。

半个月后,前方传来消息说,老炊事员和张连副在一次大规模的剿匪战斗中,先后壮烈牺牲了。李氏得知后,抱着郭医师大哭了一场。

一晃眼,几个月过去了,卞世典有点想女儿了,借着中秋节,就打发七少爷和袁妈去六安城接九小姐回来过节。七少爷清溶自八弟清源从戎之后,一直闷闷不乐,听说八弟临走前去了九小姐那儿,就有点生这个小妹子的气,想她当时应该拼命留住八哥才是,即便留不住,也当赶紧给卞府通报一声,家里好脚跟脚地追他回来。

听到父亲吩咐他去盛府接妹妹回来过节,就赌气说:“懒得去。”

卞世典见儿子不听吩咐,就赌气说:“那我自己去!”

他真的就穿戴了,上了轿子。

七少爷原是躲在自己房子里的,听七少奶奶说父亲竟然上了轿子要亲自去接女儿来家过节,就赶紧骑了马,一路追了过去。

在淠河的小木桥头就追上了。

儿子不敢越过父亲的轿子,七少爷就让马呱嗒呱嗒跟在轿后。抬轿人禀报了二老爷,卞世典撩开轿帘探出头来向后看了看,缩回头去,抿嘴笑了笑。

七少爷往前赶了两步,对轿子里面说:“父亲,儿子知错了——您回吧。”

卞世典也不是真生气,自爱妻生病乃至过世之后,他就没再到过六安城了,也想趁此进城散散心。看见儿子来了,又听到他认错,不但没了气,反而有点开心了,就在轿子里答道："要回你回，我可不回。"

话虽然还是气话，但语气已经透出他是故意装出来的促狭劲了，七少爷听了也抿嘴笑了笑，马儿跟在轿子后面优哉游哉进了城。在大井拐吃了著名的鸡丝包子，喝了辣糊汤，又在东大街和鼓楼街逛了一圈，然后去了盛府。

九小姐的月份已经深了，婆婆听说她要回乡下过节，头摇得跟拨浪鼓似的。婆奶奶的身子调养得好些了，她坐在那儿，先不发话，一直在那儿咕噜咕噜地吸着水烟。一屋子人后来就都哑了，垂了眼去听老太太的咕噜声。

老太太终于开口了："哎哟，好大的阵势啊！多阔气地接闺女啊——老子都亲自来了！这乡下人就是不一样呀，搞得吓人巴拉的——不过哩，我也说不出个子丑寅卯来，谁让我这孙媳妇的老子还是我宝贝女婿哪！可怜啊！我白发人送了黑发人，看不到女儿了，也罢，看一眼女婿也是好的……"

卞世典知道那话都是刺挠他的，但毕竟是岳母大人，又是女儿的婆奶奶，可不敢惹恼了她，于是站起来，打躬作揖，赔着小心，也赔着笑脸。

老太太抬眼睨了一下卞世典，又吸了几口水烟，将一缕儿轻烟吐出之后，慢悠悠地道："让她回吧！这个有娘养没娘管的丫头，在乡下待大的，恋着那土渣巴哩！她执拗着要回，哪个不让，就得罪了一圈子的人啰……"

老太太发完了话，站起来，交代管家："好好款待我的贵客啊！难得进城一趟，留他们多住两天，晚上去戏园子包一场大戏，让他们开开洋荤，明儿个再带他们看看盛家的铺子，虽然不如他们卞家圩子的地盘儿大，也算还有个看头吧。俗话讲：慢不得，慢不得，女婿来了是娇客。女儿没了，女婿更是娇客……娇客哟……"老太太哭不像哭，唱不像唱，哼哼叽叽的，说声"我要去歇着了"，就让用人搀着走了。

卞世典让岳母一番带刺的话说得面红耳赤，但好歹老太太答应让凡子回娘家了，就冲老太太的背影打躬作揖，诺诺称是。

晚上，盛维炯带了两个跟班来客房请卞世典和卞清溶去看大戏，卞世典对七少爷说："清溶你随他们去吧，我不去了。维炯，你也留下来，我们翁婿说说话儿……"

盛维炯不知岳父大人的意思，就拿疑讶的眼神看着七少爷。

七少爷看了看父亲不容置疑的脸色，他知道父亲之所以要这样做，肯定自有他的道理，他是有话要问、有话要讲的，于是对盛维炯说："维炯，我这次与父亲来，接九妹回卞府过节为次，主要是有些事必须得讲清楚、讲明白。我们卞家，虽然是乡下人，但也是望族大户，卞家这一代，就我九妹一个女孩儿，不仅父亲珍贵她，我们卞氏门下，老老小小都视她为掌上明珠。让她嫁到盛家来，图的夫婿是她的亲表哥，这里也是她的姥姥家，图的是妹子不会受到半点委屈。你也晓得，九妹有 8 个哥哥,哪一个哥哥都会为妹子拼命的。特别是我们那个老八,简直就是一个闯王。我希望你记得七表哥的话,善待我的九妹,也请你对我的家父也是你的姑父、你的岳父尊重点……”

卞清涳说完这些,看了父亲一眼,见父亲略略颔首,就带着两个跟班走了。

客房里只剩下翁婿两人的时候,卞世典指了指对面的凳子,反宾为主道:“坐!”

盛维炯虽然对九小姐无所谓,但对这位曾在京城做过事的乡下姑父也是岳父还是不敢乱了礼数的,于是坐下了。

卞世典亲自在女婿的茶盏上添了茶水,然后坐到他的对面,端起茶盏浅浅地啜了一口,对还在发愣的盛维炯笑了笑,说了一些闲话,问了问盛家的生意,讲了讲六安古城的来历,以及沿河的八大景致——淠津晓渡,双塔摩青,桃坞晴霞,赤壁渔歌……

盛维炯傻眼,自己家跟前的事,他却远不如岳父知道得多,岳父稍一询考,他就结结巴巴答非所问,真想转身逃脱,却又苦无托词,而就在此时,卞世典却突然将凳子向他跟前移了移,问道:“维炯,我问你,当初你娶凡子进门,燕尔之夜你弃礼数仁德于不顾,百般羞辱她。再后来,晓得她六甲挂怀时,你又差一点儿要了她的命,这都是为什么?”

盛维炯吭吭哧哧半天不知如何对答。

卞世典接着又问:“你为什么娶了她却又嫌弃了她,既然嫌弃她,你为什么不休了她?”

盛维炯低了头,石磙轧不出屁来。

“俗话讲,嫁出去的姑娘泼出去的水,按说我不该过问此事,何况我还是父亲,正因为此,我一直没有出面,迟迟没有说话。可是,犹豫再三,我还是来了,我想听你亲口对我说说,这是为什么?我也想亲口告诉你,我的女儿卞清瀹,她不是你想象的那样不堪,她是一个善良懂事的孩子,也是一个苦命的孩子。”卞世典说着说着,嗓音竟然变得喑哑起来,“清瀹她还没成年就没了母亲。府上就这么一个千金,她是我的掌上明珠、心肝宝贝,为父我……总觉得亏欠她太多。我心粗,一味地娇惯着,疏于管教,让她养成了任性的毛病,如果说她有什么不到之处,这都怨我……”

盛维炯见卞世典的话一会儿硬一会儿软的,就有点抓瞎,慌乱之中,突然冒出这样的话来:“我……我晓得我自个儿的毛病……四个姨太太,之前之后的,都没怀上,独独她卞氏……我碰都没碰过她……奇了怪了……她回了一趟娘家,回来就怀上了!偏偏老太太她们……还都信了……”

卞世典一下子怔住，愣了片刻，站起来，挥手在盛维炯的脸上啪地就是一掌：“畜生！亏你说得出口！你碰都没碰过她?!”

气头上，卞世典也不知哪来的那股子劲，竟然揪着盛维炯的衣领将他从凳子上拎了起来，压着嗓门咬牙切齿地问：“说！她是你的正房太太，你为什么娶她进门，碰都不碰她？为什么？明儿个我们去官府理论理论，你娶妻不尽礼数，这是哪家子的规矩？盛维炯，你说，你为什么要这样……这样对待你明媒正娶的正房太太？你说啊?!”

盛维炯本就是个㞞包，见岳父如此发火，赶紧改口：“碰……碰……碰了……我喝醉酒的时候，她……她说……不……不是她说……是我……我碰了她……她就怀上了……”

卞世典松开盛维炯，长长地舒了一口气，却仍然不减势焰地骂道：“你个畜生！算是我们卞家瞎了眼，把个金钗簪到了猪尾巴上！有你这样做人的吗？啊?!”

盛维炯又跪下了，磕头如捣蒜，连声答应：“维炯改！维炯改！维炯改……”

卞世典用一种极端的方式为女儿和女儿的孩子争得了一个名分，确实是出于无奈，作为一位父亲，他也只能这样了。

九小姐回到卞府，歇了一会儿，征得父亲同意后就让泉玉去上郢把竹青叫来。

胡开楚向坐在圈椅上的九小姐深深地鞠了一躬，九小姐吩咐他坐下说话，仆人给他递上茶水。

九小姐打发走了所有的人，然后慢慢地站起来，故意挺了肚子站到了竹青跟前，装成很随意的样子轻轻地说了一句：“翠画的月份比我早，按算，当离临盆的日子不远了……”

胡开楚一下子从凳子上站起来，又是深深地一鞠躬，低头站在一边。

九小姐端了茶杯啜了一口，将一片茶草儿轻轻地含在嘴里咀嚼着，回到圈椅里，坐下来说：“今天我叫你来，是要跟你陈明一件事情。那天，我们一起被抓上了鼠龙窝，匪首不是别人，就是那对我垂涎已久的孙有财，那天，他们是冲我来的。既是落入了魔爪，我晓得我是肯定逃不过此劫了，就干脆作践了自个儿，让他们放过翠画。翠画是清白的，这件事我敢以我九小姐的身家人格担保，甚至以我卞家的祖誉担保！”

胡开楚在九小姐的凿凿言辞面前，羞愧难当，抬不起头来。

“你这个不知好歹的东西！你也晓得，如果翠画真的像你说的那样，尽管这并不是她的错，但依她一贯的做人、为人的准星儿，她会为了自个儿的贞节去死的，她还能那么平和自如地活在你的面前吗？她做不到，她是翠画，她不是九小姐，不是对自个婚姻不满的卞府千金卞清瀹！翠画她喜欢你、心仪你，谁也没有我了解她，就像谁也没有她了解我一样。她打从见到你起，就喜欢上了你，她心满意足地嫁给了你，是要把一生都交给你的，把命交给你的，你……你这个满腹经纶的酸人，竟不懂得怜香惜玉，将一个上好的淑惠贤德女子视为敝帚……”

竹青扑通一声跪到了九小姐面前，号啕大哭。

“回到盛府之后，我发现自己怀孕了，我的大烟瘾也重了，赶巧翠画这时来投奔我，可怜……可怜她只身一人，连夜逃走，没想到……没想到……你……你竟然卖了她，两块大洋！姓胡的——你是什么一个东西！”

九小姐说到这里，赶紧顿住，她怕因为愤怒而动了胎气。

喘息了一会儿，喝了几口茶水，她让自己冷静下来：“可怜的翠画，她实在是走投无路了，进城去投奔我，没想到那时我自顾不暇，帮不了她，她竟然为了我，当了她身上唯一值钱的银簪！正是她的那根银簪，让我下了狠心戒毒，总算戒掉了！我一直想着要当你的面把事儿说个明白，正好赶上过节，父亲亲自去接，我就回来了。其他的话我也懒得多讲了，我晓得你也肯定后悔了……”

胡开楚跪在地上，啜泣不已，听到这里，只是点头，说不出半句话来。

“可是你，竹青，我就不明白，你一个大男人，怎么就忍心像鳖龟一样缩在家里，不出去找找？我晓得翠画的韧性，她会活下来的，为了孩子，她不会死的。她就要生了，你为什么不去找找她——”

九小姐极力小声慢语地说着，可重复最后一句话时，她还是忍不住地吼了出来：“她就要生了！你为什么不出去……找找她——”

竹青嗫嚅着为自己辩解：“找了……方圆几十里地……几乎找遍了……可是翠画像是腾空飞走了，化掉了，没有人晓得她的踪影。我做了两场梦，家父告诉我，翠画变成了鱼儿，在水里游。我醒来后，扒心扒肝地哭了好一阵子，想翠画可能是投水自尽了。可第二次梦中，变成鱼儿的翠画竟从水中走上来，笑吟吟地向我走来，手里……手里还拎了一条小鱼儿……”

“那你就没有想到，她有可能是顺水路去了哪里？”

“她身无分文，能去哪里啊？水路可得要坐船的……”

说到这里，丫鬟过来，喊九小姐去用餐。

胡开楚正要告退，丫鬟又说，泉玉让她带话，请胡先生留下，吃过晚饭再走，他在西厢房等你。

胡开楚说声“不了”，决然离开了卞府。

胡开楚没有回家,径直向六安方向走去。

因听了九小姐说到"船上"二字,他便去了六安淠河码头,一个码头一个码头地打听,希望能从船家的嘴里听到一点关于李氏的蛛丝马迹。令人哭笑不得的是,几乎所有的船家都不知道这个男人到底想要干什么,甚至以为他是想来船上买春的,纠缠了好几天,他最后不得不失望而归。

郭医师强迫李氏做了胎检。她本是不愿意将自个儿的光身子给别人看的,但经不住郭医师的一再要求,她才扭扭捏捏睡到了产床上,还叫郭医师赶走了妇产科的医护人员。检查过后,郭医师吩咐护工为她收拾了一个单间,并告诉她:"离预产期还有半个多月,这半个月里,你除了做些轻巧的杂事,其他的重活都不要再做了。我为你什么都准备妥帖了,你就在那单间里坐月子,我会亲自为你接产,你就尽管放心吧。"

十月天,夜里的风已经很凉了,但睡在床上的李氏的身上却出了毛毛汗,挺着个大肚子,翻个身不容易,但她还是辗转难眠。瞪着眼看没在深夜里的窗棂,窗棂外面有星光,灰莹莹的,像是流在入淮口打不到深浅的淠水。

她抚了一下自己的肚子,肚子里的孩子动了一下。郭医师为她听胎心音时,轻轻地嘀咕了一句:"嗯……肯定是个男孩。"她马上想到了竹青——孩子一定像他,像他那么清秀英俊,像他那么聪慧儒雅。

她用手抚着肚子从床上坐起来,披了袄子,低着头小声地对着自己的腹部说:"心肝宝贝儿,你是一个小竹青吗?"肚子里的孩子又动了一下,她捂着嘴哧哧地笑了,"想你老子了?我们回家找他好不好?"

李氏说完了这句话,把自己吓了一跳。回家——找他?!只是随口一说啊!迢迢水路,眼见就要临产,如何回得了家?只知道正阳是在六安的北边,北到什么程度?北到多远的距离?不知道啊!那个家,怕是再回不去了……

李氏想到这里,嘤嘤地哭了。

肚子里的孩子又动了一下,李氏赶紧躺到床上,想稳稳妥妥地睡一觉,好让胎儿安静下来,可"回家找他"的意念却赶不走打不散地缠上了她,像是一把无形的锤子在钝钝地撞击她的心墙,没有声音,却撞出难以忍受的疼痛来。她出汗了,松了一下被子,侧过身子看窗外的星空。她看到了银河南端边的南斗星——竹青告诉她的,有北斗,也有南斗,《吕洞宾戏牡丹》中的唱词就有"南北二斗颠倒挂"一句。想到这里,李氏再也睡不着了,索性起来,点了蜡烛,绣孩子虎头鞋。

窗外有走路的声音,有人起夜如厕,走路人又咳嗽了一声,这是冲她来的,声音是厨子王大爷的。这老人有点爱管闲事，好多次找李氏闲拉呱，说一些半生不熟的话，说穷苦人不能认命，应该要有翻身做主的念头……还说救星不在天上，就在人世间……又说水往低处流，人要往高处走……吞吞吐吐的，却从不把话儿说透，跟人猜心思样的。李氏想，我哪来那些多余的心思去顺着你的话抠脑子！后来李氏就有点烦他了，尽量躲开他的聒噪。

李氏赶紧灭了烛灯，摸黑坐在床沿上，手上捏着针线活儿发愣。

远处传来公鸡的叫声，已经是三更天了。李氏想到了亲娘和婆婆，想到了娘家的菜园子、婆家的竹林，还有竹林丛里那些闹腾的喜鹊和晚上才归来歇息的成群的白鹭，还有从娘家到婆家必须走过的那些水田埂和旱地的沟垄以及沟垄上长出的山芋、棉花和花生……

最后想到了胡开楚。她掐头去尾，想开楚在卞府与她和九小姐相遇时的情景——竹圃边，他们撞上了，竹青吓得躲了起来，白净俊朗，英气勃勃。她记不起来自己当时是如何一种状况，但记得竹青偷看了九小姐，而九小姐对竹青好像一点儿也没在意，竹青对翠画也是一点儿没有在意……

她想到了新婚之夜。竹青几乎没有说话，做完了事，她按喜娘的交代要装作不打搅相公瞌睡歇息的样子，故意往床的另一端挪了挪，没想到的是，竹青没有按常规将她拉回来揽在怀里入眠，竟然任其去了。梦中他说了梦话，喊了九小姐的名字，却不是翠画。李氏没有怪他，她是九小姐的丫鬟，他喜欢九小姐，也不会轻看她的——作为男人，谁能不喜欢娇美富贵的九小姐呢？只有盛维炯这个半吊子不识好歹。无论怎样，竹青比盛维炯要好些，竹青毕竟让她有了他的孩子……

李氏想到这里，“回家找他”的锤子又在她的心里钝钝地撞击起来，直到天亮。

天亮了，从早到晚，李氏都恍惚着丢东忘西，郭医师也没在意，想她快要临产了，第一胎，又才 17 岁，有点紧张是正常的，为此，还刻意关照李氏，让她不用担心，在自己跟前，一切都会平安无事的。可是在李氏的心里，甚至在她的耳畔，除了“回家找他”的声音，其他任何事都不重要。她好几次在无意识的状态下去了河边，甚至趁大家午休时还去了码头，看了又看滔滔的河水和河水上面穿梭往来的船只。她想到了当初来这里时的晕船和眼下自己空空的两手，失望乃至绝望了。

挨到了夜晚，可能是因为前一夜的折腾失眠，她躺到床上，竟然很快睡着了。

她又来到了码头，码头上人来人往，她看见一个熟悉的身影，是开楚——竹青！她的男人！他在码头的船只上挨个儿打听，她清清楚楚地听到了从他嘴里发出的声音：“见过这样一个女子吗？白白净净的，瓜子脸，头发乌黑乌黑的，姓李，17 岁……”她知道这是开楚在找她，她想飞步赶过去，可是他们之间隔了水，隔了船，自己的肚子又是沉沉的，任她怎么用力，就是靠近不了他……她试着去喊：开楚……竹青……我在这里……

醒来了，是梦！

外面有咳嗽声，是王大爷。

“李丫头啊，喊什么呢？心里憋屈是吗？”

李氏装成睡着了，没搭话，还故意把鼻息声弄得大大的。

“该不会这么早就睡着了，讲梦话？不会的，年轻人，不习惯早睡的……”说着竟然敲了敲门。

李氏没有搭腔。

这个老头子，真不识相，又在窗外说：“李丫头，你要是还没睡，把灯点上吧，让大爷我进来坐一会儿，之前我答应过你的，要把穷人的道理讲给你听听……”

李氏真的烦他了，而且有点害怕，虽说是个老人家，平常对李氏也像父亲对女儿一样的关怀备至，但毕竟是男性，特别是这大晚黑的，谁爱听你什么道理啊？还穷人的道理！穷人的道理是什么样子？李氏觉得很好笑，就真的苦笑了一下。

突然，她想到了婆婆跟她说过的黄裁缝，难道这个王大爷也是像黄裁缝一样的人？

李氏说话了：“王大爷，我已经睡下了，有什么事明天再讲，好吗？”

王大爷呵呵一笑：“对不起哩，李丫头，你已经睡下了，那就明天再讲吧……”

等王大爷的脚步声走远，她再也睡不着了，复习着刚刚做过的梦，想到梦境中的竹青——自己的男人在着急上火地寻找自己，兴许，这是托梦哩，他真的在找我哩……

红根菜，开白花
哪有丫头不想家
白天想家倒还好
夜里想家魂在家
三魂绕着亲娘转
六魄挂在屋檐下

李氏悄悄地穿戴好了，摸黑收拾了自己的行李，伸头听了听外面的动静，整个医院都睡熟了，值夜班的护士室里，灯还点着，却是一点声息也没有，他们也都打了瞌睡眯盹儿着了。黑夜里什么也看不见，她象征性地站在漆黑的小屋里环顾了一下——没有什么好落下的，也没有什么可留恋的，然后轻轻地拧开门闩，向外探了探头……

她蹑手蹑脚地走出来，再缓缓地带上门，顺着走廊往院门处走。她知道那院门只是一道虚设，因为半夜里经常有急诊的病人来，门房图方便，就把门闩儿搭在门隼上，里边的人很容易就拉开了。

怎么王大爷又起夜了！是他的脚步声！这死老头子，干吗不睡觉？

她吓得屏声吸气，憋在走廊的黑影里，她以为他没有看见她。

只见王大爷佝偻了腰，撵三赶四地往茅厕里跑——想必是拉肚子了。

王大爷却一边跑一边说话："明天叫郭院长给你的房间里备个马桶儿，怀身挎肚的，夜道更深起夜不好……"

他把她当成跟他一样，也是起夜上茅厕的。李氏就赶紧答话："嗯哪，我没事的，承蒙王大爷的厚情了！"

幸好王大爷内急得很，话没说完，人就进了巷子，男茅厕在巷道的深处。

她站在了码头上，一阵寒风吹过，突然恍惚起来：半夜三更的，我这是要干什么？哦，对了，我这是要回家——是的，在淠水流过来的地方，在正阳的南边，那里有我的家——亲娘在那里，肚子里孩子的爹在那里，我要回到那里去。

回家！

可是怎么回？

船是坐不得的了，没有钱——工钱早就预支了，她不后悔把预支的钱给了那个卖孩子的女人，更不后悔给了开楚，这都是自个儿愿意的、乐意的。在医院的日子里，郭姨体贴她，每月给她一点零花钱，很少的，那是郭姨额外的恩惠，她用它买了女人家必须要买的零碎，余下的买了一些针头线脑，给未出生的孩子做了一些小件——她也打听过了，即便郭姨给的零花钱都攒着，也不够一程船价的……

还有，她让来时的晕船晕怕了，那种难受真是让人想死的心都有了，如果再这样晕着回去，自己的命不重要，重要的是就要出生的孩子，他怎么能受得了那样的罪？

只有走！

想到隔山隔水那样远的路程，李氏目眩了一下，但马上又镇静下来。

累倒是不怕，可是路在哪里？

俗话讲：猫一千，狗一万，婆娘认路三里半。几百里的路，坐船来时虽然晕得眼不能睁，但她还是看见了沿路有大山，有荒岗，有一坵一坵的旱地，有一湾一湾的水田，有一座一座的村庄……她得用步子一步一步去丈量，去打发……何况，这些都是陌生的路,不认得啊,怎么走?

刚刚出来时天还晴着,这一刻就阴了,南斗星看不见了,银河也看不见了,夜空下,只有忙着入淮的白浪滔天的淠河水。

李氏茫然四顾,虽是深夜,河面上仍有零零星星的船只在行走,靠近码头的船都泊在鼾声里,一个人影儿也没有。最后她的眼光落在了河面上,回家的念头就像眼前的浪花儿,举不过漩涡,向前拼命推着推着就不得不趴下了,随着水流转着转着就没了。

是啊,我这一走,郭姨该有多么伤心!再说,她给的工钱是一年的,我这才做了7个月不到,我这不是亏了良心吗?

想到这里,李氏的脚就不由自主地往回走了。

一推院门,闩上了,一定是上完茅厕的喜欢多管闲事的王大爷看到院门虚掩,就不问好歹从里面闩上了。她知道这院门从里面只消一拉门闩就行了,可是在外想拔开那门栓是不能够的……

就在她不知如何是好的时候,远处传来了几声鸡鸣和一阵不打紧的狗叫声,肚子里的孩子像是被惊醒了,动了一下,是伸懒腰的样子。

李氏不再迟疑,一转身,走了,没有回头。

她知道,如果她一回头,可能就走不成了,因为有着太多太多的不走的理由,而走的理由却只有一个:那就是回家。

剔菱角,摆菱角
菱角多,摆不妥
不妥南,不妥北
不妥大姐种荞麦
荞麦开花紫浪色
紫紫,芥芥
跑马,放来
猪蹄子,马驹子
小大姐,蜷爪子
往哪蜷?回家去

离天亮还早,天又阴着,站在河岸上的李氏断不清东南西北了,她想借着天光看一看流水的方向——逆流而行,应当是不会错的,淠河是从她来的地方也就是她的家乡流到这里来的。可是此河段是淠河与淮河交汇处,一个漩涡儿接着一个漩涡儿,没一个正经的走向,她有点发蒙。

突然远处有一点灯火渐行渐近地过来了,一只小帆船儿,帆杆子上方挑了一盏马灯,李氏最先看到的灯火就是那盏马灯。靠近了,船头站有人,人身后的竹席棚子里也亮着灯,好像还有人在棚子里晃动,李氏壮着胆子向小船喊去:“大伯、大婶,夜里还走路啊!”她看不清船上人的年龄,她觉得这么称呼是对陌生人的一种尊敬,怎么的也不至于得罪人。

果然,船上人答话了,是男人的声音:“姑娘,有事吗?”

“我在找我兄弟,他也是船上的,我想打听一下,你们是从大埠来的吗?”李氏撒了一个谎,是出于一种防范意识,问是否从大埠来,是因为大埠在正阳的下游,这是闲聊时王大爷曾跟她说过的。王大爷好几次要带李氏去大埠听一个说书人在私下里讲穷人的道理,都被李氏拒绝了,李氏自来到正阳后,就没离开过医院和医院的前后左右。

听了李氏的喊,男人没有回应,小船说着就要过去了,撂下一句女人的喊话来:“夜半更深的,还在勾引啊!连上下都搞不清朗,你回家歇着吧……”

李氏虽然被船上的女人骂了,但她很高兴,她得着了答案,因为顺着船来的方向走,就对了。

入淮口的这段堤岸是可以当大路走的,李氏来的时候就看见岸边有马车走过。河岸的两边长满了枫杨,当地人叫它“淠河柳”,这种落地就扎根,扎根就成林的红叶儿树是从青河一直长过来的。也就是说,整条儿淠河的两岸边都长满了这树,看见了这树,李氏往回走的心不再害怕了。

过了入淮口,河道开始转弯了,堤坝消失了,淠河柳也消失了,一大片看不清楚是庄稼还是苇草的植物,平展展、黑乎乎地长在河岸边。

路呢?

李氏在黑夜里,只顾沿着堤坝傍着柳树往前行走,她疏忽了早在堤坝消失之前,那路就岔过来了。

不远处有个村庄,都还在睡梦里。按说村庄当是有路通过或走出的,她朝着村庄走去,可没走几步,村子里的狗听到动静,连着声儿叫了起来,她赶紧退后又回到了原地。

随着狗的叫声,鸡也成群结队地叫了,天快亮了。

就在她左右为难不知是往前走还是往后走的时候,听到有咳嗽声,随后隐约走来两个担着担子的身影,离她约有四五竿子的距离,跟她平行着向她来的方向走过去——可能是来正阳赶早集的人。

李氏本想靠到跟前问一下路的，但转而想到刚才在向船上人问路时遭到的误会，这里人生地不热的，还是谨慎为妙，就猫在一边，等他们走远了，再横插过去。

总算找到了正路。

紧张着急的情绪缓解了，她感觉到了累，两腿木木的，有点拖不起来的样子。胡李氏啊，你可不能服了软，这才刚刚走出正阳，前面的路还远着哩，怎么的也要走回上郢去，哪怕就是回到卞家圩子的菜园棚子也算是回家了。

天渐渐亮了，仍然阴沉着。

她开始想象喜欢早起的郭姨这时该在院子里练她的剑功了，那身姿是很好看的，一身的白色，舞起来的时候像只白色的蝴蝶。

王大爷已经烧好了早茶，开始为郭姨准备早点了。按郭姨的交代，他一定还熬了杂粮肉糜粥，这是在李氏胎检以后她交代下来的，可是李氏压根就不喜欢吃那满嘴钻的东西，除了郭姨吃一点外，剩下的都王大爷自己吃了。王大爷笑话自个儿："要是把我给吃怀上了，那可就糟了，最起码得开刀拿出来……"王大爷"开刀"的玩笑话儿，让李氏倒抽了一口凉气。

医生、护士们都起床了，院子里开始热闹起来。

郭姨练完了剑，她会从站在身后的李氏手里拿过干爽的毛巾，擦脸上和脖子上的汗水，然后递回毛巾，拿着剑大步流星地走向厨房，一边走，一边乐呵呵地向碰面的医生、护士们问好。

想到这里，李氏的心像是被蜂子狠狠地蜇了一口，抽紧地疼了起来。她不敢想象，当郭姨发现她的小李子不见了的时候，她会怎样的震惊与伤心。

她先一定是扶着剑大声地喊："小李子——小李子——"然后顾不上放下手里的剑，拿着剑就向李氏的住屋跑过来，一边跑一边喊："小李子——你怎么啦？是哪里有什么不好了吗……"

当她推开门，看到一直挂在床头上被当作箱子用的包袱不见了，才知道小李子走了……

尽管她知道她已经走了，但她不愿相信这会是真的，她一定会赶紧转身出来，向王大爷或其他人打听。

王大爷向她描述了夜间碰上小李子的情况。在王大爷的心里也肯定生出怨怼来，他指望着能让李氏觉悟明理，可是李氏硬是榆木脑袋一个，心里只有肚子里的孩子和孩子的父亲，还有那个隔山隔水的家……

郭姨听完了王大爷的描述，她一定是仰面朝天，泪水顺着白皙的脸颊淌下来，然后哽咽着向苍天轻呼："哦，天啊！为什么会这样？她就要生了！上帝啊，求你怜悯恩待她吧……"

李氏哭了，她停了脚步，扭头看了看早已消失在身后的正阳，她很想就地跪下来，向可亲可敬的郭姨遥遥地磕一个辞别的头，但由于大路上的行人渐渐多起来，她终是没敢。

油灯下，胡开楚骑在大板凳上笨拙着搓着草绳。

胡聂氏在给秋收后的种子编草包儿，用糯草扎成一个个类似于蚕茧的袋子，将种子放进去，用绳子收了口，吊到山墙上或屋檐下，保存到开春拿下来，一个也不会霉坏。

在装花生的时候，她抓了一把花生放在桌子上，装黄豆的时候，又抓了一把黄豆种放在一边，然后坐下来，叹了一声气。

她拣了八只饱满大粒的花生儿并排成一行，然后又拈了十几粒黄豆种排放在第八只花生的后面，自言自语："8 个多月了，1 天，2 天，3 天，4 天……应该只剩下半个月了……"

耳朵失聪的人，自以为是在自言自语，岂不知她的声音简直就是大喊大叫了："可怜的李丫头啊！怀身挎肚的，就快要生了……"

胡开楚本就做不好什么农活，像搓绳、编栅等比农活还要讲究的手头杂务，他更是难以拿得起来。秋收后留下的糯草儿要赶青搓成绳子，来年春天好做套牛的精索用，邻居教了他这些，总得学着做了，自己要吃饭，何况还有老母亲要养活……

见母亲在桌子上数算花生和黄豆并说出那些话来，他把头埋得低低的，使劲地搓绳，糯草在他的手上发出哗啦哗啦和咯吱咯吱的声音。他想把声音弄得更大些，但糯草的声音只有那么大，盖不住母亲那高声大嗓门儿，她的话仍然像刀一样割他的心。

他站起来，揭开草捂子，用竹提子从瓦罐里舀了一碗茶出来喝，喝完了，放下碗，走出了屋子。

屋外一片漆黑，十月天了，竟然还有蛐蛐儿在叫。他抱着头坐到了檐下的石条上，蛐蛐儿的叫声像是撕布的声音，他觉得自己整个儿从里到外要是一匹布就好了，撕开来，挂到树上，让风吹雨打，虽然疼，总比这样像糍粑一样闷在锅里煎着熬着的好。

胡聂氏跟出来了，看见儿子坐在冰凉的石条上，就说："快进屋，把我扎好口的花生包挑到山墙那桩上挂起来，还有这黄豆，你把它挂到屋檐下……"

他仍然低着头,说了声:“明天再讲,天黑了,挂什么挂?!”想想,如不大声喊叫,母亲是听不见的,就只好站起来,先把黄豆包儿挂好了,然后进屋去了。

大桌子上的花生和黄豆都不见了,他挂好了花生包,然后站到母亲跟前,直直地跪到了母亲跟前。

胡聂氏弯腰去拉儿子,哭得漭漭的:“怄娘的儿子啊!你不晓得,女人生养,凶险啊!她要是还活着,按算快生了,两条命啊……”

胡开楚抱着母亲的腿,像小时候一样,仰脸去看母亲,希望母亲能狠狠地打他几巴掌,然后把他哭要的东西拿给他。然而眼前的母亲已经白发苍苍,自己也人高马大,不再是小时候了。

“大大……我该……如何是好……求求您不要再提她了……好不好……依她的那个性子……她早已不在人世了……不在了……”

见儿子执意跪着,她也不再拉他了,挣开他的手,端了灯要去里屋睡觉了,到房门口时回头道:“明儿个上趟街,看家里有什么当的没有?称点红糖,炸点糯米花儿回来……”

胡聂氏说出的这两样东西,是女人家坐月子必吃的食物,或许是女人之间的一种特殊感应,胡聂氏觉得胡李氏没有死,既然还活着,她就有可能再回到上郢来,因为她怀着的是跟她男人的头胎孩子,是男是女,都得生在家里的。

而胡开楚却怎么也跳不过“她如何能活下去”的疑讶,希望她还活着,却又不得不绝望地承认:她已经不在人世了,即便在,她也不可能再回到他身边了……

小红孩,打哪来
红兜兜,花鞋鞋
老子打马肩
娘亲喂口奶
啊哟歪
疼了娘的怀

走了大半夜的路,天亮时,李氏就觉得肚子饿了。她离开医院时,没想到这一层,当初从厨间里哪怕就是摸点锅巴带上也是好的——她自己倒不要紧,腹中的胎儿可经不住这样的饿!看了看四周,河两岸的滩涂地都可着铆儿安种了庄稼,庄稼又都在十月里收仓了,冬小麦还没泛青,一埯一埯的,红着叶梢儿趴在地上。油菜也才刚刚成棵儿,带着胎红挤在土渣巴里。没有荒山野岭,也就难以见着可以充饥的野果儿什么的。路边倒是有菜园子,种了萝卜,萝卜是可以吃的,她瞧着没人时,装着弯腰提鞋的样子,拔了一颗青头愣,顾不上拿水洗了,用手来回这么一摩,连着皮就吃了起来。

正吃着,对面来了一个挎竹篮的大婶,大婶直盯着她手上的萝卜看,李氏的脸红了——她打小就没拿过人家的东西,哪怕是一根柴火棒儿。不是自个儿的,她认为就是偷,"饿死不做贼"的家训她是晓得的。

幸好大婶什么也没说,从她身边走过去了。

一根萝卜管不了一会儿,她又饿得心里难受起来,已经是中午了。

腿发酸拎不动还是次要,身子好像怕冷似的抖了起来,像筛糠似的,怎么也稳不了脚步。

我自己倒是无所谓的,可肚子里的胎儿怎么办?想到这里,李氏站下来,"饿死不做贼,穷死不要饭……"管不了这许多了,为了孩子,没有什么不敢做的!

李氏向村庄走去。

快要到村口的时候,迎面走来一个扛了锄头的男人,一边走,一边唱着荤曲儿。

小老头,扛锄头
遇到大姐梳油头
伸手捏捏小奶头
大姐哭得不收头
……

李氏贴着路边走,想隔身儿赶过去,可这男人偏偏在李氏跟前停住了脚步,故意将锄头斜放到李氏的脚前,做拦阻状:"我怎么认不得你。小大姐是……哪家的亲戚?"

李氏回了一句:"我不是走亲戚的。"说完就跨过锄头往前走。

男人咦了一声,竟然转身赶过来道:"你这女人真是的,我的锄头可是扛在肩膀上的,你随便一胯子就跨过去了,这叫跨骚马儿,这我俩得讲讲理了……"

李氏不敢再吱声,低了头径直走。

身后传来男人跟上来的淫笑声:"哈哈哈哈……这女人,我倒要看看,你到底是去哪家的!"

李氏赶紧岔到路边的小道上,绕了一个弯儿,离开了她准备去讨饭的村子,折到大路上去了。

走了一程,饥饿感像是减轻了,李氏知道,她这是过了那饿的界。她更晓得,当这一程过了的饿再回来时,人可能就顶不住了——何况还有孩子!

她岔下大路,又向一个村子走去,村口有一个低矮的草棚子,李氏先以为是茅厕,想茅厕怎么盖在了村口?走近了一看,黑咕隆咚的棚子门口竟然坐了一个老奶奶,正在给躺在地上的一个黑色的畜生逮虱子。

当李氏看见老奶奶腿下的畜生竟然不是猪而是一条大黑狗时,她吓得连气儿也不敢喘了。与此同时,那黑狗儿却一头蹿了过来,李氏倒退几步,差一点摔倒。

幸好老奶奶呵斥得及时,那狗只是叫得凶,并没真咬。

老奶奶和她的家都脏得不能看,李氏声音抖抖地叫老奶奶看好她的狗,她还想往村子里面走。

老奶奶一只手轻轻地拍着狗头,一只手将自己乱得跟鸡窝似的头发向后抹了两把,露出满嘴又黄又黑的牙笑着问李氏:"你是叫花子啊?不像。来我们庄走亲戚的?也不是,要是的,我都认得的。那就还是叫花子——看你这怀身挎肚的,怎么出来讨饭呀?你怕狗,劝你别进去了,里面人家喂了好几条,凶得跟魔王样的……"

李氏听说有狗,停了脚步,为难着不知如何是好。

老奶奶将自己刚刚坐着的板凳用脚往李氏面前拱了拱,说:"看你这灰头灰脸的样子,走了不少的路吧?来,坐下歇歇腿,我给你倒碗水喝……"说着转身进屋,竟然把大黑狗忘在了李氏跟前。李氏见老奶奶家脏兮兮的,就不想留步,转身要走,大黑狗却瞪了眼直视着她,吓得她动也不敢动了,只好候老奶奶出来。

老奶奶一手拎了一只黑不溜秋的煨罐,另一只手端了半碗焦面,到李氏跟前站下来,将焦面冲成了糊,然后递给李氏:"我看出来了,你不光渴,更饿……"

一股扑鼻喷香的味儿让李氏也顾不上脏不脏的了,端起碗就喝。

老奶奶看见李氏大口喝糊的样子,叨咕道:"姑娘,不急,当心烫着——烫着!可怜啊,看这月份,也不浅了,怎么出来讨饭啊?"

李氏没有回答老奶奶的疑问,咕咚咕咚地喝完了糊,恨不能将碗底翻过来舔舔,把碗递给老奶奶,想要跪下谢恩,被老奶奶一把拉住:"算了,姑娘,你再赶一庄子吧,这庄你别进了,那些条恶狗,咬伤过好几个叫花子了。唉,你也看见了,我家也拿不出多的东西给你……"

李氏喝了一碗糊,没觉得饱,但肚子总算没那么饿了,身子软得支不起来,真想在路边的草棵里坐下歇一歇,看了看西边天的太阳,硬撑着往前走去。

太阳落山以后,天渐渐黑下来,对于夜晚住宿的事,李氏早有考虑:十月天不是太冷，晚上在哪个村子边的草堆头就可以过夜。但当她开始寻找合适的草堆时，并不那么容易，要不离村子太近，要不离村子太远，要不都是牛粪猪屎太脏实在安不下身来……

天已经黑透的时候，总算看到了一个较合适的草堆，她走过去，从草堆里拉出一些草来，铺了一个容得下一人睡的草铺，然后解开包袱，拿出一件衣服，搭到肚子上，包袱当枕头，躺下了。

正眯眯着要睡，突然有人用棍子捅她的腿："起来！起来！你是哪溜的？敢占我的营子！"

李氏一下子坐下来，就着天光，看见一个蓬头垢面的人，背着褡裢，拄着棍子，对她直着嗓门大声嚷嚷。

李氏知道这是一个真叫花子，她无意中侵占了他过夜的地方。

她翻身起来，拿了包袱，准备离开。

叫花子看见李氏站起来了，吃惊地叫了一声："哦哟，你是个女人！还带着肚子！"说着用讨饭棍拦住了李氏，"别，别，你就睡这吧，我到那边去睡。丐爷从来不欺侮女人家家的。哎哟，还带着肚子……"

话没说完，真叫花子抖了一下褡裢，发出叮叮当当饭碗瓢勺相互碰击的响声，然后哼唱着小曲儿，转到了草堆的另一边。一会儿，传来了震天的打鼾声。

李氏再也不敢睡下了，真叫花子说他不欺侮女人家家的，可哪敢保证他讲的是真话呢？她轻手轻脚地离开了草堆头，向大路走去。

走了一程，实在是疲得不行了，看到路边有一个土地庙，就凑到跟前瞅了一眼，黑黢黢的，台子上供了三座像，看不清是哪路的。台子下面的案子摆了三个盘子，也看不清装的是什么，凑近闻了闻，一盘好像已经霉烂的梨，一盘柿子还没有什么异味，一盘馒头也似乎干巴铁硬的了。案子下面有三个蒲团，草编的，还带着新鲜糯草的香味。

李氏伸手想去拿那盘子上的食物，突然想到这是供物，赶紧打住了，翻身跪到中间的蒲团上，向上面的不知谁的像磕了三个头："神仙在上，我胡李氏给你磕头了——在你脚下借宿一晚，求你保佑！"磕完头，李氏将三个蒲团儿顺成一溜，和衣躺下，将包袱放在胸口上，睡去了。

当她夜里在饥饿和寒冷中醒来时，却发现抱在胸口上的包袱不见了，先以为是自己在熟睡中没注意任其滚到了哪里，坐起来看看四周，夜虽然黑，但就着天光，还是能看到四周空空荡荡的。李氏的心乱了，碎了，那个装了她未出生孩子的小衣小鞋小肚兜还有她自己几件换洗衣服的包袱儿不见了！她站起来，围着土地庙找了一圈又一圈，绝望了……

她回到那蒲团上坐下来，失声痛哭，扭头问台子上的像："我是向你磕了头的，你怎么不保佑我?! 那些小衣裳小鞋子小肚兜啊……是为我的孩子……我的孩子……"

哭到这里，李氏一下子不哭了，用袖子擦了擦眼泪，伸手去拿盘子上的供物，发现两盘水果也没了，只剩下硬得像铁榔头般的几只馒头。

李氏一手拿了一只，使足劲，啃了一口，然后站起来，离开了土地庙。

盛府上下忙得团团转，小少奶奶卞清瀹就要生了！接到翠屏的报告说九小姐肚子疼，还见了点红，可能是要生了，老太太掐指算了一下月份，不禁大喜，因为这日子跟他们一直怀疑是在娘家怀上的对不上了，应该是在回娘家之前就有了的，于是吩咐下去，让能伸上手的人全都动起来。

家中请了接产婆子，郎中是早就在的，丫鬟、仆人都是排了队的，厨房里也都预备得要啥有啥……然而，孕妇本人却非要去医院生养不可，九小姐一边嚷嚷着肚子疼，一边拼死拼活地要去医院。

去医院就医院吧，她就是要上天，也得给她搬梯子！

九小姐心里明白，她这是早产，胎检的时候，那个曾经帮她戒过毒的女医生替她算了预产期，曾嘱咐过她，这孩子有可能要早产，届时一定要来医院生，否则孩子会有危险。

还算顺利地生了，男孩。只是孩子瘦小得实在让人心疼，甚至连哭也不会哭一声，俗话说，七死八活，能活下来算是命大，还指望他能长得怎么样呢？九小姐坚持要看一眼才让护士抱走，那通红瘦小的样子，差一点吓着了她，她凝了神盯着孩子瞅，护士说好了好了，得抱走了！她突然哭了！

护士见产妇哭，就又把孩子抱回来让她看一看，直到九小姐向她挥了挥手，她才小心翼翼地抱走了孩子。

瞬时间，有关这孩子的千头万绪一下子堵在了九小姐的嗓子眼儿上，盛维炯给予她的伤害，孙有财给予她的耻辱，像是打了一个莫名的包裹变成了这个瘦小发红的孩子——可这孩子，也是她身上掉下的肉，是她的心肝宝贝儿……

"我有了自己的孩子了！"九小姐的哭里不仅有痛、有悲，更多的还是欣喜与安慰，"虽然这个孩子没能成为云景的孩子，但在母腹中我喂给他的，都是有关云景的美好与温情。我就是拼了命，也要使这个孩子和孩子的孩子都能成为像云景一样的英才俊杰……"

可九小姐哪里晓得，在这个时势不测的时代里，你个人的拼命能成就什么？

盛府听说生了一个男孩，一下子来了好几乘轿子，停在医院门口，老太太也亲自来了。幸好院方客气地请他们离开了，只让老太太带来的奶妈子留下。奶妈子也见不了孩子，孩子放在保婴间里，除了医生护士，其余人是不得入内的。奶妈子照老太太的交代，说她的奶子胀得紧，要喂一喂孩子。护士就让她挤了奶汁，由她们去喂，仍然不让靠近一步。

奶妈子就坐在九小姐的床边，为九小姐一把一把地擦着虚汗。

九小姐向奶妈笑了笑，有气无力地说："有劳你了……我没用……孩子瘦小得很……往后你要多费心……"

奶妈大惊小怪地说："看小少奶奶说的！我们小少爷可是虎背熊腰、人高马大的，他的种还能弱到哪儿去？"

九小姐见这新请来的奶妈不是个善茬儿，就懒得再理她，顾自睡去。

顺产顺生的，产妇三天后就可以出院回家了，可早产的孩子得留在医院里观察一段时日，九小姐跟医生商量，让她住得离孩子近些。医院有的是床位，医生同意了九小姐的请求，甚至还让她住到了保婴间的隔壁。这样早早晚晚，九小姐有事没事就可以隔着窗户看一眼孩子。

半个月后，奶妈可以直接奶孩子了，虽然比出生时长开了许多，但奶妈接到手上还是叫了一声："哎哟，我的娘哟，这孩子怎这么瘦小？长得像哪个啊？一点也不像我们小少爷呀——敢情不是抱错了吧？"

九小姐想换掉这个多嘴多舌的奶妈，无奈太太和老太太都不同意，没办法，九小姐只能忍气吞声地天天听她的闲言碎语，留心蓄意地防着她，怕她惹出事来，甚至恶待了孩子。

蹲蹲站，蹲蹲站
母鸡生个蛋
变成小斑鸠
长得不好看
一碗锅巴两碗饭
……

两只铁硬的馒头让李氏支撑到了晌午，途中向路人打听了一下路程，说是离六安还有100多里，就是说，在回家的路上，她才走了1/3。

走！

饿……

走！

饿……

走！

前面有一片荒山，两条水牛在山上吃草，没有放牛人，牵牛绳就搭在牛脊背上。附近一座长满荒草的坟茔后面突然冒出一股青烟，而且有喷鼻子的烤野味香气飘来。

李氏不由自主地走过去，看见两个放牛孩子就着坟茔的石碑架了干柴草在烧烤一只山鸡，脸上抹满了黑灰。

看见李氏走到他们跟前，两个孩子以为她是这座坟茔的主人，就有点顾忌地向李氏笑了笑，李氏也朝他们笑了笑。

两孩子见李氏向他们笑，就大了胆子说："这坟茔是你家的，这山鸡不是，柴草也不是。大不了，我们挪个地儿……"

李氏说："这坟茔也不是我家的，我只是过路的，闻到香味，过来看看……"

两孩子哈哈地笑了，一个大一点孩子说："那你耖什么话儿？快走开！"

小一点的孩子，抬头看了看李氏，用胳膊拐了一下拖下来的鼻涕问："你好像是个大肚子？"

李氏点点头说："是的。我已经两天没吃饭了，饿得很……"

小孩子笑了："你这么大的肚子，还饿啊？"

大孩子向小孩子啐了一口说："她这是怀了身子的，肚子里装的不是饭，是小孩子……"

小孩子说："哦哟，那挺可怜的！那……把我的那一半给她吃吧。我只是馋了，饿是不怎么饿的，人家肚子里装的是小孩子……"

大孩子看了看小孩子，又看了看李氏，再看了看已经烤得差不多了的山鸡，放到鼻子底下使劲地闻了闻，然后果断地把一整只山鸡全递给了李氏，并向李氏啐了一口，恨恨地骂道："妈的，真是倒霉哩，抓这只鸡，把我鸡巴都挂出血了……"

李氏实在是太饿了，拿了鸡就要啃，想想，撕下两条腿子和两只膀子，给两个孩子一人递了一对，然后向两个孩子行了一个屈膝礼，拿着一个整鸡身子，一边走，一边啃着——赶路要紧。

天渐渐黑了，又走了20多里地，路两边的村庄再不见灯火，应该都睡了。

不仅累，瞌睡也淹心。看到一棵大树，大树旁边还有一个柴火堆子，李氏想，先靠着这柴火堆子歇一会儿吧。

头一落柴草，就睡着了。

过来两个孩子，不是白天在草山坟茔边烧烤山鸡的那两个放牛孩子，而是长相一个像云景、一个像竹青的两个孩子，他们一大一小、一先一后来到李氏跟前，喊她大大。

李氏感到亲切，想答应一声，再问问是怎么回事儿，可是嗓子里就是发不出音来。

两个孩子渐渐地淡化了，长得像云景的孩子变成了鱼，游进了淠河的激流里，不见了；长得像竹青的孩子却变成了一颗流星儿，在她眼前只一闪，也不见了。

李氏很伤心，想喊一声“我的孩子”，可是嗓子仍然发不出音来。

又过来两个人，一个是八少爷卞清源，一个是云景，八少爷骑着马儿，云景驾着云儿，两个也是一先一后从李氏身边走过，像是没看见李氏一样，他们边走边谈话。

八少爷说：“命运让我们与各自的心上人阴错阳差……”

云景说：“大道无为，浊象而已……”

李氏想喊这两位停一下脚步，告诉他们，她正在朝家走的路上。可是他们头没扭，眼没眨，白马与白云一下子消失了。

又过来一个老人，像是公公胡正生，又像是自己的父亲李本元，也像是卞府的二老爷，一脸的泪痕，缓缓地向她走来，到李氏跟前，俯下腰来对她说：“我的孩子，你前面还有好长好难走的路。但你放心，我会与你同在……”

李氏听到这样的慈声，恨不能一下子扑到老人的怀里，痛快淋漓地大哭一场，然而，她动不了，也哭不出声来。

醒了，她看了看夜空中的“过天星”，知道已经是下半夜了。深夜的寒气特别重，她的双腿因坐睡着也麻木得不听使唤。她只好将身子蜷曲起来，又在柴火堆上拽了一些干草枯叶盖到自己的腿上，想再睡一会儿，可是怎么也睡不着了。

她试着站起来，跺了跺脚，试试腿，还行，便走上大路，又开始了回家的行程。

把天走亮了。

把太阳走出来了。

把肚子又走饿了。

到了晌午头，不仅肚子饿，不争气的脚掌竟然疼了起来，每走一步，都疼得钻心。坐到路边脱了鞋子看看，原来鞋底磨破了，袜子也通了洞，露在外面的脚掌让石子、砂子硌烂了，血将鞋子袜子都洇紫了，脚边也起了许多的泡，大大小小的，泛着血色。

总不能因着脚歇在这大路边，就是走断了腿，也要往家赶……

李氏咬着牙将破了的鞋子、袜子重新穿上，再挣扎着站起来，从路边拾了一些稻草，把双脚像包草包一样包起来，拧了草绳儿系上，摇摇摆摆地往前走。

一个妇人拉了孩子迎面过来，孩子拽了拽大人的衣服说："娘，你看，这人……"妇人把孩子赶紧往身后藏了藏，那动作让李氏明白，她是把自己当作了疯子。

她开始数自己的步子，一步，两步，三步……这样数着，感觉能时不时地忘记一下脚上的疼。一步，两步，三步……渐渐地，不怎么疼了，却明显地感到脚木胀胀地没了知觉。这木胀胀的感觉又渐渐地从脚往腿上洇，最后，两条腿几乎不是自个儿的了，一步，两步，三步……

路边有一堆刚砍下的晚熟玉米秸秆，李氏停下脚步，想从中挑一根当蔗棒吃，她实在是又渴又饿。谁知抽秸秆时，竟带出来一个老大不小的玉米棒儿，再翻一翻，又发现了一根。李氏忘记了脚疼，甚至有点开心了。她剥了玉米棒儿，一边走，一边生着啃吃了，甜丝丝的，很爽口。

吃完了玉米棒，天快晚了，肚子突然隐隐地疼了起来，她找了一个背道的地儿方便了一下，可肚子还在隐隐地疼。可怕的是，她感觉眼睛开始发花，头昏沉沉的，意识再也集中不起来了。

隐隐约约看见一处灯火，像是村舍，又像是一个小客栈，客栈前面还有一个稻草堆，她向草堆走去，还没到草堆跟前，就一阵目眩神迷，一下子瘫倒了……

李氏醒来时，发现自己躺在一张床上。旁边有一个端着灯的男人，还有一个拿了勺子在喂她热水的女人……

看见她醒来，那女人笑着叫道："哦哟，你总算醒来了！你这是怎么啦？还怀着身子，搞得人不人鬼不鬼的？"

男人在旁边咳了一声，对女人说："先不要问那么多，给她弄点吃的再说……"然后将油灯放在床边的柜子上，走了出去。

一会儿，男人端来一碗热面汤，女人对她说："喝了吧，已经打烊了，没剩下什么，现烧别的也来不及了，你先垫垫肚子……"

她一边扶李氏坐下来，一边说："我俩先说好啊，你可得慢慢喝，饿极了的人，只能慢慢进食……"

李氏一边喝汤一边听女人说话。

女人告诉她，这是他们夫妻俩开的小旅店，打烊关门的时候，她看见自家的草堆边睡了一个人，就回头对男人说，草堆前头好像睡了一个人。男人先说可能是叫花子，让她不要多管闲事，然后又不放心地开门出去看看，见是一个女人，就喊她过去。她一看，这女人还怀了肚子，摸摸鼻子，还有气息，就赶紧把李氏弄到了床上，一边灌她热水，一边等她醒来……

李氏和着泪喝完了面汤，放下碗，就要下床，想给老板娘磕头，可脚一落地，就疼得吱了一声，眼泪止不住地往下滴。可巧那泪就滴在灯头上，那灯芯儿就晃呀晃的，发出了嗞嗞的声音。

老板娘帮她除去脚上的稻草，又去脱她的鞋子，却是脱不掉，拿灯照了照，老板娘也流泪了，原来鞋子让血焊在了起满血泡的脚上。那血泡儿个个泛着青紫的颜色，亮亮的，眼见都快要破了。

"妹子，这泡要是破了，你这脚就废掉了，可怜哟！还怀着肚子！你这是怎么啦？你是从哪儿来的，要往哪儿走啊……"

李氏告诉她，她从正阳关来的，这是要回家。

老板娘也顾不上问其他的了，扶李氏睡到床上说："那……那你再躺一会儿，我去去就来。哦，对了，别睡着了——啊，我去去就来，"

李氏听让自己别睡着了，就又坐起来，她怕自己一倒头就会睡过去的。

李氏看见她拎了一只脚盆走到客房的过道上，扯着嗓子叫了起来："各位客官，各位大人，劳动你们起来一下！都起来一下！"

有起来的人，梦呓般地抱怨："这是干吗哩？跟杀猪样的！半夜三更的，不叫睡觉！"

老板娘声音："撒泡尿，劳动你撒泡尿，撒完了再睡！"

听到了尿撒在木盆里的声音。

又有两个男人的声音一前一后："大姐，请避开一下，我们好方便……"

老板娘的声音："啊哟哟哟，瞧我，这一着急，忘了那茬了！哈哈哈哈……羞死个人了！我走，我走，麻烦各位客官，劳烦起来一下，起来一下，撒泡尿……"

一会儿，老板娘端了足足有半脚盆的热尿放到了李氏的床前，一双手抓住李氏的一双脚，二话不说，一下子按到尿盆里。

李氏疼得倒吸了一口凉气，但只一小会儿就不疼了，不但不疼了，一直木着的双脚开始有了知觉，热乎起来，热气又顺着脚踝儿往上，腿也开始热乎起来。

浴了约有半个时辰，老板娘拿了油灯过来，弯了腰对尿盆照照，笑着对李氏说："妹子，你看看，你看看，泡子都皱皮了……"

李氏低头一看，果然不错，原来一个二个跟紫葡萄一样的血泡现在都打了皱。老板娘让李氏再泡一会儿，并在盆子里又加了点热水，待泡子几乎全皱了，让她晾干了脚，撒了一些黑黢黢的粉末儿上去，然后撕了一块白粗布为她包了起来。

李氏实实在在地睡了一觉，醒来，天已经蒙蒙亮了。她翻身下床，脚一点儿也不疼了，没找到自己的那双破鞋，却看见床前摆了一双半旧不新的别人的鞋子。

李氏正犹疑着，老板娘进来了，给她端来一碗大豆稀饭，碗面上还横了一根油条："大妹子，吃吧，你的那双破鞋我给扔了，这双是哪个过路客丢下的，也不晓得你穿得穿不得。反正我的鞋子太大，你是穿不了的。吃吧，吃过了再睡，歇上一两天，等脚好透了再走……"

李氏趿了鞋下地，一下子跪到老板娘的面前："大姐啊！我拿什么……报答你……只求你受我三个响头……愿来生做牛做马……报你大恩大德……"

老板娘一把搀起李氏："你看你，都弯不了腰了，还磕什么磕?！起来吧，趁热吃了，我前面还有生意要招呼……"

李氏吃完了稀饭和油条，感觉脚也不疼了，就向老板娘告别，要走。老板娘见留不住，就给她用荷叶包了一包点心，放在一只破蒲包里，让她带着在路上吃。

李氏一步三回头地走了。过岭埂时，客栈竟然不见了，云雾之中，似有琼楼隐显。

九小姐和她的孩子出院了，孩子能哭能闹了，但还是那么红红瘦瘦的，像个小老头似的，一点儿也不好看。

不好看也是好的，老太太喜欢小孙子，小孙子的儿子也就是她的重孙子，哪怕就是长得像猴，她也会把他当宝贝一样顶在头上含在嘴里惯着。借着满月酒，盛府大操大办，请了亲戚朋友，请了街坊四邻，请了大戏班子，开门吃喜蛋。

老太太让奶妈把孩子抱过来，打开襁褓，乐呵呵地端详着，然后指了指旁边的孙子盛维炯："来，过来，抱抱你儿子！长得就像你小时候一样，精巴巴的，怕你长不开，就使劲喂啊，填啊，直把一个小瘦老鼠喂成了一头大肥猫。哈哈哈哈……这东西，脱了开裆裤才几天，就生下儿子了。哈哈哈哈……"

盛维炯笨拙地抱着孩子，脸上的表情怪怪的，有点哭笑不得的样子。

孩子在盛维炯的怀里突然哇的一声哭了，盛维炯赶紧把孩子递到奶妈手里，众人都随着老太太的笑声而笑。

孩子的奶奶，也就是九小姐的婆婆等众人笑完了，说老爷已经找先生测算过了，这孩子的八字缺土，金弱，先起个小名儿，叫垚生，大名儿再补金子吧。

九小姐本是随着孩子出来也跟了过来的，见老太太要盛维炯抱孩子时，就转身想走，翠屏却拉了一下她的褂襟儿，她站下了，心想："我怕什么？你盛维炯赖不掉了，他就是你的儿子了。谁让你那般待我！”

因为有了孩子，九小姐的卧室被搬到了宽敞的东厢房，又请了一个奶妈子，除了翠屏外又拨给了两个女佣。紧着九小姐的隔壁，是孩子和奶妈子的卧室，喂奶和起居又有专门的房间，原来的南厅房也收拾得干干净净，摆满了花花草草，说是候着孩子长大些，作为他玩耍的地儿。

小户人家的女人，月子是30天，大户人家的太太，月子是要100天的。因此，孩子已经满月的九小姐还要衣来伸手、饭来张口地坐在床上让人服侍着。

九小姐心里不是滋味，说不上是高兴还是伤心。大户人家的女人是用不着自己奶孩子的，但她想亲亲孩子、搂搂孩子的机会她们也很少给她，一天到晚除了吃喝，一件有意义的事儿也不让她做。

她想到了翠画，算了算，也快生了：“可怜的人儿，你现在……在哪儿？你跟孩子……都还好吗……”想到这里，一阵心酸，泪水下来了。

九小姐淌眼泪的事被忙在一边的女佣看见，就大惊小怪地跑了出来，跟那个快嘴儿奶妈说了，快嘴儿奶妈赶紧去禀报了老太太。老太太先用拐杖捅了奶妈一下，然后让九小姐房子里的用人都齐齐地跪在地上，骂道：“一定是你们怠慢了小少奶奶，往后都得给我小心伺候，要是再惹小少奶奶生气，我就把你们全都撵滚蛋！”说着还差人给九小姐送来了一碗平常只有老太太自己才有得喝的汤茶，并带上话：老太太腿脚不方便，不好亲自走动，让汤茶代老太太向小少奶奶递上抚慰……

等送汤茶的人走了，九小姐对翠屏说：“我是想到了翠画，算日子，她也快生了。我在这里受着这般的服侍，可怜她，清清白白的，竟受了那般的委屈……”说着说着又哽咽起来。

翠屏心里也一阵难受，听到外面有孩子的哭声和奶妈子的哄逗声，就轻轻地拽了一下九小姐的衣襟，九小姐赶紧擦了眼泪，深深地叹了一声气，安静下来。

一会儿，翠屏像是得了什么宝贝似的抱着孩子从外面进来，笑着递给了九小姐。孩子还没抱稳，奶娘与女佣就脚跟脚地围了一圈。

九小姐抱过孩子，迎了窗户的亮光端详着，脸上的表情时阴时晴的，让用人们捉摸不透。

翠屏对跟过来的奶妈子们说：“有我在这儿，你们都过去歇会儿吧，让孩子与他娘亲单独待会儿。来，这碟子五香瓜子儿带过去嗑……”

奶妈子们巴不得有空清闲，就都走了。

屋子里只剩下翠屏与九小姐还有已经睡着了的孩子，九小姐将脸贴到孩子的脸上，轻轻地蹭了蹭，小声地问翠屏：“你看这孩子，到底像哪个？”

翠屏说："还小哩，看不出来。"

"可我已经看出来了，这瘦骨狼精的样子，绝对不像我……"

翠屏看了看孩子，没好吱声，然后轻轻地、深深地吸了一气，再慢慢地呼出来。

"翠屏，你去禀报一下老太太，就说母子连心，九小姐流泪是因为她想带孩子住在一个房间里——我想把孩子带在身边，是想让他一睁眼就能看到我，这样日子久了，他就会照着我的模样儿长了……"

"成吗？"翠屏弱弱地问。

"怎么不成？我从书上看到过，也听人家讲过的。往后，你也睡在我的房间里，孩子要喂奶时，由你抱到奶妈跟前，绝对不能让孩子在那快嘴婆子跟前长大……"

翠屏出去，半盏茶的工夫就回来了，笑道："正好我去的时候，太太也在老太太的屋子里，我把事儿一讲，太太就抢着答应了，说卞氏媳妇儿总算有了懂事的时候，说完还抱怨老太太太娇惯自个儿的外孙女了，就没见其他老小妯娌中有哪一个能得到这样的优待。说得老太太笑哈哈地只有点头的份儿……"

小老鼠，上灯台
偷油喝，下不来
小大姐，抱猫来
咕噜咕噜滚下来

李氏虽然吃饱了，睡了一夜，也算是歇好了，但走起路来的时候，浑身像是散了架似的没有一点力气，而且走不到几里地，脚又开始疼起来。那些血泡虽然让热尿泡得起皱消了下去，但伤口还在泡皮的下面没好，走了一程，那泡皮就磨破了，像针扎一样钻心。幸好老板娘临走时还给了她一蛤壳儿药膏，说是假如泡皮儿破了，就拿这药膏子涂。果然管用，涂上，那疼就好得多了。

蒲包里有点心，李氏不用为饥饿忧愁了。走到太阳快偏西的时候，她问了一下路，路人告诉她说是离六安还剩 60 里地，她算了一下，六安离上郢也是 60 里地，还得有两天的时日走，好在已经走过 2/3 了。有盼头了，李氏想着，就顾不上身上的难受与疲惫，咬着牙，凭着毅力拼命地向前走。

无奈不争气的脚又是由疼到麻木，两条腿几乎软成了面条。

路边有个推独轮车的老人，车是空车，那木轮子就任凭土路的坑坑洼洼颠得咯吱咯唧地响，老人停下来，在车轴上点了一点香油，然后继续走。

他看了一眼始终走在路边或前或后的李氏，笑着问道："这姑娘，你是上哪儿去的?”

李氏也早看到了这位面相慈善的老人,见问,就笑着答应:“大爷,我是回家的。”

“是六安城吗?”

“不是六安城,在南乡,上郢,打六安过。”

“晚上住六安城吗?眼见天都不早了。”

“不住六安城,我想连夜赶回家去。”

“家离六安有多远?”

“还有60里地。”

老人叹息了一声,把车子推到李氏跟前停下来,说:“姑娘,看你这情势,断定是在难中,你坐到车子上,我推你一程子吧……”

李氏推让道:“那哪能哩!折罪晚辈了!”

老人坚持要李氏坐到车上:“姑娘,你莫不是有什么担心吧?放心好了,我是养儿养女的人,看见你怀身挎肚的……我的车子空着也是空着,你坐上来,歇歇脚也是好的……”

李氏听说就坐到了车上。

独轮车坐上了人,推起来是很费力的,何况大爷看见李氏是怀了肚子的,就格外地小心,尽量让车子走得稳一点,大爷一会儿就气喘吁吁地淌汗了。

李氏见此情景,就要下车,大爷却坚持往前推,一边推一边说:“姑娘,我出一点力气没事,晚上回家歇歇就好了。你看看你这样子,不容易哟!我推着你,累是累些,可是我高兴啊!人生在世,行善积德,福荫子孙哟!我这帮着的,可是一大一小两个人儿哩。呵呵,两个人儿……但愿是个小士……保佑我活成一个老寿星,到时,我找到上郢去吃喜面……”

大爷呵呵地笑着,李氏却怎么也笑不起来,直为大爷的侠义感动落泪,说:“大爷,我的父亲不在了,我的孩子就认你做干姥爷吧……”

“呵呵,那太好了!我有过6个女儿了,要是加上你,那就是七仙女了……”

一路说着,已经走到淠东的马头集了,望得见六安城了,天也几乎全黑了。

老人说他快到家了,问李氏晚上住哪儿,要不要去他家借宿一晚。

李氏千恩万谢地下了车,说她要赶回家去。

大爷千嘱咐万嘱咐,不放心地推着车子走了。

走了后,李氏才想起来没有问大爷的姓名和住址,后悔得直跺脚自责,扑通跪到了地上,求老天爷保佑老人家雄雄壮壮地活到100岁,活成老寿星。

六安城已经没在了黑夜里，城里的灯光映得前方的天幕一弯儿通亮，淠河水却在半明半暗里幽幽然向前流去，河上有船只走过，渔火忽闪着，摇动了李氏许许多多的记忆。

看着那片亮光，她想象着鼓楼街的热闹，鼓楼街后盛府的林林总总，盛府里面的九小姐，此时此刻，她在做什么？还在遭受大烟瘾的磨难吗？怀着的孩子怎么样了？母子安好吗？可怜的小姐，你还活在人世上吗？

想到这里，她抹了一把眼泪，转身向东，沿着河岸，朝上郢方向走去。

李氏没有去六安城看九小姐，是因为知道自己的孩子就要临盆了，不能耽搁了，何况她不知道九小姐的近况，不能再去打搅她了。

虽然离郭姨替她算的预产期还有几天，但因为几天来的劳累，她最担心的事还是发生了——肚子开始阵痛，孩子可能要提前奔生……

这可如何是好?!

一定要把孩子生在家中，生在他父亲跟前!

只要不死，就得赶紧打发掉这60里路。

孩子啊，可不能急，得等一等，待到娘亲走完了这60里路……

头天晚上关门的时候，天上还有星星，夜里竟然下起了小雨。胡聂氏早上起来想去草垛子弄些稻草回来烧早饭，却见门外的地皮上湿着，就转到屋后檐挨在茅厕旁边的柴火棚子里去拿干劈柴。

拿了几截干劈柴，忍不住扭头看了一眼竹园边的壕沟，心里戚戚的，想到了小儿媳当初离家有可能就是顺着这壕沟逃走的，于是一阵心酸，摇摇头，叹息了一声。

就在她要转过墙角往家走的当儿，眼向村后的小路上一瞥——自从小儿媳离开以后，她养成了这个习惯，她总希望有一天，那个熟悉的身影能走进她的视线里，后来就有了好多次的幻觉：李氏笑吟吟地向她走来，可眼一眨就没了人影……再后来，她就克制着，强忍着，不让自己的眼睛乱看，甚至她连到屋后竹园里来的勇气也没了。

今天因为不得不到屋后拿干柴，结果眼睛又没捂住看了那小路——突然就看见了一个人影儿，踉踉跄跄地，挺着个大肚子……

胡聂氏料定这又是幻觉，转身回走时，又心酸地叹息了一声，眼泪流下来了。

可是等她擦了眼泪，再忍不住扭头回看时，那人影儿还在!

踉踉跄跄地，挺着个大肚子……

她晃了一下头，又晃了一下，眼睛使劲地眨了一下，又眨了一下，再盯上那渐走渐近的人影看，手中的劈柴一下子就掉到了地上……

“李丫头啊！翠画，我可怜的孩子……”

一声带着哭腔的惊呼，走在小路那端的李氏迷迷糊糊地听到了，她的浑身上下，只剩下这一点点人的意识了，她听到了，这是婆婆的声音……没错，是婆婆的声音……

她迷糊的意识里，想到：“我总算到家了……”然后就再也支撑不住，一下子倒在了竹园边的壕沟埂上，当初她就是从这里一身湿透地爬上岸，离开了家的。

胡聂氏跟头流星地跑到跟前，一把托起李氏的头，呼天抢地：“老天爷啊！快来人啦！救命啊——”

胡开楚刚刚起床，听到外面有人喊，竟然是母亲的声音，赶紧出来，顺着声音向屋后竹园小路跑去。

他惊呆了，母亲抱着的李氏，披头散发，浑身让雨淋得透湿，脸上一点儿血色也没有，穿着鞋子的双脚还在向外洇血……

胡开楚一下子怔住了，不知道眼前所发生的事是在梦中还是在现实中，就在茫然不知所措中呆如木鸡地看着。

“狗日的活畜生一头，看什么看啊，还不赶紧把你的女人给抱回家去……”

“这……这……是……是……”

“是，是什么呀！赶紧抱她回去，是你的女人回来了……”

胡开楚一下子扑上去，一把搂过李氏，放声大哭。

“翠画——翠画——是你吗？啊，是你吗？我这是做梦不是……”

胡开楚抱起一身泥水的李氏，不顾一切地一边哭着一边跟头流星地往家跑。

村里早起的人也过来帮忙，胡聂氏就央求他们赶紧打飞马去请产婆，自己跌跌撞撞地回家，为李氏准备床铺。

按一乡一方的规矩，女人生孩子要有一捆稻草儿垫在产妇的身后，名曰“靠腰”，让女人呈半躺半坐的姿势生产。

胡开楚将李氏放到床上，转身要出去。

胡聂氏知道儿子是要出去弄稻草捆儿，于是又骂：“没心肝的东西！你不见夜里下了雨，稻草都湿了！你给我趴到你女人身后去，用人——给她靠腰！”

胡开楚就照母亲的话做，将身子挪到李氏的身下，横趴在床头上，并将李氏扛到自己的背上。

胡聂氏让儿子为生产的儿媳靠腰，不仅是因为心疼儿媳，同时也是让儿子赎补他对儿媳犯下的罪错，算是一种惩罚吧。胡聂氏是过来人，她知道女人生孩子的凶险,而受了如此伤害、遭了如此大难的李氏,此时也最需要一份贴心的支撑。

胡聂氏给李氏洗了脸和脚、手,又灌了几口热汤,李氏在又一阵的疼痛里醒来,活着的意识刚刚有点显露,就像青河的水面,风一吹,纹波儿皱起,马上就又贴着河底无声无息……

她又昏迷了过去。

将六安的灯火走到背后的时候,她实在有点支持不住了,肚子的阵痛加剧,双脚和两腿开始不听使唤,她开始变得紧张起来,想自己从正阳关走到这里,60 里路了,总不能在这里倒下去吧。

她机械地向前走着,一步一步向前迈着的双腿完全是凭一种惯性。是的,脚下的路在一步一步地延伸,离家的距离却在一步一步地缩短。她这样劝说着自己的双腿:嗯……看看……这路……这路……这路……

又一阵阵痛袭来,她站了一站,抚一下自己的肚子,轻轻道:"我的孩子……陪着娘亲……走南闯北……遭罪……听话……啊……我们忍一忍……再忍忍就要到家了……对!我的孩子,就这样……我们忍着……回家!啊……看看,这路……这路……这路……"

大概是半夜了吧,起了风,寒气扎骨,腰以下的腿和脚没觉着冷,最冷的不是胳膊,也不是脸,而是心口窝——怎么这样冷啊?!可能是饿了,想到蒲包里还有点心,拿出一块糍粑,已经冰冷的了,想如果吃了它,会更冷的,就又放了回去。

凉风过后,开始淅淅沥沥地下起了小雨。

李氏将点心揣到衣兜里,撕开蒲包,顶到头上,勉强遮一遮越来越大的雨点。

雨点洒在河面上,碎碎的,发出咔嚓咔嚓的响声。

李氏感觉那冷已经从心口窝到了嗓子眼儿,然后是整个头,她的意识很难再集中起来了,她的眼前开始出现幻觉。

她坐在大红花轿里,听到轿外响起了脆生生的童谣:

淠河清
淠水淌
水花子拍手打巴掌
鹞子翻跟头
扎猛子下大江
大江驮篓又背筐
打马坐轿接新娘

甩个水漂漂

大红盖头没得了

啊哎哎

出来一个小鸊鹈

……

童谣声里，她悠恍着又看见了走在雨中挺着大肚子的自己，又看见了那座小桥、那片竹林和竹林旁边的通往自家小屋的小路，甚至还看见了转过屋后檐的她的婆婆……

她在剧痛中醒来，发觉自己躺在床上，眼前是婆婆挂着泪水的脸，她还闻到了一股自己熟悉的男人的体味，是她在梦中不止一次梦到过的……竹青的味道……

她赶紧闭上眼睛，哭道："我的孩子……我们忍着……就要到家了……我都看见……看见你……奶奶了……我……我还闻到了你爸爸的味道……是他的味道……啊……又是在做梦……噢……又是做梦……可做梦……我们回家了……孩子……我不要……醒来……不要……醒来……"

李氏说着胡话，在她迷糊的意识里，回家成了她唯一的愿望，孩子是她唯一的牵挂。

胡聂氏看见儿媳的嘴在动着，知道她在讲胡话，却听不清她说的是什么，就哽咽着回应："我可怜的孩子……没事了……你是来家了……我的乖乖……你揣着孩子……来家了……你就要生了……生孩子了……"

胡开楚伏在李氏的腰下，感觉着她疼痛时身体的颤抖与抽搐，他在心里一千遍一万遍地祈祷上苍："让我可怜的女人平安吧！哪怕就让我像现在这样垫在她身下，拿了我的命垫上她的命，换了我去死吧，我对不起她啊……"

听到女人在跟肚里的孩子说"爸爸的味道"时，胡开楚更是肝肠寸断，呜咽不止。

胡聂氏骂道："好时好节的，号什么号?!"

胡开楚就噤了声，趴在床上，悄悄地流泪、祈祷。

接产婆到了，洗了手，就开始为李氏接产。

难产，孩子的胎位不正，接产婆问产妇怎么这样虚弱?

胡聂氏不知接产婆问的是什么，就看了看趴在床上的儿子。

胡开楚在李氏的身下向接产婆哭求："接生娘娘，求求你，救她，救她一命……是我对不起她……是我害的她……"

看见儿子在哭着说话，知道情况不妙，胡聂氏看了看接产婆阴沉着的脸，不知如何是好，就在儿子的头上拍了一巴掌："好啦，这时节，讲那么多废话有什么用！接生娘娘一手托两命，她会尽心的。请一定救救这两条可怜的狗命，救救我的小儿媳……"

接产婆叫胡开楚抽身出来，让李氏平躺到床上，她要给她正胎位。

隔着肚皮，接产婆用手慢慢地按着，推着，扶着……好半天，她舒了一口气说，总算让孩儿的头进了骨盆。

李氏啊哟地大喊了一声，又从昏睡中醒来。

胡开楚扑通一下跪到了地上，向接产婆磕头。

李氏在剧痛中睁开眼，扭头看见竹青跪在地上，再转眼看看四周，喃喃着："我这是真的……回来了……不是……又在做梦……"

胡开楚赶紧接话："不是做梦，你是真的回来了！翠画……翠画……我对不起你……"

李氏试着伸出一只手来，想去拉跪在地上的男人："起……起来……我……我……没事的……我……我……我这是……真的……回家了……"

接产婆不明白产妇怎么说出这样的话来，就有点着急，对李氏说："你生养不回家生，能撂哪儿生啊？来，忍着点疼，使劲——用力——你男人过来，托着她的腰！对，使劲！我不是要你使劲——你个大男人的，你使的哪门子劲啊？我是要你女人使劲，对，忍着疼，忍着疼，哪有女人生养不疼的。你这是头胎！第一次开骨盆，能不疼么?!"

孩子终于生下来了，是接产婆拽着他的头下来的，是个男孩。

李氏又昏了过去。

孩子没有哭，浑身青紫冰凉。

接产婆叹了一声气："大人的命保住了！"她的意思是，孩子的命没救了。

胡聂氏看见孩子那情势，听不见接产婆说话，也明白是怎么回事了，就在接产婆将孩子连头带尾打成了一个布包儿递给儿子的时候，她跑过去，一把抱起了孩子，解开自己的大襟袄，将孩子紧紧地贴在自己的胸口上，焐着，并轻轻地拍打着，哼唱着摇篮曲：

哦啊喔啰
萤火虫儿照啰
乖孙子要睡觉啰

哦啊喔啰

萤火虫儿照啰

乖孙子要睡觉啰

哦啊喔啰

……

一刻时辰过去,竟然传来了孩子的哭声!

胡聂氏听不清,以为又是幻觉,还在轻轻地拍打着,哼唱着,李氏却在昏睡中突然醒来,用手指着婆婆,哭得讲不出话来……

胡开楚也听到了孩子的哭声,他赶紧走到母亲跟前,伸手去要孩子,并向母亲打了手势,告诉她,孩子在哭,让孩子赶紧睡到他娘亲的怀里……

胡聂氏那个高兴!轻手轻脚地将孩子放进儿媳的被窝里,然后转身拉着接产婆的手一个劲地笑,一个劲地感谢……

孩子虽然在窒息里复苏过来,但浑身的胆毒黄加上发热,孩子只活了7天,终是熬不住,离开了这个世界。作为母亲的长子,在母亲腹中跟着母亲一路遭难,甚至坚持着,来到父亲的身边出生,从死里复活,为的是给苦难的母亲带来一份安慰。小小的生命虽然只在人世上存留了7天,却是由他陪伴母亲走完了回家的路……

垚生10岁了,九小姐带了孩子回乡下姥爷家庆生。

下了轿子,令她想不到的是,迎接她的除了身子骨非常硬朗的父亲,竟然还有从京城回来的头发已经花白的三叔,更令她惊喜的是,一身戎装的八哥竟然也站在路边,摘下帽子向她微笑。

九小姐拉着孩子走到三叔跟前,让孩子叫"三姥爷",没等孩子话音落,就拽着孩子向八哥跑去:"小哥,是你吗?我跟做梦样的,你怎么也回来啦?!"

"我怎么就不能回来?看看我的外甥不行啊?"

"事先也不打声招呼,太突然了……垚生,快喊小舅……"

垚生叫了一声:"小舅……"

卞世典在一边咳了一声,对身边的三弟说:"这凡子,长不大,就晓得跟她八哥亲,眼里没我们老的了……"

三叔呵呵一笑:"二哥,你还跟自己的儿子吃醋啊?他们自小一起玩大的,乍见着了,亲!"

九小姐一手拉着垚生,一手拉着卞清源的手,走到父亲与三叔面前,行了一个屈膝礼，就叫垚生喊姥爷，又令他再补喊一声三姥爷。

九小姐问三叔怎么也赶巧回来了？问过，见三叔的脸色一下子变得难看起来，就知道自己失言了，把头儿低下来，憋着，叹息了一声。

北平失陷的事她是知道的，也曾为在北平教书的三叔担心过，托人从家里打听了，知道年前因日本军对北平的进驻，三叔的学校成了日本人的营房，他的工作也丢了——眼下三叔一定是一家人在北平难以维持生计，就回乡下来了——我干吗要明知故问呢？真是不懂事，难怪父亲总说我长不大。本来大家见自己回来都高高兴兴的，怎么就不能稍稍细心谨慎一点避开这个话题儿，反而应着见面的习惯去问起这个令人伤心的事儿呢？泼了大家的兴致不说，也让自己好端端的心情变得懊恼起来。

众人看见九小姐脸红愧疚的样子，就打岔儿，问九小姐在路上累不累，早饭吃了没有，吃的是什么……总算把不愉快的话儿给岔开了。

垚生长得有点像九小姐，但瘦瘦弱弱的，才九月份的天，竟然都穿了棉坎肩，还系了丝巾儿，脸色也是黄巴巴的。

袁妈过来，递给他一只竹子做的飞隼儿。他没见过这玩意儿，拿在手里，左看右看，很开心的样子。九小姐对他说，去跟袁姥姥玩会儿吧。

袁妈见小人儿穿得太多，就说：“这也穿得太厚实了，要不要脱了坎肩儿？这小人儿皮起来，是要出汗的，窜了风，凉了汗，就不好了……”

九小姐赶紧叮嘱袁妈：“不可以随便脱衣裳的，这孩子畏寒，你注意避着点风头，啊，去南边的园子转转吧……”

看着孩子随袁妈走了，父亲和三叔也一边说着话，往书房那边去了，八哥还等在路边，九小姐跑过去要拉八哥的手，一摸，却是一个空袖管儿。

“小哥！”九小姐一声惊呼，再翻看一下空袖管儿，叫起来了，“小哥，这不对！怎么……怎么会是这样？小哥！”

卞清源淡然一笑：“干吗大惊小怪的，小哥的命不是还在吗？”

“这是怎么落下的？”

“打日本！”

“是枣宜会战么？”

“你怎么晓得是枣宜会战？”

“晓得小哥在张自忠麾下……”

九小姐说到张自忠，卞清源马上肃立默哀，兄妹二人都难过地低下头。

“小哥你这回家来，还穿得武装整齐的，该不是……马上又要……”

“是的,马上就要开拔,部队过立煌修整两天,我请了假回来看看父亲,没想到赶上垚生过十周,见着你了!”

“小哥你都……都这样了……当是可以退役的……”

“华北之祸,日军猖獗,国人遭殃——独臂也是军人,我岂能退役乡野,眼睁睁地看着日寇蹂躏我华夏同胞……”

九小姐眼泪汪汪地仰视凛然正气的卞清源。

八少爷环顾了一下院落,叹息了一声:“唉! 小妹啊,小哥我也讨厌战争。但当我看到国土遭受入侵,中国人成刀下鬼、砧上肉时,打死我也是在家待不住的……”

“可怜我泱泱中华,竟遭倭寇涂炭,真是令人切齿……”

八少爷突然想起一件事来,顿了一下,问九小姐:“记得小妹的书信里提到过翠画,说她曾经落难在淮河正阳关一家医院里,是不是?”

九小姐点了点头说:“是啊,好几年前的事了,是在垚生出生那年。这一晃又好几年没见了,自那次遭匪,我不想再去上郢了,我回卞府来,总是差人去接,又总是接不来,都说有这事那事的。我跟她,怎么走着走着就远了……”

八少爷摇了摇头说:“凡子,我可要说说你,这是你的不是了,她翠画的身份与处境,你当体谅才是。她在我心里可始终没远哩……”

“我知道小哥对她的情意。哦,对了,刚才你问正阳关医院,有什么事?”

“我也才知道情况,那家医院被日本鬼子端掉了。院长姓郭,是个女的,应该就是翠画的救命恩人。听说日本人进了那家医院,那些没来得及转移的残肢断臂的伤员们,竟然用手边的家伙跟日本人肉搏,最后全都被活活打死了。女护士与女伤员遭施暴后再被刺刀活活挑死,那个姓郭的女院长,硬是用三尺长剑,捅死了好几个施暴的鬼子,最后壮烈牺牲。日本军舰从淮南方向开来,向正阳关开炮,著名的西城门‘淮流管钥’被摧,医院也几乎化作了灰烬……”

“这事可不能让翠画晓得了,她会心疼死的。之前糖妈在世时说过,翠画一直念叨着要去正阳关看看恩人郭姨,因为七事八事的,就一直没走掉。国难当头,民不聊生……”

有仆人过来请兄妹二人去二老爷书房用茶,卞清源这才呵呵一笑:“难得我有你这样一个胸怀家国的妹子。我们过去吧,不然父亲又要说我们长不大了……”

九小姐用绢帕儿擦了擦眼睛,跟在小哥身后向父亲书房走去。

蒙蒙雨,蒙蒙下
蒙蒙大姐回娘家

哥哥看见嫋来
两扇大门打开来
大大看见嫋来
龙头拐杖拄出来
嫂子看见嫋来
睡到床上不起来
嫂子嫂子你起来
不吃你菜
不喝你酒
瞧瞧家人我就走

李氏带着两个女孩儿坐在院门外的廊檐下摘花生，花生歉收，全是秧子，结头少得可怜，但再少也要摘了它们，毕竟是一季庄稼。因为农活忙，头也没来得及梳，披散着，衣服也是扯襟挂角的，典型的一个邋遢农妇了。

婆婆头一年春上去世了，心口疼，活活疼死的。到了年底，亲娘也得了同样的病，挨过年就走了。沉浸在丧母之疼中的李氏，加上生活的艰辛，那种不服输的劲儿在她身上已没有踪影了。

7岁的大毛也在帮着摘，像模像样的架势，2岁的二毛却拿了一只带泥的花生连着壳儿放在嘴里咬，直把小嘴和小脸儿都糊满了泥巴。李氏扭头看见二毛的样子，就气不打一处来，伸手夺下二毛已经咬烂了的花生，又在二毛的屁股上打了两巴掌。二毛哭了，李氏也不哄，任着二毛哭。大毛懂事地起身，用小手的手背擦了擦妹妹的小脸，然后将妹妹抱到一边，又用自己的褂襟儿将二毛脸上的眼泪鼻涕擦去。

李氏机械地摘着花生，不经意扭了一下头，透过竹林边的小路，看见壕沟那边的田埂上过来两个人，前面的穿着军装，后面的人让前面的军装挡住了，认不清两人是谁。

是冲着她家来的。

看见军装，李氏脑子里立马闪出前年“跑反”的情景，国民党军队跟日本鬼子交战的地儿离上郢还有一段距离，但躲在涵洞里的他们看见了一队又一队穿军装的人，有的朝西边跑，有的又从西边往东边撤，还有的抬着伤员从西边过来打他们面前经过……她想到了正阳关的医院，也想到了郭医师，还想到了曾经想娶她的那位伤员……

他们都还好吗？李氏得空的时候就忍不住想他们。开楚年年都答应她，等秋收了，农活闲了，雇辆马车带她去正阳关看看恩人郭姨的，可年年秋收了，攒不齐雇马车的钱不说，连个闲空儿也抽不出来。开楚也代笔写信给郭姨过的，但不知为什么一封回信也没收到过。是郭姨生气了，懒得再理小李子了，还是两头的地址不详？往往想着想着，头胎儿子夭折的情景又浮现在眼前："我真的对不起郭姨……对不起我的儿子……"于是饮泣，于是心痛如剜，于是设法儿打岔，断了这个念想……

眼前这个穿军装的，是谁呢？戴着帽子，看不清楚，好像有一只胳膊儿还不大对头……啊！那袖子是空的……

两人过田拐转弯儿时，李氏看见了后面的人，是泉玉！那么前面的人，一定是八少爷了。那胳膊……怎么就一个空空的褂袖子?！那条胳膊是怎么啦？啊？怎么啦……可怜的八少爷……

眼见就要到跟前了。

李氏一骨碌站起来，对大毛说："马上来人要是问我，你就说我不在家……"

没等大毛反应是怎么回事，李氏抽身进了院子，关了院门，将惊恐不已的大毛和浑然懵懂的二毛丢在了门外。

八少爷和泉玉来到了跟前，看见两个孩子，泉玉上前问："你们家大人呢？"

两个孩子像是没听懂泉玉的话，

八少爷接着问："你们的娘亲呢？就是大大，你们的大大呢？"

二毛瞪着好奇紧张的眼睛看着八少爷，又看看泉玉，小嘴瘪了瘪，想哭，大毛赶紧搂了她，对泉玉说："我大大要我对你们讲，她不在家……"

泉玉与八少爷对望了一下，笑了。

"那你们的大呢？"

二毛怯怯地用手指了指远处说："那儿去了……"

"哪儿去了？"

二毛回答不了，用嘴学出两个响声来："砰！叭！"

大毛接话："搿打仗那块哩，担东西，抬人……"

八少爷知道了，这是部队在地方征用民工，乡人称之为"抓壮丁"，帮助运饷粮抬伤员的，胡开楚是支前去了。他走到院门跟前，敲了敲门，对院子里面喊："翠画，开一下门，我们晓得你在家的。你这是怎么啦，翠画？干吗要躲开我们啊？"

李氏站在院门后面，身子就抵在院门上，憋住气，吭也不吭一声。

泉玉："翠画——不，胡太太，八少爷来看看你跟孩子们，怎么不让进家门啊？

九小姐回来了，让我们来接你和孩子，过去见见……”

院门后的李氏听到有关九小姐的消息，不由自主地拔了门闩儿，就在门都开了缝的当儿，她的手像是陡然间被烫了一下，哐当一声，又把门儿关严了，插上了门闩，人就伏在门闩上抽泣。

院门外二人听到了里面的动静，泉玉叹了一声气，看着八少爷。

八少爷又轻轻地敲了敲门，凑近门对里面说：“翠画，不要伤心，现在是国难当头，大伙的日子都难过。我只有两天假期，本该就要走的，九妹让泉玉来接你去舍下，她想见到你，我就挤时辰跟来了，总有一份挂牵……”

李氏已经泣不成声。

“翠画，我相信，赶走日本鬼子是早晚的事，华夏不缺打仗的热血男儿，只是苦了你们这些可怜的妇孺孩童了。待河山收复了，没了战争，我卞清源就回来到你们上郢子住下来，跟竹青一道，种田耕地，安享太平……”

又候了一会儿，仍不见开门，卞清源抿紧了嘴，仰面望天，然后眼圈儿红红地对泉玉说：“别勉强她了。她不想见，自有她的道理，我们走吧。”

看了看两个穿得破破烂烂的孩子，又看了看那大堆还没摘完的花生秧儿，卞清源摸了摸口袋，失望地摇了摇头，无意中又用手抚了抚胸口，突然兴奋地从怀里掏出一块怀表来，递给大毛：“乖，叔叔来，什么也没顾上带，这个怀表儿是镀金的，当了它，给你们缝两件衣裳穿穿吧……”

大毛没有伸手，二毛却一把拿去了怀表，翻个儿把玩。

李氏隔在门里说话了：“二毛，不带要人家东西的——把表还给八爷！”

二毛却舍不得。

大毛从二毛的手里夺了那表，塞还给卞清源。

八少爷蹲下来，拉出二毛脏兮兮的小手，将怀表放到她手心里。

门里李氏对卞清源说：“八少爷，你在打仗，少不了要看时辰的……”

大毛又从二毛的手里夺过表来，双手捧着，对八少爷说：“八爷，求你不要再给了，娘亲不让要，我们是不会要的……”

卞清源只好收了表，对门里的李氏说：“翠画，你还一口一声地叫我‘八少爷’，为什么……为什么你就不能叫我一声‘哥’？跟凡子一样叫我一声‘小哥’？我卞清源此生无福像竹青一样娶你，难道当你一回‘哥’也不行么？”

“八少爷，哪能哩！你是翠画的主子。翠画承蒙卞家的恩德，怎么的，下人就是下人，这个规矩胡李氏是懂的。求八少爷原谅胡李氏今儿个不见，万望八少爷保重！人活着——好好生生地活着，这才是最要紧的……”

卞清源什么话也不说了,退后一步,对着院门,立正,敬了一个正正规规的军礼,然后转身走了。

听到门外的脚步声远去,李氏哭着瘫坐在门后。

卞世章接到北平要他回校复任的文书,临走时,拉上二哥去了大哥的厢屋。

自从日本人打进中国以后,卞府日子紧巴,买大烟的道儿也早就受限不再那么通畅,加上三弟回来伙同二弟倾心地帮着劝着陪着,人心总是肉长的,卞世詹的恶习也收敛了不少,掺一些代用品打发着烟瘾,身子骨反而硬朗了一些。

兄弟三人坐在藤椅上喝茶,心情各异地谈论着年前的日本投降,谈论着北平学生的献剑,谈论着万人空巷的欢送,也谈论着海外与苏俄……

卞世詹突然打断了三弟的滔滔不绝:“清源有消息吗?”

卞世典马上低下头,深深地叹息了一声:“得来的消息没头没尾的……这孩子,说讨厌战争,偏偏又要去当兵……”

卞世章:“清源和他部队的遭遇,这不是明摆着要打内战吗?你说,从战场上才下来,还没疗好伤休整一下,这就动手了!撕破脸皮子动手了……”

卞世典的心思还在小儿子身上没放下来,就打断三弟话说:“也不晓得……清源这孩子的小命……还在不在了?”

卞世章咽了一口火气,沉吟了一下说:“性命应该无虞。这边人说是遇袭叛变,那边说是起义投诚……”

又一阵沉默之后,卞世典带着生气的口吻道:“我讲一句狠话,清源当初跟他的部队打日本鬼子,我都做好了失去这个儿子的准备,因为小鬼子进来,骑我们头上撒尿了,拼个鱼死网破,舍下儿郎也就一腔儿热气。可眼下……你说,日本人赶跑了,中国人跟中国人打起来了。自家跟自家打的哪门子仗啊……”

卞世章为大哥、二哥的茶盏上续了点水,摆手让站在下面的仆人走开,然后说:“二哥,听我一句劝,把家里的田产、房产都卖了,你们,还有侄儿们,能走都走吧,带着银两去北平或是六安城。赋闲也好,做点小生意也好,总比守着这些搬不动的招惹人眼的田产房屋安稳些……”

卞世典用手摸了摸三弟的额头,笑着说:“我以为你发烧了……”

卞世章拨开二哥的手说:“真的,二哥,你好好琢磨琢磨,城里相对会安全些……”

卞世典有点沉不住气了:“三弟啊,看你都胡说些什么啊?日本人投降了,委员长踌躇满志,殚精竭虑,复兴国势,以一展宏图大业哩。我也正打算要趁着地价走低再置买一些田产,你倒说起这样的丧气话来。再一个,即便就是有了磕碰,那些山野之人,又能成得了什么气候?"

"二哥,这你就有所不知了。这些年,他们一直在发展壮大,加上苏俄施以援手,现在已经羽翼丰满了……"

"三弟啊,你是大学老师,论讲功,我远不及你,但凭你如何巧簧舌辩,二哥我不跟你抬杠,这都哪儿跟哪儿的事啊?你是算命先生,能卜算未来啊?我只想问你一句:当年北平沦陷时,你为什么不留在北平而是回到了乡下?这你还能再说城里比乡下安全些?"

"二哥你这是在乡下待久了,也变成一个地地道道的乡下人了——这怎么能可比呢?日本人打进来,那是外来的,当然要先从城市重镇下手……"

卞世詹为减抑大烟瘾,服了朱砂酸枣仁汤,坐在椅子上听两个弟弟谈论国事、家事,懒得插嘴,萎在一边直想冲盹。见他们俩讲着讲着,几乎要吵起来了,他就正了正身子,咳嗽了一声。

卞世章极力想说服当家的二哥,无奈这个乡巴佬高低不识劝,见大哥起了一点精神,就拿眼看着他,想让他帮着自己说说话。

卞世詹又干咳了一声,然后慢悠悠地开口:"我已年近古稀,指着老天爷,能活一天是一天,我就是死,也要死在乡下……"

一句话,敲定了卞府命运的棋子。

卞世章一气之下,带着三房大小离开了卞家圩子,回了京城。

就在三弟离开卞府的第二天,卞世典就真的开始了置买田产的事宜,卞家的家产在周边人的眼里,已经是登峰造极。

丁丁当,丁丁当
铁匠铺里打杆枪
挑了完颜主
挑了小梁王
再挑大姐花衣裳

椿树镇又称扁担集,是一个几乎算不得集市的街镇。有笑话说,一个农夫拉了一条牯牛,入街时牯牛开始撒尿,一泡尿没撒完,街道走完了。又说,卞府太祖当年选看庄基,嫌这个扁担集碍事,阴阳先生仔细察看后,在圩子外的壕沟上动了一下走向,使得集镇的财气会顺着壕沟活水流向卞府,而与集镇对应的大庙昭庆寺恰好起到了镇位的作用,结果百多年下来,扁担集还是扁担集,而卞家圩子却越来越大,越来越旺盛。当年的阴阳先生又嘱咐,卞家的子孙最好不要在这个镇里做任何生意,因为那是一个漏,又叫蜻蜓吃尾巴。于是卞家几代人,设立铺面包括赶集上市都在更远一点的孙岗镇或去思古潭小街甚至是六安城,而远离椿树镇。

日本人投降后,卞世典雄心勃勃,置买了一些新田产,然后又分包租给几个殷实人家。胡开楚佃种的田地正巧落在一个包租户田产的中间,按二老爷的意思,竹青家佃去的田地就随竹青和翠画的意思办,可包租人家不愿意。管家卞顺向二老爷提议,竹青本就一介书生,那田地几乎全是翠画在侍弄,倒不如给竹青找份事儿做,还让翠画回到圩子里忙忙。

于是先给竹青邀了一个学馆,翠画因为有了三个孩子,去不了圩子,就只能待在家里伺候一家大小。

学馆没开一年,因白崇禧进山剿敌,过往兵匪频繁,庄户人家给孩子念书的念想就淡了,收不到学生,只得闭馆。不好再去麻烦东家,他就去椿树镇给一家打阜阳过来的米行老板当了朝奉。因为算盘打得麻利,账目整得清爽,一个月没到,东家高兴,腾了后院,让朝奉把家眷也都带来。翠画带着四个孩子搬到米行不久,东家就接到家信,说阜阳被刘邓大军攻克,战火中,族人死的死,逃的逃,东家胆小,就连夜盘了店子,让胡朝奉写个收条儿,说是让他代管些时日,简单交代了一下,然后就带着妻儿不知了去向。

戴了眼镜的胡朝奉坐在店面的柜台后面,右手用毛笔记账,左手噼啪地打着算盘,女儿大毛挎了一篮子衣服从二门出来,到柜台跟前跟父亲说:"大大让你把外衫儿脱了,我一块拿到河里洗洗。"

胡朝奉没抬头,只把拿毛笔的手向大毛摆了摆说:"没脏,没脏,我正算账,别来打岔儿……"左手仍然在噼啪地打着算盘。

二毛拉着三毛出来,跟大毛说:"姐,我们跟你一道下河……"

李氏怀里抱了一个头上剃了三只桃形图案的男孩子出来,叮嘱大毛二毛:"看好三毛啊,不要让她玩水。"

三个孩子手拉手出去了,李氏拍哄着怀里的孩子转到男人跟前问:"有生意不?"

男人摇了摇头。

李氏叹了一声气:"也没个生意,东家走了,斗把子也走了,你还天天在这守着,装模作样的,算账,记账,老母鸡孵萝卜,长出秧子也不能跟你走……"

男人这才歇下手来，看了一眼女人怀里的孩子，站起来，伸了一个懒腰："叩叩算盘珠子，等于敲敲闷罐子响，只想给悬在嗓子眼儿上的心打打岔……"

李氏朝门外虚看了一眼说："这成天提心吊胆的，也不晓得何时才是个头。想过个安泰日子，怎么就这样难？要不，我们还是回上郢吧，乡下总归有个放场，比在这憋屈着要好些。"

男人坐下去，也叹了声气："回去，这店子怎么办？"

李氏转身要走开，想想又回头说："真不明白，你守着一个人家的空店子为哪般?!"

男人走过去，从女人怀里抱过孩子，举过头顶，摇弄着："我的宝贝儿子哟……我总算有个宝贝儿子了！"孩子在父亲的头顶上咯咯咯咯地大笑。

女人笑着伸出双手做兜接状，生怕孩子从男人手中掉下来："当心别吓着他！看你，把儿子、儿子成天搁嘴上挂着，生怕人家不晓得你有儿子……"

"这你就不晓得了，儿子总归是儿子！"

"我怎么不晓得了？当初生他时，你一看是带把儿的，脐带就高低不让剪，偏要自个儿咬断才行，给孩子起了小名'咬子'。眼见这咬子马上盈周了，你还在翻典找书的，起不出一个大名来——亏得你还当了卞府那么多年的私塾先生……"

"不是起不出，是因为汉字中好字儿太多了，挑花眼了……"

"那我给起一个吧，这眼下兵荒马乱的，求个吉祥，就叫他平安吧。"

"不行，不行，太直白了，太寻常了……"

"叫如意?"

"平安跟如意不是一样吗？都太寻常了！"

"我们就是寻常人家呀，巴不得过上寻常日子。你还想怎样，不就是一个名字吗?"

"这倒也是，那就叫'安然'吧，雅致一些。"

"我看还不如叫平安哩！"

"我想起来了，就叫他岸然吧，取'平安'的'安'字之谐音，'岸然'也道明了我儿子是淠河岸边的人。以后长大了，出息了，走到哪儿，都不会忘掉淠河、忘掉家乡的……"

李氏抱过孩子，端详了一会儿，突然叹了一声气。

男人问："好端端的，叹什么气?"

女人说："我看着这咬子的眼睛、眉毛，怎么更像他的大伯云景?!"

男人也叹了一声气："是的，我早看出来了，像得很……"

正说着话，会长过来，寒着脸站在门外敲了敲门框，问店里还有多少米？男人答，差不多七八石吧。会长说马上有人来挑。胡朝奉高兴起来，问买家给的是不是现银。会长冷笑了一声，还要现银，流通券都没得给的——是征用！问是哪个征用的，会长说是军队。又问是哪一路的。会长竟然摇了摇头说，搞不清楚。末了，又加上一句："我要是像你东家一样有地儿去，也早跑了。"

会长走了，夫妇二人就愣在那儿，不知如何是好。

远处传来几声闷嘟嘟的枪响。

胡朝奉侧耳听了听说："这就来了?!"

女人一下子想到大毛二毛三毛，将孩子放到男人怀里，撒腿朝门外跑去。

街道上的人都在乱哄哄地朝一个方向奔跑。

女人有点慌乱，抓住一个孩子问："怎么回事啊?"孩子说是土匪来了。

女人逆着人流向河边跑去。

大毛抱着三毛裹在人流中迎面跑来，三毛浑身湿透，大毛赤了一只脚，穿着的那一只鞋和裤腿上全是泥水，没有衣服篮子，也没有二毛。

又有枪声响起，跑着的人有尖叫的，越发乱了。

李氏迎上去，接过三毛，问大毛："二毛呢?"

大毛惊恐地向后看了一下说："在后面呢吧？枪一响，我甩了衣裳，抱起三毛就跑，喊了她，看见她跟过来了……"

李氏抱着三毛向前跑了一段，没看见二毛。

枪声越来越近。

李氏突然被人一把抓住，是会长娘子，李氏叫她张姐，张姐说李氏："大妹子你不要命啦，怎么还往那边跑?!"

李氏说去找二毛。

会长娘子说她刚刚看见二毛跟在大毛身后的，应该回家了。

李氏把三毛递给了张姐，央她给带回去，她要去前头看看，说着，不顾一切地逆着人流向河边跑去。

河边没有人。一队军兵却已经临近了，透过扬起的灰尘，都已经看见人的头脸了。

李氏吓得僵了自己，不晓得挪脚了。

突然，随着一声枪响，一颗飞弹竟然在她的耳边啾的一声划过去，击中了李氏身边的柳树枝，树枝五花崩裂，李氏这才转身撒腿就跑。

她跟头流星地回到店子，店门关了，一把推开来，只见男人坐在柜台后面，像没事人儿一样在打着算盘。

李氏问:“孩子们呢？二毛回来了没有?”

算盘珠的响声没停,男人说:“都回来了,你赶紧跟过去,大毛带着去庙上了。”

“哪个庙?”

“昭庆寺。”

“那你呢?”

“守店子。”

李氏恨不能拿过算盘砸到男人的头上,想想,没用,也没那工夫了,折身出门走进跑反人流中,向昭庆寺跑去。

乱世之灾,众人跑向昭庆寺,一是因为希望得到保佑,二是因为这个寺庙围墙与壕沟不比卞家圩子的防御设施差,最主要的还是历次战乱,兵也好,匪也好,他们都对昭庆寺敬而远之。一次国军剿匪,疑似一帮匪徒藏在里面,因为寺门紧闭,不得强攻,只好放弃。后来这帮匪徒竟然受化,剃度出家,因而使得昭庆寺超度众生的名声更加招摇了。

寺里挤满了难民,李氏浑身汗湿,想在人缝里找到自己的孩子,然而从前院找到后殿,没见到大毛他们的影子。

她像疯了一样跑到前院,前院的院门已经关严了,门后还有大料和石头抵得紧紧的,出不去了。

李氏想要打开院门,先众人不让,后来一和尚看到李氏一边失声哭喊“我的孩子”,一边拼命搬动抵门的物件时,就唱了一句诺,帮她打开了院门。

李氏前脚迈出门槛,后面的门就又关上了。

迎面来了一队兵,真正的残兵败将,一个两个身上都糊满了泥土和血,他们也向昭庆寺跑去。

李氏也顾不上避让,就从这支队伍的旁边闪过,拼命往椿树岗方向跑。紧接着又有队伍开过来,长枪大炮地跟着,样子像是在追赶前面的,一边追,一边打枪。

李氏也不晓得害怕,也顾不上好奇,她几乎要崩溃了,因为她的孩子一个都没找着。

椿树岗街上大白天的,静得竟然连一点声音也听不见,看见好些个被打死的军人躺在血泊里……就一眨眼的工夫,这里竟然发生了一场战争!

李氏跑回到米行,米行里空空的,男人不在,算盘散了架,算盘珠撒了一地。

李氏啊了一声,一下子跌坐到了地上,头脑一片空白。

会长娘子张姐轻手轻脚地过来,向米店里面探了探头,看见李氏坐在地上,进屋,一句话没说就伸手拉她起来:“大妹子,你怎么坐在地上?!”见李氏跟傻了一样,就叫,“大妹子,你醒醒神来,好不好?!”

直到此时,李氏的意识才完全清醒,开始放声大哭:“我的……孩子们……不见了……”

张姐说:“妹子你可不能慌神,这年头,我们要扛得住!孩子们应该没事的,一个都没见到,可能是好事,怕是裹在人缝里猫在哪儿了。你家大毛精明,会带好弟妹的。待会儿,我们再去昭庆寺找找……”

“开楚也不晓得哪去了?”

“哦,他没事,跟我家老七在一块,搁那抬死人哩。哎呀,造孽哟,这些当兵的,也不晓得姓什名谁,家在哪儿,年纪轻轻的,就吃了枪子儿。老七只好带人把他们抬到街南大岗头上埋了,一个个残腿断胳膊的,赤伶伶地埋了。可怜也不晓得哪家的儿郎,可怜父母生下来,巴心巴肝地养活大,就这么打死在异乡了……”

“哪个跟哪个打啊?”

“哪个搞得清楚?听老七讲是杜聿明属下的,他们打了败仗,朝山里逃跑,让张明华碰上了,追哩。”

李氏说:“这都打了好几年了,怎么还打啊?可害苦我们小民百姓了……”

“可不是哩,我家的讲了,国民党军队的气数,可能要尽了……”

李氏强撑着站起来,摇摇晃晃地就要去昭庆寺,张姐跟着。

昭庆寺那边的响动一直没断,好像枪炮都用上了。听到枪响,李氏的腿就打软,张姐拼命搀着、拽着。枪声总算从密集到稀疏,最后终于停了下来。

二人好不容易到了跟前,看见那个追赶逃军的部队向南山开走了,他们的背影很快就消失在人马开拔时扬起的灰尘中。

庙门大开着,围墙豁开了好长一段口子,刚定神一看,二人几乎同时倒吸了一口凉气,她们被眼前的景象惊呆了。

院门外的路上、路边的庄稼地里、庙围壕沟的上下,还有那豁开的围墙垛上,有好多死人!肢体不全的死人!大多都是穿军装的,但也有当地逃难的百姓——妇女、孩子,还有穿了僧衣的和尚……

李氏一下子晕了过去。

张姐也吓得浑身抖抖的,想喊醒李氏,却是不能,急了,就下到河里,用手捧水向李氏脸上泼。当她看见自己手上舀出的水竟然是红色的,浑身一打激灵,尖叫了一声,差点也晕了过去。

李氏让血水泼醒了，人却完全崩溃了，瘫在地上，怎么也站不起来了。张姐见李氏醒了，松了一口气后，也瘫坐到了地上，与李氏面对面的，二人都用惊恐的眼神看着对方。

一会儿，过来两个僧人，李氏认得，一个是方丈，人称老御佛，一个是专门负责侍候佛前灯的小沙弥，二人身上的僧衣也溅满了斑斑血迹。他们从后殿里走出来，一路走，一路口中念念有词，可能是在为众亡灵念超度经文。

他们走到院前，转身回去，像是没看见李氏和张姐一样，嘴里仍然念经不止。

李氏没有勇气进到院内从死人堆里扒拉自己的孩子，只坐在地上，一个劲地哭。

一会儿，有三三两两的活人从里面走出来，张姐拉住一个大爷问是怎么回事。大爷摆了摆手，什么话也没说，走了。

张姐又拦下一个女人打听，女人还在发抖，话也连不成句子，然后就嗷的一声，号啕大哭，趺趺撞撞地走开了。

天近傍晚的时候，张姐拉着劝着哄着李氏让她与自己一道进了寺院里，走了两趟，看见了不少附近邻村的熟人，却没有大毛姐弟四人的影子。既然这里没找着，就说明在别处，就可能还有希望，孩子们就可能还在……

孩子们能去哪儿呢？李氏想到了一个地方。

李氏拽着张姐就走。张姐莫名地被李氏拉着，见她那不容分说、急马赶抢的样子，也不便多问，就随着她很快就来到了上郢村。

她们摸着黑走过壕沟坝，穿过竹林，来到快要倒塌的两间茅草屋跟前，推开院门，就着天光，看见大毛搂着咬子，二毛搂着三毛，四个孩子挤在一起睡着了。

叫醒来，四个孩子除大毛外，都哭得没鼻子没眼的，李氏和张姐却一个劲地笑……

骑马骑马颠颠
颠到姥姥家过一天
姥姥给个鸡腿子
舅妈撵到山嘴子
舅妈舅妈你别撵
哪个山上没石头
哪条河里没泥鳅
哪个小孩没舅舅

……

李氏拿了盛子去米瓮舀米做晚饭时,见瓮子已经空了,就问男人:“早上煮稀饭时我舀米,看还够吃天把两天的,还没来得及跟你讲,怎么就没了?”

男人说:“刚来了个要饭的,背上的孩子都饿得淌涎水了,我就把米都给她了……”

“那我们吃什么呢?”

“上哪家借一下……”

“到哪家借一下?生意没进项,你拿什么还上?”

“之前一日三餐,后改了一日两餐,现就一天吃一顿吧,先把命渡着再讲……”

“就是一天吃一顿,明儿个也得有米下锅啊!大人挨着,孩子们会嗷嗷叫的……当时会长来征粮的时候,就不该兜口袋底儿都给了他们,让那些人吃饱了去开枪杀人……”

“你不是藏了一些么?”

“要不是我壮了胆子藏了一些,早就断饮了!”

女人满眼的愁怨看着男人,男人低下头去,愣了一会儿,走开了。

李氏开始翻箱倒柜,看是否能找到一点值钱的东西去当铺换点碎钱救急,划拉了半天,也没找到什么可以当的。

男人从外面回来,拎了一个蒲包,递给女人:“从会长家借的。”

“吃完了又怎么办?”

“兴许又有生意了呢……”

“这兵荒马乱的,哪来的生意啊!”

说着话,张姐过来串门,李氏一边搬板凳,一边说承情借米的话。

张姐坐下来,将咬子抱在腿上逗着玩了一会儿,然后递给李氏,转身对胡开楚说:“胡家兄弟,我家老七看你借米走了,直叹气哩!他也在发愁,这各家的店铺老是开不了张,生意人吃什么?老七让我问问,你家在六安城里有没有亲戚什么的,要是有,盘点城里的货来乡下卖卖,兴许管用……”

胡开楚摇了摇头,苦笑着说:“城里哪来的亲戚……”

李氏接口道:“有的,有的,盛氏商行——九小姐家……也不晓得她眼下怎么样了?我们跟她也不是亲戚,也好长时日没走动了……”李氏的口气由强渐弱,最后变成了叹息。

张姐道:“要是能搭上话,试试看,总比两眼一抹黑的强,家里大小六张嘴要吃饭哩。我家老七说了,要是能盘点盐回来最好。可盐是稀缺的国货,路上得当心才是……"

胡开楚说:"那……我明儿个一早就进城……"

李氏打断了男人的话:"算了吧,你书生呆子一个,遇事化不了险的,还是我去吧。孬好我也是闯过正阳关的人……"

李氏因担心男人安危,一时情急,说了"书生呆子"和有关"正阳关"的话,只想证明自己可以代替男人去冒这个险,不承想挑破了男人自尊。

胡开楚的脸一下子就涨得通红,女人在张姐面前这么说他,简直是让他颜面扫地,他气呼呼地转身走开,一会儿从里屋出来,竟然挑了两个空笆斗,对张姐说:"我这就去。"

李氏上前拽住笆斗系子,说:"还是我去。不好带笆斗的……"

胡开楚使劲地甩开了李氏的手说:"不带笆斗,拿什么装盐!"说着就往外走。

李氏又要上去拦阻,张姐站起来拉了她:"让他去吧,你个妇道人家去跑路贩货,你让他当爷们的脸如何挂得住?何况你家中还有四个孩子。我回家跟老七商量一下,看有没人能跟兄弟结个伴。"说着叹了一声气说,"眼下这兵荒马乱的,略微有点办法,怕是都没这个心思哩。"

胡开楚赶到六安城的时候,天已经快黑了。

又撵三赶四进街,直奔盛府。不会担担子的人,掌握不住肩上挑着的空笆斗,随着脚步迈动悠啊摇的,在城外没事,进了城就误事了,碰到了好几个人,还挨了骂。再急也不指望这一小刻工夫,他停下来,将两只笆斗摞了,系到一起,挑在扁担头上,扛着走,好多了。

街道上虽然人多,各店铺里却冷清清的,看上去生意也不怎么好。

盛府的大门似乎也灰头土面的样子,没得往常的鲜亮了,虚掩着,胡开楚喊了好几声也不见有门房出来,就小心翼翼地推开门,一步一停地往里走,快到二门时,关着的二门突然开了,出来男女三五个人。

因为有女人,胡开楚也没敢抬眼向人家脸上看,就赶紧让到一边,将笆斗尽量往身后藏。

突然有一个女人的声音:"小姐,你看,那人……"

胡开楚循着声音偷眼望过去,见几个人都站下来看他,胡开楚恨不能有地裂钻进去。

还是那个女人的声音:"长得好像竹青哎……"又问,"你是哪个?从哪儿来的?”这是冲自己来的了。

胡开楚只好抬起来头,他认得出来,说话的人是翠屏,站在她旁边的是九小姐,九小姐的身后是一个瘦弱不堪的少年,还有一个婆子和一个男仆模样的人。

九小姐拉着少年走了过来,说:“垚生,叫伯伯,胡伯伯。”

少年叫了一声后,九小姐对身后的男仆说:“你去通报一声,让小爷好生招待,来人是我娘家的贵客……”又转对胡开楚说,“垚生嗓子有点疼,我正要带他去医院里瞧瞧。你看,真是不巧,胡先生,你先歇着,我得失陪一下了。”

男仆上来要接胡开楚肩上的笆斗,翠屏问道:“竹青上城,带着笆斗干什么?”

九小姐急于要走,就说:“进一趟城,总不能空手回去,带笆斗置买点东西,这有什么好问的!看垚生站在风头上,可别再添了凉,我们快去快回的好。”

盛维炯见了胡开楚,不咸不淡地应酬着,听说想要盘些盐回去渡难关,就作难道:“哎呀,盐可是国货,私盘是犯法的。眼下局势乱糟糟的,人心惶惶,生意不好做,货源都断了,没得了周转,尤其是盐,已经没得库存了……”

胡开楚也料到会有这种情况,就坦然地说:“人都有难处不是?我也不为难盛公子——盛小爷了,那……胡某告辞了!”

盛维炯就站起来留客,说天都晚了,高低得吃过晚饭,住一夜再走。不然,你们的九小姐回来,又要咒天骂地跟我闹了。

胡开楚被安排到客房里住下来。

正要上床,听到敲门,传来翠屏的声音:“竹青开门,九小姐来看你了。”

九小姐一个劲地问啊问啊,都是关于翠画的,胡开楚赶着趟儿回答不及,惹得一旁的翠屏笑了:“你们这两个同年同月同日生的冤家啊,这么长时日了,也不走动走动,又总是牵肠挂肚的,丢不开来……”

九小姐深深地叹了一声气:“唉,都让孩子绊住手脚了……”

胡开楚接口:“是啊,都让孩子绊住了……”

提到孩子,九小姐的连环问又来了,当说到大毛时,九小姐问:“哎呀!都13了呀!我们13岁的时候……”九小姐说到这里,眼圈儿一下子红了,“我们13岁的时候,云景第二次,不,是第三次……进了卞府……他18岁……”

翠屏赶紧拦住话头,问胡开楚:“大毛长得像不像她大大?”

胡开楚笑了笑说:“都道是一个模子刻下的,像极了!”

翠屏就捅了一下九小姐说:“大毛13,垚生16,要是结门亲,年龄倒是相仿的……”

九小姐一下子怔住,什么话没说,看了看翠屏,又看了看胡开楚,然后转过话头说："忘了跟竹青——胡先生介绍了，翠屏现是屏妈了，她嫁了盛府的二管家……"

"什么二管家，就一干粗活的。"

九小姐没再接翠屏的话茬儿，转身对胡开楚说："胡先生，我听维炯说了，你是想盘些盐回去——这年头，盐真的不好搞——可毕竟是我娘家的人，既然来了，总不能空着手回去，少带一点吧，20斤用完了再说，再带30斤米回去，多了你也搞不动……"九小姐说到这里，轻轻地叹息了一下，又接着说，"刚才屏妈说的事，猛不丁地，让我措手不及哩。真的，我想也不曾想过，我的孩子能跟翠画孩子结亲——俩孩子年龄倒是真的相仿，听说大毛长得像她大大，我更是巴不得的。只是……"

胡开楚见九小姐在"只是"二字后面把话停住，就接口道："九小姐，我明白的，说说笑笑倒也无妨，要是说真的，门户相差太大了，我们哪能这样高攀。这是不可能的……"

九小姐苦笑了一声："什么门户呀，照眼下这情境，还不晓得国势往哪儿走呢？盛家、卞家，我看着，是撑一天算一天啰。想必胡先生你也感知到了，盛府如今门庭冷清，下人们走的走，辞的辞，就剩下像翠屏这样几个贴心贴肺的人了。我刚说的……我的意思是，我晓得翠画的性子，不见得她就能看得上我们家垚生，就像当年我看不上盛维炯一样……"

两头踩都三天了，按说男人该回来了，他晓得家中等他的货回来换钱买米的。

李氏抱着喊饿哭嗷嗷的咬子，在空荡荡的店铺里来回走，心里懊悔得紧，怎么就让他走了呢？可不走又怎么办呢……

正零七碎八地想，张姐一下子闯进来，一边招手一边喊："妹子快快快……放了孩子，把床铺整一下，老七他们背你男人回来了……"

"背男人回来了"！这是什么话？李氏反应不及，桩在原地没动。

会长老七这时却已经领人背着胡开楚进屋了，胡开楚的头、脸上血迹斑斑。

李氏怀里的咬子吓得哇哇大哭。

李氏心里闪出一个可怕的意念来，她不敢明确了这个字眼儿，眼就一阵发黑……

突然她听到了男人的一声呻吟——谢天谢地，他还活着！她悬在喉嗓眼儿的心咕咚一声就落到了实处，于是在众人慌乱搬抬男人进里屋床铺的时候，她竟然有了如释重负般的镇定，将怀里的孩子交给大毛，蹲到地上去脱男人的鞋，并为男人盖好了被子，从茶炊里倒了热水，托起男人的头喂了几口，然后放下碗，向帮忙的众人一一作揖，感恩承情后道："真是对不住哩，让你们捞天拔地的，也不晓得是怎的了？”

会长告诉李氏，是一放牛孩子看见的，胡开楚靠在一个坵坧棚子边，头上在流血，放牛孩子喊了路边的人，认得他是镇上的胡朝奉，就找到商会里了。

众人走了，李氏为胡开楚换掉揉满灰土的脏衣服，又为他清洗了头脸与身上的血迹，包扎了伤口，还好，都是外伤，胳膊上乌青了两块，一只脚趾挫伤开了一道口子，但头上的裂口有点怕人，耳门下，离太阳穴很近，用了药粉。

李氏一声未吭地安顿着男人，就连大毛从外面端回半盆稀饭说是会长娘子张婶给的，李氏也没搭话。

将稀饭兑了点水，在锅里烧开了，盛出一碗，扶男人起来要喂他吃，男人伸手将碗端了过去，自己喝了稀饭。

男人放下稀饭碗，用手背擦了擦嘴说：“你也真沉得住气，怎么就不问一声，我盘到货了没有，货又哪去了？”

女人拿了碗，转身走开时丢了一句话：“还用问吗？货让越了呗！”

男人就捂了脸，呜呜地哭了起来：“我真的……没用啊……对不起你们……”

女人见男人哭，站了站，叹声气后，又走开了，径直去了厨房。

男人知道女人在心疼他的同时也在责怪他，但他不后悔当天执意要自己去而不让女人去。不仅是因为男人的面子，也有考虑到家中的孩子和女人的人身安全，这不，他的货被抢，人也挨了打，要是换作女人，还不晓得要遭遇什么祸害呢！

女人一直没开口问他所以然，晚上，女人蹲在地上给他洗完脚又为他包扎伤口时，他忍不住对女人说：

“见到九小姐了，我进门时正赶上她带儿子去医院看病——那孩子，三病两痛的，怎就弱成这般的，没得一点土匪的样子呢……”

女人一用劲，弄疼了男人，男人吸溜了一声：“好，不提这话了——要是依盛维炯也倒好了，他什么也不愿给，却硬留我住下来。晚上九小姐回来做的主，给了20斤盐和30斤米，说米是送我们的，让10天内把盐的款子送去……”

女人停了手，愣在地上，男人知道女人在意了这货款的事。是啊，欠下这笔货款不说，还有一家人接下来吃什么啊？！

胡开楚一仰头倒在了床上，眼泪哗哗的：“我出城不久，就让盯上了，他们是两个人，上来就夺，我拼死抱货，他们就开始打我……东西抢去了，年轻一点的人说要做了我，年纪稍大的拦下了说留我性命，积点阴德。货没盘到，还欠了20斤的盐债，我本想一头钻进淠河里淹死算了，想想又舍不下咬子，还有你们。我真是个窝囊废啊！翠画，我对不起你！自从那次我在你身上犯下大错之后，我一直想……想做得好一点,像个男人的样子,来弥补我对你亏欠。可是……可是百无一用是书生,我真是废人一个啊!"

李氏见男人如此说,心就越发地疼,口却锈住了,不想说话。

胡开楚絮叨完,叹息了一气,然后慢慢坐起来,说:"差一点忘了,翠屏提了一个事,没想到九小姐真往心里去了,说想让我们家大毛跟她的垚生结门亲……"

李氏想也没想,苦笑了一下:"这叫豆腐渣贴门对子,不沾板的。"

"九小姐也猜中了,说翠画看不上垚生,就像当年她看不上盛维炯一样……"

李氏没再说话,将脚盆里的水端到外面倒掉,进屋来时坐到了床前的凳子上,冷静地说:"我打听了,说枣树店设了兵站,要人去烧饭洗衣裳哩,管吃管喝,付流通券,也能兑粮食……"

男人一骨碌从床上爬起来,不知碰疼了哪里,吸溜一口冷气,又慢慢地躺下去,呻吟了两声后说:"瞎想什么馊点子呢!那兵站你去不得,死也不会让你去的……"

"一家人的嘴总不能扎起来啊!"

这时大毛抱着哭闹的咬子进来,李氏抱过咬子,哄了哄,抬头看了看大毛,突然间,看眼前的大女儿像是看一个陌生的女孩子似的——真的,这些年来,李氏一直让接二连三到来的孩子和日复一日的窘苦闹得疲于奔命、应接不暇,难得用心在意一下某个孩子的细节。日子一天一天地过,孩子们就像菜园里的南瓜,默默地生长着。突然有一天,菜农发现有一只南瓜长大了,在菜农的记忆里,只有这只南瓜灿烂开花时的情景,至于它如何结成了果儿并且一点一点长大,菜农是不能体察的。此时此刻,在李氏的眼里,大毛真不知什么时候长成了大女孩了,懂事能干不算,而且长得这般好看!

咬子在李氏的怀里很快就睡着了,她把咬子交给一直站在房门外边的大毛,又折转身进了卧室,关了房门,坐到了胡开楚的床沿上。

"之前,街北姓田的,一个殷实的人家,说是来米行见过我们家大毛,托过张姐,想让大毛给他做儿媳,我没答应,说大毛还小,离谈婚论嫁的时日还早。眼下……你看……家中这情景……不如就回个话,应了吧……"

"家里断饮,给大毛行婆家又有何用?"

李氏就捂着脸哭了。

胡开楚明白了,她是想要用大毛的订婚彩礼来渡这个难关。

李氏哽咽着说:"那年,我看到一个女人在卖自个儿的孩子,我用一块大洋换她不卖。可临了临了,我也走这窄道上来了……"

胡开楚的心里像挨钝刀砍了、剁了,闷嘟嘟碎渣渣地疼,可思想了片刻,真的是眼前一抹黢黑,就只好安慰李氏说:“只是定个亲,这跟卖孩子扯不上边的……”

“抠门出了名的田家,哪里是想急着订媳妇儿,缺人手哩,是想让大毛……上门……当童养媳……”

“那还不如给九小姐回个话儿哩,让大毛去她家……”

“那可不行!宁愿去田家也不能跟垚生做亲。我不能让大毛嫁给垚生,绝对不能……”

“你是嫌他……”

女人咬着牙一字一顿地说:“不是嫌,是不合宜——”

男人一个翻身,脸朝里。女人知道,他又在淌眼水了,要是光淌眼泪能管用,李氏想,我坐到河边上,让淠河发大水。

过了半天,男人转过脸来,果真是满脸的泪,他说:“不行,问一下大毛吧,看看她怎么说?可愿意……”

李氏苦笑了一声:“问什么问呀!可怜还是个黄毛丫头儿,晓得什么……”

房门被哐当一声推开了,大毛眼里含着泪进来:“大大,我晓得的,家里断炊了,没有吃的了,要是把我行了婆家,能换家人有口吃的,就让我去城里吧……”

话没说完,大毛的脸上挨了重重的一巴掌。李氏打完,举起手来,吃惊并伤心地看着红红的掌心,连她自己都不明白为什么会如此激烈地对待这件事情。

大毛挨打,一下子跪了下来,仰着脸哭问:“大大,你打我?你干吗打我呀?!”

李氏背过身子,擦了一下眼泪,拉大毛起来,说:“大大打你,是大大错了。大大不能让你进城,跟垚生做亲,绝对不可以的……”

大毛哭得呜呜的,不愿站起来:“大大,我晓得了,你不愿意我进城,肯定是为我好。都让你气成这样了,那就让我去田家吧。我不是小黄毛丫头了,我已经 13 岁了,我是你们的大女儿,我愿意去田家当童养媳……”

李氏蹲到地上,抱着大毛,柔肠寸断。

胡开楚更是心痛如绞。

大毛被送到了田家,田家送来了一担米和一箩大麦。

三毛看见大麦,喜欢得直拍巴掌,嚷嚷着要大大炒焦面吃。李氏就在三毛的头上掴了一骨节,然后坐到灶门口,眼泪水扒沟儿往下淌。

三毛挨了打,也哭了,当看见母亲打完她又坐到灶门口哭泣时,就知道自己挨打是该的了,不然母亲不会这么伤心。于是她跪到母亲跟前一边帮母亲擦眼泪一边说:“大大,我晓得错了,我再也不学好吃嘴了……”

李氏搂了三毛，呜咽着说：“三毛，你要晓得，这大麦，还有这米，都是拿你姐换来的呀……”

李氏将米和大麦装进瓮子里，一天两顿饭，一干一稀，兑上菜，一家大小总算不挨饿了。

几天过去，李氏到底不放心，连夜赶出一双单鞋，早上又炒了点焦面让二毛、三毛和咬子一人吃了一口，然后用手巾包上，去了街北田家。

不远，李氏到了，田家正在吃早饭，却没看见大毛。

田家人看到李氏来，就不高兴，大人都拿碗扣着脸，带理不睬的，两个小男孩对稍大一点的男孩嘻嘻地笑着说：“看你的老丈母娘来了……”

田家女人伸手在男孩的头上打了一巴掌，骂道：“不长眼的东西，嘴尖牙肥的，乱嚼舌头根儿？什么老丈母娘，才来几天，就老丈母娘了，你认的哪门子亲哪！”

男人见女人把话说到这份上，就放下饭碗问李氏：“亲家吃过了没？不嫌弃就乎吃一碗？”没等李氏答话，接着又说，“也是啊，大毛才来几天，就劳动亲家来走亲戚了，说句不怕亲家见怪的话，这样子不好，会惹丫头想家的。”

李氏真想一转身走开了，愣顿了一下，想自己还真的来对了，就笑了笑问：“你们都在吃早饭，大毛呢？”

没等田家夫妇答话，中间的男孩抢着说话：“大毛放牛去了，大毛来了，我就不用放牛了——狗不吃中饭，猫不吃晚饭，放牛郎不吃早饭——我娘说的……”

说话的孩子头上又挨了他娘的一掴凿。

李氏稍后说：“刚刚亲家说得在理，大毛才来几天，我是不当来走亲戚的。我来，只是想给大毛送双鞋子，顺道看看她怄你们了没有。到底是个孩子，年幼不晓事，怕我们管教不周，给你们添出难处。我本打算丢下鞋子就走的，搭便向亲家说声道谢的话，承蒙你们给了那些粮食，大毛也承蒙你们操心……”

田家夫妇见李氏滴水不漏的样子，相互看了看，没好再说什么，一脸的悻悻然。

李氏放了鞋子，焦面却没拿出来，然后笑着说：“那好，我走了。大毛在哪儿放牛呢？”

又是挨了掴凿的孩子答话：“在西河洼……”

李氏听到身后有大人打小孩嘴巴的声音，又有孩子哭的声音，但头也没回，去了西河洼。

看见了牛，却没见到大毛。

走到跟前，才见到大毛蹲在河边一蓬苇草后面，对着河水发愣。

看见母亲到跟前，大毛站起来，抿了嘴，却将脸儿扭到一边，不看李氏。

“大毛……”李氏话一出口，嗓子就哽咽住了，“大大是……没办法……”

李氏说着，就伸手在大毛的头上抚弄了一下。

大毛又是一别扭，并向后退了一步。

“我可怜的孩子，是大大对不起你……”

大毛到底忍不住，转身扑进李氏的怀里，哇哇地哭了。

李氏将大毛散乱的独辫子打开来，用手指当梳子划拉了几下，然后为她编好。在做这些动作时，有几次大毛咬着牙发出咝咝的声音，李氏听见了，只将手顿了顿，继续梳理，编好，然后才将大毛的脸捧起来。

看到大毛的眼睛乌青了，再捋起袖子看，胳膊上也有乌青的痕……

李氏哽咽着问：“还有哪里啊？”

大毛就拎了裤腿，小腿和大腿上都有乌青……

“他们打的？”

大毛点了点头，想想，又摇了摇头，说：“是……是我……不小心……碰的……”

李氏一把搂起大毛，哽咽无语。

小红鞋，绿线梭
大大妈妈养下我
不来瞧瞧我
不来望望我
我在婆家好凄苦
人家吃饭我站开
人家刷碗我就来
开开大门亮堂堂
开开后门清衣裳
一对斑鸠在树上
公的点头，母的叫
我的苦楚哪知道

当怒气冲冲的李氏拉着大毛出现在田氏夫妇面前的时候，他们知道李氏已经晓得大毛挨打的情况了，女人转身进了屋，男人就挡在李氏面前。

“是她婆婆打她了，怎么的？也怪你家大毛太没家教，一点眼力头也没有，大片的活不晓得做，赶上吃饭一点也不比人家慢，还动不动就对嘴，整天到晚抹眼淌泪的,难不成我们花了那么多的粮食就换一个吃闲饭的怄气包子来……”

李氏指着大毛乌青的眼窝儿,对田家男人说:“人心都是肉长的,大毛还是个孩子,你们怎么就能下得了这手?要是换作你们自己的骨肉,能舍得么?一个丫头家能有多大的错,你们把她打成这样?!不错,我们是收了你们家的粮食,那是定亲礼,不是卖牲口的价。孩子才来几天,就浑身乌青飙黑的,再往后,还小命不保哩!好了,我的孩子没家教,今儿个我带回去,省得吃你们的闲饭、怄你们的气……”

咚咚响一阵脚步声,田家女人一头冲了出来,指着李氏骂道:“你个烂女人,敢情是拿丫头骗人不是?我们给了那么多的粮食,人来了几天就要往回拽,你想得倒美!俗话讲:童养媳,好心寒,黄连树上吊苦胆……你送了她出来,就当想到有这一层,婆婆管儿媳天经地义,怎么,你还打算让你家穷丫头来我们田家享福当少奶奶的呀?难不成我们家那些粮食是喂了大尾巴狼了……”

李氏气得身子发抖,想想,还是忍了,咽下一口气说:“这样吧,大毛我先带回去两天,给她养养伤,我再教教她学会做媳妇儿。见天我早出晚归,摊上大毛的活,我来做……”

话没说完,田家女人哈哈大笑起来,又把正大笑的脸唰啦变阴了,朝李氏呸了一口,说:“这是什么屁话?你来算作什么?我家男人不打算纳妾的……”

李氏忍心无可忍,甩手给了田家女人一个嘴巴子。

田家女人岂是好惹的,一把就薅了李氏的头发,两个人扭打成一团。田家男人竟然也凑上去,帮着女人打李氏……

大毛吓得哇哇大哭,跑过去抱着母亲的腿,喊着:“大大啊!都是大毛不好……”李氏本就敌不过田家夫妇俩,腿又让大毛给抱上了,又顾着要护住大毛,就一下子跌坐到了地上,只剩招架之力。

大毛见状,一下子扑到李氏身上,用自己瘦小的身子护住母亲,掉过头来大喊:“你们干吗要打我大大……不要打了……我不跟大大走……我不回家了……往后我听话……好好在你们家干活……还不成吗……”

这时夫妇俩才停了手,女人拍了拍身上的灰,然后拧起大毛的一只耳朵,拖着进了堂屋,呼的一声关了堂屋门。

李氏像疯了一样追到门跟前,用头去撞关紧了的大门:“我的大毛……我的孩子……”

田家男人过来,冷笑了一声说:“我说亲家,你看,你这不是自找的吗?大毛刚踏过门槛儿,你就打上门来,兴师问罪的,闹成了这样,往后小两口要是圆了房,还得了!好歹劝你一句,嫁出去的丫头泼出去的水,还是少管闲事少操心的好。你要是铁定了心不想做这门亲事，也好商量，将我们担过去的粮食再加上利银加上毁亲费等一并送过来，丫头你带回去，往后你走你的阳关道，我走我的独木桥，井水不犯河水。要是拿不出这些，我劝你还是识相些，回家好好把你那几个丫头儿拉扯大，好再换些粮食吃。不送！"

李氏心如刀绞般往回走，想死的心都有了，但一想到这些孩子，想到伤了脚趾走路还不利索的男人，就在河边蹲下来，洗了洗手，用带水的手将散乱的头发往脑后抹了抹，又对着清澈的河水照了照自己，然后站起来，在心里唏嘘："胡李氏怎就混到这般田地？天无绝人之路，我还就不信了！"

回到镇上，发现好多穿军装的人在走动！事实上李氏在从田家回来的路上就已经看到东大路上在过兵，因为生着气，又因为这年头看到过兵的事也不算稀罕了，李氏也就没当回事，想，只要不在这儿打仗，就好……

待回到街上，看到士兵们在街道上匆忙来去的样子，心里就咯噔了一下，她想到了前不久在昭庆寺看到的惨景，就丢开了从田家惹上的恼怒，赶紧跑回家去。

家中坐了两个穿了军装的女孩儿，将咬子抱在腿上哄他玩儿，二毛和三毛偎在旁边，吃着很稀罕见的糖果。

李氏吓得不轻，赶紧过去将咬子抱回来，见咬子的嘴里也有糖果，就用手抠出咬子嘴里的糖果，然后又抱歉地朝女兵笑了笑，那笑比哭还要难看。

这时男人拄着拐从里屋出来，向李氏招了招手。

李氏抱着咬子进去，随手关了门问："怎么回事儿？"

"大军南下哩，要住在这里……"

"什么叫'南下'？"

"说是要消灭国民党，解放全中国……这是要去南京的……"

"既是去南京，过路，怎么还要住下？多怕人啊，你怎么敢把孩子交给当兵的抱，要是枪走了火怎么办？"

男人笑着说："她们哪有枪！你不见她们的腰里别了莲花落的吗？是专门说唱的……"

"莲花落不是叫花子要饭时才用的吗？军队是打仗的，要莲花落干吗？"

"我哪里晓得他们的究竟。不过就这情势看，这些人不像是坏人。类推一下，这南下大军应该是好军队；再类推一下，这新兴的官府应该不坏……"

"只要不打仗，不闹土匪，小民有饭吃，不闹饥荒，能过上平安日子，就好了……"

"如能照她们讲的那样，那就是肯定的！刚才这俩女兵说了，说他们来就是要解放像我们这样的受苦受难的穷人，还讲到了什么主义……对了，共产主义，新名词儿，书上没见过的……说是要让劳苦大众翻身当家做主人……"

"当什么主人呀，能让大毛不挨打就好了……"

"怎么，大毛挨打了！哪个打的？"

"还能是哪个打的！"

"婆婆？"

"嗯哪，打得一身是伤……"

话说到这里，李氏怀中的咬子突然哭了起来，只嚷嚷着要大姐抱抱。

李氏以为咬子说的是外面的两个小女兵，就开了门走出来。

两个女兵一个在抹桌椅板凳，一个在洗孩子们的脏衣裳。

李氏赶紧上前阻拦，连说："哦哟哟……哪能哪！官长、老总，惊动不起的，惊动不起的……"

咬子又哭叫了起来："大姐抱抱！大姐抱抱……"

一女兵擦干净了手来抱咬子时，咬子却哭着将身子向外压。

李氏止不住流了泪，说："他是在要他的姐姐大毛……"

女兵问："大毛呢？"

李氏答道："送了童养媳……"

两女兵几乎同时吃惊地问："童养媳？！多大了？"

"13 岁。我刚从那儿来，挨婆家人打得浑身是伤……"

李氏不知是因为听了男人话，消了些顾虑，还是她实在是气不过，于是将大毛挨婆家毒打的事说了出来。

两女兵听完李氏的诉说，相互看了看，一个说："华子，我们要不要管管这事？"名字叫作华子的说："我想，我们应该管一管的——不过，得先跟团长请示一下……"又说，"如果请示的话，这事就复杂了，还不如我们来它个先斩后奏……"

华子问李氏大毛婆家的路有多远，李氏说很近，三四里路，腿一抬就到了。

于是就去大毛家。李氏抱着咬子走在前面，两女兵跟在后面。边走边说话儿，李氏知道她们原来都是学堂里念书的学生，才当的兵，跟在大军后面，是负责宣传工作的。李氏不懂什么叫"宣传"，华子告诉她，就是通过他们的说和做，让老百姓知道他们的好，也让当兵的更有勇气去打敌人。李氏又问：敌人是不是就是日本鬼子和土匪？华子回答：是。说完又补充道，还有国民党。

说着话就到了。

当大毛的婆婆看见李氏气汹汹地领着两个当兵的来到跟前，二话没说，扑通一声就跪到了地上。

她这一跪，倒把两个女兵吓了一跳，往后退了退，用疑讶的眼神看着李氏。

女人用膝盖挪到李氏跟前，作揖道："亲家母啊，求求你，饶过我这次，往后我们再也不敢了，我要是不待大毛跟己出的一样，就遭天打五雷轰……"

李氏将咬子递给女兵，弯腰拉起了女人，说："田家嫂子，今儿我们来，什么话也不用说了，就是要把大毛带走，欠你家的粮食，我摔锅卖铁还上……"

女人又要跪，被李氏一把托住。

女人就点头哈腰地说："不哩！不哩！那粮食算是我们赔礼的、道歉的，不要了，不要了。大毛你带回去，想什么时候回来就什么时候回来，田家也是她的家不是？"

说着话，她向站在远处看稀奇的一个男孩喊："去菜园子把你大毛姐喊过来！"

大毛子担着粪桶过来了，李氏看见大毛担着有大毛半人高的两只大粪桶，就又忍不住流了泪。

大毛放了粪桶，仍然站在原地，不敢靠近。

华子走上前去，拉来了大毛。

两个女兵看了一下大毛身上的伤，也心疼得流了泪水。

华子说话了："姓田的，今天我宣布，你们两家的亲事一笔勾销了，以后要是敢再找胡家的麻烦……"她拍了拍原来挂莲花落，现在空空如也的腰间，"别怪我们不客气！"

田家女人还在犹豫，不知什么时候躲在近处的男人突然走过来说："老总，长官，我们晓得了，晓得了，再不找胡家的麻烦，大毛你们带走吧，带走吧……"

天黑了，椿树街道上驻满了军队。随着军队的进驻，也来了一些名字叫作政府的人，他们由会长带着，挨门挨户打招呼，让做好接待。

李氏的家里家外也都住上了当兵的，华子和另外一两个女兵一会儿来，一会儿走，也不知忙些什么。但每次来，她们都要把大毛喊到一边去，跟大毛单独待上一会儿，咕哝一些大概女孩子们之间的体己话。李氏也不在意，因为她们救了大毛，感谢还来不及哩。

李氏将孩子们圈在一间房子里，让大毛带着他们玩儿，害怕他们匪疯起来，碰上了枪，走了火，就坏了！

因为有了打前站人的"宣传"，李氏已经知道"宣传"的意思了，就把心放下了，但毕竟这些人跟打仗有关，还是离他们远些好。

有一个小兵，十五六岁的样子，过来蛮叽咯唧地跟李氏说话，李氏听不懂他说的什么，就喊男人出来，胡开楚也听不懂他说的什么。

小兵用手比画着一个大大的圆，然后又将自己的身子扭了扭，再用手做抓挠的样子。

胡开楚笑了说："他是说要借一个大木盆，身上痒痒，要洗洗澡……"

小兵直点头嘿嘿地笑了，嘴角边露出一粒好看的雪白的小虎牙。

李氏赶紧进屋将靠在门边的大木盆拿出来递给了小兵。

看着小兵的背影，李氏心疼地说："可怜的孩子，这么小……"

李氏安顿好了孩子们，准备睡觉，听到有敲门声，要去开门时，又没声音了，就又转回来脱了鞋子，正要上床，敲门声又响了两声。

李氏隔着门板问："哪个啊?"

门外答了一句："额……丝额!"是那个小兵的口音。

李氏赶紧点上灯，打开门，问怎么啦?

小兵将自己的胸口和胳膊给李氏看。

李氏一看，心疼得吸了几口凉气，小兵的身上通红通红的——她这才想起来，那木盆前天用来盛剁辣椒的，用过也涮了，本来要在今天拿到河里再用水草好好搓一搓的，没承想让大毛挨打的事闹得，就忘得一干二净了。这可如何是好!

李氏在心疼小兵的同时也有点害怕，想眼前的人毕竟是当兵的，生气了朝自己身上来上一两枪，也不费什么事儿。想着，她就紧张得上牙磕下牙的，说不好话了："真……真是对……对不住哩……老总……我……我真的……不是故意的……"说着就往自己的脸上打耳光。

小兵上来一把拉住李氏的手，做制止状，比画着，又是"额额额"地讲一些听不懂的话。

这时大毛出来，手里端了一盆淘米水，还有一把枇杷树叶，递给小兵说："小哥哥，你回去用这水再洗一遍澡，然后拿这叶子擦身子，就好了……"

小兵端过淘米水，又放下，然后立正，向大毛敬了一个军礼，笑着，露出了好看的小虎牙。

大毛害羞地低了头，也抿着嘴儿笑了。

小兵端起淘米水，拿起树叶，乐呵呵地走了。

李氏转身看着大毛，笑道："我让他吓得，都忘记这招了。你怎么晓得他是来要解药的?"

大毛回道："他身上辣成了那样，还用晓得吗?"

李氏拍了拍大毛的头，算是夸赞，随想：这大毛，原是那般怕人害羞的女孩，这下子倒学会大方了起来，八成都是那些个女兵给带就的。

因为这一天下来遇到的事太多了，加上又七忙八忙的，李氏晚上睡得迟，头一落枕头，就不知家在哪儿了，后半夜做了一个梦——似梦非梦的——感觉已经醒了的，听到一个声音喊她：“李丫头，当心大毛！”循着声音，就看到一个老人的背影，飘然而去——又是那个白胡子老者！她在逃离上郢村去六安城途中，这老者给她指过路，后来她从正阳关回家来的路上梦见过他。再后来，她把这老者的模样跟男人描述了一番，胡开楚确凿地说，那是他的父亲，被一个姓黄的裁缝给骗走了，生不见人，死不见尸，后来都道他神化升天了。四邻八乡的人都相信，唯独胡开楚不相信。

李氏翻身坐起来，一家人睡得好好的，大毛就在下沿的小床上，正均匀地响着小孩子家的鼻息。

李氏下床小解，特意把大毛的小被子往上盖了盖。睡得真沉，盖被子不小心碰到了她的脸，竟然没有惊醒。乖孩子，在娘亲的眼皮底下，肯定能睡得香。

李氏回到床上，一倒头，又睡着了。

被一阵清脆嘹亮的军号声惊醒，天已经亮了。

李氏一骨碌下床，趿鞋时，眼朝大毛的小床一看，小床空的，打满了补丁的小被子叠得好好的。李氏想，这在婆家待了几天，虽然挨打受苦，倒也学会了早起，原先在家时可都是当娘的三催四叫才起得来。

外面的部队已经集合好，准备开拔。

李氏家里家外竟然没有看见大毛，想她是不是下河洗衣裳去了。按说不会，换下来的衣裳昨天都被两个小女兵洗干净了，还晾在小院子里的枇杷树下哩。

想到了夜里的梦，李氏出了一身冷汗，为避免莽撞，赶紧跑到小河边看了看，大毛不在，就脚跟脚往回跑，家中仍然没有。她随手翻了一下大毛叠好的被子，竟见被子下面压了两张流通券。

李氏捧起流通券，跌坐到大毛的小床上。

男人说：“别坐在这儿哭了，赶紧到他们集合的岗场上去！”

李氏就像疯了般地跑到岗场上，三耽四误的，到了跟前，只看到大军远去后留在视线之外的扬尘。

女人哭倒在地。

男人拄着拐跟来了，见女人伏在地上一个劲地哭，用拐碰了碰女人说：“别哭了,回家吧,咬子他们要吃早饭的。”

女人站起来,往回走,一边哭着一边说话:“可是……可是……我的大毛……肯定是受了那两个女兵的撺掇……让勾引走了……”

“我想,这也许不是坏事……总比在她婆家挨打的好……”

“看你说的什么话!在婆家挨打,那是肉巴掌,不是枪子儿。孬好离家不远,早晚都能见得上。她这一走……她这一走……能有个好吗?往哪儿去不说了,军队可是打仗的呀……”

男人听到这里,深深地叹了口气。

女人接着唠叨:“送给婆家,人家孬好还给了米跟大麦。他们这倒好,不讲不说,把孩子给拐走了,屁也不放一声……”

“好啦!不要再叨叨啦,现在啰唆这些还有什么用!这是大毛她自个儿长腿跟人跑掉的,都怪我们管教不严,怨谁哪!”男人火了,几乎在吼。

女人不再说话,却将眼泪水往肚里滚。

大路上一直在过兵,黑压压的,都是兵。李氏很想说:这么多的兵,哪个不是亲娘老子养下来,口衔着疼大的呢?养大了,出来当兵扛枪打仗,哪个娘老子不揪着心悬着胆呢?干吗要打仗呢?可怜的孩子,图着一时的热闹,走了,你哪里晓得,枪子儿是不长眼的……李氏在心里没头没绪地瞎想,男人在拿她发火撒气哩,也就不敢——也不宜把这些瞎想的话说出来,酱在心里,煎得难受。

傍晚时分,又有军队进驻,李氏的家里家外又都驻满了人。

听说大毛跟军队走掉了,张姐过来看看,安慰李氏:“妹子心放宽些,你看看那些小女兵们,哪个不是父母生养的?一个二个,不都是乐呵呵的吗?你看她们又是唱歌又是跳舞的,大毛跟她们走了,总比在婆家挨打挨骂的好,总比守在家里吃了上顿愁下顿的好……”

正说着话,外面有锣鼓声响,胡开楚打开门,却见一群人抬着“光荣军属”的横匾过来,领头的是一个姓廖外号叫铁嘴的人,还有两个政府的人,跟在后面的都是镇上的熟人,其中也有会长,他们捉住胡开楚和李氏,就要给二人戴上大红花。

夫妇俩蒙了。

廖铁嘴说:“听说你们家大毛当兵了,我是代表商会给你们送光荣匾、戴光荣花的。”

商会的会长不一直是张大哥么?夫妇俩在心里没来得及嘀咕完,胸口上就戴上了红洋布扎就的大红花。

一个女“政府”握住李氏的手,一个劲地抖,用京腔说着话儿:“大姐,你真是位好母亲，阶级觉悟高，是我们新中国女性的骄傲，是广大翻身妇女们的好榜样，我代表新政府感谢你送女参军……”

李氏有点晕，似懂非懂的，她像木头似的让女政府抖了半天，想这都哪跟哪儿呀——我送女参军，我犯失心病了我？可是在这些政府面前，她竟然像被魇住了一样，不仅说不上来话，就连手脚都僵住了。

等送“光荣”的人走了，张姐也走了，一直站在原地没动的胡开楚一脸的无奈与苦笑，李氏却扯了胸口的大红花，转身将挂在墙上的光荣匾拽下来，举过头顶，狠狠地扔到地上，然后一下子坐到板凳上，数长调短地哭了半天。

大兵过完了，听说在南京那边打上了，还听说打了胜仗，但没有大毛的任何消息。李氏鼓捣男人去政府那里打听打听，男人睬也不睬。她又抱怨他原是一个私塾先生，也不晓得教教自家孩子们识字，大毛虽然是个女孩儿家，多少识两个字好歹也能捎个信儿回来……

胡开楚拨拉着算盘，充耳不闻。

“打了胜仗，大毛该回来了……”

胡开楚依旧拨拉算盘珠。

“闷头驴偷麸子——做梦也没想到，大毛这样乖的丫头儿，说跑就跟这些人跑了……”女人一边摘着菜一边嘀咕。

哗啦啦的算盘珠响声停下了，男人说话了：“这说明……说明他们不简单，是要坐天下的气象……”

女人抬起来头来看着男人。

男人接着说：“近前打的是淮海战役，国民党军队气数已尽，他们要消灭国民党反动派，解放全中国是稳打稳的了……”

“我就不明白，大毛一个女孩儿家，怎么就不怕打枪呢？”

“自打她出生起，就没断过枪响，听惯了。别再叨叨大毛了，吉人自有天相。”

“但愿这一解放，穷人真的能过上好日子……”

峰峦如聚
波涛如怒
山河表里潼关路
望西都
意踌躇

第二部

伤心秦汉经行处

宫阙万间都做了土

……

“哎呀,秀才朝奉啊,咏诗哪!”廖铁嘴带着几个政府的人进来,打断了胡开楚的百结愁肠。

镇上人按原来的习惯叫这些人老总,他们就和蔼地纠正说:“不能再叫老总了,那是对剥削阶级的称呼,我们是新政府的工作人员,叫我们‘同志’吧。”老百姓不知道“同志”是啥玩意儿,只记住了“政府”二字,于是有人喊那些人为“政府”,于是大伙儿都跟着叫:张政府、李政府、王政府……

这些“政府”三天两头招集镇上人开会,最先开会的是会长那一拨子人,然后就是像胡开楚、李氏这些家有铺面做生意的人,再接着就是所有人的会,会来会去,这才渐渐地显山露水,像摘茶叶片一样,按成色与层次分出不同人圈子、人簇儿来,不论远近,都服在政府的统一管辖之下了。

胡开楚的店子本就不属于他的,他很乐意配合政府做统筹工作,加上他们又是军属,夫妇俩就很受政府的器重,来他们家中嘘寒问暖。打听了他们的祖宗八代都算在贫雇农的档上,就让胡开楚成为椿树镇的八大群众代表之一。

看见李氏贤淑温雅通达的样子,唯一的一个女政府就问:“胡嫂子你的娘家姓什么?”

李氏答:“姓李。”

“有名字吗?”

“有的,族谱上的名字叫胡李氏,小名叫毛丫,当丫鬟时名叫翠画……”

“哦!你还当过丫鬟,在哪家做的?”

“卞家圩子,属九小姐名下的……”

“啊,你是说在卞世典那个大恶霸财主家里,服侍过他的千金小姐啊!”

“财主倒是真的,可二老爷算不得恶霸……”

在一边的廖铁嘴咳了一声,女政府的脸也就唰地一下挂拉了,顿了顿,转了话题:“嫂子,你看,胡李氏,算不得你的名字,你姓李啊,前面还顶了一个‘胡’字,这明显是封建礼教男尊女卑的思想嘛!小名也就是乳名,算不得正规名字的。丫鬟名字就更不能再叫了,那是受压迫受剥削的印记……”说着,转身对男政府看了一眼,又转对李氏道,“看看,这万恶的旧社会多坑人,歧视我们女性,胡家嫂子连个大名儿也不让起……”

“也倒没有哪个不让起。只是，一个贫贱的女人家，要个大名儿也没多大用处……”

李氏话没说完，女政府再转过身去，严肃认真语气相当沉重地对男政府说：“我们真的是任重道远哪。看，这些群众的觉悟，几乎都还处在愚昧无知的状态，尤其是我们的女同胞们……”

李氏根本听不懂她在说什么，胡开楚好像听懂了，但也没好吱声。

后来女政府要给李氏起一个名字，李氏正要点头答应，胡开楚接过话头说：“承蒙政府看重，贱内的名字还是让她自己起吧。你们不是说，我们翻身了，当家做主人了，主人自己起名字的事哪能劳动政府呢。”

女政府也没坚持，笑着站起来，告辞时说了一句：“以后，不要再说什么‘贱内’了，得叫她名字——我们女人应该有名字的。”

胡开楚在女政府的背后笑了一下，然后对李氏说：“我来查一下字典，给你起一个大名字吧。”

胡开楚查了一晚上的字典也没选好一个他满意的名字来。早上一起来，刚打开店门，那个女政府就又上门来了，让胡开楚跟她一道挨门挨户做人口登记，并说就从他家开始。胡开楚见政府如此看得起他，心里很受用，笑眯眯地要去拿笔墨，女政府递给他一支自来水笔，说用这个吧。

胡开楚拿了自来水笔，左看右看，不说话，直摇头，然后试着在册页上先写了自己的名字：胡开楚，又写下了“胡李氏”三个字，女政府伸头看见，不乐意了，说：“不行，我昨个晚上就说过了，我们女同胞，这个氏啊氏的，不许再用了，得有个正规的大名。”

胡开楚说他查了一晚上的字典也没选出一个合适的来。

女政府就蹙了眉儿去想，一会儿说：“就叫李解放吧。”

胡开楚扑哧一声笑了说：“她有过一双解放大脚，现又得了一个解放大名……”

“李解放？！”李氏生怕自个儿耳朵听错了。

廖铁嘴说：“对，李解放！嫂子这个名字起得好，响亮，还挺有纪念意义的……”

李氏最看不惯以耍嘴皮混饭吃的廖铁嘴，平常见到他，招呼都懒得打一声，可他这下子成了政府的红人，见他说话了，就忍不住说道：“廖会长你说这名字好，那就送给你家嫂子吧，嫂子她姓史，是不？叫她史解放好啦！你叫廖铁嘴，她叫史解放！这两个名字都起得好，般配，响亮，还挺有纪念意义的……”

女政府和男政府以及胡开楚都让李氏的话逗笑了，廖铁嘴的脸红了红，想想，不好翻脸，就也跟着笑了，自嘲道：“内人的姓氏不好听，当然，本人的姓氏也不好听，这一连起来叫，就让你们见笑了……”

说得众人大笑不已。

李氏却一点不觉得好笑，脸扭向门外时，正好瞥见东边天的情景，满天的云片儿，让快要升上来的太阳映得黄里带青，是中午肯定要下雨的样子。于是脱口而出：“我是‘云’字辈，就叫我李云英吧……”

女政府还没反应过来，胡开楚却把眼睛直愣愣地看着自己的妻子，惊叹道：“到底是翠画——不，不，不是这个意思，到底是胡开楚——我们胡家的媳妇儿！叫云英好！云英好！”

尘埃落定，日子安稳一阵子。

仍然没有大毛的消息，好在传过来的消息都是好消息，全中国真的解放了！

李氏——此时该叫她李云英了，李云英又开始抱怨胡开楚没能教给大毛几个字，要是大毛识字了，孬好能写个信回来。

胡开楚让女人唠叨烦了，就冲她：“你看这些年来，挣命巴巴的，我有过教孩子识字的闲心么？大毛想必是平安的，不然，总归有信来的……”

李云英想想，也对。

镇上组织庆祝活动，玩龙灯，划旱船，坐彩轿，打花鼓，扭秧歌……

除了玩龙灯只是玩之外，其余的要一边舞动一边唱，廖铁嘴就央胡开楚编写。这事不难，胡开楚半天时间就编出了几十段唱词儿，配上地方小调：八段锦、慢赶牛、过山青和快板山歌以及蜜蜂钻天等，表演起来丰富多彩，好看在次，热闹是真的。

廖铁嘴非得让胡开楚当船夫，李云英做船娘子，没等女人说话，男人替着答应了。

推推搡搡的，李云英就让人给妆上了，腰间系了大红带子，头上还戴了花。好在划旱船中船娘子的唱词，几乎都是对船夫挑逗的回应或重复，地方小调，人都会的，所以演起来不难，词是胡开楚临时发挥的，李云英跟着唱就是了。整场演下来，夫妇俩非常出彩。

一天很快就过去了。

第二天早上起来，两口子正在开铺板门的时候，听到新当选的商会主席廖铁嘴用铁皮喇叭从街那头往街这头喊过来：“大家都听好了——啊——到街南大岗头上开会了。大家听好了——啊——到街南大岗头上开会了……”

女人冲男人抱怨说：“开什么会，要往那大岗头上开？在乱坟岗子上开会，也亏得他们想得出来!”

男人回答说:“我也不知道,可能是个大会吧,人多,小场子不行。”

女人问:“你不是群众代表么,怎么也没事先通知说是个什么会?不明不白的,这会我不去开了。”

男人说:“你不去也好,带孩子们在家看店子……”顿了一下,又说,“不过这些天来,他们老是开会或上门说财主恶霸剥削穷人、压迫穷人的事,搞得街坊邻居,还有乡户一个二个的都恨得牙痒痒。该不会这会是冲他们开的?”

“要是这样,我更不想去了……”

“你呀,开了这么多次的会,人家政府也好多次上门讲解,你怎么还是觉悟不起来?”

“什么叫觉悟?我就不相信你就觉悟了。”

“我也没觉悟……”

正嘀咕着,廖铁嘴又从街这头喊了回来:“不许推诿缺席啊!家家都要去,人人都要到场,有借口不去的,事后别怪我廖会长还有人民政府对你们不客气啊!”

只好都去了,孩子也都带了去。

一眼望不到边的荒岗头上,站满了人,四邻八乡的人都来了。李云英看见了上郢子、下郢子、中郢子的人,看见了卞家圩子以及四周好几个圩子、郢子的佃户们,甚至还看到了卞府里的那些下人们……这么多的人,竟然都一下子聚集到一起来了,让她既是吃惊,又有点兴奋,甚至还有点晕乎乎的感觉。

她抬眼看了看众人,各人脸上的表情不一:有疑惑不解,在私下里悄悄地打听询问,像张姐那样的;也有装出淡然稳重,想开会就开会,管他人多人少,像李云英这样的;也有浑浑噩噩、木然傻缺,裹在人缝里,东张西望,像原来跟过李菜园帮卞府种菜的芋头那样的……此时,一个二个都把眼光看向岗头高处搭起的一个台子。

按说,这样的台子更像是戏台,但这次绝对不是招呼这么多人来看戏的,因为喇叭上喊的是让大伙儿来开会。这台子搭得也太大了些,开会干吗要搭这么大的台子?何况台子的四周还都围圈儿站了当兵的,连排儿站着,手里都端着枪。

在场的人大多都是从战乱中过来的,对军队并不陌生,可这么多当兵的端着枪站在一个台子的四周就有点不安了。因此,李云英先从吃惊到兴奋,然后就有点害怕了,她抱紧了咬子,又将两个女儿拉近自己,叮嘱她们一定不要乱跑。

就在众人议论纷纷有点挂不住的时候,台子上人了。

先是几个穿军装的,紧接着是几个穿便服的,他们来到放在台子上的一排桌子后面坐下,其中一人就宣布开会。

李云英护着三个孩子，心里开始有点发慌，她十分后悔自己来到了这里，她完全可以找个借口不来的。现在想什么也没用了，人山人海，她要想带着三个孩子从人缝里偷偷地走出去，那是很难的。与此同时，在她的内心深处也有一丝丝想要看看“到底会怎么样”的好奇，于是耐下性子候在人群里。

宣布开会人的喊声传了过来：“我们请黄政委给大家讲话……”

黄政委的声音不高，所讲的意思跟这些天来政府召集他们开会时讲的话差不多，新中国诞生了，国民党反动派被打垮了，万恶的旧社会结束了，劳苦大众翻身得解放了……讲着讲着，他激动起来，对台下喊道：

“我的兄弟姐妹们——我的父老乡亲们——你们好好回想一下，这些年来，你们过过好日子么？一天舒心满意的日子也没有过过，这是为什么呢？是因为你们的头上压了三座大山，大伙儿的好日子都让他们剥夺去了。你们看看那些恶霸财主，一个两个，四肢不勤，五谷不分，可他们哪个不是绫罗绸缎、锦衣玉食？乡亲啊！你们跟他们一样，都同样是人，为什么你们起早摸黑，却吃不饱穿不暖？这都是因为他们，他们就像吸血的虫子一样，吸尽了你们身上的血……”

说到这里，台子上马上站起一个人来，领着大家喊口号：打倒剥削阶级！打倒乡绅恶霸！打倒国民党反动派……

台下的人们开始激奋，以往所受的苦、所遭的罪，新仇旧恨，都一齐涌上心来……

随着口号声，一队财主乡绅被五花大绑地从后台押了上来，每个人的背上都插了一块牌子，牌子上有写“恶霸财主”的，有写“国民党特务”的，还有写“土匪头子”和“反动分子”的……他们都被按成了虾弓腰，头都不得不低到胸口上。数了数，一共有 27 个人，只有一个是女的，她的牌子上写的是“恶霸帮凶”。

台下一阵骚动。

站好了，口号停了，押解人扳起他们的头，把他们各人的脸都给台下的人看看。

李云英差一点没叫出声来，她看到了这 27 个人中，有二老爷卞世典、大老爷卞世詹，还有邬家圩子的大少爷，那个女的，竟然是卞府里的袁妈……在这些五花大绑的人中，有一个年轻人特别引人注目，瘦条条的个子，穿着在那时乡下人甚至城里人也很少见到的白色衬衫，打了领带，下面是典型的西裤、皮鞋，他的牌子上写着的是“国民党间谍”。

这时有人上台控诉这些人的罪状，多是各个圩子外的佃户，这人从东家的地里拔了几只萝卜，被东家的用人打了好几个耳光；那人少交了东家的一点租子，管家竟然带人去搜他的家；还有人家的祖坟被东家派人扒了，说他葬得不是地方……

台子上又上来了一个女人,这女人上台来,不讲不说就在邬家大少爷的脸上打了几个耳光,然后指着邬大少爷说:"你这个禽兽不如的恶霸,你跟我虽然不同母,却是一个父亲的,你待我太狠心了!你伙着父亲包办婚姻,硬将我嫁给卞世典这条老恶狗当儿媳妇,可怜我去了卞府,就守了活寡,在他们家里,受尽了虐待。他们家的八少爷,就是一个恶魔,想要杀我没杀成,把自个儿的命根子都差点弄断了。可怜我邬梅枝在他们卞家一天到晚忍气吞声,总算盼到解放了,新政府、新国家,我们受迫害的人总算盼到出头日子了!感谢政府动员我上台来揭露控诉,从此我邬梅枝要做一个新时代的新女性了……"

李云英几乎要崩溃了,她不明白这些奇奇怪怪的事,怎么都赶到一块儿来了。这个邬家二小姐,可是个有名的泼妇,她在卞家闹得鸡犬不宁,八少爷受不了她的气,才离家出走的,怎么她反倒过来说她受了迫害?这都哪跟哪儿呀!

黄政委等七七八八的人控诉完了,走到台子上,向下面大声喊问:"乡亲们,你们说说,我们是继续让那些剥削阶级骑在我们头上作威作福呢,还是让我们齐心协力推翻他们?"

台下的异口同声,可着嗓门儿大喊大叫:推翻他们——

黄政委继续鼓动:"乡亲们,你们说说,他们的财产、房屋、田地,我们要不要夺过来,分了它——"

台下响应雷动,那激昂慷慨、兴奋不已的叫喊声响彻旷野,直冲云霄:分了它——分了它——分了它……

黄政委等着台下沸腾得差不多了,就用双手朝下按了几下,说:"乡亲们,请相信新政府,拥护政府,你们翻身当家做主人的好日子——到了——"

台下欢呼雀跃,一个个的脸上漾起幸福的神情,叽叽喳喳。

等会场上差不多安静下来,黄政府宣布把台上这些"罪大恶极"的人押下去,等候判决。

李云英后来得知,卞世典、邬家大少爷等人都被执行了死刑。她为此伤心了很久很久。

DI-SAN BU

第三部

渫河清
渫水淌
水花子拍手打巴掌
鹞子翻跟头
扎猛子下大江
咕噜咕噜一
咕噜咕噜二
驮个篓
背个筐
打马坐轿接新娘
甩个水漂漂
大红盖头没得了

男人开完了会,进门时脸上拉挂着。

女人看了看男人的脸色,问:“开的什么?”

“会。”

“晓得是会,会上讲了些什么?”

“土改。”

“土改?”

“土改。”

“什么是土改?”

“土改就是土改,打听那么细干什么?”

“今儿个……你怎么啦?跟吃了铳枪药样的,跟遭了石磙轧样的,出屁呛呛的,消磨你舌头怎么的?”

“我说李氏——哦,眼下该你叫李云英了,李云英,你怎么变得越来越粗俗了你?你孬好当过大户人家千金小姐的贴身丫鬟,还是我胡开楚的女人,过着过着,渣巴了!土改就是土改,分田分地,跟我们没什么瓜葛,我们做我们的生意,那是乡下人的事,你打探那么多做什么?”

“你这么一讲,我还真在意了,什么叫‘分田分地’?难不成见人一份?”

“还真是这样。”

“我们也能分到么?”

“我们是镇上的,我们做我们的生意……”

“要是我们不做生意呢？去乡下，也能分得到田地么？”

男人转身要进里屋，女人追着问：“我们也去乡下，能分得到么？”

男人扭过头来说：“我们还是做我们的生意……”

女人延着自己的话头跟到房门前：“过去的田地只能租，只能买，眼下能分得来，这简直……简直就是伸竿子打歪枣，落下了二百吊，天大的好事……”

男人进了屋，随手关了门。

女人看了看已经关上的房门，摇摇头，转而又笑了笑，冲着门大声说：“这是天大的好事！你不愿意，我可是铁定愿意的。我去跟政府说，下乡，分田分地去……”

房门呀的一声开了，男人一手把着门闩，一手扶在门框上，对女人说：“我就晓得，害汉听不得鬼叫，你会动这心思。你晓得的，我胡某不会种田，苗秧下种、使牛搭耙，我都做不来……”

“可是我会啊！你不会不能学啊？哦，对了，要不要交租子呢？”

“肯定不要交了，地主老财都打倒了……”说到这里，男人轻轻地叹了声气，“我想……我们还是本本分分地做我们的小生意……”

女人抬眼看了看男人，犹豫了一小会儿说：“我们还是下乡吧，你看，镇上的生意也不好做。你除了……”女人很想说，“你除了教书、看书外，做什么行呢？”知道这后边的话要是出口了，是很伤人的，女人不愿伤到了男人。

男人轻轻地将自己关进了门里。

胡开楚终是架不住妻子李云英的撺掇，带着一家大小，离开椿树镇，来到了龙穴山下一个叫作史仓的村子落了户，分得了三亩田、六分地、两间地主家的书房和书房后面的一小片竹林。

李云英是带着身孕下了乡的，喜欢劳作的李云英顾不上自己的身子重，成天沉浸在得了田地、房产的喜悦和忙碌里，男人也心平气和地随在女人的身后，做一些力所能及的农活。他使不好耕牛，就帮着使牛扛犁搭耙；撒不好稻种，就帮着李云英端递笆斗；担不好担子，就用双手或提或拎甚至抱在怀里移动重物……经常弄得一身泥灰一身汗。

到了晚上，一家大小都睡了，男人还要打开他的柳条箱子，翻出一些发黄的书来看，有时踱到院子里，摇头晃脑望着星空读诗，直把自己弄得泪水涟涟：

大江东去，浪淘尽，千古风流人物。
……
故国神游，多情应笑我，早生华发，

人生如梦,一樽还酹江月。

逢上阴雨天,不用下地干活,男人就会翻出字帖让咬子练习写字、认字。男人的心愿是:就这一个儿子,一定要成为饱学之人、有用之人。而女人对于孩子们的期望是:不成才无妨,但求成人,都能成为一个善良正直的人。

年底女人生了,又是一个女孩儿,洗三的时候,女人歉意地对男人笑笑:"我这肚子真不争气……"

男人说:"看你讲的!女人不生,那才叫肚子不争气;既是生了,就是争气。丫头怎么的?人家玉皇大帝生了七个仙女,就没听说他嫌弃过……"

男人的一句话,竟把女人给逗笑了:"扯出玉皇大帝来了,他嫌弃了,你也不晓得,那还传讲他统共有18个儿子哩,你不就咬子一个吗?"

"你就别提人家18个儿子了,你知道不知道'男盗女娼'一词从哪儿来的?指的就是他的那18个儿子和七个丫头——18个儿子,全是强盗,后来都成了罗汉;7个丫头,七仙女带了头,其余5个都跟着下凡了,剩下一个大姐留在天庭,还让张果老给霸占了。太白金星打翻了醋瓶子,吕洞宾当酒喝了……"

胡开楚一通胡扯八道,把李云英逗得咯咯大笑,笑完了,说:"看你瞎八七扯的,要是咬子爷爷和他大伯还在,听到了,可不乐意了……"

男人拉下脸来,叹了声气说:"我们家的这两位仙人哪,一转眼,离开我们已经有几十年了……"

"咬子大伯——云景,我是亲眼看着他仙归火海的;咬子的爷爷,会不会真的像吕洞宾他们八仙一样,升到天上去了?"

"怎么可能?但愿吧!宁愿信其有,不愿信其无,因为……如果……"男人的语序有点乱,"如果……真的是'人死如灯灭',一了百了,什么都没有了,人来世上一遭,干什么呢?就是为了眼睁睁地看亲人死去?就是为了遭难受苦……"最后一句话里,已经伴上哽咽了。

见男人伤感起来,女人说:"不会一了百了的,人不是有魂灵的吗?肉身死了,归了土,魂灵应该还在的,有去处的……"

男人嗯了一声,算是认可。

洗好了孩子,女人带孩子上床躺下了。胡开楚站起来,看了看女人怀里已经睡着了的女孩儿:"这丫头,这么小,怎么老爱皱眉头?是不是有哪里难受?"

女人说:"我也瞧着了,好像不是难受,敢情这个丫头是带了心事来的。大毛、二毛、三毛,还有咬子,他们出世时都不是这样的……"

女人突然把话打住，她想到了大毛。

恰在此时，男人的话已经出口了："大毛……18岁了。"

女人俯下身子看了看熟睡中的小五子："也不晓得在不在了？"

小五子像是突然受了什么惊吓似的，哇的一声哭了起来。女人没顾上哄孩子而是紧张兮兮地抬眼看了看男人，男人避开女人的眼神，轻轻地说了句："应该在的……"男人的话却被小五子的哭声给淹了。

女人开始奶孩子，没有多少奶水，一家人从镇上来到乡下，田地里的庄稼还没长成，饥一顿饱一顿的，吃得最多的也就是菜园里初熟的南瓜和早玉米，催不下什么奶水的。好在奶头堵住了孩子的嘴，小人儿干巴巴地吸着，嗓子里发出嗯嗯叽叽的抗议，倒也没哭。

安静下来，看见男人还站在一边发愣，她晓得他的心里还在想着大女儿，就说："我昨儿个梦到大毛了……"

男人赶紧问："梦到她在干什么？"

"小脸儿只在我眼前一闪，就不见了……"

"怎么就不见了呢？"

"不见了……打个闪儿……就不见了……"

"俗话说，梦死得生，梦是相反的，说明……我们就要见着了。最起码，她会来个信什么的……"

"但愿吧！来个信……也是好的，可……怎么就不能来个信呢？"

男人重重粗粗地叹了声气。

小五子满月那天，李云英炜好了南瓜，正要喊家人吃早饭，张姐来了，拎了一蒲包米，还有一块肋条肉。

"我算准了，妹子今天满月。"

李云英接过张姐的蒲包和肉："我坐一个月子，你都跑好几趟了，老是让你这样接济着，我人站着，心早跪了。你们眼下也是很难过的……"

张姐小声地说："我孬好藏了一点体己，我们月包月够了，匀些添补添补你们。只是太少了，拿不出手哩。"

女人招呼张姐一起吃早饭，张姐答应了，但看到早饭竟然是一锅炜南瓜时，张姐眼眶儿湿了："这月子，怎么苦成了这样！"

胡开楚在一边低声说："都怪我……无能……"

李云英赶紧说："怨不得你，都怪我，要来乡下……"

正说着话，院门外传来咋呼喧天的几嗓子："胡朝奉——胡开楚——我来了——妈个日娘的，大白天的，关门闭户弄啥？我来了，还要吆喝通报咋的！"是廖铁嘴的声音，廖铁嘴眼下已经是椿树镇供销合作社的主任了。

胡开楚赶紧开门迎出去，说今儿个小孩子满月，图个说法，闭门满仓哩！

进门来，看见张姐在，廖铁嘴有点不悦，就说："你跟你男人，眼下要老老实实做人，配合政府改造才是，七跑八跑的，不好，你晓得不？"

张姐就苦着脸笑了笑说："晓得的，廖主任，您批评得极是，我马上就走。"说完就真的抬脚走了。

李云英拉了张姐的手，不舍，胡开楚也脚跟脚地，随后去送，廖铁嘴竟然用手拦住了胡开楚，鼻子里还哼了一声。

胡开楚见廖铁嘴颐指气使的样子，犟上了："廖主任，干吗呢？我已经不在镇上了，也就不在你廖主任的麾下了……"

廖铁嘴看胡开楚真的生气了，突然哈哈大笑起来，用拳头在胡开楚的胸口顶了一下，然后笑道："胡朝奉胡大才子，还别说，你又在我的麾下了……"

男女愣在了廖铁嘴的话下。

廖铁嘴打住了话头，径直往屋里走，看到桌子上有米有肉，就说："啊哈！真是客气哩，我人还没到，为我中晌饭菜都备下了。啊哈哈，客气，太客气了……"

男人女人心里毛毛地跟在廖铁嘴后面进屋，听他着头不到脑的屁话。

廖铁嘴自已拉了一个板凳坐下来，咳了两声，端了端架子，说："组建供销合作社，招兵买马哩，我让胡朝奉——胡开楚回到镇上，当我的主管会计……"

男人与女人听懂了廖铁嘴的意思，两人相互对望了一下，愣顿片刻，男人先开了口："对不住，廖主任，我不能回去了。家小都在乡下了，分了田地，得有人种……"

廖铁嘴又哈哈大笑起来："哎哟，我说胡朝奉——胡开楚，我廖某人还不晓得你的底细，一个秀才秧子，你种的狗屁田地！跟我回镇上，干你的拿手活儿……"

"我不能撇下家小，小女儿才满月……"

李云英从茶焐子里倒了一碗茶水，递给廖铁嘴，说："承情了！廖主任，这样的好事，您想到了咬子他爸，真是恩德哩！你看，烩肉还得一两个时辰，廖主任一大早就来了，怕是清水还没打牙的吧？可不能让廖主任饿着了，先吃碗焖南瓜吧？"

廖铁嘴摆了摆手说："真啬刻，我廖某亲自上门送差事，倒叫我吃焖南瓜！不吃了，让胡开楚马上跟我回镇上，走马上任，好多事等着我们哩！"

胡开楚用感激的眼神看着李云英，李云英避开了男人的视线，脸儿竟然红了，转身进屋，撂回一句话来："立马就好的，我把你床铺、洗脸手巾，还有换洗的袜子收拾一下给你带上。"

廖铁嘴说："不用了，早出晚归……"

廖铁嘴带走了胡开楚，不早了，李云英赶紧让孩子们吃了锅里的南瓜。快到烧中晌饭的时候，咬子嚷嚷着要吃肉，母亲笑着说："待到晚上，晚上等你爸回来，一家人一起吃，中晌我煮菜饭给你们吃……"

李云英将二毛和三毛从野地里挖回来的野菜淘干净，切碎，倒进了煮开的米汤锅里，一股扑鼻的菜味冲得李云英打了一个喷嚏。

就在这时，三毛进来喊："大大，来人了！"

"哪个呀？"

"不认得的……"

李云英将饭锅捂上，手在围裙上擦了擦，嘀咕道："今儿个怎么啦？小五子人缘好？满月，招来了三铺子人马……"

灰头土脸的，衣着皱巴巴的脏得没了形，脚上的力士鞋裂开了口子，露出了脚指头，看不清年龄，似乎是年轻人，但一脸的皱纹，又像是个小老头子。

叫花子？

来人看见李云英，脸上陡然间露出一瞬复杂的表情："大娘，额(我)可找到您了！"说着从怀里掏出一个布包来，双手捧着，递给李云英。

李云英没有接，她的眼睛一直盯着来人的脸儿看："你是……打哪儿来的？"

"大娘，您是胡大毛的母亲吧？"

"是啊……你是哪一个？"

来人捧着布包扑通一声跪到了地上，哇啦一声哭了，咧开的嘴角边露出一粒雪白的小虎牙来！

不祥之雷当顶一炸，5年前，大军南下时，那个来借洗澡盆的少年军人，嘴角边露出的，就是眼前这粒雪白的小虎牙。

还有，这熟悉的扎染花布。李云英一阵眼黑，这是大毛离家前常穿的小花褂儿，花布上的花儿是她亲手扎染的。

为免自己跌倒，李云英往旁边退了一步，倚到门框上，天旋地转。

"你给我站起来，你是当年那个借洗澡盆的小兵吗？"

"嗯……额……丝(是)的……"

"大毛……跟你们……是一起的，还有那个华子？"

"嗯……丝的……"

"大毛的花褂子怎么让你给拿来了？大毛她……她怎么啦?!"

来人不再说话，一个劲地哭。

李云英咬破了嘴唇，想忍着，可眼泪水不争气，顺着脸颊扒沟儿往下淌。淌就淌吧，儿女是娘亲的心头肉哇，心碎了，能不淌血么？

"大毛她……她……不在了……是吗？"

不说话，只是哭。

"这么说……我苦命的大毛……真的是……不在了……她是怎么死的……她的尸骨在哪儿……你给我站起来！"

仍然跪在地上哭。

内室里的小五子也哇的一声哭闹起来。

李云英进了屋，小五子不哭了。

一会儿，李云英从里屋出来，将小五子包在大毛在家时盖过的小被子里，背在自己的背后，手里提了一个布包儿，对站在一边吓傻了的二毛三毛说："在家看好咬子，等你爸爸晚上回来，就说我去找你们姐大毛了……"然后转身对来人说，"走吧。"

一直跪在地上的人止住了哭，抬头不解地看着李云英。

李云英又从门后的竹架上拿了一双男人的布鞋递给来人说："换上吧，领我去把大毛的尸骨给带回来。"

"路远着哩。"

"走到天边，我也要把她给带回来。"

来人站起来，准备头前走，李云英想了想说："等一下。"然后将睡熟的小五子连着包被放在竹椅上，进厨房盛了两碗饭出来，递给来人一碗，自己一碗，一边往嘴里塞饭，一边对来人说："吃吧，吃饱了走。"

胡开楚晚上回到家中，咬子抢先告诉他，大大去找大姐了。

三毛接着说是一个哭得嗷嗷叫的大哥哥送来了一个花布包，然后大大也哭了，再然后，大大就背上小五子跟那个大哥哥走了。

最后是二毛告诉父亲，大姐可能不在了，送信来的人是跟大姐在一块的，听大大说，她就是走到天边，也要把大姐的尸骨给带回来。

胡开楚跌坐到板凳上，一动不动，连出气声也似乎没了，三个孩子偎上去摇他喊他，他仍僵在板凳上，突然间伸出手来，在自己的脸上左右开弓，嘴角流出血来也没停手。

咬子吓哭了，他才歇了手，然后将咬子抱到自己的腿上坐下，再将头靠到咬子小小的胸口上，像孩子一样呜呜地哭了。

行在路上，他告诉她，他的名字叫欧阳春林，老家陕北，逃荒到山东的，15岁当了兵，16岁随大军南下，16岁生日那天驻军椿树镇，晚上去老乡家借洗澡盆，第一次见到了大毛。

"额记得清楚，是大毛给了额枇杷树叶和淘米水……"

一路上，李云英的眼泪就没干过，走走歇歇。小五子闹得凶，就放下来，哄一哄，喂点奶。欧阳春林歉意地跟着，等小五子睡着的时候，就换着背一背孩子。孩子一醒来，却哭闹不止，一个月大的小人儿，像是认生似的，只肯待在母亲的怀里或背上。

"都怪额……心粗，只给你们报了信……没能把她的尸骨带给你们……额想，也是不好搬弄的……"

"不怨你……后生晚辈的，虑想不到那么宽……"

欧阳春林赶缝插针地跟李云英讲大毛生前的琐碎，李云英虽然心痛如剜，却愿意听他絮叨。她想知道13岁离开她、18岁客死他乡的大女儿5年来所有的细节，延长一下大毛留在这个世上的身影，她恨不能将欧阳所能讲出的所有关于大毛的情节都拿过来敷到自己已然崩裂的心尖儿上，好止住这种空落落的剧痛……

欧阳春林告诉李云英大毛是生病死的，怎么说李云英也不能相信，李云英说："肯定是出了什么事，要是好殁好生的，不会让你这个样子来送信，公家会上门告知的……"

欧阳春林也不回嘴，闷着，待到李云英再查问时，他还是那句话："真的是生了急热的病……死了……"

"那你告诉我，是你长官叫你来送信给我们的吗？"

欧阳春林被问住了，低了头，喃喃着："是额自个儿……撒了谎……请假……说是回趟老家……"

李云英擦了一把眼泪说："我就晓得……"

走到舒城，在小客店里住了一晚，早起在街边吃了两碗面疙瘩，欧阳春林要叫驴车，李云英不让，说："孩子，我身上可没带什么钱……"

欧阳春林从贴身裤兜里掏出了一个小纸包，递给李云英说："大娘，额带了点，薪贴少，攒下的，本想……本想……本想见到你们，算是我的孝敬，可没想到，大娘坚持要找回胡大毛的尸骨……"

李云英推回了欧阳的手，欧阳坚决要将纸包塞到李云英的布包里。

推拉时，李云英又哭了："孩子，算是大娘求你了，讲真话，你是不是喜欢大毛，大毛也喜欢你，可又没做成夫妻。你跟她俩，到底出了什么事？"

欧阳春林一下子又跪到了李云英的面前，泪水哗哗地喊了一声："大大……"

驴车晃荡着，大毛的事情像碎了的玻璃碴儿，一片片揉扎在李云英的心上。李云英忍着剧痛，她想要将这些碎片儿一丁点儿一丁点儿拼凑起来，还原一个再也回不来的大毛。

大军南下之后，形势需要西进，大毛和欧阳春林还有华子都随团长一起被派驻到上饶。

战事结束，驻军没撤，与当地区公所联合办公。

大毛长得太漂亮了，因为战事耽误了成家的老团长打看到大毛的第一眼就喜欢上了她，到上饶之后，团长就将大毛调到他身边当行政干事。大毛原是不识字的，入伍后学了一点，可好多事还是做不了，就时常找华子和欧阳春林请教，在此过程中，欧阳春林喜欢上了大毛。

"额喜欢大毛，她是额第一个打心眼儿里喜欢的女娃……第一个，也是最后一个……往后，额不可能再喜欢别的女娃了……"

华子看出了端倪，警告过欧阳春林，说首长喜欢大毛，是想要娶她的，要欧阳春林注意跟大毛的距离。

"额很痛苦，额也试着想忘掉大毛，可是额做不到，额一天见不到她，人就没了精神，可能是魂跟了大毛了，分不开了……"

大毛也喜欢上了欧阳春林，大毛对华子说，她当年给欧阳递淘米水和枇杷树叶的时候，就喜欢上了他。后来跟上部队南下，不仅是因为华子他们的鼓捣，还因为她糊里糊涂地喜欢上了这个长了小虎牙的士兵哥哥。

欧阳春林说，大毛是给家里写了信的。前两封信还是他帮着她写的，后来她自己会写了，就自己写了，而且还做出保密的样子，说家信不能让外人晓得。

"额跟她开玩笑，说额不是外人，是女婿哪，还遭了她的拳头，不疼，她是轻轻地……"

团长要娶胡大毛，工作是由组织来做的，找她谈话的是华子。

胡大毛吃惊地问华子，团长比她父亲的年龄还大，怎么能想出这样的歪事？又对华子说，她喜欢欧阳春林，除了欧阳春林，她谁也不嫁，更不要说是这么大年纪的团长了。

华子严肃地说，这是组织的决定。

胡大毛就说，那我就离开这个组织，如果欧阳春林愿意，我跟他一道，哪怕讨荒要饭，我们也要在一起。

"她们谈过话，大毛找到了额，问额同意不？额说额太同意了，额是个孤儿，额巴不得跟大毛一起回到椿树镇跟岳父母在一起，过安定的日子。"

就在两人准备悄悄离开的时候，被人发现了，并报告给了团长。

"额跟大毛被叫到了团长跟前，团长倒也没发火，只叫额回避一下，他要单独跟大毛谈谈。额在隔壁候着，半个小时不到，听到团长生气拍桌子的声音，紧接着是枪响。我跑过去一看，大毛倒在血里，她的手上拿着团长的枪……"

大毛抗婚自杀了。

团长受了党内警告的处分，欧阳春林也由连长降到了排副，关了一星期的禁闭，写了7天的检查。好不容易等安定下来，已经是一个月以后了，欧阳春林借故请假，他要尽快把大毛的死讯告知大毛的家人。虽然失去了大毛，他要找到大毛的亲人，否则，他的思念和痛苦无处诉说。

"额要留下来不走了，额代大毛在父母面前尽孝……"

欧阳春林把大毛真正的死因告诉了李云英，说完，又像个大孩子似的，一个劲地哭。

李云英怀里的小五子醒了，睁开黑豆儿般的小眼，像是受了惊吓似的，看着大哭的欧阳春林，瘪了瘪小嘴，想哭不敢哭的样子。

李云英拍了拍欧阳春林的背说："别哭了，孩子，生死由命，大毛已经死了，你还年轻，往后，要是不嫌弃，就当小五子的哥吧。差事不能丢了，逢年过节，回来看看我们就行了……"

刺刺芽，开紫花
丫头采了它
汆进汤里翻几滚
还是好扎心

鸡上笼的时候，胡开楚关了院门，准备帮二毛一起烧晚饭，听到有小孩子的哭声，渐行渐近，侧了耳朵，再听，真的就到了家跟前了，赶紧转身拉开了院门的门闩儿。

只见李云英后面背着孩子，前面挂了一只用网篮兜着的黑色的釉罐子。李云英一只手扶着后面的小五子，一只手托着前面的釉罐子，拖着沉甸甸的双脚往家走。

看见胡开楚愣在门口，她有气无力地喊："发什么呆呀？快把孩子给我接过去……"

胡开楚这才醒过神来，跑到跟前，一把抱住李云英怀里的釉罐子，啊的一声仰天长喊："我的大毛——我的孩子——"

背后的小五子哭声更大，李云英反身把小五子抱到前面来，用身子推着男人往家走，她不想让村上的人看见或听见了，走过来叨扰他们。此时，李云英的心力与气力已经在找回大毛尸骨的途中消耗殆尽了。

她让男人把罐子放在院子里晒酱用的石台子上，按礼，尸骨不可以进家。

男人抱着罐子，却径直地走进堂屋，将罐子放在了堂屋中央的大桌子上，然后让二毛盛来饭菜，在罐子前摆上，说："我的乖乖孩子，我的大毛，你总算回来了！回家了，吃饭吧……"

一家人哭作一团。

晚上洗过、吃过，男人见女人软塌塌的样子，也就没敢多问，尽管他非常想知道大毛到底是怎么死的。

孩子都睡了，男人与女人坐在床两头，垂泪。男人突然喊了一声："翠画……"

好多年没听到有人喊她这个名字了，她抬起头来，向男人苦苦地笑了一笑说："我都忘掉了，这个名字……"

"我可没忘掉，猜我想到了什么？"

女人没有说话。

"我想到了……那年，你从正阳关回来……"

女人擦了一把眼泪水说："别再提那件事了，都忘掉吧……"

"忘不掉的。你走了这十多天，我一直都在想……想你嫁给我，一天福没能享到，却为了我和孩子，两次远离家门，跋涉劳顿……"男人说到这里，竟然拎着嘴角苦笑了一下，"翠画，你也真能走……"

女人叹了一声气，开始对胡开楚讲述大毛的事情。

她说她见了区公所的人，也见了那个团长。团长痛哭流涕地道歉，说他对不起大毛，说他实在是喜欢大毛，像他们那样级别的因战事耽误了成家的军官，娶了比大毛还小的女人大有人在，但他没想到大毛竟是那么的执拗刚烈，说她只喜欢欧阳春林，不可能跟像父亲一样的团长结婚成亲。团长先动之以情，晓之以理，堂堂一个戎马倥偬、南征北战的军官，恨不能向黄毛丫头胡大毛下跪了，但大毛说什么也不答应,态度非常坚决。他当时只想大毛几乎还是个孩子,用枪吓唬吓唬她,也许就乖了,就将手枪拍在桌子上,说如果大毛不答应嫁他,他马上就开枪打死她的心上人欧阳春林。谁知胡大毛竟然二话不说,抢过枪,朝自己的太阳穴叭地就是一扣——事情来得那么突然,一点儿过渡也没有,他做梦也没想到,18 岁的年轻人竟然如此容易冲动!

团长说他们安葬了大毛,也知道大毛家中还有父母和弟弟妹妹,但他们不知以何种方式来通知大毛的家人,犹豫再三,大毛的死因也没有完全公开,对外都说她是得急病死了,这样,大毛的家人还可以算作军属。可欧阳春林这小子知道了内情,当时几乎要跟团长拼命。团长说他要不是看在欧阳春林一直跟在他身边是个好战士的分上,真恨不能一枪崩了他……

团长说完,又是一把眼泪一把鼻涕的。

女人的善良要是泛滥了起来,是非曲直也就淹没了。

李云英只略微忖量了一下,就表示原谅了团长。

团长还主动承认了是他让负责收发的人扣压了大毛的家信,为的是怕大毛想家,要求退伍转业,还有怕大毛的家人找来,会阻拦他们的婚事……

胡开楚听到这里,打断了女人的话:"这个团长是不能饶恕的,是他间接杀害了大毛,他的品性是卑劣的,这样的人一方为官,是要坑老百姓的。我明儿个跟领导请几天假,我要去找找这个团长,找他的上级,我要为大毛讨个公道……"

女人合上眼睛,摇了摇头说:"算了,人死不得复生,大毛已经不在了,你就是拿那人垫了棺材底,大毛也不能活过来了。饶恕一个人,也是为大毛的在天之灵攒一份功德。再一个,自古至今,都是官官相护,民告官,劳民伤财,到头来,有几个能赢的?"

梦中女人听到一声脆响,伸手一摸,男人不在床上,就赶紧披了衣服划着火柴点亮了油灯,朝外轻轻地叫了一声:"大毛他爸,"习惯了这样叫,"是你在外屋吗?"

男人在嗓子眼里应了一声,女人的心落了地,端了灯出来,见男人手扶在釉罐上流泪,男人的脚下有一摊零碎,拿灯照了照,是被摔碎的"革命军属"的牌子。

供销社有了职工宿舍,胡开楚不用每天往家里赶了。

胡开楚迷上了喝酒,这让他的领导廖主任有点头疼,头疼不是因为他有多么关爱下属的身体健康,而是胡开楚喝了酒就喜欢胡讲,"四书五经"天文地理也就算了,还挑那些不好随便评说的时政去叨咕,什么"三反""五反"过火了,什么抗美援朝得不偿失了,甚至还说土地革命就是革土地命……听得廖铁嘴心惊肉跳的,说:

“胡开楚,你这是跟政府唱反调哩!你要再这么瞎咧咧,我开除你!”

胡开楚吓得醒了酒,咬牙十天半月没敢喝酒,可逢上有机会,就又喝上了,几盏子下肚,话比先前更多了,似乎这些要出口的唠子,闷在肚子里十天半月的,都发酵了,往外冒时,都带着谁也捂不住的冲劲。他竟然将正在开展的轰轰烈烈的农业合作化运动说成是瞎搞,说是一种掠夺,说自古以来没有大呼隆能把田地种好的……

有时回家,他也把这些酒后的话跟女人嘀咕。

女人就拦他的话头。女人拦他不是出于害怕,而是女人成天忙得只有眼前的家务、孩子们的吃饭穿衣上学以及生产队里的活,女人的心思漫不过这些琐碎的边界,男人的那些大道理不在她的认知范围里。因为能干,因为人好,因为说话做事得体大气,女人还被发展成了党员。她很看重这个神圣的名分,支书找她谈话时,她还坚持要把这个名分让给男人,惹得支书差一点收回成命。

“算了,就凭这觉悟,还真不行!组织决定让你成为预备党员,是你的光荣,怎么随便让人呢?”

“我一个妇道人家,做不了什么大事,咬子他爸知书达礼,又是个男人,让他光荣,我也就光荣了……”

“就问你一句:你到底是愿意还是不愿意?”

“这是光荣的事,怎么能不愿意呢?”

“愿意就行,组织建设要求有女党员的比例,支部成员都看好你!今儿个你自己说愿意了,就别再推三阻四的了。这样光荣神圣的事,让你搞得……好像我们要拉你入伙似的……”

有一段日子没见男人回来,女人也没在意,她知道男人喜欢自己的工作,因为忙,少来家,这是正常的。她更晓得男人信得过她,家里有她支撑着,他是完全可以放开手扑在岗位上的。

一个多月了,这就不对了,椿树镇离家不远,脚一抬就到家了,再忙,他不可能这么长时间不见孩子们的。

邻居女人大马子晚上过来串门,邀李云英赶集。

李云英想到家里的盐快吃完了,煤油也没了,往常都是男人买了带回来,时隔得久了,她真得赶趟集了。第二天一早,两个女人挎了篮子拎了装有鸡蛋的蒲包一前一后走到街口的时候,遇到张姐挎了一篮子脏衣服迎面走过来。张姐肯定是看见了李云英的,却装作没看见,低了头往旁边的小路一岔,想要避让的样子。

李云英就喊:“张姐——张姐——是我——”

张姐只好站住，拎了嘴角苦巴巴地一笑道："哦，瞧我这眼力头，只顾抢赶着要把衣裳拿河里来洗了，没在意看人……"

李云英对身后的大马子说："我过去一步，说句话儿。"

大马子识相，就站在原地等她。

一会儿李云英回来，抿着嘴，脸色难看得很。大马子也不好问，就都闷着头，往街心里走。进了土产门市部，李云英竟然愣顿着不知做啥好。

大马子知道李云英心里压事了，就提醒她，先得把带来的鸡蛋交到柜台上称了，取了零钱，打煤油，买盐……

都买齐了，本来说好了的，要逛逛百货商店的，但大马子见李云英失魂落魄的样子，就问："我们回去吧？"

李云英点了点头，又摇摇头说："马大姐，你先回一步吧，我还有点事，随后再来……"

大马子说："哦，我都差点忘了，你要去看看大兄弟的……"

李云英没说话，转身去了供销社。

这让女人非常震惊，好好的一个人，怎么一下子就变成了右派？怎么胡开楚他就是右派了呢？虽然经过一次次的学习、一次次的开会，女人也知道了一些事，可胡开楚除了对某些事某些人有点看法，喜欢七讲八呱的，他对政府可是没二心的。新政府成立时，他还是街道上的八大群众代表之一，还熬夜编写唱词，自己任角儿当花船艄公庆祝新中国成立。土改时，他一身泥一身汗地跟她一道学种田，从未有过什么抱怨。后来廖铁嘴让他进了镇里的供销社，他如鱼得水，把自己的工作看得比什么都重，将整个儿身子掼在了供销社。就是……对了……就是大毛的死，对他刺激太大了，好上了酒，三盏子下肚，废话就多了，讲着讲着，平常窝在心里的闲闷气就夹杂着往外鼓捣——祸因口出？那也不至于坐班房啊，李云英让男人这一"右"，给彻底"右"糊涂了。

晌午头，李云英才回到家，大马子不放心，过来看看，试着问："看到……大兄弟了？"

李云英在嗓子里嗯了一声，她不想让村里人晓得男人成了右派的事，更不想让人家知道自己的男人已经坐了班房。她认为这很不光彩，她是个要面子的人，最主要的是她自个儿还没搞明白：怎么好好的，平地里冒出个右派来了，像个屎盆盖子样的，还偏偏让她李云英的男人给戴上了！这个从未听说过的词儿让她百思不得其解，让她抬不起头来。

就在女人还没搞明白右派是怎么回事的时候，开始“大跃进”了，开始刮“五风”了，村子里的男女老少饱一顿饥一顿，哪里还有心思去追问厘清生死之外的闲事！

一年多了，男人生不见人，死不见尸，李云英也顾不了那么多了，她和孩子们抱成团儿，他事不问，只求活着。

村庄与村民被军事化管制，自然村庄被叫作“排”，然后是“连”，再到“团”，再到“师”。村民们必须流动置换着居住，排与排或连与连之间对调。在流动的过程中，社员与社员之间就都陌生了，不似那些常住在一起的左邻右舍，晚上不见早上见的，不亲也亲了。上头进行这样的流动自有他的道理，让人与人之间有个隔层，管理起来就容易得多。

有一个从蔡家洼村子流动过来的人，是个穷得叮当响的老光棍，瘸了一条腿，大家都叫他老徘子。

老徘子在深耕细作的农田里，不用干活，拎了锹儿深一脚浅一脚地充当监工，走到女人的身边，他站住了，有想再细看一下她的意思。

女人抬起头来，当她的目光碰上对方的目光时，竟然有似曾相识的感觉，不知为什么，这种似曾相识使她的心里竟莫名地生出一分惊讶与恐慌来。

“老……”女人想跟老徘子打声招呼，但觉得喊他“老徘子”是不合适的，就转口道，“老哥，忙着哩?!”

女人开口说话时，老徘子也似乎吃了一惊，但马上又镇静自若了，将大锹往垄沟里一插，嘿嘿地一笑，说：“嗯哪，忙着哩。我是从蔡家洼流动过来的，老妹子你……你原来就是这个村里的？还是……”

“是的，原先就这村里的。”

老徘子哦了一声，显出如释重负的样子：“我还以为……呃……太好了！原来就这村里的……嗯，好，真好！”

女人让老徘子不成串的话搞得更是心生疑窦，看了一下老徘子的脸，忍不住问道：“请问，老哥您……是……”

老徘子嘿嘿一笑，露出一嘴的黑牙：“哦，我是……蔡家洼的，我的名字叫蔡有成。”

女人舒了一口气，因为这个名字是陌生的。

饥荒开始了，李云英在檐前屋后种的菜还没等长成秧儿就被拔了，因为风调雨顺，野地里的野菜儿疯长，却也经不住饥饿的啃啮。

“人是一盘磨，睡倒就不饿，睡吧，都睡吧……”因为停伙，村里也没叫出工，太阳还没落，李云英就催着孩子们上床睡觉。

已经睡到床上的小五子说：“可是……可是小五子不是一盘磨……睡倒了，还是饿……”

好不容易熬到了年底。

过年，也就是日期到了而已，没想到营部开恩，每户按人口多发了四两糙米。

拿回家去，都舍不得一顿煮了，掺上野菜，孬好能多度几日。

见孩子们眼巴巴的样子，李云英狠了狠心，就煮了一顿白米干饭。没有荤菜没关系，有腌咸菜，这年头，有饭吃比什么都好，能吃上一顿白米干饭，赛如活神仙了。

饭煮好了，香气扑鼻，李云英给孩子们一人盛了一满碗的饭，最后又盛了两个半碗。

小五子识数了，一碗一碗地数，再数站在灶台前的人，说：“大大，多出一碗饭哩，是不是加给小五子吃的？”

三毛说：“你最小，你吃不了那么多，这是加给咬子吃的，他是男孩……”

咬子说：“三姐，别再叫我咬子，我名叫胡岸然。那饭我不吃，省给大大吃，省给二姐吃，她们俩天天出工干活，累……”

摆好了桌椅的二毛走过来，看见放在灶台里面的两碗饭只有浅浅的半碗，就将母亲递给她的那满碗放了回去，抢着去端半碗的。

李云英按了二毛的手说：“别动这两碗，是我跟你爸的……”

二毛没再吱声，将属于父母的两个半碗饭端到了桌子的上方，摆好了筷子。

李云英拿了一只小酒杯，往里倒了一点开水，向供香柜磕了头，坐下来，对旁边的空位子说：“咬子他爸，我们吃年饭，你喜欢喝酒，就先喝一杯吧，别喝醉了，认得来家的路就成。你看，你的孩子，除了大毛，都还在哩，都在等着你回来哩……”

二毛就哭了。

三毛和岸然停了扒饭，看着母亲。

李云英用筷子敲了敲二毛的碗沿说：“好时好节的，哭什么？你爸他会回来的。”

一碗饭一会儿就扒完了，小五子向母亲样着空碗说：“大大，我吃完了！”

三毛说：“小五子的碗不用刷了，比狗舔得还要干净……”

小五子顾不上跟姐姐拌嘴，眼睛只往那空位子上的半碗饭看。

二毛就将自己碗底里的一团饭拨给了小五子，没等众人反应过来，小五子一下子就扒进了嘴里。

三毛就用筷子在小五子的头上咚地敲了一下,小五子瘪了一下小嘴想哭,哽咽着说:“小五子……真的……没吃饱……”

李云英端起那半碗饭,要分给四个孩子。二毛一下子跪到了母亲跟前:“大大,这半碗饭,说什么……你得吃了它……你盛的时候原本只有半碗,大过年的,你就让儿女们……孝敬你一次……不行么?”

三毛和岸然也都跟着跪下了,求母亲吃了那半碗饭。

小五子见状,也跑过来抱了母亲的腿说:“大大,小五子吃饱了,小五子的肚肚都胀了,你就吃了吧……”

李云英端起那半碗干饭,对着空方说:“咬子他爸……你看……你的孩子们……多懂事的孩子们……”

岸然说:“大大,在爸爸面前,别再叫我咬子了,爸爸给我起的名字叫胡岸然,我已经长大了……”

李云英擦着眼泪说:“大大这不是在哭……是高兴……你们都长大了……”

度过三年困难时期后,乡下人大多都在鬼门关上徜了几个来回,待到明白自己总算捡了条命时,就格外地珍惜眼前的日子,那些被死亡阴影遮盖了甚至是消弭了的对于离散亲人的思念之情也业已复苏并更加地牵肠挂肚。

李云英出门进门,都忍不住想到胡开楚,不知他到底还在不在世上了,如果还在,给家里捎个信就有这么难吗?悬着的心,时疼时怨,怎么也放不到一个实处去。

二毛出嫁了,三毛的婆家也讲好了,岸然上了中学,小五子也读小学二年级了。

晚上,一家人共用一盏灯,李云英在纺纱,三毛在做嫁鞋,岸然在看书,小五子也在看书——是悄悄地站在哥哥身后东一眼西一眼偷瞄的那种。

李云英就说岸然:“你这个做哥哥的就不能让个空儿,让小五子跟你并排了,好好生生地看,她这个样子搞得跟做贼般的……”

“她才念小学二年级呀,还没扫盲哩,我这书也是文盲能看懂的?!”岸然不但没有让空子,还老鹰扑翅似的摊开双臂,将一方桌子全占了。

小五子见状,就用身子去挤,岸然故意猛地一让,小五子就一下跌倒在板凳上,头还挨磕了一下,生疼,想哭,但看见一家人都在朝她笑,一生气就伸嘴把灯给吹灭了。

屋子里一下子变得黑咕隆咚。

李云英手里的摇把儿还在转,纱却抽不匀了,就停了下来。

三毛呵斥小五子:“你这是干什么?”

胡岸然凑上份子:“小五子皮作痒了,欠揍!”

小五子就假八实七地哭了。

三毛起身要去找火柴点灯，李云英说："别点了，就摸着黑吧，大大给你们讲个故事……"

听说要讲故事，岸然嘿嘿笑了笑说："大大还把我们当小孩子哄呀……"

三毛却懂事地说："那好，大大你讲吧，好些年没听大大讲故事了。"

李云英说："从前，有两个女孩儿，同年同月同日生的女孩儿，一个是大家千金，一个是家生的丫鬟……"

小五子早就止住了假哭，听到这里，脱口就问："她们两个，漂亮不漂亮？"

岸然嘘了一声，说："小五子，你不讲话，没人说你是哑巴！"

李云英接着说："漂亮。在外人眼里，这两个女孩都漂亮，事实上哩，丫鬟就那样吧，过得去呗，小姐长得可真是好看，打灯笼也难找得到的标致样儿。小姐和丫鬟，一阵来，一阵去，好得恨不能抹头换颈子，她们一起长大，一转眼就到了开窍年岁了……"

"多大叫开窍年岁？"小五子问。

"像你这么大，可你，却坚决地——没开窍！"岸然没好气地说。

"一转眼就到了十三四岁了……"李云英说，"过去女孩儿家，出嫁早，开窍懂事也就早些，她们到了十三四岁……就都有了自己喜欢的人……"

小五子尖叫起来："哦唷，我的妈哟，十三四岁就开窍了，就有喜欢的人了！那我——也快了！"随着小五子的话尾儿，一声书拍脑袋的响声后，小五子叫了起来，"大大，你看，哥哥打我！"

"打你不屈！活该！你再插嘴夹舌的，我也想打你！"是三毛的声音。

"哎哟，你们能不能不杠祸啊！我还是……不讲了吧……"

"笤帚把，黑压压，哪再呲小王八。大大，我向你保证，小五子再不吭声了，屁都不放了。求求你往下讲，那两个女孩儿后来怎么样了？她们喜欢的人是谁啊？"

"她们喜欢的人，是一对亲兄弟，哥哥叫云景，长得跟仙子一般，弟弟叫竹青，也是长得眉清目秀，兄弟俩的才华，那真是举世无双……"

"我猜猜，这一定是个悲剧故事，最后他们都没得善终……"这是岸然的声音。

小五子终没忍住，又插嘴了："为什么不得善终？这么好的兄弟俩，要是我，肯定也喜欢的，那两个漂亮的女孩儿，嫁给他们……我猜猜，他们最后一定都幸福美满……"

"可是云景和小姐，门户不对，无法结亲，最后为救寻死觅活要嫁给他的小姐，哥哥云景死在火海里了，弟弟竹青娶了丫鬟……"李云英说到这里，起身摸了火柴，点了灯，对三个孩子说，“都睡觉吧，不早了，明天还要干活。”

小五就追问：“那竹青娶了丫鬟，不是幸福美满了吗？”

李云英端了灯，一边走，一边说：“倒是想啊！可是……人都没影儿了……云景不见了，竹青也不见了……”

“那弟弟竹青，他去了哪里呢？丫鬟呢？后来她怎么样了？”小五子追着母亲的背影问。

人与灯进了里屋，房门关上了。

姐弟仨坐在黑暗里，谁也没有吭声，小五子竟然成人般地叹了一声气。

小五子因为发烧，歇了两天没去上学，烧退了，跟往常一样，背了二姐为她缝就的花布书包上学去了。学校离家 5 里地，学校的名字叫西皋庙。这个路队就小五子一个人，史仓村不缺上学的孩子，但村里的人都认为：能上学的孩子就能忙家务挣工分了，念书是念不出工分念不出实惠来的。

小五子要去的这个学校原本是座规模较大的寺庙，可能与传说中的皋陶有关吧，因为大殿里供了皋陶的像，一个龇牙咧嘴头上长了角的怪人。这个庙里的和尚后来都改造成了人民公社的社员，这庙也就成了方圆十里地中唯一的一所规模较大的小学。

成了小学的庙堂布局结构没变，前后大殿作了教室，斋堂自然成为厨房，僧寮改作了老师宿舍和办公室，只是原来挂在前殿的大钟被吊到了院当中那棵高耸入云的柏树头上。工友小藏在大钟里面的铜摆儿穿了绳子，坠下来，下面的人一扯，上面的大钟就吭啷啷地响了，那个响声，浑厚，震耳，传得很远，据说 10 里地之外的人，你只要能静下心来，也能听到它的震音。

小五子每回上学，走在学校前面的荒山上就准能听到招呼老师们吃早饭的钟声：当当当——吃饭了，当当当——吃饭了……如果小跑一阵子，就有可能在早自习之前进入教室；如果按正常速度行走，就有可能踩着钟声进入教室，屡试不爽。

这天，荒山都已经过来了，却没有听见钟声。要是天晴的话，小五子会看太阳去估计时间的早晚，可今天是阴天，她不晓得是不是家里那只准时打鸣的公鸡儿起冒了，连带她也起冒了，来得太早了？

突然，从学校里传来了一阵不是小五子熟悉的同学们的读书声或嬉闹声，而是一阵阵像是渭河破坝时大水冲砸石头翻滚的声音，也像是远处暴雨中无数雷声大作的声音。

小五子侧耳再听，声音却是越来越响。

她既害怕又好奇,不由得加快了脚步。转过一丛竹林子,过了壕沟,穿过操场,进了院子时,小五子呆住了。

工友小藏站在石台子上,手里挥舞着他平常烧火用的长把子铁火叉,他的身边还站了几个跟他年龄差不多的戴了红袖章的外来大学生,大学生们一声接一声地喊:“打倒走资派!”“火烧保皇派!”“活剥‘帝修反’!”“造反有理!革命无罪!”“‘文化大革命’万岁!”“毛主席万岁!万岁!!万万岁!!!”

小藏也跟着喊,并挥舞着手里的火叉,台下的小学生们也像中了魔似的跟着喊,孩子们不知道发生了啥事,只是觉得好玩,扯直了嗓子起哄。一时间,天地之间似乎全被那喊声塞满,然后又来回反弹最终炸开来,直往人的耳朵里灌,直往人的心里钻。

小五子发烧才好,她受不了这样的响动,就捂了耳朵想走开,突然身后的衣领被人抓住了。

是名字叫作蔡家英的同座位同学,不知什么时候来到她身后,仗着自己人高马大,一下子将小五子连拖带拽,也拉到了台子上,与小藏以及那些外来的大学生们站在了一块。

小五子不习惯这样的抛头露面、丢人现眼,就涨红了脸直往人缝里钻,藏是藏不住的,台子上的人都张牙舞爪地走动不歇,她无法将自己固定到某个人的身后。有几次她试着想逃开来,但自己的衣襟却被蔡家英死死地攥住了。

藏不了,又走不掉,她只好勉强自己站在蔡家英的旁边,偷眼瞟了瞟台下。她看见台子的下面跪了一个人,双手被反剪到背后,是用麻绳五花大绑了的,虽然这人的头被好几个人按着压在了胸口上,但小五子还是认出了,这是他们的老校长。

小藏指了指蔡家英和小五子,对那几个外来的红卫兵说:“她们都是高年级的学生。”又单指了一下小五子,“她还是班长和少先队大队长……”没等人家答话,小藏又说,“让她们也参加红卫兵吧……”

一个戴了红袖章的男青年过来问:“家庭成分?”

蔡家英抢着答:“我们都是贫农。”

“父母都是干啥的?”

蔡家英又答:“我父亲是中国人民解放军,我妈是大队妇女主任,他们都是共产党员……”

男青年走到蔡家英跟前,眼光缭乱地打量了她一下,点头道:“那行,你可入——那么,她呢?家庭情况和社会关系……”他指了一下小五子。

蔡家英将小五子拉到自己身后,挺胸昂首地替小五子回答:“她大大是生产队妇女队长……”

“她父亲呢?”

冷场。

“问话哩,她父亲是干什么的?”

蔡家英翻了一下白眼,低声道:“她父亲早就坐班房了,是右派……”

过来一个女红卫兵,使劲地推了一把小五子,对小藏说:“右派子女怎么可以参加红卫兵? 你让她保卫谁?”

男红卫兵气愤地一把揪住小藏的衣领骂道:“你妈的个丫子! 我们封你当西皋造反司令了,怎么还这样没觉悟? 你报告说校长是大地主,让批斗他,可你又拉右派子女来混入革命队伍——什么祸心? 你!”

小藏说:“不是我让她来的,是她——她是她的同座位同学……”他指了指蔡家英。

蔡家英正扬扬得意地笑,见有事涉及她,就挺了挺高堆堆的胸口,拎起带酒窝的嘴角儿,迷人地一笑,这是她的习惯性动作。男红卫兵看见,就咽了一下口水,骂了一句粗话,然后用脚去踢小藏。

小藏是学校工友,这个平常最喜欢讨好高年级女生的家伙,女同学们却没有一个不反感他的。因为讨厌,女同学们宁愿跑到校外壕沟里喝生水也不愿进小藏的食堂去讨口开水喝,小五子更不例外。

小五子像是在梦中,她不明白怎么会发生这样的事,见了学生不笑不说话的老校长虽然成分是地主,却是贫农小藏的远房亲戚,因可怜孤儿的小藏需要人照顾,也没念过书,就把他介绍到学校来当工友,让他闲下来可以到低年级教室里跟学生们一样上课。可是散漫粗野惯了的小藏从来就没进过低年级的教室,一有空就往高年级的教室里钻,也从来没认真上过课,目的很明确,都是为了想跟高年级的女生们秒秒话儿。后来有女生把小藏的恶心事说给了老校长,从不发火的老校长连骂带训诫下了功夫地教育了小藏,听说差一点巴掌都用上了。

想必就是这样把仇种子种上了,当外面串联来的红卫兵找到小藏跟他谈形势、谈运动的时候,本来就没脑子的小藏哪经得起如此的鼓动,于是造反有理、革命无罪了,在教师队伍中选拔了成分最高的老校长。

小五子想不通小藏为什么要如此对待自己的恩人,也想不到蔡家英竟然会当着众人的面如此出自己的丑,将她拉到台子来不说,还在外来人面前公开她“右派子女”的事! 小五子最反感的就是有人说她母亲是右派家属,说她是右派子女。

小五子非常生气,要在平常,小五子会毫不客气地回骂过去,但在此时,她有点胆怯，有点不知所措，就红了脸分辩道：“可我大大也是共产党员……”

小五子说完这话，就后悔了，后悔不该说出这样的话来，她应该以什么也不说的方式来鄙视他们。但她已经说了，就生气自己的语气太软，想再重复一遍，把声调提高些，口气硬朗些，可没等小五子开口，那个女红卫兵就将小五子的脸用双手捧起来，转给下面的人看：“你们看看，她像党的女儿么？”

下面的人几乎异口同声：“不像——”

小五子恨不能有地缝钻进去。

女红卫兵和男红卫兵过来，女红卫兵给小藏、男红卫兵给蔡家英二人的胳膊上各戴上一枚红袖章，女红卫兵很快就戴好小藏的袖章，可男红卫兵的手在蔡家英的胸口上轻一下重一下地磨蹭好半天后，才总算戴好了，在与蔡家英握手的时候，还用中指在蔡家英的手心里使劲地挖了一下。蔡家英的脸立马红得像个熟透的苹果，而小藏的脸则兴奋得像一个刚煮熟的红皮芋头，他们激动得又是跳又是叫：“红卫兵万岁！”“伟大的导师、伟大的领袖、伟大的统帅、伟大的舵手毛主席万岁万岁万万岁！”

小藏喊完了口号，没有任何的过渡，也没有一丝丝先兆与迹象，就抄起手上的火叉子，向跪在下面的老校长的头上使劲地打去。

只听到一声惨叫，一股带着腥味的血从老人的头上飞溅出来，一道血影，如惨烈的虹，在小五子眼前一晃，老人倒在了地上……

小五子的胃一阵难受，想吐，没吐得出来，也倒在了地上。

小路有水
大路有鬼
黑咕隆咚升了帐
阎王断是非
恶人先告状
好人没长嘴

那些外来的红卫兵，热血沸腾的，本只想闹闹事，将冲出理性栅篱的兽性大发一下，也没明确的发泄对象，此时看见可能打死了人，又吓死了人，没顾得上收拾家伙就作鸟散状。

浑身上下溅满了鲜血的小藏傻了，站在台子上，口里念念着：“怎么……怎么……怎么……怎么、怎么、怎么……会是这样？这……这、这、这、这……不是我干的……我怎么、怎么、怎么、怎么……会打老校长……他可是……可、可、可是我的叔爷爷……”

他看了看台子上的小五子,又看了看台下的老校长,再看了看越跑越远的红卫兵们,蹲在地上呜呜地哭了。

蔡家英却始终站在台子上,有点发愣,当众人都散开了的时候,她没管哭泣着的小藏,更没管躺在地上的老校长,却将昏睡在台子上的小五子扯起来,然后像甩稻草捆般地将小五子扛到肩膀上,走下了台子。

小五子醒来时,是在语文老师的卧室里。语文老师不在,蔡家英在守着她,蔡家英看见小五子醒来,高兴地叫起来,说:“啊呀,你总算醒了,没事了吧?你没事了,我要出去看看了……”蔡家英急不可耐亦亢奋不已地跑了出去。小五子知道,她是急着要去了解老校长的情况。

语文老师安排蔡家英送小五子回家,并告诉她们,明天不要再来上学了,上面早就来了通知,要停课闹革命,是老校长一直捂着通知没有传达。现在这课再也不能上了,从明天起,老师也好,学生也好,都各回各家吧。

回家的路上,小五子什么话也不想说,蔡家英有几次想说点什么,见小五子不理不睬的,也就咽了回去,觉着闲着也是闲着,就哼哼了刚刚才学会的《语录歌》:

下定决心,不怕牺牲,排除万难,去争取胜利……

小五子听得有点心烦,好几次说自己可以一个人走,不用蔡家英送了,但蔡家英却不离不弃地跟在小五子后面,翻来覆去地唱那4句歌词。快到村口的时候,小五子站住了,转身对蔡家英说:“求求你,不要再送了,我已经到家了……”

蔡家英还是有点舍不得的样子,对小五子说:“你说……明天不用上学了……是不是就意味着我们……不要念书了?不要念书倒是件好事,要不是我那解放军爸爸左一封信右一封信写给妈妈硬逼着我上学,我早就不想念了。你看我留了三个年级,结果学习成绩还是不如你,天天做作业,坐板凳,屁股都磨出老茧子了。可是不念书了,也意味着我跟你同不成学了,这个有点遗憾。还有,你我长大了,就只能当个乡下老妇女了,天天栽秧割稻搞菜园忙家务生孩子,就像我妈我婶她们唱的那样:黄豆脸,绿豆眼,南瓜屁股两个眼,葫芦奶头甩上肩,伢子生了一大圈……那多可怕!”

没精打采的小五子被蔡家英的歌逗笑了,说:“你真流氓,这个老妇女们唱的歌你也敢唱?!”

“那有什么不敢唱的？我们终归也要当老妇女的……”蔡家英的话让小五子打了一个冷战，就在她要转身走开时，蔡家英突然用胳膊碰了一下小五子，并将脸贴近小五子的耳朵问：“你怎么还不来那个？”

“来什么？”

“就是……身子！”

小五子知道她说的是什么了，她听姐姐们说过，也见过她们遇到这个大麻烦时的不自在，说实话，她不喜欢这个让人害怕的脏兮兮的玩意儿，巴不得它压根儿不来哩！你蔡家英来了这东西，又有什么值得炫耀的？再说，你蔡家英比我小五子大3岁哩！再有3年，我初中都毕业了……有本事比学习去，到现在连四则运算都不会，连乘法口诀都背不掉，连记叙文都写不好，就凭你来“那个”了，还算本事？！

说实话，蔡家英虽然不像个小学生样子，但长得还真漂亮，白净净的圆脸，眼睛黑黑的、水灵灵的，浅浅的酒窝儿在红红的腮边忽隐忽现，迷人惑鬼的，身架子也匀称，就是那两个挑在胸口上的被同学们叫作“妈子”的大奶子太招惹人，使她怎么看都像是个结了婚还生了孩子的小媳妇儿了。乡下发育的女孩子，胸口是要裹上白洋布的，直到婚后有了孩子，才可以放出来奶孩子，才可以让男人瞄、女人瞅，之前是不可以出位的。然而，蔡家英却不管这些，他们家人好像也管不了她，她就放开手脚随心所欲让那两个走起路来一跳一纵的白兔儿招摇撒欢儿。她好像什么都懂了，平常谈心说话，喜欢涉及一些小秘密和小常识，按现在的话来说，就是“性知识”，她能把那些狗肉不上席的话题搞得很深奥、很吸引人，俨然是一个成熟女人了。但小五子知道，蔡家英还算是比较正派的女孩，她跟男同学摔跤斗鸡打架，打倒了对方，她能像骑马一样骑到男生身上，甩起拳头打，打得过瘾了，站起来，拍拍巴掌，回头啐他一口，完事。她是讨厌小藏的，有一次，小藏来教室给她送毛苡子、山果子，她竟然故意用小刀划烂了小藏的手。小藏因为她，手上、胳膊上没少受伤，甚至脸上还让吐过唾沫，但他仍痴心不改，花心依旧，看到蔡家英，两眼就放光，有一次还把口水都哈喇下来了。蔡家英的坏毛病就是喜欢抄作业，小五子是班长，不能助长她的坏习惯，也试着给她讲解，像补课一样的，但她只在学习之外的事情上启动自己的小聪明，任小五子怎么努力，也撬不开她石疙瘩脑子上的一条纹缝，后来也就随她去了。反正班上同学们的作业都要交到小五子跟前，她想翻开谁的本子抄就翻开谁的本子抄。也可能正因为这，蔡家英就成了小五子棍打不散的好朋友，每学期开始，死乞白赖地要跟小五子同桌。

小五子再一次求蔡家英不要送她了，蔡家英却一把拉住小五子说：“让我送你到家嘛，我好想好想再看看你哥哥胡岸然……”

“他有什么好看的，成天板着个脸，我都懒得跟他说话。”

“哎哟，那天我在你家看见他，我都酥得快走不动路了，一睡下，眼前、梦里，尽是他的影子——太英俊了！我要是能做你的嫂子就好了……”

“那怎么可能！我哥都上高中了，你还是个小学生……”

“可他也只比我大3岁。”

“那也不行，他看不上小学生！”

“唉！我要是像你这样聪明，没留级的话，我也快该上高中了……”

“还高中！小学都上不成了……”小五子的语气带着重重的抱怨，好像上不成学跟身后的蔡家英有关似的。

“小五子……”蔡家英变得有点吞吞吐吐，“我说……我说出来的话，你可能不爱听。就是今天……今天，我突然间不讨厌小藏了。我看他站在台子上，很威武的样子，我就管不住自个儿去想……想……和小藏在一起也不错……”

“蔡家英，你怎么能讲出这样的话来?!”

“那又怎的，我爸很英武，我崇拜我爸，我以后找男人，就按我爸的样子找……”

小五子烦透了，她不想耳朵受罪，但胳膊被蔡家英揪着，挣了几次没挣开。

小五子用极其生气也极其鄙视的眼光瞪了一下蔡家英，趁她不注意，猛地一抽胳膊，转身就跑，甩下一句话来：“蔡家英，你太流氓了！”

蔡家英却在小五子的身后哈哈大笑。

回到家里，母亲和哥哥姐姐们还没收工，小五子就照常将鹅笼里的鹅赶出来放。

在西大塘的埂坝上，她突然看见草丛中有几面散落的小人书，拾起来一看，画的是外国的古人，说是一个婆子交给这人41把钥匙，告诉他前面的40个房间他可以随便出入，唯独第41个房间的门不能打开。婆子走了后，他遵循她的话，只在前40个房间里行走，没有窥觊禁室。但7天过去，第8天的晚上，他实在克制不住自己的好奇心，打开了第41个房间的门，结果出事了，只听到从房间的深处发出一阵可怕的轰隆……小人书到此为止，没有了。小五子顾不上放鹅，在西大塘的埂上坝下找了好几个来回，也没再见到小人书其他的页面。

晚上小五子回到家将小人书给哥哥姐姐们看，他们竟然都不晓得这是哪里的故事。小五子趁着天黑，偷偷跑到村里的四类分子家询问，他们也都摇摇头说不知道。

第二天，小五子又跑到西大塘的周遭搜觅，草丛、灌棵，甚至连可疑的坷碴儿也都翻了，也没续上关于小人书的断章。

小人书的事让小五子几乎害了相思病，却让小五子暂时忘记了学校里的不愉快。

那只红羽绿尾的大公鸡又跳到了院中央的晒酱台上，站在太阳花盆的盆沿边，对着台子前面的一大簇栀子花，昂起脖子扯直嗓门喔喔地打鸣儿。小五子习惯性地背上花布书包，想想，又放下了——学校停课了，不用上学了，这让小五子感到一阵莫名的轻松。但这轻松只在小五子的感知里打了个照面儿，就变得飘飘忽忽的，让小五了失了重心。她真不知道自己除了上学还有什么更喜欢的事想去做。当然，一个农家的女孩，该做的事太多了，打猪菜、放鹅、砍柴草，或者是上龙穴山跟别的孩子一样砸石子卖，到河边摸鱼捞虾，这都是村上人最看重的事。但是小五子不这么认为，小五子的大大也不这么认为，她们最看重的还是念书。大大曾不止一次地对小五子说："你爸过去是学堂里的先生，先生的儿女当把书念到不能念的时候为止……"

竟然一语成谶。

念高中的哥哥因为学校停课闹革命早就回到家里，当了一个只能拿妇女工分的社员。半年后，小五子也被通知不要上学了。

蔡家英的那段关于念书不念书的粗糙话又泛上了小五子的心，她将放下的书包又背了起来，走出村口，踏上柳树湾的大墩子时，她似乎听到了学校的钟声，当当当——吃饭了，当当当——吃饭了……小五子摇了一下脑袋，那声响还在：当当当——吃饭了，当当当——吃饭了……她心想，这一定是幻听，再侧耳听时，真的只有风吹柳丝的呜呜声了。

小五子围着柳树湾的大墩子转了一圈，然后背着书包又回来了。

她非常希望母亲能问她一声："怎么回来了？"可是母亲没有问，哥哥也没有问，她就觉得这些人都变得有点没气相了，变得有点夹生了。

没有书念了，那就在家放鹅、打猪菜吧。

可当太阳再一次快出来时，那只大红公鸡再一次跳上晒酱台对着栀子花簇打鸣时，小五子又忍不住背起了花布书包要出门。

母亲看了看背书包出门的小五子，仍然没有说话，小五子已经习惯他们不说话了。

奇怪的是，当她走到柳树湾的大墩子时，似乎又听到了从学校传来的钟声，因为顺风，好像比前两天她听到的声音更加清晰：当当当——吃饭了，当当当——吃饭了……

小五子围着柳树湾的墩子转了一圈，那钟声好像还在响：当当当——吃饭了……

她踩着若有若无的钟声，向学校走去，过荒草山时，却没能听到她期望中的钟声。钟声原本在这里比在大柏树的下面还要听得真切的，这里听不到，说明之前她所听到的，还是幻觉。

已经到学校跟前了，她犹疑着是回去的好，还是干脆去学校里看看。

她站着的荒草山也是一个坟场，新添了几座新坟，老校长的坟茔应该也在这里的，他原是这附近董家圩子的人。想到了老校长，就想到了那天的血，想到已经停课了的空学校为什么还会响起钟声，她有点害怕了，于是赶紧往回走。

走了没几步，身后的钟声又响了起来——这绝对不是幻听，是真实的钟声：当当当——当当！当当当——当当！……这是上课的钟音：上课了——赶紧！上课了——赶紧……

小五子跟头流星地跑过壕沟，跑过操场，推开虚掩着的院门，再穿过前殿……校园里空荡荡的，没见到一个人影。小五子有点害怕起来，好在那响着的钟声一直没停，她轻手轻脚地来到了后院，当她的眼光刚扫上吊挂大钟的柏树时，吓得一下子站住了，不知应该是转身逃走还是赶紧藏起来的好……

柏树下，一个一丝不挂的男子站在那儿使劲地扯着绳子，按着节奏打钟：当当当——当当！当当当——当当……

光身男子是背对着院门的，小五子不敢细看，那背影好像是小藏。

她屏住呼吸，轻手轻脚地从贴着前殿的墙根，走出院门，过了操场，抬脚跨上壕沟石桥，一溜烟往家跑去。

李云英将一大盘子热气冒天的蒸咸菜放在大木桌子中央，喊孩子们吃饭。

一人一碗掺了菜的米饭，看不见一点油星子的咸菜意义就不大了，孩子们也就懒得规规矩矩地坐在桌子边，就都端了碗坐到屋檐下或院子里各喂各自的胃。

小五子喜欢把饭端到院子外面靠近村口处的一棵大皂角树下吃。

树下有一片平地，一年四季都被树旁边住着的一个"四类分子"名字叫作乔彦桢的老人打扫得干干净净光溜溜的，村里人纳凉、拉呱，还有吃饭，都喜欢往这地儿聚。"文革"开始，乔彦桢挨了批斗，说他打扫场地有拉拢讨好贫下中农的阴谋，吓得他再也不敢打扫了，皂角树下也就狗屎猪屎鸡屎地脏了起来，大人们不来树下吃饭了，孩子们可不管这些，仍然端了碗过来。

当小五子端着饭碗就要到皂角树下的时候，迎面来了几个人，空手大摇地走在前面的,小五子认得,是大队民兵营长,名字叫杨大勺,后面跟着的三个女人,陌生。一个跟小五子的母亲差不多年纪,一个跟小五子的哥哥差不多岁数,还有一个是小丫头,比小五子还要小,八九岁的样子,三个人背的背、挎的挎,搞得像逃荒似的,但从穿着气质来看,像是城里的人。

杨大勺看见小五子,一把夺去她手中的饭,用嘴在饭碗里使劲地喳了一口,然后嘴包着饭,嗯嗯地笑,直把嘴里的饭笑得往外直喷,再把饭碗还给小五子,问:"你大大在家不?"

小五子讨厌那张脏嘴喳了她的饭,就生气地瞪了他一眼说:"不在家!"

杨大勺咽了饭,抹一把嘴:"小五子说不在家,就肯定在家。"然后转脸对身后的人说,"走吧,先去她家。"

小五子跟在他们身后回家,她很想知道这三个陌生人到底是怎么回事。

杨大勺一把就推开了李云英家虚掩着的院门,打声杀嗓地叫:"李云英——来人了! 长腿杨大勺,来赶饭场子了!"

李云英端了碗出来,一边招呼杨大勺,一边眼睛往他身后的三人看。

年龄大的女人看上去年龄并不大,但头发已经花白了,她把眼睛顺在地面上,让人看不真切她的脸,姑娘家和那八九岁大小的小丫头在东张西望的,对这个农家小院生出好奇来。

杨大勺对李云英说,这是从城里下放来的,说着将李云英往旁边稍微拉了拉,压低了嗓门说:"成分不好,是从城里下放来劳动改造的……"

虽然是压低了嗓门,小五子都听得真真切切的,那三人也肯定都听了去。

杨大勺好像也不在意她们听没听到,照说他的,将他晓得的情况一股脑儿倒给李云英,说到最后,问了一句:"哎,你们叫什么名字,我老是记不住……"

年龄大的答:"我叫万燕,我女儿叫万宁荷,我孙女儿叫……"

杨大勺心不在焉地打断了万燕的话,转对李云英说:"公社特地交代了,最好能找一个女党员来监督、帮带她们,让她们好好劳动改造。大队开会研究了,就选你李云英了……"杨大勺又转脸向万燕介绍李云英,"她姓李,叫李云英,是这个生产队的妇女队长,她的孩子爸……不讲孩子爸了,这事跟孩子爸不相干……"

杨大勺说着指了指坐在廊沿石条上低头吃饭的岸然说:"你别吃了,去把你们生产队长周宝田给我找来,我们商量一下,看让她们住到哪儿合适……"

胡岸然撵三赶四将几口饭扒拉进嘴里,将空饭碗递给小五子让她放回屋里,就在他站起来扭头要走的当口,正巧万燕抬起一直顺着的眼皮儿看了过来。

岸然很礼貌地向万燕笑了笑,二人视线相碰的一刹那间,万燕却像被马蜂蜇了似的一打哆嗦，手上拎着的包袱一下子掉到了地上。

岸然觉得有点莫名其妙，敢情城里人喜欢一惊一乍？

就在岸然去找生产队长的时候，杨大勺很家常地进厨房盛了一碗连着锅巴的饭，趴到大桌子上就着咸菜，狼吞虎咽地吃起来。

李云英笑道："少饭无菜，怠慢了。"

小五子将饭碗朝桌子上故意用劲一丢说："还菜哩！我们一人就一碗饭，那点连锅巴的饭，是大大省给哥哥吃的，他男的，饭量大，你把它吃了，我哥哥就吃不饱了……"

李云英在小五子数落杨大勺的时候，好几次呵斥她，断她的话头，可小五子坚持着把话说完，然后一跺脚，跑了出去。

杨大勺嘴里嚼着锅巴，嗓子里嗯嗯的，脸上露出看似敦实实则狡黠的笑，紧接着又搛了一箸咸菜放到碗里，说："没事，让她讲，童言无忌，我杨大勺最能耐的就是脸皮厚！"

这时候，李云英才想起来，那三个人还站在院子里。

她回到院子，见姑娘与小女孩已经把背上和手上的东西放到了石台子下面，伸了脖子去看晒在石台子上那黑黢黢的酱以及摆在酱盆旁边开得正旺的一盆太阳花。

万燕却像泥塑木雕般地站在原地，扭过头去，面对着敞开的院门，眼睛直直地看着外面岸然背影消失的地方，掉在地上的包袱压在自己的脚上，定格了。

李云英走过去，先卸掉了万燕肩膀上挎着的布包，又弯腰拾起掉在地上的包袱，说："先歇会儿吧，我马上给你们烧点吃的，垫垫肚子。"

万燕这才回过神来，慌乱而又谦恭地哈腰称谢，说："不用不用，我们不饿，早上在家吃得饱饱来的……"

万燕说着话从口袋里取出手帕儿擦汗，就在她抬起腕儿将帕子贴到脸颊的那一刻，李云英的意识里像是被一只过往之蜂猛地蜇了一下—— 一个似曾相识的东西在她零乱的思绪里穿闪而过……再细看眼前的女人，额角上一道紫红色的伤疤将右眼扯得变了形，稍一睁眼就会露出看似惊恐的样子，本来有可能很好看的脸就变得让人揪心。然而，就在这张已然变得近乎丑陋的面容上，李云英竟被她的神情与气韵吸引，她想到了小时候在卞府九小姐的绣楼上被自己不小心打碎的花瓶，想到了绣楼下的花园在一场暴风雨之后被摧残的花花草草，想到了九小姐总是任着性儿去支扶那些倒伏的枝丫将自己弄得浑身是泥，想到了九小姐在累了之后用绢帕儿擦汗时的样子……

万燕擦过汗,赔着笑脸有点口吃地问李云英:“请问……李队长,你的孩子……孩子们……姓……姓……什么?”

李云英正要回答,岸然领着生产队长周宝田进来了。

大家都坐到了屋子里。

杨大勺的饭也吃完了,开始对周宝田和屋里所有的人说话:“我是代表大队党支部,来送万燕一家到史仓生产队落户的。现在全国上下,形势一片大好,啊!革资本主义的命,造资产阶级的反,革命形势一片大好,啊!学校革命小将们早就动起来了,城里也早动起来了,马上农村也要在灵魂深处闹革命了,形势一片大好,啊!万燕一家是属于要下放农村劳动改造的对象,公社来了一大批子这样的对象,按拈阄子的办法给派到我们大队来了。大队党支部开了会,决定把她们放到李云英身边来,就你史仓了,这是大队党支部对你们的信任,啊!周宝田,你是队长,你给她们找个能住的地儿……”

周宝田挠了挠自己的光头,想想说:“还别说,我们史仓还真没地儿给她们住。牛棚吧,太脏,看她们这清清秀秀的样子,不合适;社员家吧,就没有个宽敞的,也都不方便。这样吧,杨营长,我感谢大队党支部对我和我们生产队的信任,你们的心意,我收下了。只是,这三个人……你还是把她们带到别的生产队去吧……”

杨大勺火了:“你说的这叫狗鸡巴子烂卵子话!有这样蔑视大队党支部决定的吗?唵!”

周宝田让骂得没敢再吱声,就闷在那儿做无声的抵抗。

李云英的眼睛一直在低头垂颈的万燕身上看,对她们祖孙三代人,总有一种心疼的感觉,听见杨大勺跟周宝田抬杠起来,就站起来说:“我有一个提议,万燕可以住到我家来。”

周宝田说:“那怎么行?你家就这巴掌大的两间屋,还有一个儿子在家……”

杨大勺接口道:“那周宝田你说,该怎么办?人我都领来了,我就不信史仓生产队连个仓房也没有,连个稻场棚子也没有。走,带我查查去!”

周宝田只好叹了一声气说:“好吧,我马上去把仓房腾出来,空着,也没个粮食朝里放……”

“你这个屌鸡巴姓周的,有空屋子,干吗要遮遮盖盖的,抵制上级领导,跟大队党支部唱对台戏?”

“我哪敢哪!正是仓房空了,没粮食给她们吃,才不想要的。史仓本来就穷,又添了三个张口货,唉……”

扯大锯，扯大锯
张家湾，唱大戏
接姑娘，接女婿
小外孙，你可去
我没花鞋我不去

仓房离小五子家很近，因为空着，打扫起来也简单。周宝田送走了杨大勺，也没派别人，亲自帮着收拾，第一件事是在房子上沿农家敬香火的地方砌上一个台子，名叫“宝书台”，台子上要摆上红宝书和石膏铸塑的领袖像。

周宝田把台子砌好了，用红纸包了泥坯，红纸上要写“宝书台”三字，周宝田不识字，就叫李云英写。李云英说她的字连记工分都对付不了，哪敢写这台子上的字，就向队长推荐：“让她们城里人写吧，她们肯定都念过大书的……”

周宝田没动声色地打断了李云英的话：“叫你家的高中生来显显身手吧。”

李云英说，去地里了。

周宝田挥了挥手说，叫他回来，赶紧地。

于是李云英去地里叫回了岸然。

岸然没顾上洗掉脚上的泥巴就径直进来了，万燕看了看岸然的泥巴脚，又看了看岸然俊雅的脸，愣怔了一下，然后摇了摇头对李云英说：“李队长，你真有福气，养了这么一个出色的儿子！”

李云英笑道：“什么出色哟，乡下人，书念不成了，回到生产队，只能黄牛累出黑牛屎来，成扒大土的料了……”

岸然写字的时候，万宁荷在一边看，写完了，岸然向万宁荷笑了笑说：“献丑了。”

万宁荷抿嘴儿一笑说：“挺好，你一定临过魏碑。”

岸然点了点头说：“是的，我喜欢魏碑的朴拙险峻，舒畅流利，汉隶与唐楷也是我特心仪的……”岸然说到这里打住，然后看字，万宁荷也跟着看字，带着不识字的周宝田和识字不多的李云英都跟着看字，只有万燕一直拿了抹布在上上下下地揩泥抹灰，并不时地看一眼岸然，突然眼泪就下来了。

李云英看见万燕流泪，嘴里顿出一个音来，却不知如何去问。

万燕擦眼睛时，万宁荷问了一声：“妈妈，你怎么啦？”

万燕将抹布儿飞快地抹在已经干净了的桌面上，又用手去揉了揉眼睛，带着有点惶恐不安的语气说：“哦……哦哦……招上尘灰了……”

李云英提议周宝田:“得为她们支搭个锅台。”

队长说已经让人去搬土坯子了,让他老婆把他家里的一口小锅拿过来。

李云英又问,没有床,她们睡哪儿?

队长说,那只能打地铺了,说自己家里五口人都挤在一张床上,弄不出多余的床来。

李云英想想家里也没办法腾出床来,就回家把厨房的门板拆了,又扛了几根竹棍来,说砌个土炕子吧,女人家是不能受潮湿的。

天黑下来的时候,都停当了。

李云英让万燕去她家吃一口便饭,万燕推辞了,说她们带了干粮的,只消烧点开水就行了。

李云英回到家里,越想越觉得这个万燕让她放不下来,反正仓房离她家不远,就从灶门前抱了一捆子稻草,又去了仓房。

快到仓房门口的时候,发现小五子也跟来了。

“你来干什么?”

“我喜欢她家的人。”

万燕正伙着她的女儿将床单往湿漉漉的土炕子上搭。

李云英说不能这样铺,要垫上稻草才能隔掉潮气。

小五子看见门下沿处放了一只雪白的像是洗脸盆又像是咸菜坛子一样的瓷器东西,就觉好奇,走过去,端起来,仔细地看,像鉴宝人在察看手里的物件。

小女孩扭头看见小五子这样,就咯咯地笑了起来,说:“奶奶你快看,小姑姑在干什么?看我们家的尿盆!”

李云英看了看小五子手上的东西,想起她在正阳关医院的病房里曾见过这物件,是病人用的痰盂子。这时万燕赶紧跑过去把小五子手上的东西拿来,放到了地上,笑着说:“不好意思,这东西脏……”

小五子听说自己刚才端着的东西竟然是撒尿用的,脸红了,就分辩说:“我们家的尿桶子,都是木头做的,这个……怎么跟搪瓷缸子一样的……”

李云英就哈哈哈地笑了起来,对万燕说:“真是不好意思,乡下小孩子没见识,只晓得尿桶子,不晓得痰盂子……”

万燕也笑了,说:“这小五子,长得好像……”话说到这里,咯噔一下打住,不再吱声。

李云英赶紧追问:“像哪个?你说小五子长得像哪个?”

“哦,我是说,小五子长得好像我们在城里的一个邻居家的孩子。”

李云英非常在意万燕额角上的那道伤疤，非常想知道它是怎么来的，不好问，眼光有意无意地在那伤疤上扫来扫去。

万燕看到了，就笑着用手在额角上抹了一下说："摔的，差点要了我的命……"

李云英紧接着问："多大时候摔的？出嫁之前还是出嫁之后？"

万燕张了张嘴，正要说话，想想，又顿了一会儿道："出嫁之前，小时候就摔了的……"

李云英哦了一声。

小女孩平安这时却在一边嚷嚷起来："奶奶你撒谎……"

万燕赶紧用严厉的鼻音嗯哼一下，以示对平安的喝止，平安果然抿了嘴，不再吱声，万燕转身对李云英说："欠教养，让你见笑了。"

铺稻草的时候，李云英装作无意的样子问万燕："也不晓得我俩哪个大哪个小，我就叫你姐吧？"

万燕笑答："李队长，我是来接受你们改造的，你哪能叫我姐，折杀我了。再一个，我肯定比你大，你就叫我名字吧。"

"我属大龙，你呢？"李云英继续问。

"我也……也属龙，年头生……"

"春二月？"

"嗯。不……不是，我是正月生……"

"哦。那……万姐你婆家姓什么？你女儿她爸呢？"

"离开好多年了……"

"噢……那你这孙女儿的父母，也就是你儿子、儿媳呢？"

"儿子死了，儿媳走了……"

"唉！真是对不住，我不该这么打听的……"

"没事。我们从大队来时，他们都交代了，要我按期向你汇报思想哩！"

"汇报什么呀？让你们城里人到乡下来学做农活，真是难为你们了……"

"难为什么呀？这正是共产党的好、政府的好，让我们能重新做人。只是……李队长……不好意思……算了……"

李云英见万燕吞吞吐吐地似有话要问，却又难以出口的样子，就笑："万姐，你看，可不能见外，有什么话你尽管讲！"

万燕笑了笑说："还是……算了。"

李云英见叙不出明白来，就对万燕说，旅途劳顿的，天已经不早，就好好睡一觉，明天早上她会再来的。

绕圈圈，转圈圈
圈圈里头套圈圈
蒙了眼睛走一圈
圈圈里头有圈圈

下雨了，生产队就歇了工，一家抽一个男劳力去稻场棚子里搓草绳、葛精索、打稻包。胡岸然不会做这些，李云英就代替儿子去了稻场棚，胡岸然就留在家里看书。

小五子也喜欢看书，可没有什么书好看的，哥哥看的书从来不让她碰，小五子就想方设法趁哥哥不注意时偷看，可哥哥的书连睡觉也枕在头下，她根本没办法接近。好看的、能看的书，都在扫"四旧"时烧掉了，有一段时间，哥哥也没书看了，急得扒窟窿钻洞地找书看，哪里找得到！这年月，书几乎成了革命的对头，成了读书人的珍宝。

自从万宁荷来了，哥哥好像又有书看了。小五子不晓得哥哥看的书是不是万宁荷给他的，但小五子晓得，万宁荷也喜欢看书，万宁荷看书时也是偷偷地看，不让别人看见，她看书的样子跟哥哥很像。

小五子找不到其他的书看，就把哥哥念过的语文书翻出来，一篇一篇地读。正翻看的时候，蔡家英穿着一件塑料雨衣进来了。

小五子被她的样子吓了一跳："你怎么穿了个……皮子……蓑衣？"

"哈哈哈……这叫塑料雨衣！我爸从部队寄回来的，比穿那戳人巴拉的茅草蓑衣轻巧多了。不信你穿穿试试？"

小五子套上了蔡家英的雨衣，身上发出哗啦哗啦的响声，上下看看："嗯，是挺轻巧的。蔡家英，我跟你讲，我们生产队下放了一户城里人，她们家的尿桶子不是木头的，跟搪瓷缸、搪瓷盆子一样的……"

"什么城里人？是不是来接受劳动改造的？我们生产队也来了一户，就一个老头子，一个老资本家什么的……"

小五子说他们生产队来的是三个女的，三代人，也可能是属于那种剥削阶级的。小五子还告诉蔡家英，自从万家人来了，哥哥就得了好多书店里买不到的书看。

蔡家英迫不及待地让小五子带她去万家看看，去看看那像搪瓷缸、搪瓷盆子一样的尿桶子。

去了万燕的家,没想到胡岸然也在。

万燕在房下沿门口处就着亮教小孙女万平安念课本,万宁荷和胡岸然竟然几乎是并排坐在土炕床上,一人拿着一本书在看。

看见小五子带着蔡家英过来,万燕先站起来,让坐在小凳子上的平安也站起来,说:“两个小姑姑来了。来,平安,叫小姑姑。”

平安叫了一声。

小五子答应了,蔡家英却没吱声,直着眼走到胡岸然跟前,一把抢过他手中的书,念封面上的字:“野火……春风……斗……古城……李……英……需(儒)……著”念完一只手把书背到背后,又伸头去看万宁荷手里的书,然后又是一把抢过来,叠到刚才的书上面再念它的封面:“钢铁是……怎样……炼成的……尼古……拉……什么什么夫什么什么其……”

胡岸然见蔡家英一来就抢夺他们手中的书,乱七八糟地念,实在有点生气,也觉得非常好笑,就纠正她说:“《野火春风斗古城》是李英儒著,那个字念‘儒’,就是柔的意思,术士之称,联词常与‘雅’相配,离你太远,因此你不会念。《钢铁是怎样炼成的》是尼古拉·奥斯特洛夫斯基著……”

“噢,是一个尼姑写的,尼姑是女的,女的写什么‘炼钢铁’?是写我们‘大跃进’时的炼钢铁?可那钢铁也没炼成……”

胡岸然哭笑不得,看了看万宁荷。

万宁荷在拼命忍着笑,把脸儿憋得通红。

蔡家英将两本书叠放在手上,像颠砖块一样颠了又颠,然后喊了声:“小五子,接住!”一下子抛给了小五子。

胡岸然站起来走到捧着书傻站在那儿的小五子跟前,寒着脸伸出手来,说:“把书还给我!”

小五子虽然非常喜欢看书,她也不像蔡家英那样识不全上面的字,她连做梦都想要得到哥哥的书看,可当她抬眼看见哥哥那脸色时,一点也没敢迟疑,就把书还给了哥哥。

蔡家英见如此,也把脸寒下来对胡岸然说:“岸然哥,不是我说你,你也晓得,现在是什么时代,‘文化大革命’了!史无前例的‘文化大革命’!你也晓得这一家子人……”她伸出食指先从万宁荷开始,然后到万燕,再到平安,指了一圈说,“她们是属于什么阶级的——是属于资产阶级、剥削阶级,是我们的阶级敌人,她们都是‘牛鬼蛇神’,是来农村接受劳动改造的……”说着又把食指单单地指向万宁荷,“你给我小心一点为妙,你用这些‘封、资、修’黑货来腐蚀我们贫下中农后代,你什么意思？你安的什么心?！胡岸然可是共产党员的儿子！是革命事业的接班人！你是什么人？真不自觉！也不撒泡尿照照你自个儿!”

平安在蔡家英开始说话的时候就藏到了奶奶的身后,见她的语气越来越凶,吓得哇的一声哭了。

万宁荷从胡岸然手里拿过书来,递给蔡家英说:“书给你,还不行吗？干吗要发这样大的火。我不是像你说的那样,什么阶级敌人、‘牛鬼蛇神’的,我只是一个还没毕业的中学生,跟你们一样的年轻人……”

“呸！哪个跟你一样！你也配跟我们一样?!”话音未落,蔡家英将手中的书一下砸到了万宁荷的脸上。

万宁荷捂了脸,扭着身子,低下头去,想发作又极力克制的样子。

一直忍在一边的胡岸然见状,不讲不说,在小五子的脸上打了一巴掌,大声吼道:“哪个叫你带来这个同学的？这都什么同学！你们想干什么？欺侮人家外来户！这书不是万宁荷给我的,都是我给她的,怎么的？看书还犯法啊?！要是犯法,我顶着……”

蔡家英知道胡岸然的话是冲她来的,本想驳回去,但因为她喜欢岸然,见他真的火了,也就没敢再放肆,指着万宁荷说了句:“无产阶级的天下,你小心点为妙!”说完拉着小五子走了。

走出来后,她又要回去,说刚才光顾着吵架了,那个像搪瓷缸、搪瓷盆子一样的尿桶子她还没看到。

小五子死命地拽住她,说没什么好看的,就像一个大搪瓷缸、小搪瓷盆子,装尿的,骚哄哄的,不看也罢。

蔡家英想了想说:“不看就不看吧。事实上我今天来,是有要紧事的,学校通知让复课闹革命,我们又有学可以上了……”蔡家英扭头回看了一下她们来的地方,恨恨然一跺脚,“我就不信,我争不过‘地、富、反、坏、右’的子女……”

“争什么呀?”

“争你哥呀,我这一生最远大的革命理想、最坚定的革命目标,就是跟你哥结婚——成为胡岸然的女人……”

“那可不行,我哥肯定不会喜欢你的……”

小老鼠,上灯台
偷油喝,下不来
小大姐,抱猫来

咕噜咕噜滚下来

第二天，小五子去了学校，稀稀落落地来了一些学生，老师也没到齐，有一个老教师听说病得起不了床，有个女老师自己不明不白地在家上吊死了，加上老校长也死了，学校里就冷清得让人发瘆。

小藏不知什么原因也离开了学校，有同学说他因为打死了老校长让公安局给逮起来了，但那时有口号叫“砸烂公、检、法”，公安局好像也不管事了，也有同学说他到城里入了造反派当上了副司令，还有的同学说他投了淠河……

蔡家英也没来学校，说是被临时通知去参加公社革委会成立的学习班里学习。

说是复课闹革命，却没有新课本，旧课本不能上了，就上“语录”与“著作”。语文老师给他们上“最高指示”，算术老师也给他们上“最高指示”，音乐老师也给他们上“最高指示”，体育老师则让他们一边晒太阳一边背《老三篇》。下课了，同学们玩“斗鸡”和“抗膀”，抗膀时就念“下定了决心，不怕牺牲……”，斗鸡时就用《反对自由主义》中的句子当号子向对方吆喝：“你不高尚，嗨哟！嗨哟！嗨哟……”“你不纯粹，嗨哟！嗨哟！嗨哟……”“你没道德，嗨哟！嗨哟！嗨哟……”如果有一方给弄倒了，没倒的人就指着倒下的人说：“你是一个——低级趣味的人！”“低级趣味”四个字念得很快，按节拍来说，它们只有半拍，这样子就显出很顺口的节奏。大家乐此不疲地玩着这个游戏，直到那天蔡家英来上学，看到了，立即呵斥：“都给我歇了！敢拿‘最高指示’玩儿！好大的胆子！”同学们这才散伙打住了。

蔡家英经常要去公社开会，有一次甚至还去了县里，都开的什么会，同学们没人敢问。偶然来学校上课的蔡家英也似乎变得高大起来，同学们甚至老师们在她面前都觉得自惭形秽，够不上跟她说话儿。

蔡家英对小五子的态度似乎也没改变什么，还是跟她同座，上厕所的时候也都齐着肩走，甚至还私下里告诉小五子，她马上可能要作为红卫兵代表进入公社革委会领导班子，她现在来上学，主要还是想着小五子，还有她的哥哥胡岸然。

蔡家英找了好几次借口去小五子的家，甚至还给胡岸然带去了一本袖珍红宝书和一枚稀罕的瓷质领袖像章。

她看见胡岸然欣然接受了她的礼物，就坚持要把像章亲手为他戴到衣襟上。

胡岸然也没拒绝，可能是他太喜欢这才流行起来的像章了，就把衣裳襟让给蔡家英。

小五子看见，蔡家英的手竟然抖个不停，她好不容易打开了别针，在胡岸然的口袋上下针的时候，竟然把自己的手扎出了血，同时也把胡岸然的胸口划烂了。

胡岸然咳了一声，拿过像章，退后一步，自己把像章别到了衣襟上，然后对蔡家英道了声“谢谢”。

蔡家英的手不再抖了，趁胡岸然还没走开的当儿，她歪了头端详戴在他胸口上的像章，也偷眼看了几次他英气勃勃的脸庞，蔡家英好看水灵的腮颊上竟飞出了羞涩的红晕。

蔡家英提出让胡岸然陪她一道去万宁荷家里看看。

胡岸然戒备起来，严肃认真地看了看蔡家英，对着她的眼睛说：“蔡家英，万宁荷虽然被划在另一个阶级里，但她没有过过资产阶级和剥削阶级的日子，算不得敌人，是跟我们一样的年轻人，辍学了的学生。请你别去打扰她，更不要去欺侮她！”

蔡家英看看胡岸然的神色，笑了笑，作罢。她转过身子，不容商量地拉着小五子要教她跳新学的忠字舞。

胡岸然摇了摇头，挥手让小五子她们离他远些。

蔡家英嘻嘻哈哈地拉着小五子走开了。

李云英发现，近日来家里的水缸总是满的，不似往常，都到葫芦瓢儿刮得缸见底了，也难得让儿子主动去担一担井水来家。常常都是当母亲的吩咐又吩咐了，甚或她和小五子不得不抬水来家了，他也舍不得丢开手中的书起一下身子，哪怕是说一声抱歉。

算了一下日子，李云英笑了，大约是万宁荷家来村里不久以后。

那天，胡岸然学会了使牛，收工回来时，他不愿像别的社员那样把糊得都是泥巴的犁用牛拖着回到村头，往皂角树下一靠就算完事了，他心疼牛，也爱惜犁具，就拽了一把水草，就着田缺口的流水，将整个犁具擦洗得干干净净，然后扛在肩上，手牵着牛缰绳往家走。母亲看见儿子有这份爱心，满是安慰，就故意笑着揶揄岸然：“家活懒，外活勤，人家生活不累人……”

岸然说：“人家生活也累人，只是不觉得累就是了……”

比别人收工得晚了一些的胡岸然，碰到万燕娘儿俩去井里打井水。

这井是一口很深的古井，打水要先用小型号的木桶，村里叫它小量子，放进深井里，汲了水，拎上来，倒到大木桶里。

万燕也是带了大木桶和小量子的，可是她们娘儿俩谁也用不好那小量子，放到井里好半天，小量子就是不倒，直竖竖地立在水面上，汲不了水。她们不会利用提水绳子的力度促使小量子翻转倒下喝水，鼓捣了一会儿，没指望了，就坐在井口边望井兴叹。

胡岸然扛着犁走到跟前，知道了情况后，就将犁和牛放到一边，把她们的大木桶一会儿就打满了水。胡岸然想不到她们娘儿俩连抬水也不会，像万宁荷这么大的女孩子，在乡下是可以担水甚至使牛的。他本准备上前帮忙的，想想还是打住了，赶紧地牵了牛、扛了犁，往前走，一会儿听到后面传来响声，扭头一看，万燕和水桶都掉在了水田里，万宁荷也四脚拉叉地坐在田埂上，人和水桶都滚满了泥糊。

胡岸然撵三赶四地将牛和犁具送到皂角树下，拴了牛，靠了犁，从家里担了水桶去了井边。

胡岸然再去井边时，万燕母女已经离开了，他看见那被她们母女滚倒的庄稼和草，扑哧一声笑了，笑着笑着，眼睛湿了，摇摇头，叹了一声气，将水桶打满，担到万燕家里。

万燕家的水缸担满了，一鼓作气又把自家的水缸也担满了。自此，母亲再也不用担心水缸缺水了。

见儿子如此晓得好歹，李云英心中宽慰，但在她内心深处，一份隐隐的担忧也日渐清显出来。虽然岸然与万宁荷看上去真是天造地设般相配，但成分有别，不亚于天堑鸿沟。这少男少女的老是你来我往，如果二人生出情来，那还得了！她想到自己和九小姐的过去，想到了九小姐与云景，不禁打了一个寒战。

李云英还没来得及跟儿子谈话，儿子竟先在万燕面前碰了一鼻子的灰。当他再一次担了两桶井水送去的时候，万燕说什么也不让他进门了。

她堵在门口，寒着脸对挑着担子的胡岸然说："我们可以吃西大塘的塘水的，打上用矾澄一澄是一样的清。算我求你了，不要再给我们家送水了。"

胡岸然将水桶从右肩换到左肩去，倔强地站在门口。

"胡岸然，你这样子不好。孩子，你是有前程的人，求你不要再来找万宁荷了。你们……你们不是一路人，求你可怜可怜她，可怜可怜我们孤儿寡母，求求你不要再来打扰我们……"

胡岸然听了如此绝情的话，只好转身走开，将满满的一担水泼在了万燕家的山墙后面，担着空桶来家了。他放下担子，什么话也不说，一头钻进自己的小房间，大热的天，蒙了被单睡到了床上，中午饭和晚饭都生生地没吃。

李云英见问不出头尾，晚上就去了万燕家。

进门看见平安已经睡着了，万燕站在宝书台前手捧着语录本在恭恭敬敬地做"早请示、晚汇报"。

万宁荷不在，问她去哪儿了，万燕重复着说了"万寿无疆"算是"汇报"结束，然后指了指屋后。

李云英这才听到从屋后的杂树林边的大墩子上传来一阵幽咽的箫声，箫声若有若无，低得似在流水之下，轻得犹如微风待歇……李云英在卞府的日子里，太太盛墨语去世之后，二老爷常常在他书房外的竹林边吹这样的曲子。九小姐只要一听这样的曲子，就会伤心落泪。

李云英痴痴呆呆地听了一会儿，已经忘记了自己来此是为何事，倒是万燕提醒，问她大晚黑的来她家是不是因为今天她没让岸然担水进门的事。

李云英说是的。

万燕淡淡地说："我这是为他好。要是……要是他们真的相爱了，岸然的一生也就毁了……"

李云英一把拉住万燕的手，竟然呜呜地哭了。

万燕抽出一只手来，在李云英的手腕儿上轻轻地拍着。

李云英一下子想到了年轻时候，九小姐也曾经用过这样的姿势轻轻地拍着她，安慰她。她一把攥紧万燕的手，嘴唇颤抖着问："万燕，你告诉我，你到底姓什么？叫什么名字？你娘家是不是姓卞？你是不是九小姐？你告诉我实话，打从看见你的那天起，我就觉得你是我的九小姐，跟我同年同月生同日生的九小姐……"

万燕好像打了一个激灵，但马上又平静下来，使劲地将手从李云英的手里抽出来，竟然朗声地笑了，还把眼泪儿笑了出来，然后口气冰冷地说："宁荷她姨，不，李队长，看你，我不明白你说的是些什么呢？你的九小姐？你的九小姐是哪个？你看我这个样子，像她吗？我是万燕，我姓万……"

李云英上上下下地看了几遍，又看了看她额上的伤疤，想想，擦了自己脸上的泪水，叹了一声气说："对不起，我认错人了……"

大队成立了宣传队，队长是蔡家英，原则是一个生产队抽一到两名会表演节目或会乐器的青年人参加。史仓抽中了胡岸然，胡岸然说自己既不会表演，也不会乐器，更不喜欢那台面上的玩意儿，就拒绝了兴冲冲来通知他好消息的生产队长周宝田。周宝田有点作难，说这是革命任务，生产队里报名想去宣传队的人太多了，可是大队却点着名要胡岸然，他不愿去，换了别人，岂不说明自己领导无能吗？于是找到李云英，让她劝劝自己的儿子，不会表演，去给他们搞搞文字，哪怕就是写写大字啥的不也算是交差吗？而且每天还记工分。

胡岸然说，叫万宁荷去吧，她吹拉弹打都会。

周宝田说："那可不行，蔡大队长是指着名字要你的，我派了一个'子女'去，让我伸头挨熊？万万不可！万万不可！"

胡岸然将周宝田拉到院子外悄悄地跟周宝田商量:“您刚才不是说,一个生产队要抽派一到两名的吗?这样吧,我同意参加,但条件是带上万宁荷。还有,你千万不要说是我要求的,就讲是你的意思……”

周宝田想了想,答应了。

周宝田在答应胡岸然要求的时候还不知道在宣传队成立的同时,还有一个始于红卫兵造反派的组织已经从上到下、从工厂到农村应运而生了,它的名字叫革委会。

胡岸然带着万宁荷去宣传队报到。

蔡家英站在大队部的宝书台下,正在给队员们发印有“毛泽东思想宣传队”字样的红袖章,看见胡岸然,脸红了一下,看万宁荷跟在胡岸然的身后,脸又由红变紫,把已经递给胡岸然的袖章又夺了回去,问:“胡岸然同志,你这是——什么意思?!”

胡岸然不卑不亢:“如果你看不行,我们马上就走!”

蔡家英见胡岸然真的转身要走,又马上哈哈一笑:“岸然哥,我是跟你开玩笑哩!来——接着!”她向他扔去一只红袖章。

胡岸然抖看了一下,只有一只,他什么话没说,就把那只红袖章戴到了万宁荷的胳膊上。

蔡家英真的是生气了,走到万宁荷跟前,她恨不能一把扯下她的袖章摔到她的脸上,并狠狠地扇她的耳光,但碍着胡岸然的面她不得不忍住了,咬着牙,却把脸儿笑成了一朵花儿,对万宁荷说:“对不起,请你把袖章还给我,你暂时还不能戴这个……”

万宁荷赶紧将袖章往下褪。

胡岸然用手将万宁荷的袖章往上提了提,转身问蔡家英:“她为什么不能戴?”

蔡家英把脸冷下来,没有回答胡岸然的话,一抬脚站到一只木凳子上对大家说话:“告诉大家一个好消息,‘龙穴大队’自今日起正式更名叫‘红旗大队’了,原龙穴大队的班子也从即日起全部解散,由永红大队革委会代替!革委会的第一个使命就是夺权!我们就是要夺反动派的权!夺地主资本家剥削阶级孝子贤孙的权!夺走资本主义道路的当权派的权……今天,我们红旗大队革委会的宣传队成立了!我们用一天时间排练合唱革命歌曲和忠字舞,明天这个时候,宣传队就要下到各个生产队开始宣传毛泽东思想!宣传文化大革命好!宣传革委会好!所以,我们的宣传队肩负着重大的革命使命,宣传队员也不是谁想当就可以当得上的……”

蔡家英说到这里,故意停顿下来,用眼看了看站在胡岸然身边的万宁荷。众人的眼光让蔡家英这一引导，都集中到了万宁荷身上。生性敏感且容易激动的万宁荷见自己被众人的眼光扫射着，恨不能有地缝一头钻进去。

胡岸然扯了扯万宁荷的衣袖，悄声说："我们回去吧。"

万宁荷红了脸将胳膊往里一别，另一只手把岸然的手往外一拨拉，嘴里嘘了一声。

胡岸然松了手，不好意思地冲万宁荷笑了笑。

这一切都被蔡家英看在眼里，她冷笑一下，从木凳子上下来，走到万宁荷跟前，站了一会儿，然后出乎众人意料地，她给万宁荷戴上了红袖章。

在大家排练忠字舞的时候，万宁荷用二胡为他们伴奏，胡岸然在编三句半与对口词，很用心地低头在写。蔡家英时不时地到跟前去看，将手搭在他的背上，脸也贴得很近，胡岸然也没当回事，因为他的心思在文字上。

下午开始排练刚编写好的节目，惹得四邻群众趁吃午饭的时候都端了饭碗来看，宣传队的人没让收工，就都饿在那儿。

蔡有成也端了一大碗干饭来，饭头上还盖了红烧螺蛳肉，喊了一声蔡家英："英子，给你吃！"

蔡家英跑过去，一把抱过饭碗说："表叔真好！"扒了两口，对蔡有成说，要是锅里还有多的就都盛过来，让胡岸然也垫一下肚子。

蔡有成白了蔡家英一眼说："这年头，哪有多的，这碗饭还是做表叔的心疼当了干部的表侄女，从牙缝里刮下来的。"

蔡家英听了就很感动。

好在大家很快也就排练好了，天刚晚，收工了。

蔡家洼和史仓中间隔了两三里的路段，先是一道冲田，冲田上方是一片种了各样旱作物、名字叫作大雁膀子的岗头，翻过岗头，就到史仓了。

月亮很亮，他们走到玉米地边的时候，胡岸然问万宁荷："饿吗？"

万宁荷笑答："之前挺饿的，就是蔡家英表叔给她送饭那会儿最饿，现在饿过了，反倒不饿了……"

胡岸然说他也是这样的，然后提议，反正是饿过了，还不如坐一会儿，他想单独听万宁荷给他拉一段《二泉映月》或《江河水》。

万宁荷一听这两个曲名，吓了一跳，说："不可以的，现在是不可以拉那么悲伤的曲子的，我给你拉《东方红》和《大海航行靠舵手》吧……"

胡岸然说："算了，还是别拉了吧，今儿个一整天，耳朵都让这两个曲子给塞满了，我们不如说一会儿话……"

万宁荷笑了笑，说："那我们回家吧，妈妈们在家肯定都为我们悬着心哩。再说，也都该饿了。"

胡岸然嗯了一声，自己先站起来，然后伸手去拉万宁荷。

万宁荷很自然地把手递给胡岸然。

女孩儿万宁荷的手是那般的细软柔和，抓住它时，胡岸然的心有被什么力量往下一抽的感觉，带着甜蜜蜜的味儿，他怔住了。

当万宁荷的手被胡岸然的大手用力握住的一刹那，万宁荷打了一个激灵，一种从未有过的触动，通过手一下子传遍全身，是一股比幸福还要幸福、比温馨还要温馨的热流，发散开来，将她融化成雾、成气、成风……她觉得自己整个人都没了，只剩下乘着甜蜜随风飞去的那份逸致与仙然……

"我就猜到，你们会不干好事！这可让我逮着了！"一声呵斥，万宁荷吓得一哆嗦，赶紧缩了手，胡岸然也不由得打了一个冷战。

月光下，蔡家英向他们走来。到跟前，她围着胡岸然和万宁荷转了两圈，从上到下审视完了，哈哈大笑道："我跟你们闹着玩哩！这么晚了，还不回家，站在这里干吗？竟然还拉了手！万宁荷，我告诉你，胡岸然你碰都不可以碰的，他是属于无产阶级的——当然，因为他的父亲，他算不得真正的红色后代，但跟你所在的队伍可是隔山隔水隔鸿沟隔着十万八千里。你要晓得自己的身份，资产阶级、剥削阶级、反动派——癞蛤蟆是不可以吃……"

冷静下来后的胡岸然打断了蔡家英的话，问她为什么要跟踪他们。

蔡家英说不是跟踪，是随后，她是来通知小五子的，让她也参加大队宣传队，明天的演出让她担任报幕员，并说，夜里就住小五子家了，跟小五子通腿。

胡岸然本想抵问她一些话的，想想，算了，问也白问，答也无用，癞蛤蟆上脚背，甩不掉，就驮着走吧。

咕咕嘎，咕咕嘎
叉把嘴，背咯喳
歪戴帽子斜戴花
娶个新娘不归家

演出开始，小五子拿了节目单上台，先念了一段最高指示，然后报幕。

表演唱：《东方红》；

表演唱:《大海航行靠舵手》;

表演唱:语录歌——《领导我们事业的核心力量》

……

蔡家英主动要求自己来一段独舞:《远飞的大雁》。她将一条花床单裹在屁股上当裙子,披了一面大红色的旗子,随着万宁荷抒情悠扬的二胡声响起,抬腿,挥手,转圈……

远飞的大雁

请你快快飞

捎封信儿到北京

翻身的人儿想念您

恩人毛主席

……

蔡家英的腰身条儿修长顺溜,跳得挺好看的,台下的人又是拍巴掌,又是喊口号。无论他们是出于兴奋或其他什么意思,但蔡家英都看作是对她的表扬与嘉奖,这让她很受用,很有激情,越发地优美流畅,真将自己化作了一只远飞的大雁,心潮澎湃地投向恩人的怀抱,享受那凭空生出的荣典。

按节目单顺序,蔡家英跳完独舞,是互动节目:集体忠字舞。小五子刚刚报完幕,台下台上就一起唱了起来,跳了起来。

突然间,一个披头散发、只穿了一件短上衣、赤裸着下半身的疯癫男人,在全场人都兴奋地举手蹬脚表达无限忠心的时候,一下子跳到了台子上,短上衣的衣襟上戴了两枚领袖像章,袖子上戴了一块脏兮兮的红袖章,红袖章上黄色的字迹已模糊不清,但还能看到"造反派"的字样。

小五子吓傻了,拿着节目单就地蹲了下来,将头埋进自己的两膝之间,瑟瑟发抖。

万宁荷拿起胡琴,赶紧跑到小五子跟前,想以自己的身子和胡琴来护住这个被吓得缩成一团的小姑娘,紧张害怕让她也不知如何是好了。

疯癫男人也没为难万宁荷和小五子,而是一把揪出准备去后台改装的蔡家英,将她抱到台上,先扯了她系在屁股上的床单裙子,然后搂着她的头,去亲她的嘴,亲一口,喊一句口号:"造反有理!革命无罪!"亲一口,喊一声口号:"造反有理!革命无罪……"

蔡家英系床单的裤腰带被嘣的一声扯断了，慌乱中她拼命地护住自己的裤子不要掉下来，并开始大声地尖叫："狗日的小藏——你想干什么——快放开我——"

台上台下，乱成了一团。

胡岸然不喜欢这样的演出，就留在大队部里，看大家的衣服、道具啥的，捎带编点新节目。大队部跟戏台子离得不远，场子上的大响动很容易就传了过来，他赶紧锁上门，跑了过去。

到跟前，什么也看不到了，人都挤成了疙瘩团儿，结成了人墙。

胡岸然急于要找到万宁荷和小五子，在外围跑了一圈，没看到她们俩，就拼命扒开人缝想钻进里围。就在此时，突然有人打出一个火把来，是用煤油浇在大扫帚上点燃了的，火苗子轰轰地蹿得老高，悠起来。众人不得不向后退，后退时就有人倒在了地上，倒在地上的人就喊"救命"，是个婆娘的声音，有男人笑了，说这下子压得过瘾了！

火把撕开了人墙，打开了通道，打火把的人就进了里圈，上了台子。亮光下，众人看见这是蔡家英的表叔蔡有成，他虽然瘸着腿，却力气惊人地将手中燃着的大扫帚一下子准确地打到了小藏的头上……

从小藏的嘴里喷出一股血来，就像年前他用火叉打老校长时，从老校长头上喷冒出的血一样，都是鲜红的。

蔡有成打死小藏的惊惧在小五子的心里尚未散去，第二天，蔡家英领导着的宣传队就像是什么事也没发生一样，开始了巡村演出。演出节目之前还加上一个特别报道，就是表扬在关键时刻挺身而起，不怕牺牲、舍己救人的蔡有成，说他是英雄，说他是红色江山的勇敢捍卫者，是无产阶级革命先锋……号召广大社员都要向他学习，学习他这种为了革命事业刀山敢上、火海敢闯的大无畏英勇主义精神……

正是秋种秋收时刻，宣传队挨个儿到各个生产队去宣传，有积极配合的就集合了社员们到村口或稻场上，搞成看戏的规模看他们演出，有不大配合的就在田头地埂找一块空地让正干活的人歇了手中的活，看完演出再继续干活。

大队长和大队书记已经被夺了权，由革委会主任也就是蔡家英一肩两任主持一切，民兵营长杨大勺还继续留任，宣传队下村时他也跟着，帮着背鼓和打鼓。蔡有成作为英雄，也跟在宣传队中，负责维持秩序。

临到史仓村了，史仓的村名已经改成"永红"，永红是属于积极配合的生产队，他们接到通知，连夜在稻场上用大桌子拼接到一起给宣传队搭了一个像模像样的戏台。村民们都很兴奋，一是可以歇半天不用干活了，二是喜欢看戏的人总算有了戏看，尽管那些节目根本就算不了他们喜欢看的那个“戏”，但孬好是表演，还有乐器伴奏，特别是万宁荷的胡琴，是很好听的！

小五子背了表扬稿，蔡有成上前向大家招招手，假八实七地谦虚一下说：“这都是毛主席他老人家教导我这么做的……”

蔡有成深一脚浅一脚地下台后，宣传队员们开始表演节目。

李云英和万燕坐在后边一点。当蔡有成上台谦虚的时候，万燕一下子站了起来，她甚至还离开自己的位置向前挤了两步，用已经有点花的眼睛去打量台上的人。

李云英知道那人叫蔡有成，“大跃进”时移动流转时他们还在一起做过活，后来各回原位，蔡有成回到了蔡家洼，他们就再也没碰见过。

李云英奇怪沉静寡言的万燕怎么突然间对这个当地的瘸腿老人发生了兴趣？她在后面看着她，还好，她又回到了自己的座位上坐了下来，只是没再抬头看节目，虽然脸还对着台上，但眼皮却耷拉着，像是在想心事。

李云英也不好多问，这年头，谁没一点心事呢？何况像万燕这样从城里来的人，一个死了男人、死了儿子、头上顶着好几顶带了阶级颜色的帽子来乡下接受劳动监督的、拖家带眷的、隔三岔五还要在公众场合里挨批挨斗的女人……

演出结束，天已经晚了，李云英没等小五子把报幕词念完，就拎着板凳回家了，她急着要去浇菜园。

浇着，浇着，天就慢慢地黑了。

担粪桶回家路过仓房也就是万燕家门口的时候，黑黢黢的，万燕站在那儿等她。

李云英看见万燕桩在黑暗里等她，就将粪桶放到一边，问万燕有什么事？

万燕将李云英拉进了屋，关了门，也没点灯，就摸着黑吞吞吐吐地问道：“李队长……我想……我只是好奇……想打听一下，今天那个大家叫他‘老徘子’蔡有成的……救人英雄……你知道他的根底吗？”

李云英被万燕这么一问，她想起来当年自己第一次碰见蔡有成时的情景了，就吸了一口气说：“咦，你还别说，我那年第一次看见这个叫作蔡有成的老徘子，就猛然地想起了一个人，我以前认识个叫作孙有财的……”

万燕没站稳，咕咚一声跌坐下去，吓得李云英伸手去地下拉她。屋子里暗得伸手不见五指，她拽起了万燕肩膀上的衣服，感觉万燕浑身都在发抖。

李云英不明白万燕为什么突然间会这样，是因为体虚碰巧在这个时候头晕，还是她听到了“孙有财”这个名字后的反应？

李云英双手托着万燕的两只胳膊,将她托抱了起来,拉坐到床沿上,然后问万燕家的火柴放在什么地方。

万燕从口袋里摸出火柴递给了李云英。

点上灯,李云英看见万燕已经冷静下来,脸煞白,嘴唇一点儿血色也没有。

李云英搬了只凳子坐在万燕的对面,将万燕的手拿起来,掐了一下她的指甲,放到灯下面看了又看,说:“万燕,你看你,怎么贫血得这么厉害?我给你的鸡蛋呢?怕是自个儿一个也舍不得吃……”

万燕缩回自己的手,一下子将头垂到两膝之间,抑声哭了。

听到万燕的哭声,李云英无法抗拒那熟悉的声音带给她的触动,她将灯拿到两人中间,推了推万燕的胳膊说:“万燕,你跟我说实话不好吗?你到底是……是谁?你为什么看到老徘子,竟变成了这个样子?只有九小姐……只有九小姐……才会对孙有财……老徘子是孙有财么……那你……你就是九小姐,是不是?”

李云英说完把灯放在桌子上,隔着眼泪看着万燕,等她的回答。

万燕欲言又止,叹了一声气,然后急转声调,显出极不耐烦的样子说:“李队长,你老是在我面前提你的那个九小姐,可我不是啊,我是万燕!”

“那你为什么在看到老徘子的时候也有跟我当初一样的反应呢?因为……因为九小姐比我更能记得孙有财……”

“李队长,求你不要乱想了,我是万燕,那人名叫蔡有成……”

李云英突然生出若有所失且如释重负的复杂心情,站起来,自言自语般地说了一句:“那就好……那就好……”然后打开万燕家的门,连告别的招呼也没打,就径直走了。

万燕跟出来,见李云英忘心失脑的样子,就在她身后轻轻地喊了一声:“你的挑子……”

李云英哦了一声,转身弯腰,担着浇菜园的粪桶,一晃一晃地回家了……

听着李云英拖拖拉拉的脚步声走远了,万燕捂着脸坐到门槛上,一任眼泪顺着指丫缝流下来。

东一片,西一片
中间隔座山
一辈子不见面
响声到跟前
马上两合一

——耳朵谜面

蔡家英安排小五子担任报幕员，天天混在宣传队里，跟胡岸然和万宁荷一起来去，大家都知道是让她当灯泡，这一点连小五子自己也心知肚明。尽管有小五子在中间，胡岸然不能去拉万宁荷的手，但每天只要两人能一起来一起去，看得见对方，偶尔间递个微笑或关切的眼神，他们就满足了。

乡下的光棍特别多，有人家打起了万宁荷的主意，那些成分好的人仗着好成分，满以为他们能娶万宁荷当儿媳那是对万宁荷的抬举，捎信给万燕的口气就硬硬的："某某，贫农，愿意娶你家万宁荷……""某某，下中农，念过小学，没想到他竟然看上你家万宁荷了……""恭喜你呀，你们万家马上就要成为贫下中农的亲戚了……"

每当这时，万燕就点头哈腰，说万宁荷还小，现在不急着讲婆家。可这样的借口糊弄不了那些劳力者，他们说，都19岁了，还小什么小？乡下19岁的女人早该生儿育女了！

再遇上来通知有看上万宁荷的，万燕就作为难状，说我们家成分不好，配不上你们家，如果高攀成了，以后生了孩子怎么办？"子女"的子女，当兵当不了，念书也念不了，要是女孩子还好，男孩连个女人也娶不了……

这一招管用，人家再也不来"抬举"或"恭喜"了。

有一天晚上，万燕看见万宁荷在灯下反复地写"胡马依北风……岸然不言……"字样，就问万宁荷："喜欢岸然吗？"

万宁荷放下钢笔，把头低了下去。

"你要是真的喜欢他，就离他远些……"

万宁荷一下子把头抬起来问："为什么？"

"你知道的……"

"他不也是右派子女吗？"

"可他们的成分是贫农，他妈妈还是共产党员，是妇女生产队长；而我们是工商业地主，你的妈妈还是一个坏分子。还有，你难道真的不打算回城了？这些天来，你也晓得，一个在城里生活惯了的人，想成为真正的乡下人，有多难……"

"妈妈，我没想那么多，我就是突然间地喜欢上了他。我没去想今后的事情，今后是留在乡下还是回城，我没想那么多……"

"唉！是的，你还是一个孩子，你想不了那么多。妈妈替你想了，你以后是有可能回城的，坐班房还有刑满释放的时候哩，何况我们……"说到这里，娘儿俩相互看了一眼,警觉地向门外窗外瞄了一眼,侧耳听了听外面的动静,把声音压得更低了,“我们只是来乡下接受劳动改造的,眼下,你受妈妈的连累,可是,我的孩子,你是有可能回城的。还有,我们也不能给李姨家带来麻烦……”

“妈妈,我们还可以回城吗?我怎么感觉我们都要死在乡下了。”

“呸,呸,呸!宁荷,不许胡思乱想!更不能讲这样不吉利的话!”

“我晓得妈妈都是为我好,同时也是为岸然和岸然的家人好。可是……可是我现在就像那天我陷进烂泥塘里岸然将我拉上来一样,我已经不能自拔了。我一时看不到他……都感觉……感觉心是空空的,整个世界都空了……”

“如果你必须得要离开他,你会怎么样?”

“我……我可能会死掉的……”

“不许说‘死’!你才19岁,今后的路还很长。”

“就是因为今后的路还很长,我需要一个我喜欢的人跟我一起走。想想,如果没有岸然相伴,这世界上的路该有多孤单!这种孤单真的很可怕,我觉得它比死亡还要可怕。妈妈,求你不要骂我,我爱上岸然了。在城里的日子里,我从来没有过这样的感觉。我也奇怪我怎么会突然爱上了……爱上了一个乡下人,我吃饭,我睡觉,我走路,甚至就现在我说话时,他都在我心里,满满的。尽管他有李姨那样的妈妈,还有姐姐和妹妹,但我依然担心着他,担心他是否冷,是否饿,是否累。在白日梦里、夜晚梦里,我都把自己想象成他的妻子,我甚至还想为他生孩子,我们的孩子都非常漂亮、非常聪明……”

万燕见平常话语不多的女儿一下子滔滔不绝起来,就拍了一下万宁荷的后脑勺儿,叹了一声气说:“是的,真正的爱情,就是这个样子的……”

“妈妈也像我这样爱过吗?”

“是的,爱过。”

“是我爸吗?”

“不是!”

“他是谁?”

“一个你不认识的、长相像极了胡岸然的后生,他从天上来的,又回到天上去了……”

万燕说到这里,一声哽咽,赶紧把下巴颏儿昂起来,看向麻秸儿屋笆。

万宁荷知道,母亲这样子,是为了要把已经流出的眼泪水溯回去,不愿当着女儿的面为曾经的深爱落泪。

开开大门亮堂堂
开开后门清衣裳
一对斑鸠在树上
公的点头母的叫
我的苦楚哪知道

割席草的季节到了，淠河两岸的生产队都先后开始了收割。席草俗称灯芯草，古称蔺，莎草科，韧劲儿非常好，编制出来的席子、挂帘、坐垫以及拎包、篮兜儿之类，都非常耐用。

周宝田比以往提前一刻钟吹响了预备上工的哨子，为的是让下河湾的社员们准备好晌饭带着，不仅是因为河湾离家稍远，往返耽误工夫，还有就是社员们下了河湾逮空儿就弄吃的：菱角、芡豆，还有闻名于世的淠河雪藕，中午即便让他们回家弄吃的，也有好多人不愿回，而就地解决饥饿问题。倒不如干脆让大家带上干粮啥的，中午头垫垫肚子，还省出好多时间让他们歇歇乏或打打野食。

这里是淠河最大的一个洪水冲击区，从种满了庄稼的滩涂区过去，便是一望无垠的湿地。湿地紧连着河道，湿地上除了灯芯草和蒲草，还长满了唯有淠河才有的宽叶苇。宽叶苇最好看的时候不是春天，也不在夏天和秋季，而是冬日。当枯霜打下时，河湾上的各样植物都萎死了，唯有苇，不折，不伏，举着如同鸡毛掸子一样硕大却轻盈的苇花儿，白银银的一片，迎日待月，驭雨乘风。即便是大雪降下，它们也不会弯下腰来，却将苇的雪白挑在高处，挑到最晶莹之中，傲然挺立在素妆世界里，将淠河的魂魄藏在自己虽然枯槁却依旧直立的茎干里，与北下的河水厮守岁月与春秋。

万宁荷喜欢苇，尤喜欢冬天的苇。她告诉岸然，他们下放之前，她总喜欢一个人跑到河湾去看苇，有一年冬天，她还在苇棵里救出两只被狐狸追杀的兔子。

这是秋季，苇的花已经盛开了，苍苍茫茫的一片，但此时的花儿呈褐绿色，不好看。

所有的社员都是打着赤脚来割席草的，万燕母女也不敢例外，深一脚浅一脚地到了，就都开始干活。

割席草的活并不轻松，踹在烂泥里，挪步很费力气的，何况还要割草。灯心草不同于一般的青草或枯草，韧劲儿特别大，磨得锋利的刀一会儿就钝了，好在河边有的是糙石，钝了再磨，可来来去去的非常消耗体力。

万宁荷正赶上来了身子，一上午的累让她中午没了胃口，一点儿也不想吃从家里带去的咸菜、干饭。

大家都是以家庭坐成圈子的。一边的岸然扭头看见另一边的万宁荷用筷子在瓷缸里拨拉着饭，却并未往嘴里送过一次，就悄悄对母亲说："大大，你看万宁荷，怎么不想吃饭的样子？"

李云英看了看，用筷子点了点他们带来的干槐花烧小虾，让送点过去。

还没等岸然送菜过去，万宁荷端着瓷缸过来了。李云英让她吃槐花虾，她低下头看了看辣乎乎的菜，笑着对李云英摇了摇头，说什么都不想吃。

岸然赶紧扒完了碗里的饭，一边用手抹了一下嘴，一边对万宁荷说："走，我到那边给你踩点雪藕去……"

万宁荷用征询的眼神看了看李云英，李云英点了点头说声："去吧。"紧接着又补上一句，"岸然水性不好，不能下深水的。"

万宁荷与岸然同声答道："晓得。"就一前一后走了。

已经是残荷了，所有的叶子都斑斑点点大洞小眼的，离彻底枯败就差一丝丝算不得色的灰绿了。但这个时候泥水下面的藕却是最肥大的，雪口甘甜。

他们绕过一大片高高的苇丛，走到荷围里。

岸然挽起裤脚儿下到没膝的水中，回头邀万宁荷："听你说过的，你喜欢水，尤其是淠河水，下来吧，我们先游泳去。"

万宁荷笑着摇了摇头。

岸然又邀。

万宁荷的脸儿红了，说："今天……真的不行……"

胡岸然一下子想到了他从书里看到过的事情，就有点不好意思起来，朝万宁荷腼腆一笑，侧歪了身子用脚板心在泥下面凭着感觉开始踩藕。很快就踩中了，他再弯下腰用手抠出来，放水里一洗，几节白白胖胖的雪藕就扔到了万宁荷面前。

或许是扔藕时用劲过猛，或许是脚下没有站稳，就在雪藕飞达万宁荷手中的时候，岸然一仰身子，向后倒进了水里。

万宁荷也没当回事，她以为是岸然在跟她闹着玩的，因为能长藕的水域深度不会超过半人，岸然就是真的摔了跤，自己爬起来也就是了。

几秒钟过去了，岸然倒下的地方在冒泡，却不见岸然站起来。

万宁荷二话没说，一下子扑到跟前，一头扎进冒泡的地方，一把抱起还在水底下的水草中扑腾的岸然就往上升——原来这里是一个被挖过土方子的大坑凼儿。

好危险！

岸然被万宁荷连抱带拽弄出水面时，脸色都青了，他张大嘴呼吸几口，好不容易才站稳了。等意识完全清醒时，他看见万宁荷抱着他的手仍然没松，心一下子就化了。

他回转身子一把搂过万宁荷，一对湿漉漉的胸口和两颗热辣辣的心贴在了一起。

淠河的水、淠河的荷，还有淠河的宽叶苇，都见证了两个年轻人的初吻是那般的美丽与圣洁。

岸然想到万宁荷不能老是这么穿着湿衣服，就说："你怎么办？你得有件干爽的衣服儿换，这样湿着，会渗出病来的……"

万宁荷意识到湿衣服把一个姑娘家的身形全都显露出来了，就赶紧从岸然的怀里往下一嘟噜，蹲到浅水中，将自己缩叠成一团儿，双臂抱了自己的胸部，娇嗔地说岸然："我哪来的干爽衣服换？！"想了一想，对岸然说，"你转过脸去，别看我，我把外面的衣服脱下来，晒到苇棵上，再顺带把那藕吃了，然后我们干脆去游一会儿水……"

岸然转过脸去，背对着万宁荷说话："你的……情况，能游泳吗？"

万宁荷一边脱下外衣，一边对着岸然的背后嗔怪道："你还好意思问我'能游泳吗'，我要是不能游泳的话，此时，你怕是已经溺毙了……"说到这里，万宁荷忍不住扑哧一笑。

岸然就顺着万宁荷的笑声转过身子来，道："你真能跩文，什么溺毙，不就是淹死了吗……"正赶上万宁荷在脱外边的长裤子，岸然就把话茬咯嘣一声断掉了。

万宁荷见岸然像傻子一样愣在那儿看她的雪白的光腿，就顺手从荷根下抓起一把稀泥糊，准准地扔在了岸然的脸上，然后弯了腰大笑。

他们并着肩儿一起往前面游，岸然的泳技确实不如万宁荷，一会儿就落下了，万宁荷静静地躺在水面上等岸然游近，对他说："岸然，我喜欢水，喜欢这清溜溜的淠河水，喜欢它的干净，喜欢它不顾一切从大别山上下来奔向淮河的样子……"

岸然吐了一口水说："贾宝玉说女儿家是水做的，一点不错。你这么喜欢水，就印证了曹雪芹的结论……"

万宁荷在水里用腿翻出一朵浪花儿，然后又凑近岸然说："岸然，我们不要回去了，好不好？我们就在这淠河水里，一辈子，永永远远，不要上岸，不要回家。然后我们……变成两尾小鱼儿……变成了两尾小鱼儿，自由自在地游在水里，就这么一直往前游着……往前游着……直到天尽头……天尽头，何处有香丘……"

岸然知道万宁荷又把自己沉浸到林黛玉的伤怀里，就划到万宁荷跟前，用手抚了一下她的胳膊，说："我们比宝玉、黛玉强多了，我们还能在一起游泳，而他们……

反正我在书中没有找到有写他们拉过手的文字……”

“我们比他们强些吗？他们除了爱情，其他的都不用愁，而我们呢？我们除了这短暂的私下的约会之外，我们还剩下什么？”

“宁荷，我们回吧。那边怕是又要干活了……”

万宁荷对岸然说：“你真是个俗人！”说完咯咯地笑，向胡岸然泼了几巴掌的水，然后回转，像条美丽的鱼儿在岸然眼前游向晒衣服的苇丛。

万燕不会种菜，这不是问题，李云英有从父亲李菜园那里遗传来的种菜本事，她种的菜家里人根本吃不完，剩下的就拿来送人，她家的菜园子是村里人谁都可以去取菜的地方。万燕虽然推三阻四，但经不住李云英的执意相送。尽管这样，她在村里孩子们出去打猪菜的时候，叫平安也跟了去，挖些野菜回来用盐腌了当下饭的小菜。

村里的孩子除了小五子，都懒得带上平安，说她太笨，连最简单的红根菜、稻茬菜、苦苣荬、猪头花和刺刺芽都认不得；说她轻狂，手上沾一点泥巴都吓得直甩手说那是脏——泥巴怎么能是脏呢？没有泥巴搁哪里种庄稼，搁哪里种菜呢？至于下到沟里拈螺蛳、捉泥鳅、逮螃蟹的事，平安就更不谈了，她连摸一下都不敢的——这样的小孩子简直就是芋头，简直就是木瓜，简直就是呆鹅……都不知道怎么形容她了！除了嫌她碍事跟不上脚步之外，还有就是因为平安是城里人，乡下人是很讨厌城里人的，在乡下人的眼里，城里人跟剥削阶级差不多，他们凭什么不用下田做活却吃得比他们还好？他们凭什么一天到晚无所事事还能穿得那么洋气漂亮？他们凭什么四肢不勤、五谷不分还都雪白干净地长得那么好看？平安不仅是一个城里人，更重要的，平安还是一个城里坏分子的子女，她的奶奶是贫下中农的阶级敌人。

小五子参加了大队宣传队后，没工夫带平安出门挖野菜了，奶奶万燕出工做活时，平安就一个人去野地里挖菜。挖回家，放在那儿，待李奶奶收工回来时，让她检查一遍，看有不能吃的，甚至是有毒的蒿草之类，就挑出来扔了，能吃的留下来。留下来的往往就只剩下一小把把了——就这一小把把也是好的，它是平安一棵一棵从野地草丛中挑挖出来的！平安看见奶奶心疼地夸她、鼓励她的时候，就会把一双漂亮的黑眼睛笑成了一弯月牙儿，粉嘟嘟的小脸上两只若隐若现的小酒窝儿如星星般地忽闪着。每当这时，万燕就把心爱的孙女儿搂在怀里，一个劲地亲。

平安虽然没有学校可上，但奶奶已经把她的小学课程快教完了，程度跟小五子差不多。小五子甚至还拿自己原来不太透彻的算术题跟平安切磋过，平安也将相关作文的中心思想与小五子一起讨论。

平安会跳橡皮筋，乡下孩子们不会，但看她跳起来的样子非常好看，也很有趣，就在心里又羡又恨。因为没有人愿意跟她玩，平安就用两只凳子将橡皮筋撑住，然后一个人在那两只凳子之间跳，跟春天里的小燕子一样，跟夏天里的蝴蝶一样，跟秋天里的喜鹊一样……随着平安腿脚的勾、挂、踩、跳，橡皮筋忽上忽下，忽左忽右，伸缩自如，像是活了一般，像是粘在了平安的腿脚上，弹着美妙的节奏。远远装成不在意的小孩子们都想学跳，却又不愿低降了贫下中农的身份，就站在一边朝着平安吐着恨恨的口水，骂一些从大人那里学来的粗话。见平安自顾自地跳，没有央他们、怕他们的意思，他们就开始了抢夺或扯断橡皮筋的方式来进行捣乱。

第一次橡皮筋被破坏，平安没说什么，让他们抢走算了，反正家里还有，再结一个就是了。但他们抢去后，学了好半天，就是学不会，有个叫长根的男孩因此还绊摔了一跤，磕破了头，回家硬说是平安用橡皮筋绊倒的，是平安从背后推倒的。长根娘就上门来狠狠地骂了平安和平安的奶奶，还有平安的姑姑，说了一些难听的话，什么阶级敌人、国民党反动派之类的词也都活学活用了……

平安的奶奶就赔着笑脸道歉。

可是当平安再次拉起橡皮筋的时候，那些捣蛋鬼们又来了，又是吐口水，又是骂粗野的话，最后又开始了抢夺。

平安就死死地扯住橡皮筋不放，说："求求你们，不要再抢了！如果你们喜欢，我们……我们就一起玩儿，跳橡皮筋是人越多越好玩的……"

"呸！哪个跟你一起玩儿，地主崽子！坏蛋羔子！小国民党反动派……"

"我不是——我不是小国民党反动派——我是小孩——是跟你们一样的小孩……"

"你就是！你就是！你就是……"

"我不是！我不是！我不是……"

一个叫双喜的男孩走上来在平安的脸上打了一巴掌，长根从身后狠狠地推了一下，小玉对着平安的脸啐了一口，然后他们一起用劲儿又一次抢走了平安手中的橡皮筋。

平安坐在地上，呜呜地哭了，也不敢出大声儿，害怕奶奶听见，直到姑姑喊她回家吃饭为止。

不能再玩橡皮筋了，9 岁的平安变得更加孤独寂寞，奶奶不在家的时候，她就拿了小铲子，成天在外面挖野菜。也没敢跑远，更不敢乱跑，她害怕那野地草棵里会跑出狼来，会有蛇，自己会不小心碰了马蜂窝……

她每挖断一颗野菜，就会小声地对被她挖断的菜儿嘀咕一句："嗯，对不起了，我挖断了你，疼不疼啊？实在是对不起了……”

天晴得很好，平安的心情也变得好起来，她挎了篮子，不知不觉来到了大雁膀子。她很好奇这个长满荒草也种满了庄稼的地方，都秋天了，还有这些美丽的花儿在开！蓝色的、黄色的、紫色的、白色的……一片片，一簇簇，在散发着玉米和大豆味道的岗地上盛开着。各种颜色的、大大小小的、形状不同的蝴蝶在花丛中飞来飞去，偶尔有一两只停在花蕊中，将两对翅膀放在身后打着拍子，马上就有好几只蝴蝶飞过来打扰它。它便一个激灵，与打扰它的那些蝴蝶绕圈儿上下翻飞，只将这些野花儿的生动都扯了去。

平安看蝴蝶们跳舞，顾不上挖野菜了，自己也跟着跳了起来，跳姑姑在城里私下里教过她的“嫦娥奔月”。这里虽然没有姑姑的乐器伴奏，但她看着鲜花，看着蝴蝶，双臂已然变成了翅膀，想象中的霓裳迎风摇曳。她是漫地的花儿，也是翩跹的蝴蝶；是奔月的仙女，也是跳舞的精灵……

月亮月亮
看我霓裳
我来也
舞秋风
桂花香
不要悲伤
我为你歌唱
……

这支舞蹈本是姑姑自己作词、作曲，自己编舞，准备去参加学校组织的一次淠河边的野外篝火活动的。结果没等到活动开始，轰轰烈烈的运动就开始了，奶奶很快被工厂里清理了出来，她和姑姑几乎同时失学。接着，她们便作为接爱劳动改造的首批下放户，被打发到了史仓生产队。在城里收拾行李时，奶奶和姑姑虽然什么话也没说，但平安看得出来，她们非常担心、害怕，不知乡下人会怎样对待她们，没想到大队把她们家交给了李云英奶奶负责监督，她们就松了一口气。尽管奶奶不止一次地告诫她和姑姑：要尽量跟李奶奶和李奶奶的家人保持距离。不是不放心她们，而是太信任她们了，所以不想因为自己的身份而连累了李奶奶和她的家人。好像姑姑并没有完全记住奶奶的话，她喜欢上了岸然叔叔。平安虽然小，但这个聪明精灵的小人儿看得出来，姑姑喜欢岸然叔叔，岸然叔叔也喜欢姑姑。

有一天，平安一觉醒来，奶奶去生产队开会还没回来，她看见姑姑摸黑在跳“嫦娥奔月”，唱到“不要悲伤，我为你歌唱”时，姑姑竟然哭了。平安知道，姑姑的泪不仅为在城里念书时那场陡然熄灭的篝火而流，也为眼前的岸然叔叔而流，不是悲伤，而是相思。这些词，奶奶讲课本时没有讲过，但平安经常偷看姑姑放在床单下面的书，书中写了很多这样的词，词的意思架在故事上，慢慢地，她就懂了。

懂事的平安很想为奶奶和姑姑做点什么，却什么也做不了。乡下9岁的孩子可以割牛草挣工分了，但平安不敢下到水凼里去捞那有可能爬上了蚂蟥的水草，因为用不好镰刀，旱地里的青草她也割不下来，她就只能挖挖野菜，拾拾野味，为家里的餐桌上加添一口能吃的东西也算不错的了。

跳舞耽误了挖菜的工夫，得赶紧一心一意地补回时间了，不然到奶奶收工的时候，她的篮子就不能挖满。不会做农活的奶奶真是可怜，每天收工来家的时候，腰都累得直不起来，虾弓着身子，衣服上总是糊满了灰泥，当她看见平安挖来满满一篮子野菜时，就会绽出一脸的笑容说：“乖乖，我的孙女儿真能干！挖了这么多！待会儿把它送给你李奶奶看一看吧，让李奶奶也夸夸我们的平安……”

秋天可挖的鲜嫩野菜不多了，但小五子姑姑教她认得一些可摘吃的野果子，山楂、山栗子、攀攀梅和野核桃……除野果子之外，还有百合、松菇、地衣皮等，地衣皮炒着吃是很下饭的，百合、松菇用来烧汤，也是很鲜美的。

九月九
场上走
菊花黄
石滚忙

平安在跳舞的时候就有一双眼睛隔着玉米棵偷窥到了她，这双眼睛的主人趴睡在牛背上，迷迷糊糊的当口，他透过玉米棵缝隙看到一个小女孩在跳舞。他先以为是睡魇了，梦中看到了仙女，但揉了一把眼睛再看，不错，一个漂亮的小女孩在跳舞，就在玉米地的那边。

这双眼睛就眨也不眨了，贼贼地穿过玉米叶的空档子来辨认这是哪家的女孩——认不得，不是附近的。走亲戚的？不像，这穿戴，这长相，倒更像是城里来的。对了，城里下来了一批要接受劳动改造的人，他们蔡家洼生产队就下放了一户，是一个年纪跟他差不多大的教书人，属于“地富反坏右”一帮子的，这小丫头八成是哪家的子女。妈的，也只有那些人才会生出这样好看的小母崽子来……

小崽子开始在草棵里找松菇，她可能是有点怕蛇或地鼠什么的，她用一根棍子先划开草丛，然后向前走两步，再弯下腰去细看……

他学着洼子的叫声，捏着嗓子"嗷啊——嗷啊——"地叫了两声。

女孩被这样奇怪的叫声吓住了，一骨碌直起腰来，惊慌失措地四面看看。没有看见什么，就又用棍子划开草丛去寻找。可紧接着，她又听到了两声怪叫："嗷啊——嗷啊——"她真的吓傻了，丢下手中的篮子，撒腿就跑。

迎面，他出现了，哦，是那个不怕牺牲的徘子老爷爷！

"老爷爷，我听到了好奇怪的……声音！"

老爷爷一把抱起吓得直哆嗦的平安，揉着她的小胸口说："没事了，没事了，不怕，不怕……"

平安见到了老徘子爷爷，以为没事了，这才在极度紧张之后哭出声来。

老徘子见她哭，又去捂她的嘴，说："不哭！不哭！爷爷带你玩好玩儿的。"

平安感觉有点不对头了，9岁的孩子已经知道男人是不可以这样对待一个女孩子的，她挣扎着要从他的怀抱里下来，可哪里挣得开！他死死地抱着她，向玉米地的深处走去……

她开始大叫——要是在城里，这叫声会有许多人听见的。可是在这乡下，如果出工的人不赶在这片儿做活，就有可能两三里路都见不到一个人影。况且，老头子已经将平安的嘴紧紧地捂住了。

竹叶青，蓼叶黄
赶猪又放羊
丫头打小没了娘
砍柴在沙岗
沙岗上头哭一场
眼水淌满江

天黑了，万燕收工回家，平安没像往常一样或坐灯下写字，或摸黑坐在门槛上等她回来。万燕也没多想，平安也曾有去找小五子玩的时候，兴许她是去李奶奶家了。万燕烧好了晚饭，就去李云英家门口向里面喊问："平安在吗？回家吃晚饭了！"没人答应。李云英喜欢收拾菜园子，怕是收工后又去浇菜了。小五子和岸然跟万宁荷他们都在大队宣传队排练，还没到收工的时候。

万燕就站在皂角树下喊了几声。她非常不习惯像乡下女人那样，逢上找人或问事，就喜欢扯直嗓门大呼小叫的，她认为这样子太没礼数、太野蛮了。但此时她也顾不了那么多了，她想不到平安会去了哪儿，村里的孩子们嫌她成分不好，很少有带她玩的，大人们也为了撇清干系，不会让她到他们家去待这么久的。于是她就大了嗓门喊平安。

没有回应。

她拿了手电筒出门，想先去大队部看看，也喜欢跳舞的平安是不是忍不住好奇去蔡家洼找她姑姑去了？尽管万燕的心里觉得这个可能性不大，因为平安是个懂事的孩子，她知道大队部那热闹她是不可以去看的。姑姑在，是因为岸然叔叔的坚持，她不会再去给姑姑添麻烦的。

站在村口的万燕正想着该往哪儿找的时候，就看见一个小黑影子从远处慢慢地向她晃来。她手电筒照过去——是她！平安！

万燕悬着的心一下子放进了肚子里，可是接下来那颗放进肚子里的心还不如让它飞出腔外消失在浑然不知里，因为撕碎了又被钝刀狠剁的痛，是人所无法忍受的！

她三步并两步地迎上去，黑暗里，她看不清楚究竟，但平安那散乱的头发、走路的姿势和浑身沾满草屑、泥土的样子，她希望从平安的嘴里听到："奶奶，我摔了一跤，跌到坎坝崖岭下面去了……"或者是："奶奶，我遇到了一只狼……"然而，平安告诉奶奶的却是她最不能接受的现实："奶奶……那个……爷爷……弄我……我的下面……好疼……"

万燕一阵目眩，她在下意识里拼命地挣扎着：我不能倒下……我不能倒下……

"哪个爷爷——你认得他么？"

"认得……可是……他不让我讲……"

"他不让你讲……你是听他的话呢，还是听奶奶的话？奶奶想知道，那个人是谁？"

"是……就是那个……不怕牺牲的英雄爷爷……"

万燕两腿轻飘飘地迈在田埂上，她一手拉着平安，一手亮了手电，像木头人一样，走回了她们的那个家。

万燕烧了热水，将平安染了灰土草屑还有鲜血的衣裤脱下来，为她洗了澡。整个过程，平安一直在哭，万燕一句话没说，却一直在发抖。给平安洗头时，因为手抖得厉害，还把水灌进了平安的耳朵。

村口传来一阵狗叫，万燕的意识才完全清醒过来，她赶紧藏起了平安的血裤子，给平安穿衣服的时候，她对平安说："平安，没事的，就像你小时候一样，摔了一跤，跌疼了，一会儿就好了。乖孩子是不哭的。但有一点，平安你必须给我记住，今天的事儿你千万不要对你的姑姑和岸然叔叔说，也不要告诉村里的其他人，千万不要告诉他们——你记住了没有？”

平安点点头，忍住了哭，说：“记住了……”

万宁荷在门外跟岸然温柔地道了一声“再见”，然后就进门来了，笑着问妈妈：“怎么饭菜都还摆在桌子上，你们不趁热先吃？”

万燕吃力地将洗好澡的平安往床上抱。

万宁荷就带着抱怨的口吻说：“妈妈，你也太惯着平安了，她都这么大了，怎么还给她洗澡，还抱她上床？平安你也真会装嗲！你不是老早就会自己洗澡的吗？怎么长着长着，还长回去了？你怕奶奶累得还不够，是吗？！”

平安受了姑姑的骂，先把嘴唇儿抿紧，用牙使劲地咬着，忍住没哭，等在床上躺下了，才将被单往脸上一捂，偷偷地哭了起来。

透过蚊帐，万宁荷看见平安在抽泣。

万宁荷这才想到饭桌上的事情，平安应该没吃饭的，妈妈为什么一句话不说？可能是平安生病了。她撩开蚊帐，伸手在平安的额头上摸了摸，不烧，没有生病，那……这又是为什么？她喊了一声妈妈，万燕没有答应，只用手往桌子上指了指，意思让她吃饭。

万宁荷就端起碗吃了起来，饭菜都凉了，要搁往常，妈妈一定会为她热一热的，今天有点不对劲，见妈妈的脸色，她也不敢问妈妈怎么不吃。

扒了几口饭，抬头夹菜，看见妈妈坐在床沿上，一只手伸进蚊帐里，轻轻地拍着睡得不太踏实的平安，另一只手攥紧自己的褂襟子，眼睛直勾勾地看着她。

万宁荷放了饭碗，站到妈妈跟前问：“出什么事了，妈妈？一定是出什么事了，你的眼睛瞒不了我。是不是平安又遭乡下的野孩子欺侮了？还是你又挨批斗了？”

万燕摇了摇头，站起来往外走了两步，想想又停住脚步问万宁荷：“你跟那个什么蔡主任，就是小五子的同学——追求岸然的那女孩子，你们的宣传队长，你跟她能过上话么？”

“不能，她除了骂我、找我茬之外，几乎不跟我说话……”

“岸然能不能跟她说得上话？”

“如果岸然主动跟她说话，她不高兴疯了——岸然就怕跟她说话。要不是为了我，他才不会去她那宣传队哩。我也是，要不是为了岸然，我更不稀罕去给他们拉二胡。不过，她喜欢跟小五子说话。妈妈，你问这些干吗？”

“那你明天托小五子帮忙装作无心的样子问一下，她的那个表叔，就是老徘子，怎么也姓蔡？既然是表亲，一般是不会一个姓的……”

“哦，妈妈，你真莫名其妙，我还以为你跟平安遇上什么大事了呢！这下子我放心了，因为你还有闲心去抠人家表亲一个姓的事。哎哟，你吓坏了我……”

万宁荷将放下的饭碗又端起来吃，嘴包着饭对万燕说：“不过，我倒是听小五子讲过的——当然，小五子肯定是听蔡家英讲的，她的那个表叔本来不姓蔡，是新中国成立后改的，原本姓什么，我不记得了。人家姓什么，关我们什么事啊？妈妈真是的，打听这个干什么？”

万燕嗯了一声，什么话都没说，出门去了。

打烂碗，开紫花
烂碗烂盏烂了家
亲娘老子你不该
不该生下我
送我上了望乡台
……

老徘子蔡有成干完了坏事，也有点害怕，就早早地关了门，躲进补满补丁的蚊帐里睡觉。哪里睡得着，黑心生暗鬼，两耳侧聆着外面的动静，一点响动都让他惊出一身冷汗来——毕竟那崽子太小了！老徘子并没有什么愧疚与羞耻感，他年轻时杀人越货、奸淫掳掠，坏事做得多了，良心也就石化了，这叫虱多不痒，债多不愁。当初没能像威风岭那样随风使舵，这是他人生中一个小小的遗憾。但国共剿匪他都逃脱了，趁着解放，趁着土改，改名换姓隐到了舅姥爷的村子蔡家洼，这不能不说是自己的聪明或造化。一辈子骄横奢靡、好吃懒做惯了，土改时虽然分得了田地，但他一点儿也不想服侍农活。好在时日不长就合作化，就人民公社了，光杆一人，好混，粮食关都闯过来了，就没有活不下去的担心了。眼下蔡家老坟发热，出了一个黄毛丫头当了革委会主任，还把这个表叔封为不怕牺牲的英雄，这说明当初改姓埋名投到蔡家洼是对的。按说今儿个白天不该干下这件事情，急得很了，虽然他也吓唬了她，让她不要讲出去，可是她经得住家大人的问吗？那些“地富反坏右”们，就没有一个不是绝顶聪明的，当时也想到是不是干脆掐死她算了，但考虑毕竟是一条性命，这些坏人家的子女，欺负一下出不了大事，但要是把她弄死了，事情就小不了了。她跟小藏不一样，跟老校长也不一样，她还是一个小孩子……

应该是半夜时分了，正迷迷糊糊的，听到敲门声——不错，是敲门声！应该不会是找上门来的,不会这么快就晓得了,就是晓得了,他们也要先找生产队或大队干部,找到表侄女蔡家英跟前,然后蔡主任找谈话,然后就牙关咬紧高低不承认,他们坏分子就没辙,甚至还能栽赃说他们搞阶级报复——不过这事也不能搞得太过分了,因为自己毕竟真的糟蹋了那小崽子。

这半夜能是谁呢?一直在敲,如果再不答应,给邻居们听到了,反而不好,我凭什么不开门呢?

"哪个?"

"是我。"

一个女人的声音。应该没事,老徘子套上裤子,光着膀子就开了门。嗯,就一个人,他放心了。

"都半夜了,你是……"

女人进来,没有吭声,随手带上了门,手电就照在了他的脸上。

老徘子的眼睛被照花了,用手去挡,他感觉到了来者不善。手电筒的光移到了他的胸口上,胸口上方一块清晰的胎记,胎记上还长了一簇长长的黑毛。

老徘子明显感觉那手电筒的光抖动了一下,拿手电的人也摇晃了一下,然后从牙缝里咬出几个字来:"果然——是你!"

老徘子问:"你是哪个……"

来人进门:"别问我是哪个!把灯点上!"

老徘子在这样的口气面前,一点没犹豫,拿火柴,点上了煤油灯。

灯点着了,老徘子偷眼看了一下来人,不认得,额角上的疤很显眼,但女人的眉宇间透出一股非同一般的气韵,不像是乡下人。难道真的找上门来了?按说不会,就一个上了年纪的女人,她敢半夜三更独自找上门来?这是有悖常理的。那她来干什么?这人是谁?

万燕走到老徘子面前,拼尽力气,打了他两个耳光。

老徘子一把拧过万燕的一只胳膊,压低声音问:"你到底是谁?你凭什么打我!"

万燕也压着声音说:"孙有财!你放开我!"

老徘子听到"孙有财"三个字,手像挨火烫了一样,一下子松开了,发了一下愣,然后转到万燕对面问:"你到底是谁?"

万燕后退两步靠到门框上,让自己冷静一下,然后用手指着老徘子骂道:"你这个……混蛋!你看你做的是什么事!你可晓得——你可晓得——你今儿个糟蹋的——是谁?"

老徘子一边摸着自己挨打的右脸，一边强撑着嘴硬："这个疯女人……你瞎说八道什么?"

万燕一字一顿地："她是你的孙女儿！是你亲生的孙女儿!!"

老徘子本想抵赖到底的，但没想到万燕竟然冒出"亲生的孙女儿"的话来，他本来只是有点心虚，这却彻底地蒙了，他看看灯，又看看万燕，再看看灯，然后说："你……你这疯女人……瞎说八道什么……"

万燕不接他的话茬儿，继续质问："你可记得，当年在鼠龙窝山上，你曾经拉过卞家圩子九小姐的花票……"

万燕问完这句，停下来，留下空间让老徘子去回想。

老徘子眼睛直勾勾地看着万燕，眨也不眨一下，那眼神已经飘移开来，穿过岁月，回到了年轻时当土匪的日子……土匪拉过的花票无数，但对于像九小姐这样大户人家的千金，他是不会忘记的，他想到那个曾经的九小姐，为了救下她的贴身丫鬟儿翠画，竟然答应随他摆布两天。那两天里，是他孙有财最得意的日子，因为他终于得到了他垂涎已久的女人。当年也真想多留她两天，甚至让她压寨算了，无奈岭上还有大当家的，大当家的因为顾忌卞家圩子，都没敢留下这个尤物，何况他一个才混上位子的二把子呢。于是用她换了一大把赎金与大当家的平分了，这是他很难忘掉的一件美事加憾事。

"我就是那个九小姐，我的名字叫卞清瀹，字婉妍……"

万燕的声音不大，但老徘子像是听到了炸雷一般，他一下子坐到板凳上，张大嘴巴，喘息了半天，说："你……你……不是……九小姐的脸……光鲜亮丽……"

"就跟你的腿一样，这疤不是胎带的！"

"你……你认错人了……我不姓孙……我是蔡有成……"

"孙有财，你就是挫骨扬灰，我也认得你！就凭你胸口上的胎记，你藏到哪儿，我也认得你。我今天来，是准备拿命抵命的。你这个老畜生，连一个9岁的小女孩子也不放过。报应啊！你竟然……竟然祸害了自己的亲孙女儿……"

面对万燕的凛然愤怒、毋庸置疑的语气，老徘子崩溃了："你……你凭什么……凭什么说她……她是我的亲孙女儿?"

"因为我嫁的男人不生，我一辈子就那么一个儿子，是在鼠龙窝怀上的。为了这个孩子，我差一点丢了性命……"

"那……那……这么说……我……竟然还有……儿子……我……我的儿子呢……"瘫坐在板凳上的老徘子竟然无耻地将话题岔开。

依靠在门框上的万燕站直了身子，走到老徘子跟前，咬着牙说："你给我站起来！”

老徘子站了起来。

“你给我跪下！”

老徘子没有跪。

万燕说：“孙有财，我今天来，就没打算活着回去。”万燕从裤腰里摸出一把剪刀来，“她才9岁！你怎么能做得出来?！只要是个人，都做不出来这样伤天害理的事情。何况——你还是她的亲爷爷！你说吧，是你死，还是我死？”

万燕声音不大，一字一顿，老徘子身不由己，扑通一声跪到了地上：“让我死吧……”

在老徘子的想法里，万燕一定会用她手中的剪刀来跟他行凶，如果是那样，他会一不做，二不休，毫不手软地结果了万燕。然而，万燕却收起了剪刀，对跪在地上的老徘子说：“我卞清瀹一辈子连杀鸡都不敢看，你跟我一道吧，去公社，投案自首……”

老徘子仍然跪在地上，抬起头吃惊地看着万燕：“投案自首?！你是说……叫我去投案自首？这……这……怎么可能……”

“我就晓得你不会同意，那我问你，你用什么来赎这弥天大罪，如何给9岁的平安一个最起码的说法？那好，孙有财，你不去，我去……”

万燕说着就要去拔门闩。孙有财一骨碌从地上站起来，一把推开万燕，用身子堵住门，脸上露出凶相来：“万燕——不，卞清瀹，你不要逼急了我！”

万燕看了看老徘子的脸，冷笑了一声声说：“孙有财，你以为我会怕你吗？我说过了，我是备了死的打算来的。我还告诉你，除了我，还有一个人知道你的底细，那就是翠画！就是史仓生产队的妇女队长李云英——我要是死在了你的手里，她会替我说话的。本来，你如果不干这丧尽天良的事，我也都懒得戳开过去的伤疤了。她有几次怀疑我是当年的九小姐，但我一直没肯相认，因为我怕给她带来不必要的麻烦。翠画熬到这一天，不容易……”

“李云英就是翠画？怎么这样巧?！”

“这你管不着，但我要你晓得，她的成分是贫农，是妇女队长，是共产党员，她还有好几个孩子……”

老徘子闭了眼睛，想了想说：“好吧，我跟你到公社去……”

或许是因为九小姐带着赴死的决心以她的慷慨正气震慑了孙有财，也可能是孙有财听说他糟蹋的竟然是自己的亲孙女儿，一时心神失序，答应去公社投案自首。但无论怎样，也不能消弭万燕此时如万箭穿心般的痛苦与对现实的绝望。她曾经答应云景要好好活下去,先是为了儿子,后来为了孙女儿。可是为何这一茬接一茬的灾难,总是放不过她?她在心里一遍又一遍地问天问地问自己,她并不需要答案,因为她已经看透了这个世界。

万宁荷吃过了饭,洗涮好了,见妈妈还没回来,就去了岸然家。

岸然家人都睡了,万宁荷不好打搅,就拖着腿回来,七上八下地睡下。想想不对头,母亲带着全家来到这里,举目无亲,而且又是受管制的人,白天除了偶尔去一下李云英阿姨的家,她是从不串门的,何况在这半夜里,她能去哪儿?她越想越不对,她想拍醒平安问一下情况,但平安翻来覆去地也才刚刚睡着。自己出去找一找?就在她找手电筒的档儿,平安突然在梦中叫了起来:“啊——不要——不要啊——”

万宁荷在一激灵间想到:今天平安可能遇上了什么事情,而妈妈出门很可能与平安的事情有关。这么小的孩子,会出什么事情?受了村里孩子的欺侮?这事是经常发生的,有一次因为一个名字叫作卫东的喊平安为“地主羔子”,平安说自己不是,卫东就邀了长根几个孩子开始围打平安,平安的鼻子被打淌血了,衣服扣子也被扯下了。回到家来,妈妈只是一个劲地安慰平安,也没去找人理论。还有什么比这更大的事?

万宁荷在找手电筒的时候,翻出了万燕藏在床肚脚盆下的平安洗澡时换下的衣服,就着灯光,万宁荷看到了衣服上的灰泥,裤子上有血迹,两条裤腿染得斑斑块块的……

万宁荷一下子坐在床前的凳子上,眼泪哗哗地流下来,手伸到蚊帐里抓住平安的小手,无语凝噎。

平安又在喊梦话:“爷爷——你……你干什么——不要啊——”

万宁荷惊恐不安、心急火燎地看着平安,她想喊醒她,但又不忍心,犹疑间想到妈妈不知了去向——难道妈妈知道他是谁,找上门去了?那么,此时的妈妈该有多么危险!

她再也不能迟疑,轻手轻脚地打开门,去了岸然家。

是李云英先听到敲门声的,开了门,见万宁荷满脸的泪水,就又喊醒了岸然。

万宁荷哽咽着说不出话来。

李云英对岸然说,去她家看看吧,就摸黑出了门。

到了,见平安睡着了,万燕不在。

李云英问:“你妈妈呢?”

万宁荷摇头说不知道。

又问:“到底是怎么回事啊?”

万宁荷抽泣着指了指平安。

李云英喊醒了平安。

平安睁大了眼睛恐惧地看着岸然叔叔,然后像躲凶险似的一头扑进万宁荷的怀里,大气儿不敢出,瑟瑟地发抖。

李云英让岸然出去一下。岸然出去后,李云英对平安说:“平安,不要怕,他是岸然叔叔,不是别人,没事的。啊,你看,有姑姑,还有李奶奶,你没事的,啊……”

平安懂事地点了点头,说渴了,万宁荷为她倒了一杯水。

万宁荷问:“平安,你今天遇上什么事了?”

平安将刚喝了一口水的水杯马上放到床头柜子上,又一把抱起万宁荷。她胸口儿贴在万宁荷身上,万宁荷明显触到她的小心脏跳得咚咚响。

她突然冒出一句:“奶奶不让我对姑姑和岸然叔叔还有村里的人说。”

万宁荷再想问的时候,被李云英阻止了。李云英把水再递给平安,装作不在意的样子问平安:“奶奶哪儿去了,怎么没睡觉?”

平安四下里看看,摇了摇头,喝了两口水,想想说:“奶奶可能找那个老爷爷去了?”

李云英仍然装作不经意的样子问:“哪个老爷爷啊?”

“就是那个不怕牺牲的老爷爷……”说着又加了一句,“瘸腿的……他不是大英雄,他是大坏蛋!”

李云英与万宁荷对看了一眼,万宁荷一骨碌站起来,被李云英按住了,说:“你在家带平安,哄她好好睡觉吧,我和岸然去找找你妈。”

李云英与胡岸然直奔蔡家洼,这时天已经快亮了,有早起在污水凼里把牛尿的人看见娘儿俩进村,就好奇地问找哪个。见问话之人的语气和神态,李云英放了一点心,因为从他身上没看出这个村子有出过大事的迹象。于是反问过去:“请问,蔡有成的家住在哪儿?”

那人指了一下方位,指过了,又赶紧问:“这么一大早的,你们来找蔡有成干什么?”

娘儿俩没有回答,径直去了蔡有成住着的破土坯房子跟前,上前敲门。

当然没有声音。

再敲……

把牛尿的人拉着牛走了过来，将牛拴在门前的树桩上，然后不讲不说上前将手伸进木板门的罅缝里，拔了门闩儿。推门时说："表叔老爱睡懒觉，我们常这么搅醒他……"看见家里空空荡荡的，他咦了一声，说人不在家，不晓得闹哪儿去了，嘀咕完，就不由分说地要赶二人出门。

李云英问这人，老徘子会不会放早牛去了。

那人说不会，今儿个的牛不归他放。

他会去哪儿呢？

那人摇了摇头说："那哪里晓得，他是一个不扎根的人，一个人吃饱，一家子不饿。眼下，我们家堂妹家英，又给他弄了个模范当着，成天神气活现的，他去了哪儿，谁能管得着……"

娘儿俩只好返回。

路上，儿子问母亲："大大，怎么你就不能对我讲，到底发生了什么？"

李云英嘀咕了一句："真的没有什么……"

走到大雁膀子的时候，胡岸然再一次发问："大大，求你告诉我，这都怎么了？你为什么到老徘子家来找万姨？"

"不为什么。有些事，我们老年人都不想追根究底了，你们年轻人就更用不着晓得那么多了……"

"还有，大大，我跟万宁荷早就在疑猜，你和万姨之间好像没那么简单，你们好像早就认得，或者是你们之间真的存在一种叫作'缘分'的东西……"

"真的？"李云英站了一步，扭头问身后的儿子，"你从哪里看出来的？"

"就凭你对万姨的用心、万姨对你的相信，还有你们之间往来过话的那种超越了友谊的默契，这些都是在这个年代里，你们这两种出身的人之间很难见到的，也可以说是绝无仅有的。我甚至跟万宁荷还猜着玩儿，说你们有可能前生是同胞姊妹哩……"

李云英看了看渐渐泛红的东边天，心一下子疼了起来。

到了村口，听见村子里的哨子声响炸了，周队长扯直嗓子喊："通知——今天不出工了——不下地了——凡是能走路的——都要去公社开会——通知——今天不出工了——不下地了——凡是能走路的……"

女社员大马子亮了声搭上话茬儿："猫、狗、猪、牛啥的，去不去开会啊？它们也都会走路……"

队长将哨子吹了一气，再喊："通知——凡是两条腿能走路的……"

大马子又问："鸡、鸭、鹅啥的，去不去啊？它们也是两条腿，会走路的……"

骂声传了过来:“你狗弄的大马子想找茬捣乱是不?当心他们把你也搞去批了斗了。日妹子的,这一天抵一季的秋种时节,放着庄稼不弄,开他妈的会……”声音突然没了,想必是知道下面的话不能再讲了。

看见李云英娘儿俩,队长问:“你们可晓得万燕哪儿去了?听万宁荷说她昨天夜里就出门了,到现在还没回。大队通知,一定要把各村里受监管的下放户都带到会场……”

李云英说,他们也在找她。

岸然插了一句:“平安好像是病了,她会不会到镇上找医生去了?”

队长挥了挥手说:“走了更好,我真怕他们又去批斗她、作弄她。一个几十大岁的老奶奶了,风都能吹倒的样子,哪受得了这样的折腾……”

队长知道自己又说漏嘴了,赶紧将哨子堵到嘴上,大声地吹起来……

丫丫葫芦花
开了几茬茬
结了两个瓜
并头过家家

老徘子随万燕去公社的路上,过淠河湾时,老徘子的脚步慢了下来。

跟在老徘子身后的万燕虽然已将生死置之度外,但她还是有所防备,她始终握紧揣在怀里的剪刀,想如果有什么不测,好以命拼命。

老徘子冷笑了一声道:“九小姐,就凭你一把剪刀?你做得了什么?纠起来,弄死的,还不晓得是哪个呢!别看我把腿徘了,老筋骨撂这哩,我用一只手打你十个八个的,不是事儿!”

九小姐不想把这个话茬儿接下去,她担心因言语激怒了他,就忍了声,没吭气儿。

走了一程,老俳子问:“她……她真是我的孙女儿?”

“是的。”

“那我儿子呢?”

“死了。”

“真的死了?”

“真的死了。”

“怎么死的?”

“得病死的。”

“卞府——不,盛府那么有钱,为何不医治?”

“他得病的时候已经解放了……”

“真没想到,堂堂卞府千金小姐,赫赫盛府小少奶奶,竟然为我孙有财生了一个儿子……”老徘子说着说着,站住了。

万燕攥紧了剪刀:“你要干什么?”

“不干什么——你放心,我答应跟你去投案,我就不会反悔。你也晓得我曾是道上的人,道上的人是以一言为九鼎的。再一个,就因你九小姐为我生过儿子,我愿意跟你去投案自首,因为我孙有财就是死,也值了……”

二人走到公社广场时,天刚亮。这广场就是当年镇反时在此公审并枪毙人的荒岗头,现在整平了抹上水泥,一边建了粮站,一边盖了公社,粮站用来晒粮食,公社用来开大会。此时就见靠近公社门口的地方,搭了一个大大的台子,有人在台子上忙乎着拉电线、安扩音器、摆放桌椅板凳啥的。

台子下面开始陆陆续续来人。

万燕拉住一个正在打扫廊檐下卫生的女人问:“请问……大姐,治保主任在哪个办公室?”

女人看了看万燕,白了她一眼,继续收拾,一边收拾一边嘀咕:“一声同志都不晓得喊!自己都白毛寒发的了,还叫我大姐,我有那么老么?嘁!”

万燕歉意地笑了笑,只好改口说:“对不起,领导,请问治保主任……”

“什么治保主任,大队才叫治保主任,公社叫武装部长!这个都不晓得?嘁!”说着用嘴向前面的一道门努了一下,“阳部长的门,眼下他自个儿都泥菩萨过河,自身难保了……”

万燕一边找门,一边盯着老徘子,生怕他跑了,因为这时走廊上人来人往的,很乱。

还好,老徘子始终跟在万燕后面,没有一点想开溜的意思。看老徘子那神情,哪里像是来投案自首的,倒更像个来赶庙会看热闹的人。

他们一脚跨进阳部长办公室的门,被眼前的景象吓住了。

被叫作阳部长的人,老老实实地蹲在地上,任两个年轻人在给他戴上纸糊的高帽子,胸口上挂了写着“砸烂公检法”并打了大红叉的硬纸牌子。

看见万燕和老徘子进去,这人竟然还扭头问道:“你不是蔡……龙穴大队的蔡有成吗?你是来找额的吗?什么事?”

万燕看那样子,迟疑了一下,老徘子却接过话来说:“是的,我是来投案自首的……”

“你是说……”蹲在地上的阳部长一骨碌站了起来，“投案自首？”

两年轻人一齐用力，将阳部长又按蹲了下去，然后其中一个扭头问老徘子：“你们俩犯了什么罪？”

“没她的事。是我……是我犯了……犯了腐化……不，是流氓……我犯了流氓罪……”老徘子实话实说，“我把她的孙女儿……也是我的孙女儿……给……给糟蹋了……我是来投案自首的……”

年轻人哈哈哈地笑道：“太好了！犯了流氓罪，太好了——我不是说你犯流氓罪太好了，我是说你犯流氓罪真会赶时辰，赶上我们的批斗大会……”

问话的年轻人根本就没认真听或者是不想听老徘子究竟说了些什么，听到“流氓”二字后就开始兴奋，后面的话儿他们不感兴趣，也没往心里入。他哈哈地笑着指了指另一个人：“你去叫他们……叫他们再赶紧糊一顶送过来。哎哟，这真是大丰收，流氓分子自己找上门来——帽子上就写‘臭流氓’，牌子上写‘打倒臭流氓’。”

被看押住的阳部长绝对听懂了老徘子的话，他甚至在听到“糟蹋”二字时，还打了一个激灵，他扭过头来看了看老徘子，却被看押的人硬将他的脖子又拧了回去。

阳部长犟着膀子拼命挣扎着站了起来，发火道：“额听到了，这不是小事，这比批斗的事更重要。你们让额处理一下，再来接受你们的批斗……”

两位年轻人哪容得他多说，两个一起用劲又将他按蹲了下去，并扭住他的双臂向后嘎嘎地撇，只把硬铮铮的一条汉子疼得头上直冒汗。

遇上这样状况，老徘子想溜走，被人当门堵住，一会儿顶上写着“臭流氓”三字的高帽子弄来了，扣到了老徘子的头上。写有“打倒臭流氓”五个大黑字并打了大红叉叉的木牌子也挂到了他的脖子上。

万燕有点不知所措，她说不上此时是一种什么心情，原来那种剜心割肉般的伤痛此时被突然撞上的混乱搅成了糨糊，这糨糊却又实实地酱得她喘不过气来，如蝇在喉。她想找一个可问事的人问一问，但全公社里里外外，竟然找不到一个合适的人，大家都在忙乱，年轻人兴奋不已地跑来跑去，为即将召开的批斗大会，他们的脚步都急匆匆的，有的干脆在跑。呵斥声、咒骂声、争吵声，还有大人们的笑声和孩子们的嚷嚷声、哭闹声……充斥四周。公社领导们有被押着的，有被罚蹲、罚跪的，也有站在一边寒着脸低首垂腰的，一顶顶纸糊的高帽子和高帽子顶端飘扬的纸幡儿，风一吹，哗啦啦地响，像是坟场上林立的引魂幡儿，给人以很滑稽的感觉。

戴了"臭流氓"高帽子的老徘子竟然也夹在他们之间，更让万燕觉得这很荒唐，这种完全出乎她意料的结果让她哭笑不得。

转了一圈，她实在不晓得该如何是好，想到平安还在家里需要人照顾，就回来了。

她有点头晕目眩，走着走着，竟然走错了路，当是向北走的，她竟然岔到了去西边的小路上。

远看像座庙
近看吓一跳
龇牙又咧嘴
手拿一张票
猜猜看，试试瞧
其实一点不好笑

永红生产队的人很快集合好了，大皂角树下，万宁荷向队长请了假，说平安病了，队长也没多问，就准了假。

等永红一干人到了会场，人都集合得差不多了。

台子上正在跳忠字舞，一群人清一色的绿军装、红袖章、皮腰带，一手红宝书，一手专政杠，表演的是语录歌：《凡是反动的东西》。

凡是反动的东西，你不打，他就不倒。这正如地上的灰尘，扫帚不到，灰尘照例不会自己跑掉……

忠字舞跳完，革委会主任上台义愤填膺、慷慨激昂，外加深仇大恨般地说了一通话，意思是国内的"阶级敌人"与国外的"帝修反"们都亡我之心不死，为保卫红色江山千秋万代永不变色，所以召开了今天的批斗大会，以打击一切反动派们的嚣张气焰。

主任的话一落音，一个年轻人上台，领着下面的人喊了一些震耳欲聋的口号。

在口号声里，一批戴了高帽子的人被押了上来。

台子上白花花地站了一大排"高帽子"，已经是挤挤的了，但还有"高帽子"在被往上推。押高帽子的年轻人都齐刷刷地穿着草绿色"军装"。

新当任的公社革委会干部们都坐在台上两边，大队革委会干部都坐在台子下面的前排。

最年轻的女干部蔡家英也穿着军装，跷着二郎腿，坐在台下比较显眼的地方。

那些戴上高帽、挂了牌子的男男女女，都只露了大半张脸，而且行头都大同小异，蔡家英先扫眼一看，没注意到老徘子也夹在那些人里面，当她的眼睛闲住又挨个儿辨认一些人的时候，看到了老徘子——这怎么回事?！要挨批斗人的名单是她列上来的，怎么会有她的表叔？一个被她当作英雄模范来树立的典型，怎么会被搞到了被批斗人中间，还戴了"臭流氓"的高帽子?！再看看女高帽子们，竟然没有万燕！

就在此时，一个女军装在台子上面用语录本点着蔡家英大声地喊："蔡主任——请红旗大队的蔡主任上台来——"

蔡家英应道："我来了……"说着一甩腿上了台子，到老徘子跟前，小声问："这是怎么回事？哪个叫你来的？"

老徘子答道："是万燕……叫我……是我……"老徘子嗫嚅着话没说完，看押的两个年轻人并不认得蔡家英，就呵斥道："干什么！闭了你的臭嘴！"

那个用语录本招呼蔡家英的人又喊："红旗大队的蔡主任——"

蔡家英只好先过去应付那人。

到了台子后面，蔡家英有点生气，但当着这些人的面，又不好发作，就带着火气问喊她的人："找我什么事？大呼小叫的！"

喊她的人手一指，一个年轻的男人向她走过来，要跟她握手，自我介绍道："认不得我了？那天是我们给你和小藏戴上红袖章的，我还和你亲切地握了手……"男人说完，眯了眼看着蔡家英笑。

蔡家英想起来了，是那个男红卫兵！当时他还在她的手心里使劲地挖了一下。

旁边的人介绍，汪爱东同志现在是县革委会副主任了，今天莅临批斗会现场是来做指导性工作的。

蔡家英马上笑了，上前握手，景仰之情油然而生。

汪爱东笑道："我从前排看到你坐在下面，认出了你，你是越来越漂亮了！"

蔡家英心花怒放。

她突然想起了表叔的事情，与汪主任握着的手还没松开，就扭头问旁边的人："今天批斗的人怎么有点混乱，永红大队的名单是我送来的，怎么多了一个，又少了一个？"

汪爱东笑了，摇了一下蔡家英的手说："多了一个，又少了一个，那不是正好的嘛！瞧你这算术！"

蔡家英哭笑不得:“不是,他们怎么把一个我们刚树立的英雄模范人物蔡有成戴了‘臭流氓’的高帽子,而那个大资本家的少奶奶、大地主家的小姐,名字叫作万燕的人,却没见她的人影……”

汪主任立马严肃起来:“哦,怎么会发生这样的错误?!”

旁边的人解释道:“事情是这样的,永红的那个老头子,他是自己来投案自首的,说是犯了流氓罪,一个老奶奶送他来的……”

蔡家英赶紧问:“什么流氓罪?那个老奶奶呢?”

说话的人摇头说:“不知道。”想想又补上一句,“那个老奶奶好像是受害人……”

“老奶奶长得什么样子?”

“高挑挑的个子,白发,挺洋气的,额头上有道疤痕……”

蔡家英怒气填胸说:“你们看看,你们听听……”她想抬手划拉时,却发现自己的手还攥在汪主任的手心里,二人对视一笑,手松开了。蔡家英转对孙主任说:“那个老奶奶就是今天批斗名单上的人——万燕,她倒好,勾引了我的光棍表叔,反咬一口,陷害革命群众,自己不知跑哪儿去了……”

汪主任挥了一下手,叫身边的人:“赶紧把那位表叔请下来,将那‘臭流氓’的高帽子给那个大小姐、少奶奶戴上去!”

蔡家英说,她要亲自去看着史仓生产队的队长来落实这事,说着急匆匆地走开了。

她在会场上找到了周宝田和杨大勺,周队长说:“万燕昨天夜里走掉的,到早上没回,家人都不晓得她去哪儿了,也都在找……”

蔡家英冷笑了一声道:“你们不晓得她去哪儿,我可晓得,她去蔡家洼勾引我表叔了!然后又倒打一耙,告我表叔是流氓……”

杨大勺差一点没笑喷了,说:“对哟,这事捣持得——我们看见老徘子戴了……高帽子,都在猜他犯了什么事哩,原来是……”

周宝田却有点不能相信,龇牙咧嘴的,脸上堆满犯难的情绪。

蔡家英盯着周宝田说:“你什么意思?我警告你,你在划清阶级路线的问题上一直是个落后分子,你得注意了啊!”

他们说着话,眼朝台子上一瞄,看到戴着“臭流氓”帽子的老徘子被拉了下去。

台上的变化引起台下一阵骚动,马上有“男军装”上来喊了一阵口号,于是众人又安静下来。

蔡家英急转身去找汪主任,想请他把他的吉普车借给他们用一下,他们要赶紧去史仓生产队把万燕给揪过来。

本来蔡家英也要跟了去的，但汪主任没让，叫她坐在自己的身边，督阵批斗会。

司机带着周宝田、杨大勺，还有一个汪主任指派的名字叫卫东的年轻人一道，去了史仓。

活闹台，活闹台
东家唱了西家来
花脸白脸净末丑
也就手中一把牌

万燕走迷路了，她从乱哄哄的公社里出来，岔错了道，恍恍惚惚的，直到看见一条大河横在面前时，才晓得自己走错了。天阴了下来，看不见太阳，她不知道自己现在该往哪个方向转。

昨天晚上的饭就没吃，她也不知道饿，就觉得心里难受，眼睛一阵阵发花，腿软得拎不起来。她看了看四周，再抬眼看看天上，喘息了一阵，不得不坐下来，面对着缓缓北去的淠河水，她捧着脸，哭了。

她不敢去想事，眼前的事、过去的事，她一点也不敢触碰，生怕稍一触及，心里的血就会冲破这些结痂的和没结痂的伤口喷涌而出，生命也便如影飞去。

河水在默默地向前流着，偶尔在万燕面前打个旋儿，似欲言又止的样子，经不住水流的裹挟，只一晃影儿，就消失在流淌里。

万燕想，淠河水里少不了伤心人的泪，自己错走到这里，是不是老天爷的有意安排？这阴错阳差的迷路，合该就是冥冥之中的引领了，她万燕也到了该回家的时候了。还有什么比一头钻进这滔滔的大水之中更能刷去自己的疼痛呢？

淠河是活着的，否则为何她从古至今一直在流淌着、喧腾着？活着的淠河水拥有柔软宽阔的怀抱，投进去，就像小时候在妈妈的怀抱里一样。

又一个漩涡儿转来，她看见了母亲盛墨语隐隐约约的脸，母亲在哭。是的，她看见了，泪流满面的母亲在看着她，甚至还向她伸出苍白的双手。难怪，她每到伤心时，总爱到淠河边把自己的泪水洒进水流里，原来，这里有母亲的气息……还有什么比回到母亲的怀抱更让人感到安心呢？

好像要下雨了，天上的乌云凶凶地压下来，跟远处的河面连到了一起，一阵风过后，那云水相连的地方又罅出一条灰白色的缝儿来。她看见缝儿里有洒泪凄然的母亲，有威武雄壮的小哥卞清源，有慈祥宽厚的父亲卞世典，还有她心中一直没能割舍的飘逸清雅的救命恩人云景……

“云景啊云景,为了救我,你自己葬身火海。可你晓得吗?我的魂儿追你去了,活下来的我,已然成了一个壳囊儿、一片飘零的枯叶……多少年来,我从里到外,无时无刻不在受那大火的炙烤。然而因你的舍死,我才能活下来,我就不再拥有随便死去的资格了。老了老了的时候,我见到了岸然,他的长相几乎跟你一模一样。让我预料不到的是,宁荷和他相爱了,就像当初我爱上你一样——大人挡都挡不住的。难道这就是所谓的宿命吗?云景,你已经仙去,你能告诉我,这到底是怎么回事吗?淠水十八湾,弯来弯去,日子又过回去了。如果日子真的能过回去,我一定会返身火海,与你同归于尽的——在地不能连理,在天却可比翼……云景,求你原谅我,有四个字,我一直不想说出口来,那就是‘生不如死’。我辜负了你的相救,我本想要好好活下来的,可不知为什么……为什么就活不下来?!接二连三地遭受苦难,我这到底是怎么啦?我自己遭罪也就算了,才9岁的平安,她为什么也要跟着我遭受如此的不幸!她才9岁……遭到了如此的摧残,却连一个最起码的说法也难以讨回,这个世界,怎么乱成了这样……”

问天,问地,问心中的云景,她透过泪水看到云水相连的地方,那罅出的云缝敞开来,天光衬出一个云塑的身影,云景穿着白色的长衫,迎风而上,一团蓄雨的乌云移来,将他遮盖了。

风啊,求你吹大些;云啊,求你倾倒下来。因为最亲的云景、小哥、父亲和母亲,你们都在云里,如果乌云化作了暴雨,这些亲人就都融进这永不止息的淠河水里了。如果我也随了去,大家就都能在一起,永相厮守,别离之苦也就消没殆尽了。

万燕脱下了鞋子,直起腰来,准备扑向河面的时候,没能抬起的左脚却绊在了鞋子上,鞋子打了一个翻儿落进了水里,她竟然抢过去一把将鞋子捞了出来……

她拎着湿透了的一只鞋子,看着它往下淌水,先是水柱,后是水线,接下来就是水滴了……她突然将滴水的鞋子高高地举起来,举在她与乌云密布的天空之间,那滴水的鞋子就变得十分好笑。万燕笑了,泪水从下巴滴下来,与鞋子上的水一前一后,串珠儿般,个搭个地落进淠水里。

我连死都不怕了,还有什么好怕的?

当死亡的权利都不能随自己意愿选择的时候,这份生的痛楚与活着的沉重已无法诉说。

万燕站了起来,将脸上的泪水擦干,顺着原路往回去,想总能找到那个岔路口的。

茶挑菜，开黄花
燕子衔泥搭新家
茶挑菜，落了花
苦儿苦儿喊亲妈

吉普车到了史仓，直扑万燕的家。推开门，只见万宁荷坐在床上，搂着平安在流泪。平安像是病了，脸上红红的，眼睛半睁半闭的，身子软软地卧在万宁荷的怀里。

周宝田问："平安好些了没？要不要带到公社医院看看？"

万宁荷摇摇头，没说话，眼泪簌簌地往下淌。

杨大勺问："你妈呢？"

万宁荷突然圆睁了眼睛看着来人问："我妈呢？你们问我，我问谁去？你们谁能告诉我，我妈妈去哪儿了？怎么……又要抓她去批斗？你们一直在批斗她，她到底犯了什么罪？我从小到大，看着我妈妈一直奉公守法，你们为什么要批斗她？老是批斗她……你们有完没完了？"万宁荷的嘴唇颤抖着，苍白如纸，"就是因为她出生在地主家里，嫁了资本家吗？那都是过去的事了，你们凭什么还放不过她？她都快60岁了……"

万宁荷说到这里，呜呜地哭了起来，迷迷糊糊的平安睁开眼睛来，仰脸问万宁荷："姑姑，我奶奶……怎么啦……"

"他们又要批斗她……一年到头，没个消停，老是这样，批来斗去的，有意思吗？跟猫玩老鼠样的，你们……你们还不如一下子打死她算了……"

周宝田恨不能用手去捂万宁荷的嘴，卫东冷笑了一声对周宝田说："好了！周队长，看她这样子，也是不想改造好的了。她妈隐藏起来了，就叫她代她妈妈去吧！"

周宝田赶紧打岔："同志，同志，我们再找找，再找找……"

卫东呵斥周宝田："找什么找?！就带她走，就是找到了她妈，也要把她带走——看她这嚣张气焰，就不是个好东西！带走。"他向司机示意了一下，二人便不问青红皂白，将半迷糊状态的平安从万宁荷的怀里剥开来，扔到一边，很麻利地将万宁荷的双手反剪到背后，推着，像押解犯人一样，塞到停在外面的吉普车里。

周宝田与杨大勺面面相觑。

万宁荷被押到批斗现场时，批斗会已经开到一半了，他们不问三七二十一就把老徘子的那顶高帽子戴到了万宁荷的头上，推推搡搡地将万宁荷搞到了台子上。

台下的人又一阵骚动，又有口号压上来。

可这一次的口号好像起不了作用，口号过后，下面的嗡嗡声越来越大，因为大家看见拉上来的是一个年轻的女孩子，女孩子犯了“臭流氓”的罪，似乎更能令这些枯燥乏味的乡下人感到新奇，感到兴奋，感到豪情万丈。他们在台子下面低声地议论着，哗笑着。男人们觉得这很刺激，手心搓着口水，嘴里吧嗒着，恨不能活吞了这个嫩生漂亮的城里姑娘；女人们觉得很丢脸，叹息，咒大神，所有的声音会集起来，会场就成了一大锅烧滚开的稀饭，咕噜泛泡的，有点难以控制了。

汪主任见状走了上来，用铁喇叭筒向下面喊道：“大家安静，大家安静，我们现在来集体背几条最高指示——领导我们事业的核心力量——预备齐——”

于是下面传来背语录的声音：“领导我们事业的核心力量是中国共产党，指导我们思想的理论基础是马克思列宁主义……”

台下的胡岸然看到万宁荷戴着“臭流氓”的高帽子被押上台的时候，他先不相信自己的眼睛，再看，没错，他摇晃了一下脑袋，确实是万宁荷！他一下子就要蹿出去，被母亲在激灵间一把拽住。李云英压低声音呵斥儿子：“你想干什么？！”

儿子也压低嗓门说：“他们凭什么？”

“她戴的高帽子是不是刚才老徘子戴的？”

“是。”

“老徘子下去了，叫万宁荷上来了……”

“是。”

“你千万别动，我去问一下蔡主任看看是怎么事？”

挤在哥哥身边的小五子自告奋勇地说她去问一下蔡家英。

岸然说：“你们都别动，我去问她。”

胡岸然从人缝里拼命地挤到台子的后面，请人传话到主席台上，让红旗大队的蔡主任过来一下。

蔡家英来了，随着岸然去了一个拐角处没人的地方，她的脸上笑得跟花朵儿一般，没等岸然开口，就先说了：“你是来问怎么把万宁荷搞到批斗席上的吧？我也不晓得，是他们干的。我刚才还在问他们，怎么把她给搞来了？他们说老的失踪了，就让她给顶上了。还好，他们没把那小的平安搞来，要是把她搞来代替她奶奶，那就更好笑了……”说着说着竟忍俊不禁，赶紧捂了嘴，眼睛亮亮地看着胡岸然。

岸然攥紧了手，真想打她个鼻青脸肿，但一想到万宁荷戴着那顶荒唐的帽子站在台子上，得赶紧把她搞下来才是，就深呼吸一口，对蔡家英说：“蔡主任……”

话刚出口，蔡家英赶紧摆手：“别，别，别，你少来，你这样喊我官衔，我有点受不了。我得去台上了，有事等回去再说……”

胡岸然一把拉住蔡家英的衣袖，以央求的口吻说：“蔡主任，算我求你！求求你帮个忙，饶掉万宁荷，先让她下来，什么事我替她兜着，回去任你们发落……”

“哎呀，难得啊，万宁荷难得有你这么一个知己啊……”

“蔡主任，她还是个女孩子，她经受不了这样的场合。再说，她又没犯过什么。家英，算我求你……”

“喊我什么？‘家英’？！我没听错啊！这是昵称哪！哎呀，听着真舒服——你能不能再喊我一声？”

蔡家英将脸向胡岸然凑近了一些，闭了眼，做陶醉状。

胡岸然退后一步，欲言又止，嗓子里发出一声恨恨的声音。

蔡家英朗朗地笑了一声说：“可是，万宁荷不是我抓来的，是县革委会汪主任的秘书卫东抓来的，我帮不了你这忙……”

蔡家英说着转身就要走，被胡岸然拉住：“蔡主任，你难道……难道一点面子都不能给我吗？如果……如果我答应与你交往，作为条件，你能不能答应我放过万宁荷？”

蔡家英又将笑脸凑近胡岸然，然后甜美俏皮地向他一皱鼻子、一挤眼睛说：“迟了，胡岸然，你早干吗去了？我已经不爱你了！我有了更崇高的追求，你已经不配跟我谈任何条件了……”说完，她毅然决然地走了。

胡岸然感觉自己浑身的血都冲到嗓子眼了，冲到头上了，就在他准备冲过去揪住蔡家英时，母亲李云英在身后一把抱住了他。

母亲双膝跪下：“岸然，我的儿子，大大求你了！你不能……不能拿鸡蛋往石头上砸。这个时候，你帮不了宁荷，还会给她带更大的麻烦……”

岸然蹲了下来，头伏在母亲的肩膀上，哭了。

批斗会总算结束了，“高帽子”被押下来后，又喊了一阵口号，汪主任上台讲了话，给予红卫公社以充分的表扬，点了蔡家英等一串先进人物的名，却批评了永红生产队队长政治觉悟不高、阶级斗争的弦绷得不紧，致使应该来接受批斗的万燕逃跑。不过在蔡家英等同志的当机立断下，让坏分子万燕的女儿万宁荷接受了批斗，这是阶级斗争的需要，也是革命事业的需要……

胡岸然看见“高帽子”们被押下来，再也不顾母亲的强拉硬拽，跑到台子后面，在鱼贯走下台子的“高帽子”中间去迎接万宁荷。

万宁荷是被两个押解人拖着下台来的，下了台，押解人一松手，她倒了下去。一个女押解却朝她的臀部踢了一脚，骂道：“妈的，真会装死！最年轻的一个，人家老的都没事,她倒架不住了……”

胡岸然顾不上跟她理论,上前用手托住万宁荷的后背,想扶她站起来,可万宁荷已经晕过去了,胡岸然只好将她抱在怀里,使劲地掐她的人中,对着她的脸喊:“宁荷,万宁荷,你醒醒,你快醒醒……”

万宁荷眼睛睁开,看了一眼胡岸然,又合上了,眼泪顺着眼角往下直淌。胡岸然用手为她擦去泪水,却把自己的泪水滴在了她的脸上……

蔡家英走过来,笑了笑,得意扬扬地走开了。

六月里,下枯霜
田里苦儿叫亲娘
亲娘生我在世上
恁个日子好心伤
奈何桥上走几趟
只见苦儿泪汪汪
……

折腾了一天,岸然和小五子连搀带拉将万宁荷带回家的时候,太阳已经快落山了。

万燕已经回家了,在服侍平安吃晚饭。看见万宁荷那个样子,就放了碗筷,将床收拾了一下,让岸然扶她上床躺下。

“是不是……你们也去……开会了……”万燕问,“怎么累成这样?”

“他们批斗荷姐姐了……”小五子不知好歹,抢了话头。

万燕手里刚刚端起来的碗哗啦一声掉到了地上,然后声音发抖地问:“你是说……他们批斗……宁荷了?”

小五子不敢再说话,屋子里静得只听见万宁荷出粗气的声音。

万宁荷喝了一点水,对岸然说:“你带小五子……回家去吧……我们家的事……今儿个的事……让你见笑了……”说着话,哭了起来。

岸然回道:“看你,怎么能这样说呢?”他心疼地看着万宁荷,一时不知说点什么好,就拉了万宁荷的手,愣在那里。

过了一会儿,万宁荷将自己的手从岸然的手里使劲地褪出来,声音突然间变得冷峭凛厉:“岸然,你走吧,让我安静一会儿。今儿个我丢了丑,在众人面前……你以后……不要再来找我了。我……我已经爱不起来了,我现在心里只有恨,恨我出生在这样糟糕的家庭里，恨我自小怎么没有死掉，活在这个世界上，成了现世包。她……”成宁荷用手指了指万燕，“我亲爱的母亲……将我生在这个世上，为的就是这一天，代替她去接受万人的批斗，去顶罪……去出丑……”

岸然被万宁荷的话惊到了，他想阻止她，又怕说得不好，会让她和万姨更难受，就为难地看着万燕。

万燕明显已被宁荷的话伤了，但她抿了嘴，一声没吭，用眼神示意岸然：“让她说，都说出来，比憋窝在心里……总要好些……”岸然看见万燕的眼眶里全是泪，然后背过身去，身子在颤抖。

岸然就轻轻地喊了一声：“万姨……”

万宁荷这时却站起来，踉跄着，将岸然往外推，一边推一边哭：“你——怎么还不走？”

岸然转身将万宁荷一把抱在怀里：“万宁荷，你不要这样！万姨够可怜的了，你不能再伤她了……”

“她可怜，可谁又来可怜我？我今年 19 岁，也就是说，我还没到一周岁新中国就成立了，打从记事起，我剥削阶级的好日子一天也没过到，却跟着她……”万宁荷指了一下万燕，“跟着她，这个享尽了荣华富贵的大小姐和少奶奶来背资产阶级、剥削阶级的黑锅。打我记事起，我跟着她……磕绊受苦……吃没人家小孩吃得好，穿没人家女孩穿得好，遭人嫌弃，受人白眼了！‘运动’只要一来，我就跟着她遭殃，跟着她倒霉。孩子们不带我玩，跟着撵着喊我‘崽子’‘羔子’‘子女’。今儿个……今儿个……竟然代替她……代替她去挨批、挨斗了。接下来，还不晓得，要代替什么？或许我应该像她一样，成为一个‘五类分子’了……”万宁荷从岸然的怀里挣出来，变得有点歇斯底里了。

岸然手足无措。

万燕坐到了板凳上，张着嘴，仰面朝天，双手放在两膝上，泥塑木雕一般，如果不是脸上的泪一直在流，她真的像是石化了。

等着两人松开了手，万燕对岸然说：“回家吧，跟你妈妈说一下，我马上去找她……”

就在岸然点头答应的时候，李云英推门进来了，手里拿了两包中药，说她在公社开了会直接去了医院，找中医开了点中药，一副是安神的，一副是疗伤的，安神的熬汤给万宁荷喝，也给平安喝，疗伤的用开水泡了，让平安坐浴就行了。

李云英装作没什么大不了的样子，口气淡淡地说了几句题外的话，为的是不想再搅动大家都难以忍受的这份忧愤，就要岸然和小五子跟她一道回家了。

送客出门时，万燕对李云英说："李队长、她李姨，等我服侍孩子们吃过饭了，我去你家，有件事要跟你说……"

吃过晚饭，万燕如期而至。

李云英打发小五子和岸然睡了，她将煤油灯的灯头拧到最小处，与万燕隔灯而坐。

万燕从怀里掏出一个布包儿来，一层层打开，里面是个檀香木盒子，打开盒子，露出折叠得整整齐齐的旧绢帕子，帕子上卧了一只银簪子。她把银簪子托在手心里，捧给李云英："翠画，请原谅我再一次……这样称呼你……"

李云英一下子站起来，一阵晕眩。

"我……我就晓得……晓得你是……"

李云英是认得这绢帕和银簪子的。绢帕虽然旧了，但帕子上的绣花与绞边儿，她没有忘记，这是当年卞府二老爷的太太盛墨语临走时给她的，她又转交给了九小姐。银簪子是自己的心爱之物，当初九小姐染上了毒瘾，婆家克扣她、关押她，她想帮帮她，可身无分文的她只有这根值钱的银簪子，她变卖了让翠屏为九小姐买点吃的补补身子，那时她和九小姐都怀了孩子。九小姐之后赎回了它，下决心戒掉了毒瘾，保下了腹中的胎儿。这么多年来，九小姐一直把它带在身边，没想到风云变幻，故人与旧物又都聚到了一起。

李云英捧过帕子，拿起簪子，贴在脸上，哭了，哭得伤心伤肺，沥胆披肝。

万燕看着李云英恸哭，静静地看着，却没有哭。

李云英哭好了，站起来，把帕子与簪子还给万燕，并双手握住万燕的手："九小姐，我就晓得……我就晓得你是我的……九小姐……"

万燕在颤抖，但声音却很冷静："我第一次看到你的时候，说你姓李，我就认出了你。你的儿子，岸然，就一个云景再生，长得跟他伯父几乎一模一样。翠画，你没怎么变，可是我却变了……"

李云英擦了一把泪水道："是啊，你怎么变得这样老相？额上还添了伤疤，头发都全白了。九小姐，我可怜的九小姐，你怎么变成了这样？既然……既然你已经认出了我，那你为什么……为什么不说出来？"

"我怕给你和你的家人带来麻烦。竹青——开楚——胡先生的情况也不大好，我就忍着不敢说出来。还有，我也试图……试图想将过去的那些都忘却了，在乡下，就像当年我三叔从京城来乡下避风一样，将平安带大，给宁荷一个安稳的家。多一事不如少一事，我就咬紧牙关高低不认你。可是……可是……好多的事情它不照你的心意来……"

“九小姐，我可怜的九小姐！这些年，我晓得你的日子肯定比我还要难，不然你不会变成这样，过去九小姐的样子一点儿也不剩了。可是……可是你有时候的动作、讲话的习惯，还能让我联想到九小姐。要不是你头上的伤疤，我早就断定是你了。我也试着问过你，可你高低不承认，我就只好疑疑惑惑地死心了。我也不希望眼前的你真的是我心里的那个九小姐，我不能接受那么活泼漂亮的九小姐，竟变成了眼前的万燕……”

“这都是命啊！淠河十八弯，转来转去，我们又转到一块了……”

“又到一块了！同年同月同日生的两个女孩儿……”

万燕站起来，走到李云英跟前，将李云英的头揽进自己的怀里，像小时的九小姐安慰丫鬟翠画一样，二人抱到一起，李云英哭得昏天黑地，万燕仍然没有流泪。

万燕极力压低自己的声音，向李云英诉说了她这些年来的遭际。六安城被新政府接管，贯彻新婚姻法时，盛维炯不得不打发走了所有的姨太太，也和九小姐离了婚，上交了盛家的所有财产之后，郁郁寡欢，没多久得病死了，留下她带着体弱多病的儿子和她从育婴堂领养来的女儿，三个人靠她在街道工厂里的微薄工资，苦打苦磨，勉强度日。后来为儿子娶了一房媳妇儿，孙女儿平安还没生下来，儿子一病不起，也请不起医生，才24岁就死了，儿媳生产了，刚满了月就丢下孩子回了娘家，再也接不回来了。过粮食关的时候，为了一家三口不挨饿，她除了学着沿着淠河湾去捞鱼虾、摸螺蛳，还偷偷地捡垃圾。

“我只有一个信念，活着，孬好都要活着，我的命是云景拿命换来的，不到上天接我走的时候，我怎么也得活着。财产再分配的时候，我把自己的名字改了，用‘婉妍’的音，易名叫万燕——因为我清清楚楚地记得：云景丢在世间的最后一句话是：‘婉妍，如果我们冲出去，我就娶你……’他是这么说的，他不像别人一样尊称我九小姐，也没喊我的大名卞清瀹，当然也没像我父母喊我的小名‘凡子’，而是叫我‘婉妍’，这个名字是很少有人叫的，只有云景他挑了这个我最喜欢的字，别人都不叫的字，跟我说了在人世间的最后一句话……他称呼我‘婉妍’……从‘婉妍’到‘万燕’，但是我的出身和成分改不掉，我得背着它……到死。头上的伤疤是平安4岁的时候，她夜里突然发烧休克，我背她去医院挂急诊，在楼梯上摔下来，跌的。这一跌，却把昏迷中的平安给摔醒了，省了我不少的抢救费……”

万燕说到这里，竟然拎了嘴角儿笑了笑，李云英的泪水却一直在不断地顺着脸颊往下淌。听到这里，她失声地哭了起来。

睡在里屋里的岸然知道万姨这大晚黑的来，肯定有重要的事对母亲说。他虽然按母亲的吩咐去睡了，但不似往常头一落枕头就睡着了，他躺在床上，侧耳倾听隔壁的动静，听到了两位老人的叙话声，还有母亲的哭声，却不知究竟，就起来了，推门进来。

李云英有点生气岸然的打搅，说："真不懂事，看不见我跟万姨有话要讲？快去睡你的觉！"

岸然说："我不放心你们，特别是万姨……"

万燕说："让岸然听一听也好……"

万燕说着，又从怀里掏出一个布包来，打开，是一个陈旧不堪的小本本，本本上面写着"领养证"三字。

她把这证书放到桌子上，推给李云英看，也示意岸然过来看一下。

岸然知道那不是一般的证件，作为晚辈，他只伸头看了一眼，赶紧又坐了回去。

万燕眯起眼睛，一边回忆，一边说："这是我当年领养宁荷办的证。宁荷不知道她自己是个弃儿，我想方设法瞒过她，是怕伤了她的心。虽然她被我领养，就现在的情况来看，不见得就比她待在育婴堂里好些，但当初我领养她时，完全是出于母爱。我去育婴堂里做慈善活动时看到了她，当时她正蜷缩在小床的一个角落里，默默地淌着眼泪——顶多周岁多点的孩子，竟然会不出声地哭，是那种既伤心又不敢表达的样子，那样子实在是太可怜了，我的心一下子被她那异样的哭融化了。我从床上抱起了她，她用小胳膊一把环住我脖子，头抵在我的额上，憨憨地叫了声'妈妈'。从那一刻起，我想我无论遭遇到什么，我都要把这孩子养大，并尽我的可能让她过上最好的日子。时隔不久，六安城被新政府接管了，育婴堂没能给我一个她的确切生日，至今没人知道，宁荷是哪一天出生的。她跟着我，过'三反''五反'，过粮食关，我们九死一生。今天，她竟然代我去戴高帽子、受批斗……"

万燕说到这里，捂着脸低了头，大恸不能自持，瘦骨嶙峋的背与肩在灯光下显得越发地伶仃凄凉。李云英从灯旁边伸过手去，在万燕的肩上轻轻地拍着，也把自己哭得泪人儿一般。

岸然起身给两位老人的茶杯续上水，万燕打开领养证，示意岸然看，并说："岸然，之前我阻止过你们，主要是因为你们都还年轻，我害怕因为我们的成分，连累你和你的家人，同时也对你们之间的感情我心里没底。这段时间以来，我慢慢地看出来了，你们是真心相爱的，你们也非常般配……"她把脸又转向李云英说，"我给你们看这领养证，就是想告诉你们：只要你们愿意，万宁荷是可以嫁给胡岸然的，她不是地主崽子、资本家羔子、坏分子子女，她只是一个弃婴……"

岸然翻开领养证，证里贴着万宁荷婴儿时的照片，照片上的万宁荷乖巧可爱，岸然的眼睛里蓄着泪，怜爱地笑了。

李云英说："我压根就没把你们的成分放在心上。我只是想，我们是乡下人，万宁荷总归要回城的，岸然趁现在年轻，好好地学会长进，到时也好跟上你们城里人的趟子。好在现在都时兴晚婚，他们眼下可以相处着，两三年后，再讲结婚的事。如果万姨……九小姐你不嫌弃，我明天就准备一下，上街割点猪肉，把队长他们请过来，吃个饭，算是给他们定亲了……"

岸然又站起来，笑眯眯地给两位老人的茶杯续水——可她们的茶杯还都是满的。

万燕长长地舒了口气说："云英，这太好了！谢谢你没把我们当另类人看待，在你面前，我才觉得自己还算一个人。宁荷她姨，你听我一句劝，眼下，不要急着给他们定什么亲——定什么啊定？他们好，不定，也都好；他们不好，定了又有何用？你们已经同意了，我回去也把这消息告诉宁荷，让她高兴高兴才是……"

"也把万宁荷的真实出身告诉她么？"

"还是……不告诉她吧。在这个时候，还是让她心里少装点事吧……"

岸然接过话头："我倒是想，让她晓得多些也没什么不好。她知道自己原是个弃婴，是万姨让她有了家，有了母爱，她会更加珍惜这份亲情……"

万燕沉吟了一下，未置可否，过了一会儿，转过脸对李云英说："哦，对了，宁荷的领养证和帕子、银簪子就放在你这里吧，我就那点大的地儿，免得哪天不小心弄丢了……"

小喜鹊，摇尾巴
一下摇到老李家
叽叽喳，叽叽喳
给你丫头讲婆家
……

当蔡家英听说汪主任还没结婚且正在物色一个合适的革命伴侣时，那种打天而降的、涌自心里的、遏止不住的幸福感，以及那份如饥似渴的向往之意、渴求之情，捂都捂不住了。

开完了批斗会，汪爱东说革命工作忙，晚上就要回县上，公社革委会主任都准备送客了，蔡家英却恋恋不舍，以一种下定决心不怕牺牲排除万难去争取胜利的大无畏精神走到汪主任的跟前压低声音对他说："首长，革命工作再忙，您的身体可是革命的本钱，累坏了，我们这些指望您带领我们奔共产主义革命目标的广大革命群众怎么办？说什么您也得留下来歇一晚再走。另外，我还有许多工作要向您汇报，需要您拿指导性意见，还有许多活思想要跟您讨教哩……”

汪爱东看到蔡家英那火热的眼神以及温暖的话语，就对司机和秘书说：“你们先回吧，既是革命工作需要，我就明天再走了，到时你们再来车接我……”

支开了所有的人，汪爱东将蔡家英带到了他头一天晚上住着的公社领导干部接待室。一床，一椅，一桌，一暖瓶，一瓷缸，一洗脸架，洗脸架子挂着汪爱东的黄色军用挎包。床上被子叠得整整齐齐的，枕头上放着一本《毛主席语录》。

进了房间，汪爱东拿起枕头上的语录，放进挎包里，然后坐到床沿上，指了指椅子对蔡家英说：“坐吧，歇一会，我们再去吃晚饭……”

蔡家英没有坐，抿嘴儿笑着，用眯起来的眼睛看着汪爱东。

汪爱东再也把持不住了，站起来，关死了门，一把抱住蔡家英，将她掼到床上，扯开她的上衣，一头扎到她的胸口上，呢喃着：“这一对奶子……奶奶的……就一直在我……眼跟前晃……晃……晃来晃去……”

传来了敲门声。

二人立马僵住。

门外声音：“汪主任，额刚刚才听说，您留下来了没走，额正好有件特重要的事得向你汇报一下……”

听出来是阳部长的声音，汪主任先没应声，想这不识相的家伙在听不到声音后可能就会走开。

谁知门又被敲了几下，见没回音，阳部长却隔着门在外说开了：“汪主任，额晓得你累了，躺下了，但额听到了里面有声音的，晓得你还没睡着，那你就歇着，额就在门外向您请示汇报好了。就是今天开会之前，龙穴大队——不，现在叫红旗大队了，来了两个人，说是来投案自首的——听那意思，这可不是一般的案子，涉嫌强暴幼女。罪犯额认得，是红旗大队刚树立的英模典范蔡有成，好像跟大队革委主任蔡家英是同门，这事有点不好搞，额想听一听你的意见，额是不是得马上向县公安局报案……”

汪爱东始终趴在蔡家英的身上没敢动，听阳部长把话说到这里，晓得他并不知道里面的情况，最起码不知道蔡家英也在里面，就放心了，笑着闷闷地亲了一下蔡家英的嘴，下面一下子插进去，又故意咳嗽了一声，对外面说：“老阳你先去吧，让我休息一下，回头开个会，再决定怎么办。”

外面的人走了。

蔡家英的心里恨不得要拿刀杀人，脸上却灿烂地笑着，紧紧地搂着汪爱东说：

“这部长真不识相，刚刚戴了高帽子挨批斗完，又来管闲事了，搅我们汪主任的好事……”蔡家英一边迎合着汪爱东的撞击，一边在汪爱东耳边说，“这绝对是一场阴谋毁害，是阶级敌人的疯狂报复，是在跟新生的革委会较劲，反攻倒算，矛头所指是我。我都做过调查了，他说的‘来了两个人’，其中有一个就是今天应当接受批斗的后来又让她溜了的坏分子万燕，她勾引蔡有成，目的是要借此摧毁红旗大队新成立的革命委员会……”

汪爱东认真干好事，一句话不说，蔡家英也到了火候上，开始呻吟起来，吭哧吭哧地，用嘴去咬汪家东的胳膊。

当二人一前一后衣冠整洁地出现在公社小会议室门口的时候，这让阳部长有点吃惊，但吃惊过后，又含而不露地笑了一笑。

汪爱东背了一段毛主席语录，然后开门见山地说：“我之所以留下来，就是要急于处理两件事情，一是椿树公社革委班子要增加新鲜血液，添补一名年轻干部，特别是女干部，这是我们伟大的舵手和英明的旗手所希望的。我看红旗大队的蔡家英同志就很好，年轻、有活力、有能力，符合革命接班人的要求，如果你们没意见，就这么定了，进党委班子，分管妇、青工作。领导部门批复的事，由我回去办理妥帖。第二件事在未处理之前，我先要问一声，今天批斗会结束，一切权力归革委会，已经被宣布停职的原相关人员，该扫厕所的扫厕所，该回家的回家，为什么有的人还不自觉，还在多管闲事？是不是想趁权力交接时倒打一耙以达到个人险恶之目的？至于那个所谓的‘投案自首’的事情，我回县里，会交代法律部门进行调查处理的，我们一定会揪出真正的犯罪分子和藏在幕后的阴谋策划人……”

阳部长与蔡家英几乎同时准备发言，汪爱东用手势制止了蔡家英：“你等一下，让他先说。”他指了指阳部长，“你说吧！”

阳部长站起来，翻开随身带的语录本，先念了一段语录：“凡是敌人反对的，我们就要拥护，凡是敌人拥护的，我们就要反对……”然后说话，“额认为，额这不是多管闲事，这是额的职业习惯。虽然额接受了广大革命群众的批斗，但额在没接到上级相关部门免职通知之前，额应该站好最后一班岗。今天是犯罪嫌疑人自己来投案，额在非常时刻不能尽职，但事后额不能不履行义务。事实上，大家认真及时地对待这样的案子，不仅是对受害人负责，也是对犯罪嫌疑人负责。额在向公安局报案之前，出于对汪主任的尊重，做了汇报，但就现在情况来看，额料定它会变得更加复杂……”

汪爱东一拍桌子：“放你妈的狗屁！你说谁是敌人？谁反对？谁拥护？你有什么权力和证据说这样的话，啊？是我领导你，还是你领导我？你凭什么在这里指手画脚？我也听说了，那个所谓的'投案自首'人，是受了坏分子的勾引来妄图搅乱革命阵营的。我很感谢伟大的领袖毛主席，这次让我亲自来椿树公社督阵夺权斗争，没想到这里的阶级斗争如此复杂，万幸有我在，否则真的让阶级敌人的阴谋得逞了……”

汪爱东话没说完，小会议室外面传来警车的响声。阳部长没等众人反应过来，跑到外面，打开警车的门，只讲了一句什么话，就跳上去，关了车门，车子只顿了一下，就轰隆一声开走了。

蔡家英看着汪爱东。

汪爱东也看着蔡家英。

有一个成语，还有一句土话，都叫什么来着？对了，成语叫：面面相觑；土话叫：鳖瞅蛋。

一二三，木头人
不许讲话不许笑
哪个笑了哪上吊
一二三，木头人
不许吸气不许动
哪动哪是水巴虫
一二三，木头人
不许睁眼不许看
哪看哪是王八蛋
……

天已经晚了，吃晚饭的时候了，汪主任说今天累得够呛（是够累的），说什么也不愿违背革命规律去陪蔡家英去处理这件“多少带了一点私心的”事情。蔡家英只好徒步往回赶，等赶到红旗大队时，县公安局来的人已经笔录了万燕的口头陈述，警车把蔡有成带走了。

蔡家英想再折身回到公社，无奈天太黑，就是到了公社，看汪主任那情势，也不见得就能立竿见影。干脆去史仓闹它一场？想想自己的身份，感觉也不合适，只好将自己放倒在床上，千头万绪像淹过来的咸菜汤，让她心里发紧、发苦，且发颤……

蔡家英一夜噩梦，早上醒来，脸没洗，饭没吃，就去了公社。她一身臭汗地赶到，被告知汪主任已被吉普车接回了县里。她就抱着公社的电话拼命地摇，始终是忙音,又撵三赶四跑到邮电所,挂长途,接通了,电话那头说汪主任下了基层,还没回来。

蔡家英就骂:"奶奶个熊,又不晓得去下谁的基层了!"

蔡家英咬牙切齿地往回走,心里气得咚咚直打鼓,恨老阳,恨万燕,也恨万宁荷,这些人就应该被打倒,就应该被批斗。老徘子的事让她心烦意乱,倒也并不是因为她有多喜欢、多心疼这个徘子表叔,甚至因他的历史问题与他眼下的德行,她压根就没瞧得起过这个改名换姓的亲戚,鄙视他还来不及哩,何况是为他劳神!她之所以要拼命来包庇他,为的是要顾全自己的面子,涂抹他的污点就能澄清她的社会关系……还有一点,就是因为蔡家英太年轻,几乎还是一个孩子,孩子就有孩子般的任性,孩子就爱赌孩子气——我偏要争回这个面子,我偏要赢取彻底的胜利。与自己相对的要是别人也倒好说,偏偏是自己原来的情敌家人,而这家人却又是她从小就被灌输固化在脑子里的她最最痛恨的阶级敌对分子。她蔡家英如果让这样的阶级敌对分子给抹黑了,就等于是反革命分子扳倒革命分子,这岂不是成了一个政治大笑话了吗?

给汪主任的电话没能打通,心想,无论怎么,他已经碰了自己,今天又当众宣布提拔了自己,尽管公社那些被夺权的人未置可否,但新任革委会主任还是鼓了掌的,如此,自己已经是公社干部了……上面有汪主任支持撑腰,下面……不存在下面,我连下面这些社员群众都应付不了,还能干什么革命事业?既然我已经被提拔重用,我就要弄一点响动出来,就要给那些个阶级敌对分子们一个下马威,让他们看看,也让社员群众看看,我蔡家英不是好惹的!也让毛主席他老人家放心,我这个革命小将是可以做到"下定决心,不怕牺牲,排除万难,去争取胜利的"!

作为大队原妇女主任,蔡家英的母亲也是被夺了权的,与别人不同的是,她属于叶落催果熟的那种,算是乐意的,在大队原班人马都要下野的时候,她向女儿建议留下杨大勺。留下他,一是为了对应"三结合"的原则,二是因为私情,谁都晓得杨大勺跟她有一腿,虽然是军婚,两个大队干部之间的工作来往谁能管得了?男人常年不在家,偷个床是很方便的。女儿小时候就曾碰上过,最后达成的协议是:不说出去,给零花钱,然后就谁也别管谁。

吃饭时,一直被女儿冷落疏远的她,搛了一块烧鸡块放到蔡家英的碗里说:"抓走就抓走了,他是县里来抓的——你管得了大队,还能管得了县里?"

蔡家英觉得母亲太没水平,思想觉悟也跟不上去,就白了她一眼,把母亲搛给她的鸡块又放回到窑盘里,自己低了头在窑盘里重新找了一团腿子肉,闷头吃,懒得搭理母亲。

“我是说……你手再长，够到公社算不错的了，县里，你够不上……”

“谁说我够不到县里?!”蔡家英脱口而出。

母亲搛了一些素菜，还有几块骨头拉碴的压在自己的饭碗上，坐到门下首去吃，乡下人吃饭不习惯正儿八经地坐在桌子边。她拖了一口炒韭菜进嘴，一边咀嚼一边用筷子指了指外面，用几近挑衅的口吻对这个越来越不拿她当回事的女儿说：“你够县里的去!”

蔡家英将手中的筷子往桌子上一拍说：“下了台的老主任，你信不信，我要是想够到县里，那还真不是梦想哩！不仅我能够到县里，而且，我还要嫁到县里！你什么一个玩意儿，原来的男人是解放军你嫌不过瘾，又找了一个相好的，竟然是大队的泥腿子！你这叫瓦屋养秏子，越养越瓦灰……”

话没说完，脸上就啪地挨了一巴掌。

娘儿俩几乎同时摔了手中的碗，吓得床肚下面的狗汪唧一声跑了出去。

蔡家英见母亲坐到小凳子上哭了起来，就弯了腰收拾地上的杂碎，收拾着，也发出了哭腔：“他们抓的是表叔，打的可是我的脸！最主要是告发的人……竟然是下放来接受监督劳动改造的坏分子，我咽不下这口气！我咽不下这口气!”

母亲止住了哭，却没有接话。

蔡家英收拾完了，在门后边的洗脸架上拿了毛巾擦手，扭头对母亲说：“妈妈，你帮忙想个主意吧，我该怎么办？就是昨天来现场指导开批斗会的县革委副主任汪爱东，我跟他已经好上了，我是不是……”

母亲见女儿又像从前一样叫她“妈妈”，心中满得慰藉，站起来，揩了一把脸上的眼泪，听到女儿竟然说到和县里主任好上了，更是惊讶不已，她迫不及待地打断蔡家英的话：“真的？怎么个好法？好到什么程度了?”

“这个你不要问，我就是想晓得，我能不能直接到县里找他去?”

“他晓得事情的头尾么?”

“晓得的，我都跟他汇报了。可是，看上去他不想管那么多……”

“他革命工作忙，可以理解的。你们只要好上了，这就好办了。你先不慌去县里打搅他，先在家里把要办的办了……”

“办什么?”

“到底还是个孩子！县里那些个做垂死挣扎的公安人，你暂时够不上，就让汪主任管去，先把你能管的人给修理修理再说。你在基层采取一点革命行动，有汪主任给你撑腰，这年头，就是捅一点娄子出来，还怕他不给你做主？不过话说回来，就要看你俩好到什么程度了……”

蔡家英有点烦，想了想，忍了，装成无所谓的样子说："嗯，我晓得了。"

黄豆豆
青豆豆
还有一个黑豆豆
拈到嘴里头
原来是个屎豆豆

用李云英从公社医院抓来的中药熬汤给平安洗了热澡，伤好多了，但她仍然不敢出门，甚至不敢看见太阳光，整天躲在蚊帐里，外面有一点声音都会吓得她出一身的冷汗。

万宁荷挨批斗回来就一直没有好脸色，时而像丢掉魂似的发呆，时而以泪洗面，时而又没事找事地找母亲的差错。她的反常样子让万燕非常担心，她告知万宁荷，李姨已经答应让她和岸然定亲，万燕原指望万宁荷在听到这个消息时，会一下子高兴起来，可谁知万燕只是把垂着的眼皮往上抬了抬，过了半天，才扔出一句话硬邦邦的话来："瞎操心！我们俩的事，好歹不要你们管，跟你更没相干……"

大清早的，离出工还有一会儿，岸然给她带来了一摞发黄的线装书，万宁荷翻开一看，脸上露出难得的浅笑，三天来，第一次回到了过去的状态中："呀，中国四大古典名著耶！你这是从哪儿弄来的？"

"从家里翻出来的……"

"我的天！扫'四旧'时，没烧了它？"

"在旧书桌的抽斗里，书桌放在柴火棚子的最里边，一直没人碰过，抽斗跟桌面、桌底都朽到一块去了。大大让我拆柴烧，撬开来，见里面一个油布包——可能是父亲早年间存放在里面的……"

万燕在两个年轻人说话的时候，都尽量离远一点，但就一间通连房子，最多也就坐到门口去，或是做做针线，或是择择菜，不插嘴。但耳朵是闭不了的，此时她烧好了早饭，正在收拾准备出工的铁锹和簸箕绳子，听见岸然提到父亲，就忍不住搭了一句："你父亲就是喜欢书，17 岁就当私塾先生教儒书了……"

万宁荷和岸然几乎同时发问："你怎么晓得的？"

万燕知道自己失了言，就笑了笑，说："我是在黑说白道……猜的。"

"嘁！这种事也能黑说白道？！神经！"万宁荷以嫌弃与鄙夷的口吻说万燕。

岸然不好意思地冲万燕笑了笑，似乎万宁荷的冲撞也有他的不是。

万燕也没在意万宁荷的话，她知道她有委曲，有悲伤，年轻气盛，说一说气话是能够减轻一点心痛的。她在心里默默地跟万宁荷对话："说吧，我可怜的孩子！说吧，只要说了，心里能好受些，尽管说吧，妈妈爱你，是无条件的，妈妈不仅爱你的好，也爱你的不好。你第一次叫我妈妈时，妈妈就打算爱你到底了。那时，妈妈不忍心这么乖巧的孩子就成了孤儿，妈妈领养了你，可没承想却害了你，妈妈对不起你！我原本是好心，想给你一个真正的家，给你一个妈妈的怀抱，让你跟别的孩子们一样，过上有家、有妈妈的好日子。没想到我反而害了你，你叫妈妈怎么办？妈妈可不是故意的呀！妈妈也是没办法啊！"

万燕虽然已经把李云英提议要给岸然与万宁荷定亲的事对万宁荷说了，但关于他们的身世、两家人的过往，她都装在了心底，她觉得孩子们都还年轻，心里装的事不要太多了。他们已经够凄惶的了，好好的在校学生，突然间没书念了，前途一片渺茫。特别是成分低人一等的万宁荷，她比岸然更可怜，"崽子""羔子""子女"头衔的重压已经让她喘不过气来，母亲所能做的就是尽量减少孩子们心中的负担。可是因着自己的迷路，竟然让她去代替自己接受批斗，一个小姑娘家在那么多人面前，戴上高帽子，挂上莫名其妙的"臭流氓"牌子，叫她如何能受得了！之前万宁荷可是个懂事孝顺的孩子，但这件事让她痛不欲生，让她怨天尤人，做母亲的能够理解，也能忍受。如何才能让孩子岔开心思，少点痛苦呢？万燕思前想后，去和翠画相认，也有托孤之心。她真的不晓得这翻云覆雨的气候能否再有云开日出的时候，假如自己哪一天出了意外，离开这个世界，得让孩子们好好活下去！只要万宁荷能活着，能有一个安稳的家，平安就没事了，万宁荷会把平安带成人的。让她没想到的是，李云英竟然那么爽快就答应了两个孩子之间的亲事——到底是翠画。

只要孩子们好，就什么都好！可是眼下这个好与不好，谁能说了算，谁能把握得了呢？

岸然沉浸在大人答应他和万宁荷定亲的喜悦里，别的什么也没有多想；而万宁荷此时却积怨在心，看见母亲就觉得自己委屈，就莫名其妙地想生气，母亲说话也让她烦不胜烦……有时冷静下来她也扪心自责：这本不是母亲的错，打小时候起，她亲眼看着母亲起早摸黑、含辛茹苦拉扯着她和平安，在外面受了什么凌辱吃了怎样的苦，回到家里，还跟没事人一样，强打精神给她们做饭，趁着吃饭的一会儿时间，给她们说笑话讲故事，逗她和平安开心。有一次妈妈因为捡了不该捡的垃圾，让人把嘴打肿了，回来牙疼得不能吃饭，她竟撒谎说是自己走路不小心磕到了电线杆上，还说少吃一顿没啥，她就是因为早上吃多了，胀得难受才撞了电线杆子。后来听同学说，她妈妈挨了街道人的打，甚至还让剥了上衣绑到了电线杆子上示众。

那时万宁荷还小，她为妈妈所受的羞辱感到伤心。可是这一次，受羞辱的不是妈妈，而是她自己——难道，这出身的背运就这么开始往下移交了，临到她万宁荷了？她也明白这不是妈妈的错，但此时此事，她又能怨谁呢？那些批斗她的人都是雷，她不能招惹，也不敢招惹，那么她的窝囊气往哪儿泄呢？这世上，只有妈妈能包容她的一切——可是，妈妈却是她最不能伤害也最不应该伤害的人啊！妈妈在用她极有限的力气拼命地想做一个好妈妈，而如今她在用她的心血她的命搓丝儿往外抽她身上那点所剩无几的力气，就要抽完了……哦，上苍啊，请给我万宁荷一个责怪妈妈的由头，让我能不心虚地跟妈妈任性一次，发一次火，哪怕就是撒一次娇也行啊！万宁荷心痛如剜，想到自己所受的奇耻大辱跟妈妈的逃走也是有着一定关系的，于是就顺着这个思路终于找到了一个破口——妈妈是有错的，怄她一下，也没有什么大不了的。可万宁荷哪里知道，人最难以忍受的就是来自于亲人的伤害，万燕的内心已经是千疮百孔，这千疮百孔的心本是为万宁荷与平安而茧，如果这茧被万宁荷从里向外咬破，而万宁荷还并未修炼成能够展翅飞走的蛾，这种互伤的痛，是最难以忍受的……

再难忍，也要忍，她还是一个孩子。万燕对于女儿话语上的挑衅只报以一笑。

万宁荷又问：“妈妈，我倒想要听听你的黑说白道——你怎么猜岸然父亲事的？”

万燕看了一眼脸上带着嘲讽神情的万宁荷，故意咳嗽了一声说：“大人的事，小孩子们知道得那么多干吗？”

平安在床上答话了：“我才是小孩子哩，姑姑都跟岸然叔叔定亲了，是大人了！奶奶，我最爱听故事……”

平安的一句话竟把奶奶逗笑了：“岸然父亲的事，我是听你李姨说的……”万燕说完低了头做针线，一边做一边说，“宁荷小时候缠着我讲故事，能把我讲得累塌心，后来又是平安缠着我讲故事，也把我讲得累塌心……”

平安接上说：“奶奶要是让我和姑姑缠急了，就讲：从前有座山，山上有个庙，庙里有个老和尚，有个小和尚，小和尚要老和尚讲故事，老和尚就说：从前有座山，山上有个庙，庙里有个老和尚，有个小和尚，小和尚让老和尚讲故事……翻来覆去没完，哎哟，还有那什么：曹操领 83 万人马下江南，一人一匹马，一人一匹马，一人一匹马……我说奶奶，你怎么老是说‘一人一匹马’啊？奶奶就让我数数，说要数到 83 万才能为止哪……”

平安说着说着咯咯地笑了，万燕和岸然也都笑了，万宁荷呵斥平安：“咸萝卜淡茄子……”

门外的光亮一暗,周宝田站到了门前,哭丧着脸对万燕说:“大队革委会……就是蔡主任和杨主任他们来了,要我们生产队开会,让你去陪着站一站。我吹哨子集合社员去稻场之前,先偷偷来向你打个招呼,你赶紧搞点吃的,肚子填饱了,能经得住些。唉!我也没办法。你赶紧地吃一口吧,我吹哨子去了……”周队长临走时,回过头来对胡岸然说,“你还不赶紧回家去,别在这里待着了……”

平安一下子爬起来,扑到万宁荷的怀里。万宁荷推开平安,用惊恐失色的眼睛看着岸然:“他们又要批斗谁?”

万燕赶紧接话:“批斗我……是我……”

点点豆豆
花猫咳嗽
搬砖撂瓦
钟馗告假
小鬼来家

万燕自来到乡下,接受生产队和大队的集体批斗已经有好多次了,每次都例行跟“黑五类”们站在一起,低了头,乖乖地听着训斥,听着恶骂,听着诅咒,甚至听着猥亵调戏的话。只要你不吱声,等他们义愤填膺、慷慨激昂得累了,也能过得去。最害怕的事情是让他们“老实交代”,无论你有多么老实,他们都会说你阴险狡诈,都会说你是欺骗群众,都会说你对现实不满。耳光是免不了,打的时候,你只要不吱声,他们累了,也会歇手。至于鼻子出血了,耳朵背气了,眼眶乌青了,只要小命还能保住,这也都还是小事。最不能忍受的是,他们得要你造自己的谣,说自己做了哪些见不得人的坏事、丑事。如果不讲,你就过不了当天的关,有时为了免受肉体上的折磨,就只好编造一些子虚乌有的荒唐之事将自己泼脏来满足他们的嗜恶之欲。

周宝田每次来通知万燕去受批斗的时候,总要带一分歉意,说:“对不住!真的对不住!你还得去陪他们站一站……”他总是把批斗说成“站一站”,晚上跟记账员悄悄地打一声招呼说:“万燕的工分照记,社员们坐在下面都记工分,她站在上面更累……”后来不知是谁把这事汇报给了杨大勺,杨大勺就在大队的广播大喇叭上狠狠地骂了周宝田,并让所有的生产队长都要引以为戒。周宝田听见,就站在大喇叭的下面跟大喇叭对骂:“狗日的杨大勺,你这个养儿子再养孙子没屁眼的货,只要你不把我生产队长免了,在史仓——妈的,改成永红了,在永红,还是我说了算……”

乡下人习惯眼一睁下地干活，干一会儿再回来吃早饭。早饭的时间很短，因为家家户户在出早工之前都要把早饭烧好，闷在锅里，等早活干完了，饭也正好变温了，恨不能砍掉头往下倒，嘴一抹就得走，迟到了，是要扣工分的。

万燕听了周宝田的通知，知他是好心，就准备吃一点垫垫肚子。可刚烧好的稀饭实在太烫，她一边吹着，一边从碗边儿喝了一点，无奈时间不敢耽误久了，就放了碗要走。

万宁荷在她的背后没名没姓地说："我可不可以不去？"

万燕平静地说："你要是不去，他们会说你在闹抵触情绪，又要罪加一等，还是去吧，记工分的……这又不是第一次了，过一下场就回来了，比干活省劲多了。"万燕说到这里，还冲万宁荷笑了一笑。

"妈妈，我真佩服你，还记工分！还省劲！你怎么变成这样了，一点羞耻感也没有了。你的意思是说，那天我替你站在台子上挨批斗，比干活还省劲多了？那我告诉你：那天我站在台子上，就觉得自己已经不是个人了，竖在那儿的，就是一个耻辱！耻辱！我替你站在台子上，我真的很想……很想一头撞死算了！你还说，记工分！省劲！你……你真是活得……太窝囊了……"

万宁荷突然的歇斯底里让万燕像是被兜头泼下一盆凉水，心在骤然间冻成了冰坨，她愣乎了一会儿，想想也罢，让她对着妈妈出一出恶气，总比窝在心里好些，让她心存误会比让她明白究竟要好些。此时一两句话又说不清楚，她看了看气嘟嘟坐在那儿的万宁荷，摇了一下快要支不起来的脑袋，拖着双腿，走了。

到底是孩子，平安好像已经忘记了恐惧，听奶奶对姑姑说，去就可以记工分的，也下了床，对姑姑说："姑姑，我去，他们记不记工分呢？"

万宁荷没好气地苦笑了一声，对平安重重地说了一字："记！"

姑侄俩到了稻场，黑五类们已经站好了一排，等着挨批斗。

因为经历次数多了，大家似乎训练有素，自然地分成了两个阵营，社员们跟黑五类们相对着，有坐着的，有蹲着的，也有站着的，大家的脸都耷拉着，不似干活时那般随意放开，不敢乱说话。一些年长的几乎不好意思抬眼去看黑五类们，好像这些人挨了批斗也掺了他们的错。年轻人打簇儿扎堆，站没站相，坐没坐相，候着批斗开始。

万宁荷无法理解做母亲的心，万燕的平静绝然不是麻木，而是一种隐忍，为了活着而隐忍作为人的奇耻大辱。这种不得不苟且偷生的感受，只有万燕自己知道，这痛苦有多么的深，多么的没有指望！它比死亡更加可怕！在这样的绝望里，羞耻感几乎成了她的奢望了。

批斗会开始，与以往不同的是，没让生产队队长主持会议，大队领导杨大勺没容周宝田开口就直接宣布批斗会开始。蔡家英坐在临时放置的桌椅边，也没有做引导性指示，而是让被批斗人自己交代近日来所犯下的罪行——她点名从万燕开始。

让她第一个站出来，这可是第一次，万燕有点措手不及，好在以前跟在别人后面也说过类似的话，她急速地梳理一下思路，开始交代，说自己这一段时间经常狠斗“私”字一闪念，时时拿毛主席他老人家的语录来对照自己，天天在自己的思想深处闹革命……

万燕顺汤顺水地说着，突然蔡家英站起来，猛地一拍桌子，向万燕吼道：“好了！姓万的，你给我闭了你的臭嘴！你这是在交代罪行吗?！你这简直是在做活学活用的先进典型报告！你给我听好了，今天你必须要老实交代，你是怎么腐蚀拉拢革命群众下水的，快说——”

万燕明白蔡家英的所指，她想，自己什么事都可以承受，哪怕就是造自己的谣，泼自己的污水，唯独这件事不可以指鹿为马，不说要她黑白颠倒或倒置矛头，就是让她按照事实陈述，她也不能当众抖落。万宁荷与平安就站在对面，她纵然是死，也不能让两个孩子遭受众人眼光的剥脱。想到这里，她出人意料地扑通一声跪到了地上，向众人磕头如捣蒜，口里念念有词：“都是我的错，我罪该万死……都是我的错，我罪该万死……求你们处置我……处置我吧……把我打倒在地，再踏上一只脚，让我永世不得翻身……”

蔡家英让万燕的举动搞得有点发蒙，看了看杨大勺，杨大勺摆了摆手对站在两边拿了专政杠的基干民兵说：“把她拉起来！她不老实交代，就让大家揭发她……”

对平安所遭受的事，因着老徘子被逮捕，村里人就没有不知道的了。虽然这年月恶在膨胀，人心唯危，道心唯微，但毕竟碍于平安还是个孩子，乡下人质朴的天性尚有存漏，也就不愿溃决这道良心的底线，有人上来发言，也就绕着平常庄稼人对城里人的厌恶和对万燕的不顺眼而编排一些慷慨激昂的流行话语应付一下。

大马子被杨大勺点了名，她只好站起来，先举着语录本喊了几句口号之后，就一拍大腿，指着万燕说：“嘿哟，你这个女人，你知罪吗？你的爹娘也有罪！他们就不该让你长成这个样子！你撒泡尿照照自个儿，你哪里像个好人？老了都老了，额上顶了一个疤，还长得跟仙女样的，下放来都两年工夫了，还是这么洋气，走起路来，风吹杨柳样的。你的这种样子，怎么能和我们贫下中农打成一片呢？怎么能和革命群众心连心呢？你看看我们这膘(一拍大腿)，壮得跟大马子一样……”

蔡家英咳了一声，有阻止和纠正的意思，但大马子听不出来她的咳意，或者是不愿领会她的咳意，就越发得意地往下说：“你幸好没有男人，要是有，也招不住撞，三下子就让撞散架子了……”说着哈哈哈地大笑不止，“说你勾引人，我不信，不说你目不斜视、正儿八经可怜见儿的，单单就你这身子骨，是招不住撞的……”

杨大勺走到大马子跟前，一板脚踹到大马子的肥屁股上，说：“你给我坐下，严肃点！有你这样骚胡巴瞎扯的吗！这是开批斗揭发会，你再捣乱，我让你也站上去，再扣你 2 天——不，扣你 20 天的工分！”

大马子听说要扣她 20 天工分，吓得一吐舌头，坐了下去，没敢再吱声。

大马子坐下后，冷场了，蔡家英有点失望，看了看杨大勺，杨大勺站起来问：“还有没有检举揭发的了？还有没有了？”仍然冷场。杨大勺转脸对蔡家英说，“按原计划进行吧。”然后宣布，“把负隅顽抗的坏分子——万燕——押下去，爬田埂！”

马上就有两个基干民兵将麻绳挽了扣儿，走到万燕跟前，要把绳套儿套到万燕的脖子上，万燕睁开眼看了看绳套，竟然主动要把头向绳套里伸。

就在这时，有人突然大喊：“等一下，我要揭发！”

大家回头一看，喊话的人竟然是万宁荷！

谁也不知道万宁荷在这个节骨眼上喊要发言究竟是什么意思，是为了拖延母亲被爬田埂的时辰，还是真的想要在众人面前表现自己的阶级立场？或许两方面的因素都有，但对于万燕来说，让她爬田埂要比听自己的女儿做揭发她的发言要好受得多。

万燕抬起头来，用近乎惊恐的眼神看着万宁荷，她摇晃了一下自己的脑袋，她不相信这会是真的，或许只是一个梦境吧——在万燕的梦中，遭受批斗的情节是经常发生的，但再可怕的片断里，也从未出现过万宁荷成为批斗她的人。肯定是在梦中，当噩梦醒来，女儿就睡在自己的身边。

然而，这不是在做梦。

李云英一下子站了起来，与此同时，岸然也站了起来，平安一把抱住姑姑，哭着喊：“姑姑，你是怎么啦？她是奶奶——”

万宁荷却铁着脸走到前面去，也跟其他人一样，拿了语录本，背了流行的套话，待到正题时，她竟然先失声痛哭了。

场子上一片寂静。

李云英和万燕几乎同时喊了一声：“宁荷……”

万宁荷举着语录本指向万燕说:“别叫我宁荷,我恨你!我恨你窝囊废!我恨你一身的秽气还连带了我,还有平安!打我从小到大,我跟着你,就没过到一天的好日子!跟着你下放,穷也算了,苦也算了,遭人白眼也都算了,可是你……你竟然让我替你去挨批斗,在那么多人的面前丢丑!有你这样当母亲的吗?直到最近我才知道,原来我不是你亲生的,我在襁褓里就被亲生父母遗弃——如果不是你多事,我在育婴堂里,保不准我现在反倒好了,最起码,我不会成为坏分子的子女,在乡下人面前都抬不起来头来。从今后,我要跟你划清界限,我要和平安搬出去住,我再也不要叫万宁荷了,我要改姓胡——”

万宁荷的语音并不大,可在万燕听来,每一个字都类乎劈雷般炸响在她的耳畔,类乎钢针般刺扎进她的内心,内心里陡然间有了被撕裂般的剧痛。她原以为自己经历过这么多的破碎与击打,已经失去了疼痛的知觉,没想到,此时的疼痛竟然如此的猛烈与可怕。她看着万宁荷的眼神,从惊恐到散乱,再到一片模糊,万宁荷的嘴在动,声音却消失了,最后连万宁荷的脸和万宁荷整个人也都消失了。

万燕昏倒在地。

万宁荷一下子愣在原地。

李云英不顾一切地冲上去,一把托起万燕的头。

岸然过去帮忙,李云英让岸然扶着万燕,她自己站起来,走到万宁荷面前,二话不说,劈脸打了万宁荷一个耳光。

万宁荷捂着脸,用委屈的眼神看着李姨,眼泪哗哗地流下来。

李云英又伸手要打,被跟过来的蔡家英架住了手:“李云英同志,你想要干什么?”

蔡家英过去叫李云英为婶的,她用“同志”来称呼,打的是官腔了,李云英也没在意蔡家英话语中的含义,气头上,就拨拉开蔡家英,指着万宁荷骂道:

“狗不嫌家穷,儿不嫌母丑,你这个忘恩负义的东西!当年,你妈抱养你,是可怜你,想给你一个家,给你一份母爱。她当初抱养你时怎么晓得后来会变成这个样子?把屎,把尿,穿衣,吃饭……把你养大,供你上学,你却恩将仇报,你这个没了良心的白眼狼……”

李云英说着,又给了万宁荷一巴掌。

蔡家英一把抓住李云英的手腕,盯着她的脸一字一顿地说:“李云英同志!你站错队伍了!你扰乱社会治安了!”说着将李云英的手地往下一甩,然后招呼民兵,“给这个扰乱分子也戴上高帽子,一起爬田埂!”

蔡家英说完,拍了拍手,像是要拍掉刚才抓李云英时有可能沾上的脏,然后走到万宁荷面前,左手扶着万宁荷的右肩,右手拍了拍万宁荷的左肩,亮着嗓门儿笑道:"很好!真好!欢迎你划清界限,站到革命队伍一边来。至于你刚才说的'不是亲生'的话,待会有空了,我再问清楚是怎么回事,现在由你领着喊口号吧,让他们爬田埂去……"

万宁荷一直像在做梦,她不明白自己为什么突然间如此恨起了可怜的、无辜的母亲?不明白心中涌起的恶念为什么竟是那般的不可遏制?不明白哪来的那股力量让她欲罢不能地要去伤害她最不应该伤害的人?不明白自己如此这般到底是为了什么?仅仅是为了自己的这份委屈吗?这份委屈与母亲所受到的伤害能够相比吗?看见母亲受伤难道自己不是更受伤吗?但我为什么还要这样?我为什么能够这样?

万宁荷没有理睬蔡家英,也没有挪动自己,愣怔在原地,看着众人将站不稳的母亲与气得浑身打战的李云英阿姨押往村口。

岸然跑步走到游行队伍的前面,叉腿站在小路当中,阻止他们的前进。

蔡家英要过去理论,杨大勺向她摆了摆手,走到岸然旁边,双手一划拉,岸然便被这个行伍出身的大块头推了个趔趄。

胡岸然抄起一把铁锹,拉出了要拼命的架势,李云英扭头对岸然大叫:"岸然,你给我住手,你要是胡来,我就一头撞死,你信不信!你就让我……陪一下你万姨……行不行?"

胡岸然站住了。

一会儿,他和万宁荷听到远处响起了杨大勺和基干民兵们的吆喝声:"趴下去——都给我趴下去——爬!爬!姓万的——别装了——爬!你给我爬!爬……"

万宁荷一下子蹲到了地上,捂着脸,呜呜地哭了起来。

从椿树方向过来一个人,急匆匆地向史仓走来,是阳部长,也就是欧阳春林,他现在已经沦为专为公社打扫厕所并养了一大群公家猪的人。按欧阳春林自己的话说,部长不当就不当,当所长和饲长也蛮不错的,人身还有一定的自由,在工作之余要是外出什么的,只要告个假也就行了。

他告了假,要来看看他的岳母,虽然他与大毛没有成为夫妻,但他一直喊李云英"大大",对人称其是自己的岳母。

大毛死没多久,他就转业了,跟组织上坚决要求来椿树公社就职,为的是想要离大毛的家人近些。

安置下来，见他是单身，好多热心人为他张罗亲事，欧阳春林先是婉拒，后就坚拒了，他告诉他们，他的心里只有胡大毛，不可能再娶别的女人了。

李云英知道了，没少劝他，甚至拜托镇上的张姐为他留意着，如遇合适的，她来做媒，一定要让春林成个家。

张姐没费事相中了供销社的一个姑娘，长相姣好不说，人还贤良能干，追她的人成阵搭行，但她似乎都看不上。当张姐跟她提到春林时，她只把脸儿一红，一口就答应了，她说她见过欧阳春林，她想要嫁的，就是像他那样的有着军人身板与气质的人。

李云英特地为此事去了公社。

"春林，我今天来，就为一件事，你乐意也好，不乐意也好，你都得答应我！"

"大大，你说，除了让额娶亲之外，什么事春林都答应你。"

"干吗要除了娶亲之外呢？孩子，大毛已经过世好几年了，你不能总一个人这样飘零着，你得成个家……"

"大大，你以为额不想成个家么？额做梦都想，可是额一做梦，额身边的人就是大毛。大大，求你不要逼额，额无法接受除大毛之外的任何女人。"

"大毛已经不在了，她都过世好多年了，你为什么不能学着忘掉她。春林，你是个男人，大大不忍心，不忍心看着你这样一个人没根没伴的……"

李云英说着由哽咽到哭泣，最后说不下去了。

欧阳春林泪流满面，扑通一声跪到了李云英跟前："大大，额也试了，额经常试着想忘掉大毛，想重新开始，可是……可是……最终都失败了，额做不到……做不到忘记大毛。后来额发现，大毛虽然死了，但她的生命已经跟额的生命合在一起了。大大，额不是一个人，大毛跟额是在一起的……"

李云英蹲到地上，像拍哄小孩子一样拍着欧阳春林的后背，一边哭一边说："春林……春林……我可怜的……孩子……"

李云英放弃了对欧阳春林的劝说，后来就隔三岔五的，借赶集时去公社为他洗洗涮涮、缝缝补补，帮他收拾收拾宿舍。欧阳春林只要有空，也到史仓去看望李云英及其家人，变着法儿贴补他们一些。

"文革"开始了，所有的在职当权者很少有不受到冲击的，欧阳春林也不例外。因为行动受限，他们的走动也就少了。

他请假来史仓，说是要请岳母给缝两只护袖，扫厕也好，喂猪也好，太容易脏衣裳了，戴上护袖省得天天都要换褂子。他好长时间没见到大毛的家人了，有点不放心，就借故过来看看。没想到刚走到史仓地界，遇上了造反派又在瞎折腾——罚人爬田埂！近些，看见两个爬田埂的是女人；再近些，他几乎不能相信自己的眼睛，爬在前面的竟然是自己的岳母！

欧阳春林气不打一处来，跑到跟前，先扶起李云英，再拉起万燕，为李云英拍打了身上的灰尘草芒，然后指着蔡家英一行人怒吼道："你们——这是干什么?!"

蔡家英一行人被欧阳春林的一连串动作和怒吼声镇住，一时间手足无措，谁也不知如何应对。

"你们凭什么这样对付额的岳母？她——贫下中农、共产党员、妇女生产队长，犯了什么法？让她来爬田埂？是谁出的主意?!"

蔡家英见这阵势，有点打不到深浅，就看了看杨大勺，是想让他出面担当一下。

杨大勺作为大队民兵营长，原本就在公社人武部长直接辖管之下，对于欧阳春林的做事为人，很少有不敬畏他的，即便现在部长被卸了，但他的威严还在。此时又见到他如此发怒，早就吓得恨不能钻到地缝里，哪里还敢顶撞，但碍于蔡家英的眼神，就只好硬着头皮儿上前说话：

"阳……阳……阳部长……是……是这样的，今天批斗万燕……对，批斗坏分子万燕，万燕的女儿万宁荷上来发言……上来发言，检举揭发坏分子的罪恶行径，可是李队长……李云英竟然不问青红皂白，打了万宁荷的耳光……这种行为……这种行为……"

欧阳春林做了一个手势，让杨大勺住口，扫视了一下现场，问："万宁荷来了没有？"

有人回答说她没有来。

欧阳春林骂道："这个没良心的东西，要是来了，额也要打她的耳光！她万燕即便是罪大恶极，有国法治她。就是狼崽子也不伤狼母的……妈的，全乱了！现在额就是要搞清楚，到底是谁的主意，让额岳母爬田埂？"

杨大勺见状，对欧阳春林赔了笑脸道："是大家的主意，是集体研究的。阳部长，对不住了，大家在采取革命行动时，也没想那么细、那么周到，还请阳部长得饶人时且饶人吧。"说到这里他转身对蔡家英等说，"今天就到此为止吧，大家散了吧。"

李云英赶紧过来扯了扯欧阳春林的衣袖说："春林，少说一句，大大求你了……"

欧阳春林也听出了杨大勺的话里是有话的，就顺势一挥说："散了吧，往后如果谁再敢这样无法无天，额欧阳春林虽然被停了职，但额还是共产党员，还是中华人民共和国公民，额就不信这个邪……"

欧阳春林扶着李云英回了家。

万燕拄着一根树枝也回来了，她无法抬起僵硬巨痛的腿跨过门槛儿，整个膝盖儿乎不能打弯儿了，就只好倚在门框上，头靠着墙，上气不接下气地喘息。

万宁荷烧好了晚饭，看见母亲回来，自然而然地要去扶一把的，可是手伸到跟前又缩了回去，她想保持着一种对立的情绪来证明自己并没有错。尽管在她的下意识里，良心上隐隐作痛的愧疚在不停地啃啮她、撕裂她，但一种理性上的迷乱与困恼又在极力将她带入不可理喻的抵触加抗争中。她心里像有两个打架的人儿，她希望理性的一方得胜，这样便能除却自己的罪恶感，然而，示弱的一方正是以它永不改变的弱，让虚张的理性无法匹敌。结果如何并不重要了，重要的是她担不起伤害母亲的罪责，如果有错，那也是缘于母亲的原错。想到这里，她释然了，甚至还带着讥讽的口吻问向母亲："你今天的这工分，挣得累不累啊？"

万燕听了万宁荷的问话，竟然抬起头来，苦着脸朝女儿拎了拎了嘴角，带了俏皮的口吻说："今天的……这个工分……挣得有点儿……不划算……"

万宁荷见母亲如此回话，知道母亲并没有生她的气，她被母亲的这种口吻逗得忍俊不禁，扑哧一声笑了，万燕也笑了……

一直在一边写字的平安看见奶奶和姑姑同时发笑，有点莫名其妙，想跟着笑，却又不敢。正不知如何是好时，又见姑姑一下子扑到奶奶身上，与奶奶抱在一起，号啕大哭。奶奶也哭了，奶奶哭得浑身发抖。

平安知道她们这样哭是不好的，就赶紧关了门，也趴在奶奶和姑姑身上，三个人哭作了一团。

万宁荷给万燕打来了水，为她洗脸、擦身子。

岸然敲门。

万燕赶紧穿好了衣服，让万宁荷开门。

岸然进来，将一小瓶碘酒放在桌子上说："我在宣传队时手指受伤，向赤脚医生要的，大大高低不愿用这个，她用蜘蛛网止血——脏死了！她让我把这个送过来，万姨可用它先消消毒……"

万燕听说，弯腰将自己的裤脚儿捋起来，露出打了绑腿的膝盖说："我用不上，你看，幸好我有关节炎，一年四季都戴它的，今儿个真派上用场了。膝盖烂是没烂，可我这个老关节让硌的呀，真是尝到田埂上的草根土砾子厉害了……"

岸然低声骂了一句："这都是什么事儿！这都是什么个世道！"

万宁荷一直没有吭声，岸然看了她几眼，万宁荷也装作没看见的样子，做疏远状。

万燕对万宁荷说:“多拿一只碗,让岸然也在这吃一口吧。”

岸然本想一口就答应了,但看到万宁荷那种咸不咸淡不淡的样子,就犹豫了一下说:“不了,我还是回家吃吧……”说完“回家吃”,人却没动,仍站在那儿,用征询的眼神看着万宁荷。

万宁荷依旧躲避着岸然的视线,冷笑了一声道:“妈妈,你不要强留人家嘛,让他回家吃吧,我们可担当不了拉拢腐蚀革命群众的罪责!”

万燕笑着对岸然说:“宁荷是用反话留客哩!”

岸然搬了只凳子,坐到桌子边。

开始吃饭时,万燕说:“按说,今天我不应该留岸然在这吃饭,岸然的大大因为我,受了罪。可我晓得,她让儿子送碘酒过来,自有她的良苦用心。宁荷,她现在最放不下的不仅是我,还有你。她今天打了你,是因为她已经把你当作了她的儿媳妇,当成了她的家人。你今后有这样一个婆婆,我也就没有什么不放心的了……”

万燕说到这里停下来扒了几口饭,给岸然和万宁荷一人搛了一箸菜,又给平安搛了一箸菜,说:“平安跟姑姑,我也放心……”

万燕的话里已带有交代后事的味道了,但万宁荷没能领会,她抬起头来,停止了咀嚼,问:“妈妈,你什么意思?平安跟我,那你呢?”万宁荷将筷子和碗都放到了桌子上,站起来,又坐下,气急败坏的样子,好几次欲言又止,最后离开座位,在门下首的窗子前站了一会儿,总算平静了,转过身来,泪流满面。

“我就晓得……妈妈你……没有饶恕我……今天……那时辰……我见你那个样子……他们那样待你……我受不了了……我崩溃了!我恨不能拿了刀杀人……可是我又做不到……那一刻,我得做点什么……否则我会疯狂的……我已经疯狂了……我竟然也跟别人一样去批斗你……可是,那个对你说话的人,它不是我——那是一个我控制不了的东西,它在伤害你的同时,也更深地伤害了我……妈妈……我真的很想对你说一声,我错了,可是我真的不晓得……不晓得我究竟错在了哪儿……我为什么会错……我为什么会变成那样……”

万宁荷一下子蹲到地上,捂着脸,痛哭不已。

岸然几次要站起来,都被万燕制止了,万燕用筷子指了指饭菜,对岸然也对平安说:“吃饭,吃饭。人是铁,饭是钢,一顿不吃软叮当。我可是吃一顿算一顿了,让她哭吧,让她哭一哭,心里会好受些。”

突然,急促的敲门声打断了万燕的话,也中止了万宁荷的哭泣……

人是铁
饭是钢
一顿不吃软叮当
扛了三大碗
锤子淬成枪

蔡家英将万燕和五类分子们还有李云英用爬田埂的方式惩罚了一下，虽然被欧阳春林中间搅和了，有点遗憾，但一想到她最恨的人被她如此地戏弄了一番，心里就挺受用的，往回走的路上，一直哼着语录歌。

杨大勺冷不丁地说了一句："蔡主任，那样子对待李云英有点过了，人家孬好也是个党员，贫下中农……"

兴头上的蔡家英让泼了凉水，停了唱歌，沉默片刻，说："杨主任，一切责任与后果由我承担，你不用管。谁让她拼了命去帮一个坏分子，还打了发言揭发的人。当然，打万宁荷，我巴不得！只是，万宁荷是在发言，在批斗她自己的母亲——这有多过瘾！却让她给搅黄了，不给她点颜色看看，她哪里晓得阶级立场不稳的严重性。"说着又背起了语录，"革命不是请客吃饭，不是做文章，不是绘画绣花，不能那样雅致，那样从容不迫、文质彬彬，那样温良恭俭让……革命是暴动，是一个阶级推翻一个阶级的暴烈的行动……"

杨大勺没再言语，跟在蔡家英后面，到了该岔道的时候也没岔开来。

蔡家英回头看了一眼，说："杨主任，杨叔，你怎么……还有事吗？"蔡家英的意思是问杨大勺为什么不往回他自己家的路上岔。

杨大勺嗯了一声，吧嗒了一下嘴说："家英，你想过没有？万燕虽然在你手里，你想怎么待她，都没问题。可是，老徘子却在人家手里，这家伙干了这缺德事，在世人看来，不说是抓起来了，就是一杠子就地打死他，也是活该！谁让他管不住自个儿的裤裆呢！当然，男人嘛，管不住自个儿裤裆的，也不是他一个，我就经常管不住……"

蔡家英见杨大勺有点溜缰了，就咳了一声。

杨大勺打住话头，也咳了一声，然后又说："你弄个女人，哪怕就是弄个大姑娘玩玩，也没有啥子不好。可是，哪能去碰那点儿大的小女孩子呢？这就太阴损了！狗日的，徘巴X腿的，你怎么能下得了手！但是，这事已经出来了，讲再多也没用。可是我就不明白，这个聪明一世的人，怎么竟糊涂一时还心甘情愿地跟万燕一道去公社自首？难不成，这万燕真的是修炼成精的老狐狸，老徘子子中了她的魔法？不扯这个了，我是说，老徘的强奸幼女的罪要是铁定了，他混账下作自作自受也不冤枉，可是，风扬开来，对你可不大好……”

万宁荷接话：“对啊，他毕竟是我的表叔，还救过我……”

杨大勺笑了一声：“呵呵，到底还是个孩子！对不起，蔡主任，我不该这么称道你，现在不是你跟老徘子亲属感情的问题，而是……而是一场是与非、红与黑、革命与反革命之间的较量问题。你想想，是你树他蔡有成为大队先进模范的，后来还红到了公社，甚至县革委下发的文件里还点名表扬了他。这下子好，你举起来的红旗一下子栽在一个五类分子的手上，罪名又是那样的见不得人……”

蔡家英停下了脚步，回头看着杨大勺：“杨叔，你比我亲爸还管用！什么话都不要说了，我晓得怎么做了……”

蔡家英领着杨大勺回到家里，家里除了母亲外，还有几个蔡姓的长辈也坐在那儿。蔡家英狐疑地看看他们，招呼了一声：“二爷、大爹、三伯……你们……怎么都……”

来人看见杨大勺跟在蔡家英的后面，先后欠了欠身子，欲言又止。

晚饭摆好了，桌子上只放了三副碗筷，长辈们见状，就准备告辞，蔡家英伸手拦了一下说：“别走了。吃过的呢，就喝点酒，说说话；没吃的呢，就先喝点酒，再吃饭。杨主任也不是外人，长辈们有什么话尽管讲。”

众人巴不得地坐到了桌子周围。

被蔡家英喊作二爷的咳了一声：“那好，杨主任在这，我们来，是要跟家英商议个事的——王八日的徘子，做了那样见不得人的恶——你好吃懒做、偷抢扒拿，哪怕就还是个土匪，也比干这样的混账事好些，最起码能上得了嘴。这人头上顶着个‘蔡’字，让我们老蔡家人的脸也跟着抹锅灰。我们是想，让家英以大队的名义，在广播喇叭上说一说，他老徘子本不姓蔡的，是姓孙……”

听到这里，蔡家英将筷子啪的一声拍到桌子上，火了：“对不住，别怪我不敬重了，这说得是什么话！路归路，桥归桥，这跟姓什么有关系吗？徘子表叔他是受了陷害，遭到阶级敌人的疯狂反扑，我们不立场鲜明地站出来揭发坏人，打击他们的嚣张气焰，那些牛鬼蛇神们岂不是更猖狂无忌了！你们都姓蔡，都是我的长辈和亲人，都是广大革命群众，怎么这点阶级觉悟都没有？反倒要做起亲者痛、仇者快的事……”

长辈们让蔡家英的一番话说得有点丈二和尚摸不着头脑，愣着相互看着，连嘴里的菜也没敢咀嚼。

杨大勺开口：“家英说得没错，你们都是家英的长辈，你们要支持她的革命工作。讲明白一点，如果老徘子倒，家英就立不稳；如果老徘子不倒，家英就仍然是你们老蔡家的光荣……”

蔡家英的母亲这时站起来，给长辈们的碗了搛了一箸菜，接过杨大勺的话茬儿说：“家英，杨叔的话说得好，就是这个理儿。我也讨厌那个老徘子，巴不得他让公安给一枪崩了。可是他眼下跟我们蔡家绑上了，影响家英的前途事小，影响我们蔡家声誉可就是大事了，我们得想想办法帮他洗刷干净了才是……”

长辈们似懂非懂、疑疑惑惑地点头附和。

杨大勺提议，趁热打铁，让家英带几个长辈们一起去跟万燕谈条件，先来软的，不行，再来硬的，逼她写悔过书，说是她诬陷了老徘子蔡有成。

蔡家英在外折腾了一天，有点累，说明天再说，杨大勺却坚持说打铁要趁热，蔡家英的母亲也一个劲地说：“是啊，是啊，打铁要趁热！”

从东头
到西头
撵着日头走
拈来一节棍
看看硬不硬
舂了碓
推了擂
白米研细碎

岸然起身把门打开，撞上的是蔡家英蓄满仇恨的目光。

岸然吃惊地问道：“这么晚了，你们来干什么……”

蔡家英用手拨开胡岸然说：“这话当是我来问你，这么晚了，你还在这里干什么？”说着径直进屋，她身后的几个老人也都脚跟脚进来，歪七竖八地站在一块儿。

平安吓得一下子扑到万宁荷的怀里，万宁荷搂着平安，也带着惊恐不安的眼神看着来人。

万燕低着头将饭碗里仅剩下的饭粒儿扒进嘴里，一边嚼一边念叨：“谁知盘中餐，粒粒皆辛苦……”然后不慌不忙地站起来，将身后的板凳向外推了推说，“蔡主任，你有什么吩咐？”

蔡家英坐到板凳上，用手指了指旁边的板凳要跟来的几人坐下。

都坐下了，蔡家英对岸然说：“你没感觉到你还留在这儿有点多余？”

岸然顺势靠到门框上,笑了笑说:“我感觉到了,我感觉到多余的不仅有我,还有你们。这都什么时辰了,万姨让你们折腾了一天,她纵然有天大的罪,晚上有歇一歇的权利,什么事不能待到明天再讲?你们这样穷追猛打,把人往死路上逼,什么意思?蔡家英,我问你,你到底想要干什么……”

“岸然!”万燕与蔡家英几乎同时出声,制止岸然的质问。

万燕用下巴指了一下门外,示意岸然出去。

岸然索性一屁股坐到了门槛儿上,抱起胳膊,拿眼看着蔡家英。

蔡家英冷笑了一声说:“岸然,你误会了,你没看见跟我来的都是蔡家洼我的长辈,他们来是想跟万燕商量一下我表叔蔡有成的事,没有别的意思……”

岸然接过话来说:“蔡有成的事有什么好商量的?秃子头上的虼蚤,明摆着的,商量什么?再说了,这也是法律的事,私底下有什么好商量的……”

蔡家英想发火,又忍了,喘着粗气说:“胡岸然,今儿个白天,要你亲妈爬田埂,也没看见你像现在这样子用心卖力,现在倒为万宁荷的母亲——不,是养母,为她的养母鼓舌如簧,讨好卖乖,牯牛昂头,想跳母牛……”

岸然甩手打了蔡家英一嘴巴儿。

蔡家英捂着嘴,指着胡岸然说:“姓胡的,你等着瞧!”

胡岸然也指着蔡家英说:“瞧什么瞧?姓蔡的,我也警告你,凡事不可做绝,你让这些老人们去爬田埂,你做下这种亏良心的事,要遭报应的……”

蔡家英要跟胡岸然撕打,胡岸然虽然没再还手,但他也没退缩的意思,蔡家英的长辈们站起来,有拉劝的,也有出黑拳的。

万燕一步一拐地走到蔡家英和胡岸然两人中间站住,用身子搪了众人的手,然后使劲地往外推岸然说:“岸然,你要是真为我好,你回家去,陪你自个儿的母亲,我这里不用你管。蔡主任不是也讲过了吗,他们是来‘商量’事情的。”万燕把“商量”二字说得重重的,示意胡岸然:现在是蔡家英跟她之间有事要谈,她暂时不会有什么危险。

万宁荷领会了母亲的意思,站起来帮着母亲将岸然往外推,然后关了屋门。

关了门,蔡家英恶狠狠地朝门后吐了一口唾沫,跳脚骂道:“右派羔子,我呸!”

万燕听着外面的脚步声走远了,坐下来对蔡家英说:“蔡主任,说吧,商量什么事?”

蔡家二爷等蔡家英坐下来了,先开口说话:“姓万的,我们家家英今儿个带着我们几个长辈的来你家,你要晓得,这排场阵势,是给你天大的面子。我也就不绕弯子了,我们是为了蔡有成的事来的。这事……也就这了,得饶人处且饶人,放过有成这一把,大家都好,要是不放过……”说到这里,蔡家二爷把话打住。

万燕轻轻地问了一声:“我要是不放过呢?”

蔡家二爷将视线从万燕脸上移到蔡家英脸上道:“家英,蔡主任,你说吧。”

蔡家英站起来说:“没有什么‘要是’不‘要是’的!必须得放过!你给我们写一个情况说明,我也不能说你是诬陷造谣,但你得承认那不是事实。哪有把稀屎盆子往自家头上扣的?你家平安长大了也不好做人。放蔡有成出来,也是我们农村革命工作的需要,轻重你掂量一下,我们是来跟你商量的,你总不至于给你脸不要脸吧?”

万宁荷将已经睡着了的平安放到床上,然后站到蔡家英面前说:“蔡主任,既然是商量,不是批斗,请你讲话注意一下分寸……”

万燕赶紧断了万宁荷的话头对蔡家英说:“蔡主任,不是我薄你面子,你要我做的,我做不到。”她指了指睡在床上的平安,“事实就是事实,这么小的一个孩子被糟蹋了,我还要为糟蹋她的人来遮盖事实,这事我做不出来!”

蔡家二爷叹了一声气插嘴说:“是啊!这狗日的徘子,缺损阴德……”

蔡家英在鼻子里急促而又严厉地嗯了一声,食指使劲地在桌子上猛扣了一下,蔡家二爷立马消声。

蔡家英走到万燕跟前问道:“没有商量的余地了?”

万燕点了点头说:“没有了。”

蔡家英对长辈们说:“那好,我们走吧!”走到门口,又回转来,把脸凑到万宁荷跟前咬着牙说,“劝劝你妈——不对,是养母,你叫你养母要识相些!明天我等你们回话。”

众人走后,万燕看了看在床上已经睡熟的孙女儿平安,又看了看愣在一边的万宁荷,深深地叹了一声长气,一只手扶着桌子,一只手去收拾被来人坐乱了的板凳,低声对万宁荷说:“宁荷,不早了,去睡吧。”抬头看见万宁荷仍然像是无意识般地站在原地,就提了嗓音说,“宁荷,去睡吧,明天还得早起挣工分哩!”

万宁荷回过神来,一下子扑到万燕的怀里,呜呜咽咽,不能自抑。

万燕松松地搂了万宁荷,右手的手指起伏着,轻轻地拍打着万宁荷的后背,像万宁荷小时候自己哄拍她睡觉时的样子。

娘儿俩,都一句话没说,万宁荷在哭,万燕的眼眶儿却是干干的。

星儿照啰

月儿照啰

DI-SAN BU
第三部

萤火虫儿打灯照啰

照照我的乖仔儿

可乖睡觉觉啰噢

哦啊啊噢啰……

第二天上午，蔡家英接到公社通知，要她去县里开会。

蔡家英打开装衣服的箱子，一件一件往身上试，每试一件，照一下镜子，近前一步，看看，再退后一步，看看，扭一扭身子，然后脱下，再试……出门看了一下太阳，不早了，把最先试过的那件草绿色的套装匆忙穿上，挎了配套的军用挎包，趿了力士鞋，跨了门槛，想想又回来，将草绿色套装脱下来，换上了白底粉色小朵花的上衣，换上步鞋，走了。

到了县城，看见一个戴手表的年轻人，问他几点了，年轻人告诉了她。

她心情特别好，一路哼哼着："我们共产党人，好比种子……"

到了县革委会大院，门卫问她找谁，她说找汪主任。门卫告诉她，见汪主任得有介绍信。蔡家英愣了一下，拿出开会通知让门卫看，跟着说了一句："我和爱东可是多年的老朋友、老战友了……"

门卫见蔡家英直呼汪主任的名字，还说出了"战友"二字，扫了一眼开会通知，就客气地请她进去，并送她到汪主任的办公室门前。

只敲了一下门，门就开了，汪爱东正要出门，与蔡家英差一点撞上，二人就面对面地站在门里门外。

蔡家英忍住激动，故意歪了头、眯了眼、抿了嘴冲汪爱东温柔地笑，连招呼也没打。

汪爱东有点发愣，眼前这个年轻漂亮的女人，到底是在什么时候、什么地方见过的呢？他们熟到什么程度了？她叫什么名字？他记不清了，又不好问人家"你是哪一个"，于是伸出手与蔡家英很一般地握了一下说："你好！你好！"然后拍拍自己的脑袋，嘿嘿地一笑，"你看我，这整天工作忙得，搞得连老战友都丢到脑后边了。这不，马上又要去主持一个会议……"

蔡家英从汪爱东和她握手与客套的话语中，意识到他刚见面就有逐辞送客的意思，知道他并没有像她那样把她时时记在心里，甚至还蓄有结成革命伴侣的想法，而是已将她从记忆里与其他人混淆了，甚至是淡忘了。正因为如此，她想，绝不能放弃这次见面的机会。

于是，蔡家英的脸红了一红，挺着堆堆的胸从汪爱东的身上软软地擦过去，进了办公室,娇嗔道:“看情景,汪大主任是要撵我走了? 莫不是我来开的这个会,正巧由你主持? 不是说下午3点半才开会的么? 现在应该还不到2点吧? 老战友耽误汪大首长一小刻时辰也不行吗?”

汪爱东让蔡家英的胸口擦出感觉来了,由这出色的胸口想到了椿树公社,想到了那天下午酣畅淋漓的“战斗”。

他反手关了门,问蔡家英:“哦,我想起来了,你是小蔡! 椿树公社的——蔡家英!”

蔡家英抿嘴儿一笑:“难不成汪首长都把我给忘记了?! 我可是天天都想着你念着你疼着你哩……”

汪爱东不好意思地笑了笑,说:“怎么会呢? 我怎么会忘记你哪……”说着,直勾勾的眼神就贴在了蔡家英堆堆的胸口上。

汪爱东已经不能自已了,蔡家英那白底粉色小朵花的上衣和草绿色军装裤子是挡不住他的想象的,他喃喃无序地问道:“要不要喝点茶?”

蔡家英娇柔百媚地答道:“当然要啦。”

汪爱东就有点忙乱地去拿水瓶与茶缸倒水。

蔡家英赶过去,一把夺下汪爱东手中的水瓶与茶缸,从汪爱东的身后将他紧紧地抱住,再把软软的胸口儿狠命地挤贴到他的后背上,并使劲地蹭擦。

汪爱东还在负隅顽抗:“这儿是办公室……办公的地方……”

蔡家英:“慰问首长,也是办公,向首长汇报这一段时间以来……下面的综合情况,更是革命工作……爱东……爱东……我等不得了……我实在是等不得了……”

汪爱东一咬牙,一个转身,将蔡家英掼倒在办公室的长靠椅上……

郎对花
姐对花
一对对到田埂下
种下一粒籽
发了一颗芽

蔡家英从县里开会回来,是汪主任的吉普车送的。车子从永红生产队边的土大路上开过去时,社员就都拄了锄把儿朝小车子看,车窗是开着的,他们看到了坐在司机旁边的蔡家英,甚至还看到了坐在后座上的一个人——很像是老徘子……车子是一溜烟开过去的,大家也不敢确定真假。周宝田先也在看,看着看着,不高兴了,就朝望呆的社员们吼:“看鸡巴毛看!哪个再看,我扣你狗日的工分!”社员们就低了头锄地。

周宝田借着查看干活质量来到万燕跟前,大声说:“这贴近秧秧根的草不能锄,要用手薅。”万燕蹲到地上拔草,周宝田也蹲下来帮着拔草,小声对万燕说,“县革委的车子……老徘子放出来了……假如有什么事,别忘了喊我一声……”

万燕一下子站起来,望了望消失在眼前的吉普车和车后的烟雾,深呼吸了一下,然后转过身准备对周宝田说一声感激的话,发现周宝田已经站起来走开了。

收晚工以后,万燕刚到家,来了一个她们不认识的年轻人,径直地进屋,告诉万燕晚上去大队部一下,蔡主任要训话。

万燕问,是不是村里的坏分子们都要去?年轻人说,不,就你一个人。说完话,就走了,万燕也没来得及问一下来人的姓名。

万燕就去了周宝田的家,周宝田放下刚端起来的饭碗说:“我陪你一道去,看看是什么事。”

万燕说:“这样不好吧,点明了说是要训话的,你跟去,怎么合适?”

周宝田一边穿上衣,一边说:“别废话了,你不能一个人去。”

周宝田带着万燕,一先一后来到了大队部。

天已经黑了,大队部里竟然黑咕隆咚的,没点灯。

周宝田问万燕:“通知是今天晚上吗?说的是大队部吗?”

万燕说:“是的,是的。”

周宝田要了万燕手中的手电筒,从窗户向里照。

还没看清楚里面究竟,就听身后一声断喝:“你们想干什么?!偷听会议精神!”

说着就围上来了一群人,七手八脚,将万燕用绳子五花大绑了。

就听一个人问:“没想到是两个人,怎么办?”

一个恶狠狠的声音回答:“都捆上!”

“没准备两根绳子!”

“用你的裤腰带!”

当周宝田被一个基干民兵用裤腰带捆住双手时,他都还没反应过来到底出了啥事。直到他和万燕被带到房子里面,蔡家英拧亮了煤油灯,大队干部与几个基干民兵都凶神恶煞般地怒目相向,旁边还站了笑眯眯的老徘子时,他才恍然大悟:这是一个专为万燕设下的陷阱!

他一边晃动手腕做褪出捆绑的努力,一边大声地笑问:“蔡主任、杨主任,你们这玩笑开大了!通知说是要万燕来听训话的,怎么把我也给捆上了?”

蔡家英冷笑了一声:“我正要问你呢,你怎么和万燕搞到一起了?莫不是,她把你也勾引下水了?正好,我们这叫捉贼捉赃,拿奸逮双。老实交代,你们偷听到了什么?”

杨大勺也跟着质问:“是啊,真没想到,你们搞到一起了?”

周宝田没能把手从裤腰带里褪出来,就气得用膝盖狠劲地撞了一下桌子骂道:“妈的,你们这是什么话?我周宝田一辈子就没干过这混账事!你们糟践我也就算了,万燕都多大年纪了……”

杨大勺走到周宝田身后,拍了拍他的肩膀,嘻哈一笑:“万燕老是老了,可人家是城里人,过去又是大地主家千金小姐,你土包子想尝尝新换换口味呗!”

万燕被捆绑成一团,放在门下首的地方,听到这里,呼吸不畅的她挣扎着搭过话来:“领导们哪,你们红口白牙的,可不能屈枉人啊,我接到要到大队来接受训话的通知,去报告周队长,周队长怕天黑,就陪了来……”

没等说完,蔡家英一巴掌扇到万燕的嘴上,骂道:“反动透顶的坏分子,你刚说什么?怕天黑?你是说我们朗朗的共产党天下是黑的?!还有,你报告周队长,难道大队是在生产队领导之下?你说,你说,是哪个通知了你?净胡说八道!我们今天晚上大队革委会开秘密会议,你私自跑来偷听,还带上了奸夫!还说我们通知了你,你说,是谁通知了你?”

万燕说是一个年轻人,蔡家英要她说出年轻人的姓名,自是说不出的。

蔡家英咬牙切齿道:“姓万的,你来红旗是接受劳动改造的,没想到你死不悔改,还反攻倒算,丧心病狂地搞破坏活动,用祖孙三代的色相来勾引广大干群下水,你简直就是一个十恶不赦的、罪该万死的、大地主大买办阶级的活走狗?我们现在就是要痛打落水狗,让活狗变成死狗……你向红旗大队的红旗泼了污水,陷害蔡有成,还在我们开会时来偷听,我问你,你到底刺探到了什么?你想要干什么?不老实交代,你就别想蒙混过关!”

周宝田知道万燕将要遭受什么,他想,现在最要紧的不是要洗刷自己和万燕的名声,而是要设法阻止这些人的残忍。于是换了商量的口气对他们说:“碗归碗,碟归碟,万燕绝对不是来偷听刺探什么的,她是听说要她来大队部接受训话,去跟我报告一声,我就主动陪了她来。幸好我陪了她来,我看得清清楚楚、明明白白的,请你们千万要尊重事实,训话也好,批斗也好,可不能随意上纲上线。再不行,我把万燕先带回去,明天在永红村开大会批斗她,我第一个上台发言,让她今后好好劳动改造,不再乱说乱动……”

蔡家英努嘴示意旁边的一个人说:“现在就让他们别再乱说乱动,用抹布把这两个人的嘴给我堵起来。再找一根绳子,把这对奸夫淫妇背靠背捆到一起,不要放在这里,放到……放到那个柴棚子里吧,防止他们的同伙来搞破坏。先让他们亲热一夜,留下两个民兵轮流看守,明天再审,现在我们回去睡觉……"

万宁荷一夜没睡,等着母亲归来。上半夜侧耳倾听屋外的动静,每一个下一刻都有一分等来脚步声的希望,但这分希望又总是与她保持着距离,让失望不至于成为绝望,时间就在这分希望与失望中过去了。到了下半夜,她几次走出村口想找到大队部去,因为夜黑,到底没敢,也没好去喊岸然家的门。

天刚蒙蒙亮,她将还在熟睡中的平安喊醒,告诉她早饭已经烧好了,热在锅里,让她待会自己弄吃的,她要出去一下。

因为奶奶不在身边,平安也睡得不踏实,姑姑喊她时,她已经在半睡半醒里了,听说姑姑要出去,就迷迷糊糊要跳下床,说要跟姑姑一道。

万宁荷对平安说:"姑姑马上就回来的,你在家里还有事要做——记得等一会儿,看岸然叔叔家人起来了,你去告诉李奶奶一声,请她找一下周队长,说奶奶昨天去了大队部,一夜没回来……"

平安点了点头,又回到床上,睡着了。当她醒来时,太阳已经老高了,锅里的饭也凉了,她赶紧吃了一口,就去岸然叔叔家。可岸然叔叔家里的人都出工了,只剩下小五子在磨镰刀,准备上龙穴山砍柴火。

看见平安来,小五子将镰刀从磨刀石上拿开,用大拇指试了一下刀锋说:"快了,快了,苍苍的,锋快!砍石头都没问题了!平安,你来做什么?跟我上山吧,我砍柴火,你拾松果,好不好?"

平安把姑姑嘱咐她的事抛到脑后去了,说:"那好,我回家拿个篮子去。"

小五子说:"不用回家拿了,我家有。"

小五子拿了一大一小两只竹篮,递给平安一只,闩上院门,一前一后上山去了。

山上没有什么柴火,因为前几年大炼钢铁,稍大一点的树都被锯光了,四周围的人家都缺烧锅草,轮番儿上山拾取,稍微平整一点的地方早被砍得净净的,只在石崖子旁边或长刺的灌丛里还能砍得一些——这比山下的村前屋后要好得多,那里的草芭根也都被掀开来晒干了烧锅。

小五子先没有动刀砍柴草,帮着平安拈拾七零八落的松果。

平安提着竹篮跟在小五子身后。

小五子说:"不要老是跟着我,我在这边,你去那边,才能拈到……"

突然从山下传来一阵阵口号声,小五子叫过平安,拉了她爬到一个高处,看到蔡家洼也就是大队部所在地,稻场上集了黑压压的人,都在义愤填膺地呼喊着口号。

小五子嘀咕了一声:“不晓得又在批斗谁了……”

平安打了一个激灵,她想到姑姑交代的事情,想到一夜未归的奶奶,于是哭着一把拉住小五子的胳膊说:“他们又在批斗我奶奶了,这可怎么办啊?”

“你奶奶不是昨天才挨批斗过的么?”

“是啊!可他们昨儿个晚上把我奶奶又叫去训话,夜里没回来,姑姑天没亮找去了,也没回……”

“那你怎么不早些跟我大大说,跟我哥哥说?”小五子知道这事有点严重了,呵斥平安说,“别再哭巴巴的了,你赶紧回村里找我哥哥,找周队长,我先到大队部看看去……”

小五子顾不上已经装满半篮子的柴火了,只拿了镰刀,一手拽着平安,跌跌撞撞地下了山,然后一个向西,去大队部,一个向南,回村。

到了批斗会的会场,人多,没见有自己村子里的人。小五子个儿矮,看不清谁跟谁,就瞅准了一棵大树,爬上去,这才看见垛子上跪着十多个人,都是常挨批斗的五类分子,其中有平安的奶奶——万姨,让小五子吃惊不小的是,紧靠万姨身边跪着的,竟然是生产队长周宝田。十几个人中,只有万姨与周队长的嘴是让堵上的。

万燕阿姨挨批斗已经是司空见惯了,周队长挨批斗却叫小五子不能理解——他可是一个老队长了,社员们很少有不喜欢他的。他为什么跟五类分子们搞到一堆去了?听了一下批斗发言,竟然说万燕阿姨勾引了革命干部,说万姨与周队长是狼狈为奸、淫夫淫妇,我的妈哟,打死我也不能相信!小五子气得只咬牙。

会场突然骚动起来,南围外边有人举着一个油皮纸包着的东西一边喊着“搜到了——搜到了——”,一边拨开人群挤到会场中间。

那人将油皮纸包放到垛子上,想想又拿起来,张相公献宝似的,要递给坐在垛子边上的大队干部们,并兴奋异常地大声说:“搜到了——搜到了——就在她们家的——床底下——”

杨大勺三步两步走到跟前,从那人手里拿过油皮纸包儿,然后举起来,样给众人看,说:“这是炸药——是炸药!点了它的信子,就能把你们这些在场的人全都炸死……”

蔡家英走过去接下话头:“这炸药,就是从坏分子万燕家的床底下搜出来的。她万燕私藏炸药干什么?刚才大家也都揭露了,她拉拢腐化变质的基层干部下水,勾搭成奸,趁夜晚黑来刺探大队革委会情报,同时,还准备谋杀革命干部……”

小五子倒吸一口凉气，这个文气十足、和蔼可亲的万姨，没想到还敢弄炸药啥的，太怕人了！

台子下面马上响起震耳欲聋的愤怒之极的口号声，还夹杂了“打死她！”“打死美女蛇！”“除掉这个老妖孽！”的吼叫声。有人开始向垛子上冲，被站在前排的基干民兵们拦下了，土块与瓦砾像雨点般扔到万燕等人的身上。

万燕的头被瓦砾砸破了，血顺着脸流到脖子，白色的上衣立马洇成了红色。

小五子看见在那些往上冲要打死万姨的人中，还有万宁荷姐。小五子彻底糊涂了，万宁荷姐想要干什么？

万宁荷早上来到大队部时，会还没开，各生产队的社员们接到紧急通知都在向这边聚集，却没有见到史仓生产队的人，她已经猜出了大概：一场批斗大会即将开始，母亲万燕又要遭罪了。她却没能见到母亲，也打听不出来。她的心慌慌的，在会场周遭跟头流星地寻找。

她试着去了大队部，没有找到蔡家英，和杨大勺打了一个照面，不知是真没看见还是装作认不得她，杨大勺在她的面前匆忙走过，头也没回。

万宁荷急得流了眼泪，在满场的人群里，竟然找不到一个可以问事、可以问话的人。

直到母亲被五花大绑地押解了上来，最让她震惊的是，生产队长周宝田竟然与母亲被捆在了一起！

这时土垛子的四周已经围满了各生产队的社员们，仍然没有见到史仓生产队的人。

一会儿，批斗会开始了。万宁荷只能眼睁睁地看着这一切，直到他们开始行凶，万宁荷试图突破人墙挤到垛子去，然而，她无法靠近母亲。小五子看见她混在人群中，那时正是她急得不能自已的时候。

小五子怕血，有点头晕，准备从大树上下来。突然就看见有人给五类分子发基干民兵和村里治保员才可以持有的专政杠——两头漆了红色的两米长的杉木杠子。

打谁?！小五子心惊肉跳。

五类分子们拿了专政杠子在手，先你看看我，我看看你，没有人动手。

蔡家英从一个五类分子的手中夺过杠子，当头就给了他一下，被打的五类分子倒下了。蔡家英端了杠子红着眼睛看其余的人，这些分子们赶紧抡起杠子扑向万燕和周宝田……

小五子吓得连呼吸也似乎停止了。她看见已经是披头散发的万宁荷姐终于突破基干民兵的防线，冲到了垛子上……

万宁荷像疯了一样，看见血肉模糊的母亲还有气儿，嘴里仍然塞了抹布，血沫儿顺着抹布往外淌。万宁荷撕心裂肺大喊："妈妈——"

听到女儿的呼喊，万燕睁了一下眼睛，手指抖了抖……

"妈妈——我的亲娘啊——宁荷对不起你——让宁荷来替你……来替你吧……"

万燕又睁眼看了一下万宁荷，手脚在微微地抖动着，似有千言万语都在那难以名状的眼神里了。

老徘子上了垛子，从一个五类分子的手里拿过专政杠子，举得高高的，对万燕说："九小姐，我来送你上路吧！他们不会让你活下来的，我不忍心再看着你受罪，长痛不如猝死，走好！"说着一杠子打到万燕的头上。

万燕抖着的手垂到了地上。

万宁荷抱住浑身是血的母亲，吼叫起来："妈妈——不要啊——妈妈——不要啊——"

万宁荷一下子从地上站起来，从老徘子手里夺过染满了母亲鲜血的专政杠子，在人们还没反应过来的当口，向老徘子当顶打下。

会场立时哑声，一片肃静。

与会的社员有人开始悄悄离开会场，大队干部与基干民兵都愣怔住了，目瞪口呆。

小五子赶到万宁荷跟前，浑身颤抖得像筛糠似的摇了一下万宁荷的手："宁荷姐……我好怕……"

万宁荷扭过头来，看了一眼小五子，她的眼睛是红着的，没有泪，也没有光。

小五子害怕极了，颤抖着声音喊了一声："宁荷姐……我们……我们……赶紧回家吧……"

万宁荷扔了专政杠，将小五子手里的镰刀拿过去，试了一下刀锋，对着刀口喃喃有词："回家？回哪儿的家？我……我回不去了……没有了妈妈……我回不去了……"

小五子一下子跪到地上，仰起脸哭求万宁荷："宁荷姐，小五子求求你，不要这样……不要这样……我哥他不能没有你……我也不能没有你……平安更不能没有你……"

"我管不了那么多了……平安……愿她平安吧……"

万宁荷说着一扬手，刀锋深深地割进了自己的脖子里。

蔡家英一屁股坐在淌满鲜血的垛子上，脸如死灰。

当李云英和岸然带着史仓生产队的人赶来时，这里已经结束了，只看见满地鲜红的血……

摇风婆
风婆摇
实的落下地
空的飞走了
风婆空
空风婆
啥也没留着

召开全大队社员会，唯独没有通知永红生产队，这是一个阴谋。蔡家英与杨大勺清楚，永红生产队也就是史仓村的绝大多数社员们对万燕是同情的，对周宝田是敬重的，如果让他们都与了会，议程就难以顺利进行。虽然革委会的权威是绝对的，但社员们要是在现场突然闹起来，结果就很难把握，因此他们就采取了瞒天过海的办法想先把事儿办了再说。

没想到小五子与平安在山上看到了会场，小五子要平安回村去找人，她直接去了会场。等平安从地里找到李云英与胡岸然时，这里的打杀已经开始了，大伙儿从史仓到蔡家洼一段路跑到跟前，一切都晚了。

还未回过神的杨大勺看见史仓村来人了，来不及多想，赶紧从垛子后面翻滚下去，猫着腰钻进旁边的草丛中，再爬进下面的沟坎里，带着一身的污泥浊水，溜走了。

基干民兵与治保员们也开始逃离。

五类分子们放了手中的专政杠，没敢走，站到一边去，哈着腰儿，用眼角儿偷觑还坐在血泊之中像是已经坐化了的蔡家英。

李云英一眼看见垛子上的几具尸体，她倒吸了一口凉气，眼睛一阵发黑，摇晃着差一点倒下，岸然在身后一把扶住。

她在体无完肤的万燕身上看了一眼，就一口气咽住，昏死了过去。

大马子哭得哇哇的，上来掐住李云英的人中：“我的云英姐啊，你可不能死啊——”

李云英醒来，扑到万燕身上：“九小姐……我的九小姐啊……你睁开眼……睁开眼看看我……我是翠画……我是跟你……同年……同月……同日生……的翠画啊……你睁眼看看我啊……我对不起你……没能保护你……让你死得……死得这么惨……”

李云英又一口气上不来,昏了过去。

胡岸然坐在万宁荷身边,托起她的头,将手捂住她脖子上已经凝血的口子,仰天长啸:“为什么——为什么——”

搂着平安的小五子看见母亲昏倒,放开平安,跑过去一边哭一边帮着大马子婶去掐母亲的人中和虎口。

李云英总算醒了过来,只见胡岸然抱起万宁荷已经开始僵硬的尸体,走下垛子,快步跑向淠河。他一边跑一边对怀中的万宁荷说:“宁荷……宁荷……你说过的……你喜欢淠河的水……你说过的……你要跟我在一起……不再上岸……像鱼儿一直往前游……直到……天尽头……”

等李云英他们反应过来,哭喊着撵过去的时候,湍急的淠河水只留下一个巨大的渐行渐远的漩涡……

淠河清
淠水淌
水花子拍手打巴掌
鹞子翻跟头
扎猛子下大江
咕噜咕噜一
咕噜咕噜二
驮个篓
背个筐
打马坐轿接新娘
甩个水漂漂
大红盖头没得了

打捞了7天,没有找到岸然与万宁荷的尸体。第八天,船家又来了,李云英雇请他们的报酬是每天20工分。

船家对李云英说:“不能老是在这一段打捞,这河水流得急,怕是已经冲到下游去了……”

李云英绝望地问："下游……是哪儿？"

船家看了看头发在几天内变得全白的李云英，叹了一声气说："淠水的下游应当是正阳关。可正阳关是入淮口，到了入淮口，河面就更宽，水势就更大了，这样大的水势，哪里能存留得了两个抱在一起的人儿……"

李云英再一次失声痛哭。

船家站在那儿，候着李云英发话：是继续在这一河段里找，还是划船到正阳关？

李云英的嗓子哑了，眼睛也肿得只剩下两条缝儿，泪流下来，不能擦了，眼皮儿红丝丝的，全烂了。

她向船家挥了挥手，沙哑着嗓子说："劳烦你多天，算了！就让这两个……这两个可怜的游魂儿留在水里吧。正阳关……我去过……"

船家走了，小五子将烧好的早饭端来，先给平安盛了一碗，又给母亲盛，李云英摇了摇头对小五子说："你们先吃着吧，我去椿树赶个集，买点纸钱回来，今儿个是他们的头七……"

小五子知道这些风俗，"文革"之前，乡下人十分尊崇"死者为大"的律条，人死后，第一个 7 天叫"头七"，要上坟化纸的；第二个 7 天叫"回煞"，又叫讨眼光，人死了，舍不得家人，在望乡台上留下了眼光，待到"二七"得允回来取走，顺带最后看一眼世上的亲人；满了一个月叫"五七"，所有的亲戚聚集，上坟化纸，满了"五七"后，祭祀的活动就告一段落了。自"文革"开始，这些活动都被划在"封建迷信"里，谁做谁挨批。小五子也知道，母亲做事是有谱的，她会设法避开世人的眼，去完成这些祭祀，来告慰死去的亲人。

已经是小半夜了，李云英叫醒了小五子和平安，将研好的黄表纸装进一只灯笼里，拎着，去了离村子足有两里地一个名字叫作鬼塘子的洼地。

路上平安问："李奶奶，给我奶奶上坟，为什么不到我奶奶的坟上去啊？"

李云英没来得及吭声，小五子拍了拍平安的背，小声说："不能去坟上，那会被人晓得的，会有人检举我们封建迷信的……"

平安哦了一声，叹了一声气。

李云英听见小人儿的叹息，又是一阵心碎，黑暗里，她看见平安伶仃孤苦的样子，泪水又涌了出来，刺得红肿得快要溃烂的双眼钻心地痛。

洼地里长满了杂草和灌木，因为四周都是高地，这个突兀凹下去的地儿总给人以阴森森的感觉。这里过去曾经是当地财主家掩埋瘟死牲口的地方，茂盛的灌木丛里聚满了乌鸦。奇怪的是，这里的乌鸦很少发声，但一叫就漫天地聒噪，瘆得人心慌。有人留意，鬼塘子的乌鸦一叫，周遭就肯定有死人的事发生——7 天前，放牛的驼三爷就说过，大白天的，他骑牛来到洼地，乌鸦竟然飞起来将他团团围住，叫声几乎噪聋他的耳朵。结果没几天，大队部就一下子死了那么多的人。

李云英将黄表纸分成4份，间隔开来并排儿放好，然后划着了火柴，先后点燃，一边点火一边念着名字：

“九小姐，来领纸钱……”

“宁荷，来领纸钱……”

“岸然……我的儿子……我的乖乖……我的小咬子……来领纸钱啊……正阳关……我去过……那么大的水……你们哪里安身……我的宝贝……我的心头肉啊……”

几份纸钱依次燃着了，李云英哭着，叨咕着，突然，她从岸然的份子里抽出还没燃着的两张，放到稍远一点的地方，用火柴点着，咬着牙说：“老徘子——孙有财，也给你捎上一点吧。活人不记死人过，望你在下面不要再做坏事了……”

纸钱很快化完了，一阵风儿吹来，灰烬打着旋儿飞到了灌木之上，李云英这才想起乌鸦的事，后悔来这里偷偷烧纸。而就在此时，数十只乌鸦扑棱棱地从灌木丛里飞出来，黑压压地盘旋在她们的头顶上，竟然一声没叫，默然无声地打了簇儿一起飞走了，消失在漆黑无垠的夜幕里。

平安问：“这是什么？”

小五子答：“老鸹。”

李云英说：“我们回家吧。”

白是白
黑是黑
云彩铺天
芦花堆雪
老鸹歇夜
子时打铁

欧阳春林骑着自行车急匆匆地向史仓驶来，自行车的车把上一边挂了一吊子猪肉，一边挂了一个装了点心的网篮儿。到村口，他跳下车子，跟迎面过来的人打招呼，村里人没有不认得李云英这个孝顺女婿的。

小五子开的门，看见欧阳春林，小五子哎呀了一声，然后开心地笑着去扶他的自行车，说：“真是稀奇了，我夜里梦到姐夫来我家了，没想到，你真的来了！”

欧阳春林用食指在小五子的鼻子上刮了一下:“小五子竟然让额多跑了一趟!”说完哈哈大笑。

小五子对于欧阳春林,总是有种说不出来的亲切感,她喜欢他,更多的却是敬重他,信赖他。自从哥哥岸然去世以后,她更是视他为亲哥了,欧阳春林只要一来,平常话不是太多的小五子就成了话痨子,什么事都跟他说。

欧阳春林为了照顾这个家,没少来来去去,担水、搭棚、翻地……什么活都做。

小五子没有去找水桶,而是使劲地摇响了自行车铃,李云英出来招呼:“春林来啦!”

欧阳春林将猪肉和网篮儿从车把上取下来递给小五子,转脸对李云英说:“大大,额今天来,两件事,一是听说小五子上中学了,额来送送……”说着从上衣口袋里掏出几元钱要塞给李云英,李云英拦住了,说这个钱她高低是不能要的,小五子上中学的钱已经攒齐了,卖鸡蛋和卖菜的钱,够了,还有余的。

欧阳春林只好作罢,将钱装回到上衣口袋里,然后又说另一件事,革委会实行“三结合”的政策,他又回到原来的岗位上了。他回岗的第一件事情,就是让县里抓了涉有几条人命案的蔡家英和杨大勺。

听到这个消息之后,小五子开心地说:“太好了! 活该她恶有恶报!”

李云英却是淡淡地叹了一声气,说:“年纪轻轻的,可惜了……”

欧阳春林开始干活,先担水,水缸满了,又抄起大锹把沤在院子里的垢肥出了。出垢肥时,小五子过来帮忙,扶着簸箕系绳。

小五子突然问:“姐夫,我认为,你不应该老是一个人打光棍,你应该再找个姐姐,跟她结婚,你的身边应该有个老婆照顾你才是,你不应该……”

欧阳春林一边做活一边搭话:“去去去,废话连天的,哪来的那么多‘应该’‘不应该’,额已经找过了,就是你大姐胡大毛。额干吗要人来照顾额? 额不需要有人照顾……”

小五子认真地叹了一声气说:“姐夫,我可是真心为你好哩。像你这样的好人,不应该打光棍的。要不这样吧,你要是不着急的话,索性再等几年,等我长大些,我嫁给你……”

欧阳春林一边往簸箕里挖垢土,一边嘻嘻哈哈地笑着说:“那好啊,那我就等着啦。”

小五子知道欧阳春林没把她的话当真,就弯了腰将他手里的铁锹按住,然后严肃地对着他的耳朵小声地一字一顿地说:“我是认真的,姐夫,我可不跟你开玩笑,等我长大了,我就嫁给你!”说完,抿了嘴,倔强地看着欧阳春林。

欧阳春林一甩手，向小五子扬了扬手里的铁锹说："小五子，你再瞎说八道的，看额揍死你！"

小五子仰了下巴说："你敢，馋猫不放小鱼子，姐夫不惹小姨子，没有姐夫敢揍小姨子的，你揍我试试看。我要嫁给你，怎么着，你还要揍我！?"

欧阳春林把自个儿笑得眼水麻花的，用手抹了一下后脑勺子，大声地对着屋里喊道："大大，你快出来一下——"

李云英出来了，问什么事。

欧阳春林指着小五子笑得上气不接下气："大大，你管管她好不好？她说……哈哈……笑死额了……她竟然说……她要嫁给额……"

李云英忍住笑，装成生气的样子对小五子说："那好啊，我看着，你嫁给姐夫！丫头家家的，也不晓得个礼数羞耻……"

小五子红了脸，嘟哝道："我又没说现在就嫁，我要姐夫等我长大再……"

李云英不禁笑出了声："你姐夫眼下都多大了？你还忍心要他再等你长大?!"

小五子无奈无辜地说："姐夫不就比我大20岁么，怎么的？等我20岁了，他不才40岁么？40岁，基本上还没老，怎么的？"

欧阳春林笑着直摇头，重新开始干活，懒得再理睬小五子。

李云英也笑着摇摇头，进屋时又回头说，饭菜烧好了，让他们洗手吃饭。

黄毛丫头
栽了跟头
磕了额头
露了牙口

平安从中学放寒假回来，给李奶奶带了一瓶子牙疼水。李奶奶拿着，昏花的眼睛只看到瓶子里的药水是粉红色的，心疼地问："你哪来的钱？"

平安从背包里又拿出一双手工织成的棉线袜子，递给李奶奶说："奶奶，这个是给你织的。我织这个卖给同学，两毛钱一双哩。"

李云英用手摸了摸袜子，又迎着亮举起牙疼水看了看，笑着说："乖乖，会赚钱了，到底是卞家的后代……"

平安放下背包，一把抱起李云英的脖子，撒娇道："奶奶，看你，又提过去了。我现在是你的孙女儿，别提过去了好不好？"

李云英拉下脸来说："对啊，不提过去了，不提过去了。唉！你亲奶奶归天，眼一眨,都七八年了……”

平安叫了起来:“奶奶——看你——”

李云英与平安一起说道:“又提过去了!”

突然,门外传来大马子吆喊李云英的大嗓门和一阵男人的咳嗽声。

院门咣当被推开了,大马子带了一个驼背的男人进来,边走边嚷嚷:“李大姐,看我,给你找了个老伴儿来!”

李云英手中的牙疼水啪嗒一声掉到了地下,碎了。

竹青就是变成了灰烂成了泥,她也认得出来。

眼前的胡开楚成了一个地地道道的小老头儿,瘦得皮包骨,头向前勾着,肩和背上似乎还在担着装满了水的两只水桶,佝偻着腰,腿也罗圈着,整个人架子散了,站不起来了。一阵阵地咳嗽,胸口里像是有胀满了要往外喷突却又出不来的气,就那么呼哧狼烟地对付着。

大马子见两个人眼对眼地愣望着,也不说话,就将手上拎着的两个大包放到廊檐下,说:“李大姐,我去代销店打洋油,他……”她指了一下胡开楚,“坐在大路边的石头上,向我问路,来史仓的……都认不得了……认不得了……十多年了吧?”没心没肺的大马子说着话,眼睛也红了,嗓音也哽住了,“李大姐……快把大哥扶回家去吧……我走了……”

李云英直愣愣地桩在原地一动不动,嘴里却说:“整整18年零37天……”

胡开楚转了一下身子对大马子说:“多谢!多谢!劳动你了,这两个大包……”大马子走后,胡开楚指着廊檐下的两个包对还没回过神的来李云英说,“两个包都先别慌着往家拿,这一个,全是书,有霉味,在太阳下晒晒;这个包是我的换洗衣服、床单啥的,都生虱子了,烧些开水烫烫吧……”说着又一阵咳嗽。

李云英一下子坐到廊檐石条上,捂着脸,放声大哭。

平安蹲下来对她说:“奶奶,爷爷回来了,这不是喜事吗?别哭了,爷爷好像身体还不大舒服,我们赶紧给他弄点水洗洗,再做点吃的……”

李云英这才撩起褂襟儿擦了眼泪,和平安一起上前去搀胡开楚,她对他说:“这是平安,九小姐的孙女儿……”

胡开楚猛烈地咳嗽起来,站在原地,动不了,脸憋得通红。

李云英腾出手来,在胡开楚的后背轻轻地拍打着,叫平安:“赶紧倒碗开水来!”

胡开楚喝了几口水,咳嗽止住了,喘息了一会儿,缓缓地迈过门槛,进屋坐下来,问:“云英,你刚说什么?平安?九小姐?哪个九小姐?”

李云英还没开口,眼泪先下来了,她仰起脸,想将眼眶里的泪水流回到肚子里,害怕再惹男人激动，就忍了伤心，极力平静地说："能有哪个九小姐，婉妍，卞清瀹……"

胡开楚眯了眼，抖抖索索地从上衣口袋里摸出老花镜戴上，紧接着又取下来，然后将下巴伸得老长看了看平安，说："嗯，真像你奶奶，像极了！多大了，今年？"

平安答："15岁了。"

胡开楚喝了两口水说："哦，你奶奶16岁出嫁的。哦，对了，你奶奶呢？"

平安低下头，眼泪滴在了地上。

李云英赶紧岔过话头问胡开楚："饿了吧？"转对平安说，"给你爷爷烧碗素油疙瘩汤来吧。"踟蹰了一下嘀咕道，"好多年都不让喂牲禽了，都当成资本主义尾巴割了，家里连个鸡蛋也拿不出来……"

胡开楚扶着桌子站起来，说不想吃东西，先去躺一会儿，歇歇再讲。

李云英像在梦中似的扶着男人进屋，她伸手在男人的背上抹了一把，以期来证明自己身边的这副骨头架子到底是真实的还是虚幻的。

男人说："背驼了……"

女人说："嗯哪……一晃眼……我们都老了……"

男人："都……老了……"

女人："能不老么……"

到了床跟前，男人坐到床沿上，喘息了一下，指了指门外对女人说："你去把'红五卷'给我拿来。"

"什么'红五卷'？"

"李云英，你怎么连'红五卷'都不晓得？！"

"哦，晓得，'红五卷'怎么能不晓得？只是你猛地一问，把我给搞蒙了。怎么，你们那里边，也把学这个当活儿干？"

"你说的这是什么话儿？'当活儿干'！它是指导我们思想的理论基础，比干活重要多了……"

男人说着又一阵咳嗽，女人心疼地在他的胸口上一把一把地抹着，却是抹不顺溜，男人的胸口凹进去了。

男人推开了女人的手，又指了指外面，说："快去拿来吧。睡觉前看一会儿书，习惯了。你们生产队也组织你们学习了吧？"

"学了。可学是学了，有什么用？都是大道理，跟种庄稼不沾边儿的事……"女人见男人又想要咳嗽，赶紧把话儿打住，要转身出去拿书。

男人说："李云英，我没想到，这些年了，你的政治觉悟怎么还如此低下。马克思在《哥达纲领批判》中论及的一点不假,社会主义的初级阶段人们在经济、道德和精神方面离共产主义高级阶段的要求真是相距甚远……”

李云英像看陌生人一样看着胡开楚,她不知道在这近20年里,自己的男人究竟遭遇了些什么,但眼前的他已经不是过去的他了,从里到外,都不是了。

“竹青……开楚……你……你这是怎么啦?”

男人咳得头抬不起来,就向女人挥了挥手。

女人心事重重地出门,打开放在廊檐下还没来得及收拾的装书的包,随手就拿到了‘红五卷’,通红的封面,烫金的书名,在书的前1/3处,夹了一个印有领袖像的书签儿。李云英翻了一下,以书签为界,前一部分的页面上密密麻麻写满了字儿,他的笔迹没变。

递书给他时,她很想问一问:你是怎么回来的?老是咳嗽是怎么回事?她见他也没多问儿女们的事,想他可能是累了,就腌了一肚子的心事,出来,带上了房门。

房屋里的咳嗽声就没停过,李云英又轻轻地打开房门,果然,他还在读‘红五卷’,竟然还念出声来:“镇压反革命……必须实行党的……群众路线……”

李云英走到跟前,带着商量的口气一边说一边将书从男人手里拿开:“先睡一刻儿吧,待会儿再看,好不好?”

男人也没犟,顺势躺下了,躺下后,咳得厉害,就又坐起来。

女人赶紧将枕头塞到男人背后,问道:“怎么咳成这个样子?”

“感冒了吧,一直没好清朗,农场领导带我到县城里查了,开了一些药,就让我回来了。幸好感冒了,不然他们还要拖着不让我走。国家政策好,去年右派都平反了,可他们让我在农场当教员,给劳改分子们上文化课,讲马列的书,我又成教书先生了。重用是重用,可我还是想回家来看看……”

“咳成这个样子,怕是要住院治一治的。二毛的家就在公社医院旁边,明天让她来接你去医院好好看看,打打针、吊吊水,好得快些……”

“二毛给婆家了?是啊,都30多岁了。三毛……三毛也三十好几了,也嫁了吧?岸然呢?娶亲了没有?岸然在哪儿?还有小五子……”

女人坐到床沿边,把脸埋进双手里,一会儿,眼泪水就顺着指缝和掌心滴落下来。

“二毛出嫁了,三毛我没办法养活,你走后,我抱给人家了。小五子上大学去了,工农兵学员。她平时干活拼命,喜欢写戏、画画儿,公社给了指标,就都推荐她了……”

“嗯,好!好啊!上大学了,党的政策好啊!写写画画,胡氏文脉没断!可惜小五子只是个女孩儿。哦，对了，岸然呢？我的儿子……小咬子呢？今年……我算算……应该是快30了，肯定娶亲了。我晓得翠画能干，一个儿子，上天入地，也要为他找房媳妇的，该有孙子了吧？我们的孙子呢？孙女也是好的，我孬好当爷爷了……”

女人站起来，说：“你还是……吃一点东西吧……”

男人将眼睛转到“红五卷”上，问女人：“岸然……是不是……不在了？”

女人一下子跪在了床面前，放声痛哭，一个字儿也说不出来。

男人的嗓子里发出一种奇怪的声音，像是将要烧开的稀饭锅那样，咕嘟着在酝酿冲出锅盖的气泡，随着骤然猛烈的一声咳嗽，从嘴里喷出一股带着腥味的鲜血来……

欧阳春林三步并作两步走，将平安远远地甩在身后，快到史仓村口时，他才站下来，等着平安。

是李云英让平安去公社找的欧阳春林，见男人的病严重成这样，李云英不知如何是好了，想只有把春林找来商量商量。

接到信，欧阳春林二话没说，向同事们借了钱，转身就向史仓方向走。

平安到了跟前，他问：“你来时，爸怎么样？人还清醒吗？”

平安告诉他：“人还清醒，念叨岸然哥，还有大毛姐……”

欧阳春林眼睛湿了，说：“赶紧的，让爸住上院！”

人刚进院，欧阳春林就动手搬放在木架上的凉床笆子，让平安找来扁担与麻绳，利索地扎好了担架，然后进屋去看胡开楚。

李云英弯下腰，对男人说：“开楚，你女婿看你来了……”

胡开楚睁开眼睛，看了看站在床前的欧阳春林，轻声地问：“二毛的？”

李云英正要纠正，被欧阳春林用话打断了：“爸，听说你回来了，额来看看，额想把你送到医院去住下来，好好治一治。爸，你回来了就好，往后一家人在一块好好过日子……”

胡开楚合了一下眼睛，算是点头了，喘息了一会儿，想坐起来，被欧阳春林按下了，说：“爸，你暂时不要动，担架额已经扎好了，平安先把被子垫上去，待会额来抱你……”

胡开楚轻轻地动了一下身子，躺躺好，然后自言自语道：“一个女婿……半个儿……”

胡开楚总算住进了县医院，检查的结果是肺癌晚期。欧阳春林不敢告诉岳父，也没敢告诉岳母，只对赶过来的二毛说了实话。他带来的钱很快就花光了，回到公社去借，公家的、私人的，有的都借了第二轮了，最后又把心爱的自行车卖了。李云英将家底儿抖了，二毛也将家里能变卖的都变卖了，凑起来，勉强支付着医药费。

安顿下来了，欧阳春林得回去上班，二毛也不得不回家照料孩子，说隔三岔五地过来看看，留下李云英床前床后地服侍。

护士来给病人输液。拉出胡开楚窝在被窝里瘦得跟干柴一样的手臂，护士说："病都拖成了这样，才来住院，你们家人真是不负责任……"

李云英不想解释什么，三两句话讲不清的。

护士走了，李云英坐到病床边的小木凳子上，眼瞅着输液瓶一串串气泡从下往上冒，那一串串白色的气泡蹿着蹿着，就把500毫升的输液瓶撑成一段河面，那是青河的河面吗？那是淠河的河面吗？那是正阳关淠河入淮口的河面吗……河面上一个又一个巨大的漩涡儿，黑幽幽的，没有一点儿声响，却是那般快速、那般残忍地从她眼前旋走了。她眼睁睁地看着一个漩涡接着一个漩涡，从她的面前，黑幽幽地旋走了，最后就什么也看不见了。

"岸然……是怎么……走的……"男人难得地睁开了眼问。

女人将眼神从输液瓶里收回来，看了一下男人的脸，没敢碰他的视线，低了头，艰难地相告："投……投了……淠河……"

"因为……什么？"

"因为万宁荷……就是岸然的对象……九小姐的女儿……自杀了，他就抱着她……"

"九小姐……的女儿？"

男人抬了一下头，想支起自己，却又无力地放弃了。

女人又将眼睛投到输液瓶上，看着那些气泡一串又一串地向上，然后一粒粒地破碎。她叹了一声气，给男人讲述了万燕和万宁荷，还有平安，还有岸然……

男人听完，好半天没有说话，闭着眼，养了一会神，最后叹息了一声说："唉……糊涂啊……你们都糊涂啊……你跟九小姐……搅到一起……可以理解……可你……你，怎么能叫岸然……跟九小姐的女儿……处对象呢？马克思有关阶级的论述表明，有了阶级，就有了阶级斗争，它是经济利益根本对立的对抗阶级之间的斗争……"

女人是真的糊涂了，男人的大道理让她不知其所以然，她怔怔地看着他，半天没动。

男人见女人发愣，气喘喘的，又说："毛主席……不是也教导我们说吗……在阶级社会中,每一个人都在一定的阶级地位中生活,各种思想无不打上阶级的烙印……你怎么就不明白,我们家岸然跟他们家万宁荷……出身不一样,他们不在一个阶级中……你怎么能让他们去处对象……还有,岸然不应该站到他们剥削阶级一边去的……”

男人很激动,累得上气不接下气。

女人心疼地看着他,她怎么也想不明白,男人怎么会变成了这样?

他继续往下说:“马克思主义认为……阶级斗争必然导致无产阶级专政……也就是说,无产阶级是由不同阶级之间的斗争而必须设立的……我们……我们家几代贫农,我们的立场应该在无产阶级这一边……胡岸然竟然……竟然跟剥削阶级打成一片……”

一阵猛烈的咳嗽打断了他的关于阶级的论述。

女人给他递上开水,服侍他漱了口,借着要去打水,出去偷偷地哭。

接下来的两天里,女人小心翼翼的,生怕引出男人的相关话头,引出他的大道理来,想方设法,绕来绕去,极力使男人找不到由头来滔滔他的革命理论。尽管这样,男人总能活学活用,把理论与实践联系起来,哪怕是吃饭撒了一个饭粒,他也能引出“贪污和浪费是极大的犯罪”等语录来教训女人。

女人由伤心到漠然,最后实在有点生气了,但一想到这近 20 年的别离、近 20 年的想念总算有了一个结果,也就得了一分宽慰,失而复得后的现状虽然没能带给她丝毫的喜悦与幸福,但毕竟让她一直悬着的心落到了实处。

在那些个担惊受怕、焦虑悬挂的日子里,她曾经想到:如果他还活着,哪怕他活成了一个废人,她也会不弃不离地相伴他左右;只要他还活着,哪怕他已经娶了别的女人,她也会为他祈福,为他高兴;假若他还活着,即便天涯相隔,至死不能相见,她也绝不因自个儿的孤寡而怨天尤人——因为,他还活着……

然而,眼前活着的他,变成这个样子,却是在她过去近 7000 个日日夜夜里所有的思念与疑惧中,连做梦也绝然没曾想到的样子。

她感觉自己突然之间成了一个被吐乱了丝缕儿的茧子,想从它的内里抽出一个丝头来,却在抽取的时候一下子拽空了里面,乱七八糟地疼,竟找不出一条主线儿来。

她心底深处突然间生出一个意念来:他这样活着,跟死了又有什么两样呢?甚至比死了更可怜,更悲哀,也更让她感到心碎。她想到了自己身边死去的人,想到了大毛,想到了岸然,他们的死虽然让母亲痛不欲生,但在母亲的心中,女儿和儿子是有情有义,为了爱敢于面对一切包括死亡的人;想到九小姐的死,虽然她死得很惨,但她守住了一个女人的美丽、善良、坚忍和克己勇为的正常人性;想到了云景的死,为了救一个他不能爱的女子,竟然将自己葬身火海,那俊雅伟岸的身影永远定格在许多人的心里,也伫立在李云英的心里。他们都是虽死犹生……

又一次被教训之后,女人就试着想劝劝男人:“竹青……”她用了这个称谓,是想以此来唤一唤男人对于过去的记忆,唤一唤他的正常意识,然而,“竹青”二字刚一出口,男人立马打断道:“李云英,以后请你不要再叫我这个名字。你怎么……怎么老是津津乐道……怀念自己受剥削、受压迫时的生活呢?我的‘竹青’和你的‘翠画’,那都是剥削阶级为了更好地剥削我们而剥削了我们的名字,这是剥削阶级对被剥削阶级的极大的侮辱……”

女人深深地吸了一口气,然后慢慢地呼出来,心凉如冰。

青果果
银果果
我去摘
它逗我

——露水的谜面

小五子也放假了,回到家里,平安接过她的挎包时对她说:“爷爷回来了!”

“爷爷?”小五子将挎包又夺了回去,瞪着眼问:“爷爷是谁?”

“就是你爸爸呀!”

“我爸——爸?”

“对,你爸爸——可是他病得厉害,奶奶前天陪他去城里住院了。”

“你是说,我爸爸?哎哟,我的妈哟,我竟然真的有爸爸!”

小五子发出这样的感叹以及对于“爸爸”的概念与“爸爸”的称谓感到陌生是正常的,因为在她刚出生不久,这个让她后来一直羡慕、一直想念,也一直记恨的“爸爸”就在她眼前消失了。因着这个“爸爸”,她成了右派子女,成了被排除在各样先进组织、红色组织之外的年轻人,成了受人冷落、遭人白眼,不得不把孤独变成孤傲、把冷酷变为坚忍的学生……

尽管如此,记事较早的小五子眼前马上出现一个温文儒雅、英俊洒脱的父亲的影像,这影像在她不能定准的幼年记忆里模模糊糊地生成,后来再经母亲与姐姐们口头上的再加工,使之具象为一个故事、一个传说中的人物——他饱读诗书,琴棋书画无所不能,他绝顶聪慧,少年老成,17 岁就成为大户人家私塾先生,他不会农活，却喜欢在田间和菜地里帮着母亲打下手，闲下来不是写字就是画画，经常一个人在院子里的月光下，摇头晃脑地吟诵苏轼与李白的诗，有时也教孩子们读写，满腹经纶，超然自逸，遵循儒道，刚正不阿……

父亲是在他的供销社单位里被打成右派后被发配到劳改农场的，分给他的劳动任务是从山下河里担40担河水到半山腰农场的营地里。父亲被抓后被关到了什么地方，家里人是不知道的，也不允许探视，父亲与家中亲人的联结就这么戛然而断。

小五子打开了父亲带回来的装满了书本的木箱，她对父亲的读书笔记生出了深厚的兴趣。曾是丹青里手的父亲，他的钢笔字也写得非常好看，一本又一本的笔记，一段又一段的心得体会，是那样的认真、那样的深刻、那样的洋洋洒洒。从他的笔记里，小五子知道他通读了马、恩、列、斯、毛的所有在中国出版过的作品——他的阅读量令她震惊！按笔记的时间来看，那些笔记大多都是在劳改农场里记下的，小五子揣想：作为知识分子的父亲，农场里派给他担水的活是那么重，那么劳累，他哪来的时间去阅读、去记录这些文字？答案是：他用近乎自虐的形式牺牲了休息的时间试图把自己融在“他们”之中，他做到了；“他们” 也做到了——成功地“改造”了一个书呆子右派的“思想”！

小五子在父亲的字里行间想寻找一点父亲的正常人生、正常人性的东西，但是最终失望了，父亲似乎已然成为一个不食人间烟火的政治符号，他把生活与政治割裂开来，把精神与物质割裂开来，最终把自己整个人也割裂开来，甚至彻底拍碎，再塑铸成为一具毫无生命气息的红色活偶。

小五子听说父亲病得很重，她不等母亲捎话来，就自己搭车去了县医院。

父亲的病情平缓了许多，能坐起来自己端着碗吃饭，甚至还能下地自己上厕所了。趁小五子在，李云英要回家拿点东西来，就走了。

胡开楚坚持要坐着吊水，不仅是为了好呼吸些，还为了能读“红五卷”，有时竟念出声来，为的是让小五子能听见。小五子不像母亲一样能默然忍耐，而是转守为攻，跟父亲大侃她的素描理念与色彩表现。父亲也曾是丹青里手，见女儿如此肯学习，他也拿她没有办法，只是在小五子的话隙里找个机会说一句：“警惕不能走白专道路……”小五子响亮脆生生地答应着，走开了。女儿走开后，他就低了头继续汲取他的红色营养，读着读着就读出声来，很忘我、很用情地大声诵读，像教私塾时诵读“四书五经”一般。

有一天，邻床上的病人不愿意了，说：“我说老头儿，你能不能不读出声呢？早些年，我们背老三篇、老五篇，背最高指示、最新指示，早请示、晚汇报……那些年，就没消停过。现在总算好些了，你怎么还那样呢？眼下，我们都在医院了，歇一歇，好不好呢？"

他气得啪地合上"红五卷"，火气冲天地对他的病友说："你这个同志是什么阶级觉悟？我问你，什么叫没消停过……"一阵咳嗽打断了他，病友忍着难受苦笑了一下嘀咕道："这人要不是咳嗽，应该送到精神病科去……"

小五子听到了病友的嘀咕，心就像猛地一抽，跑到父亲跟前，本想一把夺过他手中的红书给扔到窗外去，想想父亲的病，已经20岁的她忍住了，就走到跟前，用双手十指并排着捏住书的顶端，像哄小孩子一样对父亲说：

"爸，你歇一会儿好不好？你得闭目养神才是，老是看，有什么好看的?!"

父亲没有松手，那书就被两双手这么抬在病床上，父亲的眼睛从眼镜的上方看向女儿，语气硬硬的："小五子，'红宝书'可是我们的精神食粮，你怎么能如此轻视?!"

小五子试了试，想将书从父亲手里抽走。父亲虽然虚弱，抓书的手劲可一点儿也不含糊，小五子又不敢使劲，就这么僵持着，惹得邻床人直笑。

"爸、小五子，你们这是在干什么?"欧阳春林进了病房。

看见欧阳春林来，小五子的脸红了红，把手松开了。

胡开楚却余怒未消地指着小五子说："你二姐夫来了，小五子你给我赶紧回家去吧，我不想再见到你这个逆女！"

小五子笑了："爸，你说什么？你让我叫他二姐夫?"

欧阳春林向小五子打手势，小五子装着没看见，对父亲说："爸，他可不是二姐夫，他是大姐……"

"爸，额看到你病好多了，额真开心。"欧阳春林赶紧用话来打断小五子。

胡开楚看了看欧阳春林，将拿书的手放下来，耷拉了眼皮，叹了一口气。

欧阳春林用责备的眼神看小五子。小五子却用手指了指搭在被子上的书，向欧阳春林扮了个鬼脸儿。

"你刚才一说'额'，我想起来了，当年……你去我们家借洗澡盆……后来……大毛就……跟着队伍跑了……"

欧阳春林给胡开楚倒了一杯开水，递给他时说："爸，都是我不好，没有照顾好大毛，也没照顾好岸然……"

胡开楚晃了一下脑袋，说："不怨你，是他们……他们自己的选择……"说着放下水杯，又要去抓书，书却已经被小五子拿走了。

欧阳春林又去交了住院费，回来时，看见胡开楚靠在床上，就说："爸，你睡一会儿吧。”

胡开楚用嘴向床沿努了一下，意思是让欧阳春林坐下来，他有话要问他。

欧阳春林说：“爸，我不坐，你说吧。”

他就扭过头来问：“‘红五卷’读完了吗？”

欧阳春林老老实实地答：“还没哩。”

“那前四卷呢？”

“基本上看完了……”

“什么叫‘基本上’？读完就读完了，没读完就没读完。对于这样严肃的事情，是绝不能打马虎眼儿的……”

欧阳春林站在胡开楚面前，搓着手，十分尴尬。

小五子见状，对欧阳春林说：“时辰不早了，姐夫得回去了，我送送你……”

两个人走出医院大门，小五子突然一下子蹲到院墙根下，捂着脸哭了起来。

要是在早些年，欧阳春林要不过去拽她起来，像大人哄小孩子一样，哄哄她，要不骂她几句，让她歇着，有话好好说。但眼前的小五子已经是个大姑娘了，他虽然比她更大，大得可以做她的父亲了，但毕竟他是她的姐夫，而且几年前她还信誓旦旦地说要嫁给他，甚至还穷追不舍。幸好后来公社有了推荐回乡知青和下放知青上大学的事，在大队推荐上来的名额里，他跟分管“五七”工作的同事递了话，小五子就很顺利地被录取了。当然其中的究竟，小五子和其他的人并不知道。他原本是想，小五子上了大学，在新的环境和高层次的人群里，她会很快忘掉自己所说过的话的，那些话只不过是不懂事的孩子一时兴起胡闹瞎扯罢了。可是小五子上学以后，干脆用写信的方式直接地向欧阳春林表达她心中的敬意与爱慕，一年多来，书信就没断过。欧阳春林先还回些信，劝过，骂过，不管用，到后来干脆不理她了，但每个月里仍然照常能收到她的三到四封书信。在小五子的假期里，他就想方设法避开与小五子碰上，但到底还是相遇了。相遇就相遇吧，额就不信额一个当过兵的汉子让你个黄毛丫头给俘虏了！但作为一个小妹妹，欧阳春林喜欢她，像父亲亦像哥哥那般地喜欢她，甚至是爱她，正是因为这份爱，他更铁了心地拒绝她，哪怕就是伤了她，他也得对这个可爱的小妹妹的终身负责……

此时小五子的哭，他知道是为她的父亲，她翻看了父亲的病历，她痛心的应该是父亲的肉体与精神上双重的病。他不知道如何来安慰小五子，因为他也为岳父的这个样子难过。

欧阳春林想了一下，对小五子说：“我暂时不走，我得回去一下，陪陪爸……”

“那太好了！顺带劝劝爸，开导开导他……”

“爸都这个样子了，做晚辈的，还是少惹他生气的好。他想做什么，就依着他，让他做就是了……”

“可是，我不想眼睁睁地看着爸爸变成这个样子。”

“爸爸的变可不是一朝一夕的，冰冻三尺，非一日之寒，小五子你想想，近20年的‘改造’是什么个概念——近20年！水滴石穿了，铁杵磨成针了……站在爸的角度替爸想想，爸也真是可怜，我们当晚辈的不能认同他，总得要体谅他，包容他，格外地关心他。眼下像爸这样的人，多得是，他们的心思意念就这样了，铸模成型了，要想让他们再变回去，跟正常人一样，很难了！”

“再难，我们也要试一试，倘或让他这个样子归了天，我会伤心一辈子的……”

“小五子，你听姐夫一句劝，你也不要太在意爸的现状，他现在身体是这个样子，他的言语意识如何，真的有那么重要吗？”

“是的，这很重要！人性不能失真，我不想我的爸成为一具没有正常情感和正常人性的躯壳，我大大苦等了他近20年——不，是一辈子。我也习惯了从小到大没有爸爸却又被喊成右派子女的日子。现在，爸爸回来了，可是……可是我这个回来的爸爸跟我这些年来梦中的爸爸差距太大了，我无法接受，这太残酷了！我的那个英俊儒雅、才华逸群的爸爸呢？那个让我的大大拼了身家性命相随相守的爸爸呢？他去了哪儿？我要春林哥帮帮我，帮我找回他来……”

小五子说着，就一头扑到欧阳春林的怀里，失声大哭。

欧阳春林像父兄一般地环过一只胳膊，手搭在小五子的肩头上，仰天长叹。

发际间有一只手轻轻地抚过，小五子抬起头来，见是母亲。

母亲的泪痕未干，对小五子说：“我回来了，你跟你春林哥一道回家去吧。你春林哥说得对，你爸现在这个样子，就别惹他生气了……”

欧阳春林说：“大大，额改变主意了，叫小五子回去吧，额想额还是留下来，陪陪爸，跟他好好谈一次，额会注意分寸的……”

小五子赶紧接话：“那我也留下来，陪陪爸。我保证，你们谈话时，我绝不插嘴。”

看见欧阳春林回了病房，胡开楚显得很高兴，到快要吃晚饭的时候，他坚持着要坐起来，对李云英说：“你去……买点酒来，我要跟春林……喝一盅。”

欧阳春林赶紧拦阻：“爸，现在绝对不行，等你病好了，额爷俩再好好喝。”

小五子也说：“爸，这是在医院里，医生护士不会让你喝酒的。”

胡开楚皱了皱眉头。

李云英犹豫了一下说："成，这样吧，我出去瞅瞅，看能不能买到低度的，就喝一点点，润润嘴，佐你们爷俩说说话儿。"

胡开楚笑了，对站在一边的小五子说："还是你大大好，你大大这一辈子，除了文化不高、政治觉悟不高外，其他的……什么都好！"

小五子本想发作，看见欧阳春林向她使眼色，就笑了，转对母亲说："大大，想必你们年轻时，你也就是这么依从着爸爸，落得爸爸说你一个'好'，也不是那么好，因为你政治觉悟不高……"说得李云英扑哧一笑。

小五子又接说："那就我去买吧，我晓得哪里有低度酒，还晓得哪里有卤豆子。大大说，我爸最喜欢吃卤豆子了……"

胡开楚笑着看看李云英，李云英的视线就没离开过男人，两眼神儿相遇，李云英那一刻的感受，就如春暖化冻般地将他们一辈子的苦难恩怨都融化了。

都是山芋干酒，没有低度的。卖酒的说，这山芋铳子（对山芋干酒的俗称），喝嘴里，辣；过喉咙，烧；入肚，没了——不伤人的。小五了就打了二两，又偷偷地兑了多出一半的凉开水。

李云英在病床边放了凳子，趁中午大伙都吃饭时，将菜摆到凳子上，酒却藏在凳子的下面，害怕医护人员看见。

胡开楚一喝，就摇了摇头说："好多年没喝这东西了，但我还是喝出来了，这是兑了水的……"

小五子就扑哧一笑。

胡开楚左手端着装酒的瓷缸，滋溜喝了一口，右手用筷子去夹卤豆，因为手抖，那豆子夹住了又掉了下来，如此三番。欧阳春林就随手拿起勺子，为他舀了两勺儿。胡开楚将碗里的豆儿又倒到碟子里，再用筷子去夹，一边夹一边说："我喜欢吃豆，就是喜欢将这豆儿一粒一粒夹起来，往嘴里送的过程，用勺子舀，感觉就不对了。正如毛主席他老人家说的：'斗争，失败，再斗争，再失败，再斗争……'我就不相信，我胡开楚连一个豆子也对付不了……"

看着他终于夹起了一粒豆子进嘴，旁边的三个人都舒了一口气。

欧阳春林举起瓷缸说："爸，额敬你。爸，这么多年过来了，你跟大大都不容易，你现在要以养病为主，千万不要把自己给累着。要是有闲空了，跟大大讲讲闲话，哪怕就是忆忆旧也是好的。"

胡开楚又滋溜了一口，并成功地夹起了一粒豆子，竟然没掉，得意之情显露，就说："我说过了，你大大是天底下最好的女人，除了识字不多，还有政治觉悟不高外……”

“爸,你跟大大都老了,居家过日子,跟政治觉悟挨不上的……”

“怎么挨不上?譬如说,当年我把土产门市部那些破损的歪七扭八的瓷器当正品买回家去,她就跟我吵过。后来更严重的事……我就不说了,她怎么能把孩子……把岸然教育成敌我不分的人……”

李云英本想插话说他当年那么为着集体、为着公家,还不是被打了右派,想想,这话要是一出口会伤人的,就低了头吃饭,装作没听见的样子。

欧阳春林说:“爸,凡事都要设身处地地看待问题。俗话说,世事难料,岸然的事不怨大大,大大岂不是更希望岸然幸福吗?可是这世道……”

胡开楚将瓷缸使劲地往凳子上一放,那酒就泼了出来,筷子也朝瓷缸上一撂说:“春林,真没想到,你的政治觉悟跟你岳母一样低下,这还得了!你刚刚说什么?‘这世道’?这世道怎么啦?这种话你也能说得出口?只有无产阶级的对立面才会如此贬低我们的大好形势……”说着咳嗽起来。

欧阳春林吓得赶紧站到胡开楚的身后,一边赔不是,一边轻轻地在他的后背拍着。

胡开楚平静下来,又要去端瓷缸,小五子说:“爸,你不能喝了,虽然是兑了水,但酒精对你的肺不好。”

胡开楚又来了气,用瓷缸指着小五子说:“还有你,小五子,你还不如你大大哩,你自打到病房来之后,我就没见你摸过‘红五卷’……”

小五说:“我摸过,从你手里夺它,算不算摸……”

欧阳春林和李云英一齐呵斥:“小五子!”

已经迟了,胡开楚气得猛烈地咳起来,然后就开始吐血。

胡开楚吐血之后极度虚脱,医护人员进入抢救程序。

小五子哭得昏天黑地。

命如游丝的胡开楚在医护人员的一阵忙碌之后,慢慢地睁开眼,看了看站在病床边流泪不止的女人与女儿,还是欧阳春林,嘴唇翕动张合。

李云英料定男人有重要的后事要交代,就忍了悲伤,把耳朵凑到男人的嘴边。

男人吃力地抬了一下手指,指了指放在枕头边的书,拼尽了力气说:“我……我……今生……最大的遗憾是……无法……看完……‘红……红……红五卷’了……”

说完这句话,他长叹一声,去了,苍白如纸的手指指在鲜红如血的书卷上。

小五子扑通一声跪到病床边,大喊一声:“爸——爸——”就一下子昏了过去。

后来小五子在自己的日记中写道：

追悔是一种痛，是那种无法消弭也无法诉说的嵌入内心深处的痛。

我不是想要推卸或减轻我在父亲的死亡上该要担负的罪责，我想要表达的是：父亲的死亡——包括肉体和精神上的双重死亡，担罪者不是我，也不是早就在他身体里吞噬人生命的癌细胞……

多少年来，我一直在揣想父亲的心路历程，我无法明白一个旧时的私塾先生被打成了右派进了劳改农场后，怎么会变成了那样？是什么力量使一个有血有肉的父亲完全变成了一个红色的标本？

父亲对于共产主义的信仰是真诚的，从他的读书笔记里，我也看到了他有过痛苦的挣扎，但最终按他自己的话说，还是脱胎换骨了——红色理念在他的身上完全得胜。

然而，我的父亲，母亲一直爱着、等着、守着的真正意义上的父亲，却从他自己原来的生命里也从我们的感知里完完全全地消失了——比死亡还要可怕的消失！这是我生命深处的一份无法医愈的永远的伤痛……

弹指光阴，一晃眼小五子成了老胡，每到清明时节，老胡总要从客居的城市回到家乡来，避开亲戚乡党簇拥的热闹，一个人静静地坐到父母的坟前，什么心思也不想，尽量倒空自己，安静在一个虚拟的境界里，让可以不死的灵魂融进蓝天，直至神秘而又神圣的最深处。

父母的坟枕东面西，后边是龙穴山，前边是淠河水。当初她建议将父母的坟址选在这里自有她的道理，她认为父母无论是生还是死，都与这条九曲回肠的河是分不开的。他们一生的汗水、泪水，还有血水都和在了河水里，还有他们的儿子及儿子恋人的灵与肉全都化在了河水里，他们已经与这条名字叫作淠河的河完全融为一体了，成了淠河的一部分。

父亲与母亲是合葬的，他们的坟边是九小姐的坟，九小姐坟的旁边是云景的坟，这也是母亲临终时交代小五子的："把我们四个人……葬到一起吧……这下什么都不会让我们再分开了……"

父母的另一边是胡岸然与万宁荷的衣冠坟，坟前小五子亲手写上的碑文是：连枝之殇，比翼之痛——哥胡岸然、嫂万宁荷之墓。

紧挨着的是胡大毛的坟，碑上篆着胡大毛的名字，并排着的是欧阳春林。当初为大姐立碑时，小五子不得不按欧阳春林的执意要求办，此时碑上胡大毛的名字是黑色的，欧阳春林的名字是描了红的，因为欧阳春林还健在，两人的称谓是：大姐和姐夫。

老胡侧身卧在父母坟边的青草地上，不以黄土为隔，就像小时候在凉床上乘凉时躺在母亲身边缠着她讲故事一样。

过会儿，她调整了一下姿势，仰面朝天，将目光投向当顶正在缓缓向西移动的一朵白云。

白云里，母亲还是年老时的母亲——慈祥、宽厚、淡然与安静，而父亲却回到了他被抓右派时的样子——儒雅、狷介、俊朗和真实。父亲站在云端，迎风而立，书卷在手，咏诗赋词，飘逸旷达，母亲就静静地守在他的身边，为他沏茶打扇，幸福而满足。

白云里，九小姐与云景终于在云海里相遇、相拥。云景长衫随风，与白云相连而相披；九小姐一声悲怨，云浪溅落，旋舞复返。两个人的形象都有些模糊了——老胡没办法将年老的万燕清晰地变回到卞清瀹的少女时代，她也从未见过伯父的模样，只能从想象里打捞他们的英俊与美丽……

白云里，胡岸然与万宁荷乘一叶轻舟，穿行其中，他们的怀中，竟各抱了一个孩子，双胞胎的模样长得如福娃一般。岸然回头亲吻万宁荷，两个孩子就都推挡着，呀呀吃醋，岸然大笑，万宁荷却把脸儿羞得通红。岸然向万宁荷指了一个方向，他们看见云海彼岸，有四位长辈飘然渐近，他们怀里的孩子就奶声而喊：

“爷爷——好——”

“奶奶——好——”

“有一地，比正午更光明……”老胡内心深处的歌声响起。

突然一阵嬉闹声传来，老胡翻身坐起，看见两个拾荒的孩子挎了竹篮拿着树枝跟在一个一边走路一边跳舞的疯女人后面，一会儿扯她的衣服，一会儿用树枝打她，其中一个孩子还把空竹篮反扣到疯女人的头上，再拿地上的土碴儿往那竹篮上扔。

疯女人跳的是“文革”时期的“忠”字舞，节拍让俩孩子弄乱了，脚步就开始打绞，当竹篮扣上来的时候，她不再跳舞了，用一只手去护着自己已经破成烂条儿的裤子，另一只手去拨拉扣在头上的竹篮，脚下没留神，一个踉跄摔倒了，爬起来显出很愤怒的样子：“滚开！小地主羔子！滚开！小牛鬼蛇神……”

俩孩子仍然穷追不舍地撩她，戏弄她，时不时将土碴儿打到她身上。

俩孩子实在是讨厌得很，如此对待一个可怜的精神病人，真是太没教养了！老胡看不过去，迎了上去，看见疯女人年纪很大了，就越发地生两个野孩子的气：“你们这是干什么？为什么要去戏耍一个可怜的疯子?!”

俩孩子在老胡的严厉呵斥声里站住了，一个孩子突然转向，撒腿就跑，另一个孩子跟着也要跑时，却被老疯子一把抓住，用脏兮兮的手去揪孩子的头发。孩子吓得哇哇大哭，扯开嗓子大喊：“救命啊——救命啊……”

老疯子却嘻嘻地笑着，抱着孩子摔起跤来。

挣扎在老疯子怀里的孩子一边喊救命，一边拿起一块砖头砸向老疯子的头，头皮破了，有血流下来，老疯子好像不感觉到疼，像没事人一样，依旧笑嘻嘻。

老胡让眼前的一幕惊呆了，她赶紧跑到跟前，拉开了两人，孩子爬起来就跑，与远在山头上的另一个孩子会合，然后二人用喊话的方式，骂出乡野里最难听的粗话：

“不得好死的害人精——不要脸——”

老疯子眼珠子会转，却目中无人，她从老胡面前走过去，像绕开一棵树一样，木木地用舌头舔了一下流到嘴里的血，然后来到坟茔前，先弯下腰去读碑上的字：连枝之殇，比翼之痛——哥胡岸然、嫂万宁荷之墓。读完，她直起腰来，晃了一下脑袋，头痛的样子。过了一会儿，又弯下来腰来读老胡父母的碑文和万燕、云景的碑文，读完了，又晃了一下头，自言自语：“一小撮……阶级敌人……都跑到……这里来了……”

老胡从老疯子舔血的动作中已经想到了一个人——她的读小学时的同座位同学，听了她的嘀咕，更加确信这个已经失却理性思维或曰是丢掉灵魂的疯子，就是当年那个全县最年轻的红旗大队的革委会主任蔡家英。

老胡忍不住喊了一声：“蔡家英！”

老疯子本能地打了一个激灵，迟缓笨拙地转过脸来，像在依着一种有形质的轨迹，来寻找刚才的声音。她艰难地将视线搭到老胡的脸上，刚刚搭上，忽而又茫然自失地滑落下来。她似乎并不甘心这种滑落，尝试着在自己有限且混乱的生命空间里撬动一下早已枯槁封死的记忆，看得出来，她做了很大的努力，终因徒劳与枉然不得不放弃时，她的脸上有了一丝丝痛苦的表情——疯子的脸上很难见到的人的正常表情。

“蔡家英——还认得我么？小五子——你的同座位同学……”

疯子的视线是散乱的，她的脸上那一丝丝正常人的痛苦表情最后也消失殆尽，当老疯子再一次弯下腰去读碑文的时候，老胡的心底里猛烈地涌出一股莫名的悲怆……